福田清人・人と文学

―「福田清人文庫の集い」講演集―

立教女学院短期大学図書館［編］

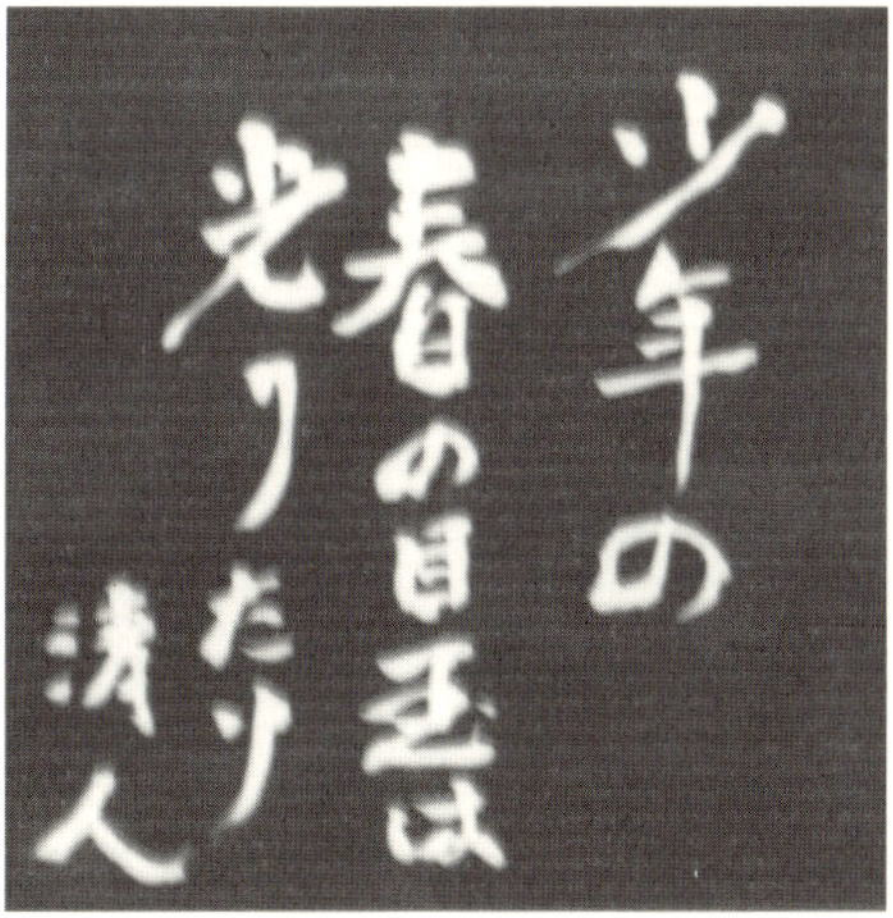

鼎書房

福田清人文庫開設記念の会

（1990（平成２）年11月３日）

福田清人文庫開設のころ

宮本瑞夫

福田清人文庫の開設は、ご承知の通り、今から約二十年前の一九九〇（平成二）年十一月三日のことであった。

図書館三階の旧資料室（最初は館長室）の入口に、先生ご自身の揮毫になる「福田清人文庫」の標札が飾られ、午後二時、開設記念の会は、開催された。福田先生（本学元教授）を初め、ご家族の方々など、関係者、約六十名をお迎えして、まず速水敏彦学長（当時）から福田先生に感謝の辞が述べられ、引き続いて、福沢道夫チャプレン（当時）による、お清めの式と感謝の祈りがささげられた。

開設記念としての、最初の「文庫の集い」は、福田先生と板垣信教授（当時）による、対談「福田清人の人と作品」であった。

ところで、福田文庫の開設は、丁度私の図書館長時代の一九八九（平成元）年の春のころ、板垣教授を通して、福田先生から、蔵書の寄贈をしたいという、ご意向が示されて、始まった。

当時、図書館は、コンピューターの導入による業務の機械化、データーベースの構築、図書館間のネットワーク化などが、検討課題として取り上げられており、これからの大学図書館のあるべき姿が模索されていた時期でもあった。何か、社会に貢献出来る、情報発信能力のある図書館に育てて行きたいという、図書館員の強い総意に基づいて、情報発信の核として、文庫の設置が決定されたかと思う。さらに、その具体的な進め方として、「文庫の集い」という講演会を通して、情報発信とコレクションの充実が、計られたかと思う。

この集いが、二十年間という、予想を遥かに超える長きに亘って続けられたことは、講演をお引き受け頂いた先生方は、勿論、福田先生のご家族初め、関係者の方々、その他、惜しみない、ご協力とご支援を下さった方々の、ご厚意と熱意の賜物と、ただただ感謝致しております。

（立教女学院短期大学名誉教授）

平成二十二年十二月

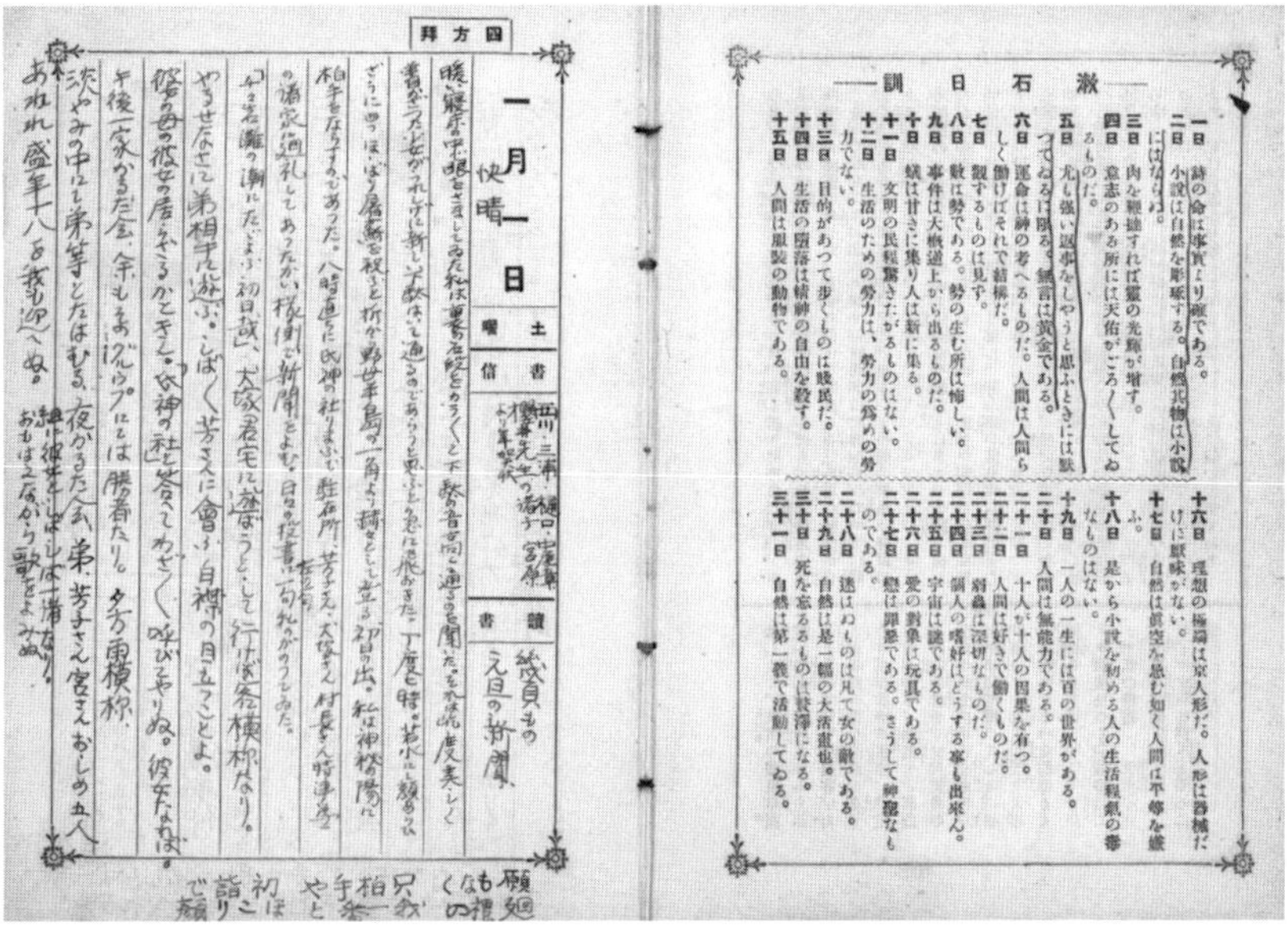

日　記（大正10年１月１日）

『**國木田独歩**』（新潮社、昭和12年６月）

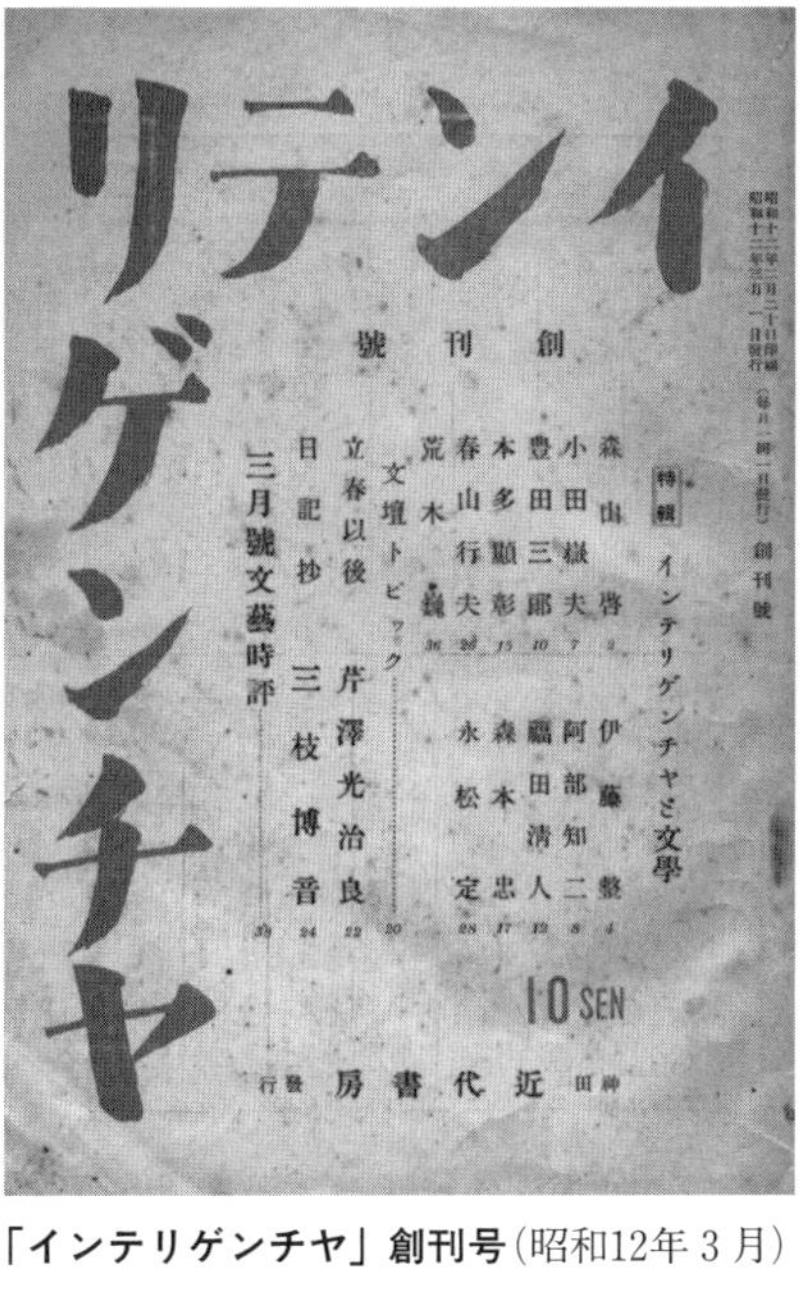

「**インテリゲンチヤ**」**創刊号**（昭和12年３月）

『春の目玉』（講談社、昭和38年３月）

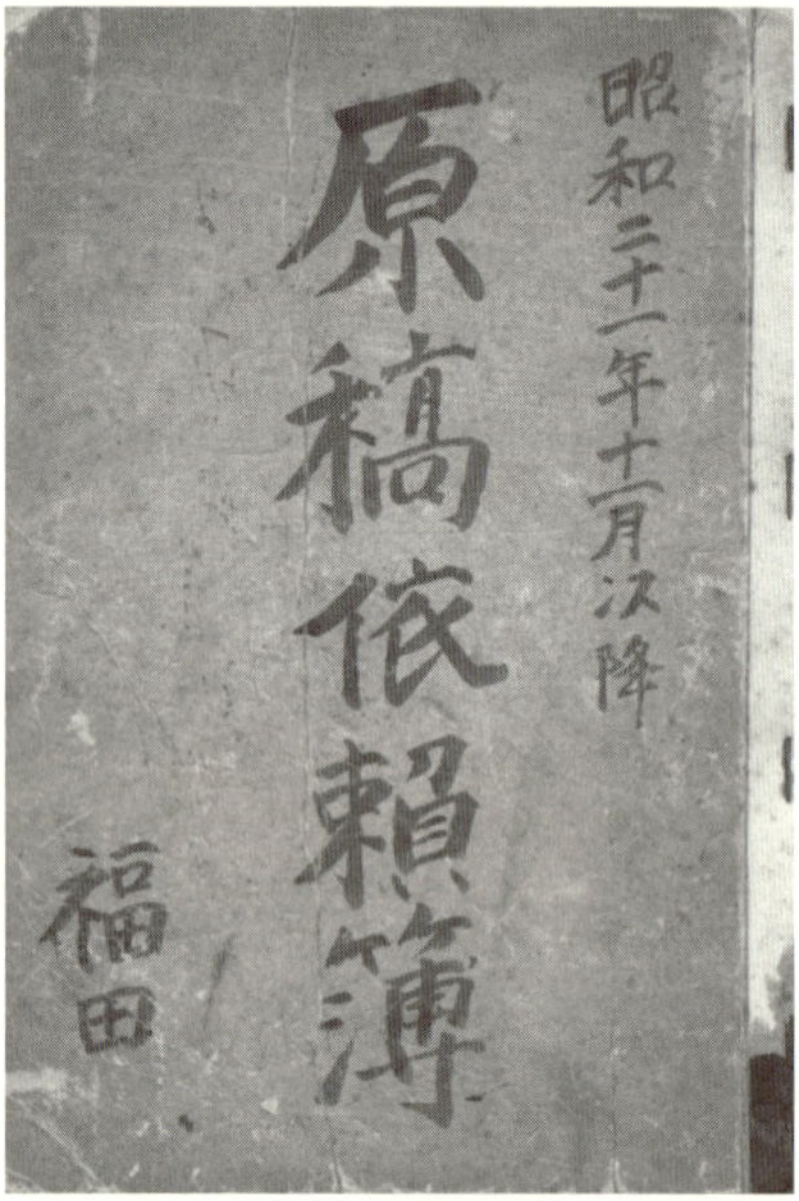

原稿依頼簿

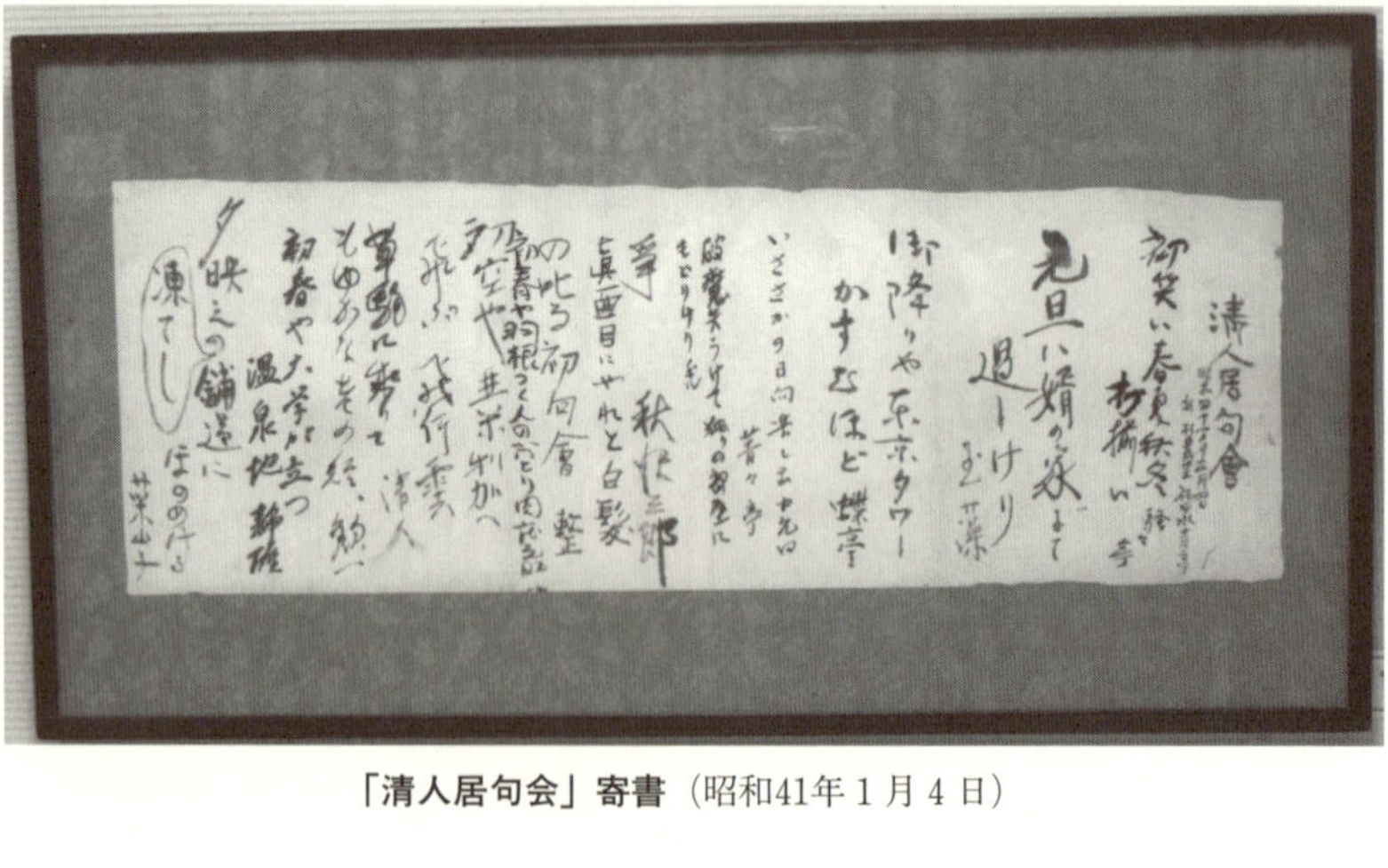

「清人居句会」寄書（昭和41年１月４日）

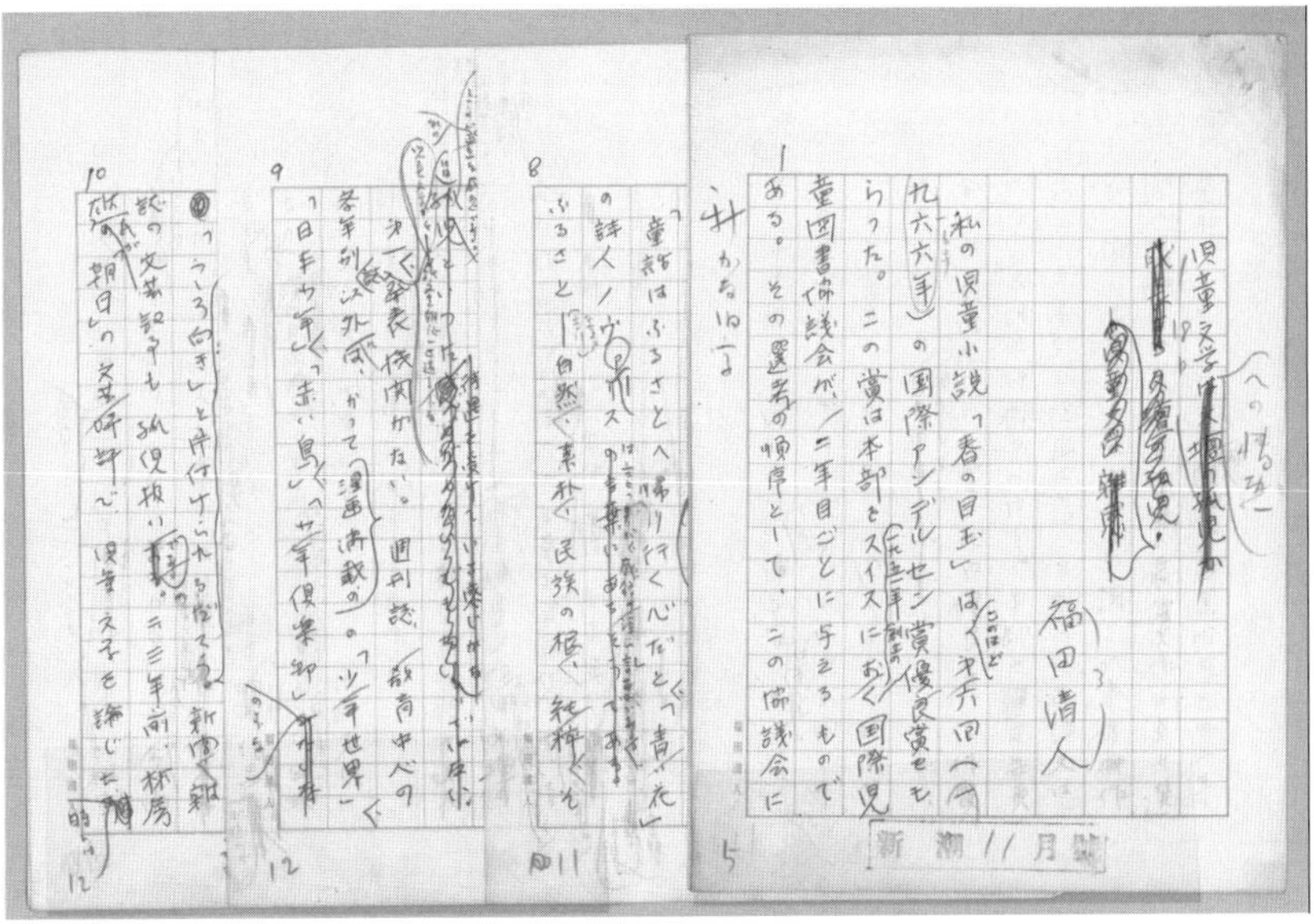

「児童文学への情熱」自筆原稿（「新潮」昭和41年11月）

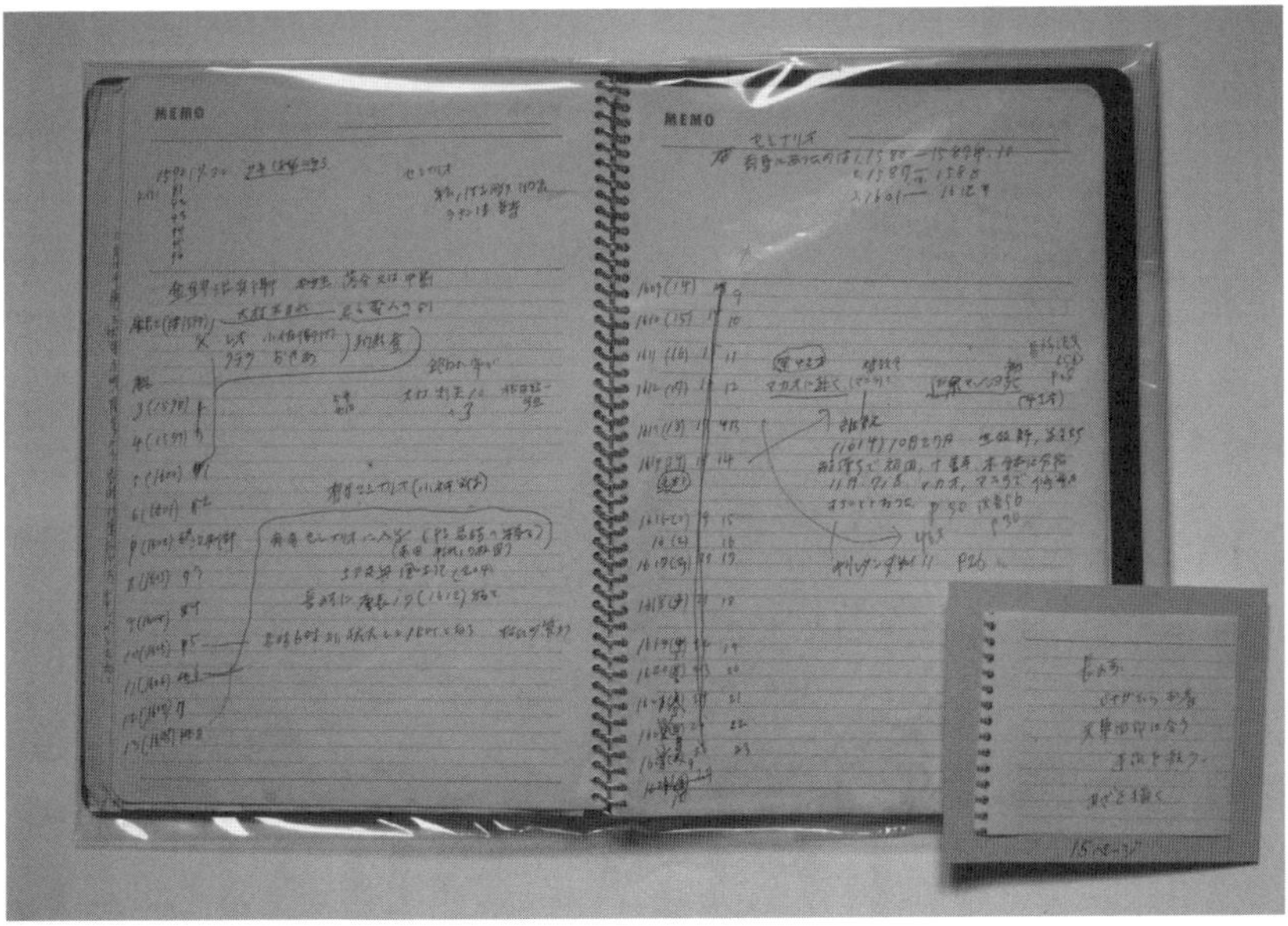

「長崎キリシタン物語」創作メモ（講談社、昭和53年７月）

福田清人文庫　展示風景（2008（平成20）年11月３日）

講演会風景（2009（平成21）年11月３日）

福田清人・人と文学――「福田清人文庫の集い」講演集――目　次

福田清人の人と文学を語る

ゲスト　福田清人
聞き手　板垣信

板垣　先生、本日はお忙しいところを申しわけありません。昨年、平成元年七月以来、数回にわたって、たくさんの貴重な図書と資料を有難うございました。お蔭様で、立教女学院短期大学図書館に「福田清人文庫」を開設することができました。心からお礼申しあげます。この対談は、本日、先ほどから行われております「福田清人文庫開設記念の会」の催物の一環として、企画されました。そんなわけで、公開の対談ということになってしまいましたが、どうぞよろしくお願いいたします。

　ところで、先生、最近お体の具合はいかがでしょうか。

福田　そうですねぇ、どうも足が悪いんですよ。もう五年になりますかね。小学館賞の選考委員会の帰りに社の自動車で送ってくれた。途中ね、ある人が、私、日本児童文芸家協会の会長してて、毎年、児童文化功労者の表彰をやってるんです。その時の四、五人の表彰者に対して、あの人どういう功績があったの、あの人表彰するのおかしいじゃないか、と若いある評論家がいいましたんでね。車の中で反駁してね。そういう君は一体どういう功績があるんだと言っているうちにね、家に帰ってちょっと興奮したんでしょうね。夜、目を覚ましたら、左腕、左足が自由にならない。ことばも変なのね。あれっと思ってね。そしたら、軽い脳梗塞で、前の総理大臣田中さんと同じようなね。そして二十日ばかり入院[1]して、だんだん治ってきたんですが、今度は足が悪くて、ステッキ無しでは歩けなくなって。そういうことで、まだ頭は惚けないような気がするんだけどね。いや時々ね、名前が出てこないことがあるの。あんたみたいに時々会ってるとね、覚えてるんだけど、名前を忘れることがあるんです。まあ老化現象ですけどね。まあまあというところです。どうも有難う。

板垣　先生は昭和四十五年春から四十九年春まで四年間、本学で教壇にお立ちになりましたね。(2)久しぶりにおいでいただいたということだろうと思うんですけど、印象はいかがでしょうか。

福田　いや――、あんまり立派になったんで驚いているんですよ。まあ、前も良かったですけどね。

その前に、どうしてこの学校にお世話になったかをちょっと話します。僕は、池袋の立教（大学）にいたでしょ。学園紛争の頃、僕はちょうど定年で、今度は家で仕事をしようと思っていたら、皆さん御存じでしょうが、ある日、塩田良平さんとね、立教でお会いしたことがあったチャプレンのファーザー竹田(3)が、小田急線の方の教会におられたと思うんですが、会いたいと言うんで、塩田さんが立ち会って、そこへ行ったんですよ。何だろうと思ったら、今度、立教女学院短大で幼児教育科っていうのを作るんで云々という話でね。僕は、きっと教え子を紹介しろという意味だと思ったら、僕に来いとおっしゃるんでね。さてと思ったんだけど、ここは近いしね。僕は浜田山ですから。また、そういう新しいところなら行こうかなというような気持で、ここにお世話になった。

で、その時にここの高校に勤めることになった栗林（秀雄）君と、今日は来ていないけど、浅草寺の網野（義紘）君と一緒に移ったんですよ。そしたらね、学長の酒向（誠）先生と赤坂見附あたりのホテルで歓迎パーティーをやって。池袋って自由奔放だったでしょ。ホテルでね、栗林君が酔っぱらって歌ってね。そして、ここの小川（清）院長もたしか歌を歌われたんじゃないかな。変なやつが来たなんておっしゃったんじゃないかと思うんだ。そんな風にして、お世話になったんです。楽しかったですよ。

それから二十年近くなるんだけど、時々、井の頭線でね、学校がきれいになったなんて思いながら……。今日、ほとんど初めてじゃないかな。

板垣　半月ほど前の十月十五日、長崎の諏訪神社の境内に「福田清人文学碑」が建ちましたね。神社の拝殿の右隣で、傍らに大田蜀山人の碑が建っているという大変良い所ですが、あの場所はどなたが？

福田　キリスト教の学校で神社の話もアレだけど、あれはね、四、五年前にね。芭蕉の最も信頼したお弟子に向井去來という人がいますね。京都の修学旅行でたいがい案内してくれる落柿舎にいた。その去來が長崎出身なんですよね。八つの時、長崎を出てちょっと博多にいたこともありますけど、両親とともに京都で過ごした。故郷はいいですからね。去來は、二度長崎に帰っているんですよ。その時、「尊さを京で語るも諏訪の月」。有難いお諏訪さんの月は良かったという俳句を作っている。望郷の句ですね。

そして、長崎にはね、去來の句碑は二つありましてね。一つは「君が手もまじるなるべし花薄」。これは、長崎の人は御存じだけど、今は長崎市に入ってますけど、ちょうど峠がありましてね。そこへ去來が二度帰った初めの時かな、そこが見送り、出迎えの場になってて、今トンネルがあるけど、あの下に。

板垣　長崎郊外の日見峠ですね。

福田　そうね。京都へ帰る時の、長崎にいる身内の人に対する別れの句ですわ。もう一つは、艶かしい句ですが、「いなづまや……」。なんだったかな。「いなづまやどの傾城とかりまくら」。長崎に丸山という花街があって、東京でいえば吉原。その丸山を詠んだ句がある。この二つの句碑があるわけですが、今度、諏訪の月っていうから、宮司（上杉千郷）さんがそこにその句碑を建てたいって。

長崎のお諏訪さんには、ピエール・ロティ、「お菊さん」を書いたフランスの作家で、芥川も小説に書いてますね(4)。そのピエール・ロティの「お菊さん」の碑がある。他に、評論家の山本健吉と女流作家の佐多稲子の碑があるんです。山本さんのは神社の中にあるんだけど、佐多さんのはちょっと離れた公園の中にあります。それでさっき言ったように、去來の碑を建てたいと。それは望郷の碑だから長崎を出て、他の土地に住んでいる人がいいって言うんで、白羽の矢が僕らの句会に立った。

僕らの会は、銀座八丁目に長崎センタービルという小さいビルがあって、そこの七階を句会の場所にしてるんですが。その句会の仲間に田中（一正）君というのがいるんですが、宮司の兵隊仲間で、兵隊仲間っていうのはクラスメート以上に親しいようだな。僕は戦争に行かなかったんだけど。とにかく生死を共にしたでしょ。戦友がたまたまお諏訪さんの宮司だった。句集を贈ったら、この連中に頼もうじゃないかって。宮司さんが「福田さん撰文書いてくれないか」。僕は考えたんですよ。長崎出身で有名な俳人に森澄雄氏がいるし、俳句はあまり作らなかったけど、俳壇じゃ有名な山本健吉がいるじゃないか。そういう人がいいじゃないかって言って、辞退したんですがね。句会で言うと「先生、やりましょう」って。僕が撰文書いたの。僕は文科出ましたけど、古典は詳しくなくて。近代の方はいくらかやりましたけど、去來のことはあまり詳しくないので、にわか勉強で撰文書いたわけ。昭和六十一年九月二十日、そこで建碑式やった。そういう関係で宮司さんが、山本健吉さんの碑もできたし、佐多さんの碑もできた。今度は福田さんの碑も建てようじゃないかって。場所は提供しますからって、ここがいいって。

僕の句会は十二、三人かな。多くないの。しかし、歴史的人物の子孫で東京に住んでいる人が入っているんですよ。大村藩主であったところの大村純忠の子孫の、世が世ならお姫さまの（勝田）直子さん。「直子さん、直子さん」って呼んでるんだけど。それとか、もっと古い長崎って名前ができた長崎甚左衛門の子孫の小太郎君。姓は山口だけどね。長崎はかつて大村領だが、秀吉からいろんな関係で没収されちゃった。そういう気拝は子孫にはあるいは無いかもしれないが、お諏訪さんの良い場所に、我々の俳句グループの中心みたいな福田さんの碑が建つならいいじゃないかというわけで、小太郎君がその場所を見に行ったらしいんだ。そしたら、「福田さん、とっても良い所ですよ。建てましょうよ」ってことになって、できたっていうわけですよ。

板垣　今、お話の先生を中心にする会、無月句会(5)というんでしたね。長崎出身の方々が？

福田　いや、ビルはちょうど資生堂の斜め向かいにあるんですけど、オーナーは長崎放送。僕らのクラブは七階にあるんですけど。県人会とかあるでしょ。まあ、東京にいると皆さんが懐かしいから、そういう連中の集まった、そんな感じのクラブですよ。それでそこへ時々、会員を呼んでお話させる会があって、僕に文学の話をしろっていうんで、十年ぐらい前にしたんですよ。その頃、ちょうど俳句を作りかかった頃で、あとで句会めいたことやりませんかって。早速、絵描きの山口（景昭）君が句を作っていて、「先生、やりましょう」って。たちまち十人、少しして十二、三人になって。

僕は、初めね、ものを書くのを仕事にしたいと思ったけど、近代文学やったお蔭で、立教に日本文学科ができた時に立教へ引っぱられたんだけど[6]、その前、実践女子大へ行っていた[7]。そこの卒業生も会員で、まあ僕の縁故者だな。まあ、僕が俳句のお師匠さんなら積極的に手を入れて、弟子を集めるけど。芭蕉さんと違って、今の先生は経営のためにお弟子さんたくさん集めるけど、そういうことやらないから。僕の句会のは半分遊びみたいなものだから。しかし、皆さんうまいですよ。僕以上にうまいですよ。

板垣　文学碑の話に戻りますが、諏訪神社に建ちましたのは、先生御自身の碑としましては二基目のものですね。一基目はお生まれになった波佐見町の中学校の校庭に建っている「春の目玉」の碑。諏訪神社の方の除幕式の翌日、先生の出身校である長崎市立土井首《どいのくび》小学校を、先生に随行するかたちで訪ねましたが、その際、千二百名ほどの全校児童による「福田清人先生を迎える会」が、体育館で開かれました。その写真が「福田清人文庫」の中に展示されておりますので、どうぞ御覧下さい。

あの小学校の図書室に「福田文庫」が開設されておりましたね。あの文庫はいつ頃から？

福田　随分以前からですね。

僕らの少年時代は、今と違ってね、子どもの本というのは非常に少なかったんです。僕の少年時代は大正時代ですけど、本が無くてね。僕は小学校の一、二年ぐらいまでは、父が佐賀県の炭坑町の病院にいましたので、唐津から[8]『少年世界』という雑誌を持ってきてもらって。長崎の土井首に開業した時は、父に頼んで長崎から『少年倶楽部』、それから「立川文庫」。当時二十五銭かな。『忍者猿飛佐助』あるいは『荒木又右衛門』とか。そういうのを小さな活字で……、喜んで読んだんです。

そういうことを思い出して、もう二十年前かな、僕帰った時ね、「あなた方本好きか」って聞いたら「はーい」って。「それじゃ本贈りましょう」って約束して。その当時の小学校は、戦後ですから、こういう本棚無かったんで、小さな本棚買って。そして僕のところには自分で買った、あるいは出版社から寄贈してもらった本がありますから、とにかくそれを送って……。そうすると、先生の指導でしょうが、「福田文庫はおもしろかった。また送って下さい」という手紙がくるんですよ。そうすると手紙にのせられて、また送る。そして、もうかなりね、集まってね。

あんたと宮本（瑞夫）君のお二人来てくれて、写真撮ったんだけど。田舎の学校ですからね、大学の先生が二人も行ったのは初めてじゃないかな。手紙に書きましたよ。今度、東京の大学に「福田文庫」ができるんだっていったら、喜んでいましたよ。だからもう二十年ぐらいになるんじゃないかな。児童書っていうのは古いの捨てちゃうでしょ、たいがい。あそこ古いのあったかしら。僕よく見てないんだけど……。

板垣　かなり破損の目立つものもありましたね。

福田　それとね、波佐見、生まれ故郷のね。そこの町の教育委員会に贈るんですよ。波佐見には中学校と、小学校が三つぐらいあるらしいが、そこへ配るらしい。本だけじゃさびしいからっていうんで、波佐見の名誉町民[9]になって……。

それで思い出したけど、童話の浜田廣介さんね。ちょうど朝、叙勲の記事あったでしょ。勲章年齢っていうのがあって、七十歳になったらなんかのことで勲章くれるんですね。僕も七十歳の時貰ったんですが、たいがい勲四等っていうのを文壇関係者は貰うんです。芸術院会員になると勲三等になる。僕も勲四等（旭日小綬章）を貰って、その先輩の浜田廣介も勲四等だったんだろうと思うんだけど、浜田さん断ったんですね。で、浜田さんも彼の故郷の名誉町民の勲章めいたのは貰ってね(10)。去年の講談社のパーティーにそれを下げてきたのね。「何ですか」って聞いたら、「これは勲章だ」って。国家の勲章を断った浜田さんが、名誉町民の勲章を喜んで下げてました。僕が浜田さんに「どうして貰わなかった」って聞いたら、「自分は童話で政治家よりある意味では世間に尽くしているつもりだ。それを勲四等とはけしからん」ってね。僕はそれよりはあまいから、勲四等を貰いました。

波佐見町の文学碑の碑文は、『春の目玉(11)』の「序詞」ですよ。それを土井首小学校では、校歌と一緒に歌ってくれた。僕、初めて聞いた。

板垣　「土井首小学校校歌」の作詞者は先生ですね。「春の目玉」の歌、ああいう歌があるとは、私も知りませんでした。

福田　僕も知らなかった。たくさん貰った手紙かな、作文かの中に、僕がそのためにわざわざ作詞したと思ったらしく、福田先生の作った歌を歌いながら家に帰りますって。あれ、小学校の先生が作曲したのじゃないかな。

板垣　今、お話の叙勲の証書ですが、会場の壁面中央にかかっているのがそれです。その下の胸像は？

福田　日本児童文芸家協会から、喜寿の時、戴いたんですよ。

板垣　ついでに紹介しておきますと、右側の絵は、先生がお生まれになった波佐見町鬼木のお母さんの実家(12)を、山口景昭画伯がお描きになったものです。『春の目玉』などを読む際には、先生のお生まれは年譜類では波佐見町宿郷となっていますが、そこは原籍地(13)で、実際にお生まれになったのはお母さんの家で、その辺を理解してかからないと。

福田　あのね、『春の目玉』はね。昔は難産は、医者が鉗子で頭を引き出す。もちろん死んで生まれるんだけど、僕は医者が家へ来る途中生まれたんで生きたらしい。あまりうれしい話ではないんだけど。

どうして母の家で生まれたんだろうって。僕町父の系統はキリシタン大名の大村藩の侍だったわけ。明治時代までは侍だったというのは、プライド持ってた。士農工商あるでしょ。百姓っていうのはね、非常に差別されてたわけね。桜田門外の時は、僕のおじいさんは[14]、大村藩の屋敷を守るために派遣されたっていうんで、プライド持ってたのね。で、母は農家で、百姓の娘だったのね。父は波佐見でお医者になれない頃、つまり、お医者さんのところで書生して勉強している時、明治時代は独学でお医者さんになれたわけね。明治の最後まで。

ちょっと自慢話みたいになって恐縮ですけど、明治に医師の制度を確立した長与専斎[15]というのがいましてね。大村藩の出身で、その専斎を生んだ長与中庵は、僕の四代前に福田から長与に養子に行って、専斎を生んだ。ところが、いろいろな関係で、僕の祖父の弟[16]を医者にするために福田家は没落したかたちだけど。そういうことで、おやじは苦労して医者の免状取ったんだけど、さっき言ったように、僕の母は農家の娘で、なんか病気して、村の中心のお医者のところに行っているうちに、お互い好きになったらしい。それで、僕が生まれたらしい。おじいさんが侍だから、結婚許さない。しょうがないから母は実家へ帰って僕を生んだ。そういうこと。それで、僕の父の先生、お医者さんですが、僕が難産だから鉗子で出そう、といっているうちに生まれたっていうことなの。

その母の家が今も残っていますよ。古い家でね。ちょうど山口君が『天正少年使節[17]』の挿絵を措いてくれるので、僕と一緒に長崎のあっちこっち廻ってね。天正少年使節が帰って来て、今年でちょうど四百年になるんで、大村市ではいろいろお祝いやってますが、行ったのは八年前だな。その年は少年使節を送ってちょうど四百年目だった。少年使節の中の原マルチノ、中浦ジュリアン、千々石ミゲルの三人は大村藩に関係があったんで、しかも、原マルチノっていうのは波佐見出身ということもあって、僕は原マルチノに焦点をあてて、書いてるわけです。その時、今日来ている山口君と一緒に取材に行って、母の家に泊まって、それで、描いてもらったの。

板垣　今、お話の『天正少年使節』は、原稿が展示してありますので、どうぞ御覧下さい。お手許の『福田清人文庫』という小冊子ですが、その中の三ページに宮本瑞夫図書館長が、戴いた図書の中の珍しいものとして、たとえばちりめん本、「少年文学」叢書などをあげております。先生、まずちりめん本ですが、先生がちりめん本に興味をお持ちになられるようになったきっかけは？

福田　そうね。ちりめん本っていうのはね、ここに出てるのは明治二十年よりもっと前に出た、主として外国人相手に売ったらしいんですけど。しかしね、『桃太郎』『カチカチ山』など、いわゆる五大童話、みんな英語の本なんでね。これはね、あの、ああいう日本の昔の物語を再話したのは巖谷小波あたりでしょうが、そのヒントを与えたっていう説もあるんで、いったいどういう本だろうって思っているうちに、ある時、国会図書館の新館かなんかのお開きの時、招待状が来たんで、見に行ったんですよ。その時ね、今『古書通信』っていう古書の雑誌を出している、有名な八木（福次郎）さんていう方がおられたんだけど。八木さんはどうして知ったか知らんのだけど、八木さんに会った時にね、ちりめん本の話が出てね、それをまだ印刷しているところがあるって聞いたんです。えーと、上野の下の辺だったね。八木さんから場所を聞いて、訪ねたんです。そしたらね、明治二十年ぐらいに出したちりめん本をね、まだ印刷やってるんですよ。その家が昔偉い役人が住んでいたっていう家で、しかも立教の卒業生が跡取なんだね。それで、不思議な縁だと思って聞いたら、今そういう本出してもあまり売れないから、版画を箱根の富士屋ホテルの前、あそこ外人が泊まるらしくて、そこへ店出してる。それで、『桃太郎』をまだ一冊作ってるって聞いたんですが。

　それからね、ほとんどあまり無いらしくて、みんな外人が買っていったんでしょう。逆輸入してきてね。外国の本を扱っている古本屋さんが、僕に買わないかって来たんですが、僕の買った値段の二十倍ぐらいした。高かった。まあ、ずっと持っていたけど、一番最後に立教女学院にあげちゃった。

板垣　ちりめん本について先生がお書きになった論文がありましたね。

福田　『古書通信』にも書いたし、それを訂正して、単行本に入れてるんだけど、きのう捜したら無いんだ。きっと、(18)

こちらに寄贈しちゃったんだと思った。それに上野の本屋の名前とか、それを発行した人の来歴、今の商大の前身のなんとかいう学校に勤めて、翻訳した外人のこと、僕みんな調べて、ひとり分からなかったんですけど、それみんな書いています。しかし、今ね、法政大学の先生してるアメリカ人でヘリングっていう名前御存じでしょう。その人がよくちりめん本の研究やって、あっちこっち発表してますね。

板垣　アン・ヘリングさん。彼女、十一月十日、福生市中央図書館でちりめん本について話されるようです。

福田　僕の『春の目玉』かな。アンデルセン賞貰った時ね、僕のあれは英訳無いんですよ。僕の来歴とストーリーを英訳して審査会に送った。そしたら、アンデルセン賞優良賞貰った。これ立教の英文科の先生に翻訳してもらったんだけど、きっと翻訳が良かったか、あるいは全訳したら落っこちたかも知れない。だいたいのストーリーと僕の来歴で、貰った。中にあるでしょ、賞状。

板垣　国際アンデルセン賞優良賞の賞状も、文庫の中に展示してあります。英文の賞状です。で、「少年文学」叢書ですが。

福田　あれはね、ここに持ってきた、この初版本はみんなね、こちらへあげたんですが、僕はこの初版本じゃないのをね、古本屋で集めていたんですよ。これは汚いからあげなかったけど、巖谷小波の日本最初の児童文学といわれている『こがね丸』がこれですけど。これは最近複刻したものですけど、これが何冊あったかな。こういうシリーズでね。これは、僕が古本屋で一冊ずつ集めているうちにね、初版本がまとめて出たんですよ。本に興味をお持ちの方はもちろん御存じですが、初版本っていうのは非常に高いわけね。しかも揃っていると。

　しかし、古い本でもね、この小波の『當世少年気質』っていうんだけど、二冊出してるの。これ見てると、これ今朝発見したんですけど、予告が出てるわけね。第十一編『矢部川懐古』石橋忍月著というのが出てる。これは「少年文学」叢書に入ってないと思うんですよね。石橋忍月というのは、さっき言った山本健吉のお父さんなんだけど、きっと約束して書けなかったんじゃないかと思う。で、そういうことも広告見れば分かりますね。それからね、これ全部詳しく調べるとね、大学の卒論、大学院の卒論ぐらいになるんじゃないかと思うんだけど。

当時は児童文学の専門家がいなかったわけで、みんなね、おそらく紅葉とか山田美妙とか幸田露伴とかね、そういう人が子どものもの書いてます。僕はほとんど全部さーと読んではいたんだけど、中には変な小説があるんですよ。今だと子どもに読ませられないようなね。いや、今ならそういう少年も出てきたかも知れないけど、明治時代にもいいたんでしょうね。少年のくせにね、女性関係で、女性を脅かしたためにどこか他へ移されて、家から出されて、どっか行って、そこでまた、変なことするような、そういうストーリーの少年小説もありますね。児童文学者はそういうことあまり書きませんね。まだ明治二十年代には子どもっていうものに対する配慮が足りなかったせいか、ストーリーもね、変なのがある。しかし、「少年文学」叢書っていうのは、日本で一番最初の伝記あり、歴史小説あり、少年小説あり、少女小説あり、評伝あり……。伝記も『維新三傑』とか『二宮尊徳』とか有益なものがあり、物語もあるわけなんだけど……。『二宮尊徳』なんか露伴が書いてますよ。

板垣　戴いたものの中に浜田廣介の署名本（献呈本）がありますね。先生は確か廣介の「童話碑[19]」に「略伝」をお書きになっていますが、廣介との関係は？

福田　浜田さんはね、まあ、今は児童文学者も日の当る場所に置かれているけど、日本児童文芸家協会ができたのは昭和三十年だったと思うけど、その頃はね、大人の文学者に比べてね、今でも若干ありますがね、地位が低かったわけね。浜田さんもね、非常に孤独だったわけ。僕が、浜田さんを初めて認識したのは大人の方の日本文芸家協会で、今はみんな年が上になったけど、還暦かな、六十歳か七十歳か、総会の時、表彰っていうのかな、記念品を与えて表彰的なことやったの。浜田さんは僕より随分先輩ですけど、浜田さんにそういう日があったわけね。その日初めて浜田さんを認識したんです。

それから、えーと僕らその頃東京作家クラブっていって、毎月一回、二十七日に集まって、戦後あまりお酒が無い時、安い会費で一杯やりながら、しゃべる会があったんです。その会で浜田さんも……。違う、違う。戸川貞雄って平塚市長になった作家がいるんですよ。その人の市長になった祝いだったかなんかの会の時、浜田さんは早稲田で同級だっていうんで、しかしね、誰もお祝いの言葉を浜田さんに指名しないから、僕が浜田さんを指名しろって言ったら、お祝いの言葉を浜田さんがやって、それで浜田さんが僕を認識したようだな。

そういうことがあって、児童文芸家協会を作ろうということになって、打合せ会があったわけ。新宿の紀伊国屋の喫茶部を借りましてね、何回か集まって、いよいよ会ができるということになって、会長（理事長）を決めるということになった。誰がいいだろうっていうんで、僕は武者小路さんね、武者小路さんも子どものものみたいなの書いてるから、武者小路さんがいいんじゃないかということになって、じゃ、福田君、武者小路さんの所へ行けっていうんで、頼みに井の頭の辺に行ったんですよ。断られちゃった。「僕は相談相手にはなるけど会長はいやだ」って。

しょうがないから、誰にしようって。当時、浜田さんが一番いいだろうっていう説があって、浜田さんに頼んだら、浜田さん断るんですよね。それでしょうがないからね、新宿の紀伊国屋でやって、近くによく文壇の連中が行く飲み屋があった。浜田さんをそこへ連れて行って、いろいろ話しているうちにね、そこのマダムが文学マダムで、浜田さんの童話を少女時代に読んだって。「まあっ、浜田先生」って。それで、浜田さん、すっかり気をよくして、その時「浜田さん、どう?」って言ったら、即座に承諾しましたよ。それからね、浜田さんもよく我々とつきあって、会の帰りにそういうところに行ったりして。それで、僕はその時、理事になったのかなぁ。浜田さんの郷里に文学碑が建つことになって、僕に書けっていうことになって、書いたんです。

あれ（署名本）は講談社から出た全集[20]だと思うんだけど。浜田さんに伺うとね、歌を作るんですけど、とびらにね、なんか言葉を書いてくれましたよ。今日の文庫開きの二、三日前、あんた方がみえたから、ここに置いていただいたの。

板垣　先生、今後の執筆活動の御計画はどのように？

福田　そうねぇ、もう長いもの書けませんからね。さっき、ほら、僕はあまり社交的じゃないけど、昭和の初め頃から学校の先生もしたけど、半分以上は文筆生活で暮らしてきて、その間にね、いろいろな作家に会った。その回想記を書いて、あの「近代作家回想記」っていう。これおそらく今の作家で会った人はないと思うけど、硯友社の江見水蔭という人からね、ずーっと。最近はほとんど故人ですけどね、岸田国士さん、芹沢光治良。芹沢さんは生きている。細田源吉さん……。六十人ぐらい、『文芸広場』っていう学校の先生の雑誌に書いたんだけど。これをね、宮本企画という宮本君がちょっと、ちょっとじゃない強く関係している……でね、出してくれた[21]。今年の何月号までか六十人ぐらい書いたんで、まだね、五十人ぐらいいるから、それを続けて書きながら、僕の半自伝的なことにもなるしと思って。それを僕の仕事にしようかと思っている。その他にね、僕の友人が俳句雑誌出している[22]のね。それに「俳諧徒然草」っていう、今度建碑のこととか書いて。なんか書いていると一日充実したような気がするからね。

板垣　楽しみにしております。

福田　あんたがいつか、なんかがおもしろかったっていったから。お世辞かなんか……。それで書く気になってから、ずっと書いている。

板垣　終了予定時間に近づきましたが……。

福田　ちょっとね、今朝ＮＨＫの七時の……御覧になった方……。絵描きさんの「この人の一生」というのをテレビでやってたんだ。「俺の挿絵も描いてくれた人だ」と思って。赤羽末吉さんですけど。「わたしは六十二年前東京で生まれました。絵は働きながら一人で勉強しました。民話は好きなので日本の民話の絵をたくさん描きました。これから民話に限らず、いろいろなお話の子どもの本をたくさん描こうと思います」。御覧になった方、いらっしゃると思います。ニュースの後、かなり長い時間やった。僕なんか優良賞ですけど、アンデルセン賞は文学と絵本両方あるんですが、絵で日本で本当のアンデルセン賞貰われたのが赤羽さん。(23) 今年亡くなられたと思うけど、あ、俺の本も赤羽さんが装幀してくれたと思って、(24) ここに持ってきたんです。変わった絵ですよ。非常に雄渾な。中国で生活されて、それから日本に帰って、墨絵で子どもの本描いた。

板垣　それではこの辺で。先生、長時間にわたって有難うございました。

（第一回、平成二年十一月三日、立教女学院短期大学図書館にて）

注1　昭和五十八年十月十五日の夜半倒れ、十七日、「寝台車に横たわったまま渋谷の日赤医療センター」に入院。「二〇日ほど入院生活を送」って退院した（福田清人「去年今年――昭和五十九年」）。

2　昭和四十五年四月から四十八年三月まで立教女学院短期大学に教授として勤務。その間、図書館長（45年度）、図書館長兼総務部長（46年度）、一般教育主任兼専攻科主任（47年度）を務めた。昭和四十九年度は非常勤講師（『立教女学院短期大学二十年記念誌』参照）。

3　竹田鐵三神父。「チャプレン」は学校付司祭の意。なお、福田清人に随筆「俳人鉄神父」（昭63・3『春星』）がある。

4　芥川龍之介の短篇小説「舞踏会」（大9・1『新潮』）を指す。

5　福田清人の「序」（山口景昭『孤猨句集』（昭61・11、日教育報道社）所収）に、第一回句会は昭和五十五年九月二十六日に開かれ、「折から銀座は雨だったので、無月句会と私が名づけた。」とある。

6　昭和三十三年四月、立教大学に講師として勤務。三十五年四月、教授になり、四十五年三月、定年退職。その間、日本文学科科長、大学院日本文学専攻主任等を務めた（「福田清人年譜」（『立教大学日本文学』第二十五号）参照）。

7　昭和二十五年四月、実践女子学園短期大学に教授として勤務。二十七年四月、実践女子大学に移り、三十三年三月まで教授として在職。立教大学、立教女学院短期大学勤務を経て、四十八年四月から五十二年三月まで、実践女子大学に教授として勤務（「福田清人教授略年譜」（『實踐國文學』第十二号）ほか参照）。

8　福田和一郎（明6・10・15〜昭36・8・11）。明治三十八年四月、医術開業学説試験に合格。佐賀県東松浦郡北波多村芳谷炭坑医局に助手として勤め、四十二年、実地試験に合格、医師資格を取得した。明治四十五年五月、長崎県西彼杵郡土井首村（現・長崎市磯道町）で開業したが、大正七年四月、西彼杵郡香焼村の村医に招かれて移転した（「和一郎略歴」（福田和一郎『松月句集』所収）参照）。

9　昭和五十五年五月八日、波佐見町の中学校校庭に「春の目玉」の文学碑が建ち、同日、名誉町民賞を受賞。

10　昭和四十七年十一月、山形県高畠町の初の名誉町民として顕彰された。

11　昭和三十八年三月、講談社刊。この作品により、昭和四十一年、国際アンデルセン賞優良賞を受賞した。

12　長崎県東彼杵郡波佐見町鬼木郷五九〇番地　藤野倉蔵方。母すい（明11・10・19〜昭11・11・20）は藤野倉蔵の次女。

13　長崎県東彼杵郡上波佐見村（現・波佐見町）宿郷七三九番地。

14　福田栄左衛門（?〜大6・5・16）。

15　天保九年八月二十八日〜明治三十五年九月八日。文部省医務局の初代局長、内務省衛生局の初代局長等を務め、近代医制の確立者と目された。元老院議官、貴族院議員。なお、小説家の長与善郎は専斎の五男である。

16　福田兵太郎。福田清人の「宿郷と私」（『句集　坂鳥』所収）に「わが家の系譜によれば田畑二町一段七畝二十五歩が祖父の代にはあった。その前、栄左衛門の弟兵太郎（後に「勲」と改名）を医者にするため福岡医学校に入学させた。その学資として、この田畑を担保に借金した（中略）。眼科専門で波佐見宿《しゅく》に、のち鹿児島で開業したが、早死したので、その借金は返せず、田畑は全部抵当に入っていたので失ってしまった。」とある。

17　昭和五十八年二月、講談社刊。

18　『日本古書通信』（昭47・2）に「日本昔噺の最初の英訳本叢書　ちりめん本について」という標題で発表。改訂し、「日本昔噺の最初の英訳本叢書　ちりめん本について（附・日本昔噺の外国紹介）」と改題、村松定孝・上笙一郎編『日本児童文学研究』（昭49・10、三弥井書店）に収録。その後、「日本昔噺の外国語訳―ちりめん本について―」と改題し、福田清人著『児童文学・研究と創作』（昭58・10、明治書院）に収録。

19　昭和三十八年九月、山形県高畠町鳩峯高原に建立。

20　『浜田廣介童話選集』全六巻（昭31・5〜12、講談社）。第一巻『花びらのたび』の見返しに、「すべて善意にもとづいて／一九五六年初夏／廣介／福田清人兄」（毛筆書き）とある。

21　『近代作家回想記』（平2・11、宮本企画）。初出は昭和六十三年八月号から平成二年七月号までの『文芸広場』。「姉妹編」に『現代作家回想記』（平4・11、宮本企画）がある。

22　旧制大村中学の同窓生で俳人の松本正気が主宰する月刊の俳句雑誌『春星』。

23　昭和五十五年、国際アンデルセン賞画家賞を受賞。

24　福田清人著・赤羽末吉絵『白鳥になったおもち』（昭47・4、文研出版）。ほかに、福田清人著（再話）・赤羽末吉絵『日本の神話』（昭45・4、文研出版）もある。

付記　本稿は「記録・福田清人文庫開設記念の会」（『福田清人文庫』№2（'91・11、立教女学院短期大学図書館）所収）中の「対談」の部分を改稿したものである（板垣信）。

荷風と福田清人と挿絵画家

山口景昭

山口です。どうも福田先生の話になると話がしにくいんですけど、福田先生の先生であられる辰野隆という方は、講演を始める前に、「わかりやすい話をするけれどもあまり頭が弱いと馬鹿にしないで欲しい」という前置きで話されたことがあります。私の方は、「鹿もどき」で暫くお付き合い願いたいと思います。

おめでたいことに、福田先生は、今年で米寿を迎えられます。で、先月二十八日に先生の郷里の波佐見町に「福田清人記念児童遊園」が開園致しまして、先生とご一緒に九州、波佐見に参りました。先生とご一緒するのは今度で四度目になるんですけど、まず最初は、『天正少年使節』の挿絵を担当させて頂いた時、昭和五十七年でしたか。その次が、福田先生が撰文を書かれました去来句碑の除幕式。これは、我々無月句会の有志の連中とご一緒しまして、これが昭和六十一年。三度目が「岬道おくんち詣での思ひ出も」の先生の文学碑、諏訪神社の境内に建ちまして、これが昨年。四度目が、つい先日、三日程ご一緒させて頂きました。

福田先生の郷里の波佐見というのは、長崎の大村空港から長い海の橋を渡りまして、左のちょうど佐世保方面に北上するような形になりますけど、二十五キロ位行きますと、川棚という町があります。ここの駅の前を東の方に向かって約十一キロ位ですか、波佐見の宿というバス停に着きます。そこの宿郷というところに、今度、福田先生の児童遊園ができたわけですけど、波佐見町は人口一万六千人位の小さな町なんですけれども一番の中心地が宿郷という所です。だいたい農業と陶器の町なんですけど、ここの波佐見町宿郷七三九番地が先生の本籍地だそうです。ここに児童遊園、写真を撮ってきたので後で御覧頂ければと思いますが、たいへん立派な、しかもかわいい遊園地ができました。おそらく、波佐見町に一つしかないだろうと思います。先生はその時、「この園にみのれ甘柿巨き人」という句を作られました。これが帰りの飛行機のなかでとんだことになりまして、これを発句に連句をやろうやということになりまして、一時間半、飛行機の中で、ちょうど芭蕉と曾良みたいに、そらみたことか、というような句会になりまして。これは先生がメモを持って帰られたので、私の手元に何も残っていないんですけど、また何かの形で発表して頂けるんじゃないかと思います。

昔、私は印刷屋さんの校正をやってたことがあるんです。そこで、関西の方の学校だったと思うんですけど、大学の助教授の原稿を校正してましたら、荷風が「鷗外の文章と漢和辞典があれば小説は書ける」というような事を言ってると書いてあったんですね。荷風が亡くなって三十年位になりますけど、昭和三十四年四月三十日だったと思いますが、三十年も経つとこんな風に変わってくるものかなと思っておりましたが、私の記憶違いでなければ、大槻文彦の冨山房が出した『大言海』の誤りじゃないかと思ってます。

荷風の事から始めたいと思います。荷風の本を私が読み始めたのは、終戦の翌年中学校三年位だったと思います。それから、長崎の佐世保から上京しまして、それが昭和二十六年の暮れだったと思いますが東京に出てきて、いろいろな荷風の本を沢山読んできました。

ちょうどパリへ行った時、ユトリロの絵というのは、それ以前はどうも好きじゃなかったんですけど、着きましてモンマルトルあたりを歩いておりますと、もとの風景がそっくりそのまんまなんで驚いたことがあります。

『濹東綺譚』もやっぱりそこの所を歩いてみたいという気持ちにさせたのも事実です。早速、隅田川界隈から言問橋あたりを歩きました。『濹東綺譚』の中でもお巡りさんに誰何される場面が最初出てます。こういう交番の前も歩いてみました。もちろん吉原も見学しました。そういう所を歩いているうちに、新宿の駅前に「聚楽」という飲み屋さんがありましたがちょうどビヤホールのような、サラリーマンが気楽に飲みに行けるようなお店だったんですけど、地下の居酒屋風な作りの障子に「酒は風流の一具なり」という文章が書きつけてあって、その一節が妙にひっかかっておりました。後で荷風の本を読んでましたら、これは「文芸春秋記者に与るの書」という本の中に出てくる文章なんです。菊池寛が編集した『文芸春秋』四月号に、荷風が銀座のタイガーというカフェに入り浸ってた時に文芸春秋の記者がいろんな中傷記事を書いたわけですね。「荷風は飽食暖衣に晏如している。ひとりよがりで世間を傍観している。こんな文士は筆誅を加えて葬つてしまえ」というような中傷記事で、「文芸春秋記者に与るの書」は、その答えなんですけど、四月号に載ったのは「昭和人物月旦」と題するもので、この中に匿名で書いてあるんですね。「今日、荷風の如き生活をしてゐる事は幸福なことでも又、許すべき事でもない。かくの如く社会に対して冷笑を抱いてゐ、社会に対して正義観を燃焼させないとしたなら、当然社会は彼を葬つてもいい。十年前の彼は、未だ社会を冷笑しつつも批評をするだけの実心を持つてゐた。これはいかに社会を罵らうと立派なことである。然し今日の彼は山形ホテルのボーイを怒鳴りつけ、タイガーに三時間も居据り、女を虐待して家出させ、ただ彼の生活を守る金がある故に許されてゐる。よく解すればヒコポンデリー、悪く言へば品性下等に基く小暴君的行為のみである。タイガーのお久事件のゴシップが、愛嬌として迎へられてゐる事は世の人の甘さからである。彼の日常生活を見た場合、かくの如く人間に対し、社会に対し虐待虐視を為し、自己をロックアウトするなら、何故自裁しないかと言ひたい位のものである。つまり文人としての荷風は、最早有つても無くてもよく、死んだら全集の印税が何処へ行くかだけの興味である。」というようなことを書かれたわけです。これに対し、翌日二十八日、荷風は「文芸春秋記者に与るの書」を書いていますが、この中に「酒は風流の一具なり」という非常な名文があります。これはすぐには発表されていないんです。これは、戦後になって、東京日日新聞に書かれたと思うんですけど、昭和二十四年四月二日付の東京日日新聞に公表されて、続いて二十五日、中央公論から『雑草園』に収められてあって、これ初版本なんですけど、ちょっと読んでみます。「酒は風流の一具なり。酒は風流を解する者にして始めて其奇功神の如きものあるを知るなり。文筆の士天外の奇想を捉へむとして酔を買ふや、或は妓をして絃を撫せしむることあり或は婢をして壷を捧げ来らしむることあり。皆その時に臨み、その處に従つて之をなす。他人の是非すべき限りのものに非らず」という文章があって、ずっと続くんですけど、「酒は風流の一具なり」というのが、私なんか酒を飲む時の一番いい材料になりまして、よくこう言って飲んで歩いていました。

荷風が書いた新聞小説っていうのは、確か三回位しかないと思うんですけど、その前に挿絵画家への注文みたいなことを明治の終わり頃に書いています。これは、『時事新報』に「小説と口絵」と題して書いてますけど、「主が客になって、客が主になるような絵は描いてくれるな」という注文をつけてるんですね。絵を描く者としては耳が痛いんですけど、もっともな話だと思います。

『濹東綺譚』の挿絵は木村荘八が描いているんですけど、これは荷風が最初に隅田川を渡って、行徳とか荒川放水路とかに行きだしたのは、昭和七年のお正月頃からになりますけど、箱崎町に中洲という所がありまして、ちょうど成田空港へ行く箱崎のターミナルの所ですけど、あそこに土洲橋という橋があります。そこの袂に前は中洲病院っていったと思いますけど、ありました。そこへ荷風が通っていたんですね、その時分。その場所は、人形町の交差点から水天宮の前を通って箱崎町のターミナルに行く左側に最近できたロイヤルパークホテルがあって、その前に病院が残ってたんです。その時分は大石産婦人科といいまして、産婦人科に荷風がかかってるっていうのは、ちょっと荷風らしいんですけど、ここの院長先生は、禅学のことをえらく研究していらしたみたいで「自然居士」っていう号を持ってました。お医者さんでも、いわゆる精神面のことをアドバイスしてくれた、なかなかの名医だったという噂の高かった方なんですけど、この方は、俳句や漢詩なんでもよくされていて、中洲のことを「不鳴庵」といって、別の号も持っていらっしゃるんです「ふめい」というのは、「不鳴《なかず》」と書いて、「中洲」とかけて号を作っていらしたんです。ここは四階建だという話だったんですけど、戦後、暫くその建物があったんで、見てきたんですけど、三階建じゃなかったかと思います。病院の中には、エレベーターなんかついてましてね、荷風の本の中にも出てきますけど、屋上に菊の花とか植えてありまして、非常に景色のよかったところだったと書いてあります。昔はそこいらは月の名所なもんですから、今はもうそういう面影全然ありませんけど、景色はなかなかよかっただろうという気は致します。荷風が「冬牆国手《とうしょうこくしゅ》」と呼んで一番信頼を寄せていた人で、二十年もかかりつけだったんです。当時、荷風はちょうど不眠症みたいな病気で通っていたんですけど、その大石先生が昭和十年の一月二十六日に脳溢血で亡くなってからは、このお弟子さんの厚木先生にかかっていました。この方が厚木病院というのを、同じ場所で開いていらしたんです。今はもう改築されて昔の面影はなかったのですけど、その当時は厚木病院は同じ産婦人科で蠣殼一丁目に残ってました。今はアツギ・クリニックっていう名前で厚木斉陽とおっしゃるんでしょうか、紀子という先生と、もうひと方ですか、三人位のお名前が出てます。現在もこの病院は、大石病院の跡にそのままあります。荷風は、ここから隅田川の東の方ですね、砂町とか堀切とか荒川放水路、行徳あたりを病院に行った帰りにまわって歩いているんですね。この探訪記事はいろんな随筆に書かれてまして、昭和七年の一月二十二日に初めて玉の井に行ったと書いてあるんです。これも病院に寄ってからそちらの方にまわってるみたいです。

さっき話しました新聞の連載小説なんですが、最初新聞に小説を載せたのは、福地桜痴について、日出國《やまと》新聞に行った時に、これは明治三十四年『新梅ごよみ』という題で新聞小説が載っています。その次が、明治四十二年の『冷笑』なんです。これは朝日新聞の東京版に載ったのですけれど、夏目漱石が文学欄を担当していた関係で漱石から依頼があったということです。両方とも新聞小説としては、あまり評判にならなかったようです。

それから、浅草の方にもまわっているんですけど、これは昭和十一年頃から、ほとんど毎日、玉の井とか浅草へ出かけて行き、十一年の九月十一日に『濹東綺譚』を起稿してまして、十月七日に『濹東綺譚』という名前を命名してます。十月二十五日にこれを書き上げてると『断腸亭日乗』に書いてあります。この小説はわりあい早く朝日新聞に渡されたみたいなんですけど、当時、時局柄、あまり遊廓の小説を載せるのは具合が悪かったんじゃないかと思われて、その翌年の四月十六日から東京朝日新聞の夕刊と大阪朝日新聞に連載が始まりました。これは六月十五日、三十五回連載して終わってるんですが、挿絵は木村荘八が担当してます。

木村荘八は、明治二十六年八月二十一日東京生まれです。日本橋吉川町一番地というところで、浅草橋から浅草を背にして人形町に向かって行きますと左側が柳橋ですけど、橋を渡ってすぐ左側が吉川町です。今その町名で残っているかどうかわかりませんけど、ここに牛肉屋さんで「いろは　第八支店」というのがありまして、そこで生まれてるんですね。お父さんは木村荘平でお母さんは鈴木ふく、八番目の子供です。木村荘八のお父さんっていうのは、後に町屋の火葬場を経営した人だといわれてる。私、調べがいかなかったのですけど、昨日教えてもらいました。確か三木のり平かなんかの芝居に「あかさたな」というのがあったそうですが、そのモデルです。「いろは」という支店を沢山持っていたみたいで、十一位あったんじゃないかと思われます。木村荘八は油絵の絵描きさんで、最初は二科展に出しておったんですけど、春陽会に移りまして、この人、作品があまり多くないんですね。それで、私の知ってるのでは、自分のお店を描いた「牛肉店　いろは」っていう、玄関を描いた作品で、長野の北野美術館というところに残ってます。これは一四八×一七九cmというから、だいたい一〇〇号位の絵だと思います。これが一番の代表作として残っているんじゃないかと思います。後は、風俗作家、挿絵が多いんで戦後もずっと挿絵等を描いていた方です。『濹東綺譚』、これは、三十五回連載したんですけど、絵は三十六枚あります。最初に描いたっていうのが、浅草吉原の裏に地方橋っていう橋がありまして、そこの風景を描いたっていうんですが、これは実際には『濹東綺譚』の中には使われてないんです。これも木村荘八が書いた手紙なんでしょうか、「この小説は昭和十二年の四月朝日新聞に載ったものであるが、その時すでに小説は全部脱稿されてゐて、畫者はその全篇を受け挿絵は三月からかき初めたが気候が寒かったことをおぼへてゐる。出来るだけ忠実に小説材料の土地について実地寫生した。かういう絵がその寫生帖の第一頁である」といって上の方に地方橋の絵を描いています。しかし、「この絵は挿絵には使はれてゐない。十二、三、六と日附されてゐる。その後この材料の土地は戦災を受けて旧様をとゞめないので、計らず自分のかいた拙作は存りし日の記念となり、小説本文に対して深い感激を抱きつゝ、挿寫した十八年前を懐ふ」と書いています。

当時、木村荘八はワットマンというイギリスの厚手の画用紙を使っていたと聞いているんですが、これはもう会社がなくなっていて、今ワットソンという名前の会社になっているんですが、画用紙はずっとひきつがれて出ています。『濹東綺譚』の途中で、やっぱり画家の山下新太郎からパピエジロっていう紙をもらって、その画用紙を使ったっていうことも書いてるんですけど、私、このパピエジロという紙はよくわからないんです。ただ、『濹東綺譚』の挿絵を見ますと、ナイフで引っ掻いたり、夜景なんかはナイフで削ったようになっているので、それがそうかなとも思ってるんですけど、ちょっとこれ、はっきりわかりません。木村荘八はこの挿絵を描く時、朝日新聞の記者と作家の武田麟太郎の案内で、玉の井を写生したといわれてます。

朝日新聞に連載された荷風の小説の原稿料なんですけど、その当時のお金で一回分七十円と記録に残ってるんですね。朝日新聞の話によると出来るだけ行間をあけて、普通は三枚ちょっと原稿用紙が入るのを、だいたい二枚八分程度で組んだということです。これも朝日新聞がなかなか連載しなかったので、荷風は何度か原稿料の催促をしてますが、連載される前年の十一月十七日に二千四百余円の小切手を受け取っています。これは、後で岩波書店から木村荘八の挿絵で、昭和十二年の八月に出ますけど、この時、岩波書店は荷風に原稿料を出すから、荷風から画家に支払ってくれと言ったというんですけど、荷風は断わって、結局、木村は岩波書店からじかに貰ってるんじゃないかと思います。

『濹東綺譚』の中に、二人実名で登場する人がいるんです。佐藤慵齋《さとうようさい》と神代帚葉《こうじろそうよう》という人です、種亮《たねすけ》とも言います。慵齋は佐藤春夫のことで、文章の中にも「女子がアッパッパと称する下着一枚で戸外に出歩く奇風については友人佐藤慵齋君の文集に載っている」と書いています。もう一人、神代帚葉という人は、『濹東綺譚』の「作後贅言」の中にも出てきますけど、郷里が鴎外と同じ津和野で、荷風よりも十歳位年上の人だったそうです。一説には、校正の神様って言われていて、玉の井とか吉原のことに非常に詳しかった人で、よく銀座の喫茶店でそういう話を聞いたと荷風も書いています。最初は、龍之介、露伴、潤一郎などの校正をやってたんですが、どうもきらわれる人みたいで、どれも出入禁止になったり絶交されたりしてるんです。荷風とは、大正十年に初めて会ってますけど、それから暫く音信不通になってて、昭和七年にまた会ってますね。荷風が名前をつけた萬茶亭《ばんさてい》という喫茶店が銀座にあってここか、キュウペルとかで毎晩のようにこの人と会って話を聞いたりしてます。この人は、昭和十年三月三十日に心臓マヒで死んでるんですけど、トリカブトを自分で飲みすぎて亡くなったという話です。

佐藤春夫は、昭和三十五年『新潮』の一月号に「永井荷風伝」を書いています。これが荷風が亡くなって最初に出た小説じゃないかと思うんですけど、鷲津郁太郎、甥になる人ですけども、この人がちょっと間違いを指摘しているんです。荷風のお母さんの恆《つね》さんが七十六歳で亡くなった時、弟の威三郎っていう人の家にいまして、弟の威三郎と荷風は仲が悪くて臨終の時も、告別式の時も荷風は出ていないんです。例の「泣きあかす夜となりけり秋の雨」っていう句を偏奇館で作って冥福を祈ったと書いてまして、佐藤春夫はこの時、恆の告別式に荷風の弟の貞二郎という人が告別式を司ったと書いてますけど、実は、貞二郎は昭和二年に死んでまして、お葬式の時に告別式を司った人は、友達の金井牧師の間違いだという指摘がされてます。同時に、それ程、弟さんとは行き来がなかったようですけど、お母さんは時々偏奇館を訪れていますので、絶対に仲が悪いってことはないと親戚の方は言っています。佐藤春夫は、どうも仲が悪かったということを『新潮』には書いてます。秋庭太郎の説ですけど、弟の威三郎とは最後には和解したという風に聞いてますし、実は、雑司ヶ谷にお墓を建てる時も、荷風は弟さんと会って、費用五万円の中の二万五千円を出してるんですね。ですから和解したっていうのは事実だろうと思います。それから、あとに『新潮』の中に佐藤春夫が、三田の学校時代のことを書いているんです。「また、巷間では荷風の三田時代、八重次と同車して三田に通勤し、八重次を車中に待たせて置き、再び同車して帰るていたらくに学校は荷風を持てあましたと伝へるが」という文章があり、これには久保田万太郎さんがえらく怒ってまして、こんなことは絶対になかったと、本が出た時そういう話を聞きました。また、他の人の話で、当時、新橋の巴家の玄関に出てきた時、膝をくずして応対したような、つまり前掛姿で客の前に出てきたというような話もあったんですけど、これも絶対ないということです。

高橋誠一郎さんが、荷風のことについて話をしていらした中に、荷風は浮世絵に非常に造詣が深くて、小林清親から始まってずっとさかのぼって、春信までいったっていうんですね。春信の浮世絵は浮世絵の中では一番美しいんじゃないかと私も思いますし、特に傾城の怠惰な首のうなじの線なんか非常に美しさが表現されて、これが『濹東綺譚』の雪子のモデルを思わせるような感じなわけなんです。荷風が『三田文学』を発行したとき、世話になってる籾山庭後っていう方がつきあっていた芸者六華がヒントで、雪子という風につけたのではないかと言われています。六華というのは雪のことです。そういう崩れた美しさっていうのは柿が熟して甘味が増すようなそういう腐れる寸前のおいしさっていうんですかね、それと、荷風の芸術性とやや似てるところがあるんじゃないかと誠一郎さんはその時話していました。

これも新宿の紀伊國屋の田辺茂一さんの話なんですけど、荷風ファンがいると具合が悪いんですけど、私が話すわけではありませんので。新橋の烏森に曖昧宿があって、一杯やってる時に、「二階にお客さんがいて、誰かが見てないと興奮しないからって。二階に上がって覗いてみてくれないか」と女将から言われたそうです。彼も、嫌いじゃないみたいで、すぐ二階に上がってみたら布団なんかが敷いてあって、荷風と女の人がいるもんだから「あれはいけません。私の知った人だから」と言ってあわてて下におりたという話を聞いたことがあります。そういうちょっと異常な性格もあったと言われてますね。『濹東綺譚』でもお巡りさんにつかまるところが出てきますが、よく風呂敷包みに赤い女の人の着物かなんか包んでその端をのぞかせながら交番の前を行ったり来たりするんですね。最初は、とがめられるんですけど、そのうちお巡りさんの方も慣れてしまってもう相手にしなくなったという事です。もっとも彼は、注意深くて戸籍謄本と印鑑証明と実印はちゃんと持ってて、二、三日拘留された時の身元引受人もちゃんとつくっていたそうです。

浅草の事ですけど、浅草で荷風が寄ってた喫茶店というのは、「ナガシマ」「モリナガ」「峠」、そば屋で「尾張屋」、どじょうやの「飯田屋」、そして、しるこ屋の「梅園」あたりはよく踊り子さんを連れて歩いたそうなんです。「峠」は喫茶店で、六区の裏にありました。ここは後で「サト」という名前に変わりましたけど、ここに「住みあきしわが家ながらも青簾」っていう荷風の句がかけてあって、隣にわたしの下手な俳句と絵がありました。それは、「板バメや馴染と啜る心太《ところてん》」という句です。文学作家仲間がたいへんうらやましがっていましたけれども、そのお店が改装する前は「名月や観音堂の鬼瓦」と「暫の顔にも似たり飾海老」っていう荷風の句が掛けてあって、その横に高見順の詩があったんですが、高見順のはちょっと覚えてません。

ここのおやじっていうのが早稲田を出てて、昔、日本橋の三越の前から昭和通りに向かった所に「峠」っていうお店があって、そこの女給さんと駆落ちして浅草へ行って、六区の裏に「峠」っていう同じ名前の店を出してましして、私が行った頃はもうおやじさんは死んでましして、連れ添って行った人が大ママと呼んでいる人がやってました。日本橋の近くにはもう一軒「三姉妹」っていう酒場があって、ここは常に文士の出入りが多かったっていう有名な店なんだそうです。ここは姉妹のうち一人が亡くなって後、戦後は新宿の方に「三姉妹」という店を出したという事を聞いています。私はここへ行ったことがないので、正確にはわかりません。「峠」はあそこだけが焼け残ったのか、或いは戦後早く建った家か定かではないんですが入口が二つありまして、中に入ると馬蹄形のカウンターがあって、十二、三人座れるようになっていて、背中の方に暖炉がきってあって、その上に荷風の俳句が掛けてありました。

それから、大ママが引退して、小《ちい》ママ《ママ》がそこで「サト」を始めたんです。ここは浅草の役者だとか踊り子さんとか落語家とかがよく来ていた店です。ここで、私、フランス座の絵を描くような交渉をしたような覚えがあるんですけどその人は、フランス座を長くやっていまして、確か美ち奴という流行歌手の弟さんで、深見千三郎という人でした。で、この人に頼んでフランス座の絵を描かせてもらいました。フランス座は昭和二十二年から始まったんですけど、ここへ出た芸人さんでは、亡くなった八波むと志、長門勇、握美清、三波伸介、伊東四郎、萩本欽一、坂上二郎なんかがいました。深見っていう人の最後のお弟子さんが今テレビで活躍してるビートたけしです。でストリップ全盛時代、ちょうど昭和二十四年から昭和二十六年にかけてなんですけど、最初は新宿の帝都座、次が浅草ロック座、それから、フランス座がオープンしました。で、当時、踊り子さんも三十人位いて、ギャラも一番いい踊り子さんで、十五万円位稼いでいた。当時の総理大臣の給料が十二万円だそうです。

この深見千三郎という人は寝煙草が原因の事故で亡くなりまして、五、六年前だったと思います。「峠」ではもう一人、みどりちゃんっていう踊り子がいまして、荷風にかわいがられた踊り子の一人で、よく荷風はまんじゅうを買って楽屋に現われてたそうですけど、自分の嫌いな踊り子には絶対にあげないんですね、物を。やっぱり仲間の踊り子ですから気の毒がって「先生、これあげて下さい」って言うと「あげてもいいけど、後は知りませんよ」って言うような冷たい返事をしていたそうです。ここいらへんから荷風がケチだという話が出てきたんじゃないかと思います。

それから、吾妻橋のちょっと手前に「尾張屋」っていうそば屋がありまして、ここは、帰りによく踊り子さんを誘ってうどんを食べていました。当時はまだ食料難の時代ですから、荷風が残したうどんを踊り子さん達が分けて食べたというような事も、そのみどりちゃんから聞きました。

それから、伝法院の通りに「天健《てんたけ》」っていうてんぷら屋がありまして、ここもよく荷風が寄ってて、そのおやじがまだ生きてる頃「よく上框《あがりかまち》のところに座って話をしていかれました」と話してました。この「天健」の「健」を日記の中には植物の竹と書いています。これ荷風がわざとそういう風に書いてるんじゃないかと思います。荷風はちょっと茶目気なところがあって、偏奇館のあった市兵衛町の隣に箪笥町っていうのがあったんですが、これをあの『濹東綺譚の中で、巡査につかまって住所はどこだって聞かれた時に御箪笥町っていう風にわざわざ「御《お》」をつけて言ってるようなところがあるんです。

これは荷風の全集の句集の中にもないんですけど、上の句は忘れたんですが、あんまりうまい句じゃないんで、イヤイヤながら書いたんじゃないかと思いますが、「……千客万来縄簾」という句だったと思うんですけど、荷風の句集の中にも出てきません。

それから、「汝惚里」という洋食屋さん。これは昔、吉原の外にありまして、赤い三角屋根で鱗状の模様の洋食屋さんでした。ここのおやじは、もと、風月堂のコックをしてて、味もたいへんうまいと書いてまして、孫が六区の方へ越してから暫くやってたんですが、ここも廃業してます。あとはインド料理屋さんになりました。荷風が亡くなる一ヵ月程前の三月一日に「アリゾナ」へ行ってますが、これが最後の「アリゾナ」行きだろうと思います。「昭和三十四年三月一日。日曜日。雨。正午浅草。病魔歩行殆困難となる。驚いて自動車を雇ひ乗りて家にかへる」が最後になってます。これも七～八年前だったんですが、お店を閉めてしまいました。で、「アリゾナ」の女将の話では、月の半分はビーフシチューを食べて、あとの半分は、カレーライスばかり食べていたということです。その当時、十七

～十八位の女の子が二人給仕でいまして、その後、女将さんに聞いたらもう田舎に帰って、子供もいるとのことでした。三十数年前の話ですからもういい歳になっているんじゃないかと思います。

　最後に、「大黒屋」っていうカツ丼を食べに行ってる店が市川にありますけど、ここは「大黒屋」っていう屋号がJRの駅の前と京成の駅の前と二つあるんだそうです。おそらく京成の方の駅の前で食べていただろうと思います。私、ここも行ったことないので、なんとも言えないのですが。

　えー、福田先生の話になんとか持っていきたいと思うんですけど、皆様御承知と思いますけど、荷風の日記の中に、二度福田先生のお名前が出てきます。一つは昭和九年の九月二十七日で「九月二十七日。晴又陰。正午兜町の永田氏来談。三菱重工株五十株七十五円。晡時書肆金星堂編輯員福田清人来り現代随筆全集への寄稿の事を請う。昏暮銀座に往き風月堂に食してかへる。此夜街上知人に逢はず。」これが、昭和九年の記事です。朱で、「福田清人神田神保町三ノ二一九段四〇六八」と電話番号まで書いてあります。

　福田先生が尋ねて行った前には台風かなんかがあったらしくて、九月十五日に福田先生が出されたんじゃないかと思うんですけど、金星堂から手紙で『現代随筆全集』に随筆を編入したいとの申し入れがあって、金星堂の前の住所が書いてあります。この時分は、荷風はアボンとかキュウペルとか、さっきトリカブトで死んだって言った神代種亮と銀座で会って、オリンピックとか風月堂で食事をして大石病院にいって、鷗外全集の『高瀬舟』を読んだり、ピエール・ロチの日記を読んだり、また日本橋の三越であった文芸家遺品展などを見に行っている年です。で、その次が、昭和二十九年十二月十一日です。「陰又晴。福田清人来話。島中鵬二氏来話。葡萄酒及鑵入巻煙草を贈らる。」これは、福田先生が中央公論に出された「十五人の作家との対話」の時だと思います。相磯勝弥《あいそかつや》、相磯凌霜《あいそりょうそう》とも言いますが、海神主人《かいじんしゅじん》という号で、荷風と晩年付き合っていた人がいるんです。この人の紹介で市川の菅野に取材に行かれたと聞いています。

あと、『天正少年使節』の挿絵は、一九五五年の九月八日から朝日小学生新聞に連載が始まったんですけど、十一日に朝日の編集長と先生のお宅にお邪魔し、十九日から長崎に行きました。これは、さっき宮本先生がおっしゃった「天正少年使節」の銅像の除幕式があったからです。それから波佐見とか西彼杵《にしそのぎ》半島を先生とご一緒してまわりまして、長崎に行って、先生はそのまま帰られたんですが、私は残って関係資料を調べていました。なにしろ、天正時代の風俗の資料っていうのがなかなかないもんで、東京の博物館に行ったり、甲冑の資料なんか調べたんですが、その時代のものは殆どないんです。

小説の絵は出来るだけスケッチを主にしたいと思いまして、長崎、波佐見あたりの風景を描いてきました。福田文庫の部屋の中に教会の挿絵を六枚展示してありますけれども、これは長崎県に古いカトリックの教会が沢山残ってまして、県の資料によると、全部で一四五あるんだそうです。その中でああいう古い建物は、北松浦郡、平戸、五島列島に点在し或いは西彼杵半島の外海《そとめ》とかに沢山あります。これは一人で長崎に行った時、五島列島をまわって描いたものです。このきっかけになったのは、五島列島に小値賀島《おじかじま》がありますけど、小値賀島の前に野崎島という無人島があるんですね。そこに野首という教会がありまして、絵は出してありますけど、これが当時、廃屋寸前だったもんですから行ってみたいと思ったんです。漁船で小一時間位かかる所でした。ここには野性の鹿が沢山いまして、漁師の人とたった二人でその島に上陸して描いてきた記憶があります。

福田先生も日記をつけていらっしゃるそうですが、荷風の日記で私ども非常に助かっているところがあるんですね。例えば有楽町で「お蝶夫人」の映画を観たり、日劇で荷風の「渡り鳥いつ帰る」を観たり、同じ劇場で同じ月に観たというような事を日記に書いています。さっき申し上げた食べ物屋さんなども含めて、非常に参考になっています。

昭和三十年七月二十二日の荷風の日記に、「晴。凌霜子角川書店写真師同道来話。夜半風雨。」と書いてあります。私の友人の大沢道生っていうのが、この時写真を撮りに行った男で、今はブラジルに帰化して日本にはいないんですが、その時撮った写真は角川書店で出した写真文庫の永井荷風を特集した写真です。私、二枚貰ったのを持ってます。一つは雑司ヶ谷のお墓の前で撮った写真、もう一つは菅野の家の前で撮った写真を四つ切位に伸ばしたものです。そういう具合ですから、福田先生も機会があったら日記を発表して頂きたいと思います。長くなりましたが、このへんのところで……。どうもありがとうございました。

＊福田先生のお話

ちょっと耳が遠いんで聞こえないところもあったけどね、最後のところで、僕の事言ってくれたんでしょ？　だいたい山口さんのお話の通りですよ。荷風という人はね、非常に人嫌いで、新聞記者とか雑誌記者とか作家とか、そういう人には会わないんですね。研究者の方は御承知だけれども、今の若い諸君で荷風に親しんだ人は少ないんじゃないかなと思います。僕の友人で、亡くなったけど詩人で坂本越郎っていうのがいたんですが、彼は荷風の甥なんですがね、甥でもね、おじさんのところに会いに行っても会ってくれないんですよね。ところが、ある時ね、誰だったか荷風の日記を見ていたら、君のことが書いてあるって言うんですよね。荷風は僕ら近づきがたい大作家でね、それが僕のこと書いてるっていうんですよ。一生懸命に日記を見たら昭和九年の何月かにね出てくるの、福田清人って二箇所。

伊藤整がまだ有名にならない頃、金星堂という出版社に勤めていたんです。金星堂は、新感覚派、横光とか川端とかの文芸書を出した出版社で有名だったわけ。昭和文壇の初めでしょうね。僕も学校出て、第一書房っていう本屋に勤めて、やめてぶらぶらしてて、原稿も売れないし、あまり愉快な日々じゃなかった。それでね、伊藤君は、僕や上林暁君や瀬沼茂樹君、そういう連中の最初の本を出してくれた。僕のは『河童の巣』というのね。上林君はなんだったかな。百部でね、印税はくれなかったけど本を五十部か七十部かくれたんですよ。うれしかったですよ。

ある日、伊藤君が「福田君、ぶらぶらしてるんなら、俺を手伝わないか」って言うんです。月給五十円で。仕事っていうのは『現代随筆全集』というのを出す。それは十巻位で、作家編とか科学者編とか画家編とかそういう人の随筆を五～六編ずつ集めたもので、「君、その仕事をやってくれないか」って。じゃ、やろうってわけで、そういう場合は編集者がいちいち随筆読んで、これ入れさせて下さいって言うべきだろうけど、そういう時間も知識もなかったから本人に選んでもらうことにしたんです。それで、予め人選して文学編に十人位選んで、その中に荷風先生が入っていたわけ。それで、丁寧に一生懸命手紙を書いたの。「先生の随筆を五～六編頂きたい。御承知下さるなら御返事下さい。詳細は編集者である福田清人がお伺いして承ります」という手紙出したところ荷風さんから手紙が来たわけ。「何月何日に来い」っていうね。で、喜び勇んで麻布の方に行ったわけですよ。

荷風さん、一人暮しで、きれいな洋館でね、ご免下さいって言ったら荷風先生二階からとんとんと降りてきて……玄関のところに漢文の本が沢山あったな。「上がりたまえ」って言うんで、上がって、普通は編集者が行きますとお茶くらい出しますが、荷風さんは一人暮しですからお茶も何も出してくれない。「先生の随筆を五～六編選んで下さい。だいたい何日頃まで」と言うと「承知しました」って。僕は、折角荷風さんに会ったんだから、文学の話を聞きたいと思ってね、何か一言二言話したら「もう御用はお済みなんでしょう」って。帰れって言うんです。それで帰ったの。それが日記に書いてあるわけ。それから一ヵ月位して、また僕の名前が出てくるわけね。福田清人が何か頼んできたけど、こういう雑事はうるさくてかなわないって意味なのね。いやいやながら選んだんでしょう。僕も面白くないし、伊藤君に「俺やめるよ」って。だから『現代随筆全集』に荷風さんがどういう随筆くれたのか知らないの。本の装丁は中川一政さんですよ、永福町にいた。彼に頼みに行って中川さんのかわりにね、国木田独歩の子供さんが秘書みたいにして金星堂に来たことを覚えてます。本の装丁も覚えてます。しかし、僕は二～三ヵ月でやめた。

それから、中央公論から『十五人の作家との対話』っていう本を頼まれたのね。作家に会わなきゃならないでしょ。しかし、そのおかげでそれまで会えなかった大家、谷崎潤一郎とか久保田万太郎とか滝井孝作とか正宗白鳥とか徳田秋声とかに会えてね。中央公論から出したんです。僕の同人雑誌の仲間だった秋沢君というのがね、サンケイ新聞の文化部長になってたんですよ。彼は中国から引き上げてきてね独立の女流画家の桜井浜江さんという秋田のお金持ちのお嬢さんと一緒になったのね。秋沢はまだ原稿料が入らない、浜江さんの家はお金持ちで、お金を送ってもらって阿佐ヶ谷にいたんで、太宰治とか壇一雄なんていう破滅型の作家はね、浜江さんの所へ行けば秋田の酒が飲めるってね、しょっちゅう行って酒飲んでいたのね。秋沢は怒っていたけど、しょうがないですよね。そういう事があって、秋沢のお父さんは海軍の少将かなんかで、同期生に海軍大将の加藤っていうのがいたのね。いよいよ結婚式をやるっていうんで加藤大将が仲人になった。挨拶に秋沢と浜江さんがおそるおそる行ったわけ。浜江さんって変わっててね、断髪みたいにしてるんです。そしたらね、大将が「なんだその髪は。髪は結ぶもんだ。今度来る時はちゃんと髪を結ってこい」って。そしたらね、断髪の髪を結って行ったらしいの。とうとう二人は別れちゃって、浜江さんいまでも独身でね、いい絵をかいています。

　秋沢君は、浜江さんと別れて中国へ行ってむこうの新聞社にいて、戦後、僕が児童文芸家協会の前身みたいな小国民文化協会にいたから、僕のところに来て、戦後サンケイ新聞に入っていた。彼は、東大の英文科出てたんでね、「福田君、僕、文化部長になれたんだよ。何か仕事ないかね……」って言うから、「僕、今中央公論の『十五人の作家との対話』を頼まれていて、あっちこっち作家を訪問して原稿まとめてるんだ」って言ったら、「それはいい。その原稿を俺の所へくれないか」って言うんです。中央公論からの印税の他に新聞の原稿料貰えるでしょ。だから中央公論の了解得たのよ。こういう話があるけどいいかって。そしたら「結構だ」って。新聞原稿は一作家十枚位かな、中央公論は十五枚位だったけど。そしたらね、問題起こっちゃったの荷風さん絡みで。荷風のところに出入りする毎日新聞の小門勝二氏がね、僕らの研究会にきて荷風の話をしたのね。一部ほんのちょびっと、僕が中に取り入れたらね著作権侵害だって、小門君が中央公論にどなり込んでてね。相手は毎日新聞の記者だから僕は謝ってね、一緒にお茶なんか飲んだら、もうご機嫌いいのね。まあそういう事あって、とにかく荷風さんに会えないんですよ。荷風さんは独身だから飯食いに行くわけ。有楽町の近所のなんていったかな、フジアイス、そう、そこに行くからっていうことを知った荷風のパトロンみたいな相磯という人を僕ちょっと知ってて、その人がね紹介してあげるけど、食堂で紹介するから、行く時がだいたいわかったら僕に電報打つから来いって。僕、落ち着かないんですよ、半月位。とうとう相磯さんがね、もうだめだって。

ところが、荷風さんが後に亡くなった町の短大から文化祭に講演を頼まれたの。女子学生が来たんで、「あなたの町には荷風さんがいるね」って言ったら「はい。うちの先生が二、三度お会いしたそうです」ってね。「これはいい」と思ってね。そこへ講演に行く日、あらかじめ荷風さんに手紙出しておいたの、ほんのちょっと会って下さいって。朝早く行ってね。汚ない家でね。ご免下さいって言ったら、開けてくれたんだけど、上がれって言わないのね。玄関先に腰掛けて何も話したい事はない、話したい事は書いてるって。荷風はアメリカ、フランスをまわって帰って来たけど、国内旅行してないの。ところが、長崎だけは行ってるんです。僕の郷里の近くで、今地震で揺れてる雲仙岳のふもとに小浜《おばま》っていう温泉の町があるの。そこを非常に褒めた文章「海洋の旅」っていうのがあるのね。その事を聞こうと思ってね、どういう気持ちだったかとか。一言二言話して、荷風さん何か話そうとしたら表で「ご免下さい」って二人連れが来たのね。見ると中央公論の社長と編集長なんですよ。荷風さん何か書いてたかな。それで僕がいるもんだから「荷風さん今日は機嫌が悪いから帰りなさい」って。「僕はあんたとこの仕事で来てるんですよ」「まあ、いいからいいから」って。それで帰っちゃったの。僕の友達は十五人の作家の中ではね、荷風さんの記事が一番おもしろかったって言うの。こっちは非常に不愉快でしたがね。荷風の思い出です。

（第二回、一九九一年一一月三日）

福田清人と長崎

志村有弘

私は、福田先生には大学時代に教えを受けたものでありまして、大学時代は、日本文学概説で、主として明治時代の文学についての御講義を受けた事がございます。それから大学院に入りまして、先生の演習に出して頂きました。なにやら今日は、大学の延長のゼミの発表のような感じが致しまして、緊張致しております。

実は、私にとってなぜ福田清人文学なのかということなのですが、私は細々ながら、九州の作家と文学について、本当に細々ですが、今まで勉強して参りました。その都度、福田先生にお教えを受けていたわけです。ちょうど今から二十年以上も前、昭和の四十二、三年頃のことですが、神田の三茶書房という本屋の二階に近代文学関係の初版本なんかが並んでいまして、そこで永見徳太郎という人の『阿蘭陀の花』という大正十四年に四紅社から出ました戯曲集を買いました。その戯曲集を見ましたとき、芥川龍之介が序文を書いていました。ちょうど説話文学を勉強していた関係から芥川と説話とか、そういったことに関心を持っていました。たまたま購入した永見徳太郎という人の戯曲集に芥川が序文を書いていて、なぜか心ひかれました。その頃、私、立教大学の付属高校の教員をしておりまして、わりと図書館にはキリシタン関係のものが多かったのです。永見徳太郎さんのものなんかもいくつか出てまいりました。永見さんのことを研究しているうちに、これ私の失敗談なんですが、人名辞典のなかに、永見徳太郎が熱海に住んでいるということを見つけました。私はどうしても永見さんとお会いして芥川さんのことなど聞きたくて、のこのこ出かけて行きました。もちろん菓子折りを持って行きました。初めてですから。あらかじめ連絡すればよかったんでしょうが、まず熱海の駅に着きまして電話帳を調べたら永見さんが一軒あるんですね。電話しましたら違うって言うんです。困りまして、市役所に行ってその住所を言ったら、古い戸籍を調べてくれまして、永見さんっていうのはない。だけどこの住所だったら南支所っていうのでしょうか、バスで四十～五十分入ったところですと言われまして、そこに行きました。そこにいたお巡りさんに聞いてもわかりませんし、お米屋さんに聞いてもわかりませんし、翌日学校をさぼりまして、一軒、一軒しらみつぶしに歩いて行きました。で、結局わかりませんで、帰って来まして、福田先生に永見徳太郎さんってご存じですかってお聞きしましたら、「ああ、あの人は昭和二十五年に自殺しましたよ」っておっしゃる。私は菓子折りを持って亡くなった人を捜しに行ってたのです。その後、永見徳太郎さん、芥川の弟子の渡辺庫輔、あるいは蒲原春夫、そういった人などのことも調べまして、その後長崎の五島の作家で明石敏夫という作家がいたのですが、この人は芥川龍之介の「文芸的な、余りに文芸的な」の中にも出てまいりますが、この明石さんのことを調べようと思って、国会図書館に行きまして、『中央公論』や『改造』に発表した明石さんの作品を調べたのですが、どうもあまり詳しいことはわからない。それで、福田先生にお電話しまして「先生、明石敏夫ってご存じですか」ってお聞きしましたら、「知らない」とおっしゃる。それから、一、二日して、本当に偶然なんですが、明石太郎さんっていう方が元海軍の少将だった人らしいのですが、軍を退いた後、本の販売をして生活なさっていたらしいんですね。同じ長崎ということで、福田先生のお家に明石太郎さんがいらっしゃったわけです。それで、福田先生は、明石さんが長崎五島の出身ということで、しかも二、三日前に私から明石敏夫のことを聞いていたので明石敏夫という人を知っているかと聞かれたらしいのです。そうしましたら明石敏夫とは五島中学で同級であったと。そういうことで福田先生から御連絡を頂きまして、明石敏夫さんが、まだ生きていることをお聞きしたわけです。

そういうことから、私どもの九州の作家研究にはいつも福田先生からお教えを受けていたわけです。「永見徳太郎の文学と周辺」という原稿を確か八十枚くらいにまとめたと思います。福田先生にたまたまお見せしたら、「八十枚じゃ長いから三十枚に縮めておいで」と言われまして、三十枚に縮めて持って行きましたら、最後が物語風だから学術雑誌には向かないといわれまして、北九州の小倉から出ておりました『九州人』という雑誌にその原稿を載せて下さったのです。それをきっかけと致しまして、その『九州人』という雑誌にいくつかの原稿を載せることができまして、それの発展しましたものが、先程御紹介頂いた『九州文化百年史』なんていうちょっと大げさな題の本となっていったわけです。

前置きはそれくらいにしまして、福田先生の文学の中の長崎ということにつきまして、いくつかお話させて頂きたいと思います。先程、馬場さんから福田文庫を見せて頂いたのですが、そこにありました『日本近代文学紀行』の西部篇についてですが、大正末期から昭和にかけて辻潤という人がおりました。その辻潤が、『絶望の書』という本を書いておりますね。中味はちっとも絶望的ではないと思うのですが、その中にこんなことが書いてあります。大正十二年、福岡での話です。辻潤が、「ある本屋の店頭で四、五人かたまっている高等学校の諸君に、僕は辻潤ですがね、今夜話を聞きに来てくれませんかね、とやった。辻潤の薬がきいたのか、その生徒諸君は、目を丸くして、じろじろと僕の顔を見ながら、一も二もなく買ってくれたのは非常におかしくもあり、ありがたくもあった」そのじろじろ見た生徒の一人が、福田先生だったわけです。福田先生は、講演を聞きに行かれまして、辻潤さんが黒マント、黒メガネで、ビールを飲みながら話されるのを見て、文士とはこんなものかと思ったということを『日本近代文学紀行　西部篇』の中で、お書きになっていらっしゃいます。この講演会は大正十二年に行われたものでありまして、辻潤、高橋新吉と長崎の八幡町で生まれた大泉黒石（映画俳優の大泉滉さんのお父さんといったほうがいいと思うのですが）、福岡の古賀光二さんという詩人が主催してダダイストの「ダダ講演会」というのをする予定であったのです。ところが、高橋新吉と大泉黒石は来ませんで、辻潤だけが講演をしたということがあった。ちょうど福田先生が大村中学から福岡高校に進まれて、福岡高校時代の話です。

プリントに入ってまいりたいと思います。一枚目のプリントは、福田先生の長崎・九州関係のものを並べてみました。二枚目にまいります。年譜の最後には福田先生が、来年お出しになる予定の本まで入れてますので、最先端をいく年譜だろうと、自負しております。（笑）

一番目の「岬の風景」、『明暗』という雑誌、これは文庫に展示してありましたが、福田先生が東京大学在学中に出された同人雑誌であります。今はなかなか手にはいらない雑誌でありまして、何号でしたか、伊東静雄さんも「空の浴槽」という作品を発表した雑誌です。「岬の風景」の作品の中の「東支那海の東の果て、その水底に青い昆布が揺れ真紅な珊瑚の林がすくすくとのびてゐる五島の海の沖、ゴムの弾力をもつ海づらを、一万二千噸のK丸はその黒い體をびむびむとはづませながら進んでゐる。Ｎａｇａｓａｋｉ？……」この横文字で書かれていますのは、フランスの少女が長崎の港を見ている。いぶかりながら、「Ｎａｇａｓａｋｉ？」と言っているわけですね。「K丸の前部甲板、望遠鏡をもって、久方ぶりに見る長崎の港と一帯の山々を、この港に入る時のピエル・ロテイが初めて味つたであらう気持に似て若い二等運転士がみつめてゐると、すぐそばで、かうした銀鈴の滑らかな言葉が響く」と。この「岬の風景」というのは、長崎の岬、キリシタン墓地を舞台として、一彦《かずひこ》という福岡の高校へ通う少年と、長崎の高等女学校の卒業を真近にしている二人の少女の語らい、恋などが書かれています。K丸からは、フランスの少女が長崎の港を見ています。一方、キリシタン墓地からは一彦と若い女性二人がK丸を見ているのです。そういうかたちでこの作品が対照的に書かれています。それから二年経って、一彦がキリシタン墓地をまた訪れます。ところが、自分が恋心を抱いていた豊子という少女は、お父さんの仕事がうまくいかなくて、朝鮮へ渡っている。もう一人の、江子さんは、土地の医者に嫁いでいるのです。二年の歳月でそういう場面の展開がありまして、若い男女の語らいと、恋、青春の夢と光、そしてその後の寂寥というか、淋しさが「岬の風景」に書かれております。私は、「岬の風景」というのは、福田文学の出発点と言いますか、後の『若草』という長編小説に通じるものを感じますし、あるいは、角川新書でお出しになった『情熱の花』という長編があるのですが、そういうものの母胎というか、出発点というか、そういうものを感じております。

福田先生の文学では、〈岬〉が大きなテーマになっております。この「岬の風景」という作品の中に「岬」という字が何個使われているか、数えてみたのですが、十八個出ておりました。たぶん福田先生はご存じないと思います。プリントには出ていないのですが平成二年の十一月二十日の『自由新報』という新聞にこういうことが書かれております。福田先生ご自身の文章ですが、「岬は文学の原郷」という題で、「私は少年の日を長崎を抱く小さな岬に育ったせいか、岬にあこがれる」と。「少年の日三里の道を長崎へ歩いた岬道。その通ずる地帯は幾つかの作品を生む私の文学の原郷でもある」。こういう風に、福田先生はお書きになっています。

昭和八年に出されました『河童の巣』という短編集の中に「岬と偵察機」という作品があります。ちょうど戦争の時代を背景としまして、偵察機がエンジンの調子が悪くて、墜落するに至る。それをスケッチ風に書いているのです。これも岬が作品の舞台となっています。岬ということに焦点を絞りますと、昭和二十三年に出ました少年少女感激小説『少年魔術師』という短編があります。この短編集は、「鹿の住む岬」とかあるいは爪上げ、長崎ではハタといいますが、爪上げのことを書いた「爪上げ」とか、海を生活の場としている一族のことなどが書かれていまして興味深い短編集です。『少年魔術師』という短編集の最初のところに、作者の言葉がございまして、「私は西九州の岬に少年時代を過ごしました。鹿の住む岬です」とあります。「シカの住む岬」っていうのは、『少年魔術師』の中に入っている短編です。西九州の岬のある所で五頭の鹿がある役所に飼われまして、鹿はやがて嵐のときに、柵が壊れたのをよい機会と逃げ出してしまいます。そして、遠く離れた岬まで逃げるのです。そこでたまたま迷子になった子供を救います。当時は子どもたちがいなくなると、神隠しに出会ったということで、戻せ、返せと子供を捜しに来るわけです。鹿に囲まれて、鹿が持っている木の実とかを食べて、少年はその日助かります。そういう作品が、「シカの住む岬」に書かれています。もう一つ、「鷗の海」という作品がありますが、それもやはり九州の西の海岸の岬が作品の舞台となっています。福田先生は、野母の岬とかそういう岬をご覧になって、少年時代を送られたわけですね。岬という言葉は、民俗学の宮本端夫先生の方が詳しいと思いますが、いろいろな文字を書きますね。様々なかたちで書かれていて、語源もはっきりしないのです。「水崎」だとか、「み」は美称の接頭語だとか、先端という意味の「みさき」なのだとか、様々な意味がありまして、どうもはっきりしないのです。関連があるかどうかわかりませんが、例えば「おんさき」(御崎)とか「おんまえ」(御前)と書いた場合も、「みさき」ですね。「おんさき」とか「おんまえ」と書いた場合の「みさき」は、神が使者としてつかわした動物です。あるいは、もう少し不気味な話をしますと、この世に未練を残した救われない亡霊を「みさき」と言うのです。「みさき」という言葉には人々の信仰めいた気持ちが含まれている。そのあたり、やはり岬を見ながら生まれ育った福田先生の岬に対する気持ちは、信仰心のようなものと関係があるのじゃないか、そんな気も致します。

そのほか、長崎を舞台とした作品としましては、「新しき題材」というのがあります。「新しき題材」というのは、画家の佐多という人が、福田先生の作品には他にも佐多という人が出て来るのですが、この佐多という画家が、長崎の町へやって来ます。友人が学校を終えて長崎へ帰っている。佐多が誘われるままに演劇を観に行きまして、そこで話しかけられた男が刑事とは知らないで、たまたま相鎚をうったために、疑いをかけられて一晩留置所に留められる。留置所に留められたことがきっかけとなって、再び絵が描けるような気になる。そういう作品になっています。その後の『明暗』昭和四年四月号掲載の「坂を下る」という作品は、やはり画家の佐多という人を主人公と致しまして、新宿の街を彷徨し、刹那的に生きる画家の姿に書かれております。

「海港の文学」というのは、福田先生の散文詩風のエッセイですが、ちょうど、東大を卒業しまして、翌年に書かれたもので、たぶん先生が第一書房に入社される直前に書かれたエッセイじゃないかと思います。最初に長崎のことが書かれまして、「海港より起る文学は都会の塵埃にまみれた文学、蒼ざめた文学に強い潮風をふきつけ、客間よりおこる文学に、へなへなの文学に、強烈な太陽を射りつけ、農村の文学を、ひからびた、沈滞した文学を、動力をもてうごかし濃い色彩を塗りつける」。文学に対する作者の決意を感じる一文ですね。これは、恐らく長崎の港が背景となって、こういう「海港の文学」というエッセイが出てきたのだろうと思います。ちょっと、話がそれますが、小田嶽夫さんの『文学青春群像』という、南北社から昭和三十九年に出された文壇回想記がございます。ちょうど福田先生が第一書房に勤めていた頃のこととありますから、昭和五～六年頃の事と思いますが、その頃の福田先生を振返りまして、こういう風に書いております。「伊藤整と福田清人は、中野の鍋屋横丁をちょっと奥へ入った同じ一角に住んでい、二人とも有望な新人視されていたためか、横光・川端と並称されたように、伊藤・福田という言葉がよく使われていた」。中を省略しますが、「福田は、後にいろいろたくましい面を見せはじめたが、その時の福田は、鋭く神経質に、どこか青白い感じであったのが今でも強く印象に残っている」と。

プリントの三枚目にまいりますが、これは、『セルパン』という雑誌の昭和六年八月号に掲載されました「海のヂプシイ」という短編の全文です。これは、海だけで生きる、海をずっとさまよう感じで生活している、要するに海のジプシーの話です。海のジプシーが台風の悲劇に会うまでの、老人、姉、少年、それぞれの思いをスケッチ風に描いた短編です。なかなか意味の深いものを感じる短編でありまして、少年が「まだあのほら、異人さんはゐるかしら。そら、海底電信所の」と、老人と姉に話しかけるのですが、姉も老人も答えない。そして、「ゐるかしら、あのなんとかいつた異人は」、すると老人が「ジヨンソンさん 親切な異人ぢやつた」「どうして聞いてゐたのであらう、それともそれほど少年の聲が高かつたのか。老人はがくりと顎をならして答へた。姉は何とも答へない。何を考へてゐるのか姉は」という描写があります。異人と姉との間に何かあったらしいのですが、象徴的に、意味ありげに書かれています。やがて、少年、老人、そして姉が乗る船は暴風雨に巻き込まれてしまいます。

「童話風な村」という作品がございます。やはり、『セルパン』の昭和七年三月号に発表された短編小説でありまして、これは完全に少年小説です。ノモ岬、福田先生の故郷ですが、ノモ岬のゴトウガラの少年とイソミチの少年のスナヲ、最初はなんとなく張り合うようなかたちで仲良くないのですが、ある事がきっかけとなって二人は和解し、最後は廃艦の鉄を盗む人を懲らしめるという作品になっております。

次は、福田先生の代表作の一つといってよろしいと思いますが『若草』です。これは、何度か単行本で、出されましたし、文庫でも出ました。昭和四十五年だったでしょうか、テレビでも放映されました。『若草』という作品の医学生審也は長崎の出身です。画家の赤城三峰という人の遺児であるマキという少女がこの医学生に支えられながら、独立し、やがて実母と巡り会うまでが描かれます。この『若草』という作品を見てまいりますと、救われないままにマキのお父さん赤城三峰という人は亡くなったのです。マキという少女は、審也に慕情というか、恋心を抱きながら、別れた後ついに会うことはなかった。審也はマキが水死したと信じて、諦めの気持ちを抱いて郷里長崎へ帰って行ってしまいます。もう一人水脈子という活発な女性が出て来るのですが、この水脈子はやはり審也に愛情を抱きながら他の人と結婚致します。それぞれの登場人物の諦念というか、諦めがこの作品のテーマとして流れています。確か、角川文庫の『若草』の解説で、田辺茂一さんが「読み終わって、哀傷だけが、ヒタヒタと迫るのである。マキも審也も水脈子も幸福ではなさそうだ」と解説しております。『若草』は、最初は昭和十六年に第一書房から、後に日本出版社から再版されますが、福田先生は、あとがきで「青春の歌」という言葉で書いておられます。しかしながら、その「青春の歌」の中には、人々のそれぞれの諦めがこの作品に根強く流れています。

プリントしました所は、マキが審也から聞いた長崎のことを語る場面です。――「ぢや、あたしがお話して上げませう。お兄さまのお話の復習よ。お兄さまの故郷の春は、南国故にひとしほ早く、もうとつくに櫻が岬や島島に咲いてゐるの。青青とふくらんだ黒潮は、榕樹や龍舌蘭や熱帯的な植物の多い海岸にひたひた寄せ、支那人の行商人がその貝がら道を歩いてゐるんでせう。麥畑には凧をあげてゐる子供があるし、高い山や島の頂に切支丹の天主堂の十字架が、春の日に輝いてゐるんでせう」、これが、マキという少女が語る長崎です。もちろんここには作者である福田先生の長崎に対する思いが込められていると言えると思います。また、こういう場面もあります。「目を閉ざしていると、いまマキより、思いがけなく言われた淳子という名まえから三百里離れた郷里、遠い九州、長崎の岬の家のことが浮かんできた」。これは、明らかに審也という登場人物を通して、福田先生の故郷に対する意識が込められていると言うことができると思います。

その次、『岬の少年たち』のあとがきは、実は、昭和五十三年の、後に出されました本の方から引かせて頂いたものです。最初は、講談社から昭和二十二年に出されまして、後に旺文社から昭和五十三年に刊行されたものです。ノモクビ岬の少年ビンが、老人から美しい玉を二つ貰います。赤い玉と青い玉です。赤い玉は勇気の出る玉、青い玉はやさしさの出る玉なのです。ビンが、青、赤二つの玉に勇気づけられながら海賊退治をするという作品です。登場人物の一人の少年であるサブロウという人のお父さんは青い玉を見て、「なんだか、わしは昔こんな宝石を持っていたような気がする。金庫か、何かにしまいこんで、忘れてしまっているのだ」。こう言います。要するにサブロウのお父さんは、昔はやさしさというものを持っていたんだと。それが、今は、もう忘れてしまっているのです。これも福田先生の故郷を舞台とする、少年の至純なやさしさがテーマとなっている作品です。福田先生は、「私は、長崎の港を片腕で、なかば抱いたような岬に、少年の日をすごしました。そして、昼はあみほし場の海岸にたたずんでは、長崎の港に出入りする大きな汽船に、異国への夢を走らせたり、また夜は年とった漁師の語ってくれる船ゆうれいの話などに耳をかたむけたものでした。その岬を去ってから、長い年月が流れました」と述べます。それから、福田先生が長崎を訪れたことなどが書かれまして、「さて童話は、ふるさとに心をよせる文学だと、西の国の詩人は言いました。そのとおり、多くの童話には、作者のふるさとが新しくよみがえってえがかれています。そこに残っている豊かな太陽や自然の色があらわれます。私の幼い日や少年の日をすごした、長崎の港を抱く小さな岬、そこをとりまく海は、たいていの私の作品に、期せずしてとりいれられました。それが自然にうかんでくるのです」と記しています。

『長崎キリシタン物語』という作品の冒頭には、わたしはお医者さんをしているお父さんから薬を取っておいでと言われて出かけます。その時に出会った不思議な人との出会いから話が展開していきます。これは、江戸時代長崎にいましたキリシタンの金鍔次兵衛という人の少年時代から筆をおこしまして、布教活動、禁獄、そして、最後は西坂の刑場で処刑される波乱にみちた生涯が描かれています。『長崎キリシタン物語』のあとがきで、「わたしが子どもの日、昔話の主人公のように聞かされた次兵衛が、偶然にもわたしの故郷と近い大村生まれとされていること、次兵衛とこの物語ではかかわりがふかかった、少年使節の一人、原マルチノがわたしと生地を同じくすることにも心ひかれて、この物語をまとめました」と述べています。金鍔次兵衛を主人公として描かれている『長崎キリシタン物語』、やがて原マルチノが主人公となってくる『天正少年使節』、こういう作品が出てまいりますが、全部福田先生の故郷に取材した作品です。また、雑誌『セルパン』の昭和七年五月号に掲載された「南国の吉利支丹部落」というエッセイがあります。これは、昭和七年の春に郷里に帰られた福田先生がキリシタン宗門の集落を訪れまして、そのときのことを綴ったものです。キリシタンへの関心を早い時期からお持ちになっていた、それは、やはり故郷の長崎と無関係ではないのです。

『讀賣新聞』の「顔」という所に「ふるさとこそ原点」というのがございます。ここに記されているものは先生の『坂鳥』という句集に収められたものとやや重なるところもあるのですが、「東京・杉並に住んで四十余年になるが、墓も、本籍も生地の長崎の山あいにある」。「動かすと、ふるさとを失いそう」で、そこには、「自分の心の原点、よりどころがあるんですよ」。こういう言葉が出てまいります。

「岬は文学の原郷」という、平成二年十一月二十日の『自由新報』に書かれたエッセイがあります。「私は少年の日を長崎を抱く小さな岬に育ったせいか、岬にあこがれる」。「（諏訪神社の）境内に〈岬道おくんち詣での思ひ出も　清人〉の碑が大学の教え子、文学仲間、身内等四百余名の協力で建てられた。少年の日三里の道を長崎へ歩いた野母の岬道。その通ずる地帯は幾つかの作品を生む私の文学の原郷でもある」。こういう言葉が書かれております。

あと、長崎関係のいくつかのお話を致しますと、広く肥前ということでは、『セルパン』昭和六年九月に載せられました「記憶の一頁」という少年期の思い出を綴った散文詩風のエッセイがございます。それから、昭和四十五年発行の立正大学女子短期大学部の『文芸論叢』に「私の少年の日と汽車」というエッセイをお書きになっておられまして、「私の近作の少年小説でも、このように幼年の日をすごした九州のいくつかの線や駅が反映している」。近作の少年小説とは、『春の目玉』、『秋の目玉』『暁の目玉』を指すのだろうと思います。珍しいところでは昭和十四年に『長編文庫』という雑誌で「光線」という作品をお書きになっているのですが、これも少年期をすごした南国の港町を舞台としまして、筑紫平野の水郷の町から長崎へ移住してきた親子のことが書かれています。それから『天正少年使節』はもちろん長崎、先生の故郷に取材した作品です。

ぎょうせいから昭和五十六年に出ました『福沢諭吉』もやはり、最初長崎を訪れる諭吉の姿から描かれております。『春節』という短編集の中に、「海の脚光」という作品があります。水城という人が主人公ですが、これは福田先生の分身であろうと考えられます。水城という主人公が舞踊家のために長崎のことをいろいろアドバイスしてあげるという内容になっています。

時間もまいりましたので、福田先生の文学の母体が長崎にあって、その故郷は先生の多くの作品に取り入れられていることを指摘させて頂いたということで今日の私の話を終らせて頂きます。ありがとうございました。

＊福田先生のお話

福田　足が弱ったり、耳が弱ったりしてるから……。先程は明石鉄也とおっしゃったの?

志村　いいえ、明石敏夫です。

福田　それがね、アサヒタロウって聞こえたのね。変な名前だなあと思って。明石敏夫っていうのはね、志村さんが新しい光を与えた人です。志村さんは、立教では、中世文学を専攻して、長野甞一先生の研究を助けていたんです。長野先生は中世文学を研究していたけれども、芥川が古典を題材に作品書いたでしょ、だから、長野先生の新しい芥川関係の研究をサポートしていたのね。九州作家の明石敏夫っていうのは、五島出の作家で『中央公論』なんかにも作品を発表したのだけれども、不遇であまり報いられなくて亡くなった。その作家を志村君が研究して、論文に発表したのね。また、九州の作家のことを、『西日本新聞』とか『讀賣新聞　九州版』などに発表し、九州の専門書といっていい程の大きな本も出しておりますが、その一部に僕のことなんかも考えてくれてます。板垣さんっていう僕のことを書いてくれる先生もいますけど、志村さんも、『セルパン』や『明暗』といった、今ではなかなか見られない雑誌を持っててくれて、今見ると、ああ俺もこんなこと書いていたんだなあと思うくらい詳しくやってくれて……

それからね、私は長崎に少年時代をすごしたけど、長崎市で生活したことはないんです。十月に長崎の三大祭で「おくんち」っていうのがありますが、そこに、向井去来っていう芭蕉のお弟子さんの句碑の撰文を書いたっていう縁で東京の句会、あるいは僕の関係者に何年か前に句碑を建てて頂いた。今は、長崎市磯道町となって、長崎市に入っていますけど、私の少年時代はまだ長崎郊外の土井首という漁村でした。長崎市まで歩いて、あるいは自転車で通って、あるいは長崎市にいたおばの家に行って、あるいは、友人の家に泊まったりして、生まれ故郷というのとはちょっと違う、長崎市とちょっと離れた立場で生活していたんですね。中学から、ずっと他の土地で生活していたので、たまに長崎郊外の村に帰ったりね。

生まれた所は、佐賀県との県境の波佐見という焼き物の町なんです。そこに私の原籍地があるんで、原籍地の小さい土地を村に寄付しましたら、そこを児童遊園にして句碑を建ててくれたんです。その時詠んだのが「この園にみのれ甘柿おおき人」という句です。そこへ行く一行に僕の妹もいたんだけど飛行機がきらいと言うので、汽車で行って、帰りは飛行機だったんですけど、暫く旅行なんかしなかったので風邪ひいてちょっと変な声になっちゃったんですけど。しかし、その波佐見っていう所は、旧大村藩で、今空港のある町が大村ですけど、長崎は大村藩のものだったんです。

大村藩はキリシタン大名で、天正少年使節はご存じでしょう。派遣された少年のうち三人までが大村藩と関係があるんです。大村藩は隣の藩と戦争なんかするし、ひどく困りましてね、長崎は大村藩のものだったために長崎を抵当にキリシタンの本山から場所をかえたというので秀吉はひどく怒ってね。長崎を取り上げて、天領にした。古くたどれば長崎市と関係がないわけじゃない。「おくんち」の日に「にわみせ」いうのがあるんですね。僕はそれよく知らないんで、長崎に生活していた人に聞いたりしてね。本当の長崎というのを僕は知らないんです。少年時代に残っている長崎というもの、むしろ長崎の岬が小説の原郷になっているんじゃないかと思います。

それからね、僕のおやじは田舎医者で、医者の使う薬がきれると、小学校時代は僕が長崎の薬店に自転車で取りに行っていた。大波止っていう波止場に一軒、築町に一軒あった。三〜四日前、画家の山口さんと行って昼食を食べようって奥さんが言って、自分のいとこが薬店をやってて、そこにビルがあるからそこで食べようって。(昔行った)その薬店が大きな会社になってビルになってて、二階、三階は結婚式もできるレストランになっていた。そこで昼食食べていると、山口君のいとこの社長さんが出てきたので、「僕は昔おたくで薬買ったんですよ。もう半世紀、もっと昔……」っていう思い出話をしたんです。小さい薬店も大きなビルになっている。長崎にはいろいろな思い出があります。

小説、童話の材料というのは、懐古的になるんだけど、僕はそんな長崎ばかり書いたわけではなくて、若い頃僕は東京の中央線沿線に住んでましたから、「中央線沿線」だとか、近所に感化院があった時は、それを題材に書いたことがある。しかし、外国の詩人が「童話は故郷を志向する文学」と言っているし、宮沢賢治はイーハトーヴォといって花巻を、小川未明は新潟を、浜田広介は山形っていう風に、純粋でまだ夢の多かった少年時代を回想して、故郷を題材にしている。ほとんど童話や少年児童文学というのは、そういう風になっているようですね。

一週間ほど前、東京のある大学からアンケートがきたんですよ。児童文学における空間についてどうお考えですか。あなたの作品に空間を取材したものがあれば教えて下さいって。結局僕らの子どものころは、遊び場は路地とか山とか児童文学の空間が非常に密着していた。それが、かくれんぼとか女の子のままごとも庭先でね、みんな空間を利用していたでしょ。そういう意味で、今の生活からそういうものが消えていることは、恐ろしいことです。そういうことを研究しているのかなと思ったんです。『岬の少年たち』とか自分の作品で例をあげながら、返事を出しました。

夏は過ぎましたが、水泳でもね、僕の田舎には岬があって、海や川で泳いでいるかと思ったら、僕の田舎の小学校にもプールがあるんです。伊豆のホテルにもプールがあって、すぐ近くに海があっても、海で泳がないで、プールで泳いでる。そんな風に児童文学からも空間が段々消えてしまうんじゃないかな。

（第三回、一九九二年一一月三日）

『天平の少年』と少年少女歴史小説

浜野卓也

福田先生の会でありますので、はじめに福田先生と私のご縁を話させて頂きます。

福田先生は長らく全国の公立学校の文芸誌『文芸広場』という雑誌の小説・戯曲とエッセイの選者をなさっていました。その当時私、詩を書いておりまして、亡くなりました坂本越郎さんが選者で、詩と童話戯曲等を投稿しておりました。たまたまその年度、賞を頂いたり致しましたのが、まず初めのご縁でございます。次に福田先生が立教大学の若い学究の方々と「近代作家シリーズ　人と作品」という近代作家の評伝のシリーズを編集なさっていて、「書き手が足りないから君、書いてみないか」ということで、一冊泉鏡花を書かせて頂きました。その時、私、たまたま立教の近くの都立高校に勤めておりましたので、立教大学の資料を見たければ、大学院に来たらいいということで大学の図書をいろいろ参考にさせて頂きました。そうしましたら、隣の大学院の皆さんが、まあ熱心にと言わなくてはいけないんですが、僕から見たら楽しそうに授業をやっていたんで、「先生、大学院というのは雰囲気がいいですね。僕らも入れるんですかね」と伺ったんです。まあ今ですと生涯教育という言葉がありますから、大威張りで入れるんですが、その時私すでに四十歳を越えてまして、ひやかしで入っちゃいけないのかな思ったら福田先生が「いや、誰が受けたっていいんだ。君受けるなら受けたまえ」とおっしゃるので突然受けまして、福田先生の元で大学院の勉強をさせて頂きました。お手元のプリントの経歴には大学院のことは書いておりませんが、ずっと公立学校に勤めたまま、大学院に行ったというのはカッコ悪いんで書いていなかったんですが、実はそういうことです。最初福田先生に童話を見て頂き、それから大学院でお世話になり、さらに先生が選者の時に、小学館賞などいくつか賞を頂きました。そういうことで福田先生にはたいへんお世話になっております。

児童文学というのは、たいへん花ざかりのようで、どこの大学でも児童文学の講座というのはあるようなんです。ところが、そういうところでは、えてして忘れられるのが、これは大人の文学もそうなんですけど、楽しい大衆文学（便宜的に使わせていただきますが）、えてして忘れられているのが大衆文学なんです。もっとも、山本周五郎さんは純文学、大衆文学という言い方には反対で、「そんな呼称はやめてしまえ。いい文学と悪い文学があるだけだ」と言っています。私の解釈だと、大衆という言葉を低く置くからいけないんで、要するに読者をより楽しませる、自分というものも出すけど読者というものを意識して読者とともに共感したいという要素がより強いというのが大衆文学だと思うんですね。純文学というのは、自分の実の人生に近いところで書いていく。従って、大衆と名のつく方が虚構性が強いわけです。そのために大学でもなんとなく大衆文学の研究というのはないようなんです。もっとも大衆文学というものは研究しにくいんですね。ストーリー性で読ませる作品なので非常に研究がしにくい。この分野で最初に評論を書いた尾崎秀樹さんなんかの大衆小説論を見ますと、ほとんどそれはストーリーと、作者がどういう経歴を経てきてどういう経歴のもとにそういう作品を書いてきたかということが書かれていまして、いわゆる純文学的な研究の書き方、評伝の書き方とは異なっている。これは仕方がないことだと思います。

児童文学は、分けますと、戦前は童話という世界と少年少女小説という領域がありました。この少年少女小説というのは、いわゆる大衆小説系ということになります。端的にいいますと、最も顕著なのが『少年倶楽部』です。童話の世界でいいますと、『赤い鳥』といった、これは一種の児童文化運動ですが、つまり『赤い鳥』に表われる童話と『少年倶楽部』に表われる読物とはやや異質であるといえます。しかし、不思議なことに、現在私どもが大学で児童文学を講じたり評論を書いたりする時は、取り上げるのは宮沢賢治であったり坪田譲治であったり小川未明であったりするわけですが、読んで楽しかった少年時代の話を語ると、みんな『少年倶楽部』が楽しかったねと言う。『赤い鳥』の童話が楽しかったねと言う人は一人もいないんですね。どうも学問というものはアカデミックなもので、楽しんじゃいけないみたいなところがあって、退屈しながら精神修養するようなつもりで厚い一巻を読み終えた時の充実感のために読んだということになると、一方大衆文学は、楽しくていつの間にか終わったということになる。やはりなんとなく違っております。戦前の『少年倶楽部』というのはたいへんなものです。しかし、『少年倶楽部』の研究をする人というのは少ないですね。現在でも児童文学の賞をもらう作品は子供達には読まれない。たまたま昨日は講談社の野間児童文芸賞というのがありまして、この賞の選考には福田先生もかつて携わっておられましたが、今年は、山中恒さんが井上ひさしさんの強力な推薦を受けて入賞しました。山中氏は児童文学者というと怒るんですね。自分は児童読物作家であって、文学者なんて高尚なものじゃないって。楽しくて楽しくてしょうがないという作品が賞をもらうのは、まあ今年は例外的にありましたが、全体的にみるとどうもやっぱり少ない。社会状況とか、障害問題とか戦争反対とかテーマ性の強いものが賞になっていることが多かったようです。

さて、『少年倶楽部』は戦後もありまして、大人の作家たちが書いていました。これが、やがて漫画にとられてしまう。今の劇画ですね、『少年ジャンプ』とかに取ってかわられるわけです。しかし、今日でも編集者達の間には、『少年倶楽部』的な面白いものを出していきたいという夢があるわけです。ところが、戦後の歴史小説というものは一時期は売れましたが、今はまったくすたれてしまった。今は歴史小説などというものは、例外的に取り上げてくれますけど、どこの出版社も出してくれないんですね。それは、読まれないということが一つ、読まれないことの理由の一つは、子供が本を読まなくなったという共通の問題がありますが、もう一つは、戦後の歴史小説はたいへんつまらなかったということがあげられると思います。つまらないのは何故かということなどにも触れましてこれからお話したいと思います。

これから申し上げます福田先生の『天平の少年』というのは、僕はこういう風に位置づけます。戦前は『少年倶楽部』という楽しい読物があった。ところが、前後民主主義の中では、子供に読ませる作品で、歴史小説ならば正しい歴史を教えなければならない。つまり歴史観ですね。正しい歴史観といったものが、今思うと本当に正しかったのかどうか、非常に疑問で、これはどちらかというと唯物史観的な歴史観であったわけですね。ですから僕自身思うんですけど、僕らは二つの偏向を通ってきた。一つは戦前の『少年倶楽部』で、あれは楽しかったけれどもいつも皇国史観から出発したものだった。ところが、戦後民主主義、もっと簡単に言いますと、アメリカとソ連が戦争すればアメリカが悪くてソ連が正しい、朝鮮が北と南と戦うと北が正しくて南が悪いという、どちらかというと社会主義的な一つの史観を持っていた。それが社会認識だと思っていた。こういうことで歴史小説を書こうとしますと、農民一揆が圧倒的に多いんですね。戦後には農民一揆小説がさかんに書かれたわけです。ところが、農民一揆の小説を書いた人たちは、学校の先生が多かったんですね。しかし、大人の作家、『少年倶楽部』に書いていた作家達はそういうのを書かない。それは農民一揆が別に悪いということではないけれども、農民一揆が歴史小説としていかに書きにくいかということであったと思います。また、今私達がつまらないと評価してしまうものは、殆どそれが図式的であったということによります。つまり、お殿様は悪くて、百姓は正しい、地主は悪で、小作人は善という一つの図式で一揆小説を書いた。これは非常にワンパターンです。実は江戸時代はそんな単純なものではなかったということに気づかなかった。

福田先生の『天平の少年』についてお話したいと思います。戦前は、『少年倶楽部』というたいへん面白い雑誌がありました。戦後は新しい歴史観にたっての歴史小説を書かなくてはならない。福田先生の『天平の少年』は、つまり戦後の皇国史観から解放された日本史の新しい史観にたって、一方戦前的なもの、ストーリーのおもしろさをその中に盛り込んでストーリーを作りあげていった作品という風に私は解釈しております。

もうすでにかなり昔になりましたので、簡単にストーリーを申し上げます。天平といいますと、なんといっても大仏建立があって、大仏の開眼式が作品の結末になるわけですが、舞台の始まりは、長良川のほとり、岐阜県ですね、そこに一人の少年がいる。野乃彦《ののひこ》という少年がいる。みなし子であります。これは『少年倶楽部』的な設定で、逆境の孤独な子供である。郡の大領、当時は国から国司、今で言う県知事が赴任して来ていたのですが、県知事の下にあります郡の司、郡長さんで、その長を大領と言いますが、たいてい土地の豪族が任命されるんです。時には中央から派遣された国守と在地の豪族郡長とが利害が一致しなくて戦ったりするケースが非常に多かったんですね。野乃彦君は、郡長さんの息子でたいへん力が強かった。お母さんもたいへん力が強かった。『古今著聞集』か『今昔物語集』から取られたのかなと思ったんですが、お母さんが力の強い人で、国司が無理な年貢をかけてくると、年貢が高いと言って抗議を申し込む。役人が言う事を聞かないんで、役人が座布団に座っていたのをそのまま片手で持ち上げ脅したという話が説話の中にありまして、たぶん福田先生はそれをお取りになったと思うのですが、そういう強い少年が出てくる。それからもう一人、文化的な子供が出てきます。この子は宗人《むねと》といって、お父さんは奈良の仏師です。奈良のお坊さんの横暴に耐えかねて岐阜に来ている。従って、二人は物語で言いますと一種の貴種流離譚的存在、血筋はいいが今は逆境にあるというものです。物語の基本的なパターンを捉えられているわけですね。そして、奈良から郷里の東国に帰る乞食を助けてあげたりする。これも戦前の私達の歴史にはなかったんですが、戦後になってはっきりそういうものが歴史の本に書かれるようになりましたけど、例えば、防人ですね。「老幼にして至り、白頭にして帰る」若くして行ったけれど帰る時は真白髪のおじいさんであったという防人の歌ですね。もう一つは、庸《よう》といって、例えば豊島郡で取れたお米を交代で都へ運ぶ役がありますね。お米を奈良に収めた帰り、当時のことですから病気になったり台風にあったりして、難民になってしまう人がたいへん多かったという記録があります。こういうことは戦前にはなかったけれども、戦後はそういうことがはっきり人民の歴史として書かれている。そういうところを福田先生は巧みに物語の中に生かしながら、話を進めていかれるわけですね。それと、もう一人、これも戦後的な人物なのですが、行基《ぎょうき》がたいへん使われています。行基菩薩ですね。行基も戦後たいへん研究された坊さんで、戦前は、例えば『続日本記』という本には、行基というたいへん悪いお坊さんがいる、しかもデモに参加したりするのはけしからんというようなお触れが度々出ている。有名な歴史的事実としては、奈良の難民というか、乞食のデモ隊二万人位が春日野にたむろして、たいへんお上を悩ましたという記録がありますけれど、この行基さんが、中央のやらないことを一生懸命やる。つまり病院をつくる、橋を架けるといったようなことをするわけですね。行基の仲間のお坊さんが岐阜へやって来て人民のために一生懸命努力する。そして、野乃彦君と宗人君はやがて行基に仕えるようになるわけです。当時の伝承と新たに戦後浮上してきた人物に視点をあてながら物語を進めています。なお、面白かったのは、都へ行くおばあさんと若い娘がいる。何しに行くのかというと、お兄さんが子供の時、鷲にさらわれて行方不明で、そのお兄さんを捜しに行くのだと。これは、戦前にもありました。戦前の皆さんの方がよくご存じだと思います。子供が鷲に捕えられて、奈良の大きな杉の梢に置いていかれる。その子供が奈良のお坊さんに育てられて立派なお坊さんになる。良弁《ろうべん》ですね。いまでも良弁杉というのがございますが、その良弁杉の話などもうまく取り入れられています。女の子はお兄さんを捜す。もちろん、お兄さんが良弁で、えらくなっていることなど知らないで都へ行く。一つのストーリーの中で、最初は地方に舞台をおいて、やがて中央へ移って行く。中央の政治の中に巻き込まれながら話が展開してゆくということになります。さらに、奈良の大仏を作る前後、都が転転とする。宮の造営中途で何故か火事が非常に多いんですね。この物語の中でも、恭仁《くに》の都づくりをするのですけど、結局出来ない。何故出来ないかというと、その度火事になる。これを福田先生は、朝廷の勢力争いが原因だとされています。一人は玄昉、後に左遷されて殺されますが、それから正義派、小説は片方悪ければ片方良くしなければ物語の進み方が悪いので、正義派が行基。お互い都づくりを邪魔しあって、結局恭仁の都というのは完成しなくて再び奈良に都を作って、東大寺の大仏が出来るという話なんです。

ちょうど物語から三十年位前に日本に初めて貨幣が出来ました、和銅開珎《わどうかいほう》です。このお金で爵位が買えたりするのですけど、そんな経済史的な話なども福田先生は取り入れられています。最終的には、仏師の子、宗人は行基の下で奈良の大仏を作る、大仏を作ったのは国中公麻呂《くになかのきみまろ》という人ですけど、公麻呂の下にあって一生懸命大仏を作る。野乃彦君は都で反対派の妨害を防ぎながら行基の大仏づくりを完成させるという話になっています。行基については、公の記録では、はじめたいへん危険人物であったが、行基の力を借りなければ奈良の大仏が出来ないということで、朝廷では行基を重く用いてその結果やっと大仏が出来るわけですね。そのへんの朝廷の政治抗争の歴史をちらつかせながら、良弁杉のことや当時の伝承を入れながら非常にストーリー豊かな作品になさっている。これが『天平の少年』だったと思います。

『天平の少年』はストーリーが波乱万丈である。しかし、それだけではなく、戦前の『少年倶楽部』の小説にはなかった経済の話とか、当時の政治状況、例えば行基ですが、危険人物で朝廷を悩ましたというようなことは戦後明らかになった。そのへんも福田先生はくみ取られてストーリーの中に取り入れられている。これは、良い意味で『少年倶楽部』の戦後史的な復活と言ってもいいのではないかと思います。私事で恐縮なんですが、私も天平という言葉を使って作品を書きたくて『天平の兄弟』という作品を戯曲で書いたのですけど、その後長編にしたくて書きまして、福田先生に「先生、これ本にしたいので読んで下さい」と言いまして、五〇〇枚の原稿を渡しました。今私だったら、「重くてしょうがないから原稿を家まで送れ」と言って怒りますけど、先生は鞄に入れようとなさったので、さすがに僕も「後から送ります」と言ってお送りしました。福田清人文庫の部屋にある『東国の兄弟』というのがそれですが、だいたい同じ様な時代を取り上げた作品です。

今日はまた、戦前の時代小説についてもお話したいと思います。『少年倶楽部』は少年小説ですね。少年小説の読者は、小学校高学年から今でいう中学校の一、二年生にうけたと思うのですが、『少年倶楽部』というのは一年間の連載が多かったですね。この中で一番有名なのは「神州天馬俠」で、鷲の背中に乗って主人公が活躍するのですけど、これは大正十四年の作品です。そのころ『少年倶楽部』は高畠華宵の絵で本がたいへん売れていた。ところが、高畠さんがだんだん原稿料上げていってきりがないんですね。そこで講談社の野間さんが、いいかげんにしろって言ったら「じゃ、おまえのところでは描かない『日本少年』で描く」と言って出て行っちゃったわけです。編集部が困っていたら、野間さんが「挿絵に負けてどうする。挿絵を凌ぐような面白い話を書かせればいいじゃないか」ということで「神州天馬俠」というような作品が出てくるわけです。戦後、吉川英治さんが「もし私の作品が後に残るとしたら「宮本武蔵」と「神州天馬俠」だろう」という言い方をなさっています。簡単に内容を言いますと、滅びた武田勝頼の息子の武田伊那丸というのが、なんとかして武田家を再興したいということで、忠義な家来、剣の強い奴、槍の強い奴、忍法を使う奴、笛を吹いて鳥を飛ばす美少女といろいろいるわけです。これは『里見八犬伝』、その元には『水滸伝』や『三国志』があるわけですけど、そうした流れをひいた物語ですが、たいへんな面白さであったわけです。でも三年か四年目で消えてしまいます。やはりだんだんエネルギーが続かなくなるんですね。『大菩薩峠』もそうですけど、いつまでも面白がらせておくことは出来ないんですね。尻切れトンボになりましたけれども、一年目二年目位までは大変面白い作品でした。

それから、「竜神丸」です。これは「快傑黒頭巾」を書いた高垣眸さんです。最初に「竜神丸」を書かれたんですね。高垣眸は早稲田大学の英文科を出て、劇作家を志していたんです。額田六福さんなどとも親しかった。今の府立多摩高校、昔の東京府立青梅高女の先生をしていた時、女学生を連れて兎狩りに行った。まあ当時は東京でも兎狩りが出来たんですね。兎狩りといってもそんなに獲れるものじゃないから昼寝のほうが長いわけです。その時「先生、お話して」ってせがまれて、あることないこと話したら、たいへん女生徒が喜んで、学校へ帰っても「先生、つづき話して」って言うんで、なんとなく話していった。実はその話というのは、彼は英文の出身ですからスチーブンソンの『宝島』を日本流に頭の中で作って話したらしい。それがたいへんうけたわけです。それで、ちょうど夏休みになったんで、「竜神丸」という題で四日間で書いて、当時歌舞伎の脚本書いていた友達の額田さんに見せたら、たいへん面白いというので、講談社に持ち込んだわけです。

その後、高垣さんは『少年倶楽部』に「怪傑黒頭巾」を書かれるわけです。ところで、『少年倶楽部』を今日批判的に言う時、一つは、『少年倶楽部』というのは皇国史観であって、『少年倶楽部』を読んだ連中が太平洋戦争で盛んに勇ましく戦った、つまりこれは、戦争をあおりたてた元凶であるという言われ方が戦後よくされました。しかし、そういうことはないんで、志の高い読物でしたから、『少年倶楽部』を読んでいた連中は、虐殺問題や慰安婦問題は起こさなかっただろうと思います。戦争の本質は知らなくても、非人道的なことはするわけはないんで、それとはまた別のことだと思います。よく読むと『少年倶楽部』の作家達は非常に気をつけて書いています。というのは、高垣眸さんは「怪傑黒頭巾」では人を殺さないんですね。映画なんかではバッタバッタ殺すようですけど、本のなかでは殺さない。まあピストルで脅したりしますけれど。このへんは、やはり子供のものということで気をつけている。

それから、大仏次郎さんの「鞍馬天狗」ですが、最初は大人用の小説で、それから少年用に書いたわけです。時代小説を書く人というのは、ほかには土師《はじ》清二《せいじ》とか長谷川伸とか、小学校だけ、或いは、小学校もろくに出ないで苦労しながら小説書いたという人が多かった。僕も小説家になりたいなと思っていた子供の頃、小説家になるにはあまり学問があってはいけないのかなと思った位でした。吉川英治さんのデビューを見てみますとたいへん面白い。吉川さんは、たいへん貧しくて、長男でしたが、学校もろくに出ていない。中国に行って何か一仕事して儲けたいと思い、中国へ行くわけですが、仕事もうまくいかない。そのうち、お母さんが病気になったので帰らなければならなくなった。今ですと簡単に帰って来られますが、当時は旅費がたいへん高かったんです。たまたま中国で見た新聞に講談社から小説の募集があった。その小説の募集は、時代小説が二〇〇円、童話が一〇〇円、面白小説と三つの部門であったんですが、吉川さんはお母さんに会わなきゃいけないんで、一生懸命書いて講談社に送ったところ、全部の部門に入ったんですね。その賞金で国に帰り、その後亡くなったお母さんのお葬式を営むことが出来たというエピソードがあります。だいたい時代小説作家というのは、あまり学歴がなかった、つまり苦労人ですね、酸いも甘いもかみわけた人達によって書かれるというところがあったわけです。

ところが、大仏さんの場合は、東大法学部出身で高級エリートですね。反骨で権威が嫌いだったので作家になられたのでしょう。僕が子供心に覚えているのは、当時の幕末ものの小説は、薩摩、長州が正しくて幕府が悪いんですね。ですから新選組は悪いんです。ところが、大仏さんの書かれる「鞍馬天狗」に出てくる新選組の近藤勇は悪い奴じゃない。新選組が鞍馬天狗を誘い出すために杉作という少年を誘拐したりすると、近藤さんは「そんな卑怯なことをしてはいかん。堂々と一騎討ちで戦うんだ」と言って、京都の東寺の塔の所で二人が戦う。お互い相手を「さんづけ」しているんです。男が戦うのは憎しみで戦うのではない、立場が違うから戦うんだ、という戦い方をしているわけです。大仏さんは知識人ですから、愛と憎しみより立場の違いで戦うことが男では有り得ることだという、モラリストらしい作品を書いています。

それから、大仏さんの歴史小説の中には、政府を倒せだとか労働者は一致団結して、というのではなく気質的反権力、一種のニヒリズムがあるといえるかも知れません。時代小説のうち勧善懲悪の流れと、もう一つの流れ、たとえば主人公はたいがい善玉ですけど、机竜之助［大菩薩峠］のような異質な人物が出てきます。戦後は、眠狂四郎、新しいところでは木枯紋次郎などがいますね。あの連中は一見ニヒルで、すぐ傍にかわいそうな人がいても悪代官に苛められても助けようとしない。「あっしには、関わりのないことで」なんて言って通りすぎる。でも関わりがないなんて嘘ですね。最終的にはちゃんと関わってきちっとしてやるんですが、まあ「鞍馬天狗」なんかもそういったタイプですね。ですから勤皇小説でありながら、主義のためならどんな手段も選ばないといった清川八郎なんていう人物を批判的に書きます。鞍馬天狗は明治になっても生きていますが、明治になっても薩長の政府に仕えないで「どうも薩長の政府のやり方は……」なんていうことで、横浜あたりに隠遁してしまう。

さらに申し上げると沢山あるわけですけど、いずれにしても戦前の歴史小説は面白かった。けれど戦後は歴史小説は民衆を書かなければならないということで、視点が民衆に移った。民衆に移ったということは、一揆でなければ小説でないというようなことになってきて、小説が面白くなくなった。佐倉宗吾郎が実在かどうか問題がありますが、もし佐倉宗吾郎の話がすばらしいとしたら、何が一番すばらしいかというと、宗吾郎は百姓の側に初めからついたわけではない。つまり彼は大庄屋ですから、権力者側にもつけるわけですよね。けれども在地にあって農民の苦しみも知っている。両方に足をかけているっていうところに自分の矛盾があるわけですね。小説というのは、相手との葛藤よりまず内なる葛藤がたいへんだと思う。つまり内なる葛藤を克服することによって、ついに彼は決断して農民の側につく。それが、最初から水呑百姓だったら選択の余地はない、とにかく戦えばいいんだ、ということで自らの中の戦いはない、相手と戦うだけですよね。実は私達個人も、いつも戦っているわけですね。本音と建前が戦うし、欲とモラルも戦うでしょう。内部矛盾を持った人間が主人公になった時、物語は非常に興味深いものになってくるんだろうと思います。

戦後の物語はつまらなかった。ではこれからどうしたらいいか、ということですけど、一つは、物語は異人論でなければならないという事だと思います。社会学をご専攻の方もいらっしゃるでしょうけど、僕は専門外ですが、異人というのは尊ばれ尊重されるが殺される。例をあげますと、「七人の侍」では村に流れついて、非常に珍重されるけど、野武士達がみな打ち平らげられてしまうと、もう無用な存在になる。主人公はその村から去っていく。あれも一種の異人ですよね。だから、異人というのは、貴種流離譚にも通ずるわけです。長編小説を面白く読ませるには、異人でなければならないわけで、NHK大河ドラマの「炎立つ」もそうでしょうが、とにかく異人を書くということが、歴史小説の面白さの一つだと思います。

昨年、私「歴史小説の誤り」という題で『日本児童文学』に書いたのですが、例を上げますと、『白赤だすき小○の旗風』という本。南部藩の有名な幕末の一揆で三閉伊一揆というのがあります。この一揆は、たいへんなもので、後藤竜二という作家が見事に面白い作品として捉えた。面白いということに異議はないんですが、やはり農民だけを書いているという不満がある。江戸時代の農民もたいへんだったでしょうが、お侍もどれだけ苦労したか。児童文学では、三閉伊一揆を書いた作品が四冊位あるんですね。みんな同じように農民の側にたって書く。まあ農民の側にたって書くのはいいと思うんですが、しかし、当時の南部の殿様がいかに苦しかったかということがまったく書いてない。こういう話が伝わっています。南部の殿様が江戸城へ登城すると、商人達が借金の大福帳を持って駆け寄って、大きな声で「南部の殿様が一両の借金払えねのか」と言って辱める。そこで南部の殿様の傍にいた若い武士が、手出しをしてはいけないと言われたのに、つい刀を抜いたんですけど、悲しいかな刀は売っており、竹光だった。抜いてから「しまった」と思ったんですけど、江戸の商人の見ている前で恥をかいてしまう。それでその若い武士は家に帰って自殺してしまったという話があります。このように江戸時代の殿様もたいへんだったようです。

雑談になりますが、『四万人の目撃者』を書いた大名の末の有馬頼義さんという作家がいますね。昭和の初め頃、お殿様の二代目が集まってお爺さんの話を聞いた。大名は贅沢だろうと言われるが、決してそうじゃないんですね。「目黒の秋刀魚」というのがあります。大衆魚だからお殿様は食べないだろうと思ったら、秋刀魚を食べておいしいと言う。もう一匹食べたいと言うので、一旦下げて、裏返して持って行った。落語ではそうですが、有馬さん達の話を聞くとそうじゃないようですね。裏まで食べるとケチな殿様ということになる。片面残しておくと、女中さん達がそれを食べるわけですね。気がつかないふりして、裏をさりげなく残すのが殿様の知恵であったようです。

杉本苑子さんや永井路子さんなんかも言っていますが、井上靖さんの歴史小説はたいへん楽しいけれど、小説に出てくる女性は、はかなげで気の毒なんですね。まあ僕らは、奥さんを通じて女性のしたたかさがだんだんわかるようになるんですけど。作品の中に出てくる戦国時代の女性は気の毒だなと思うのですけど、永井さんや杉本さんはそうは言っていない。例えば、最も悲劇の主人公で有名なお市さんは、浅井に嫁ぐ。お嫁に行った時、お市さんは、もし亭主がばかだったら本家織田家のものにしてしまえばいいし、逆に亭主がりっぱで自分の兄さんが死んで弟がばかだったら浅井を本家にして弟を従わせようと、つまり二重の使命を持つような女でなかったら当時は勤まらなかっただろうという解釈をしています。僕もそうであろうと思います。来年のNHKの大河ドラマの主人公は日野富子ですね。講談社に「火の鳥伝記文庫」というのがありまして、私も楠木正成や足利尊氏など何冊か書いていますが、来年僕の友人が書くように頼まれたのは日野富子なんです。ですから、伝記の中に初めて悪女が登場することになります。皆さんお喜びになるか悲しまれるかわかりませんが、ついに悪女の時代が到来した、新しい時代が到来したというふうに捉えるわけです。江戸時代のことを調べた時、外国人の見た日本の女性の地位がたいへん高いので驚いたことがあります。女性はただ被害者、労働者はただ被害者というワンパターンで書いてはいけないという証拠になりますが、江戸時代日本に来たペリーの『日本遠征記』によると、「日本の女性は他の東洋諸国に勝る日本人民の美点を明らかに示している一特質がある。それは、女性が伴侶として認められていることである。さらに、日本の若い娘さんは、立ち居振る舞いはおおいに活発で自主的である。」自主的であるなんてちょっと僕ら考えられないけれど、外人の目にそう写っているんですね。「それは、彼女らが比較的高い尊敬を受けているために生ずる品位の自覚から来るものである。」そういう言い方をしている。それから、長崎の海軍練習艦で長らく教官をしていたオランダ人ですが、「日本の女性は東洋の諸国と違って丁寧に扱われている。へりくだって男性をたてるが、しかしそうだからといって決して婦人は軽蔑されていない。」と書いています。中国では、戦前の日本の封建制がひどく書かれているそうですが、決してそうではなかったんですね。これを端的に示すのは、識字率だと思います。『日本教育百年史』という本を書いた唐沢富太郎さんが調べたところによると、明治初年度の寺子屋の数は現在の小学校の数よりも多いということですね。最近江戸時代のことをよく書かれる大石慎三郎さんという江戸史の大家が、「驚くことはどこの村へ調査に行っても、村の記録が膨大である。つまり一人や二人の文字書きではとても書けないような量があることである」と言っています。私、三代位前富士山の麓で旅館をやっていたんですけど、その帳面にも村の人が登山に来ると自分の名前を書いていますね。さらに言いますと、名字も書いていますね。明治になってはじめて名字を名乗るようになったというのも一方的であって、なかには小作の小作でわからなくなったというのもありますし、名字を名乗ってはいけませんということもありますし、名字なんて必要ありませんというのもいましたけど、一応名字を持っていたようなんです。文字が書けるというのはたいへんなことで、今でも時々ありますが「アジア児童文学シンポジウム」という会があります。各国の皆さんがいらっしゃいますが、文学の話にならないんですね。結局どうしたら字が読めるだろうか、どういう話を書いて文字を読ませようかという文字教育になってしまう。児童文学や童話の話にならないで文字教育になってしまう。そういう所から見ますと、日本の江戸時代というのはたいへんな時代だったなという風に思います。江戸時代については、また何かご質問があればお答えしますが、一時間ということなので、このへんで切り上げさせて頂きます。歴史小説『天平の少年』から始まりまして、いろいろ雑談的に話させて頂きました。どうもご静聴ありがとうございました。

（第四回、一九九三年一一月三日）

福田清人とその周辺

保昌正夫

宮本（瑞夫）先生から今回のお話を頂きまして、また、先月大阪の茨木で昭和文学の会がありまして、研究発表等が終わりました後、こちらの板垣（信）さんから「お話して頂けますね」と念を押されました。板垣さんは、『福田清人著作集』の年譜等を大東文化大学の栗林（秀雄）さんと一緒にお作りになっていて、そういう人から声をかけられたものですから、少しおじけづいたような気持にもなっていたわけですが、とうとう今日が来てしまいました。少し、福田先生のお話ができたらと思っています。福田先生と言ったり、福田さんと言ったり、福田清人と言ったり、その時々で違うかも知れませんが、お許し下さい。福田さんは、明治三十七年、一九〇四年の生まれですから、もう暫くすると満九十歳におなりになります。昭和の文学に関わった方としては、宇野千代さん等もいらっしゃいますが、福田さんもおられるわけです。福田さんは、明治、大正、昭和、平成と四代生きていらっしゃいますが、これは、やはりすばらしい事だと思います。

先日、昭和文学会の時に後藤明正が、「昭和文学と私」という講演を致しまして、その時「昭和の文学を考える時に、戦争というものがそこに枠として入ってくる。しかし、現代の文学から言うと、戦争はまったく消えてしまっているような人、戦後派というような言い方もありますけど、そのような人達もあります。自分も戦争に関わっていないとは言えない。」という主旨の事を申しておりました。私も昭和とともに年を取ってきたような年齢ですから、昭和という時代、そして、その時代の文学が思い出されたり、また、はっとするような事が出てきたり、今回も、福田さんの事を年譜等をたよりにおさらいをしておりますうちに、やはりそうだったかという風にしばしば思い当たる事がありまして、そんなこんなをお話してみようと思っているわけです。

ここに持って来ておりますのは、筑摩書房から出ました『現代日本文学全集』ですが、「昭和小説集　二」という巻に福田先生の作品が入っております。こういう篇は文学全集ですと、名作集の巻になるわけですね。つまり、大きな文学全集になりますと、名作集というのは、必ずそこについてくるわけで、名作集の作家というのがいるわけです。そういう作家というのは、マイナーな作家と見られがちなんです。しかし、マイナーな作家がメジャーな作家に比べて小さいという事は決してないのであって、知る人ぞ知るという意味あいをちゃんと持っているわけです。先日も、演習の授業の時、ある学生が伊藤左千夫の『野菊の墓』を取り上げておりましたが、『野菊の墓』も中央公論社の全集では、今や名作集に入っております。そのような、消すことが出来ない、知る人ぞ知るという意味づけが、福田さんに関してもしっかりついてくるわけです。

駒場にある東京都近代文学博物館で、来年一月から「渋川驍と昭和の時代」という展示をすることになっております。やはり、昭和の時代の中にそうした位置づけをもっている作家がいるのです。つい先頃も、埼玉県の越谷という所に、野口冨士男という作家の文庫ができまして、文庫開きがあったのですけれども、あの作家も昭和の時代と関わりをしっかり持った作家であると、文庫開きに出席しておりまして感じ取れました。

前回、浜野卓也さんが児童文学関係の話をされたのですが、私は、福田さんが東京帝大をお出になるあたりから、「大陸開拓文芸懇話会」ができる昭和十四年あたりまでの十年くらいのところを考えてみようと思っています。宮本さんが出していらっしゃる「かたりべ叢書」というシリーズの中に、三冊福田清人に関する本がありまして、板垣先生などもしっかり書いていらっしゃいますので、それをなぞるようなお話になろうかと思います。『福田清人著作集』の年譜をコピー致しまして、それをたよりに少しおさらいをしてみたわけですけど、丁寧に作られた年譜は、そこから福田清人という人が、浮き出て来る、歩き出して来るというような読み方ができるのです。今回、年譜を見ておりましてそのような事を思いました。

福田さんが福岡の高等学校から東大の国文科へいらっしゃるのが、大正十五年で、同級に堀辰雄がいたり臼井吉見がいたり成瀬正勝がいたりしたという事が年譜には書き込まれています。大学へ入られてから見落してはならないのは、プロレタリア文学、もっと大きく言えば、その背景にある左翼勢力の形勢ですね。東大の左翼系学生の連合した雑誌に『大学左派』というのがあって、高見順や渋川驍なんかが居たのですけど、福田さんも誘われて顔を出したような事もあったらしいですね。

福田先生が立教大学におられて、大学紛争をかぶった頃の話だと思いますが、「自分の記憶だと、二十年目毎くらいに時代の大きな動きが訪れてくるようだ。初めは、昭和の初年の頃の左翼の勢い。戦後は、激動という事で自分なりに受けとめなくてはならなかった。そうして、今日この頃の大学紛争なんだがね……」というような事を言われまして、僕もその時期に美術大学で紛争を被ったものですから、それには実感があって、立教も大変なんだなと感じた事を覚えています。あの時代の紛争については、雑誌の記事等にもなったと記憶しているのですが、福田さんもやはり学園紛争をそんな風に受けとめておられるのかなと思いました。福田清人の仕事を見て参ります時の一つの視点として、昭和八年頃からの文芸復興の時期、昭和十年代、平野謙は昭和十年前後を見所にしています。それから昭和三十年代後半あたりの平野謙さんの仕事なのですが、こういう一節があります。「昨年の十一月上旬に、たまたま福田清人の講演を聞く機会があったが、その中で福田は次のような挿話を物語ったのである。『昭和五年頃の第十次『新思潮』の同人だった福田清人は、那須辰造につれられて、はじめて川端康成を訪問したところ、川端は初対面の文学的後輩を激励するどころか、これからの新しい人はプロレタリア文学か大衆文学を目掛けなければだめですね。』というような　事をぼそぼそ話したと言う」。これは、福田さんもどこかで書き留めていらっしゃると思うのですけれど、川端康成のような人もプロレタリア文学なり大衆文学なりの勢いというものを、そういう風に受けとめざるを得なかったんですね。そういうことが『新思潮』に加わっていらした福田さんにはあったんだなと考えられるわけです。

『新思潮』に続くような形として、第一書房の『セルパン』という雑誌がございます。『セルパン』は全部を通して読むことは骨が折れるのですけど、おもしろい雑誌ですね。第一書房社長の長谷川巳之吉の事を編んだ本が、関口安義氏等が協力してエディタースクール出版部から出ているのですが、福田さんがそこに思い出などを書いておられる。第一書房の『セルパン』に関わったことが、それからの福田さんに様々な作用を及ぼしたという事なんですね。『セルパン』には、先日亡くなった春山行夫氏も関係していて、当時にしてはたいへんモダンな雑誌でした。この『セルパン』のすぐ後、福田さんは伊藤整と一緒に『文芸レビュー』という雑誌に関わっています。レビューといっても、踊りのレビューじゃなくて、時評、つまりその当時のいろいろな現代的なもの、映画とか風俗とかを取り集めて編集する、あるいは、時代の意匠やデザインを時評的に編んでいくスタイルの雑誌で、『セルパン』や『文芸レビュー』には、そのようなスタイルがありましたね。『文芸春秋』という雑誌にも、元はそういうようなところがあったように言われますけど、もっとモダンな形でやっていました。福田さんも書いていらっしゃいますけど、「パン屋のパンはとらずともこのセルパンをめしあがれ。」を宣伝文句にしたとか、『セルパン』が出たことで「セルパン」という喫茶店が何軒かできたんだよというような事も書いておられます。三浦朱門氏の父にあたる三浦逸雄も『セルパン』で一緒に仕事をしていまして、三浦朱門は福田さんの事を子供の頃からよく知っていたんだという事を書いています。この第一書房の『セルパン』は福田さんを見ていく上で抜きにできないものと思います。

福田さんは、第一書房をわりあい早くに辞めるのですが、社長の長谷川巳之吉から小説を書いていった方がいいと言われて、見切らざるを得なかったような事もあったのかなと思います。昭和四年頃、大学を終える頃ですが、「大学は出たけれど」といった　題名の映画が封切られたり、僕も覚えていますが、「宵闇せまれば、悩みは果て無し」

っていう歌詞の流行歌がありまして、「君恋し」って歌なんですけど、切ない、やりきれない時代でしたね。『文芸レビュー』という雑誌で申しますと、『新作家』という雑誌になったり、昭和七年あたりになると、伊藤整がおりました　金星堂から『新文芸時代』になって出たり、ずっと同人雑誌への関わりを継続して持たれていくことになるわけです。そこで、伊藤整、那須辰造、衣巻省三と一緒におやりになった時期があるんです。『文芸レビュー』に伊藤整が「感情細胞の断面」という短編を書いている。これが川端康成に採りあげられるんですね。伊藤整にとっては、この「感情細胞の断面」が小さな決定打のようなものになったんです。

福田さんの『文芸レビュー』での仕事を見て参りますと、「城あとのコンパクト」というような作品があります。題名からも言われるのですけど、この時期の福田さんの作品については「明朗なモダニズム」という事が言われているんです。『文芸レビュー』からちょっと先になりますが、牧野信一が中心になって春陽堂から出していた『文科』という雑誌があります。坂口安吾の「竹藪の家」が載ったり、牧野信一自身も「心象風景」という、この時　期の代表作を書いていて、福田清人も「考古学とピストル」というちょっと妙な題名の小説を書いています。僕は、これも「明朗なモダニズム」かなと思って読んでみたのですけど、違うんですね。これは、その当時の朝鮮の一種の民族運動とそこに関わっている朝鮮の人が、日本人の大学の考古学関係の事をやっている男の妻君を誘拐、高飛びをするというこしらえの小説で、どうもモダニズムという事ではとらえきれないところを持っている。昭和六年から満州事変が始まりますから、そういう世相の中で、福田さんが考えていた事、作品に書こうとしていたのは、「明朗なモダニズム」という事だけでは言い切れないという事を感じました。作家を見ていく時、少し子細に作品を読んでいくと、簡潔な標語、表現だけでとらえてはならないところが現われてくる。「考古学とピストル」を読んでそのようなことを感じました。

昭和六年という年から福田さんは『新潮』に書き始めます。これが、福田さんを見ていく時に抜きにできない視点ではないかと思います。昭和六年の六月号の『新潮』に「影の構成」という作品を書いています。その頃、「影」という言葉を題名にいくつか使っているようです。同時に書いていた人を見てみますと、井伏鱒二、芹沢光治良、福田さんと同時期の人として見ていっていい人として、上林暁なんかがいますね。それから新潮社の関係で言うと、佐佐木俊郎という人が書いていたりします。『新潮』という雑誌は、それこそ慎重派なんです。時代を浮ついた形でみていく作家を重んじるのではなく、堅実で、声価の定まった人を使うという編集方針が今でもみられるようですね。もちろん新人登用という事も心がけてはいるようですが。『新潮』という雑誌は、福田清人に合っていたと言えます。中村武羅夫、加藤武雄という人達は、福田さんの作風を良しとし、頼りとした、また使っていける作家として見ていた事になるのではないか。それは「明朗なモダニズム」だけではなく、もっと大きく言うと、福田清人の懇切丁寧で堅実な文学作法が『新潮』で受け入れられていったという事だと思います。

昭和七年あたりになりますと、「流謫地」が『新潮』に載ります。これも福田さんのこの時期の代表作と言ってもいい思います。年譜の昭和七年の九月のところには「尾崎紅葉論」(『新潮』)が載っています。福田さんが大学を終えられる時に、卒業論文で「硯友社の文学運動」という論文をお書きになっていらっしゃいます。これは本にもなっています。福田さんの研究者としての面ですね。福田さんの近代文学の研究というのが、どの辺から跡づけられていくのかという事を考える時、この東大の卒業論文に始まると言ってもいいと思います。福田さんの明治文学研究者の面は、見落としてはいけない事としてあります。『新潮』の、福田さんが「尾崎紅葉論」をお書きになっているその号には、「明治・大正の大作家再検討」という見出しがついており、森鷗外を井伏鱒二が、夏目漱石を片岡良一が書いております。片岡良一は、明治文学の研究の草分けのような存在です、小田切秀雄の直接の先生ですから。そして福田さんもそこにいらっしゃるわけです。それから、田山花袋を岡田三郎が書いています。この人は、小説家ですね。湯地孝、この方は福田さんとグループを作っていた人ですが、一葉を書いています。独歩を塩田良平が書いています。塩田さんは、明治三十二年の生まれですから、年齢から言えば、福田さんの先輩にあたられるわけです。最後に、舟橋聖一が岩野泡鳴を書いています。「岩野泡鳴伝」です。今、『岩野泡鳴全集』が出始めましたが、岩野泡鳴についての伝記のところになると、舟橋聖一の「岩野泡鳴伝」は無視できないものになっています。

ちょうどこの時期に、福田さんは今挙げた、片岡良一、湯地孝、塩田良平なんかと一緒に「明治文学会」という会を作っています。これが、明治文学、近代文学についての研究グループの大きな拠点だったわけです。吉田精一氏などは、そこに後から加わってきます。他に存じ上げている方で申しますと、田中保隆、高田瑞穂も少し経ってから加わっています。一方、「明治文学談話会」がそれに並んでできます。文学分野では、初め「明治文学会」の方にいました神崎清、唯物史観から近代文学を見ていこうとした篠田太郎。篠田太郎の仕事は、時代の産物でした。他に柳田泉や木村毅、文学分野以外では吉野作造とか尾佐竹猛などが一緒に「明治文学談話会」をこしらえています。私の先生の稲垣達郎も柳田泉の関係で、「明治文学談話会」のお手伝いをしていたようです。その時期の福田清人の明治文学に対する関心、姿勢、評価については、伊藤整の雑文集の『わが文学生活』に載っておりますが、福田さんへの評価は高いですよ。『日本文学地誌』という仕事がありますが、近代文学の風土を福田清人さんが歩かれて、経めぐってまとめた書物ですね、それをちゃんと評価しているんです。一九五三年、昭和二十八年頃ですけど、そこに福田清人、舟橋聖一、それから一葉研究の和田芳恵等いろんな人の名前が入っています。独自の研究家、解釈家として、湯地孝、岡崎義恵、唐木順三、坂本浩、杉森久英、成瀬正勝、まあその辺まではいいんですが、その次あたりになってくると、村松定孝、稲垣達郎、石丸久という名前が出てくるんです。稲垣達郎さんが村松定孝の後に出てきている。村松さんも石丸さんも僕の早稲田の先輩ですが、どうも稲垣さんの評価が違っているのではないかと思います。福田さんや湯地さんはちゃんと評価してるのに、稲垣達郎に対しては的をはずしていて、伊藤整もちょっと不勉強かなという感じを改めて持った次第です。

『福田清人著作集』を見ていきますと、第二巻に「学会素描」という作品がありますが、今度読んでみておもしろいなと思いました。ああいう小説を書けるといいなと思いますね。明治文学に関しては、早稲田大学には柳田泉という方がいらして、僕は本間久雄という方に明治文学史を学びましたが、直接に明治文学、それ以降の文学を教えてもらったのは、稲垣達郎さんです。「大正文学研究会」は昭和十五年あたりに高見順の言いだしで発足するのですが、平野謙とか野口冨士男、渋川驍とか、僕の知っている人で言えば、稲垣さんとか、川副国基とかが関わっています。そういう近代文学研究の地盤を築いて来た人として福田清人が欠くべからざる人になると思います。

昭和八、九年あたりの話になりますと、この時期に文芸復興という事が唱えられますね。プロレタリア文学の後退に応じるようなかたちで新しい雑誌がいくつか出て来る。『文学界』、改造社の『文芸』、紀伊國屋の『行動』、この三誌が文芸復興の機運を盛り上げたわけで、それに福田さんが関わっていったと言いますか、そういう時流の中に組み込まれていったわけですね。昭和八年と言いますと、卒業論文で手がけられました『硯友社の文学運動』が一冊の本になっています。これは、近代文学研究のはしりにあたるような著書です。昭和八年、九年と、福田さんは、『行動』や『文学界』に作品を書いています。昭和八年で言いますと、伊藤整がめんどうを見て、金星堂から『河童の巣』という本が出てます。これは文学館の書庫にもないんです。文学館も、もっと資料を集めていかなくてはならないんだなと思いましたね。福田さんのこの『河童の巣』、那須辰造の『釦つけする家』、衣巻省三の『パラピンの聖女』、伊藤整の有名な『生物祭』、これらがその時期に金星堂から出ている第一作品集です。第一作品集のシリーズといえば、砂子屋書房から太宰治の『晩年』をはじめとして、尾崎一雄の『暢気眼鏡』等、第一創作集のシリーズとして出ます。金星堂のこの時期の第一小説集というのは、シリーズ名をうたっているわけではないのですが、伊藤整がいた事で、そうした作家たちの第一創作集、第一作品集が出され、そして、その中に福田清人の『河童の巣』が入っていたという事です。

「二つの時代から観た文学的対話―横光利一との一問一答」というインタビューがありますけど、『セルパン』からの名残り、と言うか心得でしょうか、福田さんは、インタビューをとるのがうまかったのではないでしょうか。雑誌社からも福田さんには心得があるからということで頼りにされたという事があると思います。『十五人の作家との対話』という本がありますけど、文壇という現場にもいたわけですし、『セルパン』以来、この面での仕事ぶりは福田さんの身についていたと言えます。

昭和十年代に入りますと、この年「脱出」という重要な作品があります。昭和十年三月の『新潮』の創作欄のトップに掲載されていますね。他に、牧野信一とか寺崎浩とか榊山潤も書いています。「脱出」は、筑摩書房の『現代日本文学全集』の「昭和小説集　二」にも入っていて、問題意識のある丁寧な作品となっています。この頃は、『文学界』『文芸』『行動』『人民文庫』『日歴』『日本浪曼派』『文芸首都』等が昭和十年代を見ていく時によりどころとなる雑誌です。その中で、福田清人の「脱出」が文芸誌としては最有力な『新潮』の創作欄のトップに載ったという事です。「脱出」の解説には臼井吉見があたっていますが、行動主義という事を言っています。その時期たしかに『行動』なんていう雑誌も出たくらいで、行動主義はよく言われたものです。その代表作として舟橋聖一の「ダイヴィング」という作品があります。行動主義とか能動精神とか言われました文学の動向、傾向というのは、プロレタリア文学が終息した事でプロレタリア文学が唱えた思想性をいったん突き放していかなければならないが、さりとて、モダニズムの芸術派、感覚派、新興芸術派では現代を書ききれない。もちろん行動主義が唱えられる基盤には、シェストフの不安の精神等があるわけだけれども、理性、知性によって　律せられるような傾向の文学ではすまなくなっている。良識では律しきれない時代の動向なり、時代精神なりが現れてきており、それを文学の方では、良識を越えるものという事で、行動性を描く文学として打ち出していって然るべきである。これが基本にあって、そういう意味では「行動主義」という評価になってくることもあろうかと思いました。

少年感化院の事は、福田さんは実地にあたられたり、人に話を聞いたりして作品にされているだろうと思いますが、福田清人の描く少年はなかなかいいものがあるのではないでしょうか。少年を描ける作家、少年を描くことを持続された作家です。それが、ご自分の回想にもつながり、児童文学の領域を確かなものにしていると思います。『文芸春秋』の文芸時評「文芸ザックバラン」に佐藤春夫が「創作『脱出』に敬服の事」という見出しで書いています。「不良少年を描かうとした作家のよき意欲にも同感出来る。作者の賢明な資質を見て喜ぶのである。（中略）この作者を新進の青年作家中の雄と称しても溢美の言ではないと信ずる」。たいへん誉めているんですよ。「創作『脱出』に敬服の事」だけで一項目を占めていますから、佐藤春夫の評価は破格の事という言い方ができると思います。

この『脱出』が、翌年昭和十一年九月、協和書院から「青年作家叢書」の一冊として出版されます。例えば「青年団」という言葉がありましたね。「青年」という言葉は、昭和十年代には魅力のある言葉だったのでしょう。この後、野口冨士男ですとか福田さんと一緒に本づくりをしている豊田三郎とか、今生きている人で言うと、青山光二が「青年芸術派叢書」というシリーズを作っています。「青年」という言葉は、ある文学世代をとらえ表わしている用語になっている。佐藤春夫のところでも出てきましたね、「青年作家」という言葉が。『脱出』を見てみますと、福田さんの文学のフィールド、特に小説のフィールドの基本の所を見せていると思います。自序には次のように書いてあります。「この書『脱出』は昭和八年に出した『河童の巣』についで第二の短編集である。収むるもの九篇、遥かサガレンを放浪したチェホフにわが夢を託した『流謫地』のほか、前半は僕自ら住人たる東京新市域の小市民生活の一角を、後半は時あって心に浮かぶ南方の郷国のイメージを描いたものである」。だから、「脱出」に見られるような当時の文学の動向、傾向を福田さんなりに形づくったような作品と自分が住んでいる場所を描いた「中央線沿線」「小市民地帯」のような作品、それから、福田さんの故郷、南方の郷国を描いた作品があるわけですね。「この本が上梓されたのは、次のような機縁からである。この夏ようやく戒厳令の解かれた東京は、続いて防火演習で灯火管制がしかれて真っ暗い晩のこと、たまたまある雑誌で僕たちの時代の作家を集めての座談会があり、その会の流れの中で豊田三郎君が協和書院の社長に文学書を出したらどうかというような話から始まったのだ」。ここで、戒厳令というのは、言うまでもなく昭和十一年の「二・二六」の戒厳令ですね。この自序には、「昭和十一年新秋」と書いてありますから、あの時出た戒厳令は長く続いていたんですね。それといっしょに防空演習が始まってると書かれています。そういう時代の中でこの「青年作家叢書」の第一篇に豊田三郎が出て、第二篇に福田さんの『脱出』が出る。第三篇は荒木巍です。福田さんの次に伊藤整の『転身』が出る事になっていたのですが、出なくて、四冊目は永松定の作品になっています。

この時分のことは、福田さんの作品「文学仲間」の中に描かれています。これは『福田清人著作集』の第一巻に入っています。伊藤整が得能五郎という名前で出てくるし、永松定も出てきます。『脱出』は『飛躍』という題で、協和書院は大和書房という名で出ており、モデルを探っていけるようにしてある作品です。この時期の文学仲間というのは、同人雑誌をやってることで集まるということがあるわけです。それから、近所づきあいというのがたいへん影響してると思います。永松定の文章の中に「阿佐ヶ谷には友人、知人があまりに多すぎた。駅の南側、当時私の住んでいた側に、青柳瑞穂、中山省三郎、外村繁、秋沢三郎などが居、向こう側、北側には、上林暁、これは先輩にあたるが井伏鱒二とがいた。小田嶽夫の家は少し高円寺寄りで、その先には、森本忠が住んでいた。鍋屋横丁の所を下って田圃の方におりて、和田本町あたりに伊藤整と福田清人、それに詩人の蒲池歓一が住んでいた。そして、友人、知人があまりに近くに住んでいるという事は、たいへん便利がよかったが、あまりに便利がよすぎて少し困る場合があった」。つまり、仲良しで行き来が非常に頻繁になって仕事が能率よくいかないような事があった。しかし、それが文壇なんですね、阿佐ヶ谷文壇。そういうところで、文壇情報が入ってきたり、お互いの仕事の動勢が察知されてきたり、書こうという意欲をかきたてられたりするわけです。ひとつには、文壇づきあいというのは師弟関係というのが昔はありました。仲良く行き来するなかで、ものを書いていく、文壇情報を得ていく。酒を飲んだり、コーヒーを飲んだり、よくつきあっているんです。そういうもので満たされています。そういうつきあいをしている事で文壇へ出て行ったんだなという事がわかります。浅見淵という人がいまして、文壇通なんですね。いろいろ教えられてありがたかった人ですよ。「保田与重郎、芳賀檀などは日本の浪曼派を作りあげた。その時に脱退するような連中があって、『世紀』なんていう雑誌をこしらえたり、『木靴』なんて雑誌をこしらえたり、そこに『文芸レビュー』以来の伊藤整、福田清人、外村繁、十和田操と、熊本の第五高等学校の系統ですが、上林暁、秋沢三郎、永松定、森本忠、こういう連中が加わってきて『文学生活』を作った」わけです。そして、昭和十一年『脱出』が本になった時、文学仲間でピクニックをやったっていうんですね。出版記念会とかありますけど、文学仲間で近郊にピクニックに行くという事が、折々にあったようですね。福田さんの『脱出』の時も、「福田君の他に伊藤整、瀬沼茂樹、衣巻省三、十和田操、古谷綱武、永松定、その他がいて、その夕方、誰の発案だったか、一同が女学校教師というふれこみで渓流にのぞんだ料亭にあがり、校長が永松君、英語教師が伊藤君、体操教師が古谷君、そんな風にみんなが配役を押しつけられ、女中たち相手に、しばしば抱腹絶倒しながら食事をしたのを覚えている」。そういう事って僕はいいなと思うな。仲間がいて、そういう事がやれた、やった。界隈、近所、そしてちょっとした心づかいのイベント等があって、昭和十年代の文学があったのだという事です。

昭和十二年、福田さんは『新潮』に「国木田独歩」を書きます。三五〇枚一挙掲載です。僕は、戦争中、第一書房の版で読んで、戦後は斎藤書店から二冊本になって出た版と二回読みました。おもしろいですよ。独歩という作家にはこういう見所があるんだという事を福田さんの書きようの中で伝えられるんですね。こういう事が書ける人だったんだなという事を今更のように感じました。これに一五〇枚位書き加えて、昭和十二年六月、新潮社から『新選純文学叢書』の一冊として出されました。新潮社という文芸出版の老舗から出る叢書の一冊に加えられるという事は、その時期の福田清人の評価の明らかな印となってくるわけです。昭和十二年でもう一つ例をみると、伊藤整の『石狩』とか太宰治の『二十世紀旗手』等とともに『版画荘文庫』のごく初期の巻に『南国物語』が入っています。

昭和十三年の仕事としては、「指導者」があります。小山書店から出ておりました『日本小説代表作全集』に入っております。字が小さくて読むのに骨が折れるんですけど、今はこれをたいへんたよりにしています。『脱出』や『指導者』については、「かたりべ叢書」の『福田清人』の中でも右近稜という人がかなり勉強して書いてくれてますけど、改めて「指導者」を読んでみて驚いたのは、伏せ字が随分あるという事です。伏せ字の箇所を見ていきますと、「二・二六」関係の事を書いた箇所が、すでに『新潮』の頃から伏せ字になってますね。思想の面とともに風俗の面もちょっとあります。伏せ字における風俗と思想というのは、別個のものではなく、一つ流れのものと見ていっていいところがあるのだけれど、「指導者」にこんなに伏せ字があるとは驚きでした。しかし、見方によれば、福田さんが一歩踏み込んで書いていった作品と言えるのではないでしょうか。

昭和十四年は、『文学者』という雑誌に関係をお持ちになっています。これにはいろいろな評価があって、新潮系の人が多いとか、寄り合い所帯であるとか、反『文学界』勢力であったとか、反『文学界』勢力とまで言いきれるかどうか疑問ですが、とにかくそこには榊山潤の「歴史」が載ったり、野口冨士男の最初の本になりました「風の系譜」が載ったり、僕の好きな作家で言えば、島村利正の「高麗人」という作品が載ったり、意義のある雑誌であったことは確かです。野口冨士男の「風の系譜」は、岡田三郎が面倒をみて、野口さんは、長い原稿を三、四回書き改めたと自分では言ってますね。一つの道場というか、福田さんにとってはこの頃はもう道場の感じはなかったと思いますが、それから後の人にとっては道場としての仲間雑誌という意味づけが出てくると思います。

昭和十四年といえば、「大陸開拓文芸懇話会」を作って、伊藤整や田村泰次郎等と満州へ出かけて行きますね。開拓即侵略という考え方があって、僕はそういう見方に組しませんけど、便利なところもあるものだから、そういう見方もされているのだけれど、それだけでは事が済まないという事があります。

随分前になりますが、福田さんが大陸開拓関係の資料を近代文学館の地下室の書庫四、五段分寄贈されたんです。それを見てみますと、たとえば、『拓け滿蒙』という雑誌が改題されて『新滿州』になって、それが『開拓』になるんですが、それを辿るには、そうした雑誌を実地に見ないとわからない。

この頃戦争下の中国における文筆活動が振り返られておりまして、開拓即侵略という見方があるわけです。昭和十九年当時出版された『満州の印象』という小さな本が「福田清人大陸開拓関係資料」の中にちゃんとありまして、太平洋戦争末期ですが、満州でそういう一冊が出ていて、それを見てみますとおもしろいですね。浅見淵などいろいろな人が書いていて、短い文章だけど見所があります。私自身も満州にいたことがあるのですが、開拓即侵略と見てしまうことには問題があると思いますね。僕は、福田さんの資料をもう一度見改めてみて何か書いておかなくてはならないのではないかと思います。

昭和十年代の文学は戦争下の文学で、その事からいろいろ言えてくる事はあるのだけれど、僕は今回少しおさらいをしてみて、あらためて昭和十年代の文学も捨てたものじゃないぞ、見所はこんな風に多様に備えているぞという事を感じたわけです。

僕も池袋に住んでいるものですから、立教から出てこられた福田さんがバスを待たれる姿を眺めていた事もありまして、今回こういう機会を与えて頂いて福田さんの姿がよみがえってきて、懐かしい思いでした。福田さん、どうぞお元気で。

勝手な話で失礼いたしました。


（第五回、一九九四年一一月三日）

福田清人先生を偲んで

小山耕二路・鈴木政子・瀬尾七重・星　ノブ
聞き手　板　垣　信

小山　私が先生にご縁がございまして、いろいろなご教授を頂くようになりましたのは、たいへん遠い時間でございます。戦前の昭和十年、当時日本大学に専門部という学校の制度がございまして、そこに芸術科という科目がございました。文京区の金助町にございました外国語学校の校舎を借用して、芸術科の学生が勉強させて頂いていた状況にございました。今は、日大の芸術学部に昇格しておりまして、江古田にもございますし、学部が別れまして、所沢にも分校があるようでございます。われわれの頃は、精神文化全体の状況もまだ国家の戦前の理念でございまして、明治以降の学生、学校制度の名残りのある時代でございました。

先生の教え子といたしましては、私、不肖でございまして、皆さんの前でお話し申し上げるというのは、たいへん僭越でございまして、板垣先生にも最初ご遠慮申し上げたのですが、「そう堅くならずに、戦前の思い出話でも語って頂けませんか」というようなご注文を頂戴いたしまして、根がぼんやりしていて学問的でないものですから、なんとなくお引き受けいたしたような次第でございます。本日、お招きを頂戴いたしまして、学会、その他、各ご名氏の方々の前でお話しさせて頂くことを光栄だと存じますし、また福田先生のおかげだと思います。わが生涯の記念すべき時間なのだということを電車の中でも考えながらやって参りました。

私は、生まれましたのが、上州群馬県でございます。学校は、今は高校になっておりますが、前橋中学でございます。昭和の初めの頃だったものですから、農村の疲弊あるいは、東北地方では大変経済的に不況で、冷害という気候もございまして、東北地方の若い女性たちは、身売りをしてお金を故郷へ送達し、自分は犠牲担って紅灯の巷で生活をするという風潮が一時あったようです。

そのような中で東京に出て参りましたのは、昭和の初期でございます。私の父の妹の連れ合いが、今でも麻布にある「アンリツ電機」の技師をしておりましたものですから、「おまえ商業がいいのか、工業がいいのか」というような質問を受けました時、叔父がエンジニアということで私も電機学校に、今の電機大学ですが、席をおいたわけであります。ところが、素質がそういうところにはありませんで、第三学期の製図の時間にモーターの製図をフリーハンドで書いて提出いたしましたら、教務課から呼び出されまして、「お前どうしてこんなことをするのか、これでは絵ではないか。製図というのはぜんぜん違う」と大変叱られました。これは困ったと思ったのですが、いろいろ勘案しまして、私はエンジニアには向かない人間なんだという反省を持ちました。それから、東京海上ビルディングというのが丸の内にありますが、そこの電機管理係を経由しまして、電機係に就職しました。これが油まみれの仕事でして、当時はオートマットのリフトなどはございませんで、リフトボーイが運転をしまして上って行きます。どうもなんとなくなじめない。きちんとした背広やネクタイをしている商社の社員などが目にちらつきまして、自分もそのようになりたいと思いました。

その頃、ちょうど日本大学の芸術科ができたということを知ったものですから、昼間働きながら、夜間部があればそこへ行ってみようかという考えを持ちまして、試験を受けに参りました。昭和十年だったと思います。その時、初めて試験官の福田先生にご対面を頂戴いたしました。「お前さん、どういう本を読んでいるのか」という質問を頂戴いたしまして、「島崎藤村とか徳富蘆花とか、そういうような本でございます」と申しましたら、「そう。そういうのは小説ではないんじゃないの」と言われまして、「従兄弟がそういう本を読んでいるので、私も読んでいるのです」と答えました。「そうかね。字を読むのは好きかね」と聞かれ、「小学校の頃、父母の会というのがありまして、（今で言うＰＴＡですが）学習を見学に来るのです。その時に先生から『お前、読め』と言われて、父母の前で国語の本を朗々と読みました」という返事をした記憶があります。たいへん恥ずかしい思いをしたわけであります。「それなら、いいでしょう」。それから、福田先生に「小説とはどういうことなんだね」と質問を受け、たいへん困りまして、「それを勉強に来ました」と言いましたら、「そうかね。それならがんばりなさい。筆記試験があるんだけど、まあいいだろう」。福田先生のお恵みで入学できたのだと今でも考えております。

それから、先生には勉強してお返ししなければならないと考えていたのですが、才能というのは、しかたのないものでございます。今日、福田先生のご著書を拝見いたしましたが、たいへんなご活躍でいらっしゃいます。私はたいへん不肖な教え子なんだということを反省をして、がんばらなければならないと思うわけでございますが、もはやご覧のようにいささか老兵と化しておりまして、遅きに失しているのかなということを考える次第でございます。

先生が、日大で教えていらっしゃった頃、ちょうど『チャタレイ夫人の恋人』で裁判に負けたという状況にあった伊藤整先生と、伊藤先生と一緒だったと思いますが、ジェイムズ・ジョイスの翻訳をなさった永松定先生、そのお三人が、小説を書きたい学生がたくさんが集まっていた芸術科の創作科にいらっしゃいました。三人の先生の創作の実習がありまして、それぞれ違った文学に関して講義を頂戴していたわけであります。その頃は、まだ伊藤先生も福田先生も永松先生もお若い時間でありまして、颯爽たる若き文学者としてわれわれの目にはうつりました。たいへん幸福な時間を持てたんだな、ということが卒業してからの思い出になっております。

伊藤先生はご承知のように他界なさいまして、永松先生もお亡くなりになられました。永松先生は、何か会がありますと、熊本から東京においでになりまして、当時福田先生の奥様もまだお元気でいらっしゃいましたので、会食あるいは、お泊まりのことがあったようにお話を承りました。永松先生は、たいへんご酒がお好きな方でありまして、東京に出ていらっしゃいました時など、例えば、文春のクラブの出版記念会に出席なさいました時などは、お酒をたくさん召し上がるのですが、後がとてもたいへんなのです。三人三様のご性質がおありになりまして、伊藤先生は、英国の紳士的にぴしっとしていらっしゃいますし、福田先生は、たいへん寡黙で、われわれ当時の若い者にやさしく接して頂いておりました。永松先生は、あまりにお酒がお好きで、酔態なさるものですから、ご介抱申し上げるのですが、しまいには、東京駅ホテルにお泊まりになるようになりまして、福田先生に「小山、お前さん、永松を頼むね」とお言葉を頂戴し、しばしば永松先生をお送りしたことも、今は思い出でございます。福田先生はそういうことはございませんでした。

時に福田先生は、和服で教室にお出になりまして、これが歌舞伎役者がぴしっと役にはまるということがございますが、若い国文学の先生という雰囲気にうまくはまって、和服が非常によくお似合いだったことを今でも思い出します。伊藤先生は、英国の紳士という雰囲気をお持ちでいらっしゃいました。

私は群馬県の生まれで、近代文学で有名な萩原朔太郎という人が、前橋中学の先輩にあたることになるので、詩というものに対して、何か考えなければならないのではないかということが私の頭の中にございました。それで、日大の芸術科で発行しておりました『芸術科』という文芸雑誌に、最初に原稿を書かせて頂いたのは、詩でございました。伊藤先生、福田先生、永松先生、お三人が近しくご生活していらして、同じ日大の芸術科で教鞭をとられているということで、三人の方の創作実習という時間がございました。福田先生は、きちんとした文章を書くための国文学、近松などの日本の古典などのお話がございました。文章について、わりにきびしい目をもっていらっしゃったような気がします。伊藤先生には、「小山君、君は詩を書けるのかね」というようなお言葉を頂戴したのですが、詩魂などというものがあまりありませんで、小説の方が人間の生き方としておもしろいのではないかと考えます。

群馬に赤城山、榛名山、妙義山の上毛三山というのがありますが、赤城山麓に大胡町というのがあります。それは、前橋から、伊勢崎、桐生に参ります上毛電鉄沿線にあります。大胡という所、赤城山の南麓なのですが、そこの出身で横山敏司君というのがおりまして、この人がとても小説が好きで、「小山君、俺は小説だ、小説だ」というような学生でした。それで、ある時、ロシア文学の講義の時間があったのですが、彼は『新潮』か何かを広げていて授業を聞いていないんです。私はたいへん驚きまして、「君はどうして講義をきちんと聞かないの、昇先生のロシア文学、おもしろいじゃないか」と言いましたら、「小説を勉強するんだから、小説を読んでいてもいいじゃなかんべ」。これ、群馬県の通俗語なんですけど、こんな会話をしたのを思い出します。彼は、やはり今年鬼籍に入りました。福田先生より先に鬼籍に入ったのでございます。「小説の方は、福田先生に師事すればいいんだ。詩の方は、伊藤先生に師事すればいいじゃないか」と言っておりました。伊藤先生は『雪明りの路』が処女詩集でございますが、私が『芸術科』に詩を発表させて頂いたことがあるものですから、お正月に伊藤先生の所にお年始に伺いますと、学生が何人か集まっておりまして、伊藤先生からは詩を書く小山というような目で見て頂いていたようです。福田先生からは、「小山君、小説はもっとどろどろしたものだよ。昼と夜、陰影があるように、人間は、心理によって生な体は変わるんだ、それで芝居ができるだろう。演劇にドラマツルギーというのがあるのを考えたほうがいいよ」。私は、ドラマツルギーなるものがわかりませんで、先生にご教授を頂戴しまして、はじめて歌舞伎や新劇などの演劇につきまして、ドラマに目を向けることの基本精神を学ばせて頂いたように思います。

私は昭和十三年頃卒業したのですが、その後ご承知のように戦時体制になりました。私も少年の頃は虚弱児童でして、徴兵検査を受けましたら、第二乙とか言われてしまいました。母乳で育てられなかったせいじゃないかと思っているのですが、いずれにしましても、高崎の部隊に入りました。その頃、アメリカ軍が九十九里浜から上陸するだろうという想定がありまして、十五連隊歩兵で「おまえさん連隊の事務局の当番兵になりなさい」ということで、陣地構築の作業隊という所に籍を置いたわけであります。群馬県には海がありませんので、福田先生の「長崎」にはたいへん憧れを持っておりました。長崎が文明の日本への窓口であったという教えを受けて育ってきた関係上、福田先生が長崎の方であることで、母親にたいする幼子のような気持ちで先生に接しましたし、今でもそういう感じを持っております。

先生は五つの大事なことをなさったと考えております。日大芸術科の講師をなさったということが、まず第一であります。その年は、昭和七年という記憶がございます。先生のまとまった出版物として冬樹社から出ております『福田清人著作集』の第三集に年譜がございまして、福田先生のご努力、ごりっぱなご研究、作品、それも長崎が中心になっているたいへん丁寧な事柄が記載されております。しかもその後で、児童文学という世界について児童文芸家協会を設立されたのは、日本の文学全体におけるたいへんなお仕事だったのではないかと思います。日本青年海外派遣団というのがありますが、これは日本政府からの仕事だったように教えられておりますが、一九六四年にその団長をなさいまして、ヨーロッパ九ヵ国をまわって帰っておられます。その時デンマークにもお立ち寄りになっています。一九六六年にアンデルセン賞を受賞され、そのお祝いの会がヒルトンホテルでありまして、私も臨席させて頂いた記憶がございます。

もう一つ、群馬の話になりますが、小野忠孝《おのちゅうこう》という詩人がおります。アンデルセン賞を受賞されたお祝いの年に、小野忠孝氏の碑が利根郡の白川村という所の、日光の方に参ります椎坂峠に建ちました。小野忠孝さんは小野忠孝賞といって、小学生、中学生の作文の優秀なものに対して賞を出しておりまして、その小野忠孝さんの碑に福田先生が撰文をお書きになっておられます。児童文学における福田先生との縁《えにし》によって、小野忠孝さんの碑がりっぱにできているんだなということを認識させて頂いております。いろいろな文学碑がございますが、小野忠孝さんの碑は、自然石でできておりまして、かなり大きなりっぱな碑でございます。その忠孝さんの児童文学賞の作品の選考に、私が群馬の産ということから、福田先生からご推薦があったのかどうか、正確な把握をしていないのでお礼を申し上げていないのですけど、選考委員をやらせて頂いた記憶がございます。

小野さんも今は鬼籍に入られまして、先日の福田先生のお葬式には小野さんの未亡人も出席されておりました。東京作家クラブの編集長で、児童文学者の平林美佐男君というのが、小野さんが大森の学校の先生をしておられた時の教え子でありまして、そういう関係で、ある時福田先生に東京作家クラブの委員会に出席して頂いた時、平林君と二人、作家クラブの委員をしておりましたので、福田先生をお送りした記憶がございます。平林君も福田先生が児童文芸家協会の会長であるということから、ご縁を頂戴しているわけであります。

それから、福田先生が長崎の方を中心にして、銀座の長崎県人会に「無月会」という俳句の会をお持ちになっておられました。「無月会で俳句をやるんだから、小山君、出ていらっしゃい」とおっしゃって頂いたことがございます。もう一つは、「児童文学というのを、お前さん好きにならないかね」とお叱りを頂戴したことがございます。

思い出は限りないのでありますが、長い間の先生のお教え、そして、本日拝見しました数々の業績、りっぱなお仕事を心に秘めまして、まだすぐ先生の後を追って鬼籍に入るわけにも参りませんような気分も持っておりますので、これからも皆様のお世話になりながら、がんばって福田精神を守っていきたいと思っております。たいへんつまらん、ばらばらなおしゃべりで、統一もとれておりませんでしたが、ご静聴ありがとうございました。

板垣　どうもありがとうございました。続きまして、鈴木政子さんのお話を伺おうと思います。講師に関しては、パンフレットに簡単な紹介がございます。そこには、記されてはおりませんが、鈴木さんには、『あの日夕焼け』という戦争児童文学があります。これは、私も読んで良い本だと思った記憶がございます。現在も作家としてご活躍中でございます。それでは、鈴木さん、お願いいたします。

鈴木　鈴木政子でございます。よろしくお願いいたします。福田清人先生にたいへんお世話になった者でございます。

先生のご恩に感謝し、心からご冥福をお祈りいたします。先生と私との関わりについて、少し話をさせて頂きます。

私は、昭和二十九年に実践女子大学に入学いたしまして、三十三年に卒業いたしました。先生は八年間実践女子大学にいらっしゃったのですが、幸いなことに、その間の四年間お世話になりました。クラスの担任教授でいらっしゃいました。その時のことなど、私ももちろん鮮烈なイメージを持っていますが、今回、何人かの仲間に聞いてみましたら、やはり、みんな同じようなイメージを持って先生をお偲びしておりました。

一番心に残るのは、いつもホームスパンのジャケットを着て、帽子をかぶっていらしたということですね。おしゃれでシャイだって言う人がいらっしゃいました。それから、非常にはにかみやで、いつも下を向いてボソボソとお話をなさるのですけど、中身は高等な、深い講義で、聞き逃しができなかったと皆さんおっしゃっていました。非常に穏やかな先生で、私もそうですけど、みんな、一度も叱られたことがないということです。そういえば、先生の怒った顔を拝見したことはないですね。私達の学校は女子大で、私もそうですが、上京組が多いんですね。先生が五十歳の時にお習いしたのですが、父親像と中年の男性像を先生に重ねあわせて先生に憧れていたのだと思います。

授業も、私達は勝手に命名していたのですけど、「文壇脱線ばなし」ということで、いつも講義がはずれていくんですね。それがたいへんおもしろかったのです。今でも覚えているのですが、「川端康成は、美少女が好きなんだよ」というような話をちょっとなさったんです。その時は、「ああ、そうか」と思っただけでしたが、その後、編集生活に入って、和田芳恵さんの所に伺った時、「川端康成さんは、今、歌手の藤圭子とつきあっているんだよ」ということをお聞きして、「あ、そうなのか」と、先生に伺ったことが、後になって証明できたり、というようなことがありました。これは申し上げられませんが、「誰それは、酒癖が悪くてこうなんだよ」なんていうお話があって、「それじゃ、あの作家の作品を読んでみよう」ということで、読書欲をかきたてるのに十分なお話でした。

そして、もう一つ、「文学散歩」という言葉をよく使われました。文学散歩の講義で、友人が堀辰雄に興味を持ちまして、「ずっと堀辰雄の生育した土地をまわってきてレポート書いたのよ」なんて話をしていました。

いずれにしても、先生はお点は甘かったみたいですね。私なんか、後で調べるとちょっと間違ったことを書いているのですが、ちゃんと最高点を下さるし、友達に「お点、良かったでしょう」と聞くと、「うん、最高もらった」という方が多くて、どんなふうにして点をつけていらっしゃったのかなと思っています。

そして、大学に「児童文学」という教科を作られたのは、先生が初めてじゃないかなと思います。私は、今でも成績証明書を三通持っています。就職のためにもらったのですけど、使わないで封を切って自分のものにしているんです。昭和三十二年の十月のは、印刷しただけの教科ですが、昭和三十二年の十一月の二十二日付、三十三年の一月二十日付の成績証明書には、手書きで「児童文学」という科目が入っています。ですから、先生が教科を一つ作られたという証明ができると思うのです。他の大学でもなかったのではないかと思います。

短大の学生と一緒に「児童文学研究会」を作って、そのときに交流していたのが、早稲田大学だったんですね。そこへ鳥越信さんが、学生さんでしたか、大学院生でしたか、いらっしゃいました。それから、私達には雲の上の人々でしたが、先生のたくさんのお友達、たとえば、浜田廣介さん、那須辰造さん、成瀬正勝さんなどですね、そういう方達を一緒にお呼びしてお話を伺ったりして、たいへん贅沢な勉強をさせて頂いた覚えがあります。

四年間、担任教授でいらっしゃるのですけれど、何か悪い事をして呼ばれたということはないですね。あの当時の実践っていうのはおとなしくて、当時福田先生の本を出版するということで、後で私とも関係があるのですが、学研の下野《かばた》さんが福田先生に会いに実践にいらっしゃった時、会う生徒がみんなおじぎをする、なんと礼儀正しい学校だろうとおっしゃっていました。先生方も、今、考えると、それぞれの権威者でいらして、十分な四年間を過ごさせて頂いたと思っております。

これは有名な話なのですが、福田先生は美人がお好きなんです。それがずっと評判でありまして、私は何十年経ってから、親しい同郷の先生から伺ったのですが、福田先生がどうして斉藤さん［鈴木政子］の面倒を見るのか、というのが研究室の七不思議の一つだったらしいのです。不美人でした。今でもそうですけど。それはなんともいいようがないのですけど。どうしてか、ようやく最近わかったのです。私の同郷で、実践女子短期大学の教授でいらっしゃった伊豆野タツ先生、もう鬼籍に入られましたけど、福田先生と同じ年でいらっしゃるんですね。それで、伊豆野先生を偲ぶということで追悼集を作ったんです。その時の前書きに「伊豆野先生は同郷のSという生徒を強く心配していた。Sは満州からの引き揚げ家庭の子で、先生もその両親から頼まれていたらしい。Sは学部にいたので、私が学部に移った折、伊豆野さんからSのことを頼まれたので、多くの学生の中で、その姓は記憶させられた。Sは努力家であった。いい卒論を書いた。」と書いてあります。そういうことで、やっと「ああ、そうだったのか」とわかりました。もう一つ、板垣信先生が作って下さった年譜を拝見して、満蒙開拓団に関わっていらっしゃった時があるんですね。ですから、私が中国、旧満州からの引き揚げ者で、ちょっと奥地におりましたから、家族が半分になって帰ってきたのですけれど、そういうこともあって、少し目をかけてくださったのかな、とも思っています。

卒論も先生にお世話になりました。私は児童文学が書けませんでした。書けない理由を敗戦の時の中国での体験からきているると自分で解釈しているのですけど、そうじゃなく、やっぱり才能がないんですね。そんなわけで文章はあまり書けなかったのです。児童文学の書目研究をしてみないかと言われ、まだ日本で誰もしていないとかで、それをやり始めたのです。幸い駒沢大学で図書館司書をとっていましたので、それらをフル活用して、書目研究を仕上げたのですけど、すぐ鳥越信さんから反応がありました。直接ではなくて、福田先生にですけど、ずいぶん厚いお手紙を読ませて頂いた覚えがあります。私は、一応それを続けて、完成させて、文句を言われないようなものを書かなければいけないと思っていたのですが、いろんな事情がありまして、また田舎に帰ったりしまして、それができずにおりましたら、鳥越先生がりっぱな書目研究をお出しになりました。きっと、あのことがきっかけでお書きになったんだな、と思ったのですが、先生に改めてお聞きしたことはありません。

卒論もお世話になって、就職という段階になりまして、出版社関係に行きたかったのですが、それだけの力もないということで、先生にお話ししたんです。そうしたら、企画にも関わっていらっしゃったのですが、そのとき書いていらした『近代日本文学読本』を作る手伝いをするという形で学研に勤めさせて頂くことになりまして、卒業する前から会社に行っておりました。

これはちょっと変わった本で、先生がお書きになったことを、また調べて注釈をつけるというような形でシリーズ十二冊を作ったんです。これは、今日初めてこちらにあったのをお借りしたのですけど、十刷までいっているので、随分売れた本なんですね。十二冊の内、半分くらいは私が関わっております。山室静さんの『島崎藤村読本』とか、唐木順三さんの『森鷗外読本』とか、本多秋五さんにお書き頂いた『武者小路実篤読本』とか、草野心平さんの『高村光太郎読本』ですね。そんなことで二年間弱位、これを作る手伝いをさせて頂いたわけです。

この本の打ち合せをするということで、当時新宿にあったのですが、今、雑誌『酒』の編集長をしていらっしゃる佐々木久子さんがマダムだった飲み屋によく連れて行って下さって、そこは文壇の方達の集会所で、編者の方達をそこでご紹介頂いたというようなことがありました。

編集の仕事というのは、なかなかたいへんでした。私のような会津出身のそれこそほっぺたの赤いおかっぱの女の子は子供だと思われていたようです。原稿をもらいに行っても、唐木順三さんなんか、「原稿は少しあげるから、今日はおつきあいしなさい」とおっしゃって、一杯飲むおつきあいをさせられて、私、飲めないのですけど、「注ぐだけでいいから、そこにいなさい」と言われましたね。山室さんの所もそうでした。「今日は一日遊んでいきなさい」ということで、何をやっていたかわからないのですけど。

そんなことから始まって、先生のお世話になったのです。私も結婚をしたり、子どもを産んだりといった時期がありました。学研をやめた後のそういう時期もやはりフリーで編集や校正の仕事をしておりまして、ほんとうに活字にはつながっていたということです。

この本の編集の責任者で、当時課長だった下野博さんという、学研から立風書房の社長になられた方なのですけど、その方に勧められて、三十五年間も書かなかった中国からの引き揚げについて、それを「かあさんの自分史」と名づけているのですけど、『あの日夕焼け』という本を、下野さんが書こうよとおっしゃって、社長自ら編集して下さってできあがったというわけなんです。

その頃から、話をするようになって、私は『あの日夕焼け』を書いて、自分の原点のようなものがわかったわけです。「あんたなんか、死んでしまえばいい。そしたらみんなが助かるんだから」。そんな言葉を吐くほどの収容所生活だったわけですね。そういう言葉を吐いたためにずっと、自分の体を虐めつけたりカラカラと笑えなかったり、回り道しか選ばなかったりということが、書いてわかったんです。その時から、皆さんにも少しずつお話しするようになって、社会教育の場がほとんどなのですけれども、書くとわかることもあるということで、正史を残そうということと、一番身近な参考書である自分史というものを書こうという気持ちで、自分史の研究をするようになりました。みんなと文章を書きながら、テキストが欲しいな、ということで、『自分史の書き方とまとめ方』という本を出したり、茅ヶ崎に住んでいるのですが、「公民館の広報誌を作ってくれないか」と言われて、やさしい編集ガイドがなかったので、「じゃ作ろうか」ということになって、必要に応じて本を書かせて頂いております。今、一番力を入れているのが自分史なんです。高齢化が進みまして、高齢者センターとか教養センターというのがあちらこちらにたくさんありまして、頼まれれば、時間があれば、どこでも出かけていくというようなことでボランティア半分で、自分史の講師として動いております。

こうして考えてみますと、書くということを教えて頂いたのは、福田先生なんですね。ですから、もし福田先生にお会いしていなければ、郷里の福島県で教師になっていたと思います。どうしても、もう少し何かやりたいということで教師の席を蹴って、上京して来たということがあります。そして、自分史なので指導者が少ない。仲間と「こうしたら書きやすいんじゃないか」とか「こうしたら、もっと書けるんじゃないか」と話し合いながら、みんなで書いてきたんです。

やはり、目標は福田先生に見て頂けるということでした。これを書いて一冊の本にして、福田先生に見て頂きたいという思いがいつもあったので、がんばって書いてきたのです。先生にお見せした時、「これは書名が長いから売れないよ」と言われた本が一冊ありました。確かにそれは、第一刷で絶版になりました。先生は、お人柄とは別に、きびしい鋭い目で、作品をご覧になっていて下さったんだなと思います。

そんなことで、これからも書いたら先生にお送りしてと思っておりました。先生は送ると必ずご返事を下さる方でした。いつお送りしても何があってもお手紙を下さるし、葉書も下さるし、ということは私もまねしなければならないと思っているのですが、いまだに実行できないでおります。

先生から教えられたことは、本当にたくさんあります。長い間お会いしない期間もあるのですが、それでもいつも先生が私の心のどこかにいらして励まして下さいます。ご葬儀の時にお顔を見せて頂いて、それでやっといらっしゃらないということが確認できたというか、本当だったんだなと、心に空洞ができたような気持ちです。が、先生はきっと遠くで私達を見ていて下さるのではないか、これからも先生の教えを元に頑張らなければと思っております。

私がお話しするのは、ちょっと違うんじゃないかなと思いながらも、先生との関わりがあり、そして、今の私があるものですから、へたな話をさせて頂きました。ありがとうございました。

板垣　中断をはさみましたが、次に瀬尾七重さんにお話し頂きます。瀬尾さんは、『ロザンドの木馬』で野間文芸賞の新人賞を受賞されて以来、児童文学で作家としてご活躍中です。それでは、瀬尾さんよろしくお願いいたします。

瀬尾　只今ご紹介にあずかりました瀬尾七重でございます。紹介ということで思い出したのですけど、福田先生は私を編集者や作家によく紹介して下さいました。最初のうちは「僕の立教の教え子です」とおっしゃっていたのですけど、先生のお宅に伺ったり、児童文芸家協会にお世話になったりとだんだん先生と親しくなってきますと、先生は「僕の立教の教え子です」とおっしゃった後に必ず一言、「この子は、無愛想な子でね」とおっしゃるんです。私は、参ったなとは思いましたが、その通りですので苦笑いするほかなかったんです。「無愛想な子でね」とおっしゃる裏に「無愛想な子だけどよろしくたのみますよ」という先生の暖かな気持ちが含まれているように感じておりました。

ここでは立教大学での事を話して下さいと言われましたけど、私は立教大学では四年間しかお世話になっておりませんし、私も人としゃべるのがきらいで、書く方に仕事を選んだものですから、大学では先生と話をしたことがないんです。先生ご自身もあまりお話しにならない方だったような記憶があります。ただ、先生のおっしゃる言葉が一つ一つ印象深く残っています。先程どなたか、「先生の怒った顔をみたことがない」とおっしゃいましたし、福田先生も大学時代、同僚の先生方とか、学生から「仏の福田」と呼ばれていたようです。ですけど、私は、先生が講義中に怒ったところを一度だけ見たことがあります。たしか、永井荷風の講義だったと思いますけど、先生の教壇の真前で学生二人がひそひそ私語をかわしていたんですね。私は、少し離れた所におりましたが、随分と大胆で図々しいことをする学生がいるなと思っておりましたら、五分位経ってからでしょうか、先生がいきなりその女子学生をきっとにらんで、「君、今は講義中だよ」とおっしゃったんです。文学部というのは女子学生が多いですから、先生はわれわれの顔をまともに見て講義されてはいなかったんですね。いつも教室の後ろの壁を見て講義されていて、たまにひょいと顔があいますと、とてもはにかんだ笑みが浮かびます。その笑みが、小学校の二・三年生の男の子のはにかんだ顔によく似ていたので、私は「少年の笑み」なんてかってに名づけておりました。その先生が、はじめて女子学生をにらんだその目の恐さを今でも覚えておりますし、先生も怒ることがあるんだと思いました。

そのようなことがありましたが、先生は雲の上の人という印象が強いものですから、お話ししたいと思いつつも、お話ししないうちに大学を卒業したような気がします。ただ、先生の一言に救われたこともあります。立教大学では、今もあるかどうかわかりませんけど、卒論を出し終わった後、卒業面接というのがあります。それは、研究室に四、五人先生方が並んでまして、学生が質問を受けるんです。その質問が大層厳しくて、泣き出す学生もいるということを聞いていたので、私はびくびくしてました。と言いますのも、私の書いた卒業論文というのが、「児童文学論」とか何とか、そんな題だったのですけど、それまで自分が読んできた児童文学の作品をずらずら並べて私見を述べただけというたいへんお粗末な卒論でした。枚数だけは二百なん枚と多かったのですけど、取り上げた作品のほとんどは、イギリスやアメリカ、フランスなど外国のものばかりで、日本のものというと、千葉省三と壷井栄と青木茂の作品くらいでした。しかも未完で出したものですから、よけいびくびくしていました。

教室に入りますと、先生方が並んでいらっしゃいました。その当時もまだ児童文学という講座は、先生のものしかありませんでしたから、珍しかったと思います。児童文学を選んだ学生もあまりいませんでしたから、他の先生方も何を質問していいかわからなかったのではないかと思います。福田先生はにこにこしていらっしゃるだけで、何もお聞きにならなかったんです。何を質問されたかもぜんぜん覚えていないのですけど、もうこれでそろそろ終わりかなという頃、一番お若い先生、私は習わなかったのでお名前を失念しておりますが、急に「君、近松門左衛門の作品はね」って言い出されて、そうしたら、福田先生が間髪を入れずに「君、この子にそんな事聞いたって無理だ」とおっしゃったんです。他の先生方がどっと笑い出されてしまって、げらげら笑っているうちに済んでしまったという、今もって何がなんだかわけがわからない卒業面接でした。でも後から考えてみましたら、先生のその一言で救われたなと思います。

卒業してから、何年か経ちました時に、先生が「実はあの卒業面接の時、僕はひやひやしてたんだよ」とおっしゃったんですね。なんでかって言いますと、論文に外国のものばかりがあって、日本文学のものがないから他の先生方が何を言い出すかひやひやどきどきしていたとおっしゃったんです。それを聞いて、これは悪い事をしてしまったと思いました。それと同時に、質問して下さった若い先生にも悪いことをしたなと思いました。どういうつもりで近松門左衛門のことを聞かれたのかよくわからないのですが、戯曲やお芝居、新劇の方ですけど、好きでしたので、論文にちらっとそういうことを書いたのかもしれません。そういうことで近松門左衛門のことをお聞きになったのかなと思います。

もう一つ思い出したのですけど、福田先生は講義なさっている間、われわれをまともに見ない。見ないかわりに、眼鏡をかけたりはずしたりがとても激しい。いつだったか、春の日の午後、ちょうど眠たい時だったのですが、講義に退屈してしまいまして、でも眠っちゃいけないと思い、先生がどのくらい眼鏡をかけたりはずしたりなさるか、数えていたのですけど、数えているのが面倒くさくなってしまってやめてしまいました。そんな風にとてもシャイな方というのが、記憶に残っております。

私事ですけど、私の父も今九十六歳でまだ生きておりまして、同じ明治の男なのですが、先生と父とはとても違うんですね。どうしてかと申しますと、前にも雑誌に書いたことがありますが、私の父は、私が生まれても、「なんだ女か」というだけで病院にも来なかったという人なんです。福田先生のお家に伺った時、いつも帰りは福田先生と奥様が送って下さっていました。奥様のこと何かと気づかっていらっしゃるなということがよくわかるんですね。奥様が亡くなるちょっと前に、篠原（芦沢）弘子さんと一緒にお見舞いに行ったことがあります。先生が「おかあさん、芦沢君と瀬尾君が来てくれたよ」とおっしゃって、奥様の手を摩るお姿を見てましてね、明治の男でもこんなに違うのかと思いました。うちの親はなんという親だろうと思いました。

どうしても先生と父を比べてしまうのですが、福田先生のことを父に話しますと、「あの人は、学者だから」と言うんですね。自分は芸人なものですから、「芸人と学者は違う」と言って。それを私が雑誌に書きましたら、福田先生が後になってポツッと「僕は学者かな」とおっしゃったんです。私にとっては、大学で習った先生ですし、硯友社の研究論文などがありましたから、先生は学者という考えが頭にあったのですが、何か寂しそうに「僕は学者かな」とおっしゃった。家に帰ってから気がついたんです、「ああ、先生は作家だったんだ、作家って言わなければいけなかったんだ、たいへん失礼なことをしちゃったな」って。おそらく、先生は作家であるということに誇りを持っていらしたのだと思います。そういうことで、とても失礼なことを先生に申し上げちゃったな、と思ったことを覚えています。

生意気なようですけど、先生と私と共通しているところがあるんです。先生は本を読むのがとてもお好きなんですね。奥様に伺ったことがあるのですが、どこでも本を広げていらっしゃる。私も本の虫でして、活字中毒みたいなもので、お茶碗洗っている時も、何か作る時も、へんな話ですが、トイレに入る時も本を持って入るような人間ですから、そういうところが似てるかなとちょっとうれしく思っています。ただ私は、乗り物の中では読めないんです。すぐ頭が痛くなって、めまいがしてきますから。一度先生と長崎に旅行した時に、先生はあの狭い機内で、しかもあまり明るくない所で本を読んでいらっしゃいました。あれにはびっくりしました。こんな所で本が読めるのかと思って。それほど先生は本を読むのがお好きだったのですね。私も本好きと自負しておりましたけど、先生にはかなわないなと今思っています。

そのように先生の言葉で救われたり、励まされたりしましたけれど、一番励まされたのは、私の初めての本が出た時でした。まだその頃先生は、立教大学にいらっしゃったので、その本を持って研究室へ伺いましたら、先生がお茶を入れて下さったんです。たぶん普段はそういうことはなさらないのだろうと思いますが、「今日は君はお客さまだから」とおっしゃって。そのお茶、おいしく頂きました。その時、ただ一言、「乱作、駄作はしなさんなよ」とおっしゃったのです。その言葉は肝に命じておりますが、あまり命じすぎて怠け癖がつき始めてしまって、これではいけないと今思っています。ただ、乱作、駄作はしなさんなという言葉は、今の児童文学界にはあるなと思いました。なんでこんなのが本になるのという本がありましたね。先生もおそらく愁えていらっしゃったと思いますけど、私もすごくいやで、一時児童文学から離れようかと思ったこともありました。ですけど、先生がお亡くなりになる前の日ですから、十二日でしたか、篠原さんと病院に伺いました。先生はもうわれわれを見ても何もおっしゃらないのですけれど、右手で鉛筆を握る格好をなさってシーツの上で一生懸命動かしていらっしゃるんです。うつらうつらして、ときたまぱっと目をあけてわれわれ二人の顔を見て、その動作を何回か繰り返されるんです。その時私は、先生はまだ書きたいことがあるんだなと思ったんですね。篠原さんは「いや、これは私達にちゃんと書きなさいって言ってらっしゃるんだ」って、私達の意見はちょっと違いましたけど、後になって考えてみたら、篠原さんが言ったのが本当かなと思うようになりました。でなければ、なぜわれわれ二人の顔を見る度に、ぱっと手を動かされたか。先生のそういうお姿を見ていたら、児童文学やめちゃおうかなと思っていたのを、考え直しまして、また児童文学に力を入れなければいけないかなと思っております。

お言葉の他に、先生から頂いたものが、二つあります。一つは、大きな硯です。山口県あたりの有名な硯らしいのですけど、それは初めての本が出た時にお祝いに下さったものなんです。それをうちへ持って帰りましたら、母が、「あなたは字が下手だから、それを気づかわれて、書道をやりなさいっていう意味で下さったのよ」と言うのです。でも私は書道にあまり興味がなかったので、「ふんふん」と聞いていました。その硯は父に取り上げられてしまいまして、私は硯を使うことなく、字もへたなままで過ごしてきました。後に『さようなら、葉っぱこ』という本で、児童文芸家協会の協会賞を頂いたのですが、ちょうど初めての本が出て二十年後位だったと思います。そうしましたら、先生が下さったのが文鎮なんです。それもすごくいい文鎮で、先生のお知合いの彫刻家で、長崎の「平和の像」を作られた北村西望さんが彫られたものでした。その文鎮は、鯉の形をしていてかなり重いんです。それを持って帰って、父に見せたら、「ほら見ろ。やっぱり字が下手だから、先生が下さったんだ。先生の言うことを聞かないから、おまえは、不肖の弟子だ」と、いまだに言っております。先生の一言一言が、先生とあまり多くお話ししなかったせいか、ずしりと私の心の中に重く深く残っております。

先生が亡くなったということが、いまだに信じられなくて、やっぱり先生がいらして下さらなければ、私はだめだなということを時々感じております。児童文芸家協会で、先生にお世話になったのは、三十年近くになりますけれど、先生にお会いした時も、文学のことはあまりお話しにならないのです。作品ができあがった時に先生にお見せすると、ただ「よかったよ」の一言なんですね。でも、その「よかったよ」の一言で私は励まされて、次の作品を書こうかなと思うのですけど、なかなか取り掛かることができなくて、次の作品を書くまでに十年も十五年もかかってしまうというようなことばかり繰り返しております。先生の児童文学の弟子であることを非常に誇りに思っているのですけど、このままじゃいけないなと思いつつ、ついついなまけ心をおこしてしまって、どうしようもない不肖の弟子だなと、この頃思うようになっております。

大学時代は、あまりお話ししませんでしたが、先生にお会いすると、やはりほっとするひと時がありました。ちょうど大学に入った頃、母が倒れて、看病をしなくてはならないというようなこともありまして、ストレスで、人と会うのがいやになっていた時期がありました。大学へ通うのに、普通は駅から立教通りを通ってまっすぐ行けば立教の中へ入れるのですが、そこの道を行くとたくさんの学生と会いますので、それがいやでいつも裏道ばかり歩いていたんです。裏道ばかり遠廻りして歩いていた時に福田先生にばったり会ったことがありまして、先生に「なんでこんな方から来てるの」と言われ、「私、人と会うのがきらいだから」って、かなりつっけんどんに話をした覚えがあります。でもその時にも先生の「なんで？」とおっしゃったお顔がやさしかったんですね。それでいろいろいやなことがふっとどこかへ飛んでいってしまって、先生の笑顔に会うと救われることがよくありました。

児童文芸家協会の理事会にも、先生はよくおいでになりました。意見はあまりおっしゃらないのですけど、会長として席の真中に座っていらっしゃるだけで、他の理事の方達も活気づくようなことが時々ありました。そして、もうおみ足が痛かったのでしょう。お帰りになる時、ビルの一階まで私が一緒に行きました。足の悪い人が他の人につかまる時は、たいてい肩につかまるのですが、先生は腕をぎゅっとつかまれるんです。痛くて痛くて、でも痛いっていうと悪いと思って我慢していたのですけど、下まで降りて、タクシーを呼んでお送りした後、見てみたら、あざができていました。それほど先生はおみ足が痛かったんだなと、今は思っております。つかまれた時に、先生が「君は随分太っているね」とおっしゃったんですね。私は、自分が太っているとは思っていなかったものですから、「えーっ、これはえらいことだ」と思いまして、それからダイエットをいたしました。そしたら今度は、極端に痩せすぎてしまいまして、四十キロ近くまでおちたことがあります。これも先生のおかげかなと思っております。その後、好きだった甘いものが、あまり好きではなくなりましたが、お酒はよく飲みますので、体重も元に戻ってしまいました。たぶん先生にお会いしたら、また「君、太っているね」とおっしゃるかもしれません。

福田先生の思い出はたくさんありますけど、「乱作、駄作はしなさんなよ」というお言葉と、最後に見た、書きなさいよというお姿だけは、生涯忘れられないだろうと思っております。たいへんつたない話で、申し訳ございませんでしたけど、聞いて頂いてありがとうございました。

板垣　どうも瀬尾さん、ありがとうございました。お話の中では、随分悪役とされておりました瀬尾さんのお父さんは、芸人さんと言いましても、実は、人間国宝でいらっしゃいますので、一言ご紹介申し上げます。
それでは、ひき続きまして、星さんにお話をお願いいたします。パンフレットにありますように、「文芸広場」の編集者で、十六年間ずっとやっておられたということです。ではよろしくお願いいたします。

星　私が初めて福田先生にお目にかかりましたのは、昭和三十七年のことです。それまで、横浜の女子高校に勤めておりましたが、公立学校共済組合にかわりまして、『文芸広場』の編集担当になりました。『文芸広場』は昭和二十八年に創刊されましたから、すでに十年近く経っていました。教職員の投稿作品を中心とした雑誌でしたので、選者の先生方がいらっしゃるわけです。福田先生は、創作、評論の選者で、詩と童話が阪本越郎先生、短歌が木俣修先生、俳句が中村草田男先生、小品が高橋真照先生、表紙絵も募集しておりましたので、それが大久保泰先生と、そうそうたる方々が選者で、同時に編集委員もして頂いていたわけです。そこで私が仕事をさせて頂くことになりまして、四月の編集会議の時に初めて紹介して頂いたのです。

会議が終わって、その後宴会があるんですね、毎月一回。緊縮財政で、あまりお金が使えませんから、料亭なんかには行けません。公立共済の宿泊施設でやるわけです。お料理なんかは運んでくれますけど、お酒とか、ご飯とか、お茶などは持ってきたら、どんと置いていくのです。ですから、私達がサービスをしなくちゃいけない。先生方、皆さん五十代半ばだったと思いますが、体も大きくて、お酒の量も多い。食欲旺盛で、仲間同士というか、親しい雰囲気ができあがっておりまして、すごくにぎやかなんです。ビールをついだり、お酒をついだり、そうしているうちに、「ご飯」、「おかわり」とか「お茶」とか、本当に忙しくて、私達食べてる暇がないんです。福田先生や木俣先生は、酒量も多いし召し上がるのもとても早かったですね。中村先生や阪本先生は、すごくゆっくりなんです。召し上がるものにもそれぞれお好みがあって、なかなかたいへんでした。

その日は私、朝から緊張していまして、少し落ち着いてから食べていたんですね。そしたら、福田先生と大久保先生が私の顔をちらちら見ながら、なにかごちゃごちゃ話していらっしゃるんです。耳に入ってきたのは、「上原さんは梨の花、星さんは桃の花」だったんです。上原さんというのは、前から『文芸広場』の編集やってまして、楚々とした細面の新潟美人で、まあ梨の花でもいいのですけど、私のことを桃の花だなんて。私は聞かない振りをしてたのですけど、おかしくて……その時、ふと緊張がとけたような気がして、ああ福田先生ってお優しい方だなと思ったんです。

毎年文芸講演会がありまして、地方へ出かけて行くので先生方はよく「文芸広場一座」なんて言っておられましたけど、みなさん「福田さんは座長だ」とおっしゃって、温厚な福田先生に、よくまとめ役をやって頂いておりました。毎月一回、先生方のお宅に原稿を頂きに伺うのですが、木俣先生が「君は、これからいろんな方のところに原稿を取りに行くと思うが、そこで出されたお茶とかお菓子とか、出されたものはすべて食べなさい。残すと失礼だ」とおっしゃるんです。私もそう思っていましたから、全部頂いて、そのうちお食事も頂くようになって、大久保泰先生なんかは、「どうだ一食分助かっただろう」って、そんなこと言われたこともありました。

十六年間いろいろありましたけど、楽しいことが多く、いろいろなことを教えて頂きました。奥様方にもお世話になりました。『文芸広場』の仕事をやめてからもずっとお世話になり、かわいがって頂いたのが、福田先生の奥様なのです。その頃、芦沢さんが児童文芸家協会の事務局に勤めていて、まだ独身だったので、いつも二人で伺って、生け花や日本舞踊を教えて頂いたり、お食事を頂いたりしてました。奥様は、お料理を作るのがお好きで、人をもてなすのがお好きなんですね。それでお料理たくさん作られて、「さあ、食べましょう、お父さんを呼んできて」っておっしゃると、芦沢さんが「お父さ〜ん、食事ですよ」って、福田先生を呼びに行くわけです。

先生は、本を読むのが本当にお好きで、本を片手に食事をなさるんです。でも、私達の話の中に入って冗談をおっしゃったり、クイズみたいに「こんなこと知ってるか」って試されたりしました。「あの頃楽しかったね」って、芦沢さんとよく話します。そういうふうになったのは、冬樹社から先生の著作集が出た後からではなかったかと思います。あの時は、日大、立教、実践のお弟子さんが中心になって、あの著作集をおまとめになったのですけど、先生が「あなたも仲間に入ってくれ」とおっしゃったんです。『文芸広場』の中には先生のお弟子さんと言っていい人がたくさんいらしたし、りっぱな作家になられた方もたくさんおられました。ですから、『文芸広場』の中から誰か一人というお考えがあったのかもしれません。

先生は、「あなたは、木俣さんの弟子だから」とおっしゃって、私に個人的なことを頼むのを遠慮していらしたふしがあるのです。そのあたりから、先生のお仕事を少しずつするようになりました。その後、先生のお誕生日に集まる「麦笛の会」というお弟子さんたちの集会にも加えて頂いたようなわけです。

先生が脳梗塞で入院されたことがあります。あの時は本当にびっくりしました。比較的軽くて早くに退院なさったのですが、精神的に不安定なことがあったように思います。ちょうど私が伺っていた時、三重県の女の先生で『文芸広場』に投稿していた方が、上京したから先生に一目だけでもと、訪ねてこられたんです。先生は、その方をすごくかわいがっていらっしゃったのですが、とうとうお会いにならなかったんですね。そんな先生は初めて見ましたので、とても驚きました。

その少し後だったと思いますが、たぶん芦沢さんと一緒の時、「僕の頭の中がへんになっているかもしれないから、僕の書いたものをおかしくないかどうか見て欲しい」とおっしゃったのです。すごく緊張して、一回か二回、短い文章を拝見したことがあるように思います。その後、咸臨丸のことについて三〇〇枚位の書き下ろしを一気に書かれまして、これですっかり自信を取り戻されたと思います。

奥様が亡くなられた時は、本当に悲しかったです。お別れの時、先生が涙をポロッポロっと流され、足元に落ちたんです。日常生活は、和夫先生ご夫妻、山田さんや妹さんがいらっしゃいますので万全ですが、やはり奥様がいらっしゃらないということで、とてもお寂しかったのではないかと思います。ですけど、文学で鍛えられた先生の世界は、がっちりしていて、寂しさといっても普通の人とは違うなと思いますが、その年の「麦笛の会」だったと思いますが、ご主人を亡くされた池田みち子さんが先生に、「限りなき孤独と限りなき自由ですよ」とおっしゃって、励ましていらっしゃいました。池田みち子さんも日大の時の先生のお弟子さんですけど、こういう文学の子弟関係っていいなと思ったのを覚えています。寂しくてもそれを心の糧になさっていたのではないかと思います。

最近になって私が定年退職して、ぶらぶらしてましたら、「暇だったら書庫の片づけをしてくれないか」とおっしゃって、定期的に伺うようになりました。先生は活字人間で、本を読むのが本当に楽しみで、天眼鏡で見ていらっしゃいました。ですけど、いよいよ不自由になって、白内障の手術をなさったのです。先生は、お医者さんのお子さんですが、病院とかお医者さんがあまりお好きでなくて、というより恐かったのではないかと思います。「白内障の手術なんて簡単だよってみんな言うけど、あれだって全身麻酔してすごいんだよ」とおっしゃっていました。手術の後、外出許可が出て、この「文庫の会」にいらした時、手術の様子とか、九州出身の看護婦さんのこととか話して下さったことを、皆さんご記憶だと思います。あの時は、手術が無事に済んで、先生すごくほっとしていらしてうれしかったのだと思います。

退院なさって半年程して、また軽い脳梗塞の発作がおこって入院されて、その後リハビリのために浴風会病院に移られました。そこは、相馬黒光さんが土地を寄付されたという所で、敷地もとても広くて、武蔵野の面影を残した環境の良い所なんですね。相馬黒光さんというと、国木田独歩にも通じるところがありますので、先生も気に入ってらしたようです。はりきってリハビリをなさっていました。

それから、執筆の計画も積極的にたてていらっしゃいました。長崎の関係の文士とか、先生に関係のある有名な人達のお話をまとめておきたいと思っていらしたんです。「五枚ずつ五十人位やったら一冊にまとまるかな」。「まとまったら宮本企画で出してくれるかな」とおっしゃっていました。

その頃、長崎から作家志望の女性が上京しまして、東京で修行することになったんです。その方は前に手紙で、上京したら是非お目にかかりたいと書いてこられ、先生の妹さんのお知合いでもあったので、先生は非常に喜んで、「じゃ長崎のことはこの方にお願いしよう」ということで、「あなたは、雑誌の方をやってくれ」とはりきっていらっしゃいました。病院で口述筆記をしていましたが、リハビリやら何やら病院も忙しくて、思うようには進みませんでした。でも、その頃書かれたものが、先生がお亡くなりになる少し前に「長崎新聞」に載ったのです。五月二十六日、二十七日の記事です。先生すごくお喜びになって、本当によかったなと思いました。

出版の計画では、もう一つ、俳句集のことがありました。先生は、本が出るということがとても楽しみで、次の句集を出したいと思っていらっしゃいました。「前と同じ体裁で三五〇部、退院の時にみんなに配る。書名は、『鬼木』、口絵は九つある僕の文学碑の写真を入れる」とおっしゃっていました。ですけど、句が一〇〇句たらずで、前と同じ位の体裁にまとめるには、二〇〇句位ないとまとまりません。「先生、句の数が足りません」と言ったんです。先生は、前に出版社に勤めていらしたことがあるので、そういうところはピンとくるところがおありになるんですね。「そうか、じゃ俺、長崎甚左衛門のことを随筆に書くよ」とおっしゃるんです。長崎甚左衛門というのは、長崎の御先祖のような人で、「無月会」の山口さんの御先祖でもあるらしいのです。そういうことが最近の資料でわかってきて、先生も興味を持っていらしたようです。たぶん山口さんから資料も届いていたと思います。何回か挑戦して、途中までいったのですが、結局はまとまりませんでした。ですから、山口さんにどんなお話か是非お伺いしたいと思っています。

作家から始まって大学教授、研究者、編集者といろいろなお仕事をなさいましたが、最後は肩書のところは「作家」とつけるのが本望でいらしたように思います。でも、最後にとても興味を持たれたのは、俳句だったように思います。「無月会」の句会など本当に楽しみにしていらっしゃいました。先生の大村中学のお友達で、広島で歯医者さんをしながら、俳句をやっていらっしゃる方が、『春星』という雑誌を出していらして、この雑誌に先生は毎月俳句に関する随筆を書いていらっしゃいました。入院なさる間際まで書いていらっしゃいました。

先生の俳句の一番最後は何かなと思ったのですが、先生の従姉妹さんで、とても美しい白髪のおばあちゃんがいらして、この方がお亡くなりになった時、「君逝くや清浄の雪消ゆるごと」という追悼の句をつくられたのです。これが最後かと思っていたのですが、メモを整理しておりましたら、その後につくられた句が出てきました。芦沢さんの出版記念会の時におつくりになったのです。その日、先生をお迎えに行きましたら、先生は盛装して待っていらして、「俳句つくったよ」とおっしゃったのです。その時は、口でおっしゃって、私がメモしたのですが、先生はいろいろ推敲なさっていました。「贈られし皮帯しめて夏の会」「贈られし夏の皮帯祝賀会」「贈られし夏のバンドで祝賀会」。みんな「贈られし」というのがついてます。これはどういうことかと言いますと、芦沢さんの処女作が出版された時、先生のお力添えもあったものですから、先生にお礼をしたいと芦沢さんが言ったんです。「先生、何がいいですか」と聞きましたら、「いいよ、お礼なんて」。「でも、先生、お礼がしたい」。「それじゃ、バンド、皮帯」とおっしゃったんです。そのいきさつを知っていたものですから、「ああ、芦沢さんのプレゼントですね」と言ったのです。

芦沢さんの会は、とても盛況で、先生もとてもいいスピーチをなさいました。その後まもなく、先生は入院なさいました。芦沢さん、本当に幸せだったと思います。先生の「……清浄の雪消ゆるごと」という句も美しくていい句だなあと思いますけど、「皮帯」の句もいいですね。先生は、会合がお好きだったようですが、これを読むと、プレゼントされた皮帯でうきうきと祝賀会に出かけて行く先生のお気持ちが出ていて、とてもいいと私は思います。

先生は、最後まで自分の仕事に一生懸命でした。人間というものはそうしなければならないということを示して下さったような気がします。先生は、私にも「あんたも俳句を作りなさい」とおっしゃっていたのですが、私は、生意気にも人の俳句を批評するばかりで自分でとうとう作らなかった。文章も書かなければ研究もしない。さぞかし怠け者だと思っていらしたと思います。私は退職してから、一年ばかり北京にいたことがあるのですが、「あんたは北京にいる時、日記書かなかったの」とちょっと怒ったようにおっしゃったことがあります。しょうがない怠け者と思っていらしたと思います。

長い間、先生のお側にあって、先生にいろいろなことを教えて頂いたと、今になって思います。たくさん宿題が残されているような気がしますので、これから私なりにがんばっていきたいと思います。

とりとめのないお話でしたが、ご静聴ありがとうございました。

（第六回、一九九五年一一月三日）

福田清人の児童文学創作と児童文学研究

岡田純也

宮本先生に大変丁寧に紹介して頂きましたが、今日来て頂いた皆様の心に残るようなお話ができるかどうか心配でございますし、また、私自身もそのようにうぬぼれてはおりません。福田先生に関して、私自身が日頃考えております事をお話し申し上げて、そして、皆様方が考えていらっしゃる事と全く同じでも、私の言葉では皆様とは少し違いますので多少なりとも、新たにこういう言葉で福田先生の児童文学、あるいはご研究について語る人間がいたと思って頂けたら幸いです。どうぞよろしくお願い致します。

ただ今、宮本先生より京都に住んでいるという事を言って頂きましたけれど、私が二十七歳の時に京都に行きましたので、京都女子大学では三十年目に入りました。人生の半分以上を京都で過ごしている事になりますので、気分は関西人という感じになってしまっているのですけれど、育ちましたのがこちらですので暮らした長さをあまり実感できないまま、時間が経つのは早いと感じているというのが、本当のところです。私は福田先生の下にいた事で、児童文学の研究をしようと、刺激を受けた人間です。しかし、京都に行って三十年という事を申しましたが、立教大学の学部、大学院から数えますとずいぶん長い年月になります。その長い時間の中で私のしてきた仕事というと、仕事にもなっていないという気持ちの方が大変強いものですから、いろいろな場所で、私の紹介などをして頂くと大変恥じ入ります。私、遠くない将来に福田先生の児童文学論を書こうと思っております。福田先生のご子息ご夫婦の前でもございますし、できましたらお読み頂きたいと思っております。そういう努力をしていきたいと思っております。今日は、まずお招き頂いた事を感謝申し上げますと同時に、大して心に残らないような話になってしまうかもしれない事を、まずお詫びさせて頂きました。

そして、今日お話し申し上げますのは、一つは、福田先生にいろいろな刺激を受けました私自身の卑近な事を少し、それから、二つ目に福田先生の児童文学の活動を大まかにですが、概観させて頂きます。三つ目は、今日の標題と少し離れますが、児童文学の集大成でありました目玉三部作についてお話しさせて頂きます。

私の家に福田先生の色紙が何枚かございますが、その中に皆様よくご存じだと思うのですけれど、「麦笛を吹きし日　悩み　知りそめし」という色紙で、『春の目玉』を書かれた時に頂いたものが手元にございます。福田先生は、大学生あるいは、大学院生であった私に対しては、どうも子どものように見えたのでしょうか、自らの少年時代を思い出されるようなお気持ちだったのでしょうか、私自身が本当に子どもっぽい様子だったものですから、私には大人としてのものより、子どもらしい感じのものをやろうというお気持ちになられたようです。そういうものを頂いた事を思い出しながら、私自身それ以来、福田先生の事を思うたびに、なにかしら幼い時代を思い出されているようなイメージというのがいつまでも残っておりますので、そのような事からまず、話をさせて頂きます。

「麦笛を吹きし日　悩み　知りそめし」という色紙が手元にある事を、私、大変うれしく思っております。私自身が大学生でありながら、そういう状態にあった事を先生は見抜かれていらしたという事ですが、その辺のところを話し始めますと、卑近を越えた話になってしまいますので、申し上げるのは控えさせて頂きますが、いろいろな意味で福田先生が私に対して言われた事などが、思い浮かんでまいります。そして、私は学部の学生だった頃に言われた事を座右の銘としています。ある意味では大変恥ずかしい事なのですが、卒業論文の下書きを読まれた福田先生がおっしゃった手ひどい感想を、すばらしい言葉として受け止めさせて頂いているのです。「分からない部分があって、何度か読み直したけれども、さらに分からない。どうも私の頭が硬くなってしまったようだ。」私はその言葉を聞いた時、大変痛烈なお叱りを受けたと思ったのですが、それを直接言わず、暖かく包んで下さり、さらに頑張りなさいという意味で言われたと理解しました。もちろん先生もそのようなつもりでおっしゃったと思います。学生たちが一生懸命書いた卒業論文を読んでいく時に、学生の気持ちになりながら見ていこうとする、福田先生の深いお考えを思い出しながら、現在、大学で教員生活をしております。先生としては、その時言われて後、二度と思い出される事もなかっただろうと思いますけれども、私にとっては大変意味の深いものとして、学生と話をする時、授業をする時、卒業論文を見る時、大学院生のいろいろな論文を見る時など、私自身は常にその言葉を考えながら学生たちと相対しているつもりです。このようなエピソードをお話ししていきますと、大変たくさんの事がございますけれど、どちらかというと、私の未熟さとか、うっかりした気質とかそういったものに対して、先生がやや距離をおきながら、実はこう書くべきであろうとか、こういうふうに考えたらいいのではないかと、指示して下さっていた事が多かった事を、今にして思えば感じます。

いろいろな言葉が思い出されますけど、先生から刺激を受けながら激励されたという事がたくさん思い浮かんできます。その中で、一度だけ自尊心をくすぐられた事がありました。大学院の学生だった頃、ある地味な雑誌に何か調査をして文章を書いたのですが、そんなものは誰の目にも止まる事はないだろうと思っていたら、何日か後、先生にお会いしてご挨拶をした途端、「君の書いたあれは、なかなか良かったよ」と言われたのです。全く地味な雑誌で、先生がどこでどういうわけで読まれたのだろうかと、不思議でなりませんでした。言われた時にはうれしかったのですけど、後から考えると、もっと調査の仕方があるだろう、もっと考えを深めて頑張りなさいという激励の言葉だったのではなかったかと思いました。多少私を褒めて頂いたとしたら、そのくらいの事で、思い出される他の言葉のほとんどは、大変深い愛情に満ちた激励だったと思っております。そういう点で、まさに私は、東に足を向けて寝られない者として、現在も過ごしていると言っても過言ではございません。時には、大学の授業の中で、文学とは全く違う話をする事がございますが、私は学生に、児童文学をお書きになった方とか、文学の優れた研究者であるとかという事とは別のところで、福田先生という豊かな大人の人間に出会ったという記憶を持っていると話をしております。おそらく、その話は、学生に何かしらを提供しているのではないでしょうか。また、私自身も学生に話しながら成長してきたのではないかと思っている次第でございます。

私は福田先生からたくさんの事を学びましたが、児童文学に関わる事では二つの事を学んだかと思います。一つは、年表を作成する事や個人の著作目録を作る事で、いろいろな機会に手伝いなさいと言われました。私は、たまたま福田先生やその周辺の方々のお手伝いをする形で、客観的な、やや間をおくような物の見方を教わりました。もう一つは、『読書新聞』とか『読書人』などの書評紙によく書評を書かされました。忙しい先生でもありましたし、先生の友人の方々の書評なども「おまえがやりなさい」という事で、本を渡されてやった事が幾度かありました。作品を読む力、批評力、鑑賞力をつけなさいという事だったのだろうと思います。書評というような仕事を若い時にするのは乱暴かもしれませんが、児童文学を研究していく場合には、書評は現実機能的な面があるのです。出たばかりの本を読んで作品の特徴などをきちっと捕える事ができる必要があるとお考えだったと思います。客観的な目と鑑賞力、批評力を持つようにという事は、先生のお仕事を手伝いながら立教大学におりました数年間、そして離れて関西に行きましてからも時々電話などでも言われましたので、私の中で次第に形成されていったのではないかと思います。個人的な話となると、記憶がいくらでもよみがえってくるわけでありますが、これに関しては、このくらいに致しまして、先生の児童文学の創作活動についての、私自身が捕えている大まかな様子を皆様と一緒に考えていきたいと思います。

福田先生のご著書の一つに、『人形奇譚』という著書があります。これは、もちろん児童文学ではありません。昭和二十二（一九四七）年に出版された短編の小説集なのですけど、そこに『血』というタイトルの短編がありまして、こういう一節があります。

彼は、ある一時期、少年を主人公にした作品をよく書いたことがあつた。それは別に意識して書いたのでもなかつたが、ふとやはり彼の妻が、童子、童女の人形をつくるやうに、彼は作品のなかで、子供たちを創造してゐるのではないか、本能のやうなものが、自然さうした方向に彼の作品をむけてゐるのではないかといふ氣もしてくるのであつた。

先生の児童文学の活動は、この『血』の入った『人形奇譚』が出版された昭和二十二年に始まったわけではございません。それよりも十年も以前から児童文学の創作活動、あるいは、それに関わる事をされていたわけですから、この『血』の一節を取り上げて、児童書がこの頃から多くなったと整理するわけにはいきませんけれども、確かに太平洋戦争が終わってから、児童文学に関する著作が多くなっていったのは事実ですので、こういう一節がある事を皆様と一緒に思い出してみたわけです。

いずれにせよ、福田先生が『時事日報』とか『読売新聞』などに童話を投稿したり、入選されたりしておりましたのは、すでに昭和三、四年といった大変早い時期であったかと思います。まだ、大正期の『赤い鳥』の優れた芸術活動の息吹が薄れていない頃だったかと思います。その昭和三、四年の頃に児童文学に関する作品を雑誌ですとか、新聞に発表された、そのあたりが福田先生の児童文学との関わりの初めの頃と言えるだろうと考えております。それから、児童文学の研究の開始は、日大の芸術科で授業をされていた時の授業ノートのようなものが整理された『児童文学論』がございました。こういうところが、福田先生の児童文学の一番早い時期、児童文学への関心を持たれて、そして、具体的な活動をされた最初の頃ではなかろうかと思います。そして、やはり太平洋戦争中に中編の少女小説『美しき足並み』、中編の少年小説『北満の空晴れて』といった小説もありますので、先程申し上げました『血』の一節のような事で、戦後に書き始めたという事ではないという事が言えると思います。『血』という作品の中では、意識的に職業を作家という位置付けにした主人公が先程の一節を叙述しているという事がありましたので、読んでみたわけです。

昭和の初めの頃から昭和十年代の後半に、大変ストーリー性のある少年少女小説によって、児童文学への入口を作られていたという事であろうかと思います。しかし、私たちの多くは、太平洋戦争が終わり、昭和の現代に近くなってきてからの作品に親しみ、丁寧に読んできたと言えると思います。そうした時期の福田先生の作品に関し、私なりに大まかに、機械的形式的に分けて考えてみますと、三つ程になるだろうと思います。一つは、ご自身の幼年期、あるいは少年期の体験などを通して芸術的に形象化した作品。二つは、大衆的文学的要素を盛り込みながら、物語性を強調したタイプのフィクションの性格の強いもの。もう一つは、形式的な言い方ですけど、伝記ですとか、再話的な作品―これは、日本の過去の優れた業績を残した人の伝記ですとか、古典の名作という意味ですけど―です。

今日は、非常に文学性の高い作品について語っていこうと考えているわけですけれど、福田先生が文学活動の中で、再話ですとか伝記というものも児童書の中で意味あるものとして位置付けられていた事を、私は度々お聞きし、その通りであると考えております。例えば、『源氏物語』の現代語訳は、主として中学生や小学生の五、六年生の少年少女期の子どもたちに、古典の優れた作品を伝達していこうとするものでしたが、児童文学の中でこういう活動というのが、大変大きな意味を持つのだという事をよく言われていたのを思い出します。古典名作のようなものは、原文で読むのが良いというのはあたりまえの事ですが、子どもの時代にその文学の持つ本来の優れた性格をできるだけ、その本質に即した理解の下に子どもたちが近づいてくれるような現代語訳が可能であれば、これは児童文学のオリジナルな創作にも匹敵するくらいの大きな意味を持つんだというのは、福田先生の持論でした。多くの方々が児童向けに現代語訳をなさっているわけですから、その方たちにしてもそのような思いを強く持たれていると思いますけれど、しかし、その事を率直に言われていた方を福田先生以外に知りません。ですから、古典名作を子どもに対して現代の言葉でサービス性豊かに書き直されたのです。児童書を考えた時、創作児童文学が常に何か優位な位置付けをされているように考えがちです。しかし、福田先生の場合には、それと全く同じ、あるいはそれを越えるような意味さえもお考えになっていました。大人になれば原文を読むようになってほしいけれど、子どもの時代にきちっとした形での現代語訳に出会ってくれる事は、とても意味があるという事を言われていました。このような福田先生のお考えがありましたので、三番めに取り上げさせて頂きました。

二番めに申し上げた大衆文学的要素の強い——これは、福田先生の小説を思い出して頂けると、お分かり頂けると思いますが——大変読みやすく、読み始めると、いっきに最後まで読めるような、ある意味ではサービス性豊かな作品が福田先生の小説の中には多いと言ってもよろしいかと思います。私自身は、近代小説の研究家ではありませんので、読者の立場で申し上げております。そういう福田先生の資質というものが、児童文学書の中にも自然に現れてきているタイプとして『少年の塔』ですとか、『可愛い少女』、歴史物の『天平の少年』、あるいは戦中の『北満の空晴れて』『美しき足並み』など、たくさんあると思います。児童書の場合、過去の時代は、原稿用紙にして一五〇枚から二〇〇枚でも中編とは言わないで、長編と言っておりましたが、そういう言葉を使うと、長編の少年少女小説と言ってもよろしいかと思います。このような物語性が高く楽しく読める作品は、児童文学の歴史を考えてみます時、同時代の他の作家の作品と比較してみると意味を持ってくるだろうと思います。簡単な言い方をしますと、同時代に福田先生がお書きになったような面白い作品はそう多くなかったであろうという事です。そういう点で、日本の児童文学史において、昭和十年代、二十年代という時代の中で、大きな意味を持つであろうと考えております。もちろん、太平洋戦争中、戦争前の『少年倶楽部』の時代などを思い起こしますと、佐藤紅緑や山中峯太郎といった人がいました。吉川英治や大佛次郎、ユーモア小説では、佐々木邦、由利聖子といろいろな人がいました。確かに、少年少女小説と言われている講談社の『少年倶楽部』あるいは『少女倶楽部』などに発表されていたものというのはたくさんございましたが、それらの作品と福田先生の作品は、ある一線を画するところがございました。講談社の少年少女小説には、特有の飛躍する性格、物語のダイナミズムという事を考えますと、時間空間が飛躍的に変化し、面白さの追求という点ではぬきんでるようなところがあったかと思います。福田先生の作品の場合には、同じような言葉を使いましたが、比較しますと、福田先生の全作品について言える事なのですけど、品位というものを保ち続けている。品位という事を考えると、時として面白さを減ずるところを持っているとは思います。しかし、福田先生の作品の場合は、大きな飛躍を許さないという論理性を持たれていました。面白さを追求はするけど、無理はなさらないというところでしょうね。講談社の作品についてマイナス的な評価のみで語っているわけではなくて、読者である少年少女を魅了するために時空を飛躍的に展開させていく手法というものをテクニカルに活用したのが先程挙げた作者たちではなかったのだろうかと考えているのです。もちろんそれを一概に言ってしまいますと、一人一人の作家論をやっていかなければいけなくなりますが、福田先生の作品と比較した場合に、まず品位という事での違いがあります。そして、その品位がどこから出るのか。ある種の論理性だろうと思います。無理をしない、飛躍を行わない、そういったある種の良識を持たれていた。その中で、面白さを追求されていたと考えております。ですから、他の大衆的な少年少女小説と言われているものとの違いが、読み比べますと大変よく分かります。過去の時代の日本の児童文学が、どちらかといいますと小品主義で、童話と言われているものは短編が中心でした。同時代の作者ですと坪田譲治先生ですとか、小川未明先生、浜田廣介先生など大変優れた方々がいらっしゃいました。面白い作品があまりないと言われた時期がありましたが、そういう時期を越えてもっと、楽しい、面白い、読者にとって魅力的な文学ができないかという事で現代の時代になっていったんだろうと思います。福田先生が児童文学を書き始めた意識の中に読者へのサービスとか、読者に対して魅力を追求する姿勢は確かにあっただろうと思います。ただし、それは大衆小説を書いていこうという方法論ではなかったと、私自身は区別をしております。太平洋戦争中、あるいはそれ以後の事を申し上げましたけれども、太平洋戦争が終わった後の少年少女小説もかなりたくさんお書きになっております。

日本の児童文学がどうも面白くないと言われながら、読者の子どもたちになんとか受け入れられるようになってくるのが、昭和三十四、三十五年前後からと言われています。児童文学史を書いていきます時、児童文学における現代を一九六〇年前後におく事が時期区分の定説となっております。その根拠として、結果として読者である子どもとのつながりを持てるものが出てきたという事があると思います。欧米の児童文学は、常に子どもたちと共にあったと言っても言い過ぎではない。日本の児童文学の場合は、文学性を追求する面が非常に強く、それは過去の童話のようなものでした。そして、多くの優れた方たちを輩出してきたけれども、読者の子どもにとっては問題がありました。それが、現代の児童文学になる時期から次第に日本の作品にもとても面白いものがあるんだな、という事が子どもたちに意識され始めてくる。それが、一九六〇年前後という事でした。福田先生の、面白く楽しく読める作品は、実は児童文学が面白くないと言われた時期に書かれているのです。そういう意味からしますと、現代の児童文学に対しての橋渡しをする役割を担っていたと、私自身は考えております。

一九六〇年代までに、私が二番めに申しました楽しく読めるもの、大衆性をも持つものを書いていらしたのですが、日本の児童文学の現代の歴史的展開というのは、評価に、ある偏りを持っていました。児童文学の世界はやや閉鎖的な雰囲気を持っております。日本には、日本児童文学者協会と日本児童文芸家協会がございますが、福田先生は日本児童文芸家協会の方のリーダーでございました。現代の児童文学に変わっていく時期に、現代の児童文学を彩っていると考えられている作品を、純粋に児童文学の研究として考えていくというより、やや偏向な部分もあったかと、私自身は整理をしております。

石森延男先生が『コタンの口笛』を書かれていますが、文学性の高い少年少女小説で、昭和三十二年に書かれたものです。他に、『バンのみやげ話』といった作品もありますが、『コタンの口笛』は、現代の入口と考える時期よりは数年早く書かれています。福田先生は、それ以前から着々といろいろな作品を書かれていました。読者のものにできる魅力ある児童文学作品として、石森延男先生の作品であるとか福田先生の作品であるとか、他の作者の作品でもいくつかありますけれども、そういった作品を、昭和二十年代、三十年代に持っているのです。ただ、そういった作品の位置付けがあまり行われず、昭和三十五（一九六〇）年前後、いぬいとみこさんの『木かげの家の小人たち』や佐藤さとるさんの『だれも知らない小さな国』や山中恒さんの『赤毛のポチ』など、そういったところから現代が始まるという具合に時期区分がなされています。そして、それはそれなりに意味は持っているのですが、読者論を根拠としながら、児童文学の時期区分の現代を考えていこうとする時に、昭和二十年代、例えば、壺井栄さんの『二十四の瞳』や『母のない子と子のない母と』といった作品ですとか、『ビルマの竪琴』（竹山道雄）などの戦争批判の作品もありましたけれど、長編の児童文学で青木茂の『三太物語』など実に楽しい作品もございました。そういった作品は、もちろん児童文学の通史の中で評価はされているのですが、こういった時期に福田先生や石森延男先生の作品が、読者論を根拠とした時期区分を考えた時、現代への橋渡しとしての評価をきちっとすべきであろうと考えるわけです。そういう意味で、やや不都合な気分を私自身は持っております。

昭和三十五（一九六〇）年前後を現代とし、それ以前を同人誌時代などと言うわけで、同人誌の中でいろいろな若い人が活動した時期でありました。同人誌時代の優れた通史、例えば、菅忠道さんや鳥越信さんの児童文学史などでも一九六〇年代前後が現代となっています。いぬいとみこさん、佐藤さとるさん、山中恒さん、今江祥智さん、寺村輝夫さん、そういった人たちが同人雑誌の中で、本当に子どもの文学として魅力があるものとはどんなものなのか、坪田譲治先生、小川未明先生、浜田廣介先生など優れた方々を越えるような、子どもの読者にアピールする文体や方法論をいろいろ模索していた事は確かです。そして、それが十分に成熟して発表されるようになりましたのが、一九六〇年前後、昭和三十四年から三十七年頃なのです。その中には、当然松谷みよ子さんなどもいらっしゃるわけです。そして、先程二番めとしてあげた、福田先生の大衆性を持つ作品ではあるが、品位を持った作品というのが、通史において橋渡しとなるべき作品としてあげる事ができるのではないか、と考えるわけです。福田先生が児童文学に関わる随筆や評論や論文を書かれている文章の中に、私が申し上げたような事のヒントがたくさん隠されております。

二つの児童文学に関わる協会があると申し上げましたが、組織が二つあるから党派的になるというわけではないのでしょうが、ある内側に入ってしまいますと、その視点でものを見てしまう。どちらかに入っているとどちらかの視点になってしまうような事があるのではないでしょうか。児童文学の世界は、決して広い世界ではありませんが、そういった事が起こる事もあろうかと思います。実際に、児童文学の通史というような客観性を重視すべき記述の場合にも、そのような事が起こる可能性もあろうかと思われます。私も通史を書いた事がございますが、さらに綿密な整理をしていくという事が今後の課題かと思います。そのような事を考えているという、一つの提起のような意味で申し上げたわけです。例えば、私今、関西に住んでおりますが、そうしますと関西の視点でものを見てしまうようなところがあります。そうすると、なんとなく偏りがあるような見方をする時があります。関西以外に住んでいらっしゃる方は、意識しないまま別の視点でものを見るという事もあるでしょう。今私が申し上げた事は、その程度の違いと言ってもいいかもしれません。この二つの協会に関しては、設立当時、戦争責任の問題等で議論された事があったので、そのような背景もあったかと想像されます。そうした事が、知らず知らずのうちに視点を作り出していったとも言えます。ただし、それから五十年経ったわけですから、もう少し客観性を持つ事が必要になろうかと思います。そうなった時、福田先生の大衆性を持つ作品が意味を持ち得ると思います。

通史の中で、重要な橋渡しとなる大衆的要素の濃かった作品の位置付けの問題について述べてきたわけですが、福田先生の作品の中で中心となるのは、やはり目玉三部作でございます。それを通して考えている事もございますので、その話を進めさせて頂きたいと思います。『春の目玉』『秋の目玉』『暁の目玉』を一緒に語っていこうかと思っていますけれど、『春の目玉』は昭和三十八年三月、『秋の目玉』が昭和四十一年七月、『暁の目玉』が昭和四十三年十月の発行でした。昭和三十八年から四十三年にかけて発表されたものです。『路傍の石』(山本有三)ですとか、『次郎物語』(下村湖人)など近代文学の中で児童を描いた作品のようなものになればと、福田先生は考えていらしたようです。児童文学として書かれた事は間違いございませんが、近代文学の中で『銀の匙』(中勘助)のような、子どもを描いた文学作品のような意味を持てばと考えていらっしゃったように聞いております。この三つの作品の中で、『春の目玉』の中に「初めての海」という部分がございます。

この海は、あの何千倍何万倍というおそろしい力を持って、草夫にせまってくるのでした。

という風に、怖さという感じで受け止めております。玄界灘の波を見て、大変繊細な草夫少年がはじめて海を経験する部分をそのように描いております。

「あれが虹の松原だよ。」

「虹の松原とはきれいな名ですね。」

その松のなみ木をすかして、青い海原が見え、そのはては、強く一線をひいた水平線です。

自伝的に書こうとすると、初めて読んだ本ですとか、仲良くなった初めての友人などは、当然出てきますが、ここでは初めて海を経験するところが描かれています。『暁の目玉』の中には、阿蘇に登る一節があり、大変感動的に書かれています。

火をはく山の噴煙の下、外輪山にかかるにじの橋——草夫は崇高な自然の詩というものをつよく感じた。

海のそばに育ち、そこで長じた草夫に、はじめていま山岳の大自然の圧倒するものを感じさせた。

ここでは、初めての山ですね。三部作の中に「初めての海」と「初めての山」が出てきますが、ある種の落差、距離感を考えながら書いているという事が言えると思います。つまり、主人公の日常性との差異です。三部作の中での距離感は、作品を非常に楽しいものにしている根拠となっている事に気づきます。この落差、距離感の中で感動を書いているんですね。それが三部作の中でいろいろな意味を持ち始めます。例えば、唐津の海に出かけて行った時に、海が怖いと言いましたけれど、

「こわい！」

草夫は、はじめてみるこの大自然の海のいきおいに、いきをとめ、立ちどまりました。

あるいは

草夫の足はまったくすくんでしまいました。

ひ弱な、脆弱な少年の姿が読者にイメージされていきます。この草夫と、例えば、自分の家に引き取って少し一緒に暮らした事がある少年ですとか、小学校、中学校の友人などを比べようとしますと、落差を感じます。例えば健。ディケンズの『オリバー・ツイスト』のエピソードを挿入したような形で登場してきます。あるいは、源太。太郎とか源九郎といった名前の少年が登場してきますけれど、その草夫とまわりにいる少年たちとのある違い、それを「初めての海」「初めての山」の時と同じように落差と申し上げてもいいかと思います。そこに福田先生のドラマ性を作り出していく根拠を読みとる事ができると考えております。山とか海に初めて感動した草夫少年が友人たち、自分と違うものに対してのあこがれや恐れを感じる、その距離感の中に感動を覚えながら、自らも好きな友人、あるいは畏敬の念を持ちながら付き合う友人という風に位置付けていく、そういうものがございます。海とか、山とか、草夫にとっての健とか、太郎とか、源九郎といったような少年たち。それも共通する初めての健であったり、初めての太郎であったり、初めての源九郎であったり、こんな少年がいたか、こんな中学生がいたかというそういう事なんですね。福田先生が非常に知的に文体を作り上げていく時、この落差が作品を面白いものにしている根拠になっている、という糸口として申し上げてみました。

草夫という少年の名前ですけど、植物ですね。植物と動物にそれ程の差はないのかもしれませんが、植物というも

のに対して、福田先生がどういうイメージを持たれていたかという事が、この作品を読んでいく事によって、イメージされるものが当然出てきます。草夫少年のまわりにいる、例えば、お父さんの草太郎、お母さんが杉ですね。そして、中学の時あこがれを持つコズエという少女。小学生の時には、チサ子という名前が出てくる。チサ子は何だろうか。辞書にはエボノキの事を言ったりするというような事も出ていますが、本当だろうかと思ったり致しますが、まあそれはおいておいて、小学校の時の先生は桜井先生。こういう風にみていきますと、植物イメージが、『春の目玉』の中には命名という事で出てきています。草夫少年を取り巻く身近な人たち、そして共通するものとして受け止めているような人たちは、植物に関わる名前になっている。父親や母親には、畏敬の念や恐れもあるでしょうから、草太郎を自分と同じとは考えていないかもしれませんが、非常に近い人たちは植物イメージと言ってもよかろうと思います。それが、先程の友人たちとはちょっと違うんですね。学校の先生も、他の作品にもたくさん出てきますが、ほとんどがあだ名で登場します。ほら村先生、たかもりどん、大八さん、熊やんなど、こういう先生方のあだ名をつけるやり方、やはり少し違います。また、あだ名をつけて呼んでいた友人たちもいます。キャットとか、通信簿くんとか、それ程好きになっていかない対象の友人たちに対しては命名の仕方が少し違っています。植物イメージとしての草夫と草夫の周辺の人々、そして、あこがれや畏怖の対象としての先生とか、親友たちの名前の違いを強調して、大いに落差を利用しています。推理小説や探偵小説なども、やりすぎるとまずいのですが、常に敵対するものを書いて落差を作ります。敵対するものを書く事で面白さが盛り上がります。当然ですね。ちょっと話が横にずれますが、流行作家の一人に灰谷健次郎さんがおります。ミリオンセラーになりました『兎の眼』を書いている作者ですが、『兎の眼』がなぜあんなに読まれるのだろうと考えますと、『兎の眼』では大変鮮やかに敵を描きますね。小谷先生という新任の女の先生と足立先生という作文の先生がいて、もう一人味方の先生と五、六人の子どもがいます。他はみんないわば敵なんですね。職員室にいる他の先生は、教育なんてこれっぽっちも考えていない、教員失格というようなレッテルを貼られていますが、彼らを鮮やかに攻撃していきます。敵と味方に分ける、時代ものだったら、そう書くでしょう。あるいは、探偵もの推理ものだったら、追いかける探偵と追われる犯人ですね。灰谷健次郎さんというのは、児童文学の売れっ子ですが、読者に受け入れられる要素を大変うまく書いていらっしゃる。ただし、灰谷健次郎さんの場合は、サービス過多の傾向があります。落差を強調すると、面白さに通ずるところではありますが、いろいろな問題も醸し出そうかと思います。福田先生の場合の落差は、そういった敵を作るような事ではありません。先生の場合は、名前の付け方の落差ですね。読んでいきますと、そういった違いを知的に分けながら書かれている様子が目に飛び込んでまいります。人物の詳しい性格の設定などは、あまり詳しく申し上げる事はできませんが、それぞれの人間関係、草夫と両親との関係、草夫と友人や先生との関係、あるいは少女たちとの関係などというのが書かれているわけです。命名と深く関わりながら、それなりの関わり方、それなりの会話を自然に読み取る事ができるように進められています。

少女だけちょっと取り上げてみようかと思います。だれでも小学校の頃にあこがれた先生とか、あこがれのクラスメイトや上級生を持ちます。そういった事を福田先生は、大変うまく書いていらっしゃいます。『春の目玉』では、

チサ子は、もとからの村の子より、色の白い、すっきりした新来ものの草夫にはじめ興味を持っていたようですが、そのいうことをきかず、むしろ、近よるのをさけているような草夫にしだいににくしみににた感情さえいだいてきました。

最初は、特に意識しながら、草夫に対して敵愾心を持つような、信頼していないような雰囲気を持ったように書かれている。次第に誤解が解けていくのですが、実は、草夫はチサ子に対してあこがれを持っているのですね。草夫少年の最も草夫らしいところは、中学を卒業するまで、少女たちにそういう思いを素直に語ったり、行動をする事ができないものとして書かれているところです。ですから、特別な関係というものが成立しないで終わってしまうわけです。

多くの場合、少年期のそうした経験は具体的な形を持たずに消えていくし、消えていったかのように見えて心の奥には大変良いものとして記憶されていくものです。草夫にとってそのようなものとしてチサ子やコズエが描かれています。『秋の目玉』は現在の小学校六年生、中学生にぜひ読んで欲しい作品として、私はいつも学生たちに、「ケストナーの『飛ぶ教室』、あれはいいぞ」と言いながら、「君達は知らないかもしれないが、福田清人という作家の書いた『秋の目玉』もいいぞ」というような事を言っております。この『秋の目玉』の中でコズエは、

おなじようなセーラー服の女学校の制服で、そのほとんどが、三年生か四年生であろう、背が高かったが、その中にまじって、三、四人の小さい少女がいた。面長の花びらのように白い顔、わけて二つにくんでかたのあたりにたらしたさげがみ、長いまつげにつぶらなひとみがうるんで光っているのは、まちがいなくコズエさんであった。

という具合に描かれています。

人間関係と申しますと、この三部作が終わった時に、福田先生の文学者としての品位と良識が現れるのは、作品に登場してきた人たちの顚末を、きちっと最後まで整理をしているところなんです。私は今までいろいろな児童文学作品を読んでいますが、不思議な事に、作品の中に出てきた人物が終わりになって、この人はどうなったのかな、どうして消えてしまったのかと、非常に孤独な、不安な気持ちに陥ってしまう作品が多いのです。最初から作品に登場し、会話もし、行動もした人物が、引っ越していったという場合などは別として、その人がその後、どのようになったかというような事を、福田先生は最後まで見続けていきたいという人なんですね。まあ、方法論と言ってもいいかもしれません。これは、福田先生の作家としての良識と考えています。

同じような作家に、オックスフォード大学の教授で、ファンタジー作家であったトールキンという人がいます。この人の作品に『指輪物語』という大変優れた、今世紀最大のファンタジーの一つがあります。あの『指輪物語』を思

い起こします。フロド・バギンズという主人公と、小人たちやガンダルフという魔法使いなど、いろいろな人物が出てくるのですが、このフロド・バギンズという主人公の仲間たちは、冒険の物語ですから、冒険をしながら途中散りばらばらになってしまいます。そして、主人公がある一つの冒険を終えてある所へ行く、そうすると、何人かの連中と出会う。そして、出会った時に自分だけが経験した地下の冒険を互いに仲間に語り合うんですね。非常に上手な語りの中で、お互いが秘密を持たないで繰り返すんですね。この『指輪物語』に出てくるのは妖精や魔法使いなどですから、人物というのがふさわしいかどうか分かりませんが、作者の登場人物に対する愛情を感じます。何かぽつねんと消えていくようなものを感じないですね。福田先生の作品の中にもそれを強く感じます。文芸としての質を語る前に、作品を書いていく時に当然の事であろうと思います。登場人物が途中から消えてしまうと、非常に不安な構造になってしまいます。福田先生の作品が安定感のある構造を持っているのは、そういう事があるからだろうと思います。作品に出てくる人物の人間関係を大変大切にされている。一人一人の人物の顛末を詳しく書くわけではないし、すべての登場人物の顛末を書くわけでもないのですが、かなり意図的、意識的にそれをなさろうとしている。構造的に非常にしっかりしているというのは、こういうところからも言えるのではないでしょうか。構造がしっかりしているという事を語るには、いろいろな事があろうかと思いますが、人物同士の関係が、整理をされながら、顛末も押さえながら、三部作が終わっていっているという事に一つの根拠があると思います。

さて、この三部作を支えている要素の中に、先程『オリバー・ツイスト』が一つのエピソードのように、健という人物を作り上げながら挿入されているというお話を致しましたが、こういうところがいろいろとございます。福田先生のオリジナリティがどうという事ではなくて、作品をより立体化しようとしているという事を申し上げているのです。ややもすると、伝記的な色彩がするものですから、どうしても自分に引き寄せすぎるという事が起こる。それへの歯止めを知的にされている。この中にいろいろなものが出てきますが、例えば、キリシタンの歴史、天正の少年使節の事ですとか、長崎周辺に限りませんけど、五右衛門風呂の事が出てきて、『東海道中膝栗毛』のエピソードを思い出したり、あるいはガンジーの無抵抗主義の事が出てきたり、そういった事は草夫少年にとっては直接的な関わりのない事ですが、客観的なエピソードを持ち込みながら、作品を立体化されているのです。これも非常に知的に作り上げようとする意図的な営みだろうと思います。自分の方に近寄り過ぎてくる作品をできるだけ外に追いやるような気持ちで作られている。その気持ちはどこから出てくるのか。読者は明治、大正、昭和、そして現在を生きている大人ではありません。新しい世代の読者の事を思いながら、立体的な構造を作り上げようとする知的な営みであっただろうと思います。自分の事を語り始めるとなかなか終わりませんが、それを抑えながら、ぎくしゃくとせず、上手に物語の流れの中に自然にエピソードを載せながら物語を作るという、非常に知的な構造を作り上げていらっしゃいます。

話が前後致しますが、草夫少年の誕生のいきさつはこんな風に書かれています。

かごの中で、カチャカチャなっている手術のきかいは、田口のおくさんであるお杉のおさんが重いので、おなかの中の赤んぼうの頭をくだくきかいでした。頭をくだいては、赤んぼうは、死んで生まれることになります。しかし、そのままだと、おかあさんもあぶないので、おかあさんをたすけるためには、やむをえない手術なのです。

田口のおくさんは、関岡医院のある、村でもにぎやかなところから五キロほどはなれた山里の実家にいました。関岡さんという医師がカチャカチャと機械を持ちながら、かごで草夫のお母さんの杉の元に急ぐところですね。お医者さんに聞きましたら、穿頭器と言って、今では言葉だけになってしまい、このような事はないそうですが、母胎と子どもを考えた時に、どうしようもない事として母胎保護のために、赤ちゃんの頭を砕くというような事もあったという事でした。そういう冒頭の場面が書かれています。この部分というのは、物語を作られていく時、民話の「太郎」話なども頭にあったかと思います。「桃太郎」でもいいですし、「ものぐさ太郎」でもいいです。「踵《あくと》太郎」でもいいでしょう。これは、物語を期待感を持てるものに作り上げていくための知的な営みとしての、少し違った出生の仕方、――異常出生の話、現在では、異常とは何ぞやなどと言われてしまいますので、そういう言葉は使う機会がなくなっているのですが――そういう作品作りをしていらっしゃる。作品を面白くしていこうという操作の中で、こういう場面が作られている。もちろん現実にそうであっても、同じ事だと思います。そして、この少年はどうなっていくんだろうという、教養小説的に展開していく成長物語の冒頭としてふさわしい冒頭を、このように書かれたわけです。

この作品は、計算されながら作り上げられているのがよく分かるのですが、三作品とも「目玉」ですし、「目」に焦点を当てて見てみますと、春から秋、そして暁に向かうまで「目」という事と「見る」という事、だるまの絵の目玉を入れるというような事が作品の中でライトモチーフのように繰り返されながら、最終的にこの作品の結末へと向かっているのです。最後のところ、どういう終わり方だったでしょうか。しっかり何かを見たという結末は出ませんけど、しっかりものを見つめていく、その目がどんどん澄み切っていく、そういう成長を遂げていくという事が読者に分かる結末です。その辺は大変緻密に計算されており、作品の要所要所にモチーフが配されて、結末の目の描写へと移っていきます。三部作を読み終えた読者が、もう一度タイトルに戻りながら、そして四、五行のまえがきに戻りながら、一人の聡明で繊細な少年が、自分の身近な人たちの刺激もさる事ながら、ある距離を持った健とか源九郎とか、非常に頑健で男性的な先輩などと出会い、いろいろな刺激を受け止めながら、目の透明さを増していくという様子が、読者にテーマとしてよく分かるように作られているのです。自分のまわりにいる植物イメージの人からも当然いろいろな刺激を受けるでしょうが、ある落差を持つ出来事や人物からの様々な刺激が草夫少年の目を刺激し、より透明にしていっているのです。読者にとっては、草夫がこれからどのように自立していくのか楽しみなのですが、作品はそこで終わっているので、青年の草夫があればいいかなとも思います。

また、文学への目覚めがもう一つ強烈な刺激として常に描かれています。植物イメージの身近な人たちの刺激、やや距離を持った先生からの刺激、そして、その刺激の中には文学への入口があり、読書への誘いがあり、『春の目玉』では薄かったものが『秋の目玉』では次第に濃くなり、『暁の目玉』ではまさに、受けた刺激が目を透明にしていく、深く鋭く透明にものを見つめている。刺激は、人の姿かたちのみならず、人の発言、文学書、例えば、佐藤春夫の詩などは、少年の日には幾度も繰り返しながら登場してまいります。啄木、漱石、あるいは立川文庫の水戸黄門なども出てきまして、福田先生御自身の文学への糸口が重層的だった様子が分かります。やはり、基本は詩、俳句、短歌といった短詩形の文学が草夫の目を刺激していった事が分かります。そして、文学に対しての重層的なものが育ち始めている事が『暁の目玉』を読み終わる時に読者に映ってきます。

この三部作は、福田先生の児童文学の集大成のような作品ですけれども、私なりの読み方で読んできました。これは、キーワード方式とも言えますし、ニュークリティシズム時代の構造主義のようなものとも言えます。ただし、構造主義ではありません。どちらかと言いますと、読者の側に立ちながら読者論的な整理（不十分な整理なのですが）ポイントだけを捕まえながら、福田先生の文学とは何だったんだろうか、福田先生の文学はこういう風にできあがっているのではないだろうかと整理したわけです。今後私が辞書で福田先生の項目を書くとしたら、この知的構造という言葉を抜きにして語る事はできないだろうと思います。非常に愛情豊かに人物すべてに目を通し、その顛末まで語る、そういう愛情豊かな先生であったと同時に、しかし、大変作品を知的に作り上げていくという客観性を常に持たれていた。そのあたりは、私がいつも叱られていたあたりと共通するなと思ったりしております。そういうところが作品に見事に出ていると思っております。

福田先生の作品を児童文学として考えていこうとしますと、ごくささやかな問題と思われるような事も、丁寧に読んでいるので、たくさんの事を話したくなってしまうのです。今日は時間も少なかったのですが、福田先生の文学の根拠となっている事についてお話しできただろうと思っています。しかし、読み方の深さ浅さという事もあって、私の読み方は子どもっぽいかもしれません。今日おいでの方の中には、事実だけを羅列したように言ったけれども本当だろうか、もっと丁寧に読めば、その背後にもっと深いものが隠されており、その深層の部分を読み取らなければならないのでないかとおっしゃる方もいらっしゃるかとも思います。是非、そんな風に読んで頂いて、深めて頂きたいと思います。舌足らずではございましたが、福田先生のごく一部を福田先生のご子息の前で、セレモニーの後にお耳汚しという感じになってしまいましたが、話をさせて頂きました事、大変光栄に存じます。これも福田先生のおかげでこんな場を提供して頂いたのだと、大変うれしく思います。どうもありがとうございました。

（第七回、一九九六年一一月三日）

福田清人の伝記文学・作家研究
――国木田独歩を中心として――

栗林秀雄

ただ今紹介頂きました栗林でございます。今ご紹介くださいました板垣先生は私の先輩で、頭が上がらない方ですので、大変恐縮しております。

本日、国木田独歩と福田清人先生のことについてお話せよということでございまして、準備して参ったんですが、今お配りしたものの最初に独歩のことが書いてありますが、冒頭部分に「一ヶ月足らずの間に」と書いてあります。「一ヶ月足らずの間に出会い、結婚、離婚を体験した」と。いくら何でも一ヶ月は無理でして、これは一ヶ年の間違いでございまして、ご訂正願えればと思います。

本日のタイトルは「国木田独歩と福田清人」という題でございますが、今ご紹介頂きましたように、実は私は、立教大学文学部三年の時から福田先生の講義を受けまして、卒業論文、そして修士論文と、ともにご指導願った先生でございます。昭和三十九年頃から、先生の所に出入りさせて頂いております。それから一昨年先生が亡くなられるまでおつきあいさせて頂きまして、先生に関して何かお話しすると言うのは、僕なんかが出来る立場じゃない、という風に考えておりました。そしてまた、先生と親しく接することがございましたものですから、先生のお仕事のことよりもむしろ、先生とのいろいろな形での飲み会とか、そういう所で先生のひととなりに接して来まして、思い出が沢山ございます。その上で先生のお仕事を論ぜよというのが、僕としてはまだまだ大変つらいところがございます。

ですから、タイトルは「国木田独歩と福田清人」ということになっておりますけれども、先生のことよりもむしろ、主に国木田独歩のことについてお話しさせて頂くようになるのではないか、という風に思っております。皆様方がご期待していらっしゃるような講演の内容になるかどうか、大変心許ないのですが、一応考えてきたことを今日お話しさせて頂くつもりでございます。どうぞよろしくお願い致します。

さて、先ほど宮本先生からご紹介頂きましたように、福田先生は東大の学生の時、「硯友社の文学運動」を卒業論文に取られました。それが大変優れた研究で、後に、確か昭和八年ですか、一冊の本になりまして、今日でも硯友社研究の上での重要な資料となっております。ですから、もともとは文学研究をされていたのですが、しかし先生のご意志はきっと若い時から、少なくとも福岡の高等学校にいた時から、詩人あるいは作家という方向にあったのではないか、という風に考えております。

ちょうどその頃は大変に不景気で就職難であったという話を、何回となく先生からお聞きしましたけれども、東京大学を卒業後、第一書房に入られました。雑誌の編集等々なさって、その折りにいろいろな先輩作家の所を訪問したり、あるいは本日配られております板垣先生の「新思潮の人々の著書」という、この文章にもありますように、川端〔康成〕さんから原稿を頼まれた、というようなことや、島崎藤村がペンクラブの代表として南米に行く時に日本の代表的な作品二十編を選んで欲しいと言うので、堀口大学と一緒にその仕事に携わった、などというようなことも、先生の回想記に出て参ります。ですから第一書房時代に随分いろいろな作家と交流しつつ、交流というか記者として訪問しつつ、一方で先生の心の中では作家への並々ならぬ決意、希望というものがあったように思います。

そういう意味では、小説を少しずつ書き出しながら、昭和四年三月、東大をご卒業になり、五月に第一書房に入られまして、昭和六年十二月に第一書房を退職されて、そのあと作家としてペン一本で立とう、という形になっております。

先生の年譜を拝見しますと、大変な困窮時代であったという風に書かれておりますけれども、その頃新潮社から原稿を依頼されていくつかの作品を発表しています。
そして、先生の『昭和文壇私史』という本を拝見しますと、昭和十一年頃の記述に、こういう文章が出て参ります。
ちょうど日大の芸術学科の講師になられて、生活が多少支えられるようになったということで、杉並区和田本町に引っ越された後のことです。

昭和十一年の秋、長崎の郷里で私の母が、なくなった。その葬式に行った私は、しばらく後始末をする妻を郷里にのこし、ひとり上京した。その年、南米アルゼンチンで、ペン・クラブ大会があり、島崎藤村が出席することとなっていた。そのおり、藤村は日本近代小説の代表作のリストを持参することとなっていたので、そのリスト作成を、堀口大学氏と私はペン・クラブから依頼されていた。

もう少し読みますと、

堀口氏は南米で若い日をすごしたことがあるということから、先方に理解される日本文学がどんなものか査定するということで、私がその原案を作る仕事を受けもたされたのであった。日本文学の海外進出という事を、大まじめに考えて、私は二十篇ほどのリストを作ったが、その仕事があったので、早く東京に帰ったのである。

と。その後ですね、

それがすむと、ひとりぐらしで時間があまった。なんということなく、国木田独歩の伝記を書いてみようと思いついて、一月ばかり没頭して四百枚ぐらい書いた。

この先生の回想記では、一ヶ月ほどでこの国木田独歩、現在我々が見る国木田独歩を書き上げているということになります。「四百枚ぐらい」ということになっておりますが、三五〇枚くらいではないかと思います。この書き上げた原稿を、その後先生はこういうふうに書いております。

ある日、新潮社に行って、当時編集担当の楢崎勤さんに、そのことを話すと、「見せてくれませんか、良かったら中村〔武羅夫〕さんに話して『新潮』にもらってもいいが」という事で、私は喜んで、さっそく原稿を持参した。それから十日ぐらいたった日、帝劇で映画の試写会のあった折、楢崎さんが、「中村さんが、あなたに話したいことがあるといっている、例の独歩が、うまくいくらしい」というので、心をおどらせていると、正面廊下に中村さんがあらわれて、「あれは『新潮』にいただきたい。」といわれたので、私は非常によろこんだ。そして昭和十二年二月号の同誌の大半をつぶして、それが発表された。友人たちも、よろこんでくれたようで、その新聞広告が大きくのった朝、どこかへ外出する風の伊藤〔整〕が「やあ、よかったなあ。」と、玄関口で、声をかけて、すぐ去って行った。

という風に書かれています。即ちその頃に、先生は「なんということなく」という表現を使っておりますが、「独歩の伝記を書いてみようと思いついて、一月ばかり」で四〇〇枚書き、それを新潮社に持ち込んだところが、それがそのまま掲載された。昭和十二年二月号である、と。実はちょっと時間が遅れましたのは、小林〔修〕先生が、その時の『新潮』を取りに行ってくださっていたんです。これが『新潮』の二月特大号で、表紙に『國木田獨歩』福田清人、長編小説三五〇枚、と書いてあります。皆様方にお回ししますけれども、大変膨大な量です。これがこの雑誌一編のほとんどを占めるほどの量なのですね。

実は、今ちょっと見てみたい部分があるのですが、『昭和文学全集』という全集がありますけれども、その別巻に、ほんの一言だけですが、「戦前・戦中の文学」というタイトルで曾根博義さんが書いている文章の中に、「福田清人には短編『脱出』、『新潮』一挙掲載第一号の伝記小説『國木田獨歩』などがあった」と、文学史の中にこれが特筆されて書かれております。「一挙掲載第一号」とありますけれども、実は昭和六年でしたか、舟橋聖一さんが、岩野抱鳴のことを書いて『新潮』に載せているんですが、伝記としての一挙掲載第一号は、この本だっただろうと思います。だいぶ古くなっておりますけれども、これをお回しします。一冊の月刊誌にこれだけの量のものを載せてしまうということは、大変画期的なことだったろうと思います。それをご覧頂ければと思います。

これが昭和十二年二月に掲載されて大変な反響を呼びまして、遅れること四ヶ月、即ち六月に、新潮社からこの単行本が出たわけです。これが『國木田獨歩』という先生の単行本で、これは雑誌の後に一五〇枚ほどつけ加えて出来上がった単行本なんですね。この単行本の扉の所に、こういう文章が出てきます。「解題」とあって

長編「國木田獨歩」は、昭和十二年二月の「新潮」に發表さるゝや、文壇を擧げて瞠目し、轟々たる反響を呼んだ。

その反響のいくつかがここに載っておりまして、二、三紹介させて頂きますと、

福田氏の精勵と野心に於て高く尊重されるべきで、明治文壇に於て恐らくもつとも鮮やかな性格の一人であつた獨歩が、今福田氏の勉強と努力によつて、明確に我々の前に出てくる。しかりこの筆の明確さは並々ならぬものである。

これは阿部知二です。それから舟橋聖一は、

獨歩はその舊いものと闘ひ新しい行動的な意慾を持ち、そこに革新的な人間像を建設しようとした執拗なほどの悪戦苦闘は、不幸にして、道未だ至らざるに、病魔のために斃れたとはいへ、この創作の中に十分に現れてゐる。私はあの小説の最後近く死んでゆく獨歩のために、思はず目に泪したのである。

舟橋聖一は独歩を思って涙したのだろうと思うのですが、その独歩の亡くなっていく場面を見事に描ききった福田先生の筆の力が、やはり舟橋聖一に涙させたのではないかという風に思います。

それ以外に島木健作、あるいは新潮の合評、文芸の発表等々がここに掲載されていて、それでこの単行本が出たわけでございます。

実はその後、斎藤書店から『國木田獨歩』前編・後編が出版されていますが、前編の後書きに先生自身が書かれて

いる、短いものですけれども、こういう文章があります。昭和二十一年の初版を僕は持ってきたのですが、正確には、昭和十六年九月に第一書房版が出て、その後、斎藤書店から出たのが昭和二十一年五月なのですが、その後書きを執筆したのが昭和二十一年四月です。

國木田獨歩の生涯にとつては、烈しい情熱をもつてえた佐々城信子を失つたことはその人生観に最も大きい影響を與へた。この後彼は武蔵野の一角に、詩人としての生活を送ることとなり、秋の落葉の音にも背き去つた女の足音かと、耳をすます孤獨な生活がつゞくのであるが、一方彼は田山花袋等の文學者と親交を結び、詩や小説を書きだす。又一方、新しい妻もえることになつた。かういふ彼の新しく入つた文學者としての生活や、苦しい家庭生活や、青年期の後に襲ふ人生的な悩み、一方雑誌経營等の事業の面、つゞいて胸を病んで湘南の地に休養し死に到るまでの彼の全貌は續刊される「後編」に描いてゐる。

最後に、

本稿を新しい版として上梓するに際し、決定版たらしむべく、字句を少しく改めたりした。

と書いてあります。即ち先生は、『新潮』に出たものと、それから新潮社から出たものと、第一書房から出たものとそれらを全部総合し、もう一度斎藤書店から前編・後編の『國木田獨歩』を出して、これを決定稿にしたということです。

この決定稿を底本と致しまして、角川書店の文庫本『國木田獨歩』というのが出ております。今これは絶版かも分かりませんが、これで大体独歩の全貌が分かるんです。

そこで、本来ならば初出から稿がどんどん変わっていく経過を、講義を含めてヴァリアントを全部お話ししなければいけないのだろうとは思いますが、一つだけ好例を挙げますと、角川文庫では、

初夏の陽《ひ》のまばゆい明治二十八年の六月初めのある日

という風に冒頭が出てくるんです。国木田独歩が日清戦争に従軍して帰国し、そしてその後、日本橋釘店《くぎだな》で医業を営んでおります佐々城本支夫妻の家に招かれて行きまして、そこで初めて佐々城信子と巡り会う。その信子と巡り会う場面から筆が起こされておりまして、そして亡くなるまでのことが書かれているんですね。しかし、この決定版の方では、明治二十年に独歩が上京して参りまして、そして悪戦苦闘して新聞記者、雑誌記者等々やりながら、そして日清戦争に従軍し、帰国して、それから佐々城信子に会う、という前の方の場面が書かれているんですね。これが後で付け足した部分なのです。

即ち、福田先生が国木田独歩を書こうと思った最初の意図なんですが、実は僕は長年先生とおつきあいしていながら、そのことをちゃあんと聞いておけばいいものを、なんだか恥ずかしくて聞けずに、とうとう今日まできてしまったんですが、先生の執筆動機、ある日なんとなく国木田独歩の伝記が書きたいと思った、というその裏側には、実はいろいろな問題が絡んでいたのではないか、と考えております。

そのひとつが推測できますのが、先ほどの『昭和文壇私史』です。この『昭和文壇私史』というのは、『文芸広場』という雑誌に、昭和三十年四月五月、それから三十二年の三、四、五月、途中三十一年の五、七、八、九月、三十二年三、四、五月とずっと連載されたものを、後に昭和三十四年一一月に春歩堂という所で『近代の日本文学史』という単行本を出版する時に加筆訂正して成ったものです。先生の『福田清人著作集』全三巻が冬樹社から出ておりますが、その第三巻に収録する折りにもう一度加筆訂正されました。ですから、例をひとつだけ挙げますと、初出のところでは伊藤整さんはまだ亡くなっていないのに、第三巻に収録された時にはもう亡くなっているというような筆調になっております。そういう部分部分でいくつか訂正を入れながら、著作集の第三巻に収録した、それが『昭和文壇私史』というものなんです。

その『昭和文壇私史』の中にこういう文章が入ってきます。先ほど、伊藤整が「やあ、よかったなあ」と玄関口で

声をかけてすぐ去って行った、と読み上げましたけれども、その後の文章をちょっと読んでみますと、

上林暁も、後年の『新潮』に「福田清人との附合ひ」という文章を書いてくれているが、その中で「『脱出』の後いくばくもなく、福田君は大作『国木田独歩』で『新潮』の創作欄を埋めて、我々を驚かせた。友人の秋沢三郎君（産経文化部長）が亢奮の態でそれを伝へに来たのは昭和十二年一月中旬の厳寒の日だった。丁度私の家では前夜から産気づいてゐた妻がまだ分娩出来なくて、呻吟してゐる最中だった。私と秋沢君とは、妻の枕元に置いた瀬戸の火鉢に手をかざしながら、福田君の仕事振りについて取り沙汰をした。傍らで、妻は陣痛の起る度に布団の上を輾転反側していた。私は沈湎の極にあった自分なので、福田君を羨むやうな、自分の不遇を噛みしめるやうな気持ちだった」など記している。

と。その後先生は、こういう一行をつけ加えてあります。それは、

私が独歩を書いたのは、その詩的生涯――ポエムですね――詩的生涯、颯爽と生きた生涯、そして、そのまた作品を世間が認めない事、失恋など、自分の体験をにじませて書いたのであった。

と書いてあるんですね。

ここを聞いておくべきだったんですね、先生の体験というところ。僕、何度となく先生に「先生、若い時いろいろあったんじゃないですか。」と伺った事があるのですけれども。実はここに写真があるんですが、ものすごいハンサムなんです。ちょっとご覧にいれますが、これが先生の若い時の写真なんです。もう断然なハンサムで、相当もてたらしいのですが、少なくとも僕たちは、そういう話は「まあまあ」でごまかされて、二十何年か三十年近く、先生は一切そういう話をしてくれませんでした。大変残念です。「失恋など、自分の体験をにじませて書いた」って言うんですね。だから佐々城信子と国木田独歩の関係のようなものが先生にもおありになったのかどうか、これは僕にはちょっと分かりませんけれども。

もちろんそれだけではなく、当時先生は文壇へ出たい作家志望で、こつこつ作家活動をし、一方、近所には伊藤整さんも引き移って来て、大変仲の良い交流を続けておられました。そのような関係の中で、いっときも早く文壇へ出たいという先生の気持ちと、悪戦苦闘しながら書いたものがずっと認められない国木田独歩。結果として独歩が認められるのは、明治三十九年に出ます『独歩集』、これによってようやく名声が少しずつ上がってゆく。『独歩集』『運命』というところで名前が上がってくるわけです。

そして最晩年の明治四十一年五月から六月にかけては、読売新聞に毎日の病状が報告されるんですね。今日は何を食べたとか、食事があまりに細かったとか、熱が何度あったとか、新聞にずっと連載されていく。それを僕が最近知ったのは昭和天皇が亡くなる寸前に、天皇の容態がその日その日の新聞に出ておりましてね、多分あれに近いような形で、独歩の容態が当時の読売新聞に掲載された。真山青果がつきそっておりまして、口述筆記のような形で、あるいは観察したものを、ずっと載せていたわけです。真山青果がいたというのでいろいろ文壇的には問題が起こるのですけれども、いずれにしても亡くなる時には、雑誌『趣味』に「文豪国木田独歩」という特集号も出ているほど大変な作家になっていたわけです。「文豪」になる前は全然顧みられなかった、あるいはほとんど顧みられなかった。それが、亡くなる寸前に文豪になった。そういう独歩の生涯と、当然佐々城信子との、一年足らずの間の出会い、結婚、そして離婚という、大変つらく悲しい体験とは、多分福田先生の中ではどこかでクロスして、そしてぜひこれを書いてみたいという気持ちになられたんだろうと思います。

確か、『婦人公論』に相馬黒光が「黙移」というのを、昭和九年から連載しまして、そしてそれが単行本として出るんですね。僕が考えているのは、先生は多分これをご覧になったのではないか、ということです。国木田独歩のいわゆる年譜と言いますか、独歩の人生をずっと見ることが出来るものはそれまでにもあったのですが、独歩の関係した裏側の資料というのはほとんど無かった。そんな中で、佐々城信子側からの資料的なものが出てきたのが、相馬黒光の「黙移」だった。これを読んで、先生は「これなら書けるのではないか」という気持ちになったのではないか、黒光の「黙移」の存在も大きかったのではないか、という風に思っております。

そのような形で『國木田獨歩』が書かれました。

さて、この『國木田獨歩』が大変な反響を呼び、文学史上にも、先ほどの曾根さんの一言ではありませんが、「一挙掲載」という衝撃的な形で雑誌に掲載されたわけですが、この伝記小説というものの存在、あるいは伝記小説というものをどうとらえるか、という問題があります。

実は、昭和七年に明治文学研究会が出来まして、明治文学を研究するそのメンバーの一人に塩田良平先生がいらっしゃいました。塩田先生、そして福田先生も入ってこられて、尾崎紅葉を先生は書かれているのですが、その執筆に当たっていらっしゃった昭和七年くらいから、近代文学の研究がスタートしていくのですね。それまで文学研究というと当然近世くらいまでが下限でして、近代文学即ち明治以後の文学を研究するというのはほとんどなされていなかった。福田先生はちょうど硯友社文学の運動を研究されておりましたので、尾崎紅葉の研究を発表されています。そののち、尾崎紅葉をずっと研究しながら、なぜ国木田独歩に移ったかという問題なのですけれども、実はこの角川文庫の『國木田獨歩』の解説は塩田良平先生が書かれているんです。塩田先生の解説の一つを読みますと、こういう風に書かれているんですね。

福田氏はロマンの作家であり、また氏の抱懐する文學論も反私小説的で、その点においては紅葉の文学精神と共通するところはあるが、氣質的にはおそらく紅葉と相容れないものがあるだらう。紅葉の小説のうまさは認めながら内容の低俗さをの、しったものが獨歩である。獨歩が氣質的に紅葉と相容れざるはいふまでもない。福田氏が獨歩に興味を持ち出したのは、この後ですね、多少紅葉研究に食傷したあげく自ら清新の味を反紅葉的な獨歩に求めたのではなからうかと書いてあります。即ち、紅葉研究をずっとやっておられた先生が大変食傷気味になって、もう嫌気がさしてきて、そしてそれを批判した国木田独歩の文学に清新な味を感じ、そして独歩の伝記を書こうという風にしたのではないか、という塩田先生の解釈です。僕も全くそのように思いますし、と同時にここにも書かれていますように「福田氏はロマンの作家」、この先生の持っているロマン的な、そして毎回このお話しがあるのですが、「仏の福田さん」という言葉が、大変失礼ながら学生の間では通用するくらいに、福田先生はある意味ではほとんど認めてくれる、認めてもらえるだけにかえって大変おっかない存在ではあったんですけれども、非常に温厚で学生に対する思いやりが大変深かった先生です。しかも非常にヒューマニスティックで、暖かな面を持っておられましたから、その側面をそのまま延長すると、非常にロマン的な作家だったろうという風に思います。そのロマン的な、あるいはヒューマニスティックな側面というのは、国木田独歩という作家と非常に近しいところにあった。好き嫌いというならば、紅葉文学あるいは硯友社文学よりも、多分間違いなく独歩的世界の方が先生はお好きだったのではないか。その頃から『脱出』という作品に、それ以後は児童文学関係に関わってゆかれるのも、先生のそういう気質、暖かな気質が少年少女の世界を描かせるようになっていったのではないか、という風に思っております。

この塩田先生の解説から、もう二、三の文章をお借りしたいのですが、福田先生の『國木田獨歩』の解説の中で、塩田先生はこういうことをお話しされています。即ち、

傳記小説の書き難いところは話しのコースが決定してゐて、そこに作者の想像を入れる餘地がないことである。しかも小説として成立するためには内容に起伏があり、葛藤がなければならない。ところで、『國木田獨歩』は重要な山を三つ置いてゐる。信子との戀愛事件とその破綻、治子との結婚、獨歩社の破産から獨歩の死までの三主題である。信子事件については主として『欺かざるの記』及び『黙移』によつたものらしい。獨歩の『鎌倉夫人』その他小説ではあるが、材料にとつたものもある。

という一文です。この中で伝記小説というのが大変難しいというのは、事実が既にあり、事跡がずっとあるわけでして、これを外すわけにはいかないからです。事実と事実、事跡、つまりその人物の行動の事実、その間のところをうまく埋めていかなければならないわけですね。その、埋めていく作業が大変だったのではないかという風に考えます。しかし、僕は今回改めてもう一回、先生のこの『國木田獨歩』を読み返したんですが、間違いなく、膨大な資料を渉猟して伝記の中にうまく当てはめているんですね。

僕が独歩と巡り会って、独歩を研究し出したのは、ちょうど学研の『国木田独歩全集』という全十巻の本が出始めた頃です。即ち昭和四十年の初めだったと思います。この頃にようやく独歩のいろいろな資料が集まってきて、研究がまた高まっていった時期だったのです。それから以後、その時に分かったような出来事が、あるいは事実関係が、実は昭和十二年二月に発表された『新潮』の中に、既に先生は書いているんですね。とんでもないことだなと思うくらいに、よくまあ調べあげたものだと思うくらいに、膨大な量の資料がこの裏側にあるであろうと考えられます。

もとよりその中心となったのは、即ち明治二十六年二月三日から三十年五月十八日、この間にずっと綴られた独歩の『欺かざるの記』、それからいわゆる『明治二十四年日記』です。しかもなおかつ『独歩書簡』というのが、当時もう出ておりました。新潮文庫でしたか。それらくらいしか無かったものに、「黙移」とか、あるいは多分、相馬黒光にも会いに行って話を聞いているでしょう。それに塩田先生の言を借りると、どうも福田先生に聞いたらしいんですね、こういう文章があります。

今の福田氏こそ獨歩に關する豊富な知識を持ってゐるが、この當時の作者がこの小説を書いた頃はおそらくその資料は限られたものであったらう。聞くところによれば、作者はこれを書くに當つて獨歩の知人の言を聞いたり、回想録、追悼號その他を隈なく當つたさうであるが、それでも尚、信子側の記録は相馬黒光の『黙移』以上をまだ出てゐないし、獨歩社破産の場面には當然未亡人治子の『破産』が重要な資料になるが、それも作者の目には觸れてゐなかつたらしいところを見ると、資料的には多少不備な點があつたことは否まれない。それにしても、よくその不備を作者の作家的な才能で補つたものだと感心する。といふのは、作者が想像を混へて書いた部分であとから發見された資料的事實とぴつたり符合するところがあるからである。

このようにご指摘になっていますが、実に多くの人、あるいは多くの資料的な材料を漁ってこれが書かれているんです。ということは、一ヶ月で四〇〇枚書いたっていうのは、どう考えてもちょっと嘘ですね。あるいは、もっと前から多分資料的にためておいて、そしてそれを昭和十一年下旬に一気にまとめあげて、十二年二月に発表されたという経過をたどっているように思われてなりません。

実は、今回読み直しながら、この箇所はどこからの出典、どこからの出典というのを、全部ペンをつけていったのです。何年何月の日記から来たとか、これは小説『運命論者』であるとか、あるいは『巡査』という作品であるとか、『鎌倉夫人』であるとか、独歩のいろいろな作品を引用しながら、ここに描かれている。今読み返しますと、その出典が全部分かってくるのですけれども、それが最初読んだときには分かりませんでした。非常にうまく当てはまっているのです。ずっと年代的に追いかけて行きますと、ほとんど独歩の年譜に沿った形で書かれて行きますが、ところどころ都合のいい部分は、これはもっと後に起こる出来事なのにも関わらず、前へ入れているという箇所が何ヵ所かあります。伝記小説として、より豊かな表現をするために多少の入れ替えはありますが、しかし、その事実も国木田独歩の事実としてそこに組み込まれているという形になっています。本来ならばそれらを全部摘出して一つずつ全部表現してみればいいのですが、本日はそういう時間的な経過もないのでやめます。

『国木田独歩全集』の後、『明治文学全集』というのが出まして、川岸みち子さんという方が、そこで新たな年譜を編まれました。『国木田独歩全集』は、本日お見えになっております本多［浩］さん等がお仕事をなさいまして、大変優れた年譜も、資料的なものも出来ていたんですが、その中で例えば一つの典型的な例をあげますと、独歩の出生の秘密が依然として謎だったんです。少なくとも独歩全集の定本ではない前の『独歩全集』では、出生の秘密がまだ未解決のままでした。しかしそののち『明治文学全集』に編纂した折りの川岸みち子さんの年譜では、ようやく独歩の出生の秘密の一端を探り当てるようなものが出て参りました。特に明治四年の項が重要な項なんですが、ただ、明治四年生まれというのはどう考えてもおかしいと、今でも僕は思っています。というのは、これを話すと大変長くなるのでやめますが、僕は明治二年くらいじゃないかなと思うんですが、明治四年生まれになっています。これは多分、戸籍のいろいろな操作があっただろうという事だけは分かるんです。ただ言える事は、独歩のお母さん、淡路まんさんがガジロウかゴンジロウか分かりませんが、その人との間に独歩を産んで、そして専八のところに連れ子して入ってきたという説は、ほぼなくなりまして、専八とまんさんの実子であるところにほぼ固まっている、という風に思います。ただ、生年月日は依然としてまだ操作があっただろうという風に、僕は思っております。しかし今日では一応明治四年生まれという形で通っております。

さて、そういう意味で先生の書かれた『國木田獨歩』には、実に出典が全部出てくるのですが、例えば、僕はこれはないと思ってチェックした例を、一つだけ挙げます。ばかばかしいんですが、独歩と佐々城信子が武蔵野を散策しまして、二人でデートをするわけですね。このデートした時に、茶屋があるんです。その茶店で老夫婦が店番をしているわけなんですが、そこで、

ラムネなどひやした小さい茶店

とあって、「ラムネなど」と書かれているんですね。独歩の日記の方を見てみますと、ラムネは出てこないんですよ。だから、先生はラムネ好きだったんじゃないかな、と思いましてね。こういう細かい事を挙げていきますと、これは独歩の日記には出てこない、ここは先生の創作部分だと、まだいっぱいあるんです。例えば、

我々はいつかあの茶店の老人たちのやうになるでせう。今日の日の若い戀の喜びも――。

これがないんです、こういう文章。ですからそこは先生の体験の何かを総合させて、そういう文章を途中で取り込んでいる。そして独歩自身の体験とちょうどうまく合わせるようにして、その言葉を挿入していく。例えば漢語で文体が文語体になっている部分はほとんど間違いなく、独歩の何らかの作品からの出典になっております。ですから、出典を探していくことは割合出来るという風に思います。

そういう意味で、実に多くの資料材料を挙げて、国木田独歩という一人の作家をこれほどまでに浮かび上がらせたということは、今日でも伝記小説というものがありますけれども、特にこの伝記小説『國木田獨歩』は実に良くできたすばらしい作品だろうという風に思います。本来なら、部分部分を取り上げるべきかもしれませんが、今時間がないのでこの辺にしておきます。

そういう意味では福田先生は作家であり、同時に学究の徒といいますか、研究者でもあったわけです。ですから、『硯友社の文学運動』がそうなのですけれども、伝記を書くとなるとある一つのヒントから想像させて描いていくというよりも、徹底的に調べあげて、分からないところは事実を確認して、そのうえで筆を取って創作された。少なくともこの『國木田獨歩』については、そのように思います。

実は『國木田獨歩』という伝記の中では、独歩文学に対する一つ一つの作品の評価というのが具体的には出てこない。むしろ作品を伝記のストーリーに役立つような形で使っています。西園寺公の家に住まっていた時、そこの巡査に会って聞いた話を『巡査』という作品に書いた、とか。それからちょっと外れてしまうんですが、『鎌倉夫人』という作品で、元の奥さんの佐々城信子が、船の事務長をしている武井勘三郎と駆け落ちするようにして鎌倉で生活していて、独歩が滑川《なめりがわ》のほとりで釣りをしている時に橋の上で二人を見かけた、という部分は、ほとんど『鎌倉夫人』を援用して具体的に書かれているわけです。これが有島の『断橋』につながっていきます。

実はその後、先生の本では、鎌倉の海岸へ行くんですね、行くと変な紳士に会うんです。その紳士が誰かっていうと『運命論者』の高橋信造らしき人物なんです。これは現実には独歩の体験にはない事で、そこに『運命論者』をぽーんと投げ入れて、そして独歩の思想形成の運命論をそこで、運命を持ってくるという方法を使ってですね、うまくつなげていっているんです。そういう部分はいくつか見られます。例えば冒頭の方でいいますと、岩国時代出入りしていた徳さんに連れられて不思議な女の世界に行ってしまったこと。実はぼくがその女の弟に似ているという話などは、それがもう『少年の悲哀』というところから持ってくる。そういう意味では、独歩の事跡のような形で作品をうまく援用しながら、国木田独歩の文学のすばらしさを実にうまく展開し、なおかつ独歩の人生を見事に描ききったのが、この『國木田獨歩』という伝記小説だと思います。

そこで今日実は「国木田独歩と福田清人」というので独歩について僕がちょっと考えている事をちょっとだけお話しさせて頂ければと思います。

これが先生の『脱出』の初版本です。これがちょっとおもしろい。先生のサインが入っているんですよ。「三宅正太郎様」って、これ間違いなく先生の字ですよ。三宅正太郎さんへ寄贈したものがぐるぐる回って、僕が八勝堂で買ったんです。大変きれいな本で、先生の代表作のひとつ、『脱出』が出て参ります。第二短編集、第一が『河童の巣』ですから第二です。ちょっと箱が壊れましたけれど。

では、ちょっと急いで国木田独歩についてお話しさせて頂こうと思います。今日は、独歩を研究されている方がたくさんいらっしゃるので口はばったいのですが、本当は自分の考えている事を細かくいろいろお話ししたいのですけれども、アウトラインだけお話しさせて頂こうと思っています。

学研版の『国木田独歩全集』というのが塩田先生、福田先生、瀬沼さん、それから中島健蔵さん、この四人の編集で刊行されまして、これは圧倒的な完成度を持って出来上がった全集なんです。いろんなエピソードがありました。当時高島屋で展覧会があって、独歩のちょっとした日記の一部が出るというので、五十万円ほどで塩田先生が買いに行くとかなんとか、ということもエピソードとして聞いております。断簡零墨をも集めて編纂された全集なのです。

とにかくいずれにしても今日、国木田独歩研究には、その後『定本国木田独歩全集』が出ますが、学研版の『国木田独歩全集』というのは大変優れたものです。この『国木田独歩全集』、これが一つの大きなきっかけになりまして、昭和四十年代から、独歩研究が大変盛んになって参ります。その後いくつかの独歩研究の本がございますけれども、今それらはいちいち紹介出来ません。ただ、僕が三十年代の終わりから四十年代の初めにかけて独歩を研究していた時には、間違いなく四人の研究者、例えば角川の鑑賞講座では中島健蔵さんがずっと書いていらっしゃいますし、岩波の日本文学研究の国木田独歩は塩田先生が書いていらっしゃる、等々の形で、ともかく僕たちの研究の対象は、塩田先生や福田先生、あるいは瀬沼先生や中島健蔵先生の書かれたものが一つの重要な資料になっています。その他でも僕はとりわけ、中村光夫、あるいは猪野謙二、小田切秀雄、あるいは唐木順三、こういう人たちの論も大変参考にして、また影響も受けながら独歩研究をしてきました。しかし、それ以後ずいぶん大幅に研究者の厚みが増して、いろいろな方のいろいろな論文が出ております。滝藤［満義］さんという方、あるいは北野［昭彦］さんという方、最近では中島礼子さんという方、等々のたくさんの論文が出ております。

今それら新しい論文の話はいったん措くとしまして、僕自身が昭和四十年代初めくらいまでにつかまえた独歩像、それに多少手を加えて、考えている事をちょっとだけお話させて頂きます。

実は独歩といいますと、自然観があるんですね。「自然観」と「運命観」という言い方がされます。このふたつが重要なキーワードとして使われてきます。柄谷行人さんが独歩の『武蔵野』について論じた良い論文などもありますが、それも一応措くとしまして、単純な考えとして、僕は国木田独歩の文学的出発というところに大変興味を持っておりました。

独歩は明治二十年に上京してきて、少なくとも政治や経済の枠組みの中で立身出世したいというのが最初の願望だったと思います。そして田村江東等の友人たちをはじめとした仲間うちの人々も皆、独歩は政治や経済の方で出て行こうとしているんだという事を書いております。ですから東京専門学校の英語科、英語の政治学科へ入るのです。そしてそこで、ゆくゆくは政治家たらん、という形になってゆきますけれども、一方でキリスト教に触れまして、受洗し、そのキリスト教の枠組みの中から、いわゆる牧師さん、宣教師になろうということも考えたりしました。そしていろいろ悩んでいる時に残した文章が、例えば「群書ニ渉レ」とか「野望論」―「アンビション」という野望論とか、それから「田家文学とは何ぞ」という初期の論文集です。その中でも例えば「感ずる処を記して明治二十二年を送る」という文章なんかも僕は重要だと思っています。こういう、上京してきて「愛弟通信」を出すまでの、明治二十七年十月までに書かれた独歩の文章は、大変重要ではないかと思っています。その頃に彼のいろいろな思想が形成されていく。その形成の一つを今、本当はそれだけお話ししたいんです。

実は独歩は、「立身出世したい、それから政治家になりたい」という野望を、東京へ出てきて打ち消すんですね。これは結局おのれ一己のための野望でしかない、国のためを考えていないじゃないかと。明治維新に遭遇した人々は、国家危急存亡の時に自分の身を投げ打って国のために働いたではないか、今の都会にいる人々はみんなおのれ一己の野望で汲々としている、こんなことでは駄目だ、と言ってそれを否定するんです。否定すれば当然彼は自分自身はその方向に向かわないと思っているんですが、実は逆に経世済民の士として生きていこうという考え方に立っていく。経世済民の士として生きていこうというのは、自由民権運動の展開を受け止めているからなのです。即ち、明治二十四年に彼は東京専門学校の校長・鳩山校長の排斥運動のストライキをうって、それは破れて、柳井にいる両親のところへ、国へ帰って行くんですね。二十四年五月三日の日記が大変有名です。こうして国へ帰って行き、そこで松下村塾を訪ねたりしまして、そして自分で塾も開いたりしながら、この一年間の枠組みの中で生活し、再び翌二十五年に上京してくる時に、一度は立身出世を捨て去っていながら、また立身出世の野望を持つんですね。ですから二回ほど出世の野望を否定していく。

この否定していく前の言動の表れのひとつが、「田舎の民衆」という言葉なのです。明治二十四年に彼が国へ、柳井へ帰って行って、東京にいる友人に宛てた手紙の中でしょっちゅう使っているのがこの「田舎の民衆」という言葉なんです。これが、再度二十五年に上京してきて、そして自由新聞の記者をしたり、自由新報の記者をしたりなんかしながら、「山林海浜の小民」という言葉になるんです。こういうふうに、「民衆小民」という発想が、「田舎」から「山林海浜」に変わっていくんです。この変化に、実は僕は文学的出発があるだろうと考えます。

ちょうどこの時期は、憲法が発布されて、第一回帝国議会が開かれた頃です。しかし田舎の民衆は何もそれらは知らないよ、全然関係ないよ、というようなことを手紙で送っていながら、田舎の民衆と都会の人種との対立構造をずっと描いて、論じていきます。そして「田舎の民衆」と彼が使う時には間違いなく、政治的な側面を持っています。

この政治的な側面が、それをも否定して、いかに生きるべきかという“How to live”という問題と、“What am I?”というふたつの問題で悩みだした彼が、この「いかに生きるべきか」の一つの解答として「山林海浜の小民」というところへたどりついていく。この時に「田舎の民衆」が持っていた政治的な側面、即ち政治的に立身出世して行きたいという野望は、完全にずり落ちます。

もう少し言いますと、自由民権運動というのはふたつの側面を持っていて、一面は民権運動なのですけれども、もう一方、明治政府は外交問題・条約改正問題で、ずーっと長い間苦しみます。この条約改正問題に関しては、強力な国権を時の政府に与えない限り、条約改正が成り立たないという問題があります。ですから自由民権運動の側面としては、民権を標榜すると同時に、一方で国権をも胚胎するという矛盾した構造を持っております。多くの人々はほとんど国権、あるいは後の国家主義へ流れ込んで行く側面があるのですけれども、独歩は「田舎の民衆」から「山林海浜の小民」へ移る事によって、政治的側面をずり落として、文学的な出発を成してゆく。

その辺りを、福田先生の『國木田獨歩』では、事跡に沿った形で描いています。即ち、明治二十四年五月三日の日記を大変重要な部分として取り上げているのです。つまり、瀬戸内海を船で渡っていく時に、「自分は二十年生きてきた。そして立身出世を希望して東京へ出て行ったけれども、残念ながら挫折して、今国へ帰る。この二十年間生きてきた道は、いったい何なのか。これから自分はどうやって生きて行ったらいいのか」といった事を悩みながら、船の甲板から瀬戸内海の島を見た。小さな島であった。その小さな島のところにぽーっと小さな家があって、その前で磯を漁っている一人の男がいた。その男の事を考えていると、彼は多分あの家で生まれ、そしてあの島で育ち、そして今磯を漁ってあそこで一生涯を送るのではないか、考えてみるとああいう人生も、一つの人生としてすばらしいのではないか、という感慨を述べた文章が、二十四年五月三日の日記なんですね。これを、福田先生は重要な日記としてこの作品にも取り入れ、一つの転機として、独歩の思想の転機という形でとらえています。僕はもう少しその辺を細かく論じてみた論文も書きましたけれども、いずれにしましても、これに移って行きます。

時間がないので飛んでしまいますが、実は独歩の「自然観」と言うのは、ご存知のように『武蔵野』という作品に良く表れている。この『武蔵野』は、ツルゲーネフの『猟人日記』を訳した二葉亭［四迷］の『あひびき』がその下敷きにある、という事はもう充分ご存知のはずなんですが、それ以外に、実は日記を見ますと、『武蔵野』という作品は自分の『欺かざるの記』が引用されているのです。引用されていますけれども、その引用した部分はずるいんです。なにがずるいかと言うと、武蔵野の自然を描写しながら、本当の日記の方では、後ろ側に「今信子はどこにいるんだ、もう頭に来た、あいつはけしからん奴だ」とか「信子に会いたい」とか、たくさん書いているんです。信子のことばっかりです。

そこで信子の事を言わなければならないのですが、明治二十八年六月九日に佐々城信子の家に呼ばれて行って、十一月十一日に結婚して、二十九年四月二四日に離婚しているんです。こんなとんでもない人生を体験しています。巡り会い、みんなの反対を押し切って結婚し、そしてついには離婚という状況に入っているんです。そして関西方面に行ったりした後、渋谷村で生活して、そこで武蔵野の体験をずっと日記に書いていく。その武蔵野の体験の日記の裏側には、猛烈に信子に対する思い入れがあるんですね。それらを全部カットして出来上がったのが、今僕らが見る『武蔵野』という作品なんです。ですから『武蔵野』というのは、独歩の、佐々城信子との破局がなかったならば、もしかしたら成立しなかったかも知れないという側面を持っております。

そこで今、ただひとつ言えることとは、間違いなくその失恋の痛手を、武蔵野という自然の枠の中で心癒しているということです。「心癒す」。「心癒す」ということがどういうことかというと、我々が、失恋ではなくても、何らかの苦悩で、辛い、あるいはストレスがたまったなど、いろいろな問題が起こった時に、多分自然の枠、自然という環境の中に、天然自然の環境の中に投げ入れられた時に、相当癒される部分があります。それとイコールとは言いませんけれども、独歩の渋谷村での体験と言うのは、そういう自然の環境の中で徐々に心を癒していく体験だった、と。裏返しますと、それまでは自分自身の思うような自我が解放されていなかった。それを、自然という枠組みの中に解放していくことができた。言い方を変えれば、独歩は間違いなく、自然を自我の解放の場所としてとらえていた、ということです。

この自我解放の場というのは何か、といいますと、実は彼のお父さんが失職して、仕送りがないよというので大変困った時、明治二十六年の秋に、矢野竜渓の出身地である大分県佐伯に教師として赴任します。佐伯での十ヶ月間、その生活の中で体験した城山登山等々、その時期その場所を題材とした作品がたくさんあります。『春の鳥』にしてもそうですし、『鹿狩』にしても、もちろん処女作の『源叔父』にしてもそうなんですが、こういう自然観を内包する作品を書いていったのは、あの時に独歩は、間違いなく弟とふたり、まさにその自然の中で自由を感得していたからだろうと思うのです。そして失恋した後は、武蔵野というところでまた解放されていった、と。

ところが彼は、佐伯でもそうなのですが、自然の山野を散策しながらどこかで必ず、不思議ですね、お墓を見つけるんです。独歩は墓が好きなんですね。お墓を見つけて、「あ、墓がある」って言うんですね。その墓の事ばかり書くんですよ。その墓は何かと言うと、ここの墓にいる人は何年か前に生まれ、そして育ち、人生を送って、今この墓に静かに眠っているのだ、という考え方、とらえ方なんです。ということは裏返しますと、人間は有限であるという考え方なんですね。しかし、天然自然は全然変わらない。人間は有限である。そうすると、彼は自然の中にいる時、解放感と同時にもう一方、はかない人間の存在というものを考えざるを得ない。

特に有限である事を実感させられたのは、明治二十八年、信子と恋愛に陥っている最中に北海道開拓の夢を描きまして、八月下旬から九月にかけて北海道の歌志内というところへ土地選定に参ります。結果として北海道開拓の夢は破れます。これらの体験が『空知川の岸辺』あるいは『牛肉と馬鈴薯』等々に入って参りますけれども、この北海道滞在時の記述を見ると、これはもう、人間の入り込むことを拒否するくらいに厳然たる原生林があって、いやと言うほど人間の卑小さ、小ささというものを感じさせられる、ということを『空知川の岸辺』で書いています。

ということは、解放されて心なごませてくれる自然と、もう一方では人間の卑小で有限であることを感じさせる自然、どうも、そのふたつの自然観があったようです。

そしてその結果、有限であるということがひとつの彼の運命観につながりまして、そしてこの運命観がいろいろな形で広がりを見せていきます。認識が高まっていくんです。

例えば、人間は持って生まれた性格と、その後の関係によって左右されて作り出された性格があって、それによってゆがんだ人生を歩まざるを得なくなってしまうような人物、それを『富岡先生』という形で書いている。

あるいは、例えば福田先生がいつもおっしゃっていた、「少年の心、少年の目を持って物事を見なさい」ということ。『春の目玉』がそうなんですが、それも間違いなく、国木田独歩から来ていると思います。即ち、少年の時あらゆるものに好奇心を持って、あらゆるものに目を開いて見つめていたものが、年とともに感性が麻痺していってしまう。「なんだ、あんなことか」と。これは多分小っちゃい時からそういうのがあったんでしょうけれど、僕は未だに救急車や消防車のサイレンがなると喜んで見に行く時があるんです。もう五十歳も越えているので、見に行ってはいけないのですけれども、それでも見に行くのが好きでして。それでも、だんだん年とともに、「あ、どこか火事だ、どこかで何か事故があった」で、そのままになっていることがある。

そういう感性の麻痺、「習慣の昏睡に陥る」という言葉を彼は用いていますが、人間がその日その日をいきいきとして生きていくためには、この感性を麻痺させてはいけないんだ、少年のごとき感性を持たなければいけない。それにはどうしたらいいかというと、あの『牛肉と馬鈴薯』の主人公、岡本誠夫が持っていたような、驚異する心を持つべきである、と。例えば『山家集』の西行の歌、「世の中を夢と見る見るはかなくもなほおどろかぬわが心かな」などからも影響を受けて、驚異心というものを彼は持ち出してきます。この驚異心が感性の麻痺を乗り越えるひとつの方策である、しかし感性はいずれ麻痺せざるを得ない、ということも人間のひとつの宿命である、という風なこともとらえていきます。

あるいはまた、人間の本能、欲望である性欲によって人生が歪められていく、悲劇や喜劇が生まれてゆく、そういうような作品も『女難』『正直者』等々の作品で描いていきます。あるいは社会の不合理が人間の人生を決定づけてゆく、これもある種の運命かもしれないということもとらえてゆきます。

そういう運命の枠組みの、あるいは思想の進化というか拡大、それらが独歩文学を徐々に徐々にいろいろな形で膨らみを持たせていくようになってゆき、そして僕の考えではついに『運命論者』という作品になる。『運命論者』は最後の方で「事実は変えられない、過去にあった事実は変えられない」という文章で終わるのですけれども、実はその文章を打ち消す文章が、後に『夫婦』という作品の中に出て参ります。その『夫婦』という作品の中で「事実は仕様がない、事実は確かに変えられない、しかしその事実の上でその時の心の問題が大切なんだ、人間の心のことが大切なんだ」と言うのです。恋愛して結婚した夫婦なのに、だんだんだんだん、ばかばかしいですね、青春の若さがなくなってしまうわけですね。「おい」とか「お前」なんていう夫婦生活になってしまって、あの時あんなに「会いたい、会いたい」と思ったのが、なんでこんな生活になっちゃうんだろう、というので考える、そういう『夫婦』という小説があるんです。その中で「実は事実よりも大切なのは、その時の人間の心のありよう、それが大切なんだ」ということを述べています。

ここがひとつの突破口になりまして、その後書かれた『帽子』という作品は、人間というものを非常に肯定的に見ていた独歩が、人間の暗く理解できない部分に視野を広げて描いたように思います。『窮死』という作品では、文公という立ちんぼうがおりまして、多くの仲間達が彼を救おうとしますが、結果としてどうにもこうにもやりきれなくなって自殺してしまう。『竹の木戸』という晩年の作品では、磯吉の奥さん、お源さんが首を吊って死んでしまう。こういうような作品の世界は、一方に社会的な不合理、矛盾、そしてまたどこかに性格的な歪みがあり、肯定的に人間を見てきた独歩が次第に、否定的な、あるいは否定せざるを得ないような人物の存在というものを発見してきた表れ、と言えるのではないでしょうか。それは、ちょうど彼が結核を患い、独歩社が破産し、疲弊の極にあった時に重なっていきます。ですから『疲労』とか『二老人』という作品も、そういう形で生まれて来るんだろうと思います。

非常におおまかに言いますと、僕は、独歩という作家は終生までロマンティックな、叙情性を持っていた作家だったと思います。けれども、いくつかの転機がありまして、その転機の中で間違いなく、明治という時代の変化にまさに合うような形で、唯物史観というか、多分弁証法的に発展していった可能性がある、そういう風に論理づけられる作家だったのではないか、という唐木順三の言葉があります。「間違いなく、明治二十年代後半から三十年代にかけて紅露の時代と言われたその時期に、純文学をひとり保管していたのが国木田独歩だったのではないか」という中村光夫の説もあります。明治三十年代の初めから文学活動を始めた独歩は、四十一年に亡くなるまでわずかな活動しか出来ませんでしたけれども、優れた作品が今日まで残っております。この独歩の持っていたヒューマニズム、そして人間肯定の側面、そして叙情的でありながら鋭い本質をつかむ感性、これらは多分、福田清人先生の最も愛する世界だったのではないか。それ故に先生は、独歩に自分自身の姿を投影させながら、伝記小説『國木田獨歩』という作品を書いたのだと思います。

僕たちが先生になにか色紙をねだりますと、先生は「翼強く美しく飛べ春の鳥」というのを書いてくれました。僕はいまだに机の上に飾っています。これは国木田独歩の『春の鳥』、六蔵という白痴の少年が、春の鳥になったつもりで城山から飛び降りて墜落して死んでしまうという物語ですけれども、この物語の感動が、多分、福田先生に「翼強く美しく飛べ春の鳥」という句を作らせたのではないかと思っています。

限られた時間で福田先生とそれから国木田独歩、ともに話すことは大変難しかったので、まったく中途半端でおおまかな話で恐縮でございましたが、ご静聴ありがとうございました。終わります。

（第八回、一九九七年一一月三日）

近代文学研究者としての福田清人

岡　　保　　生

福田清人先生は児童文学あるいは小説の方面で色々なお仕事をなさいました。それから先生には句集も何冊かありまして、小説家かつ俳人としても活躍されました。色々なお仕事をなさったわけですが、私はそのいずれにもあまり詳しくありませんので、私が勝手に主題を選ばせていただきまして、近代文学の研究者としてはどういうお仕事をなさったか、それを中心にしてお話ししたいと思います。

福田先生略年譜では、福田先生のお生まれから、亡くなられた平成七年六月までの先生の略歴がたどられております。長生きをなさいましたけれども、近代文学の研究という点に問題を絞りますと、福田先生がその面で一番活躍をされたのは、戦後です。もっと言いますと「昭和二十五（一九五〇）年、実践女子短期大学教授、女子学習院短期大学講師となる（四十六歳）」というのがあります。「女子学習院短期大学講師を辞し、実践女子大学教授となる（四十八歳）」というのがありますが、大体この頃から、先生の近代文学研究の仕事が本格化して参りまして、それはちょうど福田先生が大学教授をお勤めになる時期と重なっているということが分かります。やがて福田先生は実践女子大をお辞めになって、今度は立教大学の先生となられました。立教大学はかなり長く勤められまして、「昭和四十五（一九七〇）年三月、立教大学を定年退職」これは六十五歳定年ですが、立教は定年までお勤めになり、その後立教女学院短期大学、即ちこの学校ですね、本学の教授となられて、この立教女学院短期大学で熱心にお仕事をなさいました。更に、再び実践女子大学教授になられて、実践女子大学の二度目のお勤めをお辞めになったのが昭和五十二（一九七七）年三月、七十三歳で辞められました。大体その時期頃までが、近代文学研究の上でも色々お仕事をなさった時期と、そういうことになろうかと、私は考えています。

時期から言うとその時代でありますが、年譜を見てみますと、「昭和二十七年、実践女子大学教授となる」「昭和二十八（一九五三）年四月、『文芸広場』編集委員となる」というのがあります。この『文芸広場』について略年譜は何も書いてありませんけれども、『文芸広場』というのは、文部省の外郭団体か何かが出している、公立学校の先生達のための文芸雑誌です。その『文芸広場』は、全国から集まってくる文学好きな学校の先生達の投稿を審査し選んで、いいものを編集して載せる、ということをやっていたようであります。この編集委員に福田先生は選ばれました。福田先生一人ではなくて、ここには名前がありませんが、詩の方では、お茶の水女子大学教授で詩人でありました阪本越郎さん、即ちご存じの高見順のお兄さん、永井荷風の甥になります。短歌は、昭和女子大学教授から実践女子大学教授に変わられましたが、北原白秋門下の歌人で短歌をずっと指導しておられました木俣修さん。俳句は中村草田男さんであります。成蹊大学の先生でもありましたが、俳人として非常に優れ、ホトトギス派の改革のために、色々新しい俳句運動を起こした方であります。こういう方と知り合いになり、福田さんは何をなさったかというと、他の方は詩歌とかあるいは俳句とかそういう方だったのですけれど、福田さんは文章を担当されて、散文の指導をされた。投稿してくる色々な散文を見ているうちに、それらの源流は明治の写生文にあるということに気づかれまして、「やはり、明治の写生文そのものをもう少し研究していかなければならないな」という風に気づかれたのだと思います。それが後の写生文研究に発展していくということになります。

それからもう一つ、その『文芸広場』という雑誌は年に一〜二回、全国各地を回って地元の人たちに講演をする、講演旅行をやったようであります。そのことが福田さんのお仕事の中に、文学と紀行、紀行文や旅行記ということを頭の中に育てられるきっかけになって、それが後の研究に反映していきます。

以上のようなことで、やはり戦後の福田先生を中心に見てゆきたいと思います。これからやや細かく立ち入ってお話しいたしますけれども、そういうことを言うと、よほど私は福田先生のことを詳しいように見えますが、正直申し上げますと何にも知らないんです。何にも知らないと言うと無責任ですが、福田先生との個人的関係は何もないんです。第一福田先生と私では、年齢が二十歳も離れているんです。私の方が二十歳若いんですよ。逆だったら大変なことです。福田先生より二十歳も若いんです。十歳ぐらいでしたら話はある程度分かる。それでも「十年一昔」と言うくらいで、色々な点で分からないことが多いんですけれども、それが二十歳も離れているんですから、私には何も分からないんです。

略年譜にありますように、福田先生は日露戦争の始まった年、明治三十七年のお生まれであります。それで、明治としては終わりに近い方ですけれども、福田先生は間違いなく明治の人です。明治にお生まれになって、明治に小学校の教育をお受けになって、明治に人格が形成されてきたわけですから、これはやっぱり明治の人です。私は、大正の終わりに生まれたのですが、その頃のことは何も分からないんです。関東大震災というのは話に聞いていますけれども、分からないんです。これだけ離れているんです。だからまず世代が違うので、色々な点で分からないのですね。

のみならず、年譜にありますが、福田先生は長崎県波佐見《はざみ》という町にお生まれになりました。私は行ったことがありませんが、福田先生のお書きになったものから想像すると、長崎県と佐賀県の県境に近い所のようであります。長崎ですら私はあまり行ったことがない。分からないですね。

それから福田さんのお家、お父さんはお医者様だったようですが、私はご先祖のことも調べたわけでなし、何も分かりません。ただ強いて言いますと、もし福田先生のご先祖もお医者様であったとしますと、これまた昔の話ですよ、私の家も先祖をずーっと遡っていきますと、私のお祖母さんのお祖父さん、だからなんて言う関係に当たるんだか知りませんが、そのお祖父さんは昔、伊勢の津の藤堂藩の典医だったわけですね。医者だったんです。大体、私の家の先祖は皆医者ですけれども、あまり大した腕ではなかったようです。けれども、曾祖父さんの何とかに当たるその祖父さんだけは、腕前は大したものだったようで、殿様に気に入られて「お前は見込みがあるから、長崎へ行ってオランダ医学を勉強してこい」と言われて長崎へ留学に行った。その記録が残っているんですね。もっとも、そのお祖父さんというのは産婦人科のお医者さんなんですね。産科のお医者さんだから、殿様は自分の跡取りがどうなるかということばかり考えるから、それで行けと言ったのかもしれません。聞いたわけではないですよ、私は。とにかくそれは別として、それでもし長崎へ行ったとすれば、どこかで福田家のご先祖と私の家の何とか爺さんとが長崎にいるうちに「やあやあ」と会ったかもしれないですね。それはまた『渋江抽斎』みたいな話ですけれども……。

それで、まず、何もかも皆違うわけですよ。全部違います。だから全然分からないですし、第一、個人的に私は、昔の杉並区成宗《なりむね》、現在の杉並区成田西二丁目六番地にある福田先生のお宅へお訪ねしたのは、ただ1回だけしかないんです。それは昭和四十三年のことです。何年も前のことを覚えているといかにも記憶力が良いみたいですが、それには材料があるんです。そのことは言う必要がないんですけど。一遍行ったんですが、福田先生はしばしば随筆の中に「私の家は都立豊多摩高校の門番小屋だ」とお書きになっている。門番小屋と言うのでどんなちっぽけな所かと想像したらとんでもないことです。堂々たる大邸宅です。ただ、後ろが学校の校舎ですので、あれと比べると門番小屋ぐらいだというだけのことです。福田先生はそういうことをおっしゃる。その門番小屋、ではない福田先生のお宅をお訪ねしたのがただ一回あるんですが、玄関払いをされましたのでお目にかかることはできませんでした。

それから第二に、その福田先生と二人きりでお話しをしたことが一度だけあります。それはたった一回あるんです。これもまた昭和四十三年のことです。先程の話よりちょっと後なんですけれども。これは福田先生がその頃、幾多の近代文学に関するお仕事をしておられた中で、硯友社に関する色々な作家の作品を選んで編集し、校正し、解説を書く、というようなお仕事をしておられました。その中に、筑摩書房という出版社が『明治文学全集』という、全部で九九巻というかなり大規模な文学全集を出したことがあります。その中に『硯友社文学集』というのがあります。これは学校図書館などが大概持っていますから、お帰りになったら一遍ご覧いただくと良いんですが、その『硯友社文学集』の解説を福田先生が書いていらっしゃいます。これは尾崎紅葉、山田美妙、巌谷小波とか何とかかんとかという、文学史に出てくるような名前の作家は一人もいなくて、いわばスケールの小さいというか、あるいは二流の作家というか、あまり知られない硯友社系統の小説家のものが載っているんですが、それを福田先生は編まれた。

その時、その中に山岸荷葉、彼は江戸の下町出身の江戸っ子文学者で、紅葉の家ともやや遠いですけれども縁続きになります。この山岸荷葉の作品で『紺暖簾』という中編小説があります。『明治文学全集』はこれを入れたいと言うので入れたんですが、ところがその本は、なかなかそう簡単にはそこらには無いんですね。国会図書館は貸出をしてくれません。それで、筑摩の編集者で頭の良い人が、「これは昭和女子大学の近代文庫にある、あれを借りたらいいだろう」と言った。ところが昭和女子大は、今もそうだと思うのですが、今多少変わったかどうか知りませんが、あの時分は現職の昭和女子大学の専任の先生の紹介がないと、借りることができないというきまりになっておりました。のみならず、正直、私はその頃昭和女子大学にいましたからよく知っていますが、現職の先生であっても近代文庫の書庫へ勝手に入るということは許されなかった。必ず書庫にお勤めの人にお願いをして出してもらうというやり方でありました。ところが筑摩の人は、よほど上手に交渉したと見えて、「専任で岡というのがいる。あれはここの先生だから、あれが借りるということにして借りたらいいでしょう」と、知恵をつけたんですね。こうして借り受けて福田先生の所に持ち出して、解説を書いてもらったんですね。おかげで本は出来たんです。筑摩書房は儲かったわけです。

ただ福田さんは、「そういうことがあって知らん顔しているのも悪い、名前だけ借りてそんなことをしたのでは悪い」という風にお考えになったとみえまして、はるばる昭和女子大学まで一度私を訪ねていらっしゃいました。私は授業の終わり頃でしたが、下にいる事務の人から「福田さんという方が、お会いしたいということです」と言われて、「福田っていう人は色々いるけどなあ」と言いながら降りてきて応接間に行ったら、いらしたのが福田先生でした。「何か」と聞いたらそういうことでした。「本はちゃんと今、近代文庫へお返ししました。どうもありがとう」というお礼の言葉を聞いただけです。それだけなんですが、「ああそうですか」と言うよりしょうがない。こちらももう何も言うことはないんです。その時分本当に、福田先生に会っても、話しをするも何も、材料もなければ何もないんですね。それきり黙って十分ほどお互いに顔を見ていたんですが、そのうちに福田さんもしょうがないと思ったと見えて、「ところで、あなたは保昌さんとどちらが年上ですか」と聞かれた。いきなり保昌さんという名前を言われたので、びっくりしてしまったんですね。「保昌」という苗字で知っているのは、今まだ立正大学にいらっしゃると思いますが、保昌正夫さんではないかと思ったのですけれども、保昌さんがどうして福田さんと関係があるのか、また福田さんがどうして私と保昌君と関係があると目を付けられたのか、どちらも理解に苦しむ質問で、しょうがないから「ああ、私の方が三歳上です」と答えた。そしたら「ああ、そうですか」とそれきりなんです。また五分黙ってた。「それでは帰りましょう」ということになって「ああどうも」、それでお別れしたんです。

だから、個人的接触は以上二回だけです。但し初めの方はお会いしなかった、ということですね。そういうようなことで、福田先生について個人的に申し上げることというのは一つも無いと言ってもいいくらいです。「では、これで終わります」というわけにはいかない。これからが本論なんですから。

今日、文庫の方に展示をしていただきましたが、福田先生の近代文学の研究ということになりますと、福田先生のお仕事の中でもやはり大きいものと思われる「硯友社、写生文派関係を中心に」と展示の所に書いてあります、この二本の柱ということになります。そのうち、硯友社関係の方のお仕事ですが、これについては『硯友社の文学運動』という題の本が昭和八年に刊行されています。福田さん昭和六年に東大を卒業されまして、第一書房という出版社にお勧めになった。

ちょうどその頃から、東大の若手国文学研究者の間に近代文学の研究、もっと具体的に言えば明治文学の研究という気運が盛り上がって参りまして、それで明治文学会という会が出来ました。その明治文学会では色々な仕事がなされましたが、その一つは会員の研究業績を本にして出すということでした。その第一号に選ばれたのが福田さんのこの『硯友社の文学運動』というものです。中身もそれに相応する立派な出来映えなんです。この本は御卒業後二年経った、昭和八年に刊行されました。昭和八年といっても、満州事変があった頃で、今から、この平成十年から数えてみますと六十五年も前の話です。六十五年以前に出たものなんです。昔々に出たものです。しかし、この本の価値・寿命というものは非常に大きくて、戦後形を変えて、題を変えたのではないのですが出版社を変えて、この『硯友社の文学運動』というのは度々版を重ねて出ております。名著なんです。その中で全部福田先生が目を通されたかどうかは私は知りませんが、今のところ博文館新社版というのが一番良いのかなあと思っています。ただし私はそれを調べたことはありません。私は、一番最初の初版本というのを今でも持っておりますが、これは立派な本です。山海堂という出版社です。山海堂という名前もこの頃聞いたことはありませんが、私が昔々中学生の頃は「小野圭の英語」と言われて受験参考書で有名な本屋さんでありました。これは、ここから出ていた小野圭次郎という人の『英文解釈法』が当時ベストセラーだったからです。

小野圭さんはおきまして、その『硯友社の文学運動』というのがまず第一です。これは六十五年も前に出たものですが、第一の仕事です。それから戦後、写生文についてですが、戦後で一番早く出たのでは『俳人石井露月の生涯』というものです。石井露月その人は秋田県の山奥の僻地のお医者さんなんです。そんな無医村でお医者さんを開業していた人ですが、これはとても偉い人です。この露月のことを追究した伝記で、これは昭和二十四年に講談社から刊行されました。今年から四十九年前になります。講談社は一流出版社ですが、昭和二十四年頃はいくら講談社でも紙も無ければ印刷もうまくいかないという時代で、大変お粗末な本です。B6判で、本としてはあまり魅力がないのですが、私はこれは非常に大事な本だと考えています。それを先に出して、その後昭和四十七年、即ち今から二十六年以前に、国文学あるいは漢文の方の出版社として有名な明治書院という老舗の本屋さんから出たのが『写生文派の研究』です。この三冊が福田先生の近代文学研究での代表的著作ということになります。戦前が一冊、戦後が二冊ということになります。

戦前の『硯友社の文学運動』については、戦後もしばしば異版が出たことを今言ったのですが、色々な人からもやっぱり要望されまして、あの本はどうなったか、ということは多くの人が興味関心を持っていた。それだけの価値のある本でありました。というのは、硯友社の全体を見るための研究書としては、昭和八年の時代は勿論、戦前戦後を通じても、福田先生のこの本以上に全体を見渡した本は未だ無いんですよ、六十年経っても。やっぱり最高の本ですよ。私もしばしば、今司会の方から過分のお褒めのお言葉を頂きましたように、硯友社の研究というとよく引っ張り出されますが、私にはこういう立派な本はありません。これはやっぱり福田さんでないと書けない本です。いい本です。

なぜこれが大事かと申しますと、硯友社というのは尾崎紅葉、巌谷小波、川上眉山……何とかかんとか、という明治の中期の文学グループの事なんですけれども、紅葉なら紅葉についてだけ調べた本とか、山田美妙についてだけ研究された本とか、そういう本は他にも無いわけではないんです。けれども硯友社全体については無いです。非常に過不足無く全体を見渡して書かれた、そういう本は無いんですよ。それをやったのが福田先生の本なのです。

福田さんはこれをおやりになるのに、二つ大事な資料を使われています。紅葉や美妙が出していた雑誌『我楽多文庫』の仲間で、硯友社同人であった丸岡九華という人がいましたが、この人は当時の東京高等商業学校（後の東京商科大学、現在の一橋大学）の卒業生で、実業界で活躍した後定年で職を退いて、関西方面でも活躍したんですが東京へ帰ってきて、晩年になってから若いときの硯友社時代の思い出をまとめて本に書いた。それが『初蛙《はつかわず》』という題のものでありまして、四〇〇字詰めの原稿用紙を綴じたもので六巻、他に付録が一巻、全七巻です。これが一つ。私は見たことはありません。私だけでなくて世の中のほとんどの人は見たことがないのですが、これから先申しますが、これを見たのは例の勝本清一郎さんであります。

勝本さんによれば、九華の『初蛙』というのは、今言ったように原稿用紙の形で未だ活字になっていないけれども、全体で七巻にも及ぶとても膨大なものだった。それを福田さんは知って、その『初蛙』を見て、それを主たる材料にして『硯友社の文学運動』という本をお出しになった。それまで無論無かった。見た人は誰もいなかった。第一、丸岡九華がそんなものを書いたということを知っている人もいなかったんです。

福田さんは一体それを誰から聞いてどういうわけで知ったかということですが、先程申しましたように、福田さんが東大を出たのは昭和初年です。ちょうどその頃に、やっぱり硯友社の仲間の作家なのですが、江見水蔭という人がしきりに思い出話を書きました。『自己中心明治文壇史』、これは博文館から出ました。それから『硯友社と紅葉』、これは改造社から出ました。そういう所から思い出話を色々な形で出してきた。水蔭は生き残りの一人で、昭和になっても未だ紅葉の話や何か、色々やっていたわけです。福田さんは東大を出てジャーナリストになりましたので、水蔭を訪ねていって色々話を聞いた。その時話題になったのが、九華の書いた『初蛙』です。「あれは今、春陽堂の前田曙山という人が持っている。あれに頼んで見せてもらうと良いでしょう」ということを水蔭は教えてくれたんです。前田曙山というのも、これがまた硯友社と関係があるんです。前田曙山の兄さん、前田太郎という人は事実、初期の硯友社同人の一人です。紅葉の友達でもある。曙山自身も若い頃、暴露小説、傾向小説とか書いたりした人ですね。福田さんは、その曙山の所にあると聞いて、見に行かれたんですね。そしたら確かにあったんです。曙山は見せてくれたわけですね。それを見ると確かに明治十八年、硯友社が初めて興ったときから、そしてやがて、だんだんだんだん一時は盛んになるのだけれど、そのうちめいめい別れ別れになっていく。その過程が書かれていて、硯友社の栄枯盛衰が見事に書かれていると、公平に書いてもいます。それが分かったので、まずこの『初蛙』を下敷きに使ったのですね。

二つ目は、彼らが出していた『我楽多文庫』という雑誌です。この『我楽多文庫』という雑誌は、明治十八年から明治二十二年までの歴史があるんですけれども、これについて説明すると長くなりますのでやめます。一番最初は、中心人物であった尾崎紅葉と山田美妙と、この二人が手分けをしてみんなの原稿を集めてそれを清書してちゃんと綴じて編集し、そしてそれをみんなに回覧で回したんです。筆写回覧本という奴ですね。これは一種類しかない。だって二人で写したんだから。この回覧本八冊は、既に昭和の初め、第六冊だったと思うのですがそれが無かった。その一冊が紛失していますが、後は揃ってあった。この雑誌は、初めは尾崎家にあったのですが、その後転々としていきまして、この後申しますが、本間久雄先生が『明治文学史』をお書きになるときに『我楽多文庫』筆写回覧本をご覧になった時点では、大阪のお金持ちの加藤順吾という人の所蔵になっていた。本間先生はそこからお借りになった。

私は思い出話を本間先生から聞いたことがありますが、「いやあ、加藤さんから『我楽多文庫』筆写本を借りたときは心配だったね。毎晩毎晩、風呂敷に包んで枕元に置いて寝たよ」とおっしゃった。関東大震災の後で、やはり火事が一番怖かったんですね。それが勝本さんの時代になるとだいぶ進歩的になりました。「銀行の貸金庫が一番良いよ、岡君」と私は教えてもらったんです。「銀行の貸金庫だよ、あれは自分の家に置いておくより良い」と。盗難もありませんしね。勝本さんはそこまで進歩された。

しかしそれは別のことで、それがまたどこかへ行ってしまったんですね。だからこの『我楽多文庫』は、まず一番最初の回覧本がない。それから二番目に、活字になった時期の『我楽多文庫』については部数が非常に少ないんですね。少ないと言っても、活字にして友達に分けたというのですから、五十～六十部は作ったと思います。現に私は見たし、お借りして写したんです。それは三重県の山奥でのことですよ。だから、無論東京でも丁寧に探せばあるんですが、それが難物なんです。三番目に、普通の活版で一般に売った本、それから最後に名前を『文庫』と短くして出した時期と、四つの時期になるんです。もう『我楽多文庫』のあとを辿るということも、なかなか大変ではあるんです。

福田さんはどうなさったかと言いますと、『初蛙』を土台にしたと先程申しました。卒業論文の展開の関係上、まず『初蛙』を土台にして大体の構成を作った。続いて今度はそれを補強するために『我楽多文庫』を使うんですが、『我楽多文庫』は今言ったように、筆写回覧本はまず無い。それから活字の非売本というのもあまり無いんですね。それでしょうがないので福田さんは活版本になった後の『我楽多文庫』を使われたのです。私は、あの時期ではやむを得なかったと思うのですけれども、後になってから「なんだ、あれは大橋図書館にあったよ」なんて言う人がいるんです。確かにそうです。大橋図書館に今もあるんです。今、大橋図書館とは言いませんけれども（注：現在の三康図書館）。あるんですが、あの時期にそれを見つけだすことはなかなか大変だった。その点で、福田さんの『硯友社の文学運動』は、『初蛙』の方は良いが『我楽多文庫』の方がちょっと手薄だったんです。

そこを狙って、「狙って」と言うとおかしいですが、攻撃したのが勝本清一郎さんという有名な方です。これから勝本さんの悪口を言うわけではありませんが、勝本さんはご自身が豊富な財政資金を持っておられましたから、そのお金で資料を出来る限り集めたわけです。やがて勝本さんの手元にきたのが、『我楽多文庫』筆写回覧本以下全部です。『初蛙』は、これは勝本さんの財力で手に入ったのかどうか分からないのです、謎なのです。ただ、勝本さんは「両方とも側に置いて、ちゃんと詳しく見て書いたのが私の文章である」とお書きになっている。だから借りたのではないかな、という気もしますけれど、分からないのです。とにかく、勝本さんはそういう資料を踏まえて、「福田さんの書いた本は良い研究ではある。しかし、『初蛙』は良いが『我楽多文庫』は欠けている。これでは本当の意味での硯友社全体の研究にならない」と言うのです。

勝本さんはそう言って福田さんを叩いただけではなくて、次に「こういう初期の硯友社について研究を発表したのは、『明治文学史』の本間久雄氏である」と、今度は本間先生を取り上げた。本間久雄氏の東京堂版『明治文学史』、これは昭和九年に第一巻を出しまして、最後の第五巻は昭和三十九年にやっと完成したという、これもなかなか大変な、文字通りのライフワークでありました。この第一巻の一番最後の章に「我楽多文庫」という章があって、本間先生は色々硯友社について書いていらっしゃる。ところが、その本間先生の叙述を見ると、勝本さんはこう言うんです。「あれは、確かに『我楽多文庫』については筆写回覧本を含めて本物を見て書いている。が、丸岡九華の『初蛙』は見ていない」と。それから、「本間さんが『我楽多文庫』を見たのは結構なことである。現に『明治文学史』は写真版が入っていて、『我楽多文庫』の目次とか、本文の最初の所などが写真版で入っている。それをまた本間さんは丁寧に活字にもしている。だから間違いない」と。「ただし、本間先生は読み間違えた所が何カ所かある」、あれは余計だと思うのですけれど。そういうところを勝本さんはやっつけたわけですね。更に勝本さんは厳しくて、「本間さんは、昔、大正の終わりの関東大震災後、『早稲田文学』という雑誌を主宰していて、「明治文学号」というのを出された。この時に、丸岡九華に依頼して、硯友社の思い出話を何回も連載させた。あれが『初蛙』の抜粋だと思っている人もいるが、似ても似つかぬ真っ赤な嘘だ」と攻撃された。しかし、丸岡九華の名前で書いていますので、九華がそういうものを作ったのは事実です。こうして勝本さんは本間さんをやっつけたのです。

第三、最も酷いのは伊狩章という若手の研究者に対してです。伊狩章さんというのは、吉田精一さんのお弟子であります。当時、新進気鋭の研究者でありました。硯友社についても本を何冊か出されました。これについて勝本さんは「伊狩章に至っては、両方とも全く見ていない。両方とも見ていないで硯友社の研究が出来るか。もっての外だ」と言うのでした。

かくて、勝本さんにあうと片っ端から誰も彼も滅茶滅茶にやられて、「駄目だ駄目だ」ということになります。そんな中で「お前はよくやられなかったなあ」と私は言われそうであります。そうなのです。私は勝本さんに気に入られたわけではないのですよ。私が言われなかったのは何故かというと、私はその頃三重県にいたからです。東京にいなかったのです。だから勝本さんが攻撃していたあの時代は全く無関係で、先程申しましたように、その頃は三重県の田舎で、せっせと松阪の山奥まで通って『我楽多文庫』の非売本を写していたんです。まだ硯友社のそういうことをやる前の時代なんですけれども。だから助かったという意味ではないんですよ、そんなことはどうでもいいです。

かくして、どの方の研究も勝本さんに色々滅茶滅茶に攻撃された。福田さんはこの勝本批判というのが相当こたえられたのではないかな、と思うのです。聞いたわけではありませんよ。というのは、勝本さんのその批判が出た後、福田さんは立教大学教授をしておられましたが、その当時、先輩の教授に塩田良平さんがおられました。塩田さんはご自身樋口一葉研究で文学博士になられた方でありますが、塩田さんは福田さんに会うごとに「君、あの硯友社の研究を、もう少し手を入れて博士論文にしたらどうか」と、いつも奨められたという風に、私は聞いています。ところがいくら言われても、福田さんは「嫌だ」と言っている。「あんなもの、今更」と言って全部断られた、と聞いています。断られた一番根底には、勝本批判があったのではないかと思いますね。

勝本さんという人はかなり辛辣で、福田先生の場合や今の本間先生とか、そういう時はそうでもないのですが、北村透谷の研究の時は、透谷の研究もされている笹淵友一先生、この場合は名指しで「笹淵は泥棒だ」というようなことをはっきり書いている。非常に痛烈だったんですね。面白いところもあったのですけれども、またかなりそういう酷いことを言う人だった。

最近では、私はその後もう長いこと、勝本さんを忘れていましたが、今年の冬でしたか、岩波文庫が、無類の本好きであり近世学芸史に詳しい人々でありますす森銑三、柴田宵曲の二人が書いた『書物』という珍しい本を出しました。その森さんの『書物』という文庫を読んでいたら、その中に懐かしくも勝本清一郎が出てきたのですね。

何かというと、これは森さんの文章の中にあるものです。森さんは本好きで本をたくさん集めて持っていたのですが、勝本さんに会ったときに、博文館から出ている『少年文学』、これはこの福田文庫にもあります。明治時代に出たシリーズです。第一巻が巌谷小波の『黄金丸』から始まって、なかなか大変な当時のベストセラーであり、良いものですね。森さんは「私はあれは全部持っているが、同じ博文館から出た、『少年文学』よりもうひとつ年下向けの『幼年文学』の方は見たことがない。だから、『少年文学』よりもうちょっと薄いものなのだが、『幼年文学』の第一巻、尾崎紅葉作の『鬼桃太郎』は未だに見たことがない。残念だ。勝本さん、あなたは紅葉について詳しいが、お持ちでしょうね」と言ったら、勝本さんはあっさり「はい、持っていますよ。それでは、この次お会いするときには持ってきて、お目に掛けましょう」と言った。それで期待していたら本当に、次に会ったときに勝本さんはさっと出して「森さん、これですよ、紅葉の『鬼桃太郎』は」。そしたら、これがまるで、「手の切れるような札」と言う言い方がありますが、倉庫から出したばかりのような、新刊早々みたいな、そういう実にきれいな『鬼桃太郎』だった。それで森さんも驚いて「さすがは勝本さんだ」と感心したんです。それで勝本さんも「どうですか。よろしければどうぞお持ち下さい」と。それで止めておけば勝本さんも株が上がったのでしょうけれど、残念ながら勝本さんはその後一言、「今残っている紅葉の本の中では、その『鬼桃太郎』というのは一番手に入れやすい本ですよ」と、そんな馬鹿なことを言った。馬鹿なことと言ってはなんですが。そんなものは何も大したものではないんだ、と言ったのですね。しかし、勝本さんの目から見ると、その位なんでもなかったのです。

ところがこれは、この時期になると私も東京に来ていましたから知っていますが、『鬼桃太郎』はそう簡単には無かったのです。『少年文学』の『黄金丸』とは違うんですよ。あまり無かったのです。私もある時期は、その『鬼桃太郎』を手に入れようとしてあちこち古書店へも行きました。色々なことをやったのですがなかなか無かったですね。

そういう記憶があるのですが勝本さんという人はそういう言い方をするのですね。そういうことを言うと、私は勝本さんの悪口を言うためにここへ来たみたいですが、勝本さんにはそういう面もあった、ということですね。とっても良いところもあるのですよ。

というのは、その後です。これは昭和三十年代に入ってからか、と思います。近代文学会の中で色々改革案が出まして、本間久雄先生を会長とする従来のシステムをやめて中の仕組みを変え、その頃近代文学会の中心に大体置かれつつあった教育大学の吉田精一先生、早稲田大学の稲垣達郎先生、東大の成瀬正勝先生、そしてもう一人、前からやはり近代文学会を支えてこられた勝本清一郎さん、この四人の中堅の学者を中心にして、近代文学会の幅をもっと広げていこうという風にしていったんですね。

今挙げました吉田さん、稲垣さん、成瀬さんという人々は皆、ちゃんと東大なり教育大なりに、お弟子さんがたくさんいるのですよ。だから、何かやろうと言ったら弟子たちが来るから、弟子を使って色々出来るのです。勝本さんは当時東京都立大学の大学院で、非常勤講師で週に一回、たった一コマ教えていたんです。都立大と勝本さんは何も関係ない。勝本さんは慶應義塾大学の出身であります。それで、簡単に言うと弟子がいないんです。だから勝本さんがいくら偉くても、弟子がいないと自分で何でもやらなければならない。それを見た吉田精一さんから、吉田さんも自分の所にたくさん弟子がいるのだから「僕の所のあれを貸すよ」と言えばいいのですよ、でもそう思わなかったと見えて、「岡君、君どうだ。君も暇だし、紅葉をやっているから勝本さんの所へ行けば良いだろう」と、お手伝いを命ぜられた。それで、仕方がないので勝本さんの所へ行った。大体のことは電話で話せば済みましたけれども、色々勝本さんに接触する機会が多くなったんです。

それからですね、私と勝本さんが親しくなったのは。勝本さんはかつて見ていたのとは違っていい人で、若手のことも考えて色々やってくれる良い方だというのは分かりました。良い人ですけれども、ちょっと言っては悪いですけれども、単純というかちょっと無邪気なんですね。子どもが大事なものを持っていると見せびらかす、みたいな。

みんなが「北村透谷の『楚囚之詩』、あれを持っているのは誰だ、やっぱり勝本さんだろう」と言うと、そうなんですね、勝本さんはちゃんと持っている。そこまではいいですね。ところがその時にどこかで「ああ、あれ、本郷の東大前の古本屋でまた一冊出たそうだ」、それを聞いたら勝本さんはいの一番に車で駆けつけて行って、それを買って、買ってどうしたかというと、古本屋の店先で火を点けて、ぼーっ！　と燃やしてしまった。「これで俺が持っている天下ただ一品だ」。そういうことをやったという説がある。あれは嘘です。嘘ですが、つまり勝本さんというとそういう風に思われてしまう。ある意味で、非常に無邪気な人ですね。

もう一つ言えば、これはご存知の方が多いでしょうが、徳田秋声最後の傑作、『縮図』もありますから最後ではありませんけれども、『仮装人物』という小説の中に出てくる重要人物が、若き日の勝本清一郎であります。勝本さんは良い人なのですけれども、そういうことがあったのですね。

仕事を介してお付き合いが出来るようになってから、私はだんだん分かってきて、良い方だと思うようになりました。けれども、困ったことに仕事の打ち合わせが出来ないんです。他の先生方は大学へ行けば良い。大学の研究室にちゃんと部屋を持っている。そこへ行けばいいのです。勝本さんは研究室がないのです。どうしたかというと、勝本先生は当時ユネスコの事務局長か何かしておられた。それで、ユネスコの事務局というのはどこにあったかと言いますと、ＪＲ山手線有楽町駅を降りまして、朝日新聞の方へ行かないで反対の方、皇居の方へちょっと来るのですが、当時プラネタリウムがあった毎日新聞があり、その毎日の隣に、大日本製糖とか何とか……忘れましたけれどもお砂糖を作っている日本糖業会館という建物があって、それの五階だか六階だか一番上の方でしたね、そこに勝本さんはちっちゃい部屋をもらっていました。そこへ行って話をするのです。

勝本さんは私などに気を遣ってくれて、「いや、岡さん。どうもご苦労さまでしたね。大体その位で良いのではないですか、ちょっと休みましょう、コーヒーでも飲みませんか」と。隣に喫茶室があって、そこへ連れていくのです。まだあれは昭和二十九年頃でしたね、未だ物があまり無い時分です。そこへ、のこのことついていきましたら、お砂糖屋さんがやっている建物だけあって、その喫茶室は各テーブルに角砂糖がいっぱい置いてあるのです。私はそれをポケットに入れたわけではありませんよ。勝本さんは「どうですどうです」と勧めるわけです。コーヒーを取り、ご馳走になる。コーヒーが来た。こっちは、「こんな機会だから」と角砂糖を三つくらい入れる。ところが、見ていたら勝本さんは一つも角砂糖を入れないのですよ。「ああ、やっぱり偉いものだなあ。糖業会館にいるとこうなるか」と、私は感心していたのです。「先生はどうして入れないのですか」と聞いたら「いやあ、君、ぼくは糖尿病なのだよ」。それでがっかりしてしまいました。しかし、「若い人にお茶でもご馳走するか」という気を遣う人でありました。

今度は写生文の方へ移ります。写生文の方でのまとまった本としての一番最初のお仕事は、先程申しました『俳人石井露月の生涯』です。これは小さい本ですけれども、私は非常に大事な本だと思います。この本が出るまで、ほとんどの人は「石井露月」という俳人の名前も知らないのが大部分でした。まして彼が明治時代、「ホトトギス」の正岡子規の愛弟子であり、子規をあっと言わせるような新傾向の俳句を作った、子規も期待していた人であるなどとは知られていなかった。ところが、本業がお医者さんで、医学を研究し、京都まで行って医術を磨いて、すぐに故郷の秋田へ帰ってしまうわけです。そして秋田でお医者さんとしての仕事をする。お医者さんの仕事をするというだけでなくて、先程も言いましたが、秋田の山奥なので文化的に非常に後れていたため、露月は自分でお金を出して、村の小学校の隣に簡単な図書室を作って自分の持っている蔵書を六、〇〇〇冊全部寄贈したのです。そして、「これを村の青少年に読ませて欲しい、使ってくれ」と言った。勿論それだけでは足りませんし、後を補充しなければなりません。友達に手紙を出しては「寄付してくれないか」という風にして本を集めた。偉いものなのです。大変な努力なのです。

福田さんが秋田へいらしたことがあるからでもあるのですが、この本はその努力の跡を非常に細かく調べてそれを土台にして書かれた伝記なのです。伝記小説ではないのです。伝記小説といいますと、去年ここでお話しになりました栗林秀雄さんが取り上げられた『国木田独歩』というのがあります。『国木田独歩』は確かに伝記小説で、福田さんご自身も「伝記小説」と言っておられます。が、『俳人石井露月の生涯』は伝記であります。伝記ですが、淡々と書いているようで非常に良いものだと、私は考えています。

このやり方が次の『写生文派の研究』に行くわけです。『写生文派の研究』というのはA５判の堂々たる本で、先程申しましたように本格的な研究書なのですが、この中がやはり正岡子規と高浜虚子から始まって「ホトトギス」系統あるいは「アララギ」の系統になるわけですが、俳人と歌人の写生文を書いた人々を、ずーっと系列を追って追究して書いている研究書であります。その書き方が、いわゆる列伝体というものですね。私はこういう場合、列伝体で書くのが一番だと思うのです。これを、特定の人にだけ焦点を絞って後はその他大勢だという、それの付属品みたいにして書くやり方もありますけれども、それはやはり好ましくない。福田さんが広く目配りをなさってそういう形で書いたのは非常に良いと私は思っています。勿論その中で自ずと大事な人とそれ程でない人がありまして、大事な人として挙げられるのは、やはり虚子です。虚子については、後に福田さんは毎日新聞社の『虚子全集』の編集委員も務められました。また虚子を非常に尊敬しておられたことは事実です。これは非常に大事です。その他は主として俳人の系統で、事実、福田さんは作品について、「坂本四方太や村上鬼城というような、どちらかというと今まで忘れられていたような俳人たちの写生文がある。しかもそれは良いものだ」ということを述べておられます。これはなかなか良い本です。客観的な叙述で、これも非常に優れた良い本だと私は考えています。

ところが今日、その福田さんの『写生文派の研究』というのはあまり評価されていません。何故か。私はここで思うのですね。我々の人生、「あいつはついている、運が良い」とか、あるいは「不幸だったなあ、不運だったなあ」とか、色々なことを言いますが、人生に運不運というものがあることは事実ですけれども、私は書物にもやっぱり、運のいい本もあれば不運な本もあると思います。福田さんの『写生文派の研究』はまさに後者の方だと思うのです。というのは、先程申しましたように、この本は昭和四十七年に出たのですが、翌年の昭和四十八年に、東北大学の国文学者である北住敏夫さんの『写生俳句及び写生文の研究』という本が出ました。これがまた不思議なことに福田先生の本と同じ明治書院なのです。同じ本屋さんから同じような題名の本が出て、厚さから言うと、福田さんの本の倍はないのですが一・五倍くらいの厚さがある。がっちりした本なのですね。大体、日本人は外から見た権威に弱いのです。

更に、それが出ただけではないのです。北住さんのその本が出て間もなく、『写生派歌人の研究』というのがこれまた明治書院から出た。同時に、角川書店から北住さんの著書『写生説の研究』も出たのです。全部これが昭和四十八年に、だーっと出たのです。三冊出た。そして北住さんは序文に「これで私の写生派研究三部作は一応完成した」という風に書かれた。立派な本であります。それでどうなったか。学士院賞をもらった。そうすると、明治書院に限りませんけれどああいう出版社は、何とか賞をもらうと嬉しがって広告を盛んにするのです。見たところ確かに重厚でいかにも中身のしっかりした良い本のように見えますので……。「見えますので」というと中身がそうでないようですけれどもそうではないのですよ、中身も良いのですよ。けれどもそういう本が出たものですから、簡単に言うと読者はみんなそっちへ行ってしまったんですね。

ただ、これは系統から言うと全然違うのですよ。というのは、福田さんは、「石井露月から始まって」と私が申しましたように、元は俳句、俳諧なのです。虚子、子規、碧梧桐、そちらから来ているのです。北住さんはそうではないのです、短歌から来ている。北住さんというのは元々万葉集の専門家です。万葉の写生の歌を研究されたのが最初です。そのうちに斎藤茂吉の写生（実相観入）の方へ行かれた。そして短歌からだんだん広げていって写生文に到達したのです。行き方が全然違うのですね。従って私は、これは両方ともそれぞれ大事なものだと思うのですが、世間の人は気が短いものですから「ああそうか、北住さんの本を読めばそれで済むのだ」などと思ってしまう奴がいた。かくして、北住さんの本だけ注目されて、福田先生の本は二の次に扱われた。これは非常に残念なことだと私は思っています。

そういう風な経緯がありましたが、しかし、この本も福田先生の近代文学研究として逃すことは出来ません。ところが、福田先生はその後なお長生きなさいまして、九十歳までお仕事を続けていかれました。もっとも九十歳まで書いていらしたかどうか、それは知りませんけれども、とにかく偉いものです。

晩年の研究書というのは、私は聞いたことがありません。論文もあまり無いように思います。晩年、福田先生が一番関心を持って色々となさったのは、一つは俳句であると思います。もう一つは俳句についての随筆であります。同じようなものといえば同じようなものですが。それからもう一つ、これは展示へ出して下さいとお願いしたのですが、『日暦《にちれき》』という雑誌があるのですね。ひごよみ、カレンダーです。

この雑誌は、中心人物は福田さんではなくて、もう亡くなられました渋川驍さんです。福田先生は成田西ですが、渋川さんもまたどういう訳か杉並区成田東五丁目にお住まいでした。この方も出身は九州で、福田さんが旧制福岡高校、渋川さんは旧制佐賀高校の出身です。東大へ行かれたのも同じです。ただし国文科と倫理学科ですから全然違います。渋川さんは福田さんより一つ年下なのですが、昭和八年頃、友達と一緒に『日暦』という雑誌を創刊されました。『日暦』の中心人物は、先程言いました高見順と新田潤です。この時、福田さんは先輩なので入っておりませんし、福田さんは『新思潮』から文学活動を始めたので関係はありません。『日暦』というのは戦争前夜の雑誌で、苦労し苦心惨憺してやっておられたのですけれども、結局は戦争中どうにもしょうがなくて行き詰まって潰れてしまいました。敗戦後、渋川さんが中心でまた出ることになりました。続いてきたのですが、八十四号（平成元年十二月二十日刊行）で終刊号となって、ついに廃刊となりました。

この終刊号に福田さんは「曼珠沙華」という随筆を書いておられます。それは副題があって「妻の埋骨式の旅」と書いてある。奥様、藤枝夫人のお骨を埋めるために郷里へ帰られる、その旅行を書いたものであります。これを書かれたとき福田さんは八十五歳でした。しかし、八十五歳でもこういう文章を書いておられる。やっぱりさすがにうまいものです。

文学研究の土台はその人、研究者がまず第一ですが、その研究者が経済学者や法律学者や何とか学者ではなく、まず何よりも文学者でなければ、本当の意味での優れた文学研究の論文は出来ないのではないかと、私は思うのです。書いても悪くはないのですけれども。

研究でも論文でも何でもないものですけれども、福田さんの晩年にお書きになったそういう随筆類を読みますと、何よりも「文学者、福田清人」が良く出ています。福田さんの魂というか、それはどんな短い文にも脈々として流れています。そこにやっぱり「他の人とは違うなあ。福田さんの書かれたものだなあ」という、そういう風な気がいたします。それは俳句の方に、いかにも福田さんらしい俳句がいくつも残されているのと同じです。晩年のお仕事で私が一番愛惜しているのは、晩年書かれた何冊かの句集であります。良いものが非常に多いのですね。これは専門の俳人とは違うのですけれども、違うから却って味わいがあるというか、「人間、文学者、福田清人」が良く出ている。私はそれを読むのが楽しみです。そういう意味で、福田先生九十年の生涯は色々ありましたけれども、「文学者、福田清人」として一貫してこられた。これはやっぱり見事であり、それで完結している。こういう文学研究者は、これから先はだんだん望めなくなってきているのではないか。あの時代だから、なのですね。これから先、その点私はいささか悲観的であります。

しかし今日私は、おかげさまでこういう機会を与えられまして、久しぶりに福田先生の書かれたものを読んで、私としては大変懐かしく嬉しいことでした。その気持ちを皆様にお伝えしたかったわけです。本日はどうもありがとうございました。

（第九回、一九九八年一一月三日）

伊藤整と福田清人

曾根博義

今日は、こういうところにお招きをいただきまして、「伊藤整と福田清人」というテーマでお話しさせていただくことを、大変光栄に存じます。

ご紹介いただきましたように、私は、伊藤整に関して、若い頃からかれこれもう三十年間くらいでしょうか、色々調べたり書いたりして参りましたが、福田先生については、まとまったものは書いたり話したりしたことがございません。今日が初めてでございます。けれども、伊藤整がらみで触れさせていただいたりしたことは何度かございます。今日は福田先生の側から、あるいは伊藤整の側から、二人の関係ということでお話しさせていただけるということです。

昨日、一昨日と、家にある資料を色々探しまして、資料だけは用意してコピーを取ったりして持って参りましたが、さてどういうお話をしたらいいか、まだほとんど考えておりませんので、雑談になると思いますけれども、お許しいただきたいと思います。

私が伊藤整についてまとまったものを最初に本にしましたのは、二十年以上前のことになります。昭和五十二（一九七七）年に『伝記　伊藤整』という書き下ろしの本を出しました。その本を書くために、福田さん――失礼ですけれども、私は福田先生のお教えを直接受けた者ではないものですから、伊藤整だけ呼び捨てにして、「福田清人先生」と言うわけにもいきません。どちらからも直接教えを受けていませんので、以下、「さん」呼ばわりさせていただきます。お許し願いたいと思います。――福田清人さんのお話をどうしてもお伺いしたいと思いました。それで、本を出す前後に何度かお会いしまして、伊藤整がらみでお話を聞く機会がございました。その辺りからお話ししたいと思います。

これは後から詳しく申し上げますけれども、福田清人と伊藤整の接点は四つか五つございます。重要な接点の一つは、お二人とも戦前の日大芸術科の講師であったということです。そしてそこで、昭和初年代から十年代――戦争中までですね――、文学青年だった学生たちに創作を教えて、その人たちが当時あるいは戦後になって、作家になったり、あるいは作家にはならないまでも生涯ずっと小説をお書きになっていらしたりする。そういう日大芸術科の教え子さんたちが、福田、伊藤というかつての恩師たちを、戦後もずっと陰で支えてきていたのですね。そして伊藤整は、一九六九（昭和四十四）年、六十四歳で先に亡くなりますが、その後も毎年のように、伊藤整の命日の十一月十五日に、教え子たちが中心になって、伊藤整の処女詩集『雪明りの路』に因んで「雪明りの会」と名付けた追悼の会をやっておりました。私も本を出す前から色々調べたり書いたりしていたものですから、伊藤整に関心がある者だということで、その方たちにお近づきを得まして、「雪明りの会」にお招きを受けるようになっていたのです。一番最初の会の時から出ていたと思います。最初は中野の「ホトトギス」あたりで開かれていたのではないかと記憶していますが、はっきりしません。色々会場を変えて、かなり長くまで続きました。今はございませんが、十年以上続いたのではないでしょうか。その会に、福田清人さんや瀬沼茂樹さんはじめ、昔から同じ文学を志して同人雑誌を一緒にやってきた人たち、戦後になって色々な方面でご活躍なさった方々がたくさん出席しておられました。三回忌や七回忌というような年は比較的大きな会を催していましたけれども、そうでない時には、そんなに人数は多くなくて、その代わりじっくりお話が聞けました。

これは、昨日調べてきたことですから正確な事実ですが、本を出す二年前、昭和五十年十一月十五日の「雪明りの会」のときに、お顔はその前からずっと色々な会で拝見していたのですけれども、それまで活字を通してしか知らなかった福田さんに初めてお話を伺いました。私の方で自己紹介した後、昔の話をお聞きしたいので改めてお宅にお伺いしたい、というようなことを申し上げたのだと思います。その直後に、浜田山のお宅に伺って、ちょっとお話を聞いたことがございました。

それから、これは当時のメモを見て思い出したことですが、その少し後で、ここのすぐそばの吉祥寺に、福田さんや伊藤さんと戦前から親しいお付き合いがあった、北海道時代の伊藤整の友人である田居尚さんが長年住んでいらっしゃいました。なかなか事業の才のある方で、戦後、成功なさった。お宅は三鷹の太宰治が昔住んでいた辺りにあったのですが、吉祥寺の駅前に、雪印乳業と提携して「雪ビル」という大きなビルを建てまして、そのビルの上の階を利用して、文学講座みたいなのを始めたことがあるのです。そこに知り合いの福田さんが来て話をした。私も、会の知らせをいただいて聞きに行ったのか話しに行ったのか、くわしいことは忘れましたけれども、とにかくそこで福田さんに会った。ビルの一階に「雪印」の「雪」から名前を取った「Snow」という喫茶店がありました。今はどうなっていますかね、昭和五十年頃の話です。息子さん一家が三鷹のお宅にいらっしゃるようですけれども、もう、田居さんもだいぶ前に亡くなりましたし、どうなりましたか。その雪ビルで、たまたま福田さんが時間があいているというので、色々昔の話をインタビューのようにしてお聞きしたこともありました。その時のメモが残っております。

さらに、私が『伝記　伊藤整』という本を出したとき、勿論福田先生にもお送りしたのですが、それに対してお手紙をいただきました。そのあとも『伝記　伊藤整』に書けなかったことでもう少し知りたいことがたくさんあったものですから、色々しつこくお尋ねしました。

それからしばらくお目に掛からなかったのですけれども、福田先生のご様子は日大芸術科での教え子さんたちから常々伺っていました。小山耕二路さん、横山敏司さん、野崎正郎さん、奥野数美さん、岡本芳雄さん、一番の親分は岩波健一さん。そういう方々が、皆さん六十歳を過ぎてから、同人雑誌をやり始めたのですね。初めは『疎林《そりん》』という誌名でしたが、間もなく改題して『遡河《そか》』になりました。そして私も前から同人の皆さんと親しくさせていただいていたものですから、雑誌をお送りいただくだけではなくて、たまには書かせていただいたりもしたのですね。「雪明りの会」の幹事をやって下さっていた共同通信の堀川譚（本名・高橋義樹）さんもその周辺にいらっしゃいました。そういう方々とずっとお会いしていまして、伊藤整さんの話、福田先生の話を聞いていたのです。

ところが皆さんもうずいぶんお年でしたので、一人欠け二人欠け、という風になっていきましてね。確か一番最初に亡くなったのが堀川譚さんでした。お亡くなりになったときに、私も何か『遡河』に書かせていただいたと思います。

『遡河』の皆さんは戦前の日大芸術科の出身あるいは中退です。卒業していない人が多いのではなかったでしょうか。勉強よりも小説ということですから。しかし、六十過ぎになってからまだ創作意欲を失わない、いわゆる文学青年たちというのは、一般の人から見ると異様でしょうけれども、私などは非常に興味があります。私たちの頃は文学青年というのは、もうあまりいなくなっていた。今は文学青年という言葉すら聞かない程になりましたけれども、私などと同年代ではまだちらほらいましたね。しかし戦前の文学青年というのは、ちょっと違うのですね。一生小説を書くことから離れられない。そういう方々は大変話が面白いし、人間として面白い。

一人欠け二人欠け、堀川さんの次が親分であった岩波健一さん。岩波さんは茨城県で『常陽新聞』という地方紙の社長をしておられて、ペンネームは「碧羅健治《へきらけんじ》」という難しい字を書きました。小説を書いてもエッセイを書いても非常にうまい。岩波さんという人は伊藤整・福田清人両先生に習って、習いながら自分が二人を引っ張って、二人の本や雑誌を出したりするような才覚のある人だった。そして小説も良い小説を書いておりまして、若い頃書いたものも年を取ってから書いたものも、大変感心いたしました。

その岩波健一さんが亡くなって、という風に段々欠けていく。そうすると、年二回くらいは出さないと雑誌の格好が付かないけれど、四、五人で年二冊、雑誌の原稿を埋めるのは大変なのですね。そこでどなたが考えたか、もう少し若い人を入れようということになって、伊藤整のご子息の伊藤礼さんと私に声をかけて下さったのです。

私など、伊藤整さんとは生前、亡くなる直前に一度会って、一言二言言葉を交わしただけです。それも神田の同和病院というところで、たまたま次男の伊藤礼さんに「曾根さん、会っておいた方がいいよ」と言われて連れて行かれたのです。その時は、まさかすぐにお亡くなりになるとは思ってもいませんでした。伊藤礼さんとはそのちょっと前に日大芸術学部の講師室で初めてお目にかかっていました。礼さんは私が伊藤整の研究をやっていることをご存知だったものですから、神田の古本屋街でばったり出会ったとき、「病院が近くだから、曾根さん、親父に会っておいた方がいいよ」ということで、同和病院に連れて行って下さったのです。あわてましたが、向こうも突然ですからね、さぞご迷惑だったでしょう。病室に案内されて礼さんが紹介してくれても、何て言っていいのかわからず、ただ黙って頭を下げていました。伊藤整さんは寝たまま足元のテレビで大鵬の相撲を見ていました。この時、父親の命はあとわずかだということを礼さんは知っていて、私を病院に連れて行って下さったのですね。あとで有り難いことだったと思いました。伊藤整さんが亡くなったのはその四ヵ月後のことでした。

その伊藤礼さんという人がやはり物を書くのが好きな人で、大変面白い方です。ちょっとユーモアが効きすぎて人に迷惑が掛かるようなことや、あるいは女性の反感を買うようなことも時々書きますけれども、大変達筆でいらっしゃいます。もしかしたら伊藤整以上かも分からない。伊藤整という人は小説はあまりうまくない人で、礼さんの方がうまいのではないかと思ったりします。小説的なエッセイが得意で、小説を書け、小説を書けって言うんですが、なかなか書かない。今でもエッセイあるいは専門の翻訳が主で、最初から小説と銘打ったものはお書きにならない。

その伊藤礼さんと私の二人が、途中から『遡河』という雑誌に入れていただくことになったのですね。それからもまた一人欠け二人欠け、という風に同人が亡くなっていきまして、最後に、岡本芳雄さんが亡くなられた。岡本さんは何度も戦争に取られて大変苦労されたあと、戦後は細川書店という本屋を始めて大変良い本を出した。戦争の恨みつらみを書くことだけを生き甲斐のようにして、戦後を生きた人ですね。戦争中に書いた戦争小説をまた直したりして『遡河』に載せていました。その岡本芳雄さんも三年くらい前にお亡くなりになりまして、小山耕二路さん、奥野数美さん、伊藤礼さん、私の四人だけになってしまいました。それで二年ほど前に、岡本さんの追悼号を出して『遡河』の終刊号ということにしました。

その『遡河』を通じて、福田さんのその後のご様子はお伺いししていました。福田さんの所に『遡河』は毎号届けられていたようです。

私は同人に加わりましてから、大体他に書けることがないということもありますけれども、「伊藤整とその周辺」みたいなことを、論文でもないしエッセイでもないし、何か訳の分からない形で、一段組みのゆったりした贅沢な誌面に、本当に楽しく書かせていただきました。ほとんど毎号書いておりました。

『伝記　伊藤整』に書き漏らしたこと、特に昭和初年に伊藤整が上京して『文藝レビュー』という雑誌を出し始め、福田さんがそこにお加わりになった、その辺りのことを、もう少し調べておきたいと思ったものですから、その辺りのことについて改めて詳しく調べた。その時福田さんのお書きになったものが、途中で大変役に立ちました。

伊藤整は、ご承知のように昭和三年に上京しまして、四、五年から文学活動をやり始めます。『文藝レビュー』は昭和四年に出すのですが、最初に作家として認められたのが、お配りした対照年譜にも書いておきましたけれども、昭和五年五月号の『文藝レビュー』に載せた「感情細胞の断面」という短編だったのですね。これは、恋愛の三角関係みたいなものを書いた小説です。フロイトの精神分析をじかに露骨に小説に取り入れたような、斬新といえば斬新、実験的といえば実験的な短編です。しかも文体は、カタカナと漢字の日記が中心になっておりまして、当時はそういう新しいことをやることが流行っていましたから注目されました。川端康成が『新潮』で、「この新しさは危険がある」と、ベタ褒めではないながらも、「特許を出されたみたいなものだ。その新しさを自分は買う」「新しい手法である。医者のカルテみたいなものだ。それを小説にしたというのは伊藤君の発明だ」というような批評をしたのですね。それで文壇に出るわけです。

伊藤整は上京後フロイトの精神分析を勉強して、それを文学に持ち込む。人間の深層、意識、内面などに関心があり、それを従来の心理小説とは違う書き方で書こうとしたわけです。フロイトだけではなく、プルーストやジョイスなど、文学の中でも人間の深層心理や無意識を書くということが外国でも盛んに行われるようになっていましたが、そういった二十世紀の新しい文学を取り入れて、評論と創作の両面から日本の新しい文学を創ろうという大野心を持ったのが、伊藤整のスタートだったわけですね。

ジョイスの『ユリシーズ』という、翻訳しても大変難解、あるいは翻訳するとますます難解になる長い小説を、東大英文を出たばかりの永松定、東大仏文の辻野久憲、小樽高商で外国語が得意だったけれども、今の一橋大学を卒業しないで中退してしまった伊藤整、全員二十代のその三人が訳して、ちょうど福田さんのいらした第一書房から前後編二巻にして出すという大冒険をやり始めるわけです。

フロイトやジョイス、人間の深層心理や精神分析などに伊藤整が関心を持ったということは、これは単に伊藤整個人の問題ではなくて、昭和初年というその時代の問題として考えなければならない、と私は思いました。特にフロイトに関しては、昭和初年に、二種類のフロイト全集（アルス版、春陽堂版）が同時に並行的に出ていました。昭和四、五年頃というのは、それほどフロイトブーム、精神分析ブームの時代だったのですね。一方で、マルクス主義あるいはプロレタリア文学運動が全盛時代でしたけれども、そういうところに行かない人たちはフロイトを読んでいたのですね。フロイトを読みながら、密かにマルクスに対抗しようとしていた。

そういうようなことが分かってきたものですから、少し時代を遡って、いつ頃からどういう関心で、日本人はフロイトや精神分析を受け入れるようになったのか、といったことを考えてみたいと思って、明治・大正期に遡りまして資料的に色々と調べて、それを二、三回『遡河』に書きました。文献的には調べたことをなるべくたくさん書くようにしましたが、あまり論文めかさないで、エッセイみたいにして書きました。昭和六十一（一九八六）年三月、『遡河』十九号に一回目を、「フロイト受容の地層—大正期の無意識—」というちょっと気障なタイトルで発表しました。そうしましたら、本当に思いがけないことに、私の所に、福田さんからの葉書が届いたのですよ。昨日、その葉書を一生懸命探したのですが見つかりませんので、今日は、実は二十号にそのことがちょっと書いてありますので、それで思い出しながらお話しします。

恥ずかしいことにその前に、福田さんから聞いたことあるいはお書きになったことを利用して、伊藤整が上京してからのことを書いていた。福田さんはそれもお読みになっている。本当に恥ずかしいことだと思いました。いずれにしろ、この「フロイト受容の地層」を読んでくださって、「大変面白かった。しかし私の記憶によれば大正時代からフロイトを紹介していた大事な文献がある。それをあなたは見逃している」という感想をいただいたわけです。特に児童文学関係のフロイト紹介文献として、知る人は知っているでしょう、ユニークな民俗学者で最後は日本の神話や古事記について大変な業績を残した東大英文出身の松村武雄という人が、大正時代には童謡や童話、あるいは童話教育というものを盛んにおやりになっていて、それを婦人雑誌に書いたり、あるいは厚い本にしたりしていたのですね。その松村武雄の児童文学関係の文献の中にフロイトがいっぱいある、というようなことを、二冊も書名をあげてお教え下さったのです。私は今はこんな風に「松村武雄がこうだ」と話していますけれども、それまで松村武雄さんのことはフロイトと結びつけては全然知らなかったのですね。恥ずかしいことだと思いました。

「その二冊というのは、大正十二年に出た『童謡及童話の研究』（大阪毎日新聞社）、昭和四年に出た『童話教育新論』

（培風館）。前者は大正末期、福岡高校時代に国語教師の推奨してくれた本で、小冊子だが、フロイト学説で童話を分析しており、講演筆記、葉書を引用している。後者は松村博士が昭和初期に留学中、フロイト博士と面会、その対談記もあり、分厚い本で大著。」そう書いた葉書をくださったのです。

これには感激しました。今思い返しても、昭和六十一年ということは、その頃福田先生は八十歳を過ぎていらっしゃるのではないでしょうか。それを書名まであげて教えてくださったのです。それで、私は松村武雄について調べ始めました。仰るとおりでした。びっくりしたのは、昭和四年の『童話教育新論』という厚い本を見ましたら、福田先生が仰るように、フロイト博士の面会記、対談記というのがあるのです。ヨーロッパへ行ったとき、ウィーンまで訪ねていってフロイトに会っているのです。フロイトに会った日本人というのは、それ以前にも一人、二人いましたけれども、昭和初年のフロイト学者ではあまりいないのです。その貴重な一人で、しかも松村武雄はフロイト学説に一部疑問を持っていた。松村さんは非常に語学が達者だったようですけれども、英語の専門家ですからドイツ語はなかなか大変だったでしょう。それでも、自分の疑問をフロイト大先生の前で質問した。しかし自分の納得がいく答えは返ってこなかったと書いています。

これは凄い文献だなと思いまして、それをお教えくださった福田先生に大変感謝して、そしてそのことをまた『遡河』に書いた覚えがあります。

それから、伊藤整と違って福田先生は長生きされまして、伊藤整が亡くなってから二十五、六年くらいご健在でいらっしゃったのでしょうか。九十歳を過ぎてお亡くなりになったわけですが、『遡河』もほぼその頃まで続いていましたので、お読みくださっていたのではないかなと思います。

「伊藤整と福田清人」ということで、最初に「四つか五つの接点があるだろう」というお話をしました。一番大きな接点は、その教え子とのつながりも含めて、日大芸術科で講師をやっていたということですね。図書館で用意してくださった年譜と、私が後で付け加えさせていただいた、戦前に限って伊藤整とのつながりをちょっと詳しく書いた年譜と、お手もとに両方あると思いますが、その両方ご覧になっていただくと分かると思います。福田さんの方を見ると、「昭和七年九月、松原寛科長に招かれて日大芸術科講師となる」とありますね。

実はこの「松原寛科長」という人が、日大芸術科（現・日大芸術学部）を創立した人、生みの親と言っても良いのではないでしょうか。ですから芸術学部ではだいぶ前に、芸術学部の歴史とは別に、松原寛の業績を『松原寛』（松原寛伝刊行委員会編）という大きな本にして出しています。この松原寛という人は、専門が「文学にも関心のある哲学」だったのですね。詳しいことはちょっと調べてきませんでしたけれども、この人が実は、福田さんと同郷なんですね。長崎県大村、あの辺りのご出身だったと思います。その関係で、まず最初に、福田さんを日大芸術科に呼んだのですね。そういうつながりがあるのです。

伊藤整はちょっと遅れます。昭和九年になりますね。当時、日大芸術科には、当時の新感覚派の中堅の作家たちであった川端康成、横光利一、その後、ちょっと若い「新興芸術派」と呼ばれました浅原六朗、久野豊彦という作家たちが行っていました。他にもたくさんいらっしゃいますけれども、文学関係では、その後に福田、伊藤、永松定というような方々がいらっしゃいました。

勿論、今で言う非常勤講師、時間講師です。特に創作科には、専門の教員がいなかった。皆、講師なのですね。日大芸術学部には今でもそういう傾向があります。私も日大芸術学部で十年以上非常勤講師をやったことがございました。創作の演習をやったり、学生と一緒に小説を読んだり、学生が書いたものを見て、その後は酒を飲んで学生と同じ気分になって色々議論する。それが楽しくて、私の三十代は大体そのようなことばかりやっていました。福田さん、伊藤さんのお二人はまだ二十代後半から三十代そこそこ、元気もあったのですね。作家としては地位が安定していない時期でもあり、ちょっとそういうところに教えに行って学生と色々やり合ったり、というのも面白い時期だったのでしょう。そこで一生懸命になった。だから教え子たちも後についてきたのですね。とくに、福田、伊藤、永松の三人が熱心で、学生にも人気があったらしい。そういうところで講師同士も親しくなるということですね。日大芸術科というのが、一つの重要な接点です。

しかし、伊藤整と福田清人は、勿論それ以前から会っているわけです。大事なのは、前に出ました『文藝レビュー』という伊藤整たちが創刊した雑誌に、昭和五年から福田清人が加わったということです。

もう一つの接点としては、ちょうど二人が日大芸術科の講師になっていた頃、ここから遠くない和田本町のすぐ近く――今は立正佼成会の建物が色々ある辺り――に住んだということです。勿論、お二人とも結婚しておられまして、伊藤整の方には二人の子どもがいた。福田さんの方は子どもがいなかったようです。伊藤整と福田清人だけでなくて、少し後になって、大村中学での福田さんの後輩に当たる蒲池歓一さんや、プロレタリア作家、人民文庫の作家で、早く亡くなりました本庄陸男さんが、やはり和田本町に住む。そういうことで、近所でしょっちゅう行き来があったわけです。和田本町で近くに住んだということが、もう一つの接点となります。

それから、伊藤整が和田本町に住んでいた昭和十四年は、福田さんはもう浜田山に越してしまった頃と思いますが、段々日本が戦争に巻き込まれていくといいますか、満州事変から始まった大陸進出が太平洋戦争につながっていく時期でした。「支那事変」（日中戦争）は昭和十二年にもう既に始まっていましたし、十四年になると国策として、「文学者も、ためにならない文学などではなくて大陸を見て開拓精神を学べ」ということで、「大陸開拓文芸懇話会」という大変難しい名前の、国策の文芸団体というのが出来ます。福田さんは、それを作ったり経営したりするのに、かなりご尽力なさったようです。その「大陸開拓文芸懇話会」が出来ると、そこに一緒に入って、出来た直後の昭和十四年四月くらいからひと月あまり、福田さん、伊藤整、田村泰次郎、近藤春雄ほか数名で、満州北支を旅行するのですね。そういうことがありました。以上が戦前の接点の大きなものではないかと思います。

戦後になりますと、福田さんは戦前からおやりになっていました明治文学の研究、あるいは児童文学の方で大変大きなお仕事を残されました。伊藤整は、戦前はあまり売れなかったけれど、戦後になって『チャタレイ夫人の恋人』を訳しました。それに刑法の猥褻罪の嫌疑がかかるということで、昭和二十五年に起訴されて裁判になる。そしてその禍を福に転じて、一躍ベストセラー作家になります。「伊藤整ブーム」と言われるほど本が売れるようになる時期がありました。伊藤整は、今まで文壇の外にいたような地味な作家でしたけれども、昭和二十年代から三十年代にかけて、非常に派手な活躍をするようになります。しかもその忙しい時期に次々といい仕事をしました。

ですから、戦後は、かたや研究と児童文学、かたや裁判あるいは小説・評論の面で活躍するということで、少し距離が生まれます。ただ、伊藤整も戦後になって、単なる評論ではなくて、文壇や明治の文学についてちょっと調べて書きたいというような気持ちが段々起きてきたようです。ご承知のように昭和二十七年――ちょうどチャタレイ裁判で忙しかった頃ですが――から亡くなるまで延二十数年間、『群像』に「日本文壇史」という連載を致します。「日本文壇史」というのは、明治の初めからの日本の文壇を舞台にした物語です。物語ですけれども、色々な作家、研究者、学者が書いた厖大な文献や資料を調べて、事実は曲げずに、叙述のしかたを面白くして物語にしようとした作品です。そのために明治文学あるいは明治文壇のことを調べている間に、福田清人さんのおやりになったこと、あるいは今おやりになっていることに対して、初めて伊藤整は敬服して、偉いと思ったのではないかという風に思います。

「日本文壇史」は、伊藤整が亡くなった時、まだ明治四十四年までしか行っていませんでした。最初、二、三年で明治は終わると思っていた。明治十八から二十年頃の坪内逍遙から連載し始めたのですけれども、本にするときに「逍遙からでは明治の文壇は分からない」と思って、第一巻はほとんど書き下ろして、逍遙以前、文明開化まで遡って明治三年から書き始めているのですね。二十数年間、全部で一九四回、毎月のように『群像』に連載したのですけれども、明治三十年代後半から四十年代は、もうやたらに面白い話が多かった。「明治の終わりまでは書きたい」という風に思っていたらしいのですけれども、結局終わりまで書けなかった。明治四十三から四十四年で終わっているのですね。一番最後は「藤村の妻の死」です。藤村の妻・冬子さんが死んだのが明治四十三年ですよね。同年の大逆事件も含め、四十三〜四十四年で終わっているのです。伊藤整は昭和四十四年に亡くなりましたが、その半年前に『群像』の連載は終わります。その後、一橋時代の友人である瀬沼茂樹さんが、大正五年、漱石が亡くなるまでをお書きになった。そして、伊藤さんが書いた分が十八巻、瀬沼さんが書いた分が六巻、全部合わせて二十四巻の本になって出て、厖大な物語が出来ました。最初は売れなかったのですが、二、三年前に講談社文芸文庫に入ったら、伊藤整の本の中では大変よく売れた。今、伊藤整の本は、文庫本で読もうと思っても読めないですね。ほとんど無くなってしまいました。しかし『日本文壇史』だけは、大きな本屋さんに行けば文芸文庫でずらっと並んでいます。

文芸文庫版全二十四巻は一年前に完結したのですけれども、年内に『日本文壇史総索引』というのが同じ文庫で出ることになっています。総目次・総索引があると非常に便利なのですね。誰が何巻に出ているかがすぐ分かりますから。

伊藤整は忙しい中で、その『文壇史』を書いているときに、色々な専門家が書いたことを調べたわけですね。例えば子規の周辺を調べなければならないときは、福田さんの卒業論文である『硯友社の文學運動』は勿論、戦争直後に書かれた、秋田辺りのことから始まる詳しい伝記『俳人石井露月の生涯』等、本にまとまったものを読まなければならなかった。『硯友社の文學運動』については伊藤整も昭和九、十年くらいに書評にちょっと取り上げて書いています。勿論誉めていますが、ろくろく読まなかったし、読んでも分からなかったのではないかと思うのですね。しかし戦後、『文壇史』を書くために硯友社や紅葉の周辺について腰を落ち着けて調べてみたら、さすがにこれは「ちょっと見られない資料を見て書いている」ということがすぐ分かるのですね。それで、福田さんに敬意を表するようになった。

何故かよく分からないのですが、伊藤整は最後に、国木田独歩と徳富蘆花に関して異常な関心を持ちました。『文壇史』を離れて、独歩と蘆花について一冊何か書きたかったらしいですね。特に二人がキリスト教の信仰を持ったということと、ご存じのような二人の恋愛事件——蘆花の場合は、恋愛だけではなくて結婚してからの奥さんとの関係——等。

蘆花の日記を見ても、あるいは皆さんもよくご存じの中野好夫さんの評伝を見ても、徳富蘆花というのは、文学者としてはどうか分かりませんけれども、人間としては凄く面白い。こんなに面白くて、こんなに自分の記録を誠実に残している人も珍しい。

『文壇史』の中では、蘆花についてはそうでもありませんが、独歩についてはとても詳しいですね。色々なところに出てくる。今度出る『総索引』を見れば、独歩がほとんどどの巻にも出てくることがわかります。うんと小さい頃から出てきますし、明治四十一年に死にますけれども、死んでからも出てくるのですね。伊藤整が独歩に関心を持って調べ始めると、今度はまたそこで福田さんが色々お仕事をなさっていることがわかる。ということで、伊藤整が福田さんの研究者・国文学者としての仕事を初めて理解したのは、『文壇史』を書くようになってからではなかったかと思います。ところが『文壇史』は、連載の途中から、特に研究者や学者や評論家に悪口を言われました。「他人が発見して書いたことを、伊藤整はみんな無断で借用して書いている。こんな楽なことはないではないか」という文句だったらしいですね。伊藤整は最初は「誰それに拠れば、逍遙はこうであった」「福田清人に拠れば、石井露月はこうであった」と書こうとしたらしいのです。そうしたら『群像』の編集者——大久保房男さんという人で、今でもご健在で小説も書いておられます——が、「伊藤先生、これでは読む方は何か研究論文でも読んでいるような感じです。もう少し物語風に、それこそ『見てきたかのように嘘を言う』式の文体でお願いします。『何月何日、紅葉が銀座通りを歩いていると、向こうから誰それが来るのが見えた。』とか、そういう風に、見てきたかのように書いて下さい。

小説みたいに『誰それがこうした、ああした』と、『た』止めの文章を連ねて書いていただきたい。」そして大久保さんの言葉に従って書いてみると、面白くなって、次々に書けるのですね。最初のうちは小説風に書いたから、研究者や評論家は「自分が発見したことを小説にしてしまっている」と余計に文句を言う。途中から、伊藤整は連載の後に「今回に関してはこういう方々の仕事に御世話になった」と文献を挙げるようになったのですけれども、挙げない時期もあったのですね。本になっても、挙げ方が足りないというようなことがあって、人の褌でやったというような噂がささやかれたんですね。

近い友人だったのですが、実は福田さんも「自分の書いていることを利用してくれるのは良いのだけれど、自分の名前がどこにも出てこないのはけしからん」という風に思ったらしいのですね。伊藤整が亡くなってからも、その思いは消えなかったらしい。

伊藤整は悪口というか皮肉めいたことを言う人ですけれども、福田さんは君子みたいな人で、決して人の悪口を言う人ではありません。伊藤整についても福田さんは「こういうところにはびっくりした」とは書いていますけれども、「気に入らなかった」「喧嘩した」とは全然書いていない。まあ、喧嘩したことはなかったでしょうけれども。

ところが、伊藤整が死んでから、文庫内にも展示されている『噂』という雑誌が出まして、「亡くなった人について、みんなちょっと本音を言い合おうではないか」ということで座談会を企画したのですね。その第何回目かが伊藤整でした。そこに福田さんが運悪く出ているのです。他の出席者は、先程出た『群像』の編集者の大久保房男さん、大久保さんの次に同じく『群像』の編集者をやった中島和夫さん、それから教え子で共同通信にいた堀川譚さん。悪口はあまり言っていないのですけれども、最後の方で福田さんが「伊藤君は『文壇史』を書いて、あれでも活躍したからなあ」と言いながら、「ところが他人の調べたことを使って、石井露月のことについても全然断りがないのだからら。あれには腹が立った」というような意味のことを、福田さんには珍しく、伊藤整が亡くなってから座談会で言っているんですね。『文壇史』の話がちょっと長くなりましたけれども、『文壇史』というのはちょっと思いがけない二人の接点なのです。

しかしもっと大事な接点があります。戦前の雑誌『文藝レビュー』と「和田本町」です。お手元の対照年表をちょっとご覧下さい。お二人は生まれがたった二ヵ月しか違わないのですね。福田さんの方が上で、明治三十七年十一月二十九日、伊藤整は明治三十八年一月十七日。ほとんど同年齢であったと言っていいですね。ところが、生まれた所はそれこそ南の果てと北の果てで、一方は長崎、一方は北海道、ということです。伊藤整の場合は、生まれたのは松前の隣の、ほんとに小さな、今でも寂しい漁村です。育ったのは小樽のすぐ隣の村でした。本当は大学に行きたかったらしいのですが、家の都合で小樽高商を卒業して、すぐに新しく出来た中学校の国語と英語の先生になるのですね。ところが「どうしても自分は詩や文学に関心がある」というので、東京に行きたくてたまらない。ずっとこの田舎にいて埋もれたくないと思った。そこで、先生をしていた大正十五年に、もらったボーナスで詩集『雪明りの路』を自費出版するのですね。これは椎の木社という東京の出版社の名前になっていますが、実際には学校の同僚である友人の印刷屋でガッチャン、ガッチャン刷った非常に粗末な本です。それを百田宗治という詩人がやっていた東京の椎の木社の名前を借りて出す。それが最初の本なのです。最初は詩人なのです。

詩集が一部で評判になると、ますます東京に出たくてしょうがなくなる。大変兄弟が多い家の長男で、家も貧しくてお父さんも病気だというので上京を止められるのですけれども、それを振り切って上京してしまう。単に文学者になるために上京するというのでは周囲も納得してくれないので、東京商科大学（今の一橋大学）の試験を受けるわけですね。一回目は落ちる。二回目、昭和二年にやっと東京商大の試験に合格した。本当はそこで上京しても良いのですけれども、周囲の慰留にあって、小樽でもう一年間、教師を続けるのです。そして三年の四月に初めて教師を辞めて上京します。一橋の学生になるわけですね。そういう経歴です。

伊藤整の自伝小説『若い詩人の肖像』にも詳しく書かれていますが、小樽高商では、伊藤整の一級上に小林多喜二がおりました。小林多喜二も小樽高商を卒業するとすぐに、この間潰れました北海道拓殖銀行（拓銀）に入行した。拓銀と言えば、北海道の日銀みたいなものです。それが潰れてしまうのですから大変なことですけれども、小樽が栄えていた頃の拓銀というのは、エリートが行くところでした。小樽高商を卒業して拓銀に入るというのは大変なことだったんですね。小林多喜二はその拓銀に入ってマルクス主義運動をやったり、プロレタリア小説を書いたりするんですけれども、伊藤整より後れて昭和五年に上京します。ほんとうはもっと早く上京したくて、志賀直哉に手紙を出して小説を見てもらったり、蔵原惟人とつながりをつけたりしたのですが、ただ文学をやるために東京に行くというのは難しい。伊藤整と同じなのですよ。小樽高商を出た人がもっと上の大学に行くとなったらやはり一橋しかない。東大に入るわけにはいかないのですね。多喜二も確か、拓銀時代に二、三回一橋を受けている筈ですよ。ところが、落ちてしまうのです。それで行けなかった。

伊藤整は一生懸命勉強したのかどうか、とにかく二回目で受かるのです。小樽高商時代から伊藤整は小林多喜二をマークしていました。それはマルクス主義でマークしていたのではなくて、小説や文学をやっているということでですね。ところが、小林多喜二の方では伊藤整をほとんど相手にしていない。「一年下で、甘ったるい、つまらない詩を書いているのがいる」くらいにしか思っていなかった。伊藤整の方はひそかなライバル意識を持っていた。

先程、伊藤整が文壇にデビューしたのは「感情細胞の断面」によってだと言いました。「感情細胞の断面」というのはフロイトの精神分析を持ち出した小説です。当時の人がフロイトに熱中したのは、マルクスに対抗するためだとも申し上げましたけれども、伊藤整がフロイトの精神分析に深入りしたその背景には、マルクスの言っていることは正しいかもしれないが、自分はマルクス主義の実践運動をするだけの勇気はないという自分の立っている根拠、文学的に言えばプロレタリア文学には行かないモダニズム、芸術派としての理論的な根拠、支えが欲しかったからだと思います。それでフロイトへ行った。だから、「感情細胞の断面」他一連の精神分析小説を書いたのは、言ってみれば小林多喜二に対抗する意図もそこにこめられていたのではないかという風に、私は思います。

またちょっと話がそれましたが、昭和三年に上京してからそんな風にして文壇に出たわけです。一〇〇円以上の高給だった中学校の先生を辞めて上京したからには、何としてでも文壇に出なければならなかった。当時は帝大を卒業して三井・三菱の財閥会社に入っても初任給八〇円位が相場でした。昔の中学校の先生というのは、給料が大変良かったんですね。そこを辞めて東京へ出てきて、一橋の単なる学生になるのです。そのくらい背水の陣を敷いてきたのですから、「ここで何とかしてうまく文学者か作家にならなくては」ということで、小樽から出てきた友人たちとまず雑誌を出すことを考えました。

昭和四年三月に、同人雑誌だけれども紀伊國屋に置いても売れるような『文藝レビュー』という半商業雑誌を出すわけです。文庫内にも展示されていますけれども、これが『文藝レビュー』創刊号です。同人雑誌に見えますか？ちょっと薄いけれども、派手で目立つ雑誌ですね。こういうのを、まだ二十五歳、全然無名の伊藤整は出し始める。しかも、創刊号から高村光太郎、百田宗治、舟橋聖一といった、名のある人たちの作品を載せています。そういう大家の原稿をよくもらえたと思うのですが、実は葉書回答なのですね。アンケートです。例えば「去年の文壇で一番注目すべき作品は何でしたか」と往復葉書で質問状を出して、その回答を貰って全部載せてしまうんです。うまいやり方ですね。もちろん原稿料を払ったとは思えない。それからまた、菊池寛が『文藝春秋』を創刊したときのような堂々たる編集後記を書いていますね。「自分が読みたいと思う雑誌を作りたいと思って仕事をした」とか、大家気取りで書いているわけです。

これが、小樽から出てきた二十五歳の青年が、『若い詩人の肖像』にもよく出てくる川崎昇、小樽で金持ちの息子だった河原直一郎という友人たちと一緒に出した雑誌です。北海道から出てきたばかりですから、知り合いはほとんどいない。椎の木社の百田宗治、その周りにいた三好達治、北川冬彦あたりとは知り合っていましたけれども、他はほとんど知らない中で出したのですよ。伊藤整は、こういう冒険をやったわけですね。

実は、福田さんも間もなく『文藝レビュー』に飲み込まれてしまいました。福田さんの方の年譜を見てください。昭和四年に東京帝大国文学科を出ました。特に一高・東大を出た学生は、昔から『新思潮』という雑誌に関わっていました。第一次から断続的に何度も続いていまして、福田さんの頃には、年譜に最初に出ている雅川滉《つねかわひろし》（犬山城主であった成瀬正勝さんのペンネーム）、国文で一年上の深田久弥などが第九次をやっていたのですけれども、それがうまくいかないので潰してしまいました。そして、映画の方で活躍した一年下の小林勝、福田清人さんなどを新しく入れて、第十次をやろうという話が出ていたのです。『新思潮』も何号か文庫内に展示されていますが、第十次が出るのは、福田さんが卒業したちょっと後だったようです。それに加わるのですけれども、どうもその『新思潮』が思うようにいかない。雅川さんも深田久弥も他の雑誌に関わっていって、『新思潮』にあまり熱心でなかったからです。そこで、昔から『新思潮』というのは一高・東大というエリートが作る雑誌になっていたのですが、この十次では、中心が那須辰造、一戸務、福田清人さんなどのような一高出身者ではない人になってきたのです。

しかし、それでもやはりうまくいかない、盛り上がらない。そういう頃に、『文藝レビュー』の伊藤整から誘いがあったわけです。それについては福田さん自身が面白い話を書いています。文庫内に展示されていますけれども、戦後の昭和二十九年十一月号の『新潮』の「実名小説特集」のうちの「伊藤整」ですね。そこには、昭和四、五年に伊藤整から誘われて『文藝レビュー』の同人になった経緯が、小説的に語られています。

簡単に紹介しますと、こういうことです。当時伊藤整は、出来てまだ間もない夜間の商業学校、目白商業（今の目白学園）の講師をやっていました。日大の芸術科に行く前ですね。非常にお金に困ってますから、一回当たり映画館の入場料くらいの安い講師料をもらって、国語や英語だけではなくて地理や物理まで教えたという話です。「ほんとかな、伊藤整は数学には大変弱い人ではなかったかな」と思うのですが、とにかくそんな話です。

目白商業、今の目白学園は西武新宿線の中井という駅からちょっと歩いた高台にありますが、そこからの帰り、坂を下りてくるところに、「小林勝」という表札が掛かった家があった。「小林勝」という表札を見て伊藤整にはピンとくるものがあった。『新思潮』の同人の一人に、小林勝という人がいたのです。そうして「もしかしたら、これは『新思潮』の小林勝の家かもしれない」と思った。「もしそうだったら、『新思潮』には小林勝、那須辰造、福田清人などなかなか小説が書ける者もいるから、ひっくるめて『文藝レビュー』に誘ってしまおう」と考えたんですね。それで、ある日、学校の行きか帰りかに、思い切って小林勝の家に入ってみたら、それがやはり『新思潮』の小林勝の家だったんだそうです。そんな偶然がありますかね。「小林勝」なんてどこにでもある名前で、嘘のような話だけれども、どうもそれが本当らしい。小説だから嘘だと思ったら、福田さんは小説でも嘘はつかない紳士なんですね。

私は福田さんに直接確かめたことがありましたけれども、やはり本当だということでした。福田さんは、小林勝や他の人にもあらためて当時のことを色々詳しく聞いて書いたらしいから、この小説に書いていることは信用できるようです。

そういうことで、まず、小林勝に話があった。その当時、小林勝は映画評論などを書いていて、小説などにはあまり関心が無かったので、「それなら、福田清人というのがいるから、ちょっと話してみるよ」ということになって、『文藝レビュー』幹部の伊藤整と、『新思潮』幹部の小林勝、福田清人がどこかで会おうという話になったらしいのですね。

この小説に拠りますと、会見が行われたのは「昭和四年十月初めのある日の夕方、午後五時頃」といかにも本当らしく書いてあります。福田さんはその頃第一書房に勤めていました。隣席には三浦朱門のお父さん、三浦逸雄さんがいらした。第一書房は麹町一番町にありましたから、待ち合わせ場所を銀座の不二屋の二階にした。そこに行くと、伊藤整らしき男と川崎昇と名乗る男がいて、小林勝は紹介するとすぐにどこかに帰ってしまったので、福田清人が一人で、二人から話を聞いた、という風に書いてあるのですね。銀座の不二屋の二階、そこが、福田清人と伊藤整が初めて出会った歴史的な場所だったのです。そこはこんな風に書かれています。

「駈けあがるように、私が不二屋の階段を登つて行くと、待ちわびていたように、街路を見下すテーブルから、手を高々にあげたのは小林であつた。」云々とあって、伊藤整らしき男はこう書かれています。「かたわらのちよつと、ジャン・コクトオに似た風貌のやや小柄な男は、一瞬鋭く眼鏡を透すため一層冷徹に冴えた視線を私にむけたまま、きちんと椅子にかけた態度を崩さなかつた。言うならば、その視線は、好奇と警戒と歡迎の氣持をこめていた。細面ではあるが、その面積を廣くとつた額は緻密な思考力と聰明さを貯えているように思え、細かい神經の敏感な尖端が、ふるえながら美しくウエーブをかけたようなちぢれた頭髪と化しているようだつた。しかしそのままなら弱々しい印象なのに、それを抹殺する、不屈な意志と、精力を示すがつちり張つた鼻と、一切をなめずるようなやや大きい口があつた。その鼻と脣の邊が、細面に強い安定を與えていた。」

これは伊藤整に会った第一印象を二十五年後に書いている文章ですけれども、その後に知った伊藤整の特徴も盛り込んだ的確な表現だと思います。これから同人費を幾ら払えとか、そういう一切の交渉を川崎昇に任せて、自分は一言もしゃべらなかった伊藤整は、「初めてとつぜん、私に、『君、××××××を讀みましたか？』と耳なれぬ外國の新しい作家らしい名をあげて問いかけてきた」のだそうです。初対面の、東大国文を卒業したばかりの秀才、福田清人は戸惑ったでしょう。ところが、福田さんはそこをこう書いているんですね。「それは文學に志す者がそんな──同人雑誌に入るか入らないかというような──「事務的な話で、初對面の印象をいつまでも殘しておきたくないという伊藤の心づかいかも知れなかつた」。こういう書き方の中に、伊藤整ならぬ福田さんの「心づかい」が表れていると思います。「私は、いつか飜譯以外に洋書を手にしないならわしとなつていた。伊藤の問いは、もし私が讀んでいれば彼が最近讀んだ感想を分とうとした厚意かも知れなかつた。しかし私は、そうした作家の名を聞くのも初めてで、なんだか彼からメンタル・テストされたような妙な印象さえうけて、首をふつた。」というのですね。この辺は、福田さんの伊藤整に対する微妙な感情がさりげなく感じられるところですね。

伊藤整は小樽から出てきたばかりで、東大国文を出た男と対しあった。伊藤整の方が緊張していたでしょう。だから、××という外国の作家の名前を挙げて、「読んだことがあるか」などと言った。国文ですからね、洋書はなかなか読まなかったでしょう。そういう青年というのは、今でもいますよね。そういうちょっと嫌味なところを、福田さんはいかにもやさしい、やわらかい書き方をしている。そこが福田さんのお人柄だと思います。

福田さんは、昭和二十九年にこの時の会見を書いてから、その後色々な機会にこの時のことを、少し縮めたりあるいは一部分にしたりして、お書きになっています。人の記憶というのは恐ろしいもので、一旦自分で書いてしまうと、それがまた新しい記憶になって刷り込まれるのですね。上書き更新されて、前の記憶は消えてしまう。でも、実をいうと、一～二点、間違いがあるのです。第三者である私が、何故「間違い」と言えるかというと、福田さん自身が、伊藤整に初めて会ってから間もない頃、当時春山行夫さんがやっていたクオータリー雑誌『詩と詩論』第十二冊（昭和六年六月）に「最初の、そして最近の印象―《新科學的》同人十八名―」というタイトルの同人紹介の文章を書いていて、筆頭に伊藤整を取り上げているからなのです。

そこにはこうあります。「伊藤整　一九二九年冬銀座千疋屋で初めて会ふ」。不二屋の二階ではなかったのですね。伊藤整の印象は「衣巻省三が彼はコクトオに似てゐるといつたので見直したらコクトオに似てゐた」と書いている。これはやっぱりそういう印象なのです。「陽炎のやうにちりぢりに燃えあがる彼の頭髪は、その文学への情熱を語つてゐるのか。肌ざはりが和らかだが、心魂に北方の逞しさがある。小樽に生れた故であらうか。新心理主義を唱ふる彼の眼は、眼鏡をかけてゐるといへ、眼疾に悩むジョイスのそれよりも朗らかだ。コクトオに近き所以なるべし」。

これは、先程読んだもの以上に正確であるし、伊藤整の特徴がよく書いてある。私は若い頃の伊藤整さんを知りませんから何とも言えませんけれども、皆さん誰でも、縮れ毛だとか、毛が立っているように見えるとか書いています。それから、非常に人に優しそうで、柔和で、肌触りがソフトに見えるけれども、何か芯が強そうだという印象も同じですね。

ここであらためて申し上げたいのは、やはり長崎―南方出身の福田さんが、「北方の逞しさがある」という風に、伊藤整が北の出身であることを強く意識しているということですね。それから、初対面の印象を「何か非常に優しそうだけれども、芯が強くて逞しさがある」と仰っている。これは多分、伊藤整に対する福田さんの変わらない見方だろうし、客観的な伊藤整の人間性としても正しいだろう、という風に思います。単に北方ということだけではなくて、生い立ち・学歴その他からくるコンプレックスやしぶとさのようなものを持っていたでしょう。

コンプレックスといえば、小樽高商卒業・一橋中退という学歴にコンプレックスを持っていたことは確かなようですね。小樽高商・一橋という立派な学歴にもかかわらずコンプレックスを持ったのは、必ずしも自分たちがエリートではないということではなくて、もっと文壇の中央を歩いていた人たちの多くが一高や東大出たちで、高商・一橋出をちょっと脇に置いて見るようなところがあったからでしょう。福田さんは、福岡高校・東大国文出のエリートでした。福田さんはそれを鼻にかけたことは全くなかったと思いますが、しかし、例えば伊藤整や瀬沼茂樹の周りには、そういう東大出がうじゃうじゃいたわけです。同時代に残った有名な作家たちは、阿部知二、高見順、堀辰雄などにしても、みんな東大なのですね。しかも、昭和十年前後の文壇のいわば中心街道を歩いているのはどういう人たちか、中心はどこにあったか、その当時の雑誌や戦後の回想を色々読んだりすると、やっぱり小林秀雄や林房雄たち東大出で『文學界』の周りにいた人たちということになるようです。今の『文學界』とは違うのですが、昭和八年に創刊された『文學界』という同人雑誌の人たちが、いわば昭和十年前後の文壇を牛耳っていたという風に言われるのです。

あまりにも文壇的・派閥的な見方だと思いますけれども、しかしそこに加わらなかった伊藤整や福田さんたちからみると、そういう雰囲気があったことは間違いない。

福田さんは、本来だったらエリートで中央を歩いて良い人なのです。国文学者としては早くから明治文学会に加わったり、塩田良平さんにも近づいたりして、オーソドックスな出発をするのですけれども、小説家としては『文藝レビュー』に加わり、商業雑誌で言えばどちらかというと伊藤整と同じように『新潮』につながりを持って、『文學界』や『文藝春秋』とは一線を画した。そのために伊藤整と同じように苦労をし、そのおかげでかえって伊藤整らと連帯意識を持つこともあったのではないでしょうか。

戦後に、伊藤整が、明治に遡って日本の文壇の歴史を調べた『日本文壇史』を書くという仕事をしたきっかけは、自分がいつも文壇の中心ではなく端の方にいたために、外から文壇に興味を持ったからだといわれます。「文壇というところは変な場所で、いやらしいところもある」と思いながら観察していたその恨みやつらみみたいなものがそこには込められていて、「そういう文壇というのは、いつ、どんな風にして出来たのだろう?」という興味になってゆき、明治に遡ったということです。

これは、もう亡くなりました奥野健男さんが、確か何回目かの「雪明りの会」でお話をされたことだと記憶しています。伊藤整さんが後輩の奥野さんに「奥野君、ぼくたちはいつも文壇の縁《へり》にいるのだ。灰皿で言えば、一番縁《ふち》を歩いているようなものだ。いつかきっと落とされる危険がある。そのときにはなるべく外に落ちないで内側に落ちるようにしなければいけない。それが文壇で生きるコツだ。ぼくたちはいつも中心にいるのではない。端っこにいるのだ」というような話を、真剣にしたことがあるそうです。

伊藤整は弟子に恵まれなかった、と言いますか、先生をあまりやりませんでした。教えたのは日大芸術科と、戦後では東工大で英語を教えたくらいのものです。奥野さんや吉本隆明等は、東工大での教え子と言えば言える。奥野さんたちが東工大で同人雑誌をやるときに少し援助をしているようです。いま紹介したようなことを、そのときの教え子である奥野さんに、しみじみと語った、と言うのですね。

福田さんは文壇を伊藤整みたいには意識していなかったでしょう。そこまでして文壇で生きる必要はないと思っていたに違いない。多分、そういうせせこましい考え方はされなかったと思うのです。しかしやはり戦前苦労されたのは、小説家としては伊藤整と同じような立場にあったからだ、という風に思うのですね。先程も言いましたように、そのことが、伊藤整と福田清人の間に一種の連帯感のようなものを生んだのではないかと私は考えています。

最後に和田本町についてちょっとお話ししておきたいと思います。これは福田さんも色々なところに書いています。図書館の方が、昭和十年代の杉並区和田本町の地図を文庫内に出してくださっています。福田清人家、伊藤家、その後福田家が浜田山に引っ越した場所にマークがついていて、一番端の方に立教女学院まで出ています。板垣先生たちが中心になってお作りになった年譜だと、福田清人さんは、昭和十年に豊島区長崎南町から和田本町九〇一に引っ越したという風になっていますが、もしかしたら引っ越しはその一年前かもしれないと私は思っています。というのは、昭和九年に紀伊國屋から出ていた『詩法』という雑誌に福田さんが書いている随筆の中に、昭和九年三月辺りに越したと書かれているからです。少なくとも伊藤整よりも早くから和田本町の住人になっていたことは確かです。何故和田本町に越したかについては、義理のお兄さんがいらしたなどと書いていますけれど、よく分かりません。

伊藤整は、昭和五年に結婚しましてから和田本町に近い中野の鍋屋横丁界隈に住んでいるのですね。家賃の安いところを選んで何軒か移っているのですけれども、最後にいたのは千代田町というところです。子どもも二人生まれましたし、狭いので、近くの和田本町の新築の借家四戸のうち一軒を借りた。これは、昭和十一年二月だという確証があります。私は色々調べて、今までの年譜では「三月」と書いていました。「二月」と書くのはこの年譜が初めてです。今度、伊藤礼さんに教えていただいたからです。

昭和十一年二月に和田本町七一四の借家に転居ということです。福田さんの番地と伊藤整の番地は、福田さんが九〇一「呉れい」、伊藤さんが七一四「無いよ」となった。お互い貧乏だったということらしいのですが、「呉れい」と言うと「無いよ」と言って覚えた。実際は福田さんが「呉れい」と言ったことも伊藤整が「無いよ」と答えたこともなかったでしょうが、伊藤整の方が子どもがあったし、経済的には大変だったのではないでしょうか。もう一つ面白いのは、一年後くらいに福田さんの後輩の蒲池歓一さんも近くに越してくるのです。これが七五四なのだそうです。福田さんが「呉れい」と言うと、伊藤整も蒲池さんも「無いよ」になった。なかなか良くできたジョークです。

それから、本庄陸男が来る。塩田良平さんも近くに住んでいたらしいです。ですから、和田本町というのはそんなに広いところではなかったようですけれども、昭和十年代初頭は非常に文学的・芸術的・文化的だったわけです。ところが福田さんは十三年七月には浜田山に引っ越してしまいます。

三、四日前、伊藤礼さんに、その頃のことを電話でうかがってみました。礼さんは昭和八年二月生まれですから、和田本町に越したときには満三歳でした。伊藤家は、この後昭和十七年くらいまで和田本町にありました。その間の記憶ですから満三歳から九歳頃までですね。お兄さんの滋さんは年子で、昭和六年七月に生まれています。福田さんが和田本町にいるとき、浜田山に越してからも、子どもは福田家によく行っていたそうです。福田家に子どもがいなかったものだから、とくにお兄さんの滋さんが福田夫人に可愛がられたということです。滋さんはちょっと大きかったから、四、五歳くらいから福田家に行っていたのでしょう。色々な物を買って貰ったりして可愛がられたそうです。そして、福田家の情報は滋さんを通じて刻々と伊藤家に入ってきていたのだそうです。

ある日、長男の滋さんが帰ってきて、弟の礼さんとお母さんに「福田さんの家って変な家」と言った。「あそこのおばさんは、おじさんのことを『清人さん、清人さん』と言うんだ。おじさんが二階にいるとき、『清人さーん』と呼んでるよ」と。その印象が非常に強くて、それを聞いた礼さんも「はあ」と思った、というんですね。何故それが新鮮に聞こえたかというと、伊藤家ではお母さんがお父さんを呼ぶときに、「整《ひとし》さん」「整《せい》さん」とは決して呼ばない。「おい！」と呼ぶわけでもない。「お父さん」と呼んでいた。伊藤家の子どもは、お母さんがお父さんを呼ぶときは「お父さん」と呼ぶのが普通だと思っていたのですね。それが、福田家では「お父さん」と呼ばずに「清人さん」という風に呼ぶ。それが非常に新鮮な感じがしたというんですね。旦那さんを「清人さん」と呼ぶおばさんに滋さんも礼さんも可愛がられた、と、今はもう六十歳をとうに過ぎている伊藤礼さんが昨日のことのように思い出して話してくださいました。

もう一つ。福田家が浜田山に越してすぐらしいのですが、伊藤家の両親に連れられて、二人の子どもが福田家を訪ねています。礼さんがその時のことについてはっきり記憶しているのは、そこが物凄い田舎だったということだそうです。道路も中央に土管を敷いてその間を埋め立てたばかりのところで、一面畑で、大きな学校があった。和田本町に較べてずっと田舎に見えたと言っていました。そして、福田さんの家に入ったら、二階かどこかに広い押入があった。礼さんがその押入の中に入ると、外から滋さんが閉めた。すると押入の中が真っ暗になって怖かったそうです。そのようなことを伊藤礼さんが話してくださいました。お父さんが亡くなってから、礼さんは和田本町時代のことについても色々書いていらっしゃいます。これ以外にもなかなか面白い話を面白い書き方で書いていて、『伊藤整氏奮闘の生涯』を始め、色々な本になって出ておりますので、是非お読みいただきたいと思います。

和田本町時代以後、戦争中にかけてのことについて少しだけ付け加えておきます。それまで一緒にやってきた伊藤整と福田清人の二人の間に距離が生まれるちょっとしたきっかけになったのではないかと思われる節についてです。簡単に言えば、戦争中、伊藤整は「文学」というときに人間の内面、あるいは内面を直接扱う身辺小説、私小説というものに傾斜していきます。それに対して、福田さんはそういう傾向に反対でした。文学を外へ広がっていくような、もっと健康的なものとして捉えていた。そこで二人が別れるのですね。そのきっかけになった文章が、二人が一緒に同人になりました『文學者』という雑誌に掲載されています。昭和十五年九月、伊藤整が同誌の「文藝時評」欄を書いたその翌月に、福田さんは同じ「文藝時評」で、「伊藤整はちょっと転機にあるのではないか。伊藤整は私小説と言ってはいないけれど、伊藤整は新しい私小説の方向を目指しているのではないか」というようなことを指摘します。そして、福田さんはもう大陸開拓文芸懇話会の中心的メンバーとして大陸開拓、開拓文芸というようなことを熱心にやっていた頃ですから、「自分はそういう方向には行かない」というようなことをはっきり仰っています。そこが分かれ目です。その辺のことをもう少し詳しくお話ししようと思って準備してきたのですが、時間がありません。残念です。

福田さんの予感が当たったと言うのでしょうか、ご承知のように、昭和十五年以後、伊藤整は、和田本町周辺に集まる色々な友人たち——福田清人もその一人——をモデルにした、戦時下の東京における文学者の記録である『得能五郎の生活と意見』という小説の方向に進んでいくわけです。私小説の方向に進んで、戦争を批判したわけではなくて、積極的な協力こそしなかったけれどもささやかな抵抗はしたかもしれない程度で、結果的には戦争協力的な方向に向かったのが伊藤整。内面や自分の傷をほじくったって、今こんな時代にはそんな文学は駄目なのだ、もっと明るく健康的なものに広がっていかなくては駄目だと考えたのが福田さんです。

その辺りのことがちょっと面白いところなのですけれども、時間がありません。もう既に一時間半を過ぎておりますす。一応ここで話を終わらせていただきたいと思います。ありがとうございました。

（第十回、一九九九年一一月三日）

福田清人・その小説の魅力
――『河童の巣』『脱出』などをめぐって――

紅野敏郎

毎年この十一月三日に、福田さんを偲び、福田文学再評価に因むこういう催しがなされているということは、前々から存じておりました。特に去年は曾根博義さんがご講演され、その前（第五回講演）が保昌正夫さんだったでしょうか。この井の頭線の駒場東大の近くにある日本近代文学館に、福田さんは当初から関わってくださいまして、私たちも驥尾に付して、色々とご一緒に仕事をさせていただきました。そういう関係で、保昌さん、曾根さん、私という形で順番が巡ってきたという経緯があったかな、というふうに思っております。

福田さんは、私たち近代文学研究者の中で先駆的なお方の一人と位置づけられると思います。前にご講演なさった――私の先輩でお亡くなりになられたのですが――本間久雄さんを師とされた岡保生さんのお話の中にも、そのことが語られていたかと思います。硯友社文学の研究に関しては、昭和の初めに既にご著書を出されて、紅葉を中心とする研究活動、しかも実証に基づく画期的なお仕事をされました。早稲田の方で言えば、柳田泉さんなどに当たっている。その後は、私も習った稲垣達郎さんなどとも響き合うようなものがある。東大関係で申せば、近代文学の研究は、先駆としての石山徹郎さんを別にすると、湯地孝さんの樋口一葉のお仕事が卒業論文と共に本になりましたが、それに続いて福田さんということになるのだろうと思います。福田さんと同期の成瀬正勝さんは、当時、雅川晃の筆名で、文芸評論家としての活躍をされておられました。福田さんの近代文学研究の仲間は、東大の方ではありませんが、一橋の方からの伊藤整さんや瀬沼茂樹さんなどを含めた方々によって、スタートを切り始められた。とにもかくにも、福田さんという方は、研究者としての大きなお仕事をお持ちでいらっしゃるわけです。

同時に、小説家・福田清人という存在が私たちの頭の中に入り込んでおりました。後に、児童文学の作家、および児童文学研究、あるいは日本児童文芸家協会、日本児童文学学会などの中軸となられ、様々な仕事をなされ、余技に俳句なども作っておられました。その福田さんの小説に関しては、私がちょうど昭和文学の勉強をちょっと始めた頃あたりでは、中央線沿線の古本屋などで初版本の類は比較的安く入手することが出来ました。例えば『河童の巣』にしてもその一冊です。

日本近代文学館でご一緒した関係で、福田さんのお宅に二、三度お伺いした覚えがあります。共同通信だったと思いますーー高井有一さんが文化欄の編集担当、まだ芥川賞作家になっておられない頃だったのですがーー、「初版本」の欄があり、約二年ほど連載、そこに『河童の巣』を取り上げて小さな文章を書いたことがあります。福田さんにはお送りはしませんでしたが、何処かでお知りになったと見えて、大変喜ばれたお手紙をいただきました。そして、福田さんのお宅にお伺いしたとき、『河童の巣』を持って参りまして署名をしていただいたことがあります。

『河童の巣』と次の『脱出』を、今日の話の中心にしようと思っています。この『河童の巣』は金星堂から出ている本です。ご承知のように、金星堂は福岡益雄さんの営まれた出版社ですが、私たちは、金星堂といえば、大正十三(一九二四)年に出ました、横光利一・川端康成たちの新感覚派の運動の拠点となった『文藝時代』を思い出します。『文藝時代』の後押しを、この金星堂がやっていたのです。金星堂は、大正から昭和にかけて特色のある様々な本を出しました。そして、昭和八年七月十五日、福田さんは、神田区今川小路一丁目四番地にあったこの金星堂から、第一短編創作集として『河童の巣』を刊行されました。現在ではちょっと入手が困難なように思います。

先日取り出してみて、読んでみました。後ろに覚書がありまして、「『河童の巣』は小説集として私の世におくる初めてのものである。この四、五年をりにふれて筆を執つたかなりの数の短篇のなかより、私のうちに芽ぐむものと、自ら思はれるさまざまな傾向のものを十篇ほどえらんでみた。」と書かれています。この「私のうちに芽ぐむもの」という言葉が、大切なキーワードになるものです。これは、『河童の巣』という題名に関わるものだろうと思います。つまり、後に児童文学の『春の目玉』その他で輝かしい仕事をなさる福田さんの、少年物とでも言いましょうか、故郷物とでも言いましょうか、そういうものに関わる題名ではないでしょうか。

この短編集の中で「河童の巣」が一番良いかどうかというのは問題があります。私の読み直した中でも、他に良い作品があるのです。例えば「ひしがれず」「柩の艦隊」、そういう作品なども考えてみなければならない作品だと思っています。しかし、この「河童の巣」という作品を題名にされたのは、福田さん自身が心の中に「芽ぐむもの」という気持ちのあらわれなのです。「芽ぐむものといへ反對に言へば、はぎとり去つた殻のあとを眺めるやうな氣もするが、一面そこににじむ、そのをりをりの自らの影をいとほしむ氣持も湧かないではない」という言葉で言ってもおられます。

並べられた編成は、編年体というわけではありません。収録作品中最も早い時期に書かれた「ひしがれず」などは、十編のうちの九番目に入っております。

ともかく、この十編の作品を読んでみますと、この時期の福田さんの作品には、昭和初期の、おおよそ中央線沿線に住居を構えた人々の生活心情というようなものが明白ににじみ出ている。勿論、プロレタリア文学関係にある程度の関心はどこかでお持ちであったと思えるところが作品の中にも出ているのですが、それでいて、そちらの方面に一線を画すという姿勢をしっかり取られ、主として小市民の持つ哀感を軸にしながら作品を書いておられる。

私たちが晩年の福田さんに身近に接していて、福田さんから叱られたという覚えはありません。いつも穏やかに微笑んでおられた福田さん。ただ一つ、『日輪兵舎』など戦争中の満州開拓その他のことを書かれたようなことであるとか、戦争中に時局に添ったような行動をなさったところなどに関しては、例えば同じ長崎県大村中学の後輩であった川副国基さんなどは――私は川副さん自身もそんなにはっきりした信念を持っておられたとは思ってはいませんけれども――、時々、福田さんのことを「先輩だけれども、何かもうひとつしっくりこない」というような発言をされたことが、私の耳には残っております。大村中学出身の詩人伊東静雄には、敬意を抱いておられました。稲垣達郎さんはそういうことは全く言われませんでしたが……。

読み直してみると、少なくとも『河童の巣』と『脱出』、それに続いてインテリゲンチヤ社刊『青春年鑑』、こういう作品などは、昭和の文学者というものを考えてみるときに、やはり贔屓目に見ても傑出した作品というふうにははっきりとは言いかねますが、しかし横一線に並べてみると、やはり佳作であるという感じがするわけなのですね。例えば、この金星堂の『河童の巣』の広告を見てみますと、伊藤整『生物祭』、衣巻省三『パラピンの聖女』、那須辰造『釦つけする家』、それから福田さんの『河童の巣』、上林暁『薔薇盗人』、この五つが載っております。福田さんの『河童の巣』については「福田氏の小説は細心な神經の行き届いた近代明色を特色とする。清新なヴイジョンの躍動と積極的な構成とに於て氏の作品は文壇に新しい驚異を投じた。」という宣伝文句が載っております。「これは伊藤整さんが書いたか」と「かたりべ叢書」でどなたか［右近稜］発言されていたように記憶しております。色々な底辺の問題を取り扱った作品もあり、感化院の問題を取り扱った作品「脱出」などもあるのですけれども、こういう「細心な神經の行き届いた近代明色」、つまりあるモダンな明るさというもの、全体として明るい色、これが福田さんという人物の持っておられる、つまり九州の南国の地の匂いのする、いわゆる陰鬱な雰囲気とは違うものが、福田さんには確かにあるという気がします。

伊藤整の『生物祭』、衣巻省三『パラピンの聖女』、那須辰造『釦つけする家』、福田さんの『河童の巣』、上林暁『薔薇盗人』、これらを横一線に並べてみると、やはり伊藤整の『生物祭』と上林暁の『薔薇盗人』、これは昭和文学の中で一つの評価がばしっと決まっている作品集だと思います。『生物祭』には、若干生煮えの部分がありますけれども、この広告文に拠れば「新心理主義の論争の渦中にあつて、著者は全く在來の小説家の考へ及ばなかつた新境地を開いた。新しい小説の諸特質は悉く本書の中に戰ひとられてゐる。」という宣伝文句になっております。宣伝文句はあくまでも宣伝文句でありますけれども、その作家ないし作品集の特色を、ある部分見事にすくい取っているところがあって、やはりゆるがせに出来ない、無視することが出来ない部分があると、私は思っております。上林暁の最初の本『薔薇盗人』についても、「藝術は微妙な人間慾情の底を貫く甘く苦い憂愁の本質に徹したもの。素朴明澄な風格は渾然たるスタイルに生かされ、まさに當代の逸品である。」と書かれていまして、上林暁の文学的出発点として、この『薔薇盗人』は重要です。伊藤整の『生物祭』もそうですけれども、これは現在古本でもとても高くなっている本の一つです。古本で高いのが必ずしも作家の評価が高いというふうには言えませんけれども、『生物祭』『薔薇盗人』、これは同じ中央線沿線組なのですが、『河童の巣』はそれに比べると、贔屓目に見ても見劣るところがなくはない、ということが率直な感想として出てくるわけです。しかし、やはり肩を並べているということは言えるわけです。例えば那須辰造、衣巻省三。衣巻省三は神戸生まれだと思いますが、ハイカラな方なのですね。ここでは「氏の小説はあくまでも澁き銀灰色で、その洗練されたダンデイズムと、繊細な情趣とは渾然たる統一をとげ、智性と心理分析に於て新文學に先驅した。」と書かれていますが、戦後の衣巻省三を考えてみると、これはもう福田さんとは大きく差が開いているわけです。那須辰造にしても同じことですね。『釦つけする家』も那須辰造の初めの本なのですけれども、戦後の諸活動全体を考えてみますと、これは福田さんの足元に及ばないという感じが致します。

同じ金星堂から出た、たまたま『生物祭』と並んだ五つの本。意識して購入したというわけではないのですけれども、五つともたまたま私の手元にありまして、先程も言いましたように、久しぶりに福田さんの本を探し出しましたら、さっと出て参りまして、読み直してきたところなのですね。

収められた作品については後で申しますが、そのことは『脱出』でも言えるかと思います。「脱出」は福田さんの代表作の一つとして、他の色々な総合全集の中にも収録されています。お手元の、図書館の方で丁寧に作っていただいたものでは、「脱出」は後に三部作になって『指導者』という形になるのですけれども、私は『指導者』という三部作の形よりも、前編「脱出」がやはり良いのではなかろうかという感じを思っております。のちほぼ同時代の物を合して編まれた河出書房の有名な『現代日本小説大系』。ここで初めて「昭和十年代」という一つの名前が付けられて、昭和十年代作家たちの著名ではあるが、あまり話題にならない作品が幾つか集められました。この中には、小田嶽夫の「城外」、鶴田知也の「コシヤマイン記」、矢田津世子の「神楽坂」など、色々な人のものが一緒に並んでおります。その中で「脱出」はやはり意味のある作品だなという思いを抱いています。筑摩版の『現代日本文学全集 第八七巻 昭和小説集二』の方でも「脱出」が入っている。『現代日本小説大系 第五十五巻 昭和十年代一〇』の中でも、『現代日本文学大系91 現代名作集一』の中でも「脱出」は入っていて、というふうに、総合全集の類においては、「脱出」が採られて、非常に普及している。普及と言いましてもコミになっているためもあって、一般にはあまり重要視されず、読まれません。本当はそこで読まれれば一番良いのですけれども、これがなかなかスムーズにいかず、したがって文庫本にしていくことが出来ないような今の出版状況というのがある。それが、私などは非常に口惜しい思いを抱くのです。幸い福田さんは『福田清人著作集』全三巻というのをお出しでいらっしゃいますから、それによって色々読むことが出来ます。が、その全集も関係ある人の範囲にとどまっていて、一般の読者に普及はしていない。

『脱出』も、協和書院という出版社から出たわけですけれども、実はあるシリーズの中の一冊なのです。そのシリーズとは昭和十一年に出た「青年作家叢書」。その後ろの広告の中では、豊田三郎の『新しき軌道』が最初で、二集目が福田さんの『脱出』、三集目が荒木巍の『渦の中』、四集目で、広告では伊藤整の『轉身』となっていますが、これは伊藤整ではなくて永松定の『萬有引力』であり、伊藤整のは広告だけでこの中には実際は入らなかった。豊田三郎・福田清人・荒木巍・永松定、こういう人々を見てみますと、やはり福田さんが、豊田さん・荒木さん・永松さんよりも小説家としての力量は充分持っておられた人ではなかろうかということは言えますね。

そういう点で、この同時代の作家たちを横に並べてみた場合に、その時代の作家が持っていた特色と、それが十年二十年、三十年、四十年経った後もう一度読み直せるかどうかということを考えてみると、福田清人さんは、研究者としても小説家としても、非常に良いスタートを切られたと思います。しかしながら、小説家としては、うてば響くようなモダンな要素を持っておられたのですが、文体には一種の傾向があった。ここの図書館所蔵の『輸林』という雑誌で、『河童の巣』について論じられたものが一つあります。それは、熊本の森本忠さんという方で、やはり「福田君の光りに富んだ文章の明快さはどうだらう。さっきの「近代明色」という言葉がここでも使われています。北と南に分けてみると、という前書きもあるのですが、これを例えば室蘭出身の八木義徳と較べてみると、同じ医者の息子であるのですが、八木義徳の場合は私生児であったという問題もあって、一種北海道の陰鬱な霧に包まれた憂愁・哀愁というようなものが底辺にあるのですね。「劉広福」で戦争末期に芥川賞を受け、そして奥さんを亡くされたということから、戦後「私のソーニャ」「母子鎮魂」が書かれます。そういう八木義徳と比べてみると、福田さんの明るさというものは非常に際だっているというふうに言えるかと思います。伊藤整は、八木義徳と同じ北海道出身ですけれども、これは小説を作っていくという上での実験という問題に非常に力を入れていかれましたから、ちょっと対比するというふうにはいきかねるわけです。森本忠も熊本出身、南の方なのですけれども、長崎に行ってみたらともかくぎらぎらと光る太陽、港を巡る山並みだったといったようなことをまず書かれて、そして『河童の巣』の中にもその要素は非常に強いというようなことを言っておられるわけですね。そしてこの中で「相當に色濃い愛慾があつても、肉食人種のむつとするしつつこい惡臭はない。又、かすかな哀愁は帯びてゐるが貧しく寒い北方の骨を刺す悲愁とは事變り、むしろ豐かな食物と感覺の豐滿に疲れた哀愁である。」（森本忠：二人の短篇作家『輸林』一巻二号）と言った。

あと味の残らない輕やかな笑ひ、さわやかな感觸。」というような言葉で、森本忠は発言しておられる。同時に、書斎派の作家ではない、むしろ体験の、旅行の作家だというようなことも言っておられます。これは後に、福田さんが色々な作家の体験記、作家と会われて色々なインタビューを試みられて、良いアイディアをそこから引き出してこられるという形で表れてきます。十五人の作家の話の中には、我々が調べていきたくなるようないくつもの言葉をいち早く拾い出しておられます。当時の同時代評として展示もされていたかと思いますが、私などもそういうところを感じ取ることが出来ました。

そういうような中で『河童の巣』の幾つかを見て参りまして、私が読んでいった中で強く感じた幾つかの点を申し上げてみたいのです。

一番最初の「偵察機と岬」は『文藝レビュー』に載せられたものです。これはそれほどの作品ではないのですけれども、やはり『文藝時代』の新感覚派のある種の要素は文章の中で感じられるのですね。非常に短いセンテンスの文章で、或いは会話で、それが示されております。

その次の「夜寒」という作品は、『文學時代』という雑誌に載ったものなのですけれども、「話がとぎれると、ふかす煙草で部屋は眼がしむるほど煙つてゐた。」という書き出しになっています。「近い青山の兵舎の消燈ラツパももうとつくに聞えたし、表通りを走る市電のきしりも、あたりが静まるにつれて……」という言葉で、浅草の演劇映画——これはこの中でちらちらと出てくる言葉なのですね。一種の都市風景だと思うのですが、昭和初期の、浅草とか演劇とか映画とか、いわゆるトーキーになる直前の状況などが描かれています——、その中で主人公達が、時には快活に、時には斜めから見たような形で、作品が展開していっております。

「影の射殺」、これはなかなか力強い作品なのです。突然「ユウコは眼をさましてゐた。」という言い方で始まります。「裏の高架線を午前二時の貨車が通過する時刻だ。すると二階をかりてゐる憲兵伍長が巡視にでかける。」これも短いセンテンスの文章の積み重ねなのです。「そしたら今宵こそかねての計畫を實行せねばならぬ。うるさくつきまとふ肉體の影を射殺せねばならぬ。」肉体の影を射殺する、という言葉の背景にどういうことがあるのか。これは非常に短い作品で、神経の先が見渡せるようなところで、ユウコという女性の目からピストルを調べ、引き金を引いたというような作品になっておりますが、細かな背景は全く書かれていません。影、都会の中のある影、つまり昭和の初期ですから勿論時代の暗い影もあるわけなので、それを敏感な福田さんがキャッチし、その影のある部分について、短いカットでもって一捌けで書いてしまったという作品ですね。

「影の構成」も同じ事です。これは「映寫幕《スクリイン》には」という形で、映画の問題、そしてそこに生活をしている多良という青年などが中心になっています。映画の社会というのもこの時期の風俗として非常に取り扱い易い場面だったろうと思います。昭和の文学者の場合には、大東京というような形になっていき、そして中央線沿線というのが非常に際だってくるという地方を全部合併して、旧東京——つまり環状線内の十五区——が杉並・世田谷・中野・練馬、そういう時代背景と相まって文学作品が展開されている。そういう場合には映画というようなものを取り入れるのは有効な手段であり、これは新感覚派の人々などによって、映画的な構成・映画的な会話や短い文章の積み重ねによって構成される作品が多くなるのですが、福田さんなども、初期はそういう要素をしっかり出されていると思います。

「城あとのコンパクト」は『文藝レビュー』に載った作品です。これも短い作品であるのですが、ある老人が城跡のところで見た光景の雰囲気を描いたもので、これはそれ程の出来映えではないという感じがしております。

その次の「河童の巣」は、先程も言いましたが、これは一種の少年物、後の児童文学の先駆、少年の日の遊びというものを要素にしながら戯れている、そういう明るい世界が描かれております。そういう点では、初期の坪田譲治も、この種の少年物を、正太という名前を借りて沢山書いています。出発は坪田譲治の方が一足先なのですが、本当に坪田譲治が小説家として熟成してくるのは、福田さんとほぼ同時期。大正期から仕事をしていながら、この人も屈折があって、少年物を書く中から、それが単に児童文学ではなくて、大人も充分読める少年物に変化していった。少年物というのは昔からあり、谷崎潤一郎も少年を主人公にして書いていいます。中勘助の「銀の匙」にしましても、皆そうであります。「真鶴」など志賀直哉の小説にも少年が沢山出て参りますから、別に児童文学というふうに言わなくても良いわけです。少年の心情を描きながら、それが故郷と思える大村地方、つまり有明海に臨む地方の、土俗的な要素をも組み取りながらの作品になっている。読んでいて非常に気持ちのいい作品だと私などは思っております。

次の「夢の誘惑」は、『若草』に載った作品です。『若草』は寶文館から出た雑誌で、今日では全揃いは入手困難。『新科學的文藝』は中河与一がやっておりました。この当時は一流の文学雑誌というふうには思われていませんでしたが、いつの間にか井伏鱒二はじめ様々な小説家を動員して、今日『若草』を見直してみると大変良い雑誌の一つになっております。今日、古書目録を見ましても『若草』一冊一万円近くするような値段になったりして、『令女界』や後の『新女苑』などと共に、昭和文学を調べていくときに、やはり見落とせない雑誌の一つだなというふうに、私などは最近特に思うようになっています。これにはゴーギャンが出て参ります。ゴーギャンの気持ち、つまり島に行って文明社会を離れていくゴーギャンという人を俎上に載せながら、実際のゴーギャンではないのですけれども、そのゴーギャン的な風景を描いている。これはやはり東京の都市風景とはちょっと違った、福田さんの故郷物と通うものを填め込んでおられるものと思います。若干軽いのですけれども、意味ありと思える作品です。

次の「地獄」が、若干中途半端、しかも『福田清人著作集』には省かれている作品なのですけれども、よく読んでみますとこの時期の時代状況というものがとてもよく分かる小説なのですね。これは、明治十五年結社の東洋社会党を調べに長崎の方面に行く青年が出てくる作品です。「日本は、息づまりさうね。」という言葉が主人公を通して出てきます。「上海事變のやうやく鎮まつた年の春さき」というふうに冒頭に書かれています。昭和六年が満州事変、昭和七年が上海事変でありますから、息詰まるような日本の雰囲気が、ある時期に長崎の方面に移行した作品とも思えます。島原の乱以来何か不気味なある雰囲気を持つ状況がこの中で書かれていまして、私はなぜこの作品が省かれたのかその辺が分かりかねます。

次の「ひしがれず」という作品は、これはとても良い小説だと思っております。工場や墓地などが出て参りまして、「原つぱは流動するいちめんの朝霧だ。いちめんの、ただ、いちめんの朝霧だ。原つぱの眞中、小さな城廓のやうな火葬場は、……」と、火葬場での話、その火葬場で働く人々や、その葬儀人夫の娘の私生児というような人が出てくる。東京の底辺の部分を見つめてゆく。これは、何処かで取材をされながら構想を新たにして書かれたものだろうという感じがするわけなのですね。

先程読みました、後ろの方に書かれた覚書の中でも、「影の構成」のことは「S映畫社の友人Mの突然の自殺の衝撃と、その死の解釋がモテイフをなした。初めて『新潮』に發表の機會をえた」、「河童の巣」は「少年の日の姿を描き終つて、すがすがしい氣持のした」、そして「地獄」は「最近のもの」だ、という言葉が書かれています。

最後に据えられた「柩の艦隊」。柩でありますから、死体を入れるあの柩です。この「柩の艦隊」は非常に特殊な作品で、日露戦争の時に日本海に沈没したロシアの軍艦、そして後に日本の捕虜になったロシアの軍人（兵曹）のポケットより発見された露国第二太平洋艦隊の乗組員、造船技師P氏の手記であるという形で、しかもすべて漢字と片仮名を中心にして書かれています。この「柩の艦隊」は、これこそ「ひしがれず」と共に、福田さんの心の裏側にある、ある暗鬱な部分が表れている、というふうに私は読みました。この軍人は、ロシアの軍人なのだけれども、意気昂揚としたところはないのですね。そして「思ヘバ、僕等モ、結局ハ、[乗組員の退屈を紛らす刺激的場面を提供するものとして、物売りに来たところを、無理矢理に妻子と別れさせられて軍艦に乗せられてしまった]ソノ黒人ト同ジ境遇ニアルノデハナイカ。」と言って、殺伐とした心持ちの乗組員たちと一緒の軍艦に乗りながら、軍艦内における何とも言えないグロテスクな風景を、一月何日、何日という日記のスタイルで、愛人か妻かに宛てて書かれております。つまり、反戦的な小説ではないのですが、少なくとも軍艦に乗っていること自体が快適とは言えないという状況が書かれているのですね。軍艦の中には、営倉や病室の問題であるとか、悪臭、汚物、発狂、悲鳴、絶望もある。気が狂いそうだ、早く窓を、息が詰まるようだとこういう言い方で、露国の軍艦の中の実態を描いている。こういう材料が実際にあったのかどうかは知らないのですが、ともかく戦時下の満州に行かれたり、或いは国家の色々な仕事に文化的に携わられたり、という福田さんとは違った福田さん、というのがこの「柩の艦隊」の中にあって、これはもっと評価されて良い。つまり「脱出」と同じような形で普及していって良いものではなかろうかというふうに思っております。

そういう『河童の巣』を金星堂から刊行し、その次に『脱出』が出される。『脱出』は昭和十一年の刊行になっています。この頃は、ご承知のように昭和八年の文芸復興、つまり『文藝』『文學界』それから紀伊國屋の『行動』などの雑誌が出たのが昭和八年で、プロレタリア文学がそこで行き詰まって、そして再び大家が仕事を始め、昭和期の作家が前面に出てくる。そういう時代の中で福田さんが「新作家叢書」の中の二番目のバッターとして登場してくるわけですね。

しかし先程も言いましたが、豊田三郎・荒木巍・永松定などと較べていくと、やはり福田さんの『脱出』が断然大きな意味を持っています。これは永松定自身が『文學生活』の中で、その同時代の感想として言っているのですね。永松定も熊本の方です。「嘗つて福田清人を論じたとき、私は街頭派作家なる名稱を與へたことがあつた。それは書齋派といふことと對照せしめて言つた」（永松定：「脱出」讀後『文學生活』一巻六号）。つまり外へ出て調べ、物を見て、或いは人と接触して、そこから様々なものを得る。芥川的に「本の中から人生を」という人ではないのです。「制作のヒントを主として書物のなかから得た」のではなく、「むしろ颯爽として自ら街頭に立ち現はれ、濁りのない五官と鋭敏な感受性とによつて、觸れ得たものは忽ち見事に切り取り、よつて以て一篇の小説を構成してしまふ」と書かれています。

晩年の福田さんは非常に温厚で、ゆったりと構えられたところがあり、俳句を見ましても非常に穏和な作風でありますが、初期の福田さんにはかなり機敏な行動力というふうなものが体にしみついていたのではないかという感じがします。そして、醜悪な場面を好んで書くようなシニシズムというようなものは福田さんにはない。つまり「意識の分裂だとか過剰だとかいふ近代人の疾患はここには見られない。原始人の鋭い感官によつて捕へられた明白々たる白晝の世界である。それでゐて近代的なスマートさの感ぜられる作品である。重苦しいところがひとつもない。飛び交ふ小鳥のごとく樂しげで、朝のミルクのやうに新鮮だ。心の感光度がライカほどにも鋭敏である。」（永松定：前出）これはなかなか巧みな比喩だなと思いました。重苦しい作品が必ずしも良いとは言えませんし、スマートさが感じられる明々白々な作品の中に、生きてゆく自分の背丈にあったやり方、イデオロギッシュではない、押しつけられた観念などではないやり方で、前に進もうとされている福田さんの良さが出ているという感じがそこにはにじみ出ています。『脱出』の中にもそういう問題があるのだということを、永松定は言っているのですね。

上林暁も、やはり雑談の時にそういうようなことを言ったことがあると語っています。「福田君の作品を評して、ペン書きの美しさである、Gペンとアテナ・インクの香ひがする、といつた意味のことを云つたと記憶するが、それは福田君の文章のタッチの新鮮さを云つたものであらう。」（永松定：前出）と、こういう言い方ですね。従って、福田文学は、それによって当時の作家が奮い立ち、あるいは大きな刺激を受けてその後についてゆくという、巨大な牛のような力のあるものとは言い難いわけです。しかし、昭和の文学者というのは大体においてこういうタイプなのですね。横光利一を除けば、ほぼ昭和十年代作家は、リーダー的な存在ではないのです。

この永松定は、福田さんの作品を三つに分けている。これも巧みな分け方だと思います。私などが読んだときにもほぼ感じた分け方に似ております。

第一は中央線沿線。『脱出』の中には確か九編収録されていますが、一番最初が「脱出」で、その次が「中央線沿線」になっていますね。これは『文藝』に発表されていますけれども、中央線沿線という言葉でもって小説を書くというのは、相当勇気があったことだろうと思うのです。その「中央線沿線」の中で、S社（青鞜社）の頭株の人物の弟子と称する、主人公と思わせる人が出てきます。従って、この「中央線沿線」とか「小市民地帯（續中央線沿線）」は、当時の風俗を描きながら、しかもその風俗が単に流れる風俗ではなくて、やはりある時代にしっかり根を下ろしていた雰囲気というものを、非常に明快なタッチで示した作品です。その次の「郊外の人」。郊外というのも、結局中央線沿線なのです。そういう手近に転がっている材料、つまり当時言われた小市民物だと思います。「小市民《プチ・インテリゲンチャ》」という言葉は、小津安二郎の映画などにも使われるのですけれども、いわゆるヨーロッパ的なシチズン、シトワイヤンという意識ではないわけです。大ブルジョアというようなのは出てこない。中央線沿線に居を構えた人々の中にある、明日の不安はないが、しか五年先の問題、十年先の安定というようなものは保証されていないという生活。つまり、そこにある種の揺れがある。鎌倉に居を構えた人たちとはその点が異なっている。こういう小市民物が『脱出』の中にも出てきますし、『河童の巣』の中にもやはり出ていた。

もう一つが、故郷或いは少年時代に材を取ったもの。つまり、これが「童話風な村」「キリシタンの島」「起伏」「潮騒」など。ここにあります『脱出』の中の六番目、『文學クオタリイ』に出た「起伏」、七番目の「潮騒」――三島よりも先に「潮騒」という作品が福田さんによって書かれている――、一時期は編集長もされた『セルパン』に掲載された八番目の「童話風な村」、九番目の「キリシタンの島」、こういう作品が一連のものとしてあります。ある種の童話味、一種のフモールとでも言いましょうか、そういうものが加味されている。非常に懐かしい気持ちをふっと起こさせる。二・二六事件から「日支事変」へ始まってゆく、そういう状況の中で、こういう作品を書いていくというようなことは、これは意味のあることであったと思います。福田さんは故郷を捨てられなかった人だろうと思うのですね。遠くにありて思うもの、というよりは、やはり故郷・大村藩の医者の息子という、背中にくっついたものは大変強かった、一番最後まで強かったと私などは思っております。私が会ったときに福田さんにお尋ねしたことは、長与善郎との関係だったのです。実は、長与家もその先祖は大村藩の中枢的な藩医の系統でありました。長与善郎の親父は、明治の初めに中央政府の中の重鎮になって、医学行政の上で敏腕を振るった人物になり、子どもたちの中の一人、又郎は東大の総長になる（一九三四・一二〜一九三八・一二）。そういう家柄の末っ子であるのです。長与さんのことについても、福田さんは非常に愛着を持って語られたことがあります。

『脱出』の中の真ん中、五番目に入っている「流謫地」なのです。『河童の巣』の中に収められた「枢の艦隊」と共に、何かの文献によって調べ上げながらもどこかに作者の思いが込められた作品です。当時永松定は「この種の作品はいづれも間然するところなき佳作をなしてゐるが、数は非常に少く、僕の知る限りでは『流謫地』と『枢の艦隊』とただこの二編なのだ」（永松定：前出）と言っております。「流謫地」は、サハリン（樺太）時代のチェーホフが主人公になっています。チェーホフを主人公にしながら、チェーホフの持っていた鬱屈した気持ちを心理的に摘出してゆく。それが「流謫地」という非常に強い言葉で標題になっている。勿論その要素はあるのですけれども、その樺太のチェーホフを描きながら、結局は福田さん自身がチェーホフに成り代わって出ているという感じがする作品なのですね。チェーホフの作品、チェーホフの伝記その他を読んでおれば、何か一つ思いつくような作品です。しかし、ドストエフスキーなどが流行っていたこの時期にチェーホフを出して来たことは、非常に意味がある。広津和郎は、いち早く大正の初めにチェーホフという存在を非常に意識して、チェーホフを我が物にしていった作家だと思いますが、福田さんの中にもそういうものがあったということなのですよね。この『脱出』の自序の方に「この書『脱出』は昭和八年に出した『河童の巣』についで僕の第二の短篇集である。収むるもの九篇、はるかサガレンに放浪し來つたチエホフに我が夢を托した「流謫地」のほか、前半は僕自らもその住民たる東京新市域の小市民生活の一角を後半は時あつて心に浮ぶ南方の郷國のイメーヂを描いたものである」と、明白にモティーフが述べられています。

いずれも全部福田さんの心の表れです。多面的な要素をはらんだ中央線沿線に住み、そしてサハリンにいるチェーホフを思う福田さん。さらに故郷・大村藩、島原半島の辺りに思いを起こされる福田さん。そういう点では、最初の「脱出」だけがちょっと違い、非常に意味があるわけです。最初の「脱出」も中央線沿線物と言ってしまえばそうなのだけれども、これは少年感化院に荒川島吉という人物がいて、監獄生活を送る人間たち――感化院の院長、班長、そして感化院を脱出する少年たち――の姿が書かれています。非常に小説的な構成を持っているものです。最後は非常ベルが鳴るというところで終わっております。と言っても、安部譲二の『塀の中の懲りない面々』とは全く違います。そういう点で、この当時の行動主義という言葉が流行った中の、一種の変形かも分からない。行動主義というものについて、福田さんは完全に共鳴されていたわけではないのですが、そういう揺れのうかがえる作品なのですね。従って「流謫地」と「柩の艦隊」は、福田さんにとっては、後にはあまり書かれなかった材料ではなかろうかな、と思います。つまり、永松定は「「調べた」藝術と街頭派的藝術とが渾然として大成した壓巻」（永松定：前出）と評価しています。「調べた芸術」は最初青野季吉の言った言葉ですが、これには確かに材料が何かあった。それを、街頭派的に出かけていって見る。自分の足で歩き回る。そういう作品です。その点では努力型。晩年の福田さんに接すると、駘蕩としておられまして、努力するという雰囲気が殆ど感じられなかったのですが、いつの間にかそっと努力しておられた人。営々と努力しておられた。そういう気持ちがはっきりするわけなのですね。文学者でも研究者でも、天才的な人というのはそれ程いるわけではないのです。それでいて何処かで努力しつつ、さり気なく振る舞う人々が多いと思いますが、福田さんもそういうような人だったろうという感じがします。

この「脱出」については、古谷綱武も「海の好きな作家」（『文學生活』一巻六号）という題で書いています。故郷物のことを「海の好きな作家」と言いながら、「脱出」を読んでみて、「少年感化院を扱ひながら、實にすつきりとした氣持ちのよい」作品で、神経が行き届いているのだという感じがする、と語っています。つまり、「脱出」の方向をずっと引き延ばしていけば、本格小説のような形になるという要素を孕んでいたわけです。

一種のライバルでもあった衣巻省三も、「福田氏の教養」（『文學生活』一巻六号）という文章で、やはり「エスプリを強要したり、肩を怒らせたり、又は一センテンスの語尾を反語にしたりする」、つまり芥川張りなやり方をやる人ではない。「センチメンタルな仕方で効果を狙はない。淡い風味のある舌ざはり」という言い方をしています。衣巻省三は神戸生まれの人です。ハイカラなモダニズム風の書き方を頻りにやってみせる、見せたがり屋のところがあるのですが、福田さんの場合は見せたがり屋ではなくて、にじみ出るような暖かさがどこかにあるわけですね。そのことをやはり衣巻省三も認めているのです。チェーホフを描いた「流謫地」は好きな作品だ、チェーホフに対しての慈愛の眼というものがやはりあるのだ、これが福田氏の目ではないか、ということも言っております。そして福田さんはジェネレーション、或いは僕たちとか僕とか私という一人称を使わずに、自分たちの仲間を含めて言っているようなところが大変多いのだ、ということも当時の同時代評から見出すことが出来ます。この二つの作品を読んでみて、私は、この昭和十年前後において、福田さんの小説家としての才能というものは静かに膨らんでいっているな、という感じを持ちました。

問題はそれから後ですね。「日支事変」が起こり「大東亜戦争」になっていく中で、福田さんの場合は『國木田獨歩』というような伝記小説――伝記小説をかかれる芽は、小説の中にもやはりちらりとありました――に向かわれたり、或いはその他の作品になっていっております。が、もう少し辛抱されて小説を、率直に申しまして満州へなど行かれないで――と今から言っても無理なことだと思うのですけれども――行かれないで別の――と言っても歴史は別のということは実際はないのですけれども――別の行動をとっていれば更にもっと大きな作家になられたのではないか。そういう芽がはっきりとうかがえます。

私も頂いたのですけれども、「対談豊田三郎と私―昭和十年前後のこと」(『ふれあい　文芸草加』第八号)という文章の中で、豊田三郎さんの故郷・草加――春日部の方ですね――の聞き手の方が、豊田三郎さんのことに関して、福田さんに尋ねられているのです。福田さんは、自分は昭和四年東大国文科卒で、豊田さんが五年独文科卒だったから、そう交際は無かったというようなことを言っておられています。そして福田さんが「脱出」に触れて、小松清がフランスから行動主義という言葉を持ってきたのだ、この運動を内に包んで「脱出」という小説を書いた、と後で回想されています。これは後の回想でありますから、いわゆる行動主義と呼ばれる、舟橋聖一の「ダイヴィング」など、色々他の作品と較べてみないと、ちょっと軽々には言えません。豊田三郎自身も「弔花」という作品を書いていますから、やはり細かく検討してみなければいけないわけです。

荒木巍の話も出ているのです。四冊目が伊藤整だったのだが、永松定が割り込んで入ってきて、伊藤整の作品が後回しになってしまって結局は出なかった、というような話などもされております。この協和書院という版元は小さい出版社で、実は印税をくれないのだ、協和書院ではスポーツの本も出していたので、スキーの道具を印税の代わりにくれたのだ、という事を言っておられます。結局、荒木巍の『渦の中』の出版記念会を信州のスキー場でやったのだという話も、ここで出されています。宮本百合子は「昔の女流作家は香水を喜んだが、今の若い作家はスキーの道具をもらうのか。」とからかった、というようなことも明かしておられます。福田さんは、僕は九州生まれでスキーなどやったことがないのだ、協和書院は運動具店にスキー道具を委託してその売り上げを僕らにくれたのだよ、そんな印税、合計三十円か五十円くらいだろうと思うね、というようなことも出てきます。

私自身は、昭和文学そのものを細かく勉強しているわけではないのですけれども、それでも私にとっては、間を縫いながら、人のやっていない部分はひとつ調べてみようという気持ちがどこかにありまして、少しずつ本が集まってきました。そういう中で、この「青年作家叢書」全体を一度考えてみたい。そのときに、あまり見栄えはしませんが、布装の『脱出』、これが一番目玉になるな、というふうに思ったりもしております。

とにかく福田さんは、私たち文学史家にとりまして、懐かしい方だと思います。近代文学会の方には、福田さんはあまり出ては来られませんでした。これは私の勘ですけれども、特別に鞘当てがあったわけではないのでしょうが、吉田精一さんとはちょっとウマがあわなかったのかな、という感じがしなくはありません。しかし私の勘ですから実体は分かりません。しかし僕の勘は割と当たるのです。吉田さんとうまくいかなかったのではないかな。塩田良平さんとはうまくいかれたのだが……。その塩田さんがまた吉田さんとはあまりうまくいかれなかったな、という感じもしまして、これはやはり人生様々なのです。むしろ文学館の仕事を通してお目に掛かったのがご縁で、お終いまでお付き合いさせていただきました。このことは、私の生涯でも大変ありがたいことだと思っています。

この立教女学院短期大学で「福田清人文庫」というのが出来たのですが、この中に、『インテリゲンチヤ』という雑誌がまじっている。私も一冊くらいは見ているのですが、この図書館には五冊ありました。やはりこれは更に見てみたいなと思います。次に、インテリゲンチヤ社から『青春年鑑』という本が刊行される。『青春年鑑』という言葉は、やはり福田さんらしいですね。昭和十二年六月の刊行ですから、「日支事変」のまさに直前ですよね。昭和十二年七月七日が確か「日支事変」、盧溝橋の一発なのです。この本はインテリゲンチヤ社、発行者は岩波健一です――インテリゲンチヤ社というのもちょっと気障な言い方だなというふうに思うのですが――。この題名はあまり私は好きではありません。私自身はやはり『河童の巣』『脱出』など、第一・第二短編集が好みなのです。

福田さんのことを、この二つの小説集を核にして、同時代評も交えながら、あれこれ話をさせていただきました。まだ充分福田さんの魅力、作品の魅力をお話ししたということになっていないと思って、恥ずかしく思っていますが、取り敢えずこれくらいにさせていただいて、ご質問その他承れればと思っております。

（第十一回、二〇〇〇年一一月二日）

福田清人と『中学生文学』の作家たち

西沢正太郎

著書や映画は戦中からということですけれども、福田先生と私の最初の巡り会いは、昭和二十三年、お宅に伺った時に始まります。お会いしてから、先生の生涯賭けて、約半世紀の間一番身近にあってご指導いただきまして、文学ということを越えて、人生の問題「どう生きるか」ということの導きを頂いてきました。今日何とか読んだり書いたりすることで生涯をまとめるという大変幸せな立場にあります。福田先生のおかげでございます。この長い間お世話になった中で、ちょうど私たちが児童文学界に入って活動することが出来たのは出版が盛況の上り坂の時代でした。その二十三年余りですが、私たちの大事業と言っていいと思いますけれども、福田先生のご支援があって、少年少女向き月刊誌が発行されました。その経緯をたどりますと、まず昭和二十六年に香川県から出て参りました仲間の作家の香川茂さん――彼はもう十年前に亡くなってしまって残念ですけれども――、当時中学の国語の先生として現職にあったので、たまたま教育事業をやっている岡本啓二さんの発案がもちこまれました。そこで俄に全国向けの月刊誌を出そう、『中学生文学』という名前にしようということで、かねて岡本さんと親しかった私を含めて三人で大変冒険的な企画をすべりだしてしまった次第です。福田先生に早速「こういうことをしたいのだけれど」と言ったら、「それは大変だよ、大変だけどやりなさい」ということで激励を受けまして始めたわけでございます。一地方都市の埼玉・所沢市というところから全国へ向けて発信するという今まで例のないことに手を着けたわけでございます。それが昭和三十九年のことでした。ここに漕ぎつける私たちの決意のうらには、福田先生からご指導を頂いた文学仲間たちが、十年あまり育てられてきたという下地がございます。それがなければ『中学生文学』は踏み切れなかったと思うのですけれども。そのいきさつについて少しお話をしたいと思います。

まず昭和二十八年に全国の公立学校教職員のための総合文芸誌『文芸広場』が発刊になりました。私はその前の年に福田先生からチラシを頂いて「こういう雑誌が出るから、文部省内にある共済組合でやるんだから、是非応募しなさい」ということで、それで三十枚の規定の小説に応募したわけでございます。最初はそれほど応募者が多くなかったと思いますけれども、初年度に私は二作も小説の入選をさせていただきました。そして各部門別に年度賞が設けられ、私は小説賞に選ばれたわけでございます。福田先生はお会いした初めから、とにかく「こういう道があるよ」とチャンスを色々与えてくれるのです。こういう方向、こういう方向、それから、人間関係ではこういう若手の仲間の良い作家がいるからつきあってみなさいというような、そういうことをちょっと言ってくれるんです。おかげで私自身の仲間も広がるし作品の場も次つぎとひろがってきました。『文芸広場』を通して、共済組合で二十五年やって三〇〇号まで、そこまで私はずっと会員でございました。その後ずっと発行所が変わりましても現在まだ続いていて、五〇〇号を越えてやっている、同人誌としては一番古い伝統のある雑誌だと思います。こういう中から、第二年度の小説年度賞に香川茂さんが入りまして、三年度の年度賞に森一歩《もりいっぽ》、この三人のあとに、これは見所があると先生が注目されていた楠本薩夫さん、この四人に声がかかりまして「大室伊豆山荘の一夜」というお話になるわけでございます。『文芸広場』では勿論その後続々と優れた書き手が出て参りまして、こちらにお見えの浜野卓也さんも年度賞受賞者で、詩から入って童話、そして少年小説という道を大きく開かれていきました。

それでまず四人のメンバーが伊豆の山荘にお招きを受けました。展示室にもその先生からのお手紙の原文が展示してあります。ふだん先生の手紙は殆ど葉書でした。さっと書かれた葉書でも中身は濃いものです。他の展示してある一例をご覧になればわかります。しかし、この伊豆山荘へお招きの時は分厚い封書でした。細かい地図を入れ、列車の時刻が東京駅発で何本あるか調べられ、三本を示されて、その中でやっぱりこれが一番良いよと、その次もまだあるけれども、その後の方だと暗くなっちゃうからというようなことまで書いてあるのですよ。ほんとにきめ細かい。そしてそのお手紙を頂いた日が今日と同じ十一月三日でした。昭和三十八年のことですけれども、初めは三十九年の年が明けてお正月いらっしゃいということだったのです。ところが手紙を見ますと、

今紅葉で美しいので、もし十一月二十三〜二十四日、学校行事等無くて都合が付いたら一泊の予定で誘い合わせてきませんか。その日都合が悪かったら正月でも良い。大暴風でない限り、私たちは前に出掛けております

山荘の方に奥様と先に行っているから是非いらっしゃいというわけで、こう頂いてはその気になってどうしてもお伺いしないではおれません。指名手配で選ばれたことで、四人は得意になっていました。大喜びで訪ねて行ったものの、折角先生から頂いた山荘へ行く細かい地図もよく見ないで、すぐ見つかるとばかり、バスを降りてすすきの野原へ構わずふみこみ、「あの辺だろう」と行きましたら、そうそう簡単には見つからない。同じような道がいっぱいありましてちょっと時間をくってしまったりしているうちに、先生の方で気がついて、手をふってくれたような次第でした。とにかくお天気が良かったものですから気分も晴れてお伺いしました。さっそく大歓迎、奥様の手料理で大変な御馳走になりました。みんなお酒が好きなものですから、もう夜中まで飲んだり御馳走も食べ放題というありさまでした。

福田先生が四人を呼んだということは、年度賞の三人ということもあるのですけれども、その前の段階で第三回年度賞の森一歩君は、昭和三十四年に毎日小学生新聞の連載に当選しまして、その長編『コロポックルの橋』が単行本になって理論社から出ていたのです。一番若いのが一番先に出ちゃったということですよ。それで福田先生は喜ばれて「森君、やったね！」というので、こちらの方は、くやしいやら、大いに檄を頂いてしまいました。その次、私が講談社第二回新人賞を受けまして、そして一番年輩の香川さんがまだ本が出ないというのでやきもきしておりました。実力の上ではやはり年期がいっていた香川さんは、いっそう発憤しまして、すでに福田先生もその新作の長編に目を

通され、推薦をされていました。これが『南の浜にあつまれ』です。幸いなことにこの伊豆山荘から帰ってまもなく講談社系の東都書房から出版されることに決まっていました。いち早く、私は香川さんから初校のゲラを送られ、「書評を書いてくれ」というので、早速『文芸広場』に三枚半、一頁の書評を送っていて、出版と同時に紹介出来ることにもなりました。そんなあわただしい中のうれしいいきさつがありました。この本は、翌年課題図書になって売れるという幸運が付いたのです。

それからもう一人の楠本君というのが昭和三十六年、これも私が講談社の受賞後まもなくですけれども、同じ年に『文學界』の新人賞佳作に入ったのです。その時は大賞が無くて、特別佳作第一席だけ『文學界』に載ったのです。これは一〇〇枚近い素晴らしい作品でした。福田先生は「小説の指導の甲斐があった」と、とりわけ喜ばれたようです。『文學界』に登場ということは大変なことですから、よけいに香川さんや私は刺激を受けました。そういうこともありまして、楠本君も山荘にお招きを受けました。

さて私共は遠慮なく御馳走になってごろんと横になってしまう。福田先生ご夫妻を廊下の方に追いやってしまって大いばりでご厄介になりました。

翌朝もまだほろ酔い加減であったのですけれども、朝食を頂いた後、楠本君が用意してきた色紙を出して、先生に一筆頂きたいというわけだったのですけれども、福田先生は、「いやいや、みんなで一句ひねって」というわけで一句ひねることになりまして、五枚の色紙に私共四人の分と先生の分と、同じものを五枚書いた。展示室に展示してあるのがその一枚。私が分け持ったものです。その句をちょっと読んでみます。先生は「高原は海へ傾き薄かな」。そのままの情景が良く出ております。ところが、私がその次に「大室の山ふところに師を囲む」とこう書いているのです。酔いが醒めないものですからやっと書いたのですよ。みんな書き上げた後で、先生が一句一句読み上げて批評されました。真っ先に「西沢君、これは台無し（題無し）だね、季題がないよ」と言われて、私は不合格になってしまったのです。私はどうしても「山ふところ」というのを、先生の懐というふうに掛けたくてね。どうしても季が入りません。ふだん全く俳句は作っていませんから降参でした。

後の人たちは、「師のもとに集いてかわす秋の酒」香川茂、「十年を一夜で語り薄原」森一歩、「自分には自分の道のみ薄の野」楠本薩夫。皆「薄」とか「秋の酒」とか季題を織り込んでいるのです。こういうことでもちょっとしたところで福田先生は、広い文芸の視点から何か示唆を与えてくれる。それを受けとめて皆少しずつ成長して参ったわけでございます。

それから交友関係でちょっと遡りますけれども、先生の山荘をお訪ねした前年の昭和三十七年、お宅にお伺いしたときのことでした。先生の所には児童文学の同人誌もたくさん送られてきていてもう読んだからと、これはと思う良い同人誌だけ読んでみないかということで頂いてきていました。たまたまその時は奈良から出ている『近畿児童文化』というのを「これ、君の『プリズム村誕生』の書評が出ているから、あげるから」というので頂いたわけです。それは、花岡大学さんという先輩が主宰しているのですけれども、その編集をしていたのが川村たかしさんです。ご存知の方もいるかもしれませんが、『新十津川物語』全十巻も書いています。今、先生の後を受けて、日本児童文学家協会の会長役を務めております。この川村さんが編集をしながら長編を書いているのです。その長編を私が時評で推奨したのですけれども、連載が終わって『川にたつ城』という題で一冊の本として初めての出版になるわけです。そういうことで、福田先生はちょっとした同人誌からでも、これはというのを推薦してくれて、人間関係を自然に作るように差し向けてくれるんですね。だから、私は川村たかしさんとの結びも早い機会に持つことが出来ました。やがて『中学生文学』へ登場してくるということにもなるわけです。

いよいよ『中学生文学』のスタートです。この伊豆山荘は昭和三十八年十一月ですが、更に十二月に先生に急遽「こういうことで」と計画をお話して創刊に向かって出発しまして、三十九年六月に創刊号が出ました。初めは薄っぺらなものでしたが、段々ページを増やして二十三年間。先生の寄稿された作品はたくさんありますが、これは後半の部でもってなるべくご紹介申し上げたいと思います。ちょうどその頃は昭和三十八年には坪田譲治さんの『びわの実学校』が発刊されるし、福田先生のご自宅のある浜田山のすぐ近くに、二反長半《にたんおさなかば》さんという、福田先生の一番近い作家の仲間がおり、その二反長さんが同じ年に『現代少年文学』を創刊され、私も同人に加わりました。そういう状況の中で、やがてこの同人たちも『中学生文学』と結んでいくということになる。先生を始め、石森延男先生とか、先程の花岡大学さん、その他大勢の方が原稿で応援してくれたりしまして、夢中になってあっという間に、かなり苦労もあったのですが、十五年経ちました。そして十五周年記念の会を催したらどうかということになりまして、昭和五十三年八月の夏休み中に、神楽坂の日本出版クラブで、『中学生文学』創刊十五周年を祝う会を開いて頂きました。この時、主賓として勿論福田先生にもおいで頂いて、その時の写真も一部展示をしてございます。この会の進行司会役をお願いしたのが、こちらにおります浜野卓也さん、とこういうつながりです。福田先生の一番身近で育った作家で、浜野さんの場合は『文芸広場』もありますけれども、立教関係のつながりが深くて、そちらの方を通しても福田先生の門下生といってよいかと思います。同じ立教関係では瀬尾七重さん、——今日は見えてないでしょうか——、その瀬尾さんも『中学生文学』の有力な書き手になってくれました。

この十五周年には、先程申しました川村たかしさんも奈良から駆けつけてくるし、それからその頃『春来る鬼』で第一回吉川英治賞を受賞（のちに映画化）、同じ年に『ミルナの座敷』（選者であった福田先生は、この本の帯に推薦文を書かれている）で、講談社第三回新人賞も得られた須知徳平《すちとくへい》さんも見えたり、上崎美恵子《こうざきみえこ》さんらも出席されました。上崎さんは『中学生文学』に二回長編を連載しまして、二回とも出版されているのです。『星からきた犬』というのが展示されていますが、これが上崎さんの初めての出版になるわけですね。児童文壇の中では相当な書き手として早くから知れ渡っていた人ですけれども、その頃単行本で長編を出すというのがまだまだ難しい時代だったのです。『中学生文学』からその作品が出てくる。浜野さんも長編の連載をしてくれています。瀬尾さんの短編の幾つかの中で「電話」という名作を、この春のさいたま文学館の企画展では朗読をしていただいたことも印象深く残っています。このさいたま文学館の企画展「埼玉の児童文学—『中学生文学』の作家たち—」の催しは、昨年十二月から今年の三月まで長期に亘ったのですが、その関連行事として講演会を催しまして、こちらの浜野さんにも講演いただき、私もその一端を受け持ちました。そういうふうに『中学生文学』の二十三年間の足跡がさいたま文学館に原稿等一切寄贈されて、永年保存ということになりました。その記念行事がこの春持たれたわけです。さいたま文学館の企画展はいわば総論的なものでしたけれども、今日この席で福田先生を先ず取り上げるということは、本論の第一回だと思います。香川さんがいなくなりましたから、企画展をほとんど私一人でやらざるを得ない。一年あまり掛かって、やっと終わりましてから、これは福田先生を改めて読み直さなくてはいけない、この際読み直ししたいと思っていたところ、さいわいこの立教女学院の福田清人文庫から声がかかりまして、お話をということで、それではと「福田清人と『中学生文学』の作家たち」という題に落ち着いて今日を迎えたわけでございます。本当に良い機会を与えていただいて有り難いことだと思っております。

もう十五周年の段階で単行本や短編集に入れられた作品が沢山出て参りまして、いちいち細かく申し上げる暇もありませんけれども。私もさいたま文学館の企画展の前に『中学生文学』のまとめをしようということで、「長・短編に見る中学生文学史」というのをまず新聞にまとめて発表しています。長編が二十三編、一年に一回連載で、その中から単行本で出たものがかなりございます。それから短編集に入ったものもたくさんあるのです。今日ご出席の星ノブさんは『文芸広場』で大変お世話になった方ですけれども、その星さんにもいくつか頂いております。

色々資料を用意しましたけれども、時間的に早く後半の先生の部に入りたいと思います。

『中学生文学』という小さな雑誌に、大先達の福田先生に連載のエッセイを頂くなどということは夢みたいな話ですけれども、スタートに先生の支えがあったものですから、先生も「じゃあ」ということでお書きくださいました。その目録もお手許に渡っているかと思うのですけれども、その中から幾つか拾いまして、先生の文章の良いところを、できるだけ味わいたいと思います。私が要約したのではつまらないものになってしまいますから。お手許の資料の中にとても良い文章がございます。開きまして裏のところで「文章華国」というのがございます。巻頭言なのですが、こういう短いものの中に、とても中学生に対するすばらしいメッセージが送られていると思うのですよ。後半の所をちょっと読んでみます。

私は、いつか昔の中国人の書いた額面の字を読んで、なかなかいい言葉だと感心したことがあります。それには『文章華国』としてありました。『文章は国を華やかにす』と読むのでありましょう。文章つまり文芸は、我々の住む世の中を、明るく美しくしてくれるものだ、灰色の味気なさをなくし、とげとげした争いの気分をなくし、平和にしてくれるものだ、という意味と思います。

こういう文章を中学生に直にぶつけてくれた。しかも、この語り口は「私は」ということで書いておられる。それが先生の先生らしいお人柄だと思うのです。理論でなくて「私の体験を通して」というところに中学生の胸元にしみるものがあると思うのですよね。私は福田先生から多くのものをくみ取ったわけですけれども、その中にこれは『中学生文学』でなくて毎日新聞でしたか（実際は東京日々新聞）、「原点回帰の願い」というのがございます。そう長いものではなくて六、七枚の原稿だと思いますけれども、私はそれが本当に好きで、先生の文庫とか長編の解説にも引用させていただきました。全部ですと長いですから、少し読ませてもらいます。

私は近年主として児童たちの読み物を書いている。それは児童たちに楽しさの内にその魂に美を点じ、夢や勇気などを植え付けたいからである。しかしそういう営みの深い根には私自らの魂の原点、今日よりも純粋であった幼年時への回帰の願いが一面あるのではないかと、次第に思うようになった。

これは昭和四十五年ですから、『中学生文学』の前期ですね。一番終わりの方に、大人になるとあくせくする生活に入るけれども、とありまして、その後を受けまして「原点時代を書く気持ちには、現在暗い人生の海に漂流している者が人生の出航を照らした灯台の鮮明な光を、もう一度求め、今その場にある児童たちに、より光度を加えて与えたいからである。」そういう言葉を使われている。これは福田先生が目玉三部作を始め、児童の創作文学に向かわれる原点だと思います。この原点を、今の時代の中学生たちに「私の体験」として語り伝えたいと、いつもこういう意図があって、福田先生の晩年を飾った児童文学作品で実証されていると思われます。その創作の裏側にあるところを、福田先生の少年期からの思い出やら記録とか、そういうものから取りだして『中学生文学』に頂くことが出来た。それは本当に幸いなことでした。どういうご寄稿を頂いたかということを少し順を追ってみていきたいと思います。

最初に「ぼくの足音」という題で、長く一年以上連載されました。これは全く少年期の足音――「足跡」よりも「足音」の方が、より親しく響いてきます。しぜん目玉三部作にも触れておられます。「春の目玉」にしても「目玉」と結びつく達磨を描いた絵描きさんが身近な所にいる、その実際にあった事実を元に物語に取り入れている。自伝風の三部作と言われるわけですね。そして『春の目玉』、『秋の目玉』、『暁の目玉』と続いて国際アンデルセン賞優良賞、野間児童文芸賞を得た名作となって残りました。

ちょっとここで私事を申し上げて申し訳ないのですけれども、この目玉三部作の『暁の目玉』というのは、その頃出ていた『希望ライフ』という中学生向けの雑誌に一年間連載されたのが出版されたものです。その次の年は角田房子さんの「アマゾンの三太」というのが連載される。三年目に、幸運なことで福田先生の一番仲良しの白木茂さんという外国児童文学の作家であり研究者、この白木さんから連絡がありまして、「長編を連載しないか」と言われて、願ってもない、夢のような話ですからすぐお受けしました。前の人がアマゾンを書いていますから「川」なら私は「山」だと、私は山より他に書くものがないものですから、迷わず山を書くことに決めました。連載は時間的に急がれていました。昭和四十四年のことです。福田先生が先程の原点回帰を書かれたちょっと前ですね。その年の二月初め、三月号に予告が出るのです。題は、「遙かな稜線」とつけたのです。それで福田先生は勿論『希望ライフ』を毎月ご覧になっていて、私が連載するということもお話ししてありますから、早速予告を見られて電話が掛かってきたのです。「西沢さん、稜線は余り使わないね」というわけで、題は変えた方がいいよ、というのです。でも、予告が出ているから厳しいですね。余り使わないというのは、ありふれていてつまらないから、変えなさい、ということなのですけれども、福田先生はそこを柔らかく「あまり使われていないよ」と電話でおっしゃってくるのですよ。「はい、変えます」と言って、翌日東京に出てきて編集長に申し入れまして何とか変えたいと、二、三日で新しい題を、ということになりました。折角予告が出たのを翻しまして「山鳴りのアルプ」という題に変えました。おかげで私の作品はぐっと引き立ったと思います。連載の翌年にポプラ社から出ることになりました。けれども、これが「遙かな稜線」だったら題を見ただけで、あるいはものにならなかったかもしれません。そういうところも福田先生には本当に細かいところを心遣い頂きました。

それから目玉三部作の中で『秋の目玉』が講談社文庫に入るとき、私は文庫の解説を書かせていただきました。そのあと、『中学生文学』にも「目ざめのとき」という見出しで、四頁程紹介を書きました。昭和五十九年のことでした。それを早速福田先生はご覧になって、すぐお礼状を書かれるのですよ。葉書ですけれど、とても心の籠もったものので、実物が展示してありますから、後でご覧頂きたいと思います。

『中学生文学』十月号、ありがたく貴文拝見し、感謝します。小生その後、自宅にこもりおり会など出る気になれず、これではいかんと今日、一年ぶりに銀座の同郷人の句会に出てみようかと昨夜数句作りあげたところ、曰く、（ここで二句載せているのです）

○白萩や路地で会釈の茶の師匠

○祭果て円舞の焔星月夜——杉並にて、福田清人

こういう風に、私の書いたものに対する丁重な礼状ですね。そしてそのあとにちょっと鬱屈している心境をこぼされ、句会に行くので俳句を何句か作ってその句の中で二句を引いて葉書に収めてこられる。この辺も先生の人柄が偲ばれるところですね。

その次は福田先生の作られた校歌についてのお話。校歌は、今日自由にお持ち帰りという、あの『福田清人と岬（長崎・土井首）の少年たち』という、長崎の寺井さんが編集された冊子にあります。寺井さんは、土井首の小学校に勤められていたのでしょうか。今、土井首の小学校が元締めになって、校歌を全部集めて『福田清人と岬（長崎・土井首）の少年たち』の第三部に校歌特集をやろう、という連絡がこの間参りました。校歌でも歌詞だけでなく曲もつけてやる、ということで、これはとても貴重な資料になると思います。福田先生の校歌は、みなその学校にふさわしい古里への想いがそれぞれ籠もっています。福田先生は、お父さんがお医者であるという関係で、小さいときから転々と住居を変えられるわけです。子ども時代は大変だったと思うのですよね。ところが後から見ると、住居が変わったことで校歌をつくる場も広がったと思われます。それから、そういう少年の日、子どもの頃住居が変わったということは、目玉三部作の広がりにも通じていると思うのです。そういう変転があっていっそう自伝風の中にドラマが成熟してきたということが汲みとれますね。『中学生文学』に頂いた校歌の数は二十三あります。けれどもまだ全部で三十一あるようなお話です。ですからその時はまだ、生まれた土地の波佐見高校があるいはまだ無かったかなという気がするのです。波佐見の校歌は波佐見小学校、波佐見中学、二つ作っているのです。それは『中学生文学』に載っている。この波佐見中学には『春の目玉』の文学碑が校庭にございますね。ところで波佐見高校の校歌は『中学生文学』に出ていません。恐らくその後に作られたのではないかと思います。なぜそれがわかったかというと、これが甲子園、話は高校野球に飛ぶのですよ。高校野球に波佐見が登場しましたね。日記にも書いてあるので確かめると平

成八年春です。波佐見は初出場果したけれども、惜しくも一回戦で敗れましたから、校歌を聞くわけにはいかなかったですね。ところが夏の大会八月には、第一回戦勝利でしょう。私は波佐見が出るというのでテレビにずっとかじりついて終始応援していたのですよ。それで、勝っちゃったでしょう。勝ったら、校歌です。全国へテレビを通して放映されて、しかも第二回戦も勝ち続けです。それでベスト八になる。二回も私は応援してテレビを通して校歌を聞くことが出来ました。そのとき、校歌の歌詞も写し取っていたのです。甲子園では一番しか歌いませんから、写すのもらくでした。

空はるか山脈《やまなみ》めぐり
地に清き川流れたり
稲の穂はたわわに実る
山峡《やまあい》の静かなる里
　ああ　波佐見高校
　　波佐見高校
　　我等が母校

これを私はＴＶで見まして感動したのです。残念なことに福田先生は前の年に亡くなられてご覧になれなかった。そういう感慨も沸いて参りました。これは『中学生文学』の延長線でございますけれども。そういう古里への想いを託した沢山の校歌をお作りになったということが、『中学生文学』に乗り移ってきていることは、私共の誇りとするところです。

その次の章は、アメリカへ飛ぶことになります。モントレーからのアメリカ便りに移りたいと思います。今回は資料を整理しているうち色々な物が出て参りました。それを展示室の方でよく飾っていただきました。モントレーのカラー写真も見つかりました。小学館から『サライ』という雑誌が出ております。見ましてすぐに「あ、モントレー、福田先生」と思ってね、赤ペンで雑誌に「福田先生」と書いた、そのままの切り抜きがありましたので、こちらに寄贈いたしました。

福田先生がモントレーの大学に招かれて夏期講座で講師として夏の間奥様と過ごされる。これは先生の一生にとって一番思い出深いことであったと思われます。奥さんとカリフォルニアの風光明媚なところ――私は行っていないけれども――写真を見ると素晴らしいところのようですね。そこで生活されたその便りを、航空便で私の所へ送ってくるわけです。モントレー便りが二回『中学生文学』に載っております。一通目の航空便は中身にびっちり一～九番まで番号を振って原稿を書いておられます。実物がありますから、ご覧になってください。『中学生文学』には割付用紙がありまして、ちゃんとそれに私が写し取りまして、事務局へ届けるわけです。航空便を開きますと、細かく分かれてしまって番号が飛ぶのですけれども、先生はそれを気づかって間違えないように九番まできちんと番号が振ってあるのです。開きますと順番には行かないわけですよね。書いてあるときと違って貼ってしまいますから。そしてただ原稿だけをというのでなくて、やはり終わりに私宛に三行私信が付いているのです。「西沢君、元気でいます。原稿用紙に書く代りにこの用紙にかきました。よろしく。時にお便り下さい」と。元気でいます、ということをちゃんと知らせてくれているのですよね。二回のうち、最初のものが展示してあります。これも『中学生文学』が国際交流の場の中で紙面を飾れたという一つの例になるかと思うのですよ。

このモントレーの生活では、面白い話があるのです。これは『中学生文学』を離れましてもぜひお知らせをしておいた方がいい。『文芸広場』と福田先生、『中学生文学』とは密接な関係があります。その『文芸広場』にも「モントレー通信」を二回載せておられます。その一節を読ませていただきます。

今から約一〇〇年前、一八七九年の夏、イギリスからこの国に来た、まだ『宝島』を書く以前の二十九歳の若さのスティーブンソンも立ち尽くして灯台のそびえる故国のことを思った場所である。貧しく彼の暮らした建物も町に残っている。

モントレーは『宝島』のスティーブンソンにも縁のある土地です。そういえば福田先生の『岬の少年たち』は、日本の『宝島』物語ともいえますね。でもまだこの時期のスティーブンソンは『宝島』を書いていないのですけれども、とにかく児童文学の目で、そういう縁をつないで想いを深めておられる。もっとも、このカラーの写真は竹久夢二の足跡をたどることで出ているのです。夢二は晩年をここで過ごしています。そういう画家が滞在するというところですから、やはり風光明媚だと思われます。『宝島』のスティーブンソン、日本の画家の竹久夢二、児童文学作家の福田先生と、三者がモントレーに時を移して落ち合うということも興味のあるところですね。

その「モントレー通信」に、奥様が登場するのですよ。展示室で開いてある『文芸広場』の頁ではないのですけれども、もう一冊十月号が下に置いてあります。その方に出ているので、あとからご覧になってもよいでしょう。

さて、奥様の方は講義とか用事はありませんから、暇なわけです。大学院の学生が日本語科で福田先生に教えを受けているわけですが、その中から、二十四歳で金髪、生徒会長をしている女性が登場します。国木田独歩等を教えられている、と前に書いてあるのですけれども、この女子学生に「荒城の月」の踊りを教えるという段になります。そこをこういう風に書かれています。

私の妻が退屈なまま持参したレコードで『荒城の月』のおどりを教える時、キモノをきせた。長身でまるで浪人みたいである。かの女は刀を抜くようなふりつけが大好きである。デザートに果物を出した。『日本の女はお客さまにすすめてから自分が食べるものよ』と、あまりに野性的なかの女に、日本の礼儀をおしえようと、その作法を妻が示した。ペニーが主人役にみたてたのである。（ペニーというのはその女子学生です。）『ドウゾ』『ドウゾ』ペニーは皆にそう言って、『ワタシハドウナルノ』と、心細そうに、自分の食べるもののなくなることを心配するので大笑いになった。

このペニーさんは先生が行ったときお迎えに出られなかったのですよ。それで皆から少し何か言われたのでしょう。いよいよお帰りになるときにはちゃんと送ってくれたという、こういう一幕もありました。奥様の思い出ということで、『文芸広場』の方から借りて挟ませていただきました。

福田先生は三、四年経ちまして、このモントレーを背景に童話を創作しているのですよ。『毎日小学生新聞』に「月刊童話」という欄がありましてね。このくらいの大きさの、こういう横長の、見開きの頁続きで一回分になります。それが四回続く。この童話に「青い目と黒い目」という題を、福田先生はつけられています。原文はこちらに寄贈しましたが。つい一週間前、書庫の資料を調べていたら出てきたものです。早速こちらにお送りしてね。なぜかというと、これがモントレーの生活をそのまま舞台にして、主人公を子どもにすり替えて出てくるのです。大学の先生として福田先生が行ったのを子どもに転換して、ドラマを構成、さまざまな外国人の子ども同士が交流するというお話なのです。だから、「青い目と黒い目」なのです。ところがなんと主人公の少年が、「草夫」なんですよ。福田先生はよほど「草夫」が気に入って分身にしていたのですね。目玉三部作の主役を今度は子どもに伝えまして童話を書いているのですよ。面白い発見が出来ました。私もこれを読んでいた訳なのだけれども、この際改めてモントレーで気づいたのですよ。これは付録になりました。

そしてこのモントレーのアメリカ便りに次いで、「春立つ頃」の連載に、「思い出の異国の少年少女」という一章を入れ、先生のヨーロッパへの旅（昭和三十九年七月十九日〜十月一日、総理府の青年海外派遣団北欧班団長として八ヵ国訪問）のみやげ話を織りこまれています。さらに後段の「少年少女記」では、その個々の旅に分け入って、随時に船旅でイギリスへ帰る少女との出会い、スペインでのこと、パリの少年、ドイツやデンマークの少女などと興味ある話題を引きだし、回を重ねてくりひろげていただきました。日本の中学生たちの目が、広く世界に向けて開けるよう、御自身の見聞を通して語りかけられたものです。

いよいよ話の最後に先生の中学時代の思い出、記録からとり出してみたいと思います。最初は単発で、連載でなく「私の中学時代」。それから、同じ題で月を改めて二編頂いています。福田先生が中学時代に、『路傍の石』とか、こういう本を読みましたよ、と、そういう実際の読書生活を子どもに伝えているわけです。「こういうものを読みなさい」ではなく、私はこういうものに興味を持って読んだという語りかけですね。それから短歌への興味もあって、啄木とか。そして自分でもこんな歌を作ったりしているということが「わたしの中学生時代」に出てきます。いよいよ「ぼくの足音」が連載に入りまして、中学時代のことが詳しく出てくるわけです。これは先程ちょっとお話しましたように、目玉三部作の裏にあるものということで、こういう風につながって行くなということもわかるのですが、ひとつ面白いのは中学時代の作文の話が出てくるところです。「中学時代の通信簿」には、二人の国語の先生の違いが比較されています。作文の成績で、ある先生は褒めるのです。ある先生は駄目だというのですよ。点が悪いのです。それに対して悪い点を付けたからと言って、ぷんと膨れるわけではないのですね。福田先生は生来温かい心の持ち主と言いますか、優しさだと思うのですけれども。そういう評価の悪い先生は、例えばこれはどこか真似ているのではないか、と批評されるのです。普通なら怒るのですけれども、それに対してもそれを一応受けとめているのですよね。片方に褒める先生がいるのです。それは褒める先生の方がいい。でもそれで良しとしない、有頂天にならないで、やっぱり点が悪かった先生と引き較べながら両方受けとめていく、というようなことを書いております。

中学時代、作文に理解のある先生を持ったことは、たとえ文学に志さぬとも、文章が社会生活にたいへん必要なものであるので、生徒にとって幸福なことである。その点、私はめぐまれていたように思う。また、もし悪い評点をとっても、思ったこと感じたことを素直に書くならわしをつけたならそれでいいのである。いつかその文章を正しくみとめてくれる人があらわれてくるにちがいない。じぶんは文章を書けないのだと思いこまないでほしい。

この辺でご自分の体験を通して作文というものの大事さを、先生は全国の中学生に伝えられたのですよね。その次に貴重な資料で、日記を二回。かなり長いものです。先生は病気で入院されたあと退院してからも、長崎の自宅に帰って静養されるのですけれども、結局は一年休学して、中学が一年遅れるのですよね。ところがここを「私は一年遅れたために友だちを倍持つことが出来たから良かった」というふうに書いておられます。いつでも福田先生はマイナスの条件に晒されても、すぐプラスに切り替えちゃうのですね。そこのところが福田先生の理想主義というか、青春の文学者、夢を追う方だと思います。「私の中学生時代の日記が出てきた。私は病気で、夏休み前から休んで、遠い中学の町から長崎の港口の島にある自宅に帰っていた。」（『中学生文学』一九八一年七月号）ということで、病気で休んでいたお陰で日記を付けるということをした、ということですね。その貴重な日記全てではありませんけれどね、初めはとても丁寧に長く書いているのですよ。段々短くなって、その短くなったところは「以下略す」というふうに先生は書いて、連載を次の話題に移しておられますけれども。とにかく中学時代のことを素直にそのまま語りかけていることは貴重ですよね。

もう時間もせわしくなりましたけれども、しめくくりにとり上げたいのは、当時の昭和四十から五十年代の中学生にメッセージを送るという意味で少年の式典が行われたことが二回ほど書かれているところです。それは、私たちの児童文芸家協会が創立してまもなくから興した全国運動ですけれども、十四歳立春式というのをやりました。いま十四歳は色々問題になっているでしょう。でも十四歳というのは夢を追う一番大事な瑞々しい心の育つときでしょう。そういうときこそと協会は立春式を提唱いたしました。福田先生たちが先頭に立って。中央大会は新宿の伊勢丹でやったのです。私たちもお手伝いしたのですけれども。その十四歳立春式のことについて書かれています。その第一は自覚ということ、第二が立志、三番目は健康、とこの三つの柱をもって中学生に訴えている。この運動の輪が全国に一時広まりまして、しかし今の時代まではなかなか続かないで終わりました。こういう中で『中学生文学』が終刊となり、やがて平成になるわけです。それからのはげしい時勢の流れに巻かれては、もはやこの『中学生文学』は成立しなかったと思うのです。平成になって創刊したとしたら、三号雑誌までいかないで潰れたと思うのですよね。それほど時代が変わってしまいましたから。福田先生の支えで始めた『中学生文学』二十三年は、もう歴史の奥の方へ閉じこめて終わりなのか、というようなこともちょっと考えてしまいます。いやいや、終わりではいけないよ、と福田先生はおっしゃられていると思います、今でも。やはり、原点回帰の大切さ、幼少年時代は本当に夢の多い大事な時である、その芽生え時を大事にして、もっと夢を持って貰いたいと。「麦笛や少年の夢定まらず」という先生の句があります。これには色々な解釈があるかもしれませんが、私は少年の夢というのは定まらないものだというふうに受けとめたいと思うのですよ。茫洋として定まらないもの。夢はそういうものでしょう。理屈でもって割り切れないところ、未知数で、だから魅力がある、未知数だから不安もあるし、不安の中にそれを乗り越えて夢の中に入って行くには、冒険心も必要だと思うのです。そういう夢を追う少年少女時代の生活に対して、福田先生は児童文学作家としてその本心の姿を、自伝風の三部作に置きながら、一方で『岬の少年たち』の『宝島』のようなあの冒険を含んだ物語、歴史小説では『天平の少年』というような起伏のある壮大な児童文学に結んで展開されているのです。ですから福田文学というものをこういう原点回帰の願いの視点から読み直して、これからの子どもたちにも伝えていきたいなと、しきりに思っております。

大変用意するものが多くて、まだ随分落としてしまいましたけれども、良いご縁を得まして、なんとか福田先生の話の引継ぎの糸口をここで開いておきたいと、そういう貴重な機会を頂いたことを、本学図書館を中心に関係の皆さんに本当にお礼を申し上げたいと思います。話がまとまりませんでしたけれども、ひとまずこれで閉じさせていただきたいと思います。どうもありがとうございました。

（第十二回、二〇〇一年一一月三日）

『国木田独歩全集』と福田清人

本多　浩

この会には何回か出席して、講演を聞かせていただいたのですが、この二、三年、ちょっとさぼっていまして、六月ごろに会のご案内を頂いて、今年は出られると思ったのです。そうしたら、それが案内ではなくて講演依頼だったのです。そのころ私は身辺にいろいろなことがありまして、それで講演依頼というのが何かよく分かりませんでした。それで、篠原さんから手紙をいただいて、「実はこういう題目で講演をしてほしい」、「ああ、いいですよ」と引き受けてしまいました。そしたら、よく見たら「『国木田独歩全集』と福田清人」という題になっていて、これは大変なものを引き受けてしまった。

実はあの全集は、奥付をご覧になりますと、「国木田独歩全集編纂委員会」となっているのです。ですから、四人の先生方の共同の仕事ということでやっていたものですから、特に福田先生がこれというのではなく、みんなで協議をしていました。ですから、そのへんの事情を話すというのは非常に難しいので、これは大変なことを引き受けてしまったと思っています。編纂者の名前は中扉の裏にあります。

金沢市には県立の石川近代文学館がありますが、「室生犀星記念館」というのを金沢市が八月一日にオープンさせました。犀星の生まれたところ、生地の半分ぐらいの地所を買い取って建てました。かなり前から関わりを持っていましたが、六、七月ごろは、夜中にファックスがきて、朝になって空になっていたというふうな状態で、それでずっと忙しかったのです。それから六月十九日に、室生朝子さん、犀星の長女「杏っ子」のモデルの方が、開館を待たずにお亡くなりになったので、その入院や密葬、それから十月二十日に偲ぶ会をやって、それで手が放れたのですが、そのようなことで、引き受けるときに題名をよく見ないで引き受けてしまった。これは大変なことになったと思ったのです。引き受けた以上は何かお話をしようと。ところが、この独歩全集を出してからもう三十八年です。ですからその年に生まれた方が三十八歳ぐらいになります。資料もあちこちに飛んでしまっていました。たまたま今日こちらに写真を何枚か持ってきましたけれども、写真のフィルムは傷もなくきれいなのですが、非常に酢酸臭いのです。どういうものかは分かりませんが、泉屋のクッキーみたいな箱に、ネガを入れてあるのですが、それを開けたら、部屋中が酢酸臭くなりました。私も何か酢酸臭いのではないかなと思うくらい、腐りかけているのではないかと思うのです。そのような時を経ておりますので、どういうふうな話になるか分かりませんが、一応用意してきたことをお話ししようと思っています。

たしか平成八年に、この会で、栗林秀雄さんが「国木田独歩と福田清人」というのをお話しになっているので、そういうことと、なるべくかち合わないようにと思うのですが、今日は栗林さんもいらっしゃっていますけれども、どうしても少しかち合うところはお聞き流しください。

この全集のために資料を集めに北は北海道、南は大分県佐伯といったように全国歩きました。佐伯には塩田先生、編集に携わった川岸みち子さん、藤江稔さんとご一緒したことがあります。藤江さんは学研の社員です。福田先生とはご一緒に旅行をしたことはありません。福田先生は独歩の足跡を、空知川の岸辺から生地千葉県の銚子、佐伯、岩国、山口と尋ねていらっしゃいます。

今日はそこにいくつかの写真を持ってきました。後でご覧になってください。一つは銚子の碑の写真です。これは昭和二十七年に出来たそうです。海鹿島という所の大きな石に、日夏耿之介の筆で「山林に自由存す」というのが書き込められています。記録によると、その当時で総費用が十五万二千円かかっていると言います。昭和二十七年で十五万というのはかなりのお金だろうと思います。展示した写真は、ずいぶん前のもので、もう四十五年くらい前なのでしょうか、海辺にすぐあると思っていたのです。そういう感じでした。銚子には暁鶏館という宿がありまして、ここには独歩も泊まってそこで静養もしていますし、選挙に出るために少し使ったそうです。紅葉なども泊まった暁鶏館という、これは日本でいちばん初日の出が早くあがる所というので売っています。お風呂の中に入りながら日の出が見られるというところです。この間の三十、三十一日に、遊びがてら行きました。何かその海岸からとんでもない所に、丘のほうに碑が移ってしまったように思いました。あんな大きな石が移るわけがない。その下に道路が出来たから山に移ったように思えたのでしょう。そこの写真が一枚。ここには先生も行っていらっしゃいます。

あと、岩国小学校。岩国小学校というのは独歩が小さいときに通った錦見小学校のことです。キャプションには「博物館になっているだろう」などとあり、私が行ったころは岩国小学校の校舎の一部になっていました。今は何か違ったものになっている、あるいは取り壊されてしまったかもしれません。

それから独歩ゆかりの風景として麻里府海岸の碑。麻里府海岸というのは、独歩が明治二十四年、早稲田大学の前身、東京専門学校をやめて父親のいる所で、波野英学塾などというのを開いたりする。作品の舞台に多くなっています。そこの碑です。碑文は岸信介が書いています。これもまた「山林に自由存す」です。独歩の碑文はよく使われています。

それから、あとは「春の鳥」の石垣。六蔵が飛び降りた石垣。それから、「酒中日記」に書かれている麻里府の海岸から見た馬島とかそういうものをいくつか持ってきましたので、後でご覧ください。

では、少し本論に入っていきます。お手元に学研版全集以前の全集というのを、そこにプリントしていただきました。いちばん最初に全集と名が付いた独歩のものは、明治四十三年の六月と八月に前後篇として博文館から出ました。田山花袋と前田晃（木城）の編です。前田晃は「文章世界」の花袋の下で働いていた人です。これが出た。独歩の場合には、おもしろいことに亡くなるといろいろな本が続々出てくるのです。ご存知のように『欺かざるの記』が前後篇で出版されました。それから『独歩書簡』というのも出ます。『独歩小品』というのも出ます。それから『愛弟通信』とか、そういうのが出版されてきます。

それはやはり、独歩が死んだころ、明治四十一年ですけれども、自然主義の先駆者というふうに、田山花袋らが持ち上げようとしたことがあると思います。晩年の作品は、自然主義ふうなものがありますから、私はそうは思いませんが、そうすると自然主義の先駆者の作家が亡くなったというふうな持ち上げ方が、ジャーナリズムにもあったろうと思います。独歩が亡くなったときには「読売新聞」は一面を使って記事を出して、独歩の死を報じています。他の新聞にも多くの追悼文がのっています。

独歩は神奈川県茅ヶ崎の南湖院という肺結核の療養所で亡くなります。今は、老人ホームがそこに建てられたというふうに聞いています。そこで亡くなる前に、これは死んでから出るのですが、『病牀録』というのを真山青果が、いろいろな独歩の人生観だとか、女性観だとか、あるいは芸術観だとかを聞き書きしています。女性観など、今だったら引っぱたかれてしまうようなものです。これは、信子に捨てられましたから、女に対する恨みがあるのです。「女性禽獣論」というのです。「女性は鳥や獣と同じだ」と。そして女には前には髪があるが、後ろには髪がない。去っていくときに捕まえようにも捕まえるところがないなどと、そういうふうなことが書かれています。『病牀録』はそんなことだけではないですよ。芸術観なども述べられています。また、真山青果は独歩の病状を通信の形で「読売新聞」に連載をしています。題は、「国木田独歩氏の病状を報ずる書」です。亡くなる月、明治四十一年六月の八日から独歩の近況を書いたのです。一部は「新潮」に発表しています。独歩の病状に関心を持った読者も多かったようです。

では、明治四十三年博文館から出版された『独歩全集』をみてみましょう。これは前篇、後篇の二冊です。独歩という人は、長編を書こうとして書き出しますが、病気のためにやめてしまいます。短編しか書いていない。ですから、量としてはかなりの短編を書いていますが、この全集の中にほとんど主な作品は入っています。樋口一葉などもみんな短編ですね。大正で言えば芥川も短編作家です。そういうふうに、独歩も短編小説作家ですから、本にすると一、二冊でだいたい収まります。この全集には詩を少し入れています。これが出て、大正九年の十二月に、今度これを一冊の縮刷版にします。もちろん全集と言っていますけれども作品だけです。書簡が入っていたり日記が入っていたり、そういう全集ではありません。あくまでも作品集で、これが大正九年に出ています。こういう形は、一葉だとか紅葉なども、このような縮刷版とかいろいろなものが出ています。この縮刷版の全集はかなり売れたと思います。今私が持っているのは五版です。大正十年の五月にもう五版を出しているのです。一回にどれくらい刷ったか知りませんけれども、かなり売れたのではないでしょうか。

昭和になって、近代文学の研究もだんだんと進んでくる。たしか福田先生あたりが、最初の東京帝国大学の国文科で、近代を扱った人だと思います。それまではこのようなものはまだ研究対象ではないと。これは福田先生から聞いたわけではないのですが、いつの間にかそういうゴシップが伝わってきたので、本当か嘘か、だいたいこれは嘘だと思いますが、卒業論文の面接のときに「子守りが読むような小説を研究対象にして東京帝国大学の学生か」と怒られたというのです。福田先生は「硯友社の文学」でしたから、確かにそういう雰囲気があったと思うのです。その後がまたおもしろいのです。それを質問した先生が祝詞の研究者でした。だから今度は言い返したそうです。「神主が読むような祝詞を研究して、何になるんだ」と言ったと。これはもうお互いに作り話で、そのように、まだ近代文学が研究対象になりにくい時代。堀辰雄は芥川を書いていますが、先生たちが非常に新しい分野に取り組まれたわけです。

近代文学もそういう意味でだんだん研究対象になってきて、その一つの成果として『国木田独歩全集』全八巻、これは昭和五年三月から十二月に全八巻出ている。改造社から出ている。一般に改造社版独歩全集というふうに言っています。編集は斎藤昌三、柳田泉、中島健蔵。中島健蔵は独歩全集を三回にわたってやったことになります。

中島先生がどういうふうにして独歩が好きになったかということはよく分かりませんが、とにかく独歩が好きなのです。独歩のことになると、ほかのことはやめてしまってもいいというような、非常に独歩が好きな先生でした。ですから仕事をするときは楽でした。何かの原稿があっても「そっちは後にしよう。独歩のことならおまえ来い」などと言われて、夜中に行くと「うーん」と言って、気分がよくなると細菌学の話までいってしまうような先生だったのですが、非常に独歩が好きだった。そのために三回もおやりになることになったのでしょうね。

この全集は画期的だったのです。博文館の全集は、いわゆる作品集です。小説は、学研版でも全十巻あるうちの二冊半です。ですから、その全集も小説は三冊に収めています。あと詩を入れて、それから、やはり「欺かざるの記」を全部収めて、それから書簡も入れました。『独歩書簡』というのは亡くなった後に出ています。そういうものから書簡を中に入れて、それから「欺かざるの記」を入れたのと、没後出た「愛弟通信」そういうものを全部この中に入れて、当時の全集としては最高と言っていいような編集がそこでなされています。

これは総ルビを付けました。どうして総ルビを付けたのかというのは、一般の人には読みやすいというのでしょう。総ルビを付けた全集です。ですから「欺かざるの記」でもルビが付いています。だから今読みますと少し固有名詞などでは読み違えているものもありますが、こういうものが出たわけです。

昭和七年に東大をご卒業になった坂本浩先生、私の学部時代の恩師ですが、昭和十七年に独歩の伝記を出版されています。これは福田先生の小説独歩とちがった研究者の独歩評伝です。先生の回想を見ると「自分がやったのは自然主義文学を主にやったけれども、とにかくこの独歩の全集八巻を抱えてひと夏を過ごした」ということをお書きになっています。これは独歩研究の礎になった全集ではないかと思います。

そして戦争が終わって、昭和二十一年十月から二十四年の九月までに、今度は非常に意欲的な全集が鎌倉文庫から出ます。塩田良平、中島健蔵、中村武羅夫、国木田虎男、こういう人たちが全集をやり始めるわけです。この虎男さんというのは独歩のご長男です。

ここに一人の女性が活躍します。学研版の独歩全集でも、この大変な力をお出しになった、川岸みち子さんという塩田先生のお弟子さんです。教職の経験はありませんが、編集者の経験が豊富な方で、このとき、鎌倉文庫の編集を実務的にタッチされた方です。もうお亡くなりになりましたけれども、大変熱心な方で、後でご紹介しますが、伝記を最後に残されました。これは『国木田独歩全集　別巻二』として、つい二、三年前に刊行しました。大変な人だった。「欺かざるの記」も、初版本から取るのではなくて、残っている草稿から起こしていくという画期的な全集だった。ただ残念ながら昭和二十年代は、まだ物不足の時で紙が非常に悪く、印刷もあまりよくありません。それでも出ていればまだよかったのですけれども、途中で鎌倉文庫はつぶれてしまうのです。川岸さんの回想によると、はじめは一万部出たというのです。それがだんだん落ちてしまって、最後には売れなくなる。そして鎌倉文庫もつぶれてしまう。鎌倉文庫としては五大企画、五つの企画の一つだというふうに力を入れていたそうですが、それがつぶれてしまいます。全十巻のところ六冊刊行で終わってしまいました。

それで、次は学研版に移るわけです。そこに書きましたように全十巻、昭和三十九年の七月から四十二年にわたって出版された。これはどういうかたちでそれが企画されたのだろうかということを少しお話しをしていこうかと思います。思い違いや聞き違いがあるかも知れませんが。

これは、最初は学研（学習研究社）というと皆さんイメージとしては子供の出版社、子供の出版社というとおかしいのですが、子供向けの出版を主にしていて、あまり大人向けのものは出していなかったようです。その当時、社の方針が、「少し大人向けのものを出そうじゃないか」というふうな雰囲気が出てきて、それで確か、これは芥川賞を取った人の全集が出ていたのではないかと思います。その当時に学研と瀬沼茂樹先生が、何かそういうことでやりとりがあったらしいのです。瀬沼先生がなぜ独歩をそういうように思ったのか、よく分からないのですけれども、とにかく全集を出したいというように編集者、これは一緒にずっと仕事をした藤江稔という人ですが、藤江さんに話をしました。「君のところも、少し大人ものをやるのならば、独歩全集なんていちばんいいんじゃないの」と言って、そしたら藤江さんも乗り気になって「じゃあ、やってみましょうか」というので社へ持ち帰った。持ち帰ったところ、案の定「だめだ」と、即座に言われたらしいです。「どのくらい売れるか？　一万は売れるか？」と聞かれ、「一万は売れません。五、〇〇〇なら売れます」「五、〇〇〇じゃだめだ。うちの社は三万以下の本をつくらないのだ」。そう言われたといいます。それでだめだというので、そうなると編集者というのは何か意地がある。どうしてもこれはやってみたいということになったらしく、藤江さんが粘りに粘って六ヵ月粘った。そうしたら「まぁ、しょうがない、やろうか」とか聞いています。

このあたりから少し藤江さんの回想と私の知っていることと違うのですけれども、塩田先生の所に藤江さんが最初に行ったというのです。僕はそうではなくて、最初に瀬沼先生の所で「やりましょう」といったと思います。瀬沼先生が言い出したわけですから、つながりから言いますと、瀬沼先生が福田先生の所に行ったのではないかと思います。それで福田先生が塩田先生、そして今度、中島先生は当然のことだというのではないかと思うのですが、とにかくこの四人が編纂委員になるということが決まりました。

この四人が編纂委員です。結局、第一回の編纂委員会というのは、昭和三十八年の六月八日に新宿の東京会館に集まったのです。このとき生まれた人たちがもう三十八歳です。だから、時の流れというのは恐ろしくて、何か私はこれ見ていたら恐ろしいというか、非常に変な気になってくるのです。そのときは、川岸さんは最初から第一回の会議に出席し、第二回目は七月九日に行ったというふうに書いてあります。

私は最初のころは、これにはまったくタッチしていませんでした。知らなかったわけではありません。卒業論文は坂本浩先生のご指導で国木田独歩を書いたのですが、福田先生が紅葉から独歩に移ったように、私はまったく関係のない室生犀星に変わってしまったのです。ですから大学院の面接のときに福田先生と塩田先生がいらっしゃって、「何で、おまえ独歩やっていたのに犀星をやるんだ」と。「そういうことなんですけど」と、何かよく分からない答えをしたことがあります。あまり独歩に関心を持っていなかったのです。最初、私のような立場、手伝いというか、助手は浜名弘子さんという方がおやりになったのです。浜名弘子さんというのは、今は板垣さんの奥さんです。しばらくおやりになっています。どのくらいしていらっしゃったかはっきりしませんが引き継いだものに浜名資料というのが出てきています。その後、塩田研究室にいた後輩が、これを引き受けた。一ヵ月か二ヵ月で、なにかの都合で辞めました。「それじゃ、おまえが独歩をやったんだから、全く独歩を知らないより、おまえのほうがいいだろうから」と、塩田先生からお誘いいただいたのです。

最初、藤江さんはもっと簡単に考えていたようです。鎌倉文庫の編成があるから、編纂委員をこう決めてしまって、あとは「先生方お願いいたします。解題を書いてください」というぐらいだったと聞いたことがあります。そしてひと月に一巻ぐらい出そうと、そのようなつもりでした。ところがこの全集を始めたら、なかなかそうはいかない。凝りに凝ってしまったのです。特に中島先生は「今までにないものをやろう。今までにない、日本の全集の見本をつくりたい」。そういうことで、とにかく始まったわけです。

第一回配本は、これは第二巻「小説一」というので、昭和三十九年の七月に発刊しました。この巻の解題は瀬沼先生がお書きになっています。ここで一言だけ申し上げておくのは、この解題を書いた人が、その巻の責任者ではないのです。これはみんなの責任です。四人の編纂委員会の責任です。ただし、解題はいちばん得意なところを担当するというふうなことで、塩田先生は「欺かざるの記」をお書きになりましたし、福田先生は小説と、それから「愛弟通信」の解題をお書きになりました。これは四人の責任で、解題を書いた人だけの編集ではないということを申し上げておこうと思います。

第一回はこれで出します。これはまっとうです。小説から出していくという、「武蔵野」とかそのような小説が入る第二巻を出すというのは、営業上まっとうなやり方です。そしてこのころはうまくいって、二回配本は昭和三十九年の九月に「欺かざるの記」がもうできたのです。先ほど申し上げたように「欺かざるの記」が鎌倉文庫で一回手掛けていると言うか、さわっているわけです。それで、「欺かざるの記」は、その時点で半分くらい草稿がありました。これについてはいろいろなことがありました。古書店に出て、それを塩田先生がお買いになって、勝本清一郎氏が、「大波小波」かどこかに、「塩田さんが買って、これで新しい発見がいくつできるか、一字十万円もかかったことになるんだ」などということをお書きになったことがあります。力を入れて、草稿の集まるものは全部集めよう。現在「欺かざるの記」の塩田先生がお持ちになっていたものは、信子との「恋の日記」という、いちばんおもしろいところです。これは日本近代文学館に入っています。それからあと、天理大学に少し入ったのではないかと思いますが、あとのことはあまり知りません。この「欺かざるの記」を出した。これも割合に早くからやっていたからスムーズにいったわけです。

後でまた校訂方針とか全体のことを言いますけれども、全体は、いわゆる旧字体そのままとかいろいろ決めました。亡くなってすぐ出した『欺かざるの記』、それを受け継いだ改造社版と違っていることは、草稿通り。いかに何があろうとも、間違いがあろうが、それを載せる。それで注釈で取っていくというやり方でした。原稿を実際つくるときは川岸さんがおやりになって、塩田先生の手にお渡しする。ただし、今みたいにコピーがありませんから、いちいち手書きで全部写し取ることをやっていたら大変なものです。全集の二巻分あるのですから。それを川岸さんが手書きで書いていたら、とてもとても大変だ。川岸さんは旧字体が書ける方でしたから、書けと言えば書くのでしょうけれども、鎌倉文庫などの古本を買ってきてバラしてしまって、それに赤字を入れていくというような形を取ったと思います。

改造社版、つまり没後すぐに出版された『欺かざるの記』との違いはいろいろあります。一、二あげてみます。ミセケチといって、「見る」という字と「消す」という字ですが、書いたのを自分で線を引いて消してしまうのです。それを見消というのです。前の全集では見消はおこしていません。それから読み違いもあります。精神社という出版社だったのを、靖国神社と読み間違えてしまっている。独歩の頃には靖国神社とはいわなかったでしょうが。それから、軍の批判が書いてあるのです。特に海軍に従軍したときに、軍の批判を書いているところは消している。また独歩が信子と恋に落ちたあたりは、よく接吻という言葉が何回も出ているので、そのようなところを削ってしまった。それはそれなりの意味があって、時代のものがあったのですけれども、今度は全文を出す。

見消の一例をあげてみます。これはどういうところを消したかというと、これは日清戦争で従軍したときのことです。これは従軍中に、一回長崎に帰ってくるのです。明治二十八年一月二十二日のことです。昨日内村鑑三氏のうんぬんとあり、その後が、見消になっているところがあります。「吾朋友」、友達ですね。「吾朋友等、若し長崎に於ける事実を以て吾を捨つるならば、吾直ちに米国に自由の天地を求めんとの決心なり。吾此の決心と共に無限の憤慨を感じ、熱涙をのみたり」。そういうようなことが書いてある。何でこんなことを消しているのか、ということです。何か長崎でことがあって、それを友達がそのことを知って、私を捨てるならば、私はアメリカに行ってしまうのだ。何だかわけが分からない。こういうところが編集しているときはおもしろいのです。何か分からない。みんなで寄り集まって、寄り集まるのはそんなに年中ではない。電話か川岸さん、藤江さんや私がそれぞれの先生方をたずねるかしました。ファックスなどもありませんから、「見消ある」と塩田先生がおっしゃる。この時は四人と私たちが一緒のときのことでした。「何で消したんだろう」。福田先生も「分かんないですね」。中島先生が出てきて「何か長崎で悪いことしたんじゃないの？」、「そうかもしれないね」、こうなるのです。

私がこのようなことを言うと、酢酸の中から出てきたようなアルコールづけの人間かと想われますが、治子夫人という未亡人と、私は晩年にお会いしています。独歩の奥様と会っているなどというのは、よほどの年で百歳ぐらいではないのかと想われますが、その奥様に会って聞き書きをつくりました。独歩の治子未亡人の聞き書きを。これは立教大学の「日本文学」に載せて、筑摩書房から出ている『明治文学全集』の『国木田独歩集』の中に資料として載っています。もちろん毎日ではありませんが十回ほど伺ったと思います。そのとき、いろいろお話を聞いたのです。奥様の治子夫人がこういうことを言った。いろいろな断片的なことを聞いて、それをつなげていって、後で直しました。「あのときはこういうことで、このときに何をもらった」とか。「生きている間には貧乏だったけれど、茶だんすを開ければ、お金が必ずあると思っていたのよ。本当はないのにね、死んだら本当にさびしかったのよ」とおっしゃるので、あれこれをつなげていく。「従軍のとき、長崎で軍人に連れられて毎晩くるわへ行ったけれども、ああいう所は嫌な所だね」と言っていました。明日発つという日の前に、博多人形でエロ人形があるのだそうです。「それをくれたが海に捨ててしまった」と。これを聞いた話を書いたのです。「ちょっと、長崎で悪いことしたんじゃないの?」と中島先生が、そういうことをおっしゃったかどうか分かりませんが、そんな様子です。「じゃあ、悪いこと何したんだ」と言うと、福田先生あたりが私のそれを読んでいらっしゃって、「こんなこと書いてあった」と言うので「ああ、そうか、これで分かった」、こういうことをやっていた。これは「欺かざるの記」ですけれども、小説でもそういうのが出てくるわけです。だから塩田先生がおかしいと思うと、中島先生が言う。そうすると中島先生が「どっか悪いことしたんじゃないの」、「あ、あれは『立教大学、日本文学』に載っていたよ、こういうことが」。それでこう解決していくということです。だから、「福田先生と『国木田独歩全集』」と言われると困るのです。このような会話の中で、福田先生がいろいろなことをおやりになったわけです。

第三回配本が十月で、二ヵ月おきに出ています。これは「小説二」です。これは福田先生の解題です。このときに、先ほど申し上げましたように、全体の協議のうちにやっていきます。ゲラもみんな見ます。この校訂の方針というのはもう決まっていて、どういうふうに校訂をしていくのかということは、福田先生だけではありません。まず、こういうことを基本的に決めています。独歩生前に単行本のあるものは、作者が一応目を通して校訂したものとみて、初版本の本文を底本にする。それから亡くなってから雑誌に載ったものは雑誌を底本にする。ですから「武蔵野」という作品は、「今の武蔵野」として「国民之友」に載って、『武蔵野』という単行本に収めているから、前の「国民之友」は、参考にはするけれども、底本は単行本の『武蔵野』を使う、「愛弟通信」の場合などは、これは「国民新聞」の連載です。これは生前は本になっていない。亡くなってから本にしたから、これは「国民新聞」を底本にする。これが基本です。あとは、仮名遣いとか、そういういろいろなことがありますが、こういう方針でいくと決めたわけです。

ですから三巻の福田先生も、その方針によって校訂、編集をしていくわけです。原稿は、「欺かざるの記」は鎌倉文庫とかそういうものをバラしたと申しましたが、ほかのものはどうしたかというと、これもまた、初版『武蔵野』をいくらなんでもバラすわけにはいきませんから、そのようなときは角川の文庫などできちんとしたものをまずバラして、川岸さんがそれに赤を最初に入れて、初版本とつきあわせをして、それを原稿にしていく。このような形を取りました。それから、あとのものはどうしたらいいか。つまり雑誌とかそういうものはどうしたのか。今のようなコピーの時代ではありません。焼けば青く出てくるコピーで、原稿にするには適していない。ですから全部写真を撮りました。たとえば「愛弟通信」は「国民新聞」を、そのほかのものもほとんど写真でした。それから紙焼というものにしました。ですからこの編集費のかなりの費用が写真代に消えてしまいました。よく「写真が一枚いくらかかるのに、おまえ、あまりパンパン撮るなよ」と言われましたが、撮らなければ仕方がないし、国会図書館へ行ってもコピーというのはなくて、写真は撮ってはくれないで、自分で撮る。ランプだけ貸してくれるのですね。接写台があって、そこにこうカメラを付けて一枚一枚撮っていくという、そういう時代でした。

　そういう原稿をつくって、まず印刷に入れます。シンマイ、シンマイと言っていました、信毎書籍印刷株式会社です。これは善光寺のある長野のほうにありましたが、そこへ原稿を渡す。もちろん私が渡すわけではありませんが。今はみんなフロッピーで原稿を渡すのですね。だからゲラが出てくるのが早いこと早いこと。この間、私が本を出したときに、ゲラで直せばいいと思っていたのが、一冊そのままバーンときてしまってびっくりしたことがあります。その当時は二十ページ、三十ページが送られてくるわけです。それで、ある程度藤江さんと川岸さんがご覧になって、それから先生方にもお見せして、疑問点は全部チェックして電話で交渉するなどしていました。私はそのときは使い走りで、中島先生の所は昼間行ってもだめなので夜、たいてい夕食を食べて行く。そうすると帰りが四時とかになって、電車などないのでタクシーで環七をすっ飛ばして帰ってきた時があります。そういうものを持って行ったりして、瀬沼先生のときは瀬沼先生と、そこでいろいろ協議をしてやっていくわけです。

　ゲラは、先生方の文書、それからゲラの清書というとおかしいのですが、先生方がみんなチェックして出すわけです。これはどうだと言うと、またすぐ調べて、川岸さんにいくのもあれば僕のほうにくるのもあります。「これは年代はどうもおかしい」と。そのときはこまかすぎると思ったのですけれども、資料を出すのに第何巻第八号とか書きますよね。図書館へ行くと、もう何冊もあるとめんどうくさいから「八の一」とか「三の二」とか出すと、これを中島先生が絶対にお許しにならない。「ちゃんと第三号第何号、何年か何巻か、違うじゃないか。こういう資料持ってきてはだめじゃないか」とおっしゃいます。それから全部そういうことは勉強しました。そういう資料を持っていく。それからいろんなことをやってゲラが出てくるときは、そういうものを照らし合わせながら、これは福田先生へ持っていくゲラ。先生方は自分の担当の巻でなくても一応はお読みになる。誤植というのは直さないでいいです。先生方、誤植はいいのですよと、ただ事実がおかしいところ、さっき出てきたようなところのように「見消があった。この見消、何だろう？　この言葉おかしいんじゃないか？」というようなことをおっしゃってもらう。そうするとこれはもう明らかに『武蔵野』なら『武蔵野』という単行本が誤植であって、前が違っているというのが出てきます。そういうことでやって、最後は藤江さんが先生方の疑問を解いたところを集める。それから我々がやっているところのものも集める。

ここで川岸みち子さんのことにふれてみたいと思います。大変熱心な方で、塩田先生の所に長く出入りをして、塩田先生の中央公論社から出した『樋口一葉研究』というものも、校正から資料収集をおやりになっていますから、塩田先生とは気心がよく知れているので、塩田先生の優しさと怖さというのを知っているわけです。川岸さんはなかなか怖い人というといけないのですが、厳しい人でした。川岸さんに回すゲラで、私のほうが先に見たりすると間違っていますよね。私は校正などほとんどやったことがないですから、ベテランの川岸さんにはとてもかなわないのです。そうすると「目玉いくつありや」とゲラに書いてあるのです。今度、私のほうが川岸さんが見落としていると「目玉二つ健全なり」とか、そのうちに「今半の牛肉、明日持参」とか、「総理大臣より忙しい」とか書いてある。それを藤江さんが一つにまとめました。藤江さんはそうした落書きのゲラをどう思われたでしょうか。落書きをしたのは夜中に一人でゲラを見ているとストレスがたまり、そのためだったのでしょう。とくに川岸さんは。

解題者が決を下す場合もありました。どうしても、どちらにしても正しいということです。どちらでも正しいのだけれども、どちらかに決めなければならない。

これは瀬沼先生のご担当の小説の中に「少年《しょうねん》の悲哀《ひあい》」という作品があります。「こどものかなしみ」という人もいます。この二つ、どちらを題として取るか。どう読むか。「牛肉と馬鈴薯」という作品がありますが、あれも結論的には、今の独歩全集の編纂委員会の読みとしては、「ぎゅうにくとじゃがいも」。調べてみると、「にくといも」というのがあります。それから多いのは「ぎゅうにくとばれいしょ」という読み方がある。これも分からない。「ばれいしょ」と読ませたほうがいいのかというのは、本当のところ分からないのです。「少年の悲哀」というのは、瀬沼先生の巻ですから「しょうねんのひあい」となったのですけれども。これで一つ論争になったところで、「いやそうではない」、どちらかというと福田先生のほうが、そういうほうの立場です。私は福田先生の立場のほうが詩情があっていいと思うのです。どうして「こどものかなしみ」と読むのかというと、冒頭のところに「少年のよろこびが詩であるならば、少年のかなしみもまた詩である」とルビが振ってあるのです。「それでいいじゃない」と言うと、またそれがうまくいかないのです。福田先生が推しても「だめだ」と言われるとだめなのです。「いいじゃない、これルビ振ってあるから、これにしようよ」って言ってもだめなのです。福田先生がということではなくて、みんなそういうことで論争しているわけです。これは『独歩集』に入っていますが、『独歩集』は総ルビなのです。「総ルビというのは本人が付けたルビではない。編集者が付けたルビだから、こどものかなしみと読んだのは独歩が付けたという証拠があるのか」。こう瀬沼先生が言われると、「証拠はないけれども」。「これ、だって総ルビだろ」とこうこられると、二の句がつげなくなってしまいます。これはどちらでもいいようなことですが。「しょうねんのひあい」と読もうが「こどものかなしみ」と読もうと。どちらでもいいとも言えませんが、むずかしいです。

たとえば「海辺の光景」という作品がありますが、「あれ、どう読むんだ」などとこの間も話題にしている人がいました。本人が書かない場合どうするか。ただし本人が固有名詞にルビを振っていれば、これは本人の書いたルビだと認めるのですが、総ルビの場合はやはりまずいのです。では「しょうねんのひあい」なんてどこに書いてあるのかというと、「しょうねんのひあい」なんてどこにもルビふったものがないのです。こうなってくると論争しても仕方がない。これに関しては解題者が責任を持って名を付ける。書かなければ仕方がないのです。それ以外はみんな協議の上にやっているものです。

それともう一つ、この全集で特異的なものというのは、初出と本文と少し違うところが出てきたり、初版と初出が違っているところ。「欺かざるの記」の草稿本文と流布本、つまり亡くなったすぐ後に出たものの異同ですが、これを全部の巻末に付けました。ですから、初出はこういうふうになっているけれども、初版ではこう直っている。その本文ではここだけがこう直した、などいうのを付けたのです。これがまた大変なのです。その両方合わせて、違いがあると、漢字の違いなどは特別のものを除いてはやりませんでしたが、かなり違っているものはここにあげてあります。ですから初出でこうなって初版ではこうなっているのがわかるように、これも画期的なことだと思います。

その次に、福田先生ご担当の三巻「小説二」が出ました。二回配本の発行が九月十五日、三巻は十月三十日の発行です。最初一万部売れるかと言われたときに藤江さんは五、〇〇〇部なら売れる。とりあえず四、〇〇〇部売れるということで、学研は原価計算したそうです。最初だから危ないからということで、一、五〇〇部。第二巻は「小説一」ですけれども、あとは増刷して四、〇〇〇部まで刷ればいいと。一、五〇〇部刷ったのに売れたのは一、二〇〇部です。これはもうどうしようもない。初刷四、〇〇〇部でいこうと思ったら、危ないから一、五〇〇部刷る。そうしたら一、二〇〇部しか売れない。それで、これはもうだめだと。藤江さんももう乗りかかった船ですから、「いや、図書館というものは全巻そろわないと買わない。図書館がいくつあると思っているんですか」と営業にいったらしいのです。確かなことは知りませんが。これはもうずいぶん先生方も心配なさりました。福田先生の三巻が終わって、もう自分の最初の解題が終わったところで「もうだめだ」という声が出てきたわけです。

塩田先生は、揺るぎがないというか、毅然としているのです。「いいもの作れば売れるんです。だから作ればいいんです」。中島先生もそれに近いものがあります。「何でもいいから藤江くん、いいもの作っておこうよ。文化財になるんだから」。福田先生は、そこはおもしろいです。「売れないんだって」、「売れないらしい」と言うと「何とかしようよ」、「何とか、先生しようと言ってもまさか駅前で買ってくださいってわけにもいかない」、「それはそうだろうけれども、立教の前ではだめだろうけれども、横浜あたりではやってみようか」などと、そんなような冗談をおっしゃったことがあります。それはおもしろかったです。毅然としている塩田先生は「売れないと困るな。鎌倉文庫にならなければいいな」と弱気になったこともあります。中島先生は「文化財って言っているんだからいいんだよ。学研なんかつぶれたっていいんだよ」、このような感じなのです。

四回配本は年を越しました。第一巻「詩・小品・随筆・評論」でご担当は中島先生。昭和四十年の三月の刊行です。詩と評論はいいですが、この巻に収める小品と随筆というのは分けられないのです。悪いことに、独歩には『独歩小品』という単行本があるのです。これは亡くなってからつくりました。だいたいこの明治三十年代からこのころ、よく小品文とかいう言い方がありました。たとえば「文章世界」などでも「小品文募集」とかいうふうに書いてあって、随筆とどこが違うのか分かりません。随筆と小品はどこが違うのか。短いほうが小品で、長いほうが随筆か。そうはいかない。

小品文について「研究者の立場で言うと、小品文というのは何年ごろからこういうふうになった」。塩田先生あたりが、そういうふうなことおっしゃるのです。「小品の概念はいつごろからできてきて」。そうしたら「いや、そうじゃない」。また中島先生が反論。そのうちに、これは中島先生だったと思いますが、「それじゃ、あなた物書きなんだから、どう思う？　あなただけだ、物書いているのは」。塩田先生は研究者です。随筆などもお書きになっている。瀬沼先生は評論です。若いとき小説をお書きになったかどうかは分かりませんが、中島先生も文芸評論家というより、もっと幅の広い評論。そういう意味で小説を書いているのは福田先生だけなんです。もう決着がつかないのです。「福田さん、あなた物書きなんだから、物書きだったら、これどう思う？」、福田先生「分かりませんな」。「それじゃ一緒にしちゃえ」と、小品と随筆は分けていません。本当に分けにくいのです。物書きの強さはほかにもいろいろありますが、みんなはやはり小説を書いた実績からみたらどうなるかということは、福田先生に期待なさっていることがあるようでした。

一巻が出て、その次が後半の「欺かざるの記」。配本順に話を進めています。昭和三十九年の七月に一回配本がはじまり、三十九年には七月から三冊出しまして、四十年には三冊しか出ていない。四十年の三月、六月、十月の三冊のみ。これは売れないということにも増して、みんなが凝り始めている。もう、学研はこれは損しても仕方がないと、社長はあきらめたのでしょう。当時二、〇〇〇万くらいの赤字だったと言われている。はっきりしたことは分かりませんけれども、かなりの赤字。「もう全集は学研ではやりません」と言われたと聞いています。

昭和四十年になってから二冊目の第七巻「欺かざるの記」ができて、それから次に六回配本の八巻が出る。これは「伝記・註解」です。伝記というのがあるのです。これは鎌倉文庫のときに、初めて発見された物です。伝記とはどういうものかというと、独歩が信子と結婚して食べられない、東京に住んではいけないということで結婚を許されたので、逗子で新婚生活を始めたわけです。民友社に勤めるわけにはいきませんから、民友社から、独歩のためと言ってもいいのですが、こういう小さな「少年伝記叢書」というのを作ったのです。これは「フランクリン」だとか「ネルソン」だとか、今手にしているのは「横井小楠」です。「吉田松陰」もあります。これを八巻に収めました。実はこれがあるために全集をやることをちょっと嫌がる出版社があったとも聞いています。今読んだっておもしろくないからです。それからあと、註解と言って、英語の中に注釈を付けたのがあって、これはあまりお読みにならないと思います。だけど全集と名をうった以上は入れないわけにはいかない。叢書は無署名でありました。どうしてこれが独歩の作と分かるかというと、「欺かざるの記」に『少年伝記叢書』を今書いている」とか「発行した」と出ているからです。これはもう私の所に置いていても仕方がない。今日ここに寄贈していきます。ここに貼ってあるのは独歩のハンコです。治子夫人の所へ行ったときに「ハンコを押していってもいいわよ」と言うので、バンバン押して、今見たらこんな所に貼ってあったので、これは後で差し上げます。これは一部、こういう『横井小楠』などは、この全集で初めて載ったわけです。

昭和四十一年になると二月、第四巻「小説三　翻訳・翻案」が出ます。五巻は「愛弟通信」と日記、「欺かざるの記」以外の日記と書簡です。四十一年も三冊しか出ていません。この「愛弟通信」は福田先生のご担当で、「愛弟通信」という名前は、これは、独歩が死んで単行本になるときに付けられたもので、独歩自身の命名ではありません。日清戦争に船で従軍していくわけです。海軍に従軍したのですから、乗って行って記事を送ってくる。これは、単なる戦争のニュースではありません。他の新聞では日清戦争に行って、どこで何隻の船を沈ませて、どこどこに上陸して、どこどこを占領したというようなことをこう書いてあるのですが、そういうものもありますけれども、弟の収二が、やはり国民新聞の記者をしていまして、その弟に毎日の自分の報告をする。「愛弟よ」、「愛する弟よ」という書き出しで書かれたのです。だから後に「愛弟通信」というふうに呼ばれるようになったわけです。

これは全部、原稿は写真撮りです。その「国民新聞」がそろっていたのは、明治雑誌新聞文庫という、東大の中にありそこへ行って撮ったのです。本文は、東大の明治雑誌新聞文庫の「国民新聞」を底本として単行本を参考にした。「愛弟通信」の中に、カットがあるのですね。これは全部収めています。福田先生が、それは出したほうがいいというお考えだったと思うのですが、独歩が書いている自筆のものはすべて本文の中に収録して、ほかの人の書いている物は全部カットしました。この絵を入れようか入れないかというときは、だいたい全部入れる方針ですけれども、ここ入れるのか、それとも資料集に入れるのかというあたりになってくると、解題者の意向が強く出ていたというふうなことを思います。

この「愛弟通信」が出た八回配本の五巻は、福田先生が「愛弟通信」をお書きになって、日記というのは「欺かざるの記」以外の日記がここに出てきて、あと書簡もこの巻に載っています。独歩の書簡というのは、先ほども申し上げましたように、亡くなってすぐに、治子夫人の編集で『独歩書簡』というのが出たのです。これはやはり、何て言うのですか、ジャーナリズムがそういう死を取りあげたものですから、売れると思ってこういうのを出されたと思うのです。そのころはまだ書簡がたくさん残っていますから、それを元にしてつくられたのです。ただし、この書簡集というのは誤植が多いのです。日にちも違えばいろいろなことがあるのです。

これで私は、福田先生の解題の中で、今度読んでいたら一つ間違いを見つけました。それは、私がその資料を福田先生にお渡したからです。なぜかと言うと、『独歩書簡』というのは誤植が多い書簡集だったのです。これを元にしなければならないもの以外は、全部草稿をできる限りあたりました。書簡の編集をやっていて「貸してください」と言うと、お菓子を付けて京都から学研までわざわざ持ってきてくださる人がいたのです。「どうぞお使いください」と。うれしくなってしまいます。と思うと、今度は、これは長野へ行った時のことですけれど、「学研から来て、こうだ」と言うと、「お見せしましょう。私も困っているのですから、いくばくのお金をください」。私の判断ではいけませんから、すぐ電話をかけて「これこれの値段」。「よし、それじゃあしょうがねえ、いいよ」と言われて借りました。こういう方もいれば「ただで見せてやるから来い」とか、いろいろです。

この間、「なんでも鑑定団」という番組がありますが、あそこに独歩の書簡を持っている人が出演した。これいくらいくらと、パッと見たらかなり出てきたのです。あの鑑定団の値段というのは普通より安いと思います。それで、どういう人が出てくるのだろうかと思いました。「信子あての書簡」というのがあるのです。「信子あての書簡」というのは珍しいので、これ新発見かと思って大急ぎでメモして、後で見たら、全集に載っていました。これは申し上げてもいいと思います。小川五郎という、山口県の宇部高専の先生が独歩の研究者で、小川先生に見せてもらって全集に入れたのです。その息子さんが「父が残したものなのだけれども、どうしようか、いくらぐらいだろうか」と出して、「どうなさるんですか」と言ったら、「いや、売るわけにはいかないから、どこか寄付したいと思っています」。今度、独歩が佐伯で下宿していた坂本邸に独歩の記念館ができるというので、たぶんそこに入るのではないかと思います。そのようにいろいろな書簡にまつわる話があります。

では、福田先生にお渡しした資料について。『独歩書簡』が非常に不備で、それは信子に宛てた書簡で、北海道に独歩は新天地を求めて行きます。室蘭へ船で渡って行く。船に乗ったことは分かっているのです。その前に塩原に行って、塩原から、盛岡からも信子に出しています。『独歩書簡』に「室らん丸一にて」と書いてある書簡です。完全な書簡集だと思えばそのようなことはしなかったと思うのですが、非常に誤植があるから、確認しないで、室蘭丸という船に乗って行ったと思ったのですね。そうすると、「室らん丸にて」というのは、室蘭の船の中で書いたとばかり思っていたのです。それで、この「一」を誤植だろうと取ってしまいました。これは私の一存ではないのですよ、みんなで「いいや。誤植多いからいいよ」とそのときに取ってしまって、その資料が福田先生のところにいっているのです。だから解題の中（空知川の岸辺）でその資料を使って「室らん丸にて」と書簡を引用してしまい、来る前に二、三日全集を読んでいたら「こりゃしまった、福田先生に間違って資料出しちゃったな」と思いました。何かと言うと、それは後で調べたのですが、だんだんやっているうちに分かってくることなのです。川岸さんだって最初はそうだと思っていらっしゃったと思いますが、だんだん調べていったら、これがまた、このような全集をやったときのこわさとまたおもしろさだろうと思うのです。

向こうへ行って、室蘭に着きます。室蘭に着いたら、「丸一旅館」というのに泊まっているのです。「室蘭丸一旅館にて」。丸一の一を取ってしまって、本文のほうは気が付いたので、もう川岸さんが塩田先生たちと協議して「これは誤植ではないですよ」と言って訂正したのだけれど。福田先生には資料が早くいってしまったのです。福田先生の解題を見ていて、「これはまずいな」。四十年間で時効ではないけれども、今度、ちょっと「丸一」に直しておいてください。

こういうふうにして結局書簡もきちんとした形になっています。これから独歩の書簡が出てくるでしょう。独歩の書簡というのは高くて、長いものですと一〇〇万円ぐらいしてしまうものがあるので、とても買えませんけれども。

増訂版のときには出ました。何点か出たので、川岸さん、藤江さんと私が買って、今私は一葉だけ持っています。こういうふうにして何とか五巻の「愛弟通信　日記・書簡」が四十一年六月に出ました。四十一年の十月に先ほど申し上げました「病牀録」とか遺稿などを収めた九巻が刊行され、それで作品は全部終わりです。

三回配本までは順調でしたが、あとは二年かかって六冊ということになりました。十回配本の十巻は資料編で年譜、回想などが収められています。九巻刊行から一年に近い四十二年九月の刊行です。

その後『定本国木田独歩全集』として増訂版が昭和五十三年三月に刊行されました。増訂版が出たときに資料編、別巻一冊加えました。この資料編というのは、十巻の続編というような形で、独歩の出生に関する諸問題だとか、その前の巻の月報だとか、それから落ちていたもの、新発見のものを収めました。

それから最後に申し上げておくことが一つあります。独歩には四つくらい、本人の手でない作品があると思います。まず一つは「浪のあと」という作品です。これはだれが書いたか分からないのですが、独歩の作ではありません。独歩は生前にはこの四つの作品を、自分の単行本の中には収めていません。「鬬山越」というのもそうです。だけど署名が国木田独歩と書いてあるのですね。これはまた、こうなってくるとおもしろいのです。「これ署名はこうなっているけど、単行本に収めていないから、独歩じゃないかもしれないね」、「そうだね」などと言っているうちに、だれかが「ここの文章は独歩に非常に似ている。独歩らしい」と。「そうじゃないんじゃないの」と言って、しょうがないので独歩と署名のあるものは全部載せましたけれども。

たとえば「浪のあと」というのは徳島が舞台です。これは板野銀行という銀行の頭取夫人が船の中で自殺をするのです。それをその船長が、自殺を認めてやるというのはおかしいけれども、見て見ぬふりをして、飛び込んだところで汽笛を鳴らすという、そういう筋なのです。私は徳島にいたものですから、それを見たら、独歩という人は自分の目で見ないところのものはあまり書けない人なのに徳島の描写はありのままです。徳島に独歩が行ったということは、まず調べた限りではないのです。板野銀行は倒産するこのあたりがおもしろいのですけど、板野銀行は実在しないがこの頃、久次米銀行というのがつぶれるのです。作中の内町の料理屋というのも、それも昔あったのです。板野という地名もあります。徳島港に入っていくと、眼前に眉山という山がありますが、そこの所がこの辺りに見えて、どうのこうのと書いてあるのです。だから、これは独歩は行ったことがないから、独歩の作品ではないと私は思っているのですけれど、そのような作品が四作全集に収めてある。

「浪のあと」なども、増訂版の補遺解題で、代作ではなかろうかということを書いておきました。平成七年七月にさらに増補版が出ます。そして平成十二年、二年前です。「全集別巻二」として、川岸みち子さんの遺稿「国木田独歩の全容」というのを、そこに付け加えたのです。

川岸さんについてもうひとこと付け加えさせてください。川岸さんという方は非常に研究熱心で、お辞めになって全集から離れてもこつこつお読みになって、自分なりに伝記を書いていらっしゃった。ごく一部ですが雑誌に出されました。完璧主義者なのです。いつでも完璧主義。全集やったときにも完璧主義者です。解決しない限りは前に進まないという方ですから、だから夜中の電話などは当たり前です。福田先生が音を上げたのは「川岸さん八時以後は電話しちゃ嫌よ」と、そんなふうなことをおっしゃっていました。とにかく完璧。だから書いて書いて書きまくって、お亡くなりになったのです。お亡くなりになる前に伺って、そのときに「今書いているのよ」、「そうですか。出しなさいよ」と言ったら、「まだ、だめだめ」。妹さんから電話があって、お亡くなりになったことを聞いて伺いました。「こんなものが残っているんだ」と。独歩の本などはもう売ってしまったけど、姉のものがこれだけ残っているのですと。見たら、線が引っ張ってあったりして、あの独歩全集がボロボロに近いのです。独歩の全集をあれだけ読んだ人はいないと思います。それでずっと書いて、遺稿が残ったのです。遺稿と言っても、メモもあれば文章になったものもあり、実にあれこれなのです。それを藤江さんが全部きれいに直して、それから間違いやなんかのところも、分かる限り訂正しました。あるところはよく書かれているところと、あるところは、これからまた書き足すところで、書いていないものもあると思うのです。それを今度本にしようと。本にしようとしていろいろなことをやりましたが、なかなか本屋のほうも、独歩自身が地味ですし、一編集者が書いた伝記を出版しようというのは、なかなかしてくれないのです。そして学研に藤江さんが持ち込んで「これを学研で出したい」と。そしたら学研のほうも「そういう関係ならば一冊の単行本ではなくて、全集の別巻として出せ」ということになって、平成十二年の四月に一冊三一七ページという、現在、独歩の伝記としては、濃いとか薄いとかありますが、これに勝るものはないだろうと思っています。私も「あとがき」をいろいろと書きました。川岸さんにとっては、私はこれが勲章だと思って、そのような「あとがき」を書きました。川岸さんの本は藤江さんなくば世に出なかったでしょう。学研のこの全集は精魂をつくされた川岸さんへのお礼というお気持ちもあったと思います。また藤江さんなくば鎌倉文庫の二の舞になっていたかもしれません。昭和五十三年、増訂版『定本国木田独歩全集』全十一巻、更に平成七年に増補版が刊行されました。これがだいたい、『国木田独歩全集』出版の大きな流れです。

板垣　どうもありがとうございました。講演を元にしばらく懇談の時を持ちたいと思います。質問なり、ご意見なりございましたら、自由に出していただこうと思います。どなたか……。はい。

会場より　完璧に近い原稿を全部調べるのにどのくらい体力を消耗されたのでしょうか。

本多　まだ若かったですからね。ただ、そのころは成城大学の副手をして、最後は助手になっていたのですけれども。高等学校で先生が倒れられたので、ちょっと手伝っていたので。朝飯というのはよくタクシーの中で食べていました。食べる時間がないのです。副手とか助手というのは、あまり時間厳守ではないのですが、行かないとやはりまずいものですから、それを思い出しました。とにかく時間がなかったです。はじまった頃は独身でしたので無理がきいたのでしょう。

それから中島先生のところは夜が多く、話が別のところにいっちゃうと大変おもしろい話で。それから奥様が夜遅くなると、おそばを食べさせてくれる。

塩田先生のところはやはり暮れの大みそかの日に伺って、そうすると帰りにちゃんとお重に奥様が詰めてくださった、それ覚えていますね。

でもやはり、川岸さんがいちばん大変だったと思います。それから四先生方のスタッフというか、それがよかったし。それから川岸さんという方はベテランで、その中に学研の藤江さんがいらっしゃって、そして私のような下働きのものがいたから、そのスタッフも、けんかしながらも先ほど言ったように「今半の牛肉明日持参あれ」とかそういう冗談も言えたので、わりに楽しかった。

会場より　では、今日先生がご健在であられるのは、今半と目玉くんとかいろいろなユーモアもありますね。ご苦労様でした。

本多　四先生はみんな性格が違うのですよ。性格というか、ご専門が少しずつ違うから。だから、その先生方から学んだというのは大変よかったと、ありがたかったと思っています。方法論とか……。

会場より　おかげさまでそれが読めます。ありがとうございました。

板垣　ほかにどなたかございますか。

先ほど話の中に登場しました、大東文化大学の栗林教授が見えていますので、何かどうぞ。

栗林　大変おもしろく聞かせていただきました。

実は今のお話の中で、この全集の出版が昭和三十九年から四十一年ということで、私はこの立教大学の学部学生で、卒業論文で国木田独歩を取り上げていました。四十一年の一月に、たしか提出したと思うのですが。この全集が、もっと早く出てくれればと思いながらいました。しかも、作品（小説）のほうは出ているのですが、書簡とか「欺かざるの記」とか「明治廿四年日記」とかを全集で見ることはできませんでした。結果としては、最初の学部論文ではこの全集を十分に利用することはできませんでした。当時完璧な全集という形で良く言われました。ただ売れないので何十万かの赤字になったという話ですが、最終的には大幅な赤字だったのですか？

本多　よく分からないのですけれども、二千万ぐらいではないかと、塩田先生はおっしゃっていました。学研でも、あまり営業のことは私どもに伝わってこないのですけれど、当時で二千万ぐらいではないでしょうか。写真代と紙焼のあれも四〇〇万ぐらい使ったのではないかと言われているのですけれど。

栗林　それで実は、学研は独歩全集を出すことによって大変なステータスが上がったように思うのですが、そういうことを計算し直すと、学研としては赤字を乗り越えて、大変素晴らしい全集を出されたのではないかと思います。

本多　あれをもう一作家ぐらいやれば、もう少し高まったのに、一人だけだとやはり、ちょっとね。一人だけでは残念に思っています。

栗林　それで、僕も少し正確に思い出せないのですが、全集が一応終わりまして、その後、資料集というような形で赤いペーパーバックスでもって僕のところに送られてきたのですね。それは、たぶん全集を買い求めた顧客のリストがあって、その後、資料を出すについてペーパーバックスで、資料集を顧客名簿で全員に送られたと思うのですが、どうですか？

本多　さあ、それは知らないですね。持っていらっしゃる？

栗林　体裁は全集とはぜんぜん別の……。

本多　ああ、それはぜんぜん……。

栗林　そうですか。それで、藤江さんの名前で送られてきたのですが。

本多　ああ、そうですか。藤江さんもけっこう、いろいろとやっていましたからね。
栗林　では顧客名簿かなんか、そういう人たち……。
本多　かもしれません。そうだと思います。
栗林　そうですか。その後、川岸さんのものも別刷りで送られてきました。
本多　藤江さんではないかな？
栗林　藤江さんですか、そうですか。分かりました。
本多　途中ですけれど、それで言えば、最後に座談会をやったときに狐がついた「独歩狂」だと、みんな言っていました。最初にかかったのは中島先生で、それからみんなに広がって、川岸さんに広がって、今では藤江さんだねというふうに。三回配本ぐらいから藤江さんが、これに力を入れだしましたね。学研も損しても最後までやってくれたので、それから再版もあのような形でしたものですから。ありがたいことです。
栗林　もう一点、何か賞を取りませんでしたか？
本多　何も取らないです。何もなかったです。
栗林　何も賞を取らなかった？
本多　毎日出版文化賞を狙ったのですけれども、だめだったのです。だから、賞は何ももらっていないです。
栗林　そうですか。もう一つちょっとゴシップなのですが、高島屋か三越か分かりませんが塩田先生が古書店でその生原稿が出たというので買いに行って、例の勝本清一郎さんが、持っておられた独歩の生原稿のことについて、それがもう少しはっきり分かるといいのですが、どこのデパートで、真っ先に、開店前に塩田先生が行かれたという話……。
本多　三越か、それもよくわからないのですけれども、何か調べれば出てきますけれども。たぶん今の七夕みたいな競りの市だと思います。そして、その原稿は、昔は、もともと塩田さんの所にあったのですよね。それをお売りになったのだと思います。それを勝本さんがお買いになって、今度は、もう見てしまったものだから、塩田くんはいらないだろうと言って出したらしいのですよ。「ぜひ」というので、出かけられたのでしょう。詳しくは知りません。

こういう事はだんだんゴシップになって袴をはいた塩田先生が階段をかけのぼったなんて言う人がいますが、古書展はかなり上の階ですよね。まさかと思います。

栗林　ああ、そうですか。その辺の疑問が分かりました。

本多　なんか、いくらだったかはちょっと覚えていないのですけれど。

栗林　なんか、五十万とかと……。今の五十万ではなくて、当時の五十万、大変な……。

本多　そうそう、かなりの値段で買いました。それがだから、勝本さんが、一字一万とかなんとか、「大波小波」かなにかに、「もし、一字直しただけならいくらなのだけど、十字直すとこれだけだ」というふうに、誉め言葉で書いてくれたのですね。

栗林　昭和三十年代のいつごろだったか？

本多　そうですね。買ったのはもう少し前でしょう？

栗林　どうもすみません。貴重なお話を……。

本多　今はなかなか書簡は、出てきませんが、時々は出てきます。もうとても手が出ない。この間、一〇〇万円ぐらいで出ていた。

栗林　お名前は小川五郎さんと存じ上げているんですが、息子さんが書簡を鑑定団に出して売ってしまったのですか？

本多　鑑定団に出して「お売りになりますか」と言ったら、「いや、どこかに寄付します」というので、この間、佐伯市の教育委員会から僕のところへ手紙が来ていて、「今度、建てるのだ」といって、「関係資料がないか、もしあれば複写したいけれど」と言って、「小川さんのところにあるはずだ」と言ったら、「それは知っている」と言っていましたから、おそらくあそこ入るのではないかと思うのです。

それから、田村三治宛の書簡もたくさんあったのです。あれは、流れたらしいです。

栗林　僕は今年八月に初めて、思いこんでから四十年して初めて佐伯に行きましたら、建築中で記念館をつくるために取り壊していました。四十年思い続けた佐伯にやっと行って、坂本邸を見ようと思ったら取り壊していました。たぶん二年くらいかかると書いてありました。

本多　壊してしまったのですか?

栗林　壊して直しています。ちょうど城山の真下です。

本多　佐伯の教育委員会から一回手紙があったけれど。連絡もしましたが、その後のことは知りません。

板垣　そのほか、なにかございましたら、どうぞ。

そうしましたら、一応この会は閉じまして、展示室に、比較的珍しい資料が展示されています。お時間のある方はどうぞご覧ください。館所蔵のものと、それからこの日のために借りてきたものとか、いろいろあります。

本多先生、しばらくいてくれる……。

本多　いいです。

板垣　本多先生はしばらくいてくれるということですから、何かありましたら個人的にどうぞ。ではこの辺で失礼します。

（第十三回、二〇〇二年一一月三日）

福田清人論

——小説家福田清人を中心に、共産主義（社会主義）との関係から再検討する

宮崎芳彦

一

私は立教大学日本文学科の出身で、卒業論文は伊藤整なのだが、当時気になりながら力たりず、あつかえない問題があった。共産主義との関係である。伊藤整の読者には問題の重要さを理解してもらえると思う。たとえば、自伝的作品「若い詩人の肖像」（一九五六年）には、小樽高等商業学校時代の一学年上級の小林多喜二が、卒業後の活動とあわせて、端睨すべからざる人物としてえがかれている。また、戦後の代表作「鳴海仙吉」（一九五〇年）には、マルクスと小林多喜二が巨大な幻影の姿で登場し、伊藤整の似姿である鳴海仙吉に改心をせまる。マルクスと小林多喜二が世界と日本の共産主義の代表人物であることは、いうまでもあるまい。

小林多喜二は、伊藤整個人の枠組みをこえて、伊藤整的人間の座標軸や対称軸として存在した。一九七〇年代あたりまで、それはかなりの通有性をもった。小林多喜二に象徴される共産主義、共産主義的人間観、価値観、世界観とどのように関係し折り合いをつけるかが、伊藤整的人間における重要課題だったのである。一九一七年のロシア革命＝ソ連成立から一九九一年のソ連崩壊にいたるあいだの、世界と日本における、もっとも重要な問題であった。私は、その事実や認識を、大学卒業後にまなんできた。

それで、問題を福田清人に即して考えてみたい。

福田清人と伊藤整は、一九〇四（明治三十七）年と一九〇五年生まれ、一歳ちがい。同年配であって、個人的にも社会的にも親友、同行者であった。たとえば、二人の小説やエッセイの中に、おたがいを友人、同人仲間、同僚として、頻繁に登場させている。つまり、共産主義の問題は福田の問題でもあった。

二人は共産主義との関係において一くくりできる。その意味でも友人かつ同志なのである。ただ、精確にいえば、共産主義との関係において二人には明らかな差異がある。たとえば、福田は小林多喜二をいくらか意識したが伊藤整とは懸隔がある、といわねばならない。そのかわりに、左右をのみこんだ国士的人物が福田に深い影響をあたえた。後述するのだが、名前は内藤民治といって文学史にも登場し、福田作品では江頭氏、江藤氏の仮名で出てくる。

二人にはこのような差異がある。そのため、福田における共産主義の問題は重要にはちがいないが、伊藤整の場合のような深刻さはもたない。二人は、共産主義との関係というフィルターをとおしても、類似と差異を明らかにできるのである。

福田は伊藤整ほど共産主義を自分に引きつけて格闘しなかったかわりに、意識的に外側においた。あるいは、非ないし反共産主義を打ちだした。では、福田は共産主義思想・人間から自由であり、無関係でありえたのか。この視角から見ると、それなりに不自由であり、かえって関係をしいられた面がある。この点から伊藤整とは別の福田的独自性を浮き彫りにすることができる。（戦前の日本共産党・共産主義には、このあと随時ふれる。その点に関する論者の近年のまとまった文章として京都西本願寺で行った講演の加筆論文「水平社運動の本質―節目と問題点」二〇〇三年があり、参照されたい。）

福田もけっこう不自由で関係をしいられた面があると指摘したので、証例を二、三あげる。いずれも三十年も前の、私の直接の見聞である。

最初は小田切進の発言。小田切と私の関係から説明する。

私の学生時代、立教大学日本文学科の近現代文学の担当教員には、福田清人、小田切進、浅井清がいた。卒業論文で伊藤整をあつかう場合、三様の選択肢があったことになる。私は小田切にたのんだのだが、福田・浅井清を除外したのではない。私は、単行本や文庫本で伊藤整を読みかじった程度であった。また、当時は小田切が大学院生や学部生に声をかけて日本近代文学館設立運動を行っており、私はアルバイトをした。その関係で指導教員をきめたのである。もう少し勉強していたら福田をえらんだろう。

小田切進とは、つづいて二十代なかばから四十代に入ったあたりまで、かなり密接な人間関係をもった。当時、書籍割賦販売会社のほるぷ（図書月販）と日本近代文学館は提携して、「名著複刻」シリーズを出した。近代文学館は編集、ほるぷは資金と販売、ほるぷの子会社ほるぷ出版は製作を担当した。私は小田切の口利きでほるぷ出版社員になり、「名著複刻」編集製作スタッフに加わった。塩田良平、福田清人、小田切進という立教大学の看板教授のほか、稲垣達郎、吉田精一、成瀬正勝、伊藤整、瀬沼茂樹、木俣修、三好行雄などの代表的研究評論家に接することになった。依然、文学の時代はつづいていた。とくに、近代文学館理事長としてほるぷ・ほるぷ出版との仲介をつとめる小田切とは、教え子・子分的関係もかさなっていた。それで小田切は私に、心をゆるして内輪話をもらすことがあった。

その一つ、福田清人についての発言は、今もわすれない。一九七〇年代だったろう。小田切は、福田はかつて大政翼賛会・文学報国会ではたらいた人物だから信用しない、といったのである。二十代後半の私は、立教大学の恩師たち、卒業論文の対象である伊藤整、名だたる大先輩に、会議の席上や私邸で会うこともあり、彼等は編集部員の私を身内としてあつかってくれたから（近代文学館長塩田良平先生の代筆をしたこともある）、私は感動していた。しかし、恩師たちのあいだにさえはげしい愛憎や批判が底流していたこと、小田切の福田清人や塩田良平に対する悪感情にはじめて接したのである。異物にふれた感触であった。

二番目の例として、立教大学の関連で、大学紛争時の福田と塩田良平の発言をはさんでおく。福田が立教大学を定年退職（六十五歳）して立教女学院短期大学に移ったのは一九七〇（昭和四十五）年だから、一九六〇年代末である。

私はほるぷ出版編集者であってかかわりなかったのだが、塩田良平や福田から立教大学における紛争体験を聞いたことがある。塩田は、自分の研究室に男女学生が寝泊まりしていること、一葉の貴重文献が古書店に売られていること、その中で自宅にきて勉強をつづける院生のいること、などを語ってくれた。私はよく塩田の酒席のお伴をしたから、その折にちがいない。福田は学生との集会に出た経験があったのかもしれない。彼等の言辞はかつて自分が通りすぎたことといい、大学をやめたいと洩らした。

もう一例、鳥越信の批判をあげる。

早稲田大学教授であった児童文学研究者の鳥越信とは、一九七〇年代後半につきあいをもった。

ほるぷ出版が刊行した複刻『赤い鳥の本』と『名著複刻日本児童文学館』一、二集は、日本近代文学館編「名著複刻」の後続であって、福田清人、木俣修、瀬沼茂樹の線の企画だったため、彼等が編集の中心になった。私は『名著複刻日本児童文学館』の時期から編集製作を担当して福田にさらに接近し、鳥越信などの児童文学研究者・関係者も知るようになっていた。そうして私は、『日本児童文学大系』（一九七八年刊）三十冊を企画し、福田を中心に実現を考えた。このとき、副編集委員長格に予定した鳥越信が、福田を外さなければ参加しないと強硬に反対した。共産党員の鳥越は（現在もそうだと思う）、福田が戦前に日本少国民文化協会の責任者であったという経歴を反対理由にあげた。

ほるぷ・ほるぷ出版は、共産党員の中森蒔人がオーナーであって、共産党員あるいは元党員とおぼしい腹心が各要所に配され、私たち平社員は党への献金のために給料があがらないのだとぼやいていた。児童文学出版界で鳥越天皇の異名をとる鳥越は（社会主義運動系の読書運動がさかんな時期であった）、ほるぷ・ほるぷ出版のその体質と連携し、福田を排除することに成功した。私はノンポリ、政治音痴だったが、十何人規模のほるぷ出版労組（上部団体なし）の役員になる機会が多かったので、いくらかことの本質を把握できた。（ついでながら、共産党員の経営者は、労働組合の健全な育成をねがい、同時に、組合内にスパイをおいた。この二点は、戦前戦後の共産党との異同の両面を示している。）

三十歳なかばの私は、その時期には会社員と自宅研究者の二足のワラジをはいていた。当面のテーマは、山中恒の「ボクラ少国民」シリーズに触発されて、少国民（昭和一ケタ生まれ）の戦争経験や精神形成であった。私はのちに浅井清に三派的と評されたことがあるのだが、三派的・新左翼的心情に染まっていたのである。そのような研究テーマのために、まもなく小田切進や鳥越信が福田に対していだく心情を理解していった。

では、戦中派の小田切進（一九二四年生）と少国民世代の鳥越信（一九二九年生）は、どのような立場から福田を批判しえたのか。

戦中の小田切についての知識はないが、兵士体験をもつはずである。戦後の小田切は一九四八（昭和二十三）年に早稲田大学を出て『改造』編集者に就職している。総合誌『改造』はアメリカ占領軍の弾圧の対象となった代表的左翼雑誌であり、この時期の小田切は日本共産党の枠内か近辺にいた共産主義青年だったと思われる。大学教員への転身は一九五五年から。兄の小田切秀雄をもち出すまでもなく、最期まで社会主義者の範囲にいたようだ。小田切の人間関係や評論・研究活動がそう語っている。

少国民世代（男は兵士になれなかった世代）の鳥越信は、一九五三（昭和二十八）年の「少年文学宣言」で児童文学評論家・研究者としてスタートした。早稲田大学在学中の若者による、小川未明、浜田広介などの既成文学否定と、社会主義文学実現とのセットを、主張の骨子にすえた文学運動であった。この時期、鳥越は古田足日、山中恒、神宮輝夫から砂田弘にいたる仲間とともに、共産党に入党するか、その周縁に位置した。砂田弘は率直に、〈その志向するものがソ連型社会主義に近しいものであったことは疑いない〉（「変革の文学から自衛の文学へ」『砂田弘評論集成』二〇〇三年一五〇頁）、と回顧している。

また、鳥越と古田足日はやがて、日本児童文学者協会のオピニオン・リーダーとなった。同協会にふれなければならないのだが、一九四六（昭和二十一）年に結成された協会は、福田を〈戦犯リスト〉にあげており（「児童文壇私史」

『福田清人著作集三』三五一頁)、当然ながら排除した(本稿最終部分で再述)。除外された福田、浜田広介(戦前文部省としたしかった)、大衆文学系(『少年俱楽部』など)の作家たちは、一九五五年に日本児童文芸家協会をつくって対抗した。二つの協会は、この成立次第のとおりに、以後、陰に陽に反目したのである。その点を福田も書いている。――〈児童文学者協会の人が児童文学史など書く時、児童文芸家協会の成立等やその仕事にほとんど筆を及ぼさぬ事は、史家、研究者として公正をかくことを指摘しておく〉(「児童文壇私史」『福田清人著作集三』三六七頁)。

日本児童文学者協会は成立以来、共産主義者・社会主義者を中心とする運動団体であった。一九七一(昭和四十六)年頃に依然として〈日本共産党の出先機関〉と見なされた事実(「ぼくらにとって政治とはなにか」『砂田弘評論集成』七一~七二頁)、二十一世紀に入った現在なお会長の砂田弘が社会主義に正義を見ている事実(三一〇、三七五頁)、ともに砂田自身が認めている。

鳥越信は福田排斥にさいして二つの協会の問題をいわなかったが、脳中にあったのはうたがいない。児童文学史に無知な私にも理解できる範囲で説明したのである。〈戦犯〉といっしょに文学史を編めない、と。

小田切進と鳥越信は、このように共産主義・社会主義思想に則って批判したのだが(立教大学紛争における福田・塩田批判も広義には同様にとらえていいかと思う)、その正当性は一九九一年以後、急速に失墜した(二〇〇三年一一月に社会党首土井たか子は衆議院議員落選などの責をとって辞任、二〇〇四年一月に日本共産党は天皇制容認の綱領に改める)。一方、福田は、一九三〇年頃に、彼なりにその思想を克服し、反共産主義・反ソ連をふくむ文学活動をなした人物であった。

日本における共産主義・社会主義思想の正義が失墜した今日、福田清人はどのように再評価できるのか、が私の問いである。

このあとの本論では、作品に即して福田と共産主義・社会主義の関係を明らかにし、あわせて戦争遂行の中間指導者となった道筋をとらえたい。その作業をとおして上記の課題を考える。

二

福田清人は一九二六（大正十五・昭和元）年に旧制の福岡高校卒業、上京して旧制東京帝国大学国文科入学、これより東京生活に入った。

当時の日本、東京、東京帝大については、福田が的確に書いている。〈その年の暮、昭和と改元されるのであるが、当時は左翼思潮がようやく高い浪を示していた。大学構内には、クサリと鎌のマーク（ソ連国旗―論者注）でかこんだポスターに刺戟の強い宣伝文が書かれ、そのパンフレット類が売られていた。構内の座談会、講演会はほとんどその色彩で赤く彩られていた〉（「昭和文壇私史」『福田清人著作集三』二五五～二五六頁）。

東京帝大には共産主義者・社会主義者育成サークルとして知られる新人会があるなど、〈左翼〉の一大中心地であった。左傾した新入生は、改めて洗礼をうけて理論家となり、また構外に出て実践に入った。福田には、〈眉をあげ拳をふりあげて熱病やみのように、意志というより感情で、一つの方向に走って行った友だち〉もいたのである（「重い鎖」『福田清人著作集二』一五二頁）。学生時代の自分をえがいた小説「青春年鑑」（一九三〇～一九三五年）の中では、メーデー行進の悽愴なもりあがりと、そこに参加する高校以来の友人で東京帝大生の〈曽根〉、それから警察によるデモ隊の検束弾圧をとりあげている。

大学卒業の年である一九二九（昭和四）年、作家出発の年である一九二九、三〇年は、大学は出たけれど就職がないという、大不況・就職難が頂点に達した年として知られる。長崎出身で、コネもカネもとぼしい福田も就職に苦労して、何度か体験をふりかえっている。また、この時期に日本の社会主義運動、共産主義運動、労働者・農民運動などの体制変革運動は進展するとともに、画期的な質的変化を行った。福田もそこに無縁ではありえなかった。

福田が上京して東京帝大に入った一九二六年から卒業・作家デビューを行った一九二九、三〇年頃までの、それらの運動を概括する。

社会主義運動はアナ（無政府主義）・ボル（共産主義）対立の頂点の時期をすぎて、社会民主主義派をふくめて、一九二七年頃までゆるやかな連帯を保っていた。それが一九二七年末以来、日本共産党が一転して急速にスターリン主義化（ボルシェビキ化）することによって、共産党主導の運動とその他（組織的には社民派が大きい）に、尖鋭に分裂対立するようになったのである。

さらに委曲を見ると、日本共産党は一九二二（大正十一）年の結成（秘密結党）以来、モスクワに本部をおく国際共産党（コミンテルン、第三インターナショナル）の日本支部であって、本部の指令は絶対であった。従って、一九二七年末のソ連（共産党）におけるスターリンの覇権・独裁の確立（ブハーリン追放）、スターリン主義のコミンテルン支配に従って、日本共産党は否応なくスターリン主義化した（日本共産党文書―コミンテルンへの報告書―では管見のかぎりでは一九二八年一月からスターリンが登場する）。天皇制打倒内乱（革命）の扇動、思想的祖国としてのソ連防衛（多数のソ連留学者はソ連国民の資格をえてソ連共産党員となり、日本にもどって党を指導した。つまり彼等は文字どおり祖国防衛・敵国日本破壊を目ざした）、具体的戦術である共産党以外の社会主義諸派の敵視排斥、革命主体としてのプロレタリア（主に都市の工場労働者）重視、これらの格段の強調は、スターリン主義の目じるしにほかならない。このような共産主義運動は、一九二八年の三・一五、一九二九年の四・一六事件と、相つぐ大弾圧をうけた。しかし、共産主義者は続出して、革命スローガンと実力行使によって、局地的ながらその前夜を演出した。たとえば、一九三〇年にはスターリンの指令により革命前哨戦というべき武力・暴力事件を多発させた（『田中清玄自伝』一九九三年七九～八〇頁）。

武装共産党の委員長は田中清玄であって、注目にあたいする。なぜなら、田中も福田と同様に地方（北海道）の旧士族出身で、福田より二歳下の一九〇六年生まれ、東京帝大の新人会に所属し、一九二七年に共産党に入党した人物である。福田と同時期の東京帝大生であった。〈クサリと鎌の〉ソ連国旗にかざられた革命ビラをベタベタ貼った大学構内、革命言辞にみちた座談会や講演会の中心に新人会が位置していたことは先述した。

改めていえば、東京帝国大学は日本における共産主義革命幻想の一震源にほかならなかった。自分をその中のどこにおくかは、文学青年の福田にとっても判断をさけえない問題であった。〈大学関係の多くの同人雑誌が左翼的にかたまり「大学左派」〉を出したのだが、福田も〈「大学左派」の集まりには一、二度出席〉（「昭和文壇私史」『福田清人著作集三』二六四頁）している。福田自身も先輩作家や友人の前で〈その頃流行の左翼かぶれの文学論〉（「憎悪記」『福田清人著作集三』一四五頁）をぶっている。思想と行動に距離をおきはしたが、〈思想動揺〉（板垣信「福田清人年譜」『福田清人著作集三』三九六頁）を経験したのである。

これらの福田清人が、当然ながら、出発期の作品の主要素をなしている。その点をつづいて見る。

たとえば、一九三〇年一月発表の「岬と偵察機」、六月発表の「影の射殺」の新感覚派を擬した短篇二作では、軍隊諷刺を眼目にする。「岬と偵察機」では、偵察機には中尉と軍曹の二人が乗っているのだが中尉が軍曹に同性愛のさそいをかけ、そんなことで二人は任務散漫におちいって墜落というプロットをもつ。各部分に長崎の岬風景を点描して牧歌調をよそおいながら軍隊諷刺するどい作品である。「影の射殺」では、憲兵すなわち軍事警察をあつかう。〈労働者街を巡視〉する役目の〈私服憲兵〉（『福田清人著作集一』三一頁）に、女住まい覗きを夜の日課にさせるだけでなく、女のために逆にピストルを盗まれるという役まわりをあたえる。

一九三〇年一〇月に発表したこの期の代表作「柩の艦隊」は、福田の〈思想動揺〉をもっともよく示したものといえる。四〇〇字詰め原稿用紙六十数枚の力作であって、〈日露戦争で、日本海に爆沈した露艦スワロオ号〉（『福田清人著作集一』四七頁）に乗船した技術将校の手記形式をとっている。彼はクロンシュタット港で皇帝に見送られ、新妻にしばし別れて出発したのだが、さっそく日本艦隊の幻影になやまされ、永い閉塞された航海をつづける。はては、〈コノ艦隊ハソノ艦ノ一隻一隻ガ、千人以上ノ生ケル屍ノ乗組員ヲ収メタ巨大ナ灰色ノ柩デシカナイ〉（五〇頁）、という思いにとらわれて自殺するまでの物語である。その中途に、皇帝への懐疑や批判、〈我が首都ニ社会主義者ノ革命運動ガ、農民工場労働者へ影響シテヰル〉（六五頁）という新聞ニュースの衝撃、ついで〈せばすとぼうるデハ海兵ノ反乱アリ、又全露ニ軍隊ノ擾乱アリ〉（六九頁）とする報道の圧迫が、彼を追いつめた。

「枢の艦隊」は一九三〇年における日本状況（と福田に映ったもの）を暗喩している。いうまでもなく造船将校は福田である。このとき福田が、日本において近く革命がおこると信じていて注目したい。武装共産党蹶起の日々のニュースはそのような衝迫をあたえた。同時に、主人公は革命のためにほろぼされる側の人物として造型されている。この点も注意にあたいする。〈サトリ切ツタ死刑囚ノ気持デ〉（七三頁）入水自殺する主人公の心情は、自己破産的で、暗澹とし、すくいがない。〈されどそこに身を投ぜんにはわが性はあまりに弱し〉（「青春年鑑」『福田清人著作集二』二四四頁）、これが福田の心象、自己把握であった。

一九六〇年代末の学生紛争について、福田はかつて経験したように語った、と先述した。東京帝大入学以来のこの時期をふりかえったにちがいない。

『福田清人著作集』の範囲では、一九三二年（昭和七）年から福田の変化があらわれる。〈左翼の作家たち〉（「小市民地帯」『福田清人著作集一』一四五頁）への距離を語り、共産主義への批判を明らかにする。

この時期の共産党について語る。――一九三一年からコミンテルン日本支部・日本共産党は、武装蜂起路線を改めた。しかし、一九三一年の日本共産党作成「政治テーゼ（草案）」やコミンテルン作成「三二年テーゼ」に示されたとおり、日本内乱（革命）とソ連擁護を訴え、天皇制打倒の明確化へとすすみ、共産党のみを正義とする排他独善のスターリン主義をきわめた（モスクワ発で人民戦線への転換をはかるのは一九三八年）。党組織の建てなおしや伸長と、弾圧検挙（警察による小林多喜二虐殺は一九三三年二月）とが交互に行われたし、なにより一九三〇年末以来の党はスパイによって実質的に内務省・警察庁の支配操縦下におかれていた（立花隆『日本共産党の研究二』一九七八年など）。また、党自身の自爆行為（大森銀行ギャング事件は一九三二年一〇月）や、最高幹部による内部リンチ事件（宮本顕治・袴田里見によるリンチ事件は一九三四年一二月）の続出によって、市民・庶民の支持や共感を消失する過程にあった。一九三三、三四年には事実上、共産党は自滅した（佐野学・鍋山貞親の獄中転向にはじまる一斉転向は一九三三年六月から）。

つまり福田の変化は、共産党・共産主義運動に対する日本人大多数の対応に沿ったもの、というべきである。この期の作品を見ると、一九三二年一二月発表の「夢の誘惑」は、さっそく共産党による大森銀行強盗事件をとり入れ、革命家の土壇場のあがきへの諷刺をもりこんでいる。十平、ガンちゃん、ゴオギャンの三人の売れない絵描きの引越しを見とがめた〈少年たち〉が、ギャングすなわち共産党員と見あやまる場面である。その部分を引いてみる。

原っぱでは、かなり古ぼけた鉄兜をかむった十人ばかりの少年たちが戦争ごっこをしていたが、薄の中に、犬にひかれたリアカアを発見し、敵味方ともぐるりと集り、怪しみの色でとりまいていた。

—中略—

「ギャングだよ、共産党だよ。」

この幼いファシストたちは、帽子もかむらぬ長髪の怪し気な風態の三人連れを見て、この頃世間を騒がした連中と同一視した。

三人が苦笑して、リアカアをひいて出発すると、兵士たち忽ち名探偵となって、どこまでも尾行してきた。

ゴオギャンがバット（煙草—論者注）をとり出そうと、ズボンのポケットに手を入れると、

「やあ、ピストルをだすぞ。」

と叫んで、ようやく薄の穂のとんでいる野に、穂とともに消えた。

（『福田清人著作集一』九五頁）

ギャングと共産党員が同一である大森銀行強盗事件には、すでにふれている。注記すると、事件の党最高責任者が

警視庁スパイ松村昇であることをもって、党責任を軽減する論理がある。ただし、その場合、党中央委員の松村が一九三〇年末以来の実質委員長（これは論者の見解である）あるいは最高指導者の一人であったとする論を黙殺か打破しなければならない、という問題を出しておく。ついでに、武装共産党後に、スターリン主義ソ連（コミンテルン）・日本共産党が武力革命思想や計画を放棄したわけでは決してない。たとえば、日本共産党組織には一九三二年七月に松村昇を責任者とする軍事部が設けられ（風間丈吉『「非常時」共産党』二五七頁）、やがて大量にピストルを入手して、幹部は所有しかつ使用した。これは子どもにも周知の常識であった。

作品にもどると、〈長髪の怪し気な風態の三人連れ〉と〈幼いファシストたち〉がからむ情景は、実見にもとづくと考えた方がいい。福田はそのような作風であった。また、対米英戦争期の少国民たちが、家庭や街なかで〈名探偵〉と化してスパイ摘発につとめた姿は、フィクション・ノンフィクションを問わず頻出する。

従って作品には、革命家の末路への諷刺だけでなく、一五年戦争の入口にあって軍国化する世相、窮屈で生まじめに全体主義化する世情を、〈幼いファシストたち〉の言動に写している。〈長髪〉すら主義者を思わせるので、郊外や村落では住めなくなってきた。そのようなワサビの利いた風俗短篇に仕上げている。

福田はこのあと、作品の中に共産党・社会主義路線に無縁かつ反対であることを示す語句を記していく。一九三四（昭和九）年七月発表の「中央線沿線」、同時期の「小市民地帯」、一九三五年六月発表の「河岸」といった作品をいう。

「中央線沿線」の一節。

ある時機、ここから新聞の写真で見ても、愚直そうな市電運転手をロボット議員候補者におしたて、コンミニズムの宣伝をやったり、廃屋にひそんで、プロ・キノ（左翼映画―論者注）の連中がメイク・アップに忙しかったり、お尋ね者の大学教授が温和な日本画家の二階に隠れていたりして、危険地帯の観があったが、この頃そうした情景もあまり見られないのだ。

（『福田清人著作集一』一二六頁）

――この記述に革命運動への哀惜はない。〈中央線沿線〉はようやく安全地帯に変わったのである。ちなみに、河上肇と津田青楓についでの表現は実際といくらかそぐわないが、そのままにしておこう。

「小市民地帯」も中央線沿線物だが、そこにある文は次のとおり。〈寄附などもらいにきた左翼の作家たちが、以前はこの地帯に多かったが、二、三年前この小市民的な安易な空気の漂っている生活から足を洗い、江東の工場街や、もっと遠い農村へ移住し去った〉（『福田清人著作集二』一四五頁）――〈左翼の作家たち〉が場をかえて運動したわけでない状況は先述している。彼等は転向し、作品転換を模索したのである。

一九三五（昭和十）年の作品「河岸」には、次の印象的な場面がある。先に登場人物を紹介すると、福田の似姿である良行は主人公。名前の文字からして肯定的であって留意したい。良行は東京帝大を出てまもない作家修行中の若者で、雑誌社につとめている。道子は、良行のかつての恋人。清水は、東京帝大法科の学生時代には、変装し〈偽名〉を使うなどして共産主義運動の旗をふった人物。今は道子と夫婦らしい。良行、道子、清水は、いわば時間差三角関係にある。

良行が新宿駅のホームで東中野の方へ行く省線電車を待っていると、向こうの小田急のホームに、まちがいなく道子の姿を認めた。清水とつれだって以前とはかわって派手なスカーフなど首にまきつけていた。清水はきちんと洋服をきて、温良な主人であり、勤勉なサラリイマンの様子をしていた。一日、念のため編輯室備え付けの学士会（東京帝大卒業生―論者注）名簿をくってみると、清水はある保険会社に勤めていることが分かった。つい一、二年前まで尖鋭なマルキシストをきどって、良行たちをたたきつけていた高等学校時代からの友人たちも、ほとんど今は、そんなことがあったかなといった風で、官庁や会社の椅子に上役の眼を気にしながら坐っている。新市街の家賃二十円前後のささやかな家には、月に一度、二度、主人と銀座を歩き、百貨店で買物するのを、唯一の楽しみにしている小さい細君が待っている――そうした清水や道子に似た旧友の顔を十ばかり思いうかべたが、

（『福田清人著作集一』一九二頁）

また改めて机の上の仕事に手をつけ始めた。

一九六四（昭和三十九）年に刊行された柴田翔『されどわれらが日々──』は、六〇年安保闘争における運動と恋愛の挫折をからめて書き、同世代の共感をあつめた（論者は同闘争にほぼ無縁である）。その一コマであって不思議はない部分を、三〇年ほど前に福田がものしている。いいかえると、体制変革運動につきものの青春の挫折は、北村透谷「楚囚の詩」（一八八九年）をもちだすまでもなく歴史に遍在しており、福田も柴田も自分の材料を使ったにすぎない。ただ、福田は、田中清玄や小林多喜二といった運動の中心から遠く、中心圏にいた透谷や柴田翔にもはるかはなれていた。一般学生層や無関心層とかさなるあたりにいた。それで、運動の輪が急にすぼまったとき醒めた顔の福田がきわだつ、といった具合である。福田の気質には、もともと左右二元対立の枠組みは似合わなかったのである。

三

出発期の作品を一つの視角から見たのだが、そこに独自の福田文学が成立していたとはいえない。では、福田は主体的にどの道をえらび、文学と人間を確立したか。その点のデッサンを、学生時代の十年後に書いている。〈大学の文科で祖国の文学を専攻して、日本及び東洋の文化の新しい反省と、進んでそれ以上そこに基調をおく新しい文学の創造をなどと、一見簡単であって、摑えどころのない、思えば他愛もない夢を描いていた〉（「青春年鑑」『福田清人著作集一』二三四頁）。このような、〈純一な理想に燃えて〉〈文科大学を出た〉（三一八頁）若者の像である。

〈日本及び東洋の文化の新しい反省〉に〈基調をおく新しい文学の創造〉は、論者が仮に北方文学と呼ぶ作品群や、青少年教育指導者あるいは満蒙開拓移民に取材した作品とともに成立している。これらが福田文学の未完成像を示す。なぜ未完成かといえば、福田文学は戦争協力文学の性格をもったために、敗戦が中断させ、戦後状況が作家福田清人の再起をはばんだのである。伊藤整などが戦後にむしろ作家的成熟を示したのに対して、ここに福田文学の質や特色がある。

福田が行動するインテリという形容ふさわしい作家に変身するのは、長篇小説「指導者」の執筆・完成が契機であった。代表作「指導者」は一九三六（昭和十一）年に第一部「脱出」が発表されている。東京杉並区の私立少年感化院に取材して（「昭和文壇私史」『福田清人著作集三』二九四頁）、教員と院長による徒労というべき奉仕・社会教育の実際を丹念にえがいた作品である。

福田がとりあげた非行少年の指導と矯正は共産主義運動が除外した部分であった。ここに着目する必要がある。共産主義はプロレタリア階級の子ども・少年少女を対象とし、またプロレタリアへの教化対象（プロレットカルト）と見なした。さらに、主人公の一人である青年教師は立身出世に背をむけた大学卒であり、もう一人の主人公の私財をかたむける院長は、元師団長というから退役将軍であった（「指導者」『福田清人著作集三』八二頁）。社会事業に献身する二人の主人公が、かつて共産主義運動が排除し敵視したインテリと高級軍人であることにも、行動インテリ福田の主張が出ている。

二人は、福田にとって行動するインテリの規範としてえがかれた。彼等と同一タイプの人物が、後年の「日輪兵舎」や「東宮大佐」の主人公である。

行動するインテリについて説明を加える。

文学史からいえば、行動主義インテリ福田の成立は、フランスのマルローたちの影響をうけている。マルローの行動主義は、日本では舟橋聖一たちの同人誌『行動』（一九三三〜一九三五年）や舟橋の「ダイヴィング」（一九三四年）が知られており、福田は舟橋としたしく『行動』に〈よく寄稿した〉（「昭和文壇私史」『福田清人著作集三』三〇七頁）。福田、伊藤整、永松定は『行動』をうけて、一九三七年三月に同人誌『インテリゲンチヤ』を創刊したのである。福田は発刊の趣旨を、自分をモデルにした人物にいわせている。

〈われわれの通過した時代は、とにかくインテリというものは惨めで、世間の役にたたぬ意気地なしみたいにみられた〉。——福田たちインテリ（福田・永松は東京帝大卒、伊藤は東京商大中退）は、かつては自分を〈卑下〉し〈軽蔑〉すべく追いこまれていた。（「文学仲間」『福田清人著作集一』三三七〜三三八頁）

追いこんだのは共産党・共産主義運動であった。彼等のインテリ蔑視・排斥の例に、河上肇でさえ一九三二年にいたるまで入党できず、それも〈二万何千円〉か上納してようやく許可された事実がある（河上肇『自叙伝一』一九五〜二〇一頁）。指導本部であるモスクワのコミンテルン（実質はスターリン主義ソ連）は、独自の判断をもちうるインテリを排して、従順な労働者が各国共産党指導者になるようのぞんだ（カー『ロシア革命』二五九〜二六〇頁）。そのうえ、スターリン主義ソ連にとって、日本共産党はソ連大使館よりも位置づけが下の、対日政策の一セクションにすぎなかった（加藤哲郎「『非常時共産党』の真実」二〇〇〇年六三〜六四頁）。この事情は各国共産党に共通だったはずで、日本共産党は本部の意のままにインテリ排除・軽蔑を実行した。

共産党・共産主義コンプレックスをもつ福田の世代は、彼等が潰滅してようやく閉塞から解放され、自主的行動ができた。福田たちが、〈行動的な新しい型のインテリ〉を熱く語り（「文学仲間」『福田清人著作集一』三三七〜三三八頁）、〈今日のインテリをたたき直すために、必要な雑誌だ〉（三五五頁）、と意気込むのには、この経緯があった。

さて、行動するインテリ福田は、どの方向へ主体的に行動したのか。日本列島の住人には北上型と南下型があり、北上型はたいてい北海道でとまるのだが、長崎出身の福田はさらに北方を志向して樺太、千島、はては満洲・蒙古にいたった。

北方志向は、『著作集』の範囲では、一九三二年（昭和七）年六月発表の「流謫地」にさかのぼる。ロシア帝政期の作家チェーホフのサガレン（サハリン・樺太）取材旅行をとりあげた作品である。サガレンは〈囚徒と植民者〉（『福田清人著作集一』二一七頁）の地であった。そこでなされた帝政批判は、ソ連批判の含意と読むのが正しい。根拠はその後の作品群が示しているし、樺太・北洋におけるソ連の対日政策の理不尽は、関係者と識者にすでに知られていた（高谷覚蔵『コミンテルンは挑戦する』一九三七年）。

北方作品群では、次には一九三八年二月発表の「北緯五十度線」が目につく。ここでも問題は帝政ロシア・ソ連である。内容は、帝政ロシアと徳川幕府双方による樺太での領土拡張政策の衝突を外交折衝の形でえがき、その後の経過をあわせて語る。ソ連の南下政策、日本の領土・利権侵略への警鐘を鳴らしたノンフィクションであった。

さて、「北緯五十度線」の発表後の一九三八年七月に、福田は旧知の内藤民治にともなわれて北千島へ旅行した。この経緯が以後の福田を決定づけた。後年の福田もそう書いている。〈私は半月ほどのその旅で、原始的な北の島の雄渾な自然とともに、新しい建設的な、開拓者の精神が、私の精神を洗ってくれる気がした。私がつづいて大陸の開拓者の意志に深い関心を持ったのは、その旅に始まった。〉（「昭和文壇私史」『福田清人著作集三』二九八頁）

北千島行の直後の作品「北海」は、その福田を臨場的に示している。福田は日本による北洋漁業を目のあたりにして次の感銘をきざんだ。

ある日、船腹に日章旗を描いた巨きな汽船が入ってきた。罐詰を腹いっぱいつみこむと、ヨーロッパの国に直航するというのであった。私はようやくここにあふれている国の生命力というものを考えるようになった。私の頭に亡霊のようにつきまとっていた「蟹工船」などいう作品の影は、だんだんたたきこわされて行った。多くの国民が、もしそうした亡霊につきまとわれているなら、そのあいだに、ソ連国営漁業は、さらにカムチャッカより、日本をしめだしするであろう。アメリカもアラスカ漁業を南下させてくるであろう。そう思うと、この氷のように凪の凍った極北の海に、にえたぎっている、ひとつのたたかいが身にひしひしと感ぜられるのであった。原始の島に新しい自然の美を開眼された私は、つづいてそうした心にたかめられて行った。私は民族の逞しいエ

ネルギイというものを、初めて実感としてとらえた気がした。（「北海」『福田清人著作集二』七七頁）

小林多喜二「蟹工船」（一九二四、一九二五年）への連想は鮮明だったようで、戦後の一九五〇年代にくりかえしている。〈私は夏場だけそこにくらす北洋漁業従事者の、開拓精神というものに感動した。小林多喜二の「蟹工船」みたいに割り切ってしまえば、一方的に割り切れるかもしれないが、しかしそこに働く人々にはなおそれだけでは割り切られない、一つの精神がたくましくながれているのを私は見た。〉（「昭和文壇私史」『福田清人著作集三』二九八頁）

これら批評や感想の全体は、古びていない。それどころか、今日の国際市場競争はこの程度をはるかにこえている。北方問題についていえば、新生ロシアは依然として日本領土を占領しつづけて、漁業利権もはなさない。

一九三〇年代のスターリン主義ソ連にもどると、在ロシア・ソ連共産党員の高谷覚蔵が、対日政策の現状を事例をあげて書いている。カムチャッカ漁業についていえば、それは「蟹工船」的収奪にほかならなかった。〈私はロシヤ側漁区で日本人漁夫を扱かつてゐた関係で、日本人漁夫の労働条件で、浦潮、ハヾロフスク、更にモスクワまで出張し、漁業機関、労働組合、或は人民委員部の代表と屢々交渉した。交渉は実に歯痒いほどだつた。そして、その都度、彼等が如何に日本人に対して露骨な民族意識を持つてゐるか、また如何に下劣な雇ひ主根性を有してゐるかを見せつけられて、実に憤慨に耐へなかつた〉（『コミンテルンは挑戦する』一二四頁）。〈これが彼等のインターナショナリズムなのか。海外共産党には労働者の賃上、待遇改善を言はしめ、同じ労働者である日本の漁夫には何が故に此のやうな取扱ひをするか？　その他このやうな実例は枚挙にいとまもない。〉（一二五頁）

高谷覚蔵はつづいて、満州事変（一九三一年）を画期としてソ連極東部で行われた〈死物狂ひ〉の対日戦準備状況や、小学生まで動員した〈反日本宣伝〉キャンペーンを記録する（二八四〜二八六頁）。ソ連とコミンテルンは、〈昭和八年の暮〉には、〈飛行機を以つて日本の重要都市を爆撃する〉（二八五頁）ことで合意ができていた。また、一九三六、七年のモスクワは日本人在留共産党員同士の相互密告の時期に入っており（結果は銃殺、強制収容所行き、国外追放）、ソ連にとって彼等をふくむ日本人全体が敵・スパイであった。それにとどまらず、ソ連共産党・コミンテルン首脳からモンゴル人にいたる多数の人びとが、日本のスパイの名目で処刑された。後述で例をあげている。（加藤哲郎『二〇世紀を超えて―再審される社会主義』二〇〇一年）。

ところで、福田は日ソがしのぎをけずる北洋の現実、ソ連の侵略圧力を実感して、〈新しい建設的な、開拓者の精神〉に目ざめたという。その刻印をどのような行為で示したのか。その点を極北の日本領土である北千島に上陸したときの、福田の一九三八年七月三〇日の日記が語っている。〈江藤氏（内藤民治―論者注）の思いつきで、ここへ来た記念に、碑をたてようと、工場から五寸角の一丈ほどの材木をもらって、「北洋文化の碑」と記し、郡司大尉の碑のある丘の上手にたてた。〉〈すくなくとも、「文化」などいう文字が、この極北の原始に近い島に記された初めであろうともおもった。〉（「北海」『福田清人著作集二』七八頁）

この福田に見合って、その後の福田が出てくる。翌一九三九（昭和十四）年一月には大陸開拓文芸懇談会を結成し（近藤春雄と福田が創立の中心―「昭和文壇私史」『福田清人著作集三』三〇二頁）、三月から伊藤整、田村泰次郎、湯浅克衛、田郷虎雄、近藤春雄などの会員と〈満蒙北支〉に旅行する。この件に関して、年譜は〈朝日新聞依嘱の書き下ろし取材のため特に開拓地における青少年義勇隊視察〉と付記している（板垣信「福田清人年譜」『福田清人著作集三』三九八頁）。かくて一九三九年一二月に刊行された『日輪兵舎』は、〈国民文学〉の一冊に数えられた（「普及版後記」『日輪兵舎』）。

ここまでを概括すると、福田いう〈開拓者の精神〉は、ソ連の脅威に直接対抗する民族意識の発揚とともにあったことがわかる。そこで作家が建碑する〈文化〉は、比喩すれば共産党員小林多喜二「蟹工船」におとらぬ民族的開拓精神の労作であった。青少年満蒙武装移民をえがいた「日輪兵舎」が、まさしく概当する。農村改革と北方ソ連へのそなえの二面を統一的に把握し、そこに時局最大のテーマを見た行動するインテリは、このとき国士の相貌をおびていたはずである。

四

「日輪兵舎」は論じる必要がある。先に梗概をのべる。

作品の時は一九三二（昭和七）年頃から一九三九年に入ったあたりまで、編年的にながれる。全一八章の長篇、四部に分かれる。

第一部（一〜五章）の舞台は宮城県の南郷村。〈村の八割ほどの土地〉を地主が占め、〈農民のほとんどすべてが、小作と、わづかな自己の土地に小作を加へて辛うじて生活を支へるひとびとであつた〉（一七頁）。慢性不況下のありふれた農村にちがいない。その南郷村に村立の高等国民学校（二年制）が新設され、〈札幌の農科大学〉（四五頁）を出て教職についていた杉山が、〈よき農村をつくることに専念〉（三七頁）する青年育成のために勇躍赴任してくる。二宮尊徳や宮沢賢治に規範を見るような人物であった。杉山は十代半ばの少年少女に帰農教育を行うのだが、土地絶対量不足のため、卒業生で都会に出る者がたえない。〈生きる大地がなくては何の効果があるか〉（四三頁）、という根本的な問題に気づく。それで、ブラジル移民を計画する。露骨な妨害、反感と無理解の中の行為であった。

ちなみに、杉山は『東宮大佐』（一九四二年、二五八頁）に松山五郎の名前で登場する。こちらが本名なのだろう。「日輪兵舎」は取材によったのだが松山と杉山の名前の差程度にフィクションなのである。

第二部（六〜八章）で満蒙開拓へうごきだす。

満洲移民の運動家である茨城県友部国民高等学校長の加藤完治は、陸軍仙台連隊長の石原莞爾と連携しており（『東宮大佐』七一頁―に加藤、石原、東宮鐵男の出会いを書く）、南郷村に布宣にくる。杉山がこの加藤に会って共鳴し、満蒙開拓移民計画に翻意してから、物語は急展開する。杉山は、理解者である村一番の大地主〈野口家の当主〉（二六頁）の尽力をえて、その年の第二回卒業生有志五名――十四歳から二十二歳の男性（二〇四〜二二七頁）――と実践訓練に入り、第一陣として送りだす。ついで、〈今日「満洲開拓民の神」と仰がれ〉（一四九頁）、高名な東宮鐵男《とうみやかねを》陸軍少佐（現職は満洲帝国三江省〈富錦《フウキン》の特務機関長〉一四九頁）に面会して、少年一人を追加する。杉山・加藤完治・東宮鐵男が実線でむすばれたのである。一九三三年夏であった。（「日輪兵舎」の時点で福田の記述はないが、『東宮大佐』二五三頁によれば、満蒙開拓青少年義勇軍の一方の性格はソ連を目した〈ウスリイ地方移民突撃隊〉であった。）

第三部（九〜十七章）は、東宮鐵男紹介や、杉山が南郷村出身の武装移民すなわち満洲国〈屯墾軍〉（六五頁）の一人に教え子から花嫁をえらぶところからはじまる。一方、教え子などの少年団一三名は、奉天北大営をへて一九三四年秋に三江省饒河に到着し、〈憂国前衛軍青少年突撃隊〉（一九〇頁）の標札のもとで活動をはじめる。饒河は満ソ国境にあり、ソ連への〈前衛〉であるため、〈共産匪〉（二六五頁）による死者も出た。この間、一九三五年春に杉山は校長をやめたが折々南郷村で運動をつづけ、満洲にも出かけた。村にはすでに後継者もできていた。〈南郷村満蒙移民後援会〉（二九九頁）には村長も加わり、県下はいうまでもなく拓務省まで注目するようになっていた。

饒河の現地では、一九三七年七月の〈日支開戦〉後は、〈包《パオ》〉に似た日輪兵舎も建てられ、兵農植民も順調になった（三二四〜三二八頁、『東宮大佐』二六三〜二六四頁）。この成果は広く喧伝され、近衛文麿内閣は一九三八年一月に青少年義勇軍制度を決定した。

むすびの第四部（十八章）は、加藤完治を指導者とする、茨城県東茨城郡内原の〈満蒙開拓青少年義勇軍訓練所〉風景である。〈三百の日輪兵舎〉と〈幾千の若者たちの生命《いのち》いつぱいに唱へる、光とよろこびの讃歌〉（三四五頁）、をつたえてとじる。

日本の農村には抜本的構造改革が必要であった。十数年後、アメリカ占領軍によって地主・小作制度の一掃として農地解放が行われて今日にいたっているわけだから、このいい方に反対は出まい。「日輪兵舎」はその農村改革のノンフィクション小説であって、大いなるプラス評価にあたいする。福田はここに満蒙開拓青少年義勇軍の積極的意義をかさねた。こちらの部分で、戦後に否定評価をうけたのである。そのように一応くくって、改めて論点を整理する。

論点の一。

福田は、陸軍大将・軍事参議官を父にもつ〈農科大学〉出のエリート校長を主人公にすえた。彼が「指導者」の二人の主人公、教員と院長を合体した人物であることに注意したい。「日輪兵舎」は「指導者」の発展的作品であって、行動するインテリ杉山はこのように純化され特化されている。

次に、彼の主な支援者は村最大の地主、寺の住職で村立高等国民学校の軍事教練の担当者、新聞取次店の主人、の三人である。福田は作中に〈地主にもいゝ人間と悪い人間がゐる〉（二八頁）と書き、そのとおりキャスト設定を行ったわけだが、福田の人間認識と共産主義思想とは、土台、噛みあわない。次に注意すべき点である。

共産主義思想では、杉山を含む四人の資本家・ブルジョア階級は、その階級に所属しているだけで悪であり敵であった。たとえば、消滅にいたるまでの日本共産党は、スターリン主義ソ連に指導されて農村（農民）革命を呼号した。コミンテルン作成「三二年テーゼ（「日本の情勢と日本共産党の任務」）」（一九三二年七月二日『赤旗』）は消滅直前の革命指南書だが、そこでは革命主体の制限を大幅に解いたものの、大地主・大農は依然として無条件に敵であり、〈中農の革命的可能性〉に言及する程度にすぎない。革命主体はあくまで小農・小作人（農村・農民プロレタリアート）であった。大地主、校長、住職（宗教は敵）、新聞取扱店主は、革命成就のあかつきにはソ連同様、死刑か強制収容所がまっていた（勝野金政『凍土地帯』一九七七年）は、まさしく適例を実体験として書いている）。人間を階級（貧富、労働者と資本家）別善悪二項対立で厳格に差別化する共産党方式を、福田は明確に否定して見せたのである。

論点の二。

土地の絶対量がたりない日本農村は、革命（共産主義革命またはアメリカ占領軍による農地解放）を否定するとすれば、自助努力としての移民策は妥当であった。ブラジル移民が実行されていたら、悲劇をまねいたにしても、戦後批判はなかったろう（その場合、福田が食指をうごかさなかった可能性はたかいが）。ところが、福田はというか杉山校長は、ブラジル移民から満蒙屯田兵移民への転換を、いとも簡単になした。そこに問題はなかったのか、という点である。

杉山は加藤完治から〈ブラジルを満蒙にきりかえてほしい〉（八五頁）と、たのまれた。その後を福田は次のようにつづける。〈初めてあつた一瞬に深い敬慕の情をその人に感じた杉山は、一語一語信念をもつて、さう語られた時、この人のすべての言葉にしたがつてよいといふ気になつた〉（八五頁）。〈村の青年たちは自分を信じきつてゐる。この信じあひの上に事はなされてゆかねばならないのだ〉（八六頁）、として即座に翻意する。杉山と教え子との関係も同一である。〈「先生の信じてる人を信じて行くので、どこへ行くか、将来はきつとひきうけてはくれるわけであるが、今のところどんなことをやるのか分らぬが、それを信じて行けるかな？」「どんなことでもやる決心です」〉（一三七頁）。

キーワードは、信念、信じきる、信じあい、であった。人物調査も満蒙研究もない。歴史や未来についての考察もない。むしろ、それらを一瞬のうちに直感して、〈敬慕〉にあたいする人物にいっさいをゆだねる。杉山と教え子の関係も同一であった。

ちなみに、福田は続編というべき一九四二年刊の『東宮大佐』において、同一の事態を書いている。加藤完治が東宮鐵男に満蒙開拓青少年移民論を〈この百姓の言葉を信じてくれませんか〉と説いたとき、〈信じうべきその道の人の言葉は、常に海がすべての河水を吸ひとるやうに、屈托なく、爽やかにうけいれてしまふのであつた〉（八二頁）、と東宮をえがく。

このように、「日輪兵舎」と「東宮大佐」を読むと、行動するインテリ福田の核心がわかる。〈信じうべき〉人を信じきってゆだね、持場で献身する。「雨月物語」の世界に似た伝統的な契りの関係は、二十一世紀の不信の時代には、むろんそぐわない。ただ、一部の宗教人や社会奉仕家の形でのこされたありようが、杉山や東宮鐵男に仮託した福田の理想的自画像だったことは理解しなければならない。私たちは懐疑、孤独孤立、男女対立、不信、鬱の時代と、福田たちの世界から遠くへだたってしまったが。

論点の三。

福田は満洲事変（一九三一年）・日支事変（一九三七年）の日本を積極的に支持した。日本の政党結社では日本共産党（地下秘密組織である）は日本の帝国主義侵略戦争に反対したが、戦争絶対悪の視点からではなく、くりかえしたようにスターリン主義ソ連防衛とセットの論理であった。

福田は日本の誤りの枠内でまちがったのだが、どこで、どのように、どの程度まちがったのか。この点を明らかにするのが、ひとり福田にとどまらない今日の歴史的課題だろう。それを考えるために問題提起をしておきたい。

考える糸口はいくつもあって、任意にあげると、満洲国建国以前からの日本の行為を中国侵略の一語で概括するのが普通だが、はたしてそれは二十一世紀の歴史検証においても不変なのか、という問題から解かねばならない。たとえば、大谷光瑞も満蒙武装移民の指導者だが（「日輪兵舎」「東宮大佐」に登場する）、一九三八年頃の記述として、〈支那〉は〈一国家としての体裁をなさない〉（「大陸へ立つ」二七五頁）、と断言していた。この認識は当時の発言によく出てくるから、相応の広がりをもったのである。その一方、近年では、在日朝鮮人の近代史研究者キム・チョンミ（金静美）は、一九三九年に衆議院議員・全国水平社議長の松本治一郎が〈皇軍慰問団の一員として〉中国にわたったことを〈侵入〉（『水平運動史研究（民族差別批判）』一九九四年三七〇頁）、一九九四年頃の部落解放同盟委員長の上杉佐一郎が〈一九四〇年四月に福岡二四連隊第二機関銃隊にはいり、四ヵ月後に中国に侵入した〉（四〇二頁）、と表記する——大谷光瑞は統一的組織的国家（当時の日本がそうであった）を国家と考えるから、〈支那〉には国家なしと見なして、侵略意識をもたなかった。キム・チョンミは、清朝の旧版図＝地理的国家（たとえば戦国期の日本）と考えるようで（現在の中華人民共和国が満蒙を支配するのは後年）、その地域内に日本軍の名とともに入れば中国〈侵入〉になる。端的にいって、この二極の国家観からあつかう必要がある。

次に中国人民への侵略という論理がある。しかし、中国人民はたしか中華民国や中華人民共和国成立後の用語であって、多数の民族を一くくりに中国人民であらわす用法は、当時どの程度普遍的であったのか。この問題も無視できない。

満蒙侵略にしぼると、ことは幕末以来の北進論すなわち帝政ロシア・ソ連仮想敵国論と関連させて解明しなければならない。そもそも日露戦争（一九〇四〜一九〇五年）後の日本と帝政ロシアの密約によって、双方が中国侵略に入ったのである。

その経過だが、一九一七（大正六）年に革命ロシア（ソ連）が成立すると、アメリカの要請に従って日本は多国籍連合軍による反革命戦争に加わり、アメリカ軍につづいてシベリア出兵を行った（一九一八年七月、出兵宣言）。ところが、アメリカ軍は一九二〇年三月に撤兵したが、日本はウラジオストックと満洲の満洲里を拠点として居すわった。それでソ連は翌四月に極東共和国（首都チタ）を防護壁として建国し、日本にそなえた。日本の撤退声明は二年後の一九二二年六月であった。同一一月、極東共和国のソ連併合、一九二五年一月に日ソ国交成立。――今日のイラク参戦とシベリア出兵とは、大義名分のなさや構造ぐるみ相似している。日本のシベリア出兵はソ連と中国の人びとに苦痛をあたえ反日感情をうえつけるのに役立った。国内においても疲弊をまねき、政治・軍部不信をまねいた。イラク参戦は、その点がまだ証明されていないところでちがうわけだが。

福田は出発期の作品に軍隊批判の風潮をとり入れただけで、シベリア出兵問題にはふれていない。管見ではそうで、そのかぎりでは充分な認識をもたなかったのである。日露開戦の年に生まれた福田は、ひときわさかんな軍国主義教育に染め上げられた十代なかばの少年であった。この点を、福田が容易にソ連仮想敵国論に組した理由の大きな一つにあげていいわけだが、指摘にとどめて、これ以上の言及はここでは必要ないと思われる。

ともあれ、日露戦争後の日本は、ソ連を相手に当座は露骨なシベリア侵略戦争を行い、満蒙（東北中国）侵略を継続した。

ソ連も帝政ロシアの侵略政策をこの方面で継承した。一九二四年（大正十三）年にモンゴル人民共和国を建国し、〈満洲に国境を接してゐるソビエト沿海洲の赤兵移民〉（『東宮大佐』五九頁）を実行した。これに対して日本は、一九三二年に満洲帝国をつくった。この時期のソ連がすべての日本人を敵・スパイ視したことは既述したが、日本とソ連は宣戦布告はしなかったものの、相にらみあいし、小競りあいを行った。戦争というべき最大の衝突がノモンハン事件（一九三九年）で、日本は準備を終えたソ連に惨敗した。〈ノモンハン事件に関連しては、モンゴル人民革命党のゲンデン首相以下二万五千人以上が、「日本のスパイ」として粛清された〉（加藤哲郎『二〇世紀を超えて―再審される社会主義』二五七頁）。その後、ソ連は一九四五年（昭和二十）年八月八日に対日宣戦布告を行い、一五日（日本の無条件降伏）以降も日本の北方領土に攻め入って占領し、現在も占領しつづけている。また、日本の満蒙移民・関東軍に対して囚人部隊をはなって悪行をつくし、六六万の兵士をシベリアに強制連行して捕虜重労働に使用した（六万人以上が死亡）。これらのソ連の行為は中国侵略をふくむ（満蒙における中国・ロシアの国境確定は近年に属する）。また、主観的にいえば、なにより日本への悪意にみちた侵略、加害であった。

簡単ながら、これら日ソ間の経緯をふりかえってみると、歴史を輪切りにして判断するのは、まことにむつかしいと思う。（上笙一郎『満蒙開拓青少年義勇軍』一九三七年）は「日輪兵舎」もとりあげている。好著である。しかし、今日的にいえばソ連批判が欠けていて、そこに時代的限界をもつ。）

『東宮大佐』中の東宮の発言だが、一部の日本人が〈ソヴエトをまるで天国のやうに思ひこんでゐる〉（三〇頁）事実があった。日本では一九一七（大正六）年から一九二二年頃まで熱病的に流行し、福田がいうとおり一九三〇年頃までつづいて、一九三五年の頃には一部のものとなり、戦後に再燃した。戦前的な天皇制の万世一系神話が戦後に崩壊したように、スターリン主義ソ連・日本共産党の無謬神話も、今では荒唐無稽化した。たとえば、スターリン主義ソ連による数千万人といわれる自国民殺害はつとに知られていたが、一九九一年のソ連自壊後に行われたクレムリン機密資料の公開によって、日本共産党の誤謬も次々と明らかにされつつある。一例をあげると、当時の名誉議長野坂参三は、一九三〇年代の犯罪（在モスクワの日本共産党責任者として同志をロシア秘密警察に密告し殺害させた）が露見して、さっそく党除名処分をうけた。スターリン主義ソ連の犯罪は、ここまで関係する。

帝政ロシア期からソ連期をへて今日にいたるロシアの東北アジア史は、ようやく資料的に可能になった。とすれば、同期の中国史・朝鮮史（一九四五年後も仮にそう呼ぶ）をおさえて、日本人の手による東北アジア関係交渉史の成立は可能となった。そういいたい。これは二十一世紀の課題ではないか。

福田清人の「日輪兵舎」「東宮大佐」にとどまらず、従来切りすてられてきたいわゆる戦争協力文学は、この作業とともにそれぞれ再評価の対象になるのだと思う。

福田は「日輪兵舎」の続編にあたる『東宮大佐』を一九四二（昭和十七）年三月に書きおろし刊行した。張作霖爆殺事件（東宮が犯人とされているが福田はふれていない）と満洲帝国成立後の東宮鐵男の評伝である。関東軍将校として満洲国軍と連携した満蒙平定活動や、特務機関長としての満蒙植民活動を中心にすえ、取材をつみあげてなされている。東宮の武人・国士像がよくつたわってくる。東宮は満蒙に托した夢を一応かなえたのちに、日中戦争で早々に戦死（一九三七年十一月）したのだが、福田は覚悟の死としてえがく。役目はおわったというのである。福田の満蒙観や日中戦争観が示された部分、と解釈したい。

「東宮大佐」は「日輪兵舎」と二部作を形づくる。ただ、主人公と執筆時に差異があるぶん、反ソ・中国侵略色濃厚といわざるをえない。上記で論じた方向に基軸がうごくとき「日輪兵舎」に連動する作品、といっておこう。

「日輪兵舎」と「東宮大佐」については福田自身の後年総括がある。前者を〈戦後はむなしい労作とされてしまった〉（「昭和文壇私史」『福田清人著作集三』三〇六頁）、と述懐する。また、両作品や、『福田清人著作集』に収められた戦中の大陸開拓物（「日輪兵舎」の児童文学版というべき『北満の空晴れて』一九四三年刊も入る）などを、次のようにくる。〈三十代の私の文学的エネルギイは、満州の一つの魅力、建設的な開拓精神にとらえられ消耗したようである。いろいろ批判されても仕方のない私の自然の道でもあった〉（三〇六頁）。

小説家としての福田清人は、たしかに「日輪兵舎」「東宮大佐」で終わっている。

五

対米英戦争期（太平洋戦争期）以後の福田を補足する。

福田は、教員（日本大学芸術科講師）をやめて、一九四二（昭和十七）年五月に情報局主管・日本文学報国会の事業部企画課長に転職し、大東亜文学者大会の事務局をつとめなどした（「昭和文壇私史」『福田清人著作集三』三一〇～三一五頁）。翌一九四三年一〇月頃には大政翼賛会文化部副部長に移った（三一五～三二二頁）。さらに一九四四年の〈晩秋〉（三二二頁）、情報局主管・日本少国民文化協会の事務局総務部長兼企画室長（後に事務局次長）に転じた（「児童文壇私史」『福田清人著作集三』三四七～三五一頁）。

福田は、このように明らかに、日本レベルの戦争遂行のための文化文学統一国家組織の、中間管理職、幹部リーダーではたらいた。

福田の戦後の活動では児童文学方面が大きいから、日本少国民文化協会（少文協）の関係を少し論じて、むすびとしたい（福田は一九三五年の時点で『児童文学論』を出しており、研究史ではまだ扱われていない）。

少文協について「児童文壇私史」は次のように書いている。〈戦局はかなり悪化〉した時期で、〈会の事業としては、疎開学童の慰問とか、少年工の激励といった仕事しか残っていなかった〉（三四七頁）、というのである。一九四五（昭和二十）年八月中にもたれた〈少文協の最後の告別式に立ちあった〉（三五一頁）から、敗戦処理責任もになった。

ところで、本論の冒頭でふれたのだが、福田の戦争責任が児童文学関係者によって正式に問罪されたことがある。福田によって引くと、少文協事務局職員で〈戦後も児童文学界に活躍しているのは、小林純一、関英雄、香山登一、小出正吾、打木村治、周郷博、勝承夫ら〉（三四九頁）であった。この中で、小林純一と関英雄は〈児童文学者協会結成（一九四六年）の中心メンバーであって、二人を目して、福田はこんなふうに書いている。

児童文学界でも、児童文学者協会というものが設立されたということは、耳にしていた。戦後の急進的民主主義思想によったもので、その時「日本」という名さえも会名の上に冠させなかったのは、国家主義的な印象を与えるという滑稽な意見からであったと、後に聞いたことがある。

戦争中に働いた児童文学者は、戦犯として追放するとか、某社（講談社・小学館などである—論者の「日中戦争期の児童文化文学と出版の構造」二〇〇〇年参照）の刊行物には、執筆しないとか勇ましい宣言をしたというようなことも、どこからとなく耳にした。またその戦犯リストには、私の名などものっていたと教えてくれた人もあった。しかし、その中心になっている人たちのなかに、少文協の事務局で実践的に働いた人たちがいるので、何か割りきれないものがあった。それも時の流れのなかにおこる仕方ない一つの現象ではあったろう。

（「児童文壇私史」『福田清人著作集三』三五一頁）

みなそれなりにガンバッて戦争したではないか、と福田はいいたいのである。そのように「昭和文壇私史」「児童文壇私史」で、くりかえし語っている。この福田証言は、当時の資料を見ると完全に正しい。福田のいう結成時と当面の協会は、敗戦直後に熾烈であった共産主義運動の所産だったのである。それを福田は〈戦後の急進的民主主義思想〉と表現し、歯に衣をきせている。「児童文壇私史」は一九六三（昭和三十八）年の執筆であって、なお強力な共産党・共産主義勢力への顧慮を読まなければならない。

論者は福田をことさら弁護するつもりはない。日本改革も戦争責任追求も、日本人自身の手や思想でなく、アメリカ占領軍によって行われた。児童文学（近代文学関連をふくめて）上の戦争責任追及も、変節者たちによるソ連至上主義によってなされた。この自主性・主体性のなさを今日の原点として批判しているにすぎない。（菅忠道は、敗戦を獄中でむかえて共産党に復帰し、児童文学者協会のリーダーの一人となった。ここから、戦犯を裁く無条件資格をもつ唯一の人物と考える立場はある。しかし論者は、既述のとおり、戦前の共産党員・共産主義者も戦争責任をまぬがれないと考えている。加えて、菅も自著『日本の児童文学』において、そのように記述している。また、後半生をそのように生きたという感想を、論者は敬愛の念とともにもっている。）

福田は、自分を〈アメリカが犯罪者だというならそうだ〉、と書いている。弁解しない。論者はこの福田を信頼する。立教大学の学生の頃から関係をもてたことを幸せに思う。そのぶん、小林純一や関英雄に不快の念をいだいている。悪感情は関英雄の『体験的児童文学史』前後編二冊（一九八四年）を読んだときに定着した。そこでは細部の叙述はくわしいものの、急所では隠蔽や弁解が目だつ。論者は斎藤佐次郎著・宮崎芳彦編『斎藤佐次郎・児童文学史』（一九九六年、五七三頁）に、そのむね指摘している。

二〇〇三年十一月三日の講演に加筆したものである。

（第十四回、二〇〇三年一一月三日）

＊使用文献

福田清人『児童文学論』一九三五年九月八日、日本大学出版部「日本大学芸術科講座第四回」
同　『日輪兵舎』一九四一年四月一五日、朝日新聞社「開拓文学叢書普及版」（ただし初版は一九三九年一二月）
同　『東宮大佐』一九四二年三月一日、東亜開拓社
同　『北満の空晴れて』一九四三年四月三〇日、国華堂日童社
同　『福田清人著作集』全三巻　一九七四年二月二八日、冬樹社
コミンテルン「三二年テーゼ（「日本の情勢と日本共産党の任務」）」一九三二年七月二日『赤旗』
高谷覚蔵『コミンテルンは挑戦する』一九三七年一一月二〇日、大東出版社
伊藤整『鳴海仙吉』一九五〇年三月一五日、細川書店

河上肇『自叙伝一』一九五二年七月一五日、岩波書店
同　『自叙伝二』一九五二年八月二五日、岩波書店
伊藤整『若い詩人の肖像』一九五六年八月三一日、新潮社
菅忠道『日本の児童文学』一九六六年五月増補改訂版、大月書店
大谷光瑞「大陸に立つ」『支配者とその影─ドキュメント日本人四』一九六九年七月二一日、学藝書林
上笙一郎『満蒙開拓青少年義勇軍』一九七三年二月二五日、中央公論社「中公新書」
板垣信「福田清人年譜」『福田清人著作集三』一九七四年二月二十八日、冬樹社
大塚有章『新版　未完の旅路三』一九七六年四月一五日、三一書房「三一新書」
風間丈吉『『非常時』共産党』一九七六年八月三一日、三一書房
勝野金政『凍土地帯』一九七七年一一月三〇日、吾妻書房
立花隆『日本共産党の研究二』一九八三年六月一五日、講談社「講談社文庫」
関英雄『体験的児童文学史後編─昭和の風雪』一九八四年一二月、理論社
田中清玄『田中清玄自伝』一九九三年九月一〇日、文藝春秋
キム・チョンミ（金静美）『水平運動史研究（民族差別批判）』一九九四年一月二五日、現代企画室
斎藤佐次郎著・宮崎芳彦編『斎藤佐次郎・児童文学史』一九九六年五月二〇日、金の星社
E・H・カー著・塩川伸明訳『ロシア革命　レーニンからスターリンへ、一九一七─一九二九年』二〇〇〇年二月一六日、岩波書店「岩波現代文庫」
宮崎芳彦「日中戦争期の児童文化文学と出版の構造─『児童読物改善に関する内務省指示要項』のターゲットとイデオロギー」『白百合児童文化』二〇〇〇年三月、白百合女子大学児童文化学会（児童文学・文化専攻）
加藤哲郎「「非常時共産党」の真実─一九三一年のコミンテルン宛報告書」二〇〇〇年五月、『大原社会問題研究所雑誌』No.四九八
加藤哲郎『二〇世紀を超えて─再審される社会主義』二〇〇一年九月二五日、花伝社
宮崎芳彦「水平社運動の本質─節目と問題点」『同和教育研究』二四号　二〇〇三年三月二〇日、同和教育振興会
砂田弘『砂田弘評論集成』二〇〇三年五月二六日、てらいんく

父・福田清人を語る

お話　福田和夫
聞き手　宮本瑞夫

宮本　本日は福田先生、ようこそおいでくださいました。ありがとうございます。福田和夫先生のお話を伺う前に、ほんのちょっと一言、私のほうからごあいさつさせていただきたいと思います。

「福田清人文庫の集い」もここに書いてあるとおり、第十五回をお陰様で迎えることができました。毎年十一月三日、この日に決めさせていただいて、十五回ということは、十五年この集いを続けてくることができました。これもひとえに皆様方のお支えのたまものだと、感謝申しあげております。私は、最初からこの会にかかわってきているものですから、事情をご存じの方も大勢いらっしゃると思いますけれども、十五年たちますので、趣旨をご存じない方もいらっしゃるかと思いまして、ほんの一言ごあいさつしたいと思います。

実はこの「福田清人文庫」は、本学の板垣教授を通じまして、福田先生から、蔵書を一部寄贈してもいいというふうなお話がありました。当時私は図書館長をしておりましたので、そういうご意向を伺って、板垣君と私とで再度先生にご意志を確かめさせていただいて、気持ちは変わってないということで、本学の図書館に先生のご蔵書の一部を受け入れさせていただいて、「福田清人文庫」というのを作らせていただきました。図書館員の諸君も、完ぺきな形で文庫が完成してから公開するよりも、蒐書をしながら文庫の活動をしたいと、そして、ただ蔵書をいただいてそれをお見せするというのではなくて、何かささやかでも本学の図書館から学術的な情報を発信したいと、そういう図書館員の強い気持ちがありまして、そういうことで文庫の集いを、こういう講演会のようなものを開かせていただいて、そして、皆さんにもご協力いただいて、蒐書をしながら、ささやかではありますが情報発信をしていきたい。そういう趣旨でこの会を持たせていただいて、おかげさまで十五回を数えることができました。最初第一回は福田清人先生と板垣教授との対談をやらせていただきまして、それ以後は学外の、福田先生の教え子の皆さんの協力を得て、学術的な講演会を持たせていただきました。児童文学で活躍なさっている先生方にもご協力いただいて、ご講演いただいたり、そういう形で十五回を数えさせていただきました。

今回はちょうど福田先生が生誕一〇〇年ということで、先生のご郷里の波佐見町のほうでも生誕一〇〇年を記念して、先生の記念児童遊園に本籍地を示す木柱が建てられたり、それから十二月の一日ですか、今日お見えの西沢先生がご苦労されて、日本児童文芸家協会の機関誌『児童文芸』のほうでも十二月号と一月号の合併号が、福田先生の「生誕一〇〇年記念特集号」という形で組まれたりしておりまして、そういう先生の生誕一〇〇年ということと、この会も十五回を迎えさせていただいたということで、清人先生の身近にいらっしゃった和夫先生から、何か身近なお話を伺える機会があればということを考えまして、本当にお忙しいところを和夫先生にご無理をお願いいたしまして、今日はお出ましをいただきました。そんな形でこの会を持たせていただきましたので、よろしくお願いいたします。

ごあいさつが長くなりましたけれども、和夫先生のほうから福田清人先生のお話を伺わせていただいて、その後、私、不勉強なんですけれども、二、三清人先生に関するお話を私のほうから質問させていただいたりして、少しお時間をいただいて、福田清人先生のプロフィールなり普段の素顔なりをご披露いただければというふうに思っております。本来でしたら、私よりも本学の板垣教授のほうがそういう任に適しているかと思いますが、ちょっと体調を崩しているということで、私が代役をさせていただきますので、お許しをいただきたいと思います。それでは、ちょっとごあいさつが長くなってしまいましたが、和夫先生のほうからお話しいただければと思います。よろしくお願いいたします。

福田　ただいま司会者のほうからご紹介いただきました、福田清人の長男の福田和夫でございます。今日は、父・福田清人の普段の素顔を話してくださいということですので、これから少しばかり普段の父の話をしたいと思います。ただいま、清人の長男と申しましたが、私は清人の養子です。実母の妹が福田清人の妻で、私の叔母にあたります。私は、現在、精神科病院の院長をしています。杉並の和田本町に私の実家がありましたが、徒歩で五～六分のところに、叔父の福田清人の家がありました。その家の斜め前に、清人の弟の鹿島要の家があり、そこから少し離れたところに、伊藤整の家がありました。それで父も弟や伊藤整たちとの交流が深かったようです。私はまだ子供でしたが、よく福田家に遊びに行った記憶が今でも残っています。その杉並の和田本町は、立正佼成会の本部があって、大変にぎやかになっていて、今は地下鉄も通っていますが、当時は本当に静かな住宅街でした。その後、私が十五歳のときに、実父が亡くなり、福田清人のところに養子に行き、現在の成田西（当時の成宗）の家に住むようになりました。

父は、皆さんご存じのように、自分の故郷を大変愛し、特に長崎の波佐見に大変愛着がありました。波佐見の鬼木に、清人の母方の実家の、藤野家の屋敷が、今でも残っています。また、同じ長崎の波佐見の宿には、福田家の屋敷がありましたが、現在、跡地は児童公園になっています。

次に福田家のことですが、清人の父は医学を勉強中で、医者の免許を取るまで、父は母方の実家で育てられたようです。特に母方の祖父からは大変可愛いがられたと。それに反して父方の祖父からは、大変厳しいしつけを受けたようです。このことは、父の作品の『春の目玉』にも書かれております。その一節をちょっと見てみますと、

倉蔵じいさんは、草夫のために馬になって、へやをはいまわってくれたり、部落のよりあいがあったりすると、そこででたごちそうを手ぬぐいにつつんで、草夫のためにかならず持ってかえってくれました。草夫が、よちよち歩きよって、ちょっと、かたにつきかかっても、

「あいた、あいた。なんとまあ、草夫の強いこと。」

といって、ひっくりかえりました。それは草夫に大きなよろこびをあたえ、じぶんはほんとうに強いと思いこませました。

しかし繁左衛門じいさんは、おさない草夫にけっしてあまい、やさしい顔をみせませんでした。草夫が、ほとんどはじめてする、おじぎにも、「うん」と、ちょっとうなずいたきりでした。

それから、おじいさんから剣道を教わったり、その後草夫のほうも学校に行って、いい成績を取るようになったら、いろいろうるさく言わなくなったというようなことが書いてありますが、いずれにしても母方のほうからは非常に可愛いがられ、父方のほうからは厳しくされたと。精神医学的には、非常にバランスの取れた教育だったと思います。ただ甘いだけでは、後になっていろいろ問題が起きてくる場合が多いが、大変厳しいしつけも受けたようです。

それから、食べ物のことですが、父は長崎出身なので長崎料理が大好きでした。特に大村ずしは大好物でした。これは加薬の入ったすし飯の上に、錦糸卵、紅しょうが、甘く煮た細切りのしいたけ等を散らした箱型押しずしです。そのほか、長崎ちゃんぽんやしっぽく料理も非常に好きでした。私は東京育ちで、辛党のほうですが、現地の長崎料理を数回食べたことがありましたが、ずいぶん甘いなあと感じました。やはりこういう甘い食べ物を食べつけているから父は甘党なんじゃないかと思いました。食事のときは、父はわれわれの普通の茶わんよりも一回りか二回りぐらい大きい茶わんで、「もうちょっと」と言ってよくお代わりしていました。また、みそ汁が必ずつきますが、そのみそ汁の中に必ず小さじで砂糖を二杯から三杯は入れて「おいしい、おいしい」と言って食べていました。このように大変な甘党でした。

また、お酒も大変好きで、ビール、日本酒、ワイン、何でも好きで、晩酌もよくしていました。家でよく文学者の仲間たちが集まってくると、昔はお酒はおかんをして出したことが多かったので、母はよく、「大変だ」とこぼしていました。仲間たちと酒を酌み交わしながら文学の話をするときの父が、一番楽しそうに見えました。大変酒好きなため、脳梗塞で半身不全麻痺になったときも、毎日缶ビールの一本や二本は飲んでいました。晩年、脳梗塞で久我山病院に入院したときも、妻と二人で病院に行くと、いつも「ビールが飲みたい、ビールが飲みたい」と言いました。あまり「ビール、ビール」と言うので、ノンアルコールビールというのもあるから、このビールを少し飲ませようかと一時考えたこともありました。しかし、表示を見るとノンアルコールといっても、アルコールが少し入っているため、もし飲んで具合でも悪くなったら大変だと思って、とうとう最後までビールは飲ませませんでした。それぐらいお酒が好きでした。

それから煙草も大変好きで、ヘビースモーカーに近く、二十本から四十本ぐらいプカプカと、よく吸っていました。特に戦時中は煙草がなくて、私と母は、冬の寒いときでも煙草屋の前に並んで、煙草を買った記憶があります。それから、書斎で書き物をしながらプカプカ吸うことが多いですが、そばにちゃんと灰皿は置いてあるのに、構わないせいか、昔よくゴールデンバットというのを吸っていましたが、その箱の中や原稿用紙の上でねじ消したりするので、火事になったら大変だと、よく母が心配したという記憶もあります。

このように、お酒や煙草も大好きで、お酒を飲むとよく人が変わったようになり、多弁になったり、はしゃいだり、怒りっぽくなったり、泣いたりと、いろいろな人がいますが、父の場合は相当お酒を飲んでも赤くなるだけで、人柄はほとんど変わりませんでした。それから、お酒を結構飲んだ後に、よくお汁粉を二、三杯、「おいしい」といって食べているのを、親せきの人が見て非常にびっくりしていました。いわゆる両刀使いでした。

私が慶応の医学部三年の頃、将来、どこの臨床科に行くか決めなければならないとき、母に「精神科に行きたい」と漏らしたら、母は即座に、精神科でなくもっと一般的な内科とか外科に行ってもらえないかと言いました。今では慶応病院も、「精神神経科」といいますが、当時は「精神科」でなく、「神経科」といっていました。現在、神経科というと、むしろ神経内科のことが多いです。このように、神経科は大変変わりました。いずれにしても母はどの科に行くにも父の許可を得るようにと言った。今では、親の言うことなんか聞かないで自分の好きなところを選んで行ってしまうでしょうが、当時はやはり経済的にもいろいろな面で父が実権を握っていましたので、父の許可が必要だったのです。更に母は、「お父さんの機嫌のよいときを見計らって話しなさい」と付け加えた。それでは、機嫌のよいときとはいつなんだろうと。とにかく父は本好きで、ほとんど書斎に閉じこもり本ばかり読んでいる生活なのです。加うるに、食事のとき、福田家は武家の出で、昔から食卓の位置も決まっています。父が一番上座、それから私で、次に妹。一番下座に母が座って一生懸命給仕をします。上座の父の席のそばには、いつもうずたかく単行本や雑誌等が積んであり、本を見たり、その日の新聞を見ながら、大きな茶わんでご飯を食べたり、砂糖が入ったみそ汁を飲んでいました。そのため、食卓での家族のなごやかな会話はほとんどありませんでした。食後必ず一服しますが、その一服したときが一番いいのではないかと思いました。それが終わると書斎にこもり、なかなか出てきません。このため機嫌のよさそうな一服したときを見計らって言おうと。ある日のこと、プカーッと一服吸って、何となく穏やかな顔に見えたときに父に、「精神科にぜひとも行きたいんですが……」と切り出したところ、父は鼻眼鏡ごしに私の方を見ながら、「おまえの好きなものをやりなさい」と、たった一言いっただけでした。それで私は「ああ、良かった。これで本当に良かった」と、安どの胸をなで下ろしました。

母は、どちらかというと、ああでもないこうでもないと、私のことを心配して言ってくれるのはよく分かるが、ただあまり言い過ぎるので、若くて反抗的なところと相まって、かえって聞きたくなくなるわけです。それに反し、父は、ソフトでやさしく一言ぽつっと言うので、私にはかえってひどくこたえました。また、親としての貫録や威厳も強く感じました。

その後になって思い返したのですが、福田家は、長与専斎（明治医制の確立者、東大総長）や祖父など医業に関わった人が多かったので、当然父も医者になり後を継ぐはずでした。父は、輸血を見たり、血を見るだけで真っ青になるようなタイプですので、本人は、医者どころか、自分の好きな文学のほうに進んだと思います。このため、息子が好きな精神科をやりたいと言っても、反対できなかったのではないかと思います。

　それから、父は非常な医者嫌いで、晩年具合が悪くて日赤に入院したときも、入院して一日か二日ぐらいで「帰りたい、帰りたい」と言い、「主治医があまり診察に来てくれない」とか「夕方しか来てくれない」等いろいろな理由付けをして帰りたがりました。それであまり言いますので、普通の人よりも早めに退院させたこともありました。また、持病の高血圧があり、自宅でよく私が血圧を測りましたが、血圧を測るときに血圧計でシュッシュッシュッシュッと空気を送ると、急に緊張して腕に力を入れるため、水銀の柱がスーッと二〇〇ぐらいまで上がってしまいます。そのため気をそらすよう、いろいろな会話でもしながらやらないと、通常の血圧が測れません。それから私は精神科病院をやっていますが、開院のときにはさすがに病院嫌いの父も来てくれましたが、その後、運動会はじめ、さよなら演芸会など、いろいろな催しのときも、一般の人にも公開するから、父に来てくれないかと言っても、決して来ませんでした。やはり嫌いなんだろうと思いますが、最後まで来てくれませんでした。

　先ほど言いましたように、母は非常に細かいが、父はぽつっと言うだけでした。一例を挙げれば、私は戦時中の教育を受けた者です。戦時中、中学校で軍事訓練というのをやりました。その時教官が来て、少し寒くなった晩秋のころでしたか、教官の「気をつけえ！」という号令のもと、クラスの生徒全員が、銃を持って、二列縦隊に並んでいました。その中で私はちょうど背の高さからいって真ん中ごろに並んでいましたが、その時、運が悪く、私の顔のところに蜂が一匹ブーンと飛んできたので、思わずパッと払いました。そうしたら「コラーッ！」と教官に大声で怒鳴られ、「お前はそれで不動の姿勢と言えるか」と叱られました。次に「一歩前へ！」と言われ、私だけが銃を持ったまま列より前に出されました。残った隊列の連中は「右向け右、駆け足！」の号令で校外に訓練に出て行ってしまいました。校庭には銃を持った私だけが不動の姿勢で取り残されました。この豊多摩中学（現・豊多摩高校）のすぐ隣が私の自宅で、当時、周りは畑で、自宅の二階から学校の校庭が全部見えました。たまたま二階から母が校庭のほうを見たら、一人で銃を持って立たされている息子の姿を見たわけです。一時間の軍事訓練終了後、直ちに受け持ちの先生から呼ばれ、「そんなことではいかん」と、さんざん怒られました。帰宅後も、案の定、母がすごく気にして、私が母方のほうから養子に来たので、「お父さんに顔向けできない」とか、「こんなことでは先が思いやられる」とか「上の学校に行けるか心配だ」とかさんざん説教され、ガックリ落ち込んだところに、更に父から何か言われるかと思い、半ば、ビクビクしていたら、父は「ちゃんとしなくちゃ」と、たった一言言っただけでした。その一言がかえって、私にはこたえました。

それから、私の実家や福田家が杉並の和田本町にあった時代のことですが、実家のすぐ道を隔てた前に小高い森に囲まれたお屋敷がありました。ここが、父の小説「脱出」の舞台になったところです。それは退官した陸軍中将のお屋敷で、社会事業の一環として、その屋敷の隣に、かなり大きい「少年指導会」という建物がありました。その大きい屋敷には、大金持ちだったので、女中さんを四、五人雇っていました。屋敷の隣が少年指導会の玄関で、それにつづいて木造の二階建ての寮みたいな建物が、これも「脱出」にきれいな文章で書いてありますが、並んでいて、窓には全部格子が入っていました。玄関の前は、相当高い、二階建てになるぐらいの鉄の扉があり、それが模様入りの物々しい扉でした。寮の前は一階がほとんど隠れるぐらいの高い黒い塀に囲まれていました。この建物の隣は鋳物工場で、黒くすすけた、汚い工場が建っていました。「脱出」にも出てきましたが、少年審判院で問題になった少年がこの指導会に送られてきますが、護送中に遁走したり、収容中に脱院したりしました。また、収容中の少年が、窓からよく下の通りを眺めながら、少し若いきれいな女性が通ると、「お姉ちゃん」とかちょっと卑わいなことを口走っていました。また、そこでは印刷の技術を身につけたり、藤いすを作ったり、いろいろな仕事をしていたことを子供ながらも今でも覚えています。

またこの頃のことは、「脱出」に非常に美しい文章で描かれています。住宅街の昼さがり、少年院の黒い塀をボーンと破る音とともに、「脱走！　脱走！」と、耳をつんざくような大声が聞こえます。すると一斉に、飼い犬が泣き出したり、遠ぼえも聞こえてきます。その後、少年が実家の玄関の茂みに逃げ込むと手に手にこん棒を持った六、七人の若い男が、「あっ、ここにいたか！　畜生！　手間のかかるしょうがねえ野郎だ。」と口々にののしりながら、袋だたきにし、血だらけになった少年は、「何でこんな乱暴をするのだ」と、悲鳴をあげていた。そして少年院の玄関までしょっぴいて行き、そこでもなお逃げようとすると、け飛ばされたり殴られたりしました。このような悲惨な壮絶な情景を、私はよく見ていましたが、「脱出」の文章では、何とも言えないソフトなタッチで、美しく書かれています。

私は、職業柄「脱出」が好きですが、あの「脱出」に、精神科病院に勤める若い医学士の話が出てきます。この方は、そこの少年指導会で父と非常に親しくしていたが、私が精神科を志したとき、父が紹介してくれたのが、そこの若い医学士でした。後に慶応の神経科（現在の精神神経科）の助教授になりましたが、その先生の自宅にお邪魔したり、神経科入局後、いろいろとご指導を受けました。

「脱出」の最後の描写に、学者、精神科医、教育家、少年審判員などで、幼少年教化研究会設立の発会式の夜のことが出てきます。少年指導会で収容されている名うての三人がきりで人を突き刺し、三人で、「鰻のやうになめらかにそこをくぐりぬけた。」と大変うまい表現です。ああいう連中は、われわれも何回も体験していますが、脱院する人は、本当にスルスルと、確かに鰻のように逃げます。

普通では考えられないような事態は幾らでも起きます。私の病院のことですが、格子の入っている二階の閉鎖病棟の窓から、格子をうまく外して、飛び降りて脱兎のごとく逃げていった患者には、本当にびっくりしました。彼の経歴を調べたら、とび職でした。普通の人なら当然足が脱きゅうするか、骨折して倒れてしまいますが、そういうこともなく、脱兎のごとく逃げ去ったのです。更に、格子を外したのは、とびの方なので、普段から弱いところを物色していたようです。「脱出」でも、そういう人は鰻のようになめらかにそこをかいくぐって逃げ出すと、「分譲地の雑草をふきわたる風が自由の身にひとしほすがすがしかつた。はるか新宿の空が街の灯を空に映して赤い。」と、実にきれいな文章で書かれています。杉並に実家があった子供のころも同じ状況だったのを思い出します。

だいぶ、長くなりました。このへんで私の話は終わりたいと思います。どうもありがとうございました。

宮本　ありがとうございました。いろいろお話がありまして、私のお尋ねすることもいろいろ重複するところがあるかと思いますが、少し私のほうから、お尋ねさせていただきたいと思います。また、その後、フロアの皆様方からも、お時間が許す範囲で、ご質問を受けたいというふうに思っております。今「脱出」のお話を伺いましたが、和夫先生はお幾つぐらいだったんですか。和田本町にお住まいで、施設の名前は日本少年指導会ですか。

福田　少年指導会ですね。大体小学校のころですね。小学生、低学年だったと思います。

宮本　ああ、そうですか。よく遊びにも？

福田　ええ。子供だったもんですから、よく遊びにも。少年がたたかれたのをすぐ後を追いかけたり、のぞきってわけでもないですが、たたかれるとこを見たり、見に行ったり。それから、そこの指導会の中で、今考えてみると、あまり逃げたりしないような模範生が、その隣の鋳物工場によく働きに行っていました。働きに行くと、昼休みには、階段に座って、プカプカと煙草を吸っていました。私は子供ながらにそこへよく遊びに行き、そこの少年と会話して遊んだりした記憶があります。

宮本　じゃあ、いろいろ遊んでもらったような感じですか。

福田　そう、そんな感じですね。

宮本　そうですか。その指導者の陸軍中将の方を、実際にお見受けしたりお話したことは？

福田　直接話したことはないですけれども、女中の方や様々な人がたくさん出入りしていた記憶があります。
宮本　清人先生はそういうところへ実際に取材に行かれた？
福田　ええ。実際に出入りして取材していたようです。
宮本　その陸軍中将の指導者の方とも、個人的にもずいぶん……。
福田　個人的にも多分話したこともあったんじゃないかと思います。その陸軍中将の、確か娘さんと、その若き医学士と恋愛結婚をなさったと思っています。そういった関係もあり、父もよく知っていたんじゃないかと思います。
宮本　今お話に出てきた、後に慶応大学の助教授になられたという医学士の方が、そのお嬢さんと。
福田　ええ。その陸軍中将のお嬢様と結婚なさった。
宮本　ああ、そうですか。後に先生がお訪ねしたときにご夫妻でいたわけなんですか。
福田　そうですね。そのときの娘さんは産後すぐにお亡くなりになり、先生は再婚なされたので、訪ねた時はおられませんでした。
宮本　それで、ここでのいろいろな取材が「脱出」と「指導者」と「胸像」、三部作っていうことになってらっしゃるわけですね。
　あと、話をまた前のほうに戻させていただいて、福田清人先生にとってお医者さんっていうのは、いろいろ重たいおもしになっていたかと思うんですけど、清人先生のお書きになった「昭和文壇私史」という文章がございますけれども。今、和夫先生のお話の中にも出てきたんですけれども、「昭和文壇私史」の中に清人先生、こう書かれているんですけど。
　わたしの嗣子は医者である。精神病院長であるが、数年前開院式の日、武蔵野のその建物を見に行ったきり、ベッドが幾つ増えたと言っても、患者の運動会があるから見に来ないかと誘われても、一向出かけないのである。

というふうに、清人先生の「昭和文壇私史」の割合前のほうの文章でこういうふうにお書きになっていて、お話にも出てきたんですけれども、そういう、先生がお誘いになっても、清人先生、病院にあまり、開院式以来行かれないっていうのは、何かそういうやっぱり抵抗感ではないけど、何か思いがあったのでしょうか。

福田　やはり、ともかく医者嫌いですし。

宮本　そういうところが嫌いっていう。

福田　もう医者嫌い、そういう病院は大体嫌いなんです。

宮本　あと、先生ご自身が医学部へ進まれるというようなときに、清人先生にはやっぱりご相談……、精神科医になるときご相談があったということなんですけれども、医学部へ進むときにも何かご相談はあったんですか、清人先生には。

福田　いや、はじめのときだけです。後は別に相談もしなかったですし、また父のほうも別に何も言わなかったです。

宮本　和夫先生が医学部を目指したっていうのは、何か福田家のプレッシャーが？　何か失礼な質問ですが。

福田　医学部に私が進んだ理由ですね、それは祖父がやはり医者をやっていまして、父が医者をやらなかったので私と。それで、私の中学のころです、祖父も同じ自宅にいましたが、祖父がもう、「ぜひ医者に」ということを強く母にも言っていたようでした。私がもう養子に来たころから、「和夫はぜひ医者にしなければどうしようもない」と考えていたようです。今になってみると、母は祖父からそういうことを言われたせいではないかと思います。

宮本　清人先生から、自分が医者を継がないで文学者になったことについては何か、そういう思いとか何か、息子さんにお話しなさるってことは……。そういう話はなかったですか。

福田　話は特にはなかったです。そういうところは、父は割合あっさり淡泊というんですか、そういう面がありました。「どうぞおまえの好きなものをやれ」という考えでした。

宮本　ご自分が好きな道を進んできたんで、息子にも束縛しないというような。

福田　ええ、そうです。そこはできないという気持ちが多分にあったと思います。それでともかく祖父は医師で、多分に昔かたぎでしたので、祖父のとおりに自分ができなかったということは、やはり強く思っていたんじゃないかと思います。ですから、そこを息子がやってくれたんだから、それだけでもいいと考えたんじゃないかと思います。

宮本　なかなか、先生にとってはおじい様にあたるカズイチロウ……。

福田　和一郎（ワイチロウ）です。

宮本　ワイチロウですか、和一郎さんの、ご苦労されてお医者さんになったと、そういう姿を清人先生……。

福田　ですから、私が医師になるっていうふうに大体決まったころから私と祖父との会話が弾んだので、そういう意味では非常に良かったのではないかと思っています。

宮本　会話がずいぶん弾んだり……。

福田　ええ、そうです。祖父は長崎で開業していましたが、往診によく頼まれると、夜中でもつらかったが出かけて行ったという話や、ある日、長崎の海が大変荒れたときでも、船に乗って往診に行ったことがあったとか、いろいろな話を聞きました。

宮本　そういう、じゃあいろいろ苦労話とか。

福田　ええ。苦労話とかそういうのを結構祖父と、医者をやったお陰で話し合うことが多かったです。

宮本　そうですか。何か、そのおじい様との話で、心に残っているような、印象的な話ってございますか。

福田　そうですね。ともかく祖父が長崎で診療所を開業していた時代とは異なり、最近では、夜の往診は、病院の医者はみんな嫌がるのが多いですが、そういうのはもう頼まれればしじゅう行っていたという、そういう昔の本当の医者かたぎっていいますか、本当に感心しました。

宮本　そういう昔のお医者さんかたぎの……。
福田　そう、医者らしいっていう、これが本当の医者かたぎという印象が、非常に強かったです。
宮本　そういう方で？　ああ、そうでしたか。
福田　それから、診療所の医者で、しかも昔の話ですから、どういうことでも全部身につけると。内科的なものでも、いわゆる外科的なことも、ほとんど何科でも全般的にやっていたようです。
宮本　自分の専門外でも？
福田　ええ。内科が本当の専門だったんですが、外科的なちょっとしたけがというのもみんな広くやった。ちょっとした骨折みたいなものも、応急処置的なこともみんなやっていたそうです。
宮本　ああ、そうですか。先ほどちょっと挙げました、清人先生の「昭和文壇私史」の中にこういう文章があるんですけれども、「私の家の座敷に『寿而康』」、寿という字を書いて、而しての、それから健康の康で、「寿而康」という、そういう額があったというんですね。長生きしても健康でなければならないという、そういう意味だそうですけど、「という大きな額がかけてあり、その署名の」、これはショウコウサンジン、ショウカサンジンというんですかね、「松香山人というのは、明治の医制を」、医学制度を「確立した長与専斎という人である、『衛生』という言葉もその人が作ったと、父は小学生の私に説明した。それから、その専斎の父の中庵という人は、福田家から長与家に養子に行った人であるとも父は私に説いた。」それに続けて、「専斎先生の末子は」、末っ子は「小説家であることも附言した。その小説家の名前、善郎という人が、白樺派の作家であることを知ったのは、中学時代であったが、ようやく医学より文学に志を向けていた私には、どんなに胸のときめきを与えたことであったろう。」なんていうふうに書いてあって。白樺派の作家の善郎さんがいるっていうことで、清人先生は救われたような、文学を目指す、一つの自分の目標になるような人で、というふうなことをお書きになっているんですけれども、この「寿而康」っていう額は先生の勉強室か何かにずっとかけて、かなり大きな？

福田　はい。額自体はかなり大きく、座敷に掛かっていました。それで父からはよく、福田家から長与家のほうに養子に行った中庵の子専斎は、東大の総長までやった人で、末子の善郎さんという方は白樺派の立派な作家だったという話を聞いていました。それから、専斎は「衛生」という言葉も作ったという話も聞きました。確かに今の医学的な面から考えても、やはり長生きをしても健康でなければならないと。やはり今でも言われています。日本人は世界一長寿になったが、長寿になってもいろいろな病気を持っていると問題が多い。したがって、健康の長寿の年令は幾つかということも盛んにいわれてきています。確かに高年齢まで健康に保つには、衛生なり予防という面に力を入れなければいけないということです。時代的に考えても、それを早くから言うことは確かに優れていると思います。

宮本　清人先生自身は普段そういう健康に特に心がけていたとか、普段の生活のようすはいかがなんでしょう？

福田　そうですね……。父は、健康の面ではあまり注意していませんでした。

宮本　先生は大変な長寿でいらっしゃったんですけど。

福田　むしろ私に言わせれば、割合と自由奔放に生活していたほうで、お酒も好きだったし、晩年、高血圧で入院したときに、煙草をやめるように言いましたが、あれだけたくさん煙草を吸って、お酒を飲んでも九十歳まで生きたから、お酒がよくないとか、煙草がいけないとは、少なくとも父に関しては、あまり関係がなかったのではないかと思っています。今では、お酒は週休二日制で、それが本当のいい飲み方だとか、量は一日一合ぐらいにしなさいとか、それから煙草はできるだけ吸わないほうがいいとか、いろいろなことが言われていますが、父はそういうこととはあまり関係なく、煙草はヘビースモーカーに近かったし、お酒もそんな一日一合というよりたくさん飲んでいました。

宮本　おうちで飲まれる量は大体、お酒は決まっているんでしょうか。

福田　ええ、そうです。晩年のころは大体缶ビール一、二本と決まっていました。具合が悪くなってからは一、二本ですが、若いときはお酒は結構、五合ぐらいは飲んでいたのではないかと思います。
宮本　もう、ほとんど毎日なんですか。
福田　ええ、ほとんど毎日飲んでることが多かったです。
宮本　そうすると、あまり夜はお仕事は、書き物なんかは？
福田　仕事は、父の場合は、非常に珍しいんですが、朝大体執筆することが多かった。朝が早かった。これは体のために非常に良かったのではないかと思います。頭が朝のほうが非常にいいのではないかと。夜、よく作家は書くという人が多いようですが、父の場合は朝早く起きて書いていました。
宮本　そうすると、もう夜はお酒飲んで寝ちゃうほうですか。
福田　そうですね。お酒飲んで寝たり。あるいはよく会に出かけていることが多くて、お酒をよく飲んできて、寝てしまう。それで翌朝早く起きて書く仕事をする。
宮本　朝は三時か四時ぐらい？
福田　四時ごろですね。四時ごろから書き始めるのが多かったです。
宮本　朝のご飯は、普通皆さんと一緒に。
福田　ええ。朝のご飯はもう普通に皆と一緒に食べます。朝から結構食べていましたね。
宮本　じゃあ大体朝型なんですか。
福田　そうです。朝型です。だから、夜飲んでも朝しっかり食事するから、健康のためには大変良かったと思います。本人は意識していなかったと思いますが。
宮本　われわれっていうか僕なんかは、先生が、煙草とお酒はお好きだっていうのはよく存じあげていたんですけれども、一杯飲んだ後、仕上げがお汁粉っていうのはあまり存じあげなかったです。

福田　本当に甘いものが好きです。
宮本　普段おうちでも。
福田　ええ。うちでもよく「汁粉、汁粉」って言っていました。
宮本　普段に作ってあるわけですか。今ですとインスタントのお汁粉があるけど、昔はそういうのは……。
福田　いや、結構母は作っていることが多かったです。
宮本　じゃあもう用意してあるわけですか。
福田　ええ。多分そうだったと思うんです。
宮本　あと、清人先生のお好きな食べ物は？
福田　大福なんかも好きだったです。
宮本　専ら甘いもの。
福田　お酒飲んだ後は大福なんかよく食べていました。
宮本　ああ、そうですか。あと、健康法は全然考えないというお話だったんですけれども、お宅にいるときなんかは、仕事に疲れて、環境のいいところですからお散歩されるとか。
福田　散歩はよくしていました。それから、掃除とかそういうのは大嫌いで、よく年末になって大掃除になると必ず散歩に出かけて、ちょうど大掃除が終わったころ帰ってくる。それで、いつも母が言っていましたが、年末で忙しいときに、父に「ちょっと掃いてください」とお願いすると、父は丸く掃くどころじゃなくて、チョッチョッと真ん中を掃いてもう終わりというので、そのため母はほとんど頼まなくなりました。そういうのはあまり好きじゃなかった。
宮本　やっぱり「児童文壇私史」という文章の中で、一時卓球に大変興味をお持ちになって、大工さんに卓球台を作らせたというようなことが書いてありますけど、そういう時期は……。

福田　ええ、卓球台は、ちゃんと作って、家族で卓球をやった記憶があります。結構父も上手で、あんまり強く打たないで、カットする球が多かったです。
宮本　……プロ並みなんですね。
福田　こういうふうにダウンにカットする球が多かったです。結構卓球はうまかったです。
宮本　それはいつごろになるんですか、卓球に熱心だったのは。
福田　そこにも書いてある、雑誌を出すころだったんじゃないかと思うんですけど。まだ私が学生のころだったと。
宮本　じゃあ終戦直後ぐらい？
福田　終戦直後ぐらいだったかな。
宮本　なんか卓球の雑誌かなんかに連載していた小説「明日ひらく花」ですかね。それを卓球雑誌から頼まれて、取材のためになんかお出かけになったとかなんか、そういうふうに私は読んだんですけど、何かそういういきさつはお聞きになったことはございます？
福田　結構、卓球の試合など見に行ったことがありました。
宮本　先生とご一緒には？
福田　私は一緒には行かなかったが、自宅で卓球をやっているときも、名前は忘れましたが、一人だけ卓球のうまい人が来ていました。それでみんなでやった記憶があります。
宮本　ああ、そうですか。じゃあちょっとコーチをしてくれたとか……。
福田　一緒にいろいろ相手してもらったり、教わったりということもありました。
宮本　家族でどなたがおやりになったんですか。
福田　家族は両親と、それから私です。

宮本　奥様もおやりになったんですか。
福田　あんまり上手じゃなかったが、やっていました。
宮本　じゃあご家族全員で。
福田　そうです。
宮本　ああ、そうですか。あと、先ほどもお話に出ていたんですけれども、和田本町時代に、お近くに伊藤整らの先生のお仲間が住んでいらして、だいぶ文学者と行き来があったというんですけれども、何かその様子は？　その時代はあまりまだ……。
福田　その時代は、まだ私は小学校の小さかった時代なんですけど、伊藤整の家庭とは結構家族ぐるみのつきあいがあったようでした。伊藤整の息子さんですか？　息子さんなんかもよく父のところに遊びに来ていて、それで母がよく「なかなか賢い子だよ」と、言っていた記憶があります。
宮本　そうですか。その後、先生が福田家にお入りになって、そういう文学者同士の家族ぐるみのおつきあいなんていうのはご記憶にあります？　そういうおつきあいしていた人なんていうのは、戦後にはありましたか。
福田　家族ぐるみですか。
宮本　いや、よく印象に残っているような作家とか、おつきあいがあったようなというご記憶はもうないですか。もう先生の晩年になっちゃうかもしれませんけれども。
福田　そうですね、ずいぶん有名な方がいっぱい出入りしていたとは思うんですけど、どうもあんまり細かいことは……。
宮本　そうですね。あと、ちょっと私は専門が演劇なもんですから、ちょっと福田清人先生との関係で、つい数年前に夏樹静子さんが『女優X』という題で、「伊沢蘭奢の生涯」という副題のついた作品を書かれているんです。この伊沢蘭奢とのふれあいというか、おつきあいを福田清人先生が短編にお書きになっているんですけれども、何か福田先生から、清人先生から直接伊沢蘭奢の印象とか、そんな話なんていうのは、なかったでしょうね？

福田　伊沢蘭奢の話は、私も子供だったせいかあまり聞いてないんですけど、ただ父の口から出た話で、私がいまだに記憶に残っているのは、満州のほうに行ったときの李香蘭ですか、李香蘭が翌朝駅頭に来てくれたっていう話は聞いたことあるんですが。

宮本　ああ、そうですか。満州に行かれて、取材に？

福田　ええ、そうですね。それで自宅にも李香蘭の「夜来香《エイライシャン》」のレコードがあった記憶もあります。

宮本　その伊沢蘭奢さんのお子さんの伊藤佐喜雄さんとは、ずいぶん清人先生は深いおつきあいが？

福田　そうですね。確かおつきあいがあって、自宅なんかにも、そう言われてみれば来ていた、行き来があった記憶はありますね、伊藤佐喜雄さんというのは確か記憶にあります。

宮本　亡くなったときに、葬儀委員長を先生が引き受けられたなんていうのも。

福田　はい。

宮本　ああ、そうでしたか。あと、清人先生の作品で映画化されたり、テレビでやられたような作品がございますけれども、そういうものはご家族で見に行ったりとか、お宅でテレビをみんなで見るとかなさいましたか。そういう先生の作品の映画化されたものとかテレビについてのご記憶は。

福田　私が一番記憶にあるのは、まだ父は若かったですけど、私の子供のとき好きだった『若草』ですか、あれが映画化されたときは、確か映画を見に行った記憶がありますし、あのころはかなり華やかにいろいろあったようです。それから『春の目玉』もたしかテレビドラマになりました。

宮本　なんかそういう試写会とか、そういうところへ行かれた？

福田　「若草」のときには行った記憶があります。
宮本　そうですか。「若草」っていう題ですか、それは。映画は「若草」ですね。
福田　そうです。
宮本　テレビで「めぐり逢い」になったんですかな。
福田　そうだったと思います。
宮本　先ほど、清人先生の作品で、先生が精神科医ということで「脱出」なんかお好きだっていうお話があったんですけれども、「脱出」以外に清人先生の作品で何かお好きな作品とか、そういうものはほかにございますか。
福田　そうですね、いろいろなのがあることはあるんですけれども、先ほど言った『若草』というのも、あまり僕は文学を読まないほうなんですが、サラッと読んだ記憶があるんです。こういう『若草』みたいな小説というのは、やっぱり父も若くないと書けないいんじゃないかと、そんなことを思ったことがありました。あれもなかなかいい作品じゃないかとは思うんです。
宮本　あと児童文学のほうで、郷里の長崎の少年時代過ごした場所を舞台にした作品を清人先生、たくさんお書きになっているんですけど、何かそういう少年時代の思い出話とか、波佐見とかあのへんの、何か子供時代のお話なんていうのは直接お聞きになったことは……。
福田　目玉三部作ですか。『春の目玉』とか『秋の目玉』とかね。目玉三部作なんかに出てくるような話というのは、時々話していました。晩年長崎に父と帰ったときに、タクシーで故郷の鬼木の実家のほうに一緒に行ったとき、すごく懐かしいと言い、「昔ここはかごが通った」とか、山道を回りくねりながらタクシーで行きましたが、「ここは塚があった」とか、「昔はもうほとんど食べ物がなかった」とか、いろいろな、お菓子などほとんどなかったような話をして、結構懐かしんでいました。

宮本　先生は、清人先生は泳ぎのほうは。
福田　水泳は、長崎育ちのせいか、結構上手でした。よく海で遠泳をしていたという。
宮本　若いころ、ご一緒に海水浴に行くとかなんていうことはあったんですか。
福田　海水浴、あんまりなかったです。
宮本　でも、泳ぎは小説に……。
福田　一、二回あったかな。
宮本　ああ、そうですか。諏訪神社に先生の記念碑が建ったときには、板垣君と私はお供して、土井首の小学校までお供させていただいたんですけれども。福田清人先生の作品、そういう郷里の風土と切っても切れないような雰囲気がある作品をたくさんお書きになってると思うんですけど。下手な質問も私しておりますので、このへんで、もしよろしければ、フロアのほうから和夫先生のほうに何か直接お伺いしたいことがあればお受けしたいと思うんですけれども、いかがでしょうか。
質問者Ｉ　よろしいですか。
福田　はい。
質問者Ｉ　先生はどうして精神科医を目指したのでしょうか。精神科を選ばれた理由を。
福田　私が精神科を選んだのは、今になって考えてみると、やはり幼児期体験というのが非常に大事でして、先ほどの「脱出」に出てきましたように、少年指導会というところで、子供のときからずっと育っていたということと、それから、ちょうど中学三年のときから養子に行ったわけですが、私の実父は慶応の国文学をしていましたが、私は父から大変かわいがられていました。父は若くて五十ぐらいで亡くなりました。最期も癌で非常に苦しんでいましたが、私の顔を見ると、いつも笑顔で迎えてくれた父でした。その父が亡くなって、ちょうど戦争中で、私の兄弟は五人でしたが、上の兄三人は全部軍隊に行き、母と私と妹が後に残りました。ある日、母が「もうおまえの教育は無理だ、できない」、それで、「叔母さんのところに子供がいないから養子に行くように」と言われて養子に行ったわけです。それがちょうど中学三年の時で、今まで「叔父さん」「叔母さん」と言っていたのが、ある日突然「お父さん」「お母さん」と言わなければならない。母は「お母さん」と言うとすごく喜んで、言った後必ずサービスが良かったですが、父は全然普段と変わらなくて、何となく素っけない感じでした。このように「お父さん」「お母さん」と言うだけでも大変だったし、いろいろ僕なりに苦労したから精神科のほうを選ぶように、自然となったんじゃないかと思います。これは私なりのこじつけかもしれませんが。

質問者1　ありがとうございました。

福田　どういたしまして。

宮本　ほかにいかがでしょうか。はい、どうぞ。

質問者2　栗林でございます。先生のお宅に何度となくお伺いさせていただいたことがあるんですが、先生があるとき、新宿でお酒をだいぶ召されたらしくてですね、どこの駅か分からないんですけど、たぶん永福町あたりで終電か何かで降りられて、帰ってくる途中で犬がついてきたっていうんですね。その犬がついてくるんでしょうがないから、ズボンのバンドを取ってですね、首輪にして家へ連れて帰ったと。そして、しばらく飼っていたというお話を伺ったことがございまして。先生は動植物、特に動物、猫とか犬については何か非常にかわいがったとか、ずっと長い間飼っていたとか、そういうようなことはおありになったんでしょうか。ちょっとお聞きしたいんですが。

福田　そう動物が好きなほうじゃなかったと思います。犬は飼っていたことはありました。猫はあまり好きじゃなかったと思います。

質問者2　その飼っていた犬が、ついてきた犬だったんですか。

福田　いや、それとは違うとは思うんですけど。それは酔ったときに連れて来たんじゃないかと思うんですが。
宮本　庭のお手入れなんかは、あまり。
福田　庭の手入れですか。
宮本　お庭なんかは、あまり出ないほうですか。
福田　そうですね、あんまり、手入れとかそういうのは、どちらかというと不器用なほうに近いもんですから、ほとんどしなかった。
宮本　俳句など詠まれて、ずいぶん植物には造形が深いようにお見受けするんですけれども。
福田　あまり本当のことを言ってはどうかと思いますが、確かに『国木田独歩』とか、いろいろ父の作品に自然をきれいに描いた作品はいっぱいありますが、それでは自然のところに行って、いろいろ眺めたり親しんだりするのが好きかというと、それほどでもないように思います。
宮本　そうなんですか。
福田　どうも申し訳ないんですが、それほどでもないような気がしてしょうがないんですが。やはり頭の中で文学的に考える面が多いんじゃないかという印象なんですが。
宮本　栗林先生、よろしいですかね。ほか？
質問者2　ちょうどカラーテレビが出てきたころだと思うんですが、先生が、カラーテレビをご覧になって、テレビでは、ボクシングがお好きだというふうに伺いました。それで、「ボクシングは、先生、カラーテレビだと血が出るのが見えるんですか」と言うと、「そりゃあ、赤く見えるよ」と言いましてね。先生、テレビで一番ボクシングが好きで見ていたっていうんですが、主にスポーツ観戦では、野球とかなんかよりはボクシングがお好きだったんでしょうか。

福田　そのとおりですね。野球とかそういうのはあまり好きじゃなくて、ボクシングをテレビで見るのが本当に好きだったです。それで、確かにボクシングですから、猛烈に殴り合いをやって、出血することがありますが、父は本当によく見ていました。ほかのスポーツはほとんど見ていなかったようですが、ボクシングは確かにスポーツの中ではよく見ていましたね。

宮本　ほかにいかがでしょう？　どうぞ。

質問者3　佐藤康則と申します。私、ここに『日本近代文学紀行』（東部編と西部編、福田清人著、昭和二十九年五月と七月、新潮社刊）を持っております。今年は昭和でいうと七九年になりますから、五十年以上前の本ですが、西部編の表紙の次頁に、自筆の「福田清人」、お父さんの名前で、「青野季吉様」と書き込まれています。「青野季吉様」っていうのは、おそらくお父さんの清人さんにとっては親しい人だったと思うんですね。『岩波小辞典日本文学　近代』（片岡良一編）に記載されている「青野季吉」を読みますと、「平林初之輔なんかと日本プロレタリア文学運動の指導的理論家として活動した」というふうに出ています。この岩波書店から出た『日本文学小辞典　近代編』にも、青野季吉さんが出ているんですね。福田清人さんは見たら出ていなかったんですけど。この本は、福田清人さん、お父さんが青野季吉さんに差しあげた本だと思うんですね。私はこれをどうして手に入れたのか、この西部編だけ同じものを二冊持っているんです。一冊は確か私が高校時代に田舎の、宮城県なんですけれども、そこで買いました。あともう一冊、この青野季吉さんにプレゼントしている本は、私は大学は東京に来ましたので、おそらく東京の古本屋で買い入れたんじゃないかなと思っているんですが、先生、ここの西部編に載っている、この青野季吉さんとお父さんとの関係はご存じないでしょうか。それをお聞きしたいんですが。

福田　詳しいことは分からないですが、確かにかなり親しくしていたことは事実です。うちにも見えたことがあります。

質問者3　青野季吉さんは生まれが明治二十三年、一八九〇年で、昭和三十六年、一九六一年に亡くなっていますね。そうですか、分かりました。

福田　ええ、かなり親しくしていました。私もそう言われてみると記憶に残っていますから。

質問者3　それで、私はお父さんがお書きになりました『日本近代文学紀行』、旅行するときは必ずこの本を持っていきます。ですから、ここに岩手県渋民村、これは石川啄木を訪れたときの記念館の印鑑であるとか、こちらの西部編では、観光小豆島。小豆島に行ったときには辰巳屋っていうところで、今から四十何年前に『二十四の瞳』の壺井栄と夫の壺井繁治の田の浦岬の学校に行ったところとか、あと、土佐清水市旅館喜久屋。これは足摺岬で、小説家・田宮虎彦の作品『足摺岬』の現場を訪れたとき、宿泊したところです。こんな四十何年前の旅行先の御手元袋がここに挟んであります。私はこの本を書いた福田清人さんという人は、すごい人だなと思いました。あともう一人、こういう近代文学紀行を書く人に、野田宇太郎という方がいますよね。もしこの本をほしい人があったら差しあげます。私、持ってきたんですけれども、野田宇太郎さんの本と、福田清人さんの本を必ず持参して、旅行しているんです。それで、お父さんの清人さん、確かに、ここに著者略歴として、「明治三十七年に長崎県に生まれる」と。さっき先生がおっしゃった『脱出』『若草』ですか。それから『花ある処女地』等の小説のほかですね、『国木田独歩』等研究評論とか、こんなことが著者略歴に書いてあるんですね。大分県の佐伯にも、私二回行っているんですけれども、近代の文学者、国木田独歩についても福田さんが書いているんで、独歩や佐伯のことなんかも詳しく書いてあるんで、この福田清人さんというのはすごい人だなと思って。ですから、同じ本を一冊じゃなくて、わたし二冊買ってるんですよね。

福田　どうもありがとうございます。

質問者4　西沢正太郎でございます。福田先生には一番私がお世話になったんじゃないかと思います、昭和二十三年からですから。そして、日本児童文芸家協会の創立。福田先生は理事の中心になっておられたのですが、やはり児童文学ということで、先生の再三の薦めもあり、浜田広介先生を初代理事長に戴いて発足しました。やがて会長制ができましてね、浜田先生が会長、福田先生が理事長になりました。昭和四十八年に浜田先生が亡くなりましてから、福田先生が会長になられたのです。その後、私は、とてもその任ではありませんでしたけれども、福田先生に本当にお世話になった関係で、第四回の理事長を引き継いだ次第でした。

昨年の私は、大きな手術をしまして、まだ回復しておらないのですが、ほとんど文壇の役職を退いてから、ハッと思いまして、先生が亡くなられてからではもう遅かったんですけれども、いろんな資料を整理しているところでございます。

近く、日本児童文芸家協会の機関誌『児童文芸』の、十二月一日号に出るんですが、福田先生生誕一〇〇年記念の特集が組まれました。それに私は、先生の人と作品について六ページにわたって書きましたので、もしもご覧になる機会があれば幸いと思います。

今日は、大変貴重なものを見せていただきました。実は展示されております『文学生活』という同人誌がございます。昭和の文学は、昭和十年ごろから飛躍的に新しい方がどんどん文壇に上ってくるような時期でした。そのころ芥川賞が設定されていますね。昭和十年の下期からですが、ご存知のように第一回の受賞は石川達三の「蒼氓」でございます。昭和十一年になりまして、いま申し上げた『文学生活』という雑誌が創刊になります。今日は展示品で十冊ほどをしみじみと拝見しました。福田先生は、この同人誌の創刊に加わっておられます。その創刊号の中に「城外」という小田嶽夫さんの作品が出ております。それも拝見したんですが、この「城外」が第三回の芥川賞になるんです。昭和十一年上半期の第二回は、受賞作なしです。下半期の第三回受賞作が、この創刊号に発表された作品の中から選ばれているんです。

この『文学生活』は第二期が戦後に引き継がれまして、その中心だった有馬頼義さんの掲載作が直木賞を取るという、そういう名門の雑誌です。私は福田先生の勧めで、昭和三十一年からの第三期に加わることになりました。そんなふしぎな縁がございました。

実はその第三回の芥川賞を取りました小田嶽夫さんが面白い回想録を書いておるんです。このことは『児童文芸』に、今度の福田先生の人と作品で最初のところに書いております。『文学青春群像』という題で、戦後昭和三十年代に出た本ですが。その中に、福田先生の文壇における位置づけがいかに大きかったかということを書かれていますので、そのことだけちょっとお知らせをしておきたいと思います。

お手元に地図も配られているようで、和田本町の時代にも、つながりがあるかもしれません。とにかく、伊藤整さんとは大変親しい仲でございまして、それで一緒に別の同人誌もやられていました。

さて、小田嶽夫さんの『文学青春群像』によると、それの中に「伊藤整と福田清人が中野の鍋屋横丁をちょっと奥へ入った一角に住んでいる」というような書き出しの章があります。そのころの文壇ではなんといっても、横光利一と川端康成でしょう。『雪国』の川端康成。この横光・川端の跡を継ぐといいますか、文壇を代表するものとして伊藤・福田。伊藤整と福田先生の名が挙がっております。

「二人共有望視されていたためか、『横光・川端』と併称されたように、『伊藤・福田』という言葉がよく使われていた。伊藤が分析的な面にすぐれてい、福田が綜合的な面に長所があって対照的なところも……」と、本書で小田さんが記されていることは、その後の福田先生の活躍を予言していたようです。

そういう文壇の位置づけの中で、福田先生は幅広い文学活動を展開されました。国文学の造詣も深く、近代文学の研究家でもありますし、現代文学の評論もされる。これらの幅広い基盤に立った上で、もちろん主力は創作活動。小説が絶賛されるということがしばしばでした。戦後自然の流れのように児童文学の世界に打ちこまれ、大きな功績を残されたわけでございます。

そういう幅広い、文壇というものを広く見渡した中での福田先生のお力というものは大変なものであったということを、改めてこの本から知りまして、そのことに深い感銘を覚えました。この『文学生活』という有力誌のスタートのころ、福田先生が大きな役割を演じられ、それで文壇をリードしておられたということを、この際皆さんにお伝えしておきたいと思って、今日お話しました次第です。

宮本　それでは、お話尽きないんですけれども、時間も迫ってまいりましたので。また、まだご覧いただけてない方は展示のほうもぜひ見ていただきたいと思いますので、私が和夫先生にお尋ねする質問の機会はこのへんで終わりにさせていただきたいと思います。

私としましては福田清人先生の、私の小さな会社の「宮本企画」という会社があって、そこでですね、福田先生の『望郷』、副題が「私の俳句歳時記」というので、そういう本を出させていただいたことがあるんですけど。その中に福田家ではですね、「家庭句会」というので、ご家族で句会を開いたりしているようすが書かれていて、そのことについても本当は質問しなくちゃいけなかったんですけど、ちょっと忘れまして、ちょっと飛ばしてしまいましたけど。福田先生の文学に、俳句だけじゃなくて文学に関する文章をたくさん盛られておりまして、私のところに探すとまだこの本、残部があるかと思いますので、もしも読んでみたいという方があれば、私のほうから残部のある限り献呈させていただきたいと思いますので。もしもご希望がありましたら、紙切れに住所、お名前などを書いて、私にお手渡しいただければお送りさせていただきたいと思います。

どうも長時間、本日はありがとうございました。先生、どうも本当にお忙しいところ、ありがとうございました。いろいろ失礼いたしました。どうもありがとうございました。

（第十五回、二〇〇四年一一月三日）

福田清人『花ある処女地』
――『日本近代文学紀行』をめぐって――

大河内昭爾

今日ここへ散歩がてら歩いて来るつもりだったんですが、時間がせまって、やはりタクシーで来ました。歩いて十何分でしょうか。すぐそばなんです。ついこの間まで東京女子大学が牟礼にありましたが、その下の井の頭橋、その脇に住んでおります。水道道路で新宿あたりから帰ってくると、ここ立教女学院を必ず通るわけです。通る度に現役時代は、「歩いて通えるところだし、穏やかな気持ちで勤められそうだな」と、いつもうらやましく思っていました。

そこへ講演に呼ばれたから、「いや、喜んで参ります」と答えたんです。そしたら宿題があったんですね。「福田清人文庫」のための講演ですから、「福田清人先生のお話をしてほしい」ということだったので、わたしは、「福田先生には恨みこそあれ、専門に研究もしていないわたしが行くことはないんじゃないか」と一瞬思いました。なぜ恨みがあるかと言いますと、今日、お話の中に出てくる「暉峻義等《てるおかぎとう》」という先生は、わたしの親戚なんです。福田先生の『花ある処女地』に登場する労働科学研究所の所長です。暉峻康隆という先生は江戸文学で有名ですが、この人は暉峻義等の甥にあたります。埼玉大学名誉教授の暉峻淑子《てるおかいつこ》さんもやはり義等先生の一族です。「暉峻」という姓は滅多にない。わたし早稲田の高等学院に入ってすぐ、学部の掲示板に暉峻助教授休講と出ていても級友の誰一人読めない。わたしだけは読めた。それで夏休みにうちへ帰って「親戚の暉峻さんと同じ姓の助教授がいるよ」と言ったら、「その人は志布志のご住職のお兄さんだ」という母親の答えでした。本来、志布志の寺の住職になるべきなのが、坊さんになるのを嫌がって寺を出た人だというのです。戦争が終わると発禁だった反動で西鶴ブームがおこりました。あのっぱいになる。

先生、また話が面白かったですね。西鶴ブームもあって、いつも教室が満員なんです。どんな広い教室でやってもい

当時、文学部に女子学生という人たちが初めてたくさん姿を現した。けれども、女子学生が一挙に入って来たのは文学部だけです。わたしが文学部に入ったとき同級生に女子学生が十何名いましたから、やはりそのころから増えてきた。そういう、女子学生が多いせいもあって政経学部や理工学部あたりまで、講義を盗みに、聴講、盗講に来るわけです。西鶴となると、当時は流行でしたから、なお来るわけです。西鶴は、今こそみんな普通に受け入れておりますけれども、当時は『好色一代女』、『好色五人女』というタイトルだけでも刺激的でした。あのころは「好色」と言っただけで、どきっとするような時代でした。暉峻教授は、そういう意味での時代背景をふまえて西鶴研究家として一躍有名になった。政経あたりからまでみんな、こっそり聴きに来たものです。

また暉峻さんの講義が面白い。面白いというか、当時もっとも注目の西鶴の講義でした。終戦直後、だれも西鶴の本物を持っていない。しかし暉峻さんは専門家ですから、西鶴の文献は戦時中全部内務省に持って行かれた、その本物を内務省から持ってくるわけですね。それでそこを読むわけです。「まず、大学はテキストが大事である」ということで、みんなの持っているのは、もう××ばかりついているから、そこを埋めるところから始まる。

わたしは向田邦子と雑誌で対談したときに、向田さんはわたしが中学一年のときに小学校六年生ですか、同じ鹿児島市にいたことが対談していて分かったんです。向田さんの最後の対談なんですね。だから全対談集に入らない。向田邦子は売れますから、『全対談集』というのができたんですけれども、それには間に合わなかった。まだゲラの状態だったんですね。とにかく、わたしと対談して二、三月目かに亡くなったわけです。だからそういう意味では最後の対談なんですが、そこで、「あなたは、小学生だから大した本は読んでないだろうけど、どういう本読んでた？」と聞いたわけです。そしたら「『南国太平記』読んだ」と言うんです、直木三十五の。今、直木賞というので有名で

す。これはまあ当然、鹿児島の男なら読みます。なぜかというと、『南国太平記』というのは、島津斉彬のお父さん斉興のお妾ですね。これが自分の息子の島津久光を跡継ぎにしたくて、斉彬を排除したかったわけです。そこでいろいろ問題が起こったんですよ。大久保利通の親父なんかは島流しにあったりしている。要するに後継者争いです。斉彬が間違いなく後継者なんですけれども、やはりお由良の方というのがどうしても自分の息子を後継者にしたくて、それで藩内の騒動が起こった。藤沢周平の作品にあるような、要するに跡継ぎの問題が起こったわけです。そういう跡継ぎの問題で、「お由良騒動」といいますけれど、それを材料にしたのが、直木三十五の『南国太平記』です。だから、島津家の内紛を描いたわけですから、われわれとしてみれば鹿児島の話ですから読むわけです。彼女もそのお由良騒動を読んだと言って、これはまあ、あんまり驚くに当たらない。小学校五、六年でそれを読んだというのは、ませてはいますけど。「ほかに何読んでた？」とうかがって、そのときびっくりしたのが、「バルビュスの『地獄』を読んだ」と言うんです。向田さんというと、いつもその最後の対談を思い出すんですが、そのときに言っていたのが、要するに「『地獄』を読んだ」と。小学校五年か六年で、『地獄』を読むというのは、それこそ『地獄』の内容を考えると、どうしても戦争中の小学生向きじゃない。というのは、壁の穴から隣の部屋の情事を全部のぞくという小説。これが後に戦後になると実存主義の文学というんで大変に話題になるわけですよ。バルビュスという人の書いたものです。訳者が『種蒔く人』を創刊した小牧近江でした。戦後まで小説家の近松秋江とごっちゃにしていました。

わたしがなぜそんなのを読んでいたかというと、お金というのが何にも意味がない時代に、学徒動員先の海軍航空隊を除隊した折、給金をもらいました。お金をもらったって、食べるものもなければ、何にもない時代です。帰りに七高（第七高等学校）のそばの古本屋に寄ったら、一生懸命荷造りしているんです。「どうしたんですか」と言ったら、「疎開する」という。事実、空襲前夜といった時代でしたから、本当に疎開は正解だったわけです。それで店内を見まわしたら『世界文学全集』を、ちょうど荷造りしていた。「これも疎開するんですか」と言ったら、「そうだ」と言うのです。「これを譲ってもらえませんか」と言ったら、ひょっと見て、中学生がこんなの、金を持っているわけないと思ったんでしょうね。「お金はあるんです」と重ねて言ったら、疎開するんだからどうせいくらでもいいわけですよ。疎開する手間が省けるわけですから、「いいよ、上書きさえ書きゃいいんだから」。それで上書きを書きかえてもらって、うちへ送ってもらった。

それで下宿先からうちへ帰って『世界文学全集』、初めて手にした。それまで兄貴の本や親父の本を盗み読みしていたわけですから。初めて自分が買った本というのは、これは中学三年生ぐらいですと感激ですよ。文学全集を中学三年生が自分の物にするというのは、もう本当に嬉しかったですね。しかしやはりなんといっても中学三年生ですから『クォ・ヴァディス』なんていうのを見たってあまり面白そうもない。いろいろ広げていましたら、××ばっかりの本がある。××ということはセックスは当時全部××ですから。××の多いのが一番好奇心を刺激する。それでそれから読んだ。それがバルビュスの『地獄』でした。

わたしは中学三年生だから、それを好奇心いっぱいで読んだわけですが、小学校六年生の美少女の向田邦子が読んだとは到底信じられないが、戦後、完全訳が出てみると大したことはなかった。「接吻」なんていうのもだめだったし、「抱き合った」というのもだめ、みんな××××ですよ。だから、なんということなくて完訳は戦後出ましたが、引き比べてみたら、わたしの想像力のほうがよっぽど激しかった。この「××××時代」というのは、かえって好奇心をそそって、中学生にも読書を薦めたということになります。そういう意味では、バルビュスの『地獄』を彼女が読んだというのは今でも印象に残っています。

いずれにしましても、本を読むということの行為が、古本屋ももう疎開をしていくような時代ですから、なかなか手に入らない。そういった意味で、戦争が終ってみると、本当に活字飢餓ですね。食べ物の飢餓はもちろん、あのころまだ続きます。戦後になってようやく最後の動員先の佐世保海軍工廠から郷里へ帰郷して、そしてもう今日から戦争終りなんだと、そしたら自由に本が読めるんだという感激というか初心といいますか、あのころの初心をずうっと続けていればとよく思います。アメリカ軍の占領下国民がどういう運命になるか、不安がいっぱいの中で、それだけに熱病に浮かされたみたいに本を読んだ。だからああいう新鮮さがわたしの読書体験の基本にあるということが、純粋な意味で懐かしいんです。終戦直後、本を読み暮らしているところへ、労働科学研究所が東京からやってきた。それへ福田清人先生も参加されていた。

なぜさっき恨みと言ったか。わたしは上京しますとすぐ暉峻義等先生の所へあいさつに行き、卒業のときも行きました。「君はどういう仕事をしたいんだね」とおっしゃるから、「いや、わたしは……」。まあ、やはり文学をやりたいというのは、恥ずかしくて普通言えない。わたしの時代には文学をやるという虚業めいたことは後ろめたいことですから簡単に言えない。その上、文学は才能第一と考えられていた時代です。相手が医学博士、労働科学研究所の所長ですから、率直に「いや、文学やりたいんです」と言えたんです。そこへ、読売の日本テレビが昭和二十八年から始まった。やはりテレビ、映像もやりたい。だから「日本テレビに入って、書くこともやりたいと思っています」と言ったら、目の前でいきなり正力松太郎さんに電話して下さった。あの人は本当に豪放な、暉峻義等先生はこの『花ある処女地』に書かれた通り行動的な文化人です。作品に暉峻義等さんのことが出てきます。所長朝日奈博士として出てくるのがそうです。そうすると、その義等さんという人は非常に政治性のある文化人としてスケールも大きいんですよ。厚生省をつくる原動力のあった人ですからね。政治家的なスケールも大きい人ですし、そしてまた科学者的な緻密さもあって、とにかく顔も広いし、風貌も良かったですね。

わたしはいろんな人の顔を見て、印象的だったのは、なんといっても志賀直哉の顔ですね。これはいい顔していました。それからもう一人、岩波の顧問をしていた河野与一さん。それから中勘助。中勘助と河野与一はよく似ているんです。彫りの深い、いかにも鋭い、それでいてどこか奥深い感じのする表情でした。志賀直哉は、意志の強そうな。

暉峻義等もなかなかいい顔していた。だからそういう意味で、暉峻さんという人もなんか一癖ありそうな雰囲気の人でした。

有馬頼義のお父さんである有馬頼寧という人は、旧久留米藩主家の出だけに政界だけでなく日本の指導者のトップクラスの人でした。この人と暉峻義等さんは非常に親しかった。それから倉敷のレイヨンの社長の大原さんとも親しかったから、暉峻義等という人は単なる学者ではないんですね。「労働科学研究所」というのを作って、「サマータイム」という、われわれは「サンマータイム」なんて言っていましたが、あの「夏時間」というのを作り出したのは労働科学研究所の研究成果で、こういうところが面白い。満州で実験したんです。あの当時はなんでもかんでも植民地で実験して、いいなとなると日本に持ってくるわけです。だからサマータイムも満州で実験したのを日本へ持ってきた。日本でサマータイムを体験した方は少なくなりました。とにかくそのサマータイムというのが評判悪くて、二年くらいでやめたんじゃなかったですかね。三年も続かなかったように思います。最近、またサマータイムをやる話が出ますが、なかなか実行に踏み切れないのはいっぺん失敗しているからでしょう。それを実施したのは、厚生省をつくったりして、労働科学というものを取り込んだのが労働科学研究所でした。「労研」といいました。その労研の所長が暉峻義等です。とにかく義等先生は、日本民藝館の人たちとの付き合いもあったようで、当時珍しかった作務衣など着ていた。なんでも自分流に着こなすんです。この中にも出てきますね。息子の復員服らしい上衣の裾をズボンに入れて、いかにも労研所長流に、つまり暉峻流に着こなして都城にやって来るシーンがある。

だからわたしに、立教女学院短大で講演をお願いしたいとおっしゃるから、「近いから喜んで参ります。こぢんまりとまとまったあこがれの学校だから行きます」とか言ったのです。ところが、「いや、実は福田清人先生の話をして欲しいのです」と言われた。「ああ、福田清人先生、わたしには恨みこそあれ」とつい言ってしまったんですね。多分、司書の方はびっくりなさっただろうと思うんです。その釈明があるから今しゃべっているのですが、それは説明すればなんでもない。要するにわたしが暉峻さんのところに行って、日本テレビが今度、昭和二十八年から始まるから、入社したいと依頼をしました。テレビ局なら映像だから、演出部門、演芸部門は文科系だと思ったからです。文学部というのは行くところないんですよ。もう、文学部に行くと言っただけで親戚まで出て来て反対するぐらい、文学部は一生親のすねをかじるか、だめになるか。本当のところ今の文学部では考えられない。

わたしは文学部に入って最初の授業、岩本堅一という、これは名だたる先生ですが、岩本素白といって非常に淡々とした文章を書く名文家でした。随筆の研究で有名でした。その岩本先生が授業に出て来て、「前に座っている人はいい」と言うんです。前に座っている人は一人や二人は大学に残って、大学の助手かなんかになって何とか食っていける。「真ん中もいい」と。真ん中はなぜいいかというと、田舎に帰って県会議員かなんかになる。早稲田なんかはそうですね。酒蔵の息子だとか、地主の息子だとか寺の息子、郵便局長の息子など、文学部選ぶのはそういうのばかりですから。やはり、まともな家庭の子は実業をめざして政経学部、商学部へ行くわけです。文学部を選ぶというのは、はじめから虚業を選んでいる。よほど大金持ちか、文科への漠然としたあこがれから進学する。自称して「文科やくざ」と言っていました。真ん中はまだ見込みがあると。なぜかというと、この人たちはうちへ帰ると酒蔵があったり地主の息子だったりする。だから、田舎へ帰って県会議員になるぐらいのことはできる。町長ぐらいも務まるだろう。

「問題は後ろだ」と言われて、わたしは一番後ろにいたんです。問題は後ろ。後ろのほうは、まず名前が出るとすれば、「前科何犯」、「詐欺何犯」で出る。それか、たまに何年かに一人、早稲田は芥川賞、直木賞が出る。その芥川賞は、今は派手ですが、あのころはほんと小さな囲み記事でした。芥川賞の作家が新聞に出るぐらいのもので、後ろのほうはまず大体詐欺かなんかでしか生きようがないと岩本先生はおっしゃった。「だからその後ろの人たちこそ、しっかり心して講義を受けるか、今のうち進路変更をすべきだ」とおっしゃった。そういう時代の文学部です。

そういった意味で、文学部というのはもう行くところがない。そこに昭和二十八年に、日本テレビができるというのでみんなわーっとあこがれたわけです。わたしは昭和二十八年卒業です。それでわたしもそのあこがれに乗っかって、日本テレビへ行きたいと思った。暉峻義等さんはすぐ正力松太郎へ電話してくれたんです。「正力さん、うちの親戚の子がお宅を受けるそうだが、なんとかよろしく頼むよ」というんです。それでわたしに「あいさつに行け」とおっしゃった。「なんか承知したみたいだ」とか言うことでした。正力松太郎といえばワンマンもワンマンですし出来たてのテレビ局ですから、「承知したみたいだぞ」と言うのでものすごく嬉しかったですね。それにストップかけたのが福田清人先生です。それからまたその次に行ったら、「正力君はうんと言ったけれども、あれ、やめたほうがいい」と言うんです。「どうしてですか」と言ったら、「いや、うちの文化部の主任みたいな労働科学研究所の福田清人という文学者が、『ものを書くんならテレビなんぞダメです』と言っていた。なぜかというと、テレビや映像は新しい分野だけに、面白さに巻き込まれて、意志が弱かったら、もう巻き込まれたままでものを書くどころじゃない。もの書きになるのなら教師が一番いい、夏休みもあるし、と言っていたぞ。」それは事実その通り。よくあのころ文学部だと、「君は何になるのかね」と言われても、「作家になる」とか「評論家になる」とか言えないものですから、どう言ったかというと、「教師にだけはなりたくありません」と、妙な消極的な答えをしたものでした。「教師だけはなりたくありません」、その教師になってしまったのですけれども。そういう言い方するぐらいですから、「教師になれ」と言われたときに福田先生を恨んだんですねえ。なんと余計なことを横からおっしゃるんだろうと思いました。

しかし、福田先生は、やはり賢明だったわけです。もの書きがテレビ局に入って、当時テレビ局というのは本当に軽薄でないと勤まらないといった印象でした。なんとか「ちゃん」て言うんですね。「アベ君」、「アベさん」なんて言わない。「アベちゃん」とか、みんな「ちゃん」呼ばわり。それでもう、タレントなんかと友達みたいに口をきく。また、タレントのマネージャーがおべっか使いますから、もてるわけですよ、昭和二十八年のテレビ局は、日本テレビは民間テレビで最初ですから、あとはみなＮＨＫから来た人や劇団から来た人たちでした。新卒とは十いくつ年が違うから、その人たちが定年になったあと、昭和二十八年卒はみんな若くして局長になった。たまに横から入って来た人がいても、それはなんか演劇のほうの演出をやっていたとかいう人ばかりで、昭和二十八年卒が一応正当な入社試験で入って来たわけです。

そういうわけでテレビ局就職をストップされてずっと、福田先生の発言というのが頭にありました。だから、それは他愛のない恨みだということを今、訂正しているんです。

ところで、『花ある処女地』をあらためて読んで、わたしの郷里のことが、本当によく書いてある。ただ、自分が住んでいると分からないですね。「高原の町」というのが、なんかしゃれて書いてある。しかしわたしの所は、目の前に霧島が、あの高千穂の峰という、三つの峰がそびえている。それが非常にクールな厳しい表情で、突っ立っているわけです。桜島みたいな感じのとはちょっと違うんですね。だから、日本が始まったときを祝って「紀元節」といいました。その紀元節の歌では、「高千穂の峰」が出てくる。要するに建国の土地として登場する。ここから御東征が始まると言われた「志布志」という町があります。暉峻康隆先生の田舎です。その志布志の字は、今はもう普通に書きますけれども、昔は、「志」という字を一番上へ大きく書く。それから「布」を真ん中に書いて、それで下に小さく「志」と書く。なぜこういう字になっているか。今はもう普通ですが、昔は必ず正確に、上だけ大きくして「布」を書いて、下に小さい「志」を書かなければいけないように思い込んでいました。なぜそうなっているかというと、御東征で神武天皇が出征するときに、志布志で布を差し上げた。「お送りしよう」というのでたくさんの布を集めて、それを献納した。第一回は、あんまりうまくいかなくて、なんかでいったん帰って来たんです。それで、再度出て行った。そのときにはもう、捧げるものがなくなって、ちょっぴり布を差し上げたので、大きい布を中に入れて、上下に志の大小ではさむ。志が小さくなるのは、第二回の御東征のときには少ししか差し上げなかったからしいとまことしやかに言い伝えられていました。

そういうわけで、暉峻康隆さんの郷里は御東征の出発点にもなる。それからもう一つ、若山牧水の郷里東郷近くの美々津もやはり御東征船出の所といわれています。戦争中は「都城盆地」というのは、要するに日本の「肇国」、国の始めの神聖なる土地だといわれていました。「神国日本」というときに一番の中核になるのは日向だということでした。だからそういう点では「日向の人」というのは戦争中、大変な誇りを持っていたわけですが、ただそれだけに古い、古風な因習に捕らわれる面もあって、なかなか開拓的な意味での啓発性が希薄だった。それを『花ある処女地』でも強く言っています。

鹿児島は古いばかりじゃない。鹿児島は明治維新を生み出した県ですから、藩閥のものすごい勢いがある。小説の舞台の都城は薩摩藩から宮崎県に繰り込まれた土地です。

福田清人先生は長崎の人です。長崎は開港場ですから、国際的な視野があって、文化的にも外国の文物も入ってきますから、そういう意味では非常に開明的。宮崎とは開きがある。そういう開明的な所で育った人が、文化部の責任者として労研の後にくっついて都城に来てみたら、非常に閉鎖的だと感じられたに違いない。福田先生の『日本近代文学紀行』にも宮崎のことをそういうふうに書いておられる。どういうふうに書いてあるかというと、要するに御東征で、新進の気性のある人はみんな中央へ出て行った。そして、因循姑息な人ばっかりが残った。よほど歯がゆかったんでしょうね。開拓、労働科学研究所の仕事として都城に乗り込んでみたら、みんな古臭い、後ろ振り向いたような話ばかりするから腹が立ったからだろうと思うんですが、多分いきなり終戦直後、食料のものすごく困窮したときにあの田舎に行って、合宿生活が始まったわけですから、何かにつけて不自由があっただろうと思います。その反発があいうせりふになったんだろうと思います。みんな御東征で出向いて行って、そして残った人は因循姑息な人ばっかりだというようなことを、福田先生は言っております。

これはどこの土地でも言えることです。鹿児島でもそれを言っていました。優秀な人材は西南の役に西郷南州にくっついて出て行って全部死んじゃった。残った者はろくでもないというのを自嘲的に口にする。宮崎でも似たような言い方なんですね。「御東征で全部いなくなって、残ったのはどうしようもないんだ」というふうな言い方が『花ある処女地』でも出て来ます。そのへんをうまく『花ある処女地』には取り込みながら、その古い体質の所を、「労働科学」という面で開拓していく。その苦労というものがこの中にも出てきます。それは、なかなか大変だったろうと思うんです。

暉峻さんがたまにわたしの田舎のうちへ泊まりに来られると、土産として出されるのが「労研饅頭」というんです。あのころ食べ物が本当にないわけですから、労働科学研究所は、そば粉を入れたり、いろんな雑穀を入れて饅頭を作る。栄養にいいわけですね。土地の人も捨てるもの捨てないで、饅頭作りなさいと言って指導するわけです。だからそれを食べろと言って、試食をすすめられた。言われて喜んで食べていた。ただし、そば殻か何かがカサカサ引っ掛かるようなパンでした。東京に出て来てその話をしたら、「おれも食ったことがある」と言うような人がいました。やはりあのころ、労研饅頭を経験した人がいましたね。

そしてこの『花ある処女地』の中にも出てきますけれど、労働科学研究所はどういうことをやったか。労働科学研究所は成城のそばにありました。電車で走っていると「労働科学研究所」というのが見えましたけれど、最近全然見たことがありません。大きなビルが昔の建物を隠しているのかもしれません。「労働」と言っただけで「左翼」だとか「アカ」だとかいうイメージの強いときに「労研」を作ったということは、やはり進歩的だったですね。労働者はこき使えばいいという風潮の中で、労働者もまた健康に留意して、健康的な生活を営むべきだと。そして農村も古い慣習の中に閉ざされていないで、もう少し嫁さんは嫁さんらしく、姑の気兼ねばかりして生活するのではなく、もう少し開放的に。それで食事も同じ物を食べるようにするとか、本当に細かいことを地道にやっていました。「若妻会」

というのを考えたのは、そこから出てきたのではないかと思います。わたしは、「若妻会」というのにいっぺん講演を頼まれて、若妻ばかりいると思って行って壇上に立ったら、おばあちゃんが多いのです。それで『若妻会』じゃなかったんですか?」と皮肉を言ったら、姑のいる所のお嫁さんはみんな「若妻会」というかたちにして集めて、若妻が姑に遠慮しないでその会合へ出て来られるようにする。要するに姑がいると会合にも出られない。文化講座があるからといっても出られない。それを出て行けるようにいろいろな会合を催して、そして「若妻会に出さんといかんぞ」というふうに言って姑から開放する。労研はそういう運動までやっていたように思います。姑、舅を持っている嫁さんをどんな歳だろうと、若妻会というかたちで集めた。だから非常に若々しいところだと思って行ったらそうではなかったので、今でも印象に残っています。

そういった意味で田舎の、地方の生活条件というものを巧みに改善していこうというのが労研の趣旨ではなかったかと思います。労働科学研究というかたちをとって、因習に満ちたところから開放していこうとされた。だから非常に新しい試みだったと思います。そこの文化部長みたいなかたちで、文化担当、文化広報を担当して、福田清人先生は都城へ行かれたわけです。今日いただいた年譜を見ると昭和二十一、ちゃんと親切にゴチックになっています。ここに、「昭和二十一年(一九四六)」と出ています。昭和二十年の八月十五日に戦争が終ったのですから、それからすぐに、本当に早い。夏に終って、もう冬には、「翼賛会時代の上司暉峻義等博士に招かれ、労働科学研究所文化政策部主任研究員となる」とあります。肩書も今、初めて知りました。「労働科学研究所文化政策部主任研究員」、これが福田清人先生の肩書きだったんです。戦争が終った次の年の秋にはもう、「日向都城分室に滞在。農村調査にあたる。ようやく戦後の虚脱状態回復。宮崎に帰郷中の中村地平を訪う」とあります。

中村地平という人は皆さんご存じないかもしれませんが、一時は、太宰治と並ぶ人だった。穏やかな宮崎の素封家の跡取りです。井伏さんが太宰以上に可愛がっていたようにみえます。井伏さんの『荻窪風土記』によく出て来ます。

わたしが学生時代、井伏鱒二さんのところへ初めて行った。そしたら、「君はどこの国かね？」とおっしゃるから、「宮崎です」と言ったら「おう、ジッペは元気かね」とおっしゃったのです。中村地平さんのことだとすぐ分かった。「ジッペは元気かね」、「はい、元気です」。そのときおっしゃった言葉が印象的に残っています。「地方名士になると作家はだめだね」とおっしゃった。中村地平は宮崎興銀の頭取の息子で、戦後は新聞社の社長や県立図書館長になった。東京時代は女流作家の眞杉静枝と同棲して話題になった。眞杉静枝は武者小路実篤の彼女だった時代がありますが、彼女はのちに若くて背も高い美男子、そこへ逃げ込んで中村地平の奥さんになった。とにかく転々としたので有名な女性です。その女性と一緒になったりして、一つは年増の女性に篭絡された面もあるでしょうが、だんだんだんだん書けなくなって、そこへもってきて親父が死んで興銀の跡を継ぐというので、興銀頭取で宮崎へ帰った。いわゆる地方名士になった。終戦になったら、すぐ宮崎県立図書館長になりました。地方に作家が残っていると、中央文壇に出た作家ですから、今こそだれも名前を忘れていますが、それだけで当時地方では尊重された。福田清人先生はその中村地平とお知り合いだったのですね。「宮崎に帰郷中の」とありますが、帰郷というよりも、中村地平は宮崎で後半生を過ごした。それで都城から宮崎は、あの当時でも汽車で一時間、今だったら二、三十分で行きます。中村地平という作家を訪ねています。

「都城生活は後に『花ある処女地』の題材となる」とあります。このとき四十二歳です。それでもう次の年には作家生活に戻っている。労働科学研究所を退職している。研究家としても有名な人ですから、作家専業ではなく、大学にも籍を置いた。私に「テレビ局なんか入るな」とおっしゃったのは、自分の思いも込めておっしゃったのだろうと思います。テレビ局なんか行ったら、物書きとしてだめになると思われたんでしょう。それで暉峻義等さんが、「いかんそうだよ」とおっしゃった。暉峻さんは医学博士ですから、そういう文学のことは、文壇のこともご存じないわけですから、「福田君はえらく強く言っているから、君もやめたまえ」と言われました。確かにあのころのテレビは紙芝居でしたね。今のテレビ局の装置とは違う。午後三時前後放映するだけで、夜はちょっとありましたけど、ずっと流しっぱなしというテレビはまだまだ。その後、昭和三十一年かに、TBSができて、それからフジテレビができてというかたちでだんだんだんだん競争が激しくなって、今のテレビ局のように整備されたわけです。昭和二十八年のテレビは、NHKはいくらかまともだったでしょうけれども、日本テレビは組合運動ばかりで、廊下を歩いていると、「なんとか部長をクビにしろ！」とか「なんとか部長こそ、この日本テレビのガンである」とか、そういうのがいっぱい廊下に張り出してあった。

その代わり給料が良かったですね。それはもう格段に。珍しいから、スポンサーがいっぱい付いたからです。今、スポンサーが付かないから、常に生命保険や金融関係ばかりで、何か見ようかなと思うと、生命保険が繰り返し出てくる。大手のスポンサーがないから、やたらと少額のスポンサーを集める結果、画面はコマーシャルで分断される。

わたしが「日本の名作」というのに出演したときは、三十分番組で、コマーシャルなしです。下に「新日鐵」と出るだけでした。あと全部コマーシャルなしで、日本名作の旅が主題です。わたしは丹羽文雄の『菩提樹』というのを担当しました。丹羽さんの故郷四日市に行って取材して、それは「日本の名作『菩提樹』」として放映された。本当にコマーシャルは下へ出るだけだから、フルに三十分使えたわけです。だからわたしは一時間番組だとずっと思い込んでいました。そしたら、この間丹羽さんが亡くなられたときに、毎日テレビがそのビデオを送ってくださったので、三十分番組と分かりました。

福田先生という方は編集者としても優秀でした。中学時代に、『セルパン』という雑誌を見たことがありました。十五歳と十歳違う兄貴たちが大学生で、持って帰ってくる雑誌に『セルパン』というのがありました。とてもしゃれた雑誌があるものだと思った。これは、福田清人先生が編集長だったのです。なかなか新しい、モダニストでもあったと思います。そういう意味でも、自然主義の閉塞的な情況には批判的だったと思います。

さっき丹羽文雄のことにちょっと触れました。丹羽さんが百歳で亡くなった。ということは、福田先生も生きていらしたら百歳です。福田先生のお生まれになったのは、明治三十七年十一月二十九日です。それはここの方、特に専門家の板垣先生なんかが十分ご存じのことですが、丹羽文雄はいつかというと、明治三十七年十一月二十二日。丹羽文雄は七日間早く生まれただけです。だから百歳で亡くなられましたから、福田先生も生きておられたら百歳ということになります。

この労働科学研究所というものの持っている性格というのは、作品の中に書かれています。研究員に向かって、「君はこの地方の労働者の生計費の調査をやれ」とかいろいろ具体的な調査を命じるわけです。それでどういう栄養を取っているか、ちゃんと牛乳を飲んでいるか飲んでいないか、「それも調査しなさい」と一人一人、七人の研究員に指示を与えるわけです。労研でやっていたことをそのまま現場に移すわけですから、実に的確なものです。それで報告書を見ると、「ここんとこが欠けとる」とか言って、ものすごく厳しい指摘をするので、みんな緊張した様子を福田先生は書いています。

『花ある処女地』は映画化されました。わたしも『花ある処女地』で上映されれば映画を見に行ったんですけれど、『南国の肌』と改題されたので見る機会がありませんでした。終戦直後はもう「肌」とついただけで見に行く人がいっぱいいたからでしょう。例えば『二十歳の青春』という映画は行列でした。なぜかというと、接吻のシーンというのは戦後初めて、つまり日本で最初に『二十歳の青春』という映画で上映されました。日本で最初の接吻映画なんです。敗戦後に生まれた人にはちょっと想像できないでしょう。西鶴でもそうですけれど、とにかくそういうものが封鎖されていた。だから、「『二十歳の青春』で接吻の場面があるそうだ」というだけで延々長蛇の列でした。そういうぐらいに、文化の落差といえばおかしいが、風俗の落差があったんですね。

そういう点で終戦直後、作品の時代背景は昭和二十一年ですから、終戦直後の労働、農家の生活調査をやるというのが労研の日向都城支所の主要なる仕事でした。そこへ七人の研究員がやってきた。彼らがたまにはわたしの田舎の家へ来たんです。この作品に登場する人、わたしはもう忘れましたけれど、モデルらしい人たちを何人か見かけておるわけです。暉峻さんが連れてくるわけですが、「今日は一つ、米も持って来たからたらふく食わしてやってください」とか、そういうかたちで来られた。それで、その代わりお土産といって出されるのが「労研饅頭」という、さっき言った雑穀を集めた饅頭で、もちろん砂糖は入っていない。塩味がほのかにするという、その塩味で引き立てて食べさせるという饅頭がありました。かみしめ、かみしめ食べたので今でも記憶に残っています。

この農家の調査というのは、農繁期と農閑期はまるで違う。「そういうのを一緒くたに研究したってだめだぞ」とか、暉峻義等先生の指示は細かいんです。農閑期は農閑期の生活スタイルがある。農繁期はものすごく忙しくて、赤ん坊までかごに入れて田んぼへ持って行って、それで仕事をする。そして、田んぼで土瓶にお茶をいっぱい入れて、茶碗にどーっと注ぐわけです。家庭で使うような細い口でちょろちょろっとお茶を出すなんて、そんな時間も手間もない。だから大きい太い口が付いていて、それで弦が付いている。これでお茶を注いでいく。だから、柳宗悦の駒場の民藝館に行かれると分かりますが、土瓶の口が大きくて、大きい弦が付いています。それは田んぼでも使えるようになっている。田舎の農家の女性というのは、近所が皆助けに来る。それは労研の人に聞けば分かるのですが、とにかくそういう意味の働き具合というのが、お互いが手助けしながらやる。そうすると二十人なら二十人、十人とかが一斉に並んで苗植えをするわけです。そういう人たちにお茶を出すのに、家庭で使うような急須ではだめ。それであの土瓶の大きいのができて、そこで口が大きくて、曲がっていない。そういうのが、日本民藝館に行くとちゃんと展示してあります。そういったところが実用に適した美しいもの、これが「民芸」だと言って、民芸活動っていうのが始まるわけですから。労研も倉敷の大原さんも、そういうのに共鳴して「倉敷民芸館」というのを作った。だから民芸館というものは、暉峻先生なんかも顧問的な意味で後援なさっていた。

それで暉峻義等先生のうちに行くと、倉敷から持ってきたのかどうか知りませんが、民芸品がうまくあしらわれ、実際に使われていた。それも非常にセンスのいい置き方。センスのいい、「着こなす」といいますか。民芸茶房といった民芸調のブームの先ぶれでした。この作品の中にも出てきますが、暉峻義等先生が東京からやってくる。そうするとみんな、今までの研究成果を報告しなければならない。非常に緊張する。戦争中は国防服しかないですから、いくら暉峻先生でも戦後すぐなので洋服がないんです。そうすると息子が陸軍将校かなんかで持っていた洋服を着るんです。それが、「復員軍人に見えないぐらいしゃれて着こなす」という点が、この作品にも書いてあります。とにかく着こなし方がうまいと表現されている。上着をそのままズボンに入れて、いかにも労働者らしい、しかし颯爽たる格好で、都城へ所長の朝日奈博士つまり暉峻義等先生が乗り込んでくる。わたしの知っている暉峻義等という人を、実によくとらえてある。これを読んでいると、暉峻先生が彷彿として浮かぶ。今、開いた所を読むと、「その消極的な人物のはびこる、この盆地の振興は」と書いてあるんです。「消極的な人物のはびこる」、それは自分たちが東京から乗り込んで来て、終戦直後何にもない所に行って、ああせいこうせいと言ったって、長男はまだロシアから帰って来ないとか、次男は戦死したとか、若者はいないわけですから、そんな指示通り動けるわけない。それを脇から見ていた福田先生自体も経験なさったことでしょうから、それがこう書いてある。「その消極的な人物のはびこる、この盆地の振興」。奮い起こすには、「人種改良？が必要だ」と研究員同士がしゃべっているんです。「土地に君なんかも根を下ろして、ここで赤ん坊を産むべきだ」、そういう冗談が研究員の間で出てくるわけです。

そういったことが非常に活気ある書き方で書かれています。わたしもこの『花ある処女地』という、映画の『南国の肌』はなお悪いですけれども、このタイトルも、いかにも通俗的ですから、純文学青年だったわたしは、こういう作品は読み物だと思って軽く見ていた。しかし都城が出てくるから読みました。読んだら割とすがすがしく、今度読み返してみても、やはりきめ細かい書き方ですね。女性の研究員が二人います。そこに男が五人。一人は三船敏郎がやるはずだったんでしょうか、三船敏郎がやることになっていたのがやらないで、あの当時『青い山脈』で人気だった伊豆肇という俳優がやったみたいです。わたしは映画見てないんですが、プログラムで見ますと、伊豆肇があの役だなとか、大体見当がつくんです。

とにかくこの『花ある処女地』というのが、当時新鮮な題材だったと思います。ということは、地方農村に新しい労働科学を持ち込んで、それで成果は上がらなかったにしても、男女が合宿して共同研究する。男女の合宿だって当時はもう新鮮だった。土地の人たちは奇異な目で見たわけですよ。「男女七歳にして席を同じうせず」なんていっていた時代に、男女が一緒にいるというのは、特別封建的な旧薩摩藩の田舎町に、いきなり男女の研究員が、それもあの当時としては珍しいみんな一高、東大そして女子大を出たような人が来たわけですから。やはり奇異な目で眺められていただろうと思うんです。そういう意味で、この土地の人との摩擦も起これば、そしてまた、ほのぼのとした交歓もあるというかたちで作品が描かれておりますが、非常に牧歌的な作品になっています。

それからもう一つわたしが新鮮に思ったのは、都城という町を「高原の町」というふうに規定しているんですね。わたしなんか「高原の町」という、この作品読んだとき「へえ」と思ったんです。高原の町というのは堀辰雄の描く舞台だと思っていました。背後に霧島山つまり高千穂の峰がそびえ立って、その前面に、都城市がある。自分が高原にいるという意識はないんですね。だけど、外部から来た人から見ればまぎれもなく高原の町です。そういわれてみれば、冬は十センチメートル位の霜柱が立つ。踏むとサクッサクッと音がする。それぐらい寒いんです。だからそういう意味では高原なんですね。夏は割と涼しいんですが、とにかく寒いとこでした。宮崎で寒いなんて言うと、なんかみんな奇異な顔しますけれども、高原だから寒かった。霧島山麓ですね。

この作品に青島というのが出てきます。宮崎の空港のそば。青島はものすごく暖かいです。だから、南国の木がそびえている。海外旅行ができなかった時代は「青島へ行く」というのは、一つのエキゾチックな南国の風情というものを味わえるというんで、昭和四十年位までは新婚旅行というと宮崎でしたね。宮崎行きの飛行機に乗ると、帽子をかぶった花嫁がずらっと座っていた。あのころはどういうわけか、新婚さんというのは必ず帽子をかぶっていました。あれはやはり、デパートの商戦に乗っかったわけですね。あのころ、飛行機を利用するというのは新婚旅行ぐらいしかない時代ですからね。そこをわたし、何か急ぐ用事があって乗り合わせたら、その帽子がとても印象的だったのを覚えています。

そういうわけで、風俗として、終戦直後の、その帽子をかぶるような時代はもう平和になった時代、豊かになった時代ですけれども、終戦直後の昭和二十一年といったら、本当に苦しいときに東京から田舎へ来た人たちは戸惑いが多かったと思います。米不足から雑穀の工夫が進歩した。雑穀のほうが栄養価も高いということで労研饅頭も誕生したわけでしょう。労研都城支所は、そういうものを工夫する人たちがスタッフです。農村医学研究の大倉医学士を分室長とする農村研究の若い研究員たちです。この中には妻帯者が二人いるんです。あとはみんな二十代の独身者。そこへ日本女子大を出たばかりの女の子と栄養専門学校の卒業生が加わる。一人を日本女子大と決めることはないんですけれども、日本女子大へ暉峻さんが講演に行ったという話を聞いていますから。日本女子大へ講演に行って、その講演を聴いた女子学生が感動して、この農村啓発運動に参加する。暉峻義等さんという人は壮士的なところがありますから、講演にも熱が入っていたと思います。自分が行かないと農村を救えない、それくらいの気持ちにさせる、アジテーターでもあった。日本女子大へ行って、女性が今、自覚して生活改善をしない限り、日本はよくならないということを訴えたに違いありません。それで二人ほど、「自分も労研に入りたい」と言って、一人が採用された。九州、博多の女性なので宮崎へ行くことになる。この作品ではえらい美人として登場する。栄養専門学校を出た子と一緒に行くわけです。そこで共同生活が始まる。若い女性は二人しかいません。妻帯者は妻を東京に置いてきておりますから、独身だけがいるわけです。あのころはまだストイックな時代です。それでも恋愛感情はどうしようもない。あの時代らしい控えめなやり取りがドラマになっているわけです。『虞美人草』の主人公みたいな女の子という表現があって、これが謎めいた笑顔を浮かべると、みんな男どもが戸惑うといった今からみれば古典的な表現ですが、当時としては新鮮だったのでしょう。そういう戸惑い程度の波瀾を帯びながら研究生活が続けられる。

ただ、一箇所にじっとしているわけではなく、農家に住み込まないと暉峻義等先生らしき所長に怒られる。とにかく実際的、実地的な調査をしないと、「単なる本の上の勉強は何だ！」という調子ですから、みんな農家へ住み込むわけです。そこの若奥さんが姑にいじめられたりしている中へ入って行って、それで家庭の状態を調べるというのが一つの仕事ですから。それから睡眠時間は何時間か。何を食べているか。そういうことをその家庭に入って調査して、また次の家庭へ移って調査を続ける。女子研究員を受け入れる農家を探すのが、男子研究員の役目になっている。

分室には栄養専門学校を出た早川年子と日本女子大を出た三浦貞枝の二人が一緒にいる。そうすると、今なら女子大も専門学校も同じことですけれども、むしろ専門学校のほうが実習的には強いのですが、あのころは女子大というと、その町や市に一人か二人しかいないぐらいの時代ですから、この女子大生の女主人公は大変に注目をされるわけです。そして一緒に入った、栄養専門学校を出て現場経験もある、こっちのほうが先輩なんですけれども、どうしてもやはり女子大のほうが教養があり、お嬢さんというかたちで地位がいいわけです。当時はまた教養主義の風潮が残っている。また、若い研究員もそっちばかりに注目が行くようなかたちで描かれている。二人の若い女性のことを「良家のお嬢さん風な上品さと、ういういしい美貌とをもって学窓から飛んできたばかりの小鳥のような貞枝を年子はいたわってもいた」と作品には紹介されています。自分は経験が少ないから、貞枝はその栄養専門学校を出た年子を立てるわけですし、また栄養専門学校を出た年子は女子大を出たということで貞枝をいたわる。それで家事のほうは自分がやるんですね、栄養士ですから。栄養士が料理を作る、そうするとそれを食台に並べたりするのはその女子大を出た子。そのへんのうまい役割分担が当時としては自然なかたちで展開する。

ただし、恋愛に関してはそううまくいくわけはない。恋愛に関しては大野という男性が介在するんですが、それに対して、この栄養専門学校を出た年子があこがれている。たまたま、調査書だと思って、貞枝が参考にしようと思ってのぞいたら、栄養士年子の日記だったんです。そこに大野という男に対する片思いが綴られている。恋されている男性はまた、女子大卒の貞枝に恋をしている。

それでなんとか一人にして、自分の告白をしようと、大野は貞枝を青島へ誘う。宮崎に行けば青島をのぞきたいというのはだれしもが思うことです。小学校の修学旅行も青島へ行く。そこにはちょっと日本の風土では考えられない、ヤシの林が茂っている。だからよく映画で、ご覧になった人いると思うんですが、映画の舞台で南方を撮るとき、当時南方までロケに行けません。みんな青島を背景にして南方地帯の風景を撮ったぐらいです。日の届かない密林があって、それが一つの島になっています。奇岩がずうっと続いて、畳状態になった岩がある。だから非常にエキゾチックでもあるし、珍しい自然現象があるものですから、南九州の小学生、中学生なんかの旅行や遠足は大方青島でした。

大野は彼女をそこへ誘い出すわけです。当時でも都城から一時間で行けました。もう一人の女の子も誘うわけです。しかし、自分よりは一方に興味がある相手に対して、すねてしまって、「わたしは洗濯があるから行かない」と断る。ほかの連中を誘うと、もう二人の間を知っていますからみんなが遠慮して、それで二人で行くんです。それでだれもいない密林の中で愛を告白する、という場面がこの作品の中にあります。いってみればありきたりの設定ですが、そういう風に自然に展開する。昔読んで忘れていましたが、恋愛小説ともいえない素直ないかにも敗戦直後らしいロマンです。

終戦直後の状態の中では、これは映画になる素材だったのでしょう。今ならこれはおとなしすぎて、映画の題材にならないほど穏やか過ぎます。だから読み終った後の印象は非常にいいんですね。印象はいいのですが、今のような波瀾万丈のドラマを期待したら間違いですけれども、この女の子の、若い未婚の女性の集団生活の中での心の動きというのは、的確にとらえられている。文学でいう「的確」というのは、説得性ということです。つまりリアリズムということは説得性ということだろうと思います。いくら現実を羅列してみても、感動を与えなかったり説得性がなかったら、それは文学上のリアリズムとはいえない。単なる模写です。文学上のリアリズムというものは、読んだ人を説得できる力を言葉が持っているということです。女性の心理というものを非常に説得的に書いてあって、南国情緒も加えて、地味ながら映画の素材になり得たのだと思います。そして地方農村の調査という当時としては新鮮な社会性も魅力だったと思います。

大野の気持ちをえん曲に断った貞枝は、年子が急用で郷里に帰るのと大野の東京出張が重なって研究室を出て行くのにあわせて自分も辞める決意をする。辞めることになって貞枝は分室長の高山に申し出るわけです。分室長がこれは妻子もあるんですが、当時最も秀才の集まるとされていた第一高等学校出身の東大卒の秀才として描かれている。この秀才に辞任を申し出た上に、貞枝はその夜のうちに土地の世話役のところにあいさつに行くという。研究センターを助成する土地の援護団体、文化団体の責任者が、なかなか俗っぽい男なんですけれども、最初はこれが、労研の分室ができれば自分がそこの責任者というかスポンサーみたいになるから、自分の生活も将来がひらけたといって、最初は平伏して彼らを迎えるわけです。しかし、思う通り金も集まらない。すぐに今日の研究が明日の役に立つなどということはあり得ない。それでだんだん見放していく。協力体制が悪くなるわけです。そういう組織上の問題もこの物語には出てきます。協力体制が悪くなるが、なんといっても、土地の文化団体の責任者ですから、そこにあいさつに行くと言う。

雨が降っているので、高山は一高時代のマントを持って、ついて行く。これは福田先生の青春の思い出にもつながる。あの、川端康成の『伊豆の踊り子』のマントです。「白線帽とマントと朴歯の下駄」が旧制高校生の象徴です。朴歯の下駄といえば、アメリカの研究生で翻訳した人が、早稲田大学に来ておりましてね。われわれが芝生で雑談をしていたらやって来て、「今、『伊豆の踊り子』を翻訳しているけれど、『朴歯の下駄』というのはどう訳すんだ」というんです。だれも分からないわけです。苦し紛れに「ジャパニーズ・サンダル」と答えた友人がいた。今はもう本当にお目にかかれないですね。朴歯の下駄を履いてマントを引っ掛けてタオルを腰に下げて、あるだけのポケットへ岩波文庫を突っ込んで歩くというのが、旧制高校生のスタイルです。それにあこがれてみんな受験勉強をした。朴歯の下駄というのは『伊豆の踊り子』では欠かせない道具なんです。

終戦直後だから着るものも乏しいし、自慢のマントですから離せない。それをかぶって行くんです。それで雨が降り出すから、二人が同じようにかぶる。そのへんの胸の高鳴りは、男女交際がようやく理屈の上で是認されたばかりの時代には、二人共に思いがけない体験です。宿舎まで戻って来ると、みんなのいる所へ何気ない顔をして戻ってくるという、このへんの描写は、初々しいものです。

私などのよく知っている時代の風俗が巧みに織り込まれていて懐かしい。敗戦後の時代は、日比谷公会堂まで行かないとクラッシックが聞けない、日本青年会館でないと新劇が見られない。今みたいにいっぱい劇場がある時代と違って、この教養のステージというものは共通するわけです。それで、昔は旧制高校生なら倉田百三の『愛と認識の出発』とか、出隆の『哲学以前』は必読書でした。早稲田に入ったとき、教室に入ったら、隣に座った女子学生とお互い名乗ったわけです。「出《いで》です」、「ああ、出隆《いでたかし》っていう哲学者と同姓だ」と言ったら、「その娘です」と言われて、びっくりしたことがあります。それで帰りがまた一緒だった、阿佐ヶ谷でした。出隆のお嬢さんというだけで、もうそれだけであこがれていましたね。

出隆の『哲学以前』、それから倉田百三の『愛と認識の出発』や『出家とその弟子』、それから阿部次郎の『三太郎の日記』など必読書というのは決まっていたんです。われわれの時代には、旧制高校生の必読書は何と何、それを読んでなかったら旧制高校生とはいえない、というぐらいにはっきりしていたんですね。だから教養地盤が共通していた。われわれが学部に入ったころから、サルトルが出てきたり、左翼問題に激しく揺れたり、もうそこでめちゃくちゃに変わるわけです。そういう時代の直前の話ですから、私なんかには、『花ある処女地』は非常に懐かしい本でもあるし、またわたしの郷里を描いてありますので、なおさら懐かしいわけです。

先ほど言ったように、福田清人先生の思い出というのはいろいろあるわけですけれども、例えば、あの方の郷里の彼杵《そのぎ》という所、これはだれも読めない地名です。暉峻康隆の「暉峻」が、わたしの親戚だったから読めたわけで、「彼杵」もみんなが読めなかったんですね。佐世保海軍工廠に動員されて、その関係で一時期わたしは彼杵で暮らしていた。だからそういうことで、福田清人先生の郷里の間近で生活していた時期があります。彼杵の海というだけで、わたしには懐かしいというか忘れがたい所です。福田清人先生はその彼杵でお生まれになった。白樺派の作家の長与善郎のお父さんの長与専斎のところへ、親戚という関係で福田さんのお父さんが書生奉公みたいなことをなさった。『青銅のキリスト』を書いた長与善郎のことは『日本近代文学紀行』西日本篇で親身に書いておられる。それは自分が親戚でもあるし、同じ郷里だからですね。この『日本近代文学紀行』も、自分の気持ちを織り込みながら、きめ細かく書いておられました。

わたしも『文壇人國記』で北海道から沖縄まで、県別に書きましたが、連載が十一年かかり、それが最近、本になりましたけれども、そういう意味でも『日本近代文学紀行』はよそ事には読めません。わたしが歩いたところを歩いておられるし、『日本近代文学紀行』というのは、「西部篇」と「東部篇」とありますが、私は西日本、東日本と題しました。

それから、『春の目玉』、『秋の目玉』という二冊があります。これは講談社文庫におさめられた児童文学の評判作です。『春の目玉』が国際アンデルセン賞優良賞、『秋の目玉』のほうが講談社の野間児童文芸賞を受賞しております。そういうのもお読みいただくとまた、福田先生のイメージが、単なる近代文学の研究家とだけ思ってらっしゃる方には広がりが出てくるだろうと思います。とにかく幅広く活動なさった方でした。
　これもちょっと言っておきたいのですが、硯友社の研究が、福田先生の東大の卒論ですけれど、硯友社を選んだというところが、やはり福田先生のロマンチズムがあるように思います。当時、近代文学の研究というと自然主義が当面の課題になるところですが、硯友社をやるということにすでに反自然主義的な意識が福田先生にあったというふうにも受け取れます。だからロマン派志向がうかがえる。『花ある処女地』、このタイトルもそうですが、これは出版社の意向も汲んでこういうタイトルになったんでしょうけれども、このタイトルから見てもロマンが、霧島高原を舞台にして若き研究者たちが夢をもって合宿生活を繰り広げる世界というふうなものに、やはり児童文学にも関心のあった福田先生らしい関心の持ち方だと思います。労働科学というあの社会性を持った調査というかたちで農村を描いたという人は初めてでしょう。そして終戦後の題材として、これは非常に新鮮な題材だったといえます。今は、そういう性格のものはいっぱい増えましたけれど、あのころ日本の文壇の非常に閉鎖的な世界の中では珍重すべき存在でした。やはり福田先生は文壇から見ると少し異質な人でした。文壇的には評価が行き届いているとは思いませんけれども、やはり特異な存在でした。今になってみるとやっぱり福田清人という作家は先駆的なイメージをお持ちだったと考えます。そして、日本の文壇小説にとらわれない歩みをされた方だというふうに、今になると意識されます。とりとめない話の運びで終始しましたが、時間が過ぎたようですのでこれで終わります。

（第十六回、二〇〇五年一一月三日）

和田本町のころ

伊藤　礼

福田清人先生とのご縁は希薄なのですが、私の亡くなりました父が、福田清人先生と青年時代から四十年ぐらいにわたる長い友人でございました。この「福田清人文庫の集い」、毎年なかなか実のあるお話が続いていますが、そういうお話しは私にはできそうもありません。どうしてこんなことを、お引き受けしたのかなと、今日、私の住んでいる隣の駅の久我山というところからここまでの電車一駅の間考えていました。

実際のつながりはないけれど、私の記憶のなかには強いつながりと親近感があって、それで今日ここに来たのかなと思っています。親近感というのは、幼い子供のとき、私は二歳年上の兄滋と福田家に何度もおじゃましていたからです、父とか母に連れられてお邪魔したというのではありません。兄とふたりだけ、あるいは私ひとりだけでお邪魔したのでした。なぜそんなことをしたかというと、福田家と伊藤家、両家が、杉並区の当時和田本町で、一〇〇メートルぐらいの近さに位置していたからでした。

福田家に盛んに足を運んだのは何歳の頃だったのか、と考えてみました。資料によると福田先生は昭和十三年に成宗に越していらっしゃいます。私は昭和八年、兄は昭和六年生まれですから、それから考えると私は五歳、兄は七歳まで通ったということになります。また、通い始めたのは何歳からか、と考えてみます。私の家が和田本町に引っ越したのは昭和十年の秋です。私は数えの三歳でした。しかしここでは省きますが、諸般の事情を勘考すると、福田家通いは二・二六事件以後です。ということは、私は二月の十四日生まれですから、満三歳になった頃からということになります。もちろん福田家通いの主導者は兄滋です。私はおとなしかったのですが、兄は幼い頃から積極的でした。どこかでうまいことがあると、それを覚えていて遠慮なく追求します。福田家はお子さんがいなかったから私たちを可愛がってくれ、おばさんは一緒に遊んでくれ、お菓子も食べさせてくれたので、しょっちゅう通ったのでした。

お菓子をくれるというのは、いいんですね。今みたいに物がたくさんある時代ではありませんでしたし、お菓子を食べるってことは、特別なことで、あの家に行くと必ずお菓子は期待してよかった。それは素晴らしいですね。私の兄は、食いしん坊だったんです。私はそれほど執着しなかったと思うんですけど、兄貴のほうは、そのことが毎日頭に、朝起きると今日は福田家に行こうと、毎日思うわけですね。

兄貴が食いしん坊だったということも、これも証拠を挙げて一つお話ししますと、私は昭和八年生まれです。三歳のときに赤痢になって死ぬところでした。あのころ赤痢はとても怖い病気で、家に患者が発生すると警察に届ける、区役所に届けるという具合でした。私が病院に運ばれたあと、消毒車が来て家中を消毒していく。近所全体を消毒する。当時新宿に豊多摩病院という病院があったんです、柏木のほうにね。そこに入院しましたが、なんとか死ぬのを免れて、生き延びて退院してきました。

赤痢になった原因はアイスクリームでした。あのころ、親は子供に変なものを食べさせない。殊に、うちみたいにインテリの家では食べさせないようになっていました。一番食べさせてはいけないのはアイスクリームとバナナなんですね。バナナやアイスクリームを食べさせると、赤痢になって子供が死んでしまう。ずっと後に、私が小学生になったとき学校から帰ってきたら、うちじゅうバナナのにおいがして、ゴミ箱に皮が捨ててあるのを見ましたが、それはすごく寂しいことでした。

だけど、赤痢になったのはアイスクリームのためでした。うちの兄は、五歳でも福田家に日参するぐらい行動力があったぐらいですから、いろいろ知恵を働かすんですね。あのころ、紙芝居というのがしょっちゅう来まして、紙芝居というのは、飴だとか、おせんべいだとか、二銭とか三銭ぐらいで売るわけです。その中にアイスクリームもあるんです。小さなコーンカップにちょぴっとアイスクリームを入れて、一銭ぐらいで食べさせてくれる。うちは子どもに紙芝居を見せない方針でしたから、そういうのが買えません。紙芝居が来て、みんなが、あんこだとか、飴だとか、おせんべいを食べながら見ていても、僕と兄貴は遠くから見ているだけでした。そのとき、兄貴は食べ物は買わないという約束で母親をだましたんです。それは母が言っていました。「何とかにお金使うから一銭頂だい」って言って、紙芝居のアイスクリームを買っちゃったんですね。それで、買ってなめたわけです。僕はまだちっちゃい三歳ですから、横で見ていると、ほとんど食べ終わったコーンカップを「おまえ食え」ってくれたんですね。それを僕が食べた。すると、兄貴のほうは元々体が丈夫ですし、アイスクリームのいいところを食べましたけど、僕のほうは変なところを食べたんで、それで赤痢になっちゃったんですね。死ぬところでした。何とか助かったからこういうことが言えるんですが。

もう一つ、兄の回顧によると福田家の隣にモモコちゃんという可愛い女の子がいて、私たちが福田家に通ったのは、その子と遊ぶのも一つの目的だったといいます。その子はまもなく市川に引っ越してしまいましたので縁が切れましたが、後年兄が東京大学に入学したとき、モモコちゃんも文学部の学生になっていたそうです。

福田家通いに関して、今現在私が覚えていることが一つあります。あるとき私は家に戻ってきて、母に、「福田さんのおばちゃんはおじさんのことをシュートサンと呼んでいるよ」と報告しました。すると母がすこし考えてから、「それはね、シュートサンじゃなくてキヨトサンと言ったのよ。キヨトサンというのはおじちゃんの名前なのよ」と言いました。私は複雑な気持ちになりました。うちでは父のことを「オトーサン」と呼んでいたからです。どうして違うのか、と私は漠然と思ったのだと思います。

私たち兄弟の福田家通いについて福田清人先生も書いていらっしゃいます。つまり、伊藤整というのは用事がなければ滅多に他家を訪問したりしない男で、和田本町時代を通じて一回か二回しか福田家に現れなかった。しかしその代理として幼い息子たちはしょっちゅう来ていた、という主旨のことです。

私たちの福田家通いの期間は意外に短くて二年ぐらいだったのです。しかしこの二年間、良い思いをしたので、それから半世紀以上たった今でも、私も兄も福田家には好印象を抱いているわけで、このことは幼年時の刷り込みはすごい、ということを教えているわけです。

今日は福田先生の「伊藤整」という昭和二十九年に雑誌『新潮』にお書きになった一〇ページほどの随筆によってお話をしようと思います。その書き出しに、「伊藤整が井の頭沿線の久我山に四、五百坪の土地を手に入れて、ブロック建築とかいう近代的様式の家をたてるという噂を耳にしたのは、昨年の秋風の吹く頃だつたろうか。」とあります。実際、伊藤整はそれから半年ぐらいして、昭和二十九年の春、それまで住んでいた日野市の奥の雑木林の家を出て、出来上がったモダンな家に引っ越してきました。

福田さんはずっと浜田山にお住まいでしたから、戦争中、戦後と、遠くに住んでいた旧友伊藤整が久我山に来るということは、近所に住んでいた和田本町時代のことを福田さんに思い出させ、それをきっかけに随筆「伊藤整」は書かれたのだと思いますが、今になってみると、これは福田、伊藤の交友関係だけでなく、昭和初期の若かった周辺の文学青年たちの動静をも語る貴重な文章であるように思います。

それで、伊藤整の家のことを申しますと、昭和の十年から十八年まで、伊藤整は和田本町に住んでおります。杉並区和田本町。今、和田本町という名前はなくなって、和田となっていますが、そのころは和田本町と申しました。それで、ここの図書館でも「和田本町時代」と名づけてまとめた資料があります。これ、とても便利です。便利と申しますのは、福田先生と伊藤整、二人を友人として並べて何か言おうとするとき、和田本町時代というふうにまとめて年譜にすると二人の関係がよく分かるからです。

この年譜には、福田さんが和田本町に引っ越したのが昭和十年、伊藤整が引っ越したのが昭和十一年となっています。伊藤整が和田本町に引っ越してきたのは福田さんより後のようです。昭和十年のように思われます。私の兄、滋は半年間、北海道の祖母のところで暮らしていて、和田本町の家に二・二六事件の大雪の日に帰ってきています。したがって、昭和十年の秋か初冬には伊藤家は和田本町におりました。

和田本町といっても私たちの住んでいたところは、何と言うのでしょうか、もちろん今みたいに家の続く街ではなくて、ぼちぼちと家の建ち始めた新興住宅地というようなところでした。南に神田川が流れていました。家並みとしては青梅街道の鍋屋横丁というところから、堀ノ内のお祖師様に行く道に沿って八百屋とか豆腐屋とかタバコ屋とか床屋とか洗濯屋のある一角がありました。この道沿いには古い家が並んでおりました。

私の父が住んだ家というのは、その道路からはずれたひくい田んぼの埋立地で、福田さんがお住まいになったのは、反対側の丘の裾でした。今お手元にお配りしてあるその地図をごらんになるとお分かりになると思います。

私のところは借家でした。大家さんが同じ形の家を四軒、田の字の形に建てて、その一軒を私の父が借りました。すごい安普請でした。福田さんがお住まいだったところも、何ていうんでしょうね、細い道がコの字形に丘の上にはい上がって、また下がってくる、ちょうどホチキスの弾みたいなコの字形の道にそって小さな家が肩を並べて建っているような場所でした。ホチキスの弾の片側の細い道を上っていくと、二、三軒目に二階建ての小さなおうちがあります。そこが福田さんのおうちでした。

福田清人先生はさっき申した「伊藤整」という随筆にこういうふうにお書きになっています。「今から十七、八年前、昭和十一、二年の頃私と伊藤は、杉並區の和田本町、――今はすつかり、新興宗教立正交成《ママ》會の領土と化したあたりに住んでいた。」

その通りです。今は、もうあの一帯が立正佼成会の建物でぎっしりですね。だけど、福田さんがいらしたその旧居のところは昔の面影をとどめる。ほんとにそのままに近いような細いコの字形の小路になって残っているのでなつかしいですね。

さらに読みますと、「私が、九〇一番地、伊藤が七一四番地。親しい文學仲間は私の所を「呉れい」、伊藤の所を「無いよ」とその数字でおぼえていた。」と書いていらっしゃいます。さらに、福田家も伊藤家もこのころは、「やっと原稿が、時たま金になりだした頃で、ほんとに貧しかつた。貧しくはあつたが、なんとなく希望にみちて、生活に彈力があつた。」と書いていらっしゃいます。私の幼かったころの印象に照らしても、ここに、「生活に弾力があった」とおっしゃっているのは、とても良い表現のような気がいたします。

さらに、「伊藤と私の家は、番地は二百番もとんでいたが、歩いて一分そこそこの距離であつた。」と書いていらっしゃる。ここで、福田さんがおっしゃっているのは、近くに住んでいたという事実だけでなく、両方ともまだ三十そこそこで若いですから、ちょっとどこかへ遊びに行きたい、退屈すると友達の顔を見に行きたい。そういうことで行き来が頻繁だったとおっしゃっているわけです。「和田本町時代」というのがなかなか良いタイトルだと思います。

福田さんに限らず、その当時の私の父の周辺の文学者仲間たち、文学青年たちが、よく私の家においでになりましたね、お遊びに。詩人の春山行夫さんもいらっしゃったし、瀬沼茂樹さんも中野駅の近くでしたから、よくいらっしゃいました。それから近所に本庄睦男さんが住んでいらして、もう肺病で死ぬ少し前だったですけれど、よくいらっしゃったし。太宰さんもおいでになったし。それから棟方志功さんも父の本の装丁をしてくださって、奥様が絵をとどけに来てくださる。

家じゅうの付き合いというと、蒲池歓一さんといって福田さんと同郷で中学校も一緒だった方がやはり近所に住んでいらして、そのおうちとも行き来が繁かったです。私のところは母が病弱でした。父がやっぱりちょっと肺病の気があったし、母はそういうふうだし、私も虚弱で、三人が熱を出して倒れているということがありました。私の兄だけは割合頑健でした。まだ生きています。伊藤滋という名前の人間で、ほとんど病気もしないたちで、歯も丈夫でずっと生きているんですけれども、兄貴だけが病気にならない。私の家で一家が病気になってしまったとき、蒲池歓一さんが兄を引き取って何日も面倒を見てくださる、ということがありました。このことは蒲池さんご本人が『伊藤整』（東京ライフ社、一九五五）という本に書いていらっしゃいます。この書物も和田本町時代の福田、伊藤などの生活をよく書いている本です。ところが、そのときは蒲池さんのところはまだ新婚世帯で、後にお子さんができましたけれども、そのときはまだで、うちの兄貴が蒲池さんの奥さんの胸に手を突っ込んで、おっぱい吸うんですね。それが何ともたまらなくくすぐったかったと、蒲池さんの奥さんは言っていらした。そのことがここに書いてあります。

福田さんはご存じのように、九州、長崎のご出身ですね。この蒲池さんも長崎の出身なんですね。どういうものか、この伊藤整の若いころのごく親しくしていた文学青年仲間には、九州のかたが何人もいらっしゃいました。福田さん、蒲池さんのほかに森本忠さんというかたもいらっしゃいました。森本忠さん、朝日新聞にお勤めでしたね。それから、永松定さん、この人も熊本ですね。伊藤整と一緒に『ユリシーズ』を昔、若いころに訳した一人です。そんなふうに九州出身が多かったんですが、まあ、ちょっとこれは余計な話で。

それで、何の話をしていたでしょうか。和田本町ですね。ちょっとメモしてまいりました。

父母の和田本町時代の交友に関して私にこういう記憶もあります。非常にいい記憶として残っているものです。それは塩田良平さんの家から幼児用の滑り台をもらった記憶です。和田本町の家に私と兄貴がいたころ、ある日、寒い冬の日ですね、塩田良平さんの奥様が子供のおぶいひもでもって、子供の滑り台ですね、部屋の中で滑る滑り台、ためる、それを背負って持ってきてくださったんですね。塩田良平さんもあのあたりなんです。福田さんより、もうちょっと奥で、あそこに今でも救世軍の病院がありますが、あそこが救世軍の結核の療養所だったんですね。当時の結核というのは非常に怖い病気でした。その裏側のほうに塩田さんがいらして。あそこにもお子さんがいらして、滑り台があるけれども、うちの子は大きくなったからもう使わないから、伊藤のところは小さいのが二人いるからって、持ってきてくれたんですね。子ども心にすごいものを貰ったと思いました。

塩田良平さんという方のことは、私はあまりよく知りませんでしたけれども、あちらとしては伊藤の息子に私という人間がいるということをご存知だったようです。それで、後年私がもっと大きくなって、三十五歳ぐらいになった頃、今度は私に自動車を下さいました。ある日、うちの父が私に申しますのに、塩田がおまえに自動車をやるからもらいに行けって言うんですね。それで、考えまして、手ぶらで自動車をもらうのは申し訳ないと思って、ちょうどそのとき、私は遊び人でして鉄砲を撃っていたんですね。赤尾好夫さんみたいに狩猟をやる男だった。ちょうど岩手の山の中で捕獲したキジが一羽ありました。雄キジですね。雄キジというのは、しっぽが長くて立派なんです。その雄キジを一羽ぶら下げて塩田家に行ったら、そのとき書生さんがいまして、その人からイギリス製のジャグアという大きな自動車を一台頂いてきました。塩田良平さんというのは、随分威張ったおかただったらしく、おうちに書生を置いていて、その書生が運転手も兼ねていたんですね。ですから、私が自動車もらいに行ったら、書生がすごく悔しそうな顔しましてね。こんないい自動車を何だってあんなやつに持っていかれるんだというような顔していました。そういうこともありました。

和田本町時代の、父のまわりには、いろんな人が住んでいて、出入りしたりしていましたが、福田さんがお書きになっている通り、父は自分の時間を非常に固守する人でしたね。あのころは電話なんてありませんから、人は突然現れます。どこか遠くからおいでになった方があったかもしれませんが、母に言いつけて「今日は主人はおりません」

って言わせていました。そうすると人によっては、そこで粘るわけです。「いない」と言っても「いる」って言う人がいるんですね。「いるよ」ってがんばるんです。なにしろ小さなバラックみたいな借家でしたから、それで周りは田んぼとか、野原ですから、非常にのんびりした環境でした。道路から、父の書斎の二階に向かって、「伊藤君、いるよね」って言うんですね。大きい声で言います。瀬沼茂樹さんはいつもそうでした。そうすると、しょうがない、父も出てきた。福田さんはそうなさったかどうかよく覚えておりませんが。それから人によっては、とにかく上がり込んできちゃう。それで、四畳半、茶の間に腰を下ろしてしまう。それで、ほんとにいればですね、父が出てくる。そんなふうでした。

随筆「伊藤整」で福田さんがお書きになっていることで面白いのは、昭和四年に大学をご卒業になった頃のことです。そのときは大変な不景気で、三十通ぐらいの履歴書をほうぼうに出したが、もうこの世の中に腰かける場所がないような気がした。だけれども、とうとう一つだけ、第一書房というのに勤めることができた、というんですね。第一書房というのは、今はもう無いですけれども、大変立派な本屋でしたね。あれは長谷川巳之吉さんという方がなさっていました。ずいぶん豪華本も出しました。今でも古本屋に行くと、たくさんあるでしょう。よく見かけるんですけれど、金型で押したような書物で、表紙に皮を使うとかね。いろいろ上等な本をたくさんお出しになった本屋でした。そこに福田さんが職を得たというのは素晴らしいことだったですね。そのときの同僚が、ダンテの『神曲』を訳した三浦逸雄さん、三浦朱門さんのお父さんですね、やはり第一書房に同僚でいらしたわけですけれども、そのことはここに書かれております。

それで、なぜそういうことを福田さんはこの随筆でお書きになったかというと、その年の春、そこへ就職したんだけれども、文学を志している身には会社の仕事なんていうのは真面目にやっていられない。時計が五時になると待ちかねたように飛び出してしまう。丁度その頃に伊藤整というのと知り合ったというのです。

福田さんが伊藤整と知り合うきっかけをつくったのは、小林勝という人でした。小林勝さんというのは、福田さんの東大の『新思潮』の仲間です。あるとき、その人から速達が来て、伊藤整という変な人から『新思潮』の同人たちを自分の雑誌のほうに合流させてくれないかと申し込まれた、というんですね。伊藤整という人の雑誌というのは、『文藝レビュー』という妙な名前の雑誌でした。小林勝が言うには、「むこうは熱心だが、おれのほうは今ちょっと忙しいから、代わりに君、その伊藤整というやつと話をしてみてくれないか」。それで、ある日、福田さんは第一書房の仕事が終わると、指定された場所に出かけて行って、伊藤整という人物と話をする。それが最初でした。そのあたりがここに克明に書かれています。

このころは同人雑誌が花盛りの時代でした。長く続くものもあるし、続かないものもあって。『新思潮』もですね、いろいろ変わってきました。時代が難しい時代になり始めていて、同人たちがあっちに去ったり、こっちに去ったりして、つまり同人雑誌というのは、金銭的なこともあるけど、一番の問題は、大抵原稿が集まらなくてつぶれてしまいます。『新思潮』のほうも内情はそういうことでした。

ところが、伊藤整がやっていた『文藝レビュー』というのは、『文藝春秋』の向こうを張って、商業的にも売れる商業雑誌にしようという下心があった雑誌でした。そのためには、ただで上質な原稿を書いてもらえる人を自分の同人の中に集めたい、と思っていたわけでした。一方、『新思潮』のほうは、青江舜二郎が田舎落ちしてしまう、雅川滉が『文藝都市』に走るし、深田久彌は『文學』が引っ張り、寂しくなっていたといいます。それで、話し合ったあげく、じゃあっていうんで、福田さんたちは『文藝レビュー』に合同することになるのです。この勝負は伊藤整の勝ちになったのでした。福田さんはこのあたりも書いていらっしゃいます。

この展示会のパンフレットの和田本町時代は昭和十年からですから、これは、それに先だつ五年間の話です。それに先だつ五年間というのも、福田さんとか、伊藤とか、永松さんとか、瀬沼さんとか、あるいはどなたでしょうか、この仲間たちにとっては、非常に重大な時代でしたね。それぞれが一生懸命もがいて、それぞれが成果を上げたり、あるいは落胆したり、もみ合っていた時代ですが、それがここに書かれています。

それで、あとエピソードとして、『文藝レビュー』という福田さんもお入りになった雑誌は、もちろんこんな薄っぺらなものですが、その雑誌の編集とか発行とか、本屋に売り歩く仕事を実際にやっていたのは、伊藤整の昔の北海道以来の仲間です。川崎昇という人で、その人が実務方面をやっていました。『文藝レビュー』は、発行時は世田谷の経堂のあたりの、今申し上げた川崎昇という人の自宅を発行所にしていたのですけれども、この雑誌を地方都市の書店に送りつけて売れるようにするためには、発行所が東京府下では不利でした。経堂は西多摩でもないかな。ついそのころまで中野区は豊玉郡だったぐらいでしたから、そんな経堂などという聞いたこともない発行所では、地方都市の本屋に対して重しが効かない。やっぱり東京で出している雑誌は、銀座じゃなきゃいかんということになりました。

だけど銀座に事務所をかまえるのはお金がかかるから出来ません。そのとき福田さんの仲間で、詩人の、ここにお名前が出ていますが、北園克衛さん、有名なおかたですね、このかたが銀座のどこかの酒屋の二階で暮らしていました。その酒屋は木造二階建てだけど、三階に三畳間の屋根裏がありました。それが借りられるらしいというのです。北園さんが「おれの住んでいるところの上、貸すらしいよ」って情報を入れたのです。

そこがすごく安かったので、借りることができたのです。その住所は、当時の『文藝レビュー』の奥付を見れば分かると思いますが、銀座何丁目の井上ビル三階と書いてあるんですね。ほんとは木造の建物の屋根裏ですがビル三階だといえば立派に聞こえます。そんなことは大抵の人知りませんから、銀座でビル三階の編集部がある。この雑誌はいいんじゃないかとなります。それがねらいだったのでした。

そこがこの仲間のたまり場になりました。どういうのが仲間だったかというのは、福田清人先生も、蒲池歓一さんもよく書いていらっしゃいます。みな一人一人が面白い人たちですね。たまり場だから、若くて暇だからいつもそこへ行くんですけど、銀座まで行って、たまり場に行ったたって、そんな三畳間にいつまでもいられるわけないから、どこか喫茶店でコーヒーを飲む。当時はコーヒーというのは、すごくしやれたものだったんですね。一杯のコーヒーで三時間粘るとかね。そういう表現がされましたけれども。しかし、一杯のコーヒーでいつまでも粘るのは大変です。それで、福田さんがお書きになっているのかな、どこかにウーロン茶の宣伝をするための喫茶店があって、そこだと一杯のコーヒーでも割合平気だから、よくそこで粘っていたといいます。

ところが、やはりたまにはお酒も飲みたいんですね。井上ビルの裏手にスリー・シスターという酒場がありました。そこを『文藝レビュー』の仲間の衣巻省三さんという人が皆に教えたのです。衣巻省三さんはお金持ちのうちの息子さんでした。大森に大きなお屋敷があるんです。最初はその人が皆をスリー・シスターに連れていきました。それで安直でいいから、みんなそこへ通うようになりました。

福田さんは衣巻さんというかたについて、こう書いていらっしゃいます。「衣巻は大森に弟さんのためのアトリエもついた大きな邸を持ち、幾軒か貸家も持ち、イナガキ・タルホを食客としてかかえ、それに、やがて六尺もあろうと思われる背の高いシャガールの繪を思わせるちよつと病的な奥さんと、豊かに暮していた。」

その奥さんというのは、横浜の自動車会社の社長夫人だった人だったそうですね。その人、衣巻さんがさらってきたそうですね。その同人たちが一度鎌倉の海に、その奥さんを交えて、衣巻を交えて遊びに行ったときに、「衣巻夫人がいきなり、靴をぬいで、絹のストッキングのまま、海のなかにじやぶじやぶ入つて行つたのが、ひどく豪奢に見えた、そんな人であつた。」といいます。

福田さんは、「スリー・シスタアはその名の通り、三人姉妹で經營していた。壁は汚れ、椅子のバネはゆるみ、破れていたが、家族的なのと、こんな不景氣そうな店も銀座にあるのかとかえつて親しみが持てた。未亡人の長姉が持主で、二番目のヨネちやん、三番目のユキちやんが、店を手傳つていた。」と書いています。

しかし、まあ、この店を実質的に切り回していたのは二番目のヨネちゃんだったということのようです。福田さんが昭和二十九年にこういうことを大々的にお書きになっていますが、私にはむしろそのほうが大変興味深いです。スリー・シスターのヨネちゃんというのについて、これほどはっきりと事細かに正確にお書きになったのは、それまでいないと思うし、その後も私の父が死ぬまで、あんまりいないと思います。

このスリー・シスターたちは文学青年好きだったようです。お店の三階にヨネちゃんたちが寝る部屋があるので、ある晩、衣巻さんが、「ヨネちゃん、いつたい三階に誰を最初にあげてくれるんだい？」としつこく聞きました。そうすると、ヨネちゃんが、「『文芸レビュー』に最初に傑作を書いた人を三階に招待する」と言いました。福田さんを含めた文芸仲間はそこへ行くとね、「おい、今度はおれを三階に上らせろよ」っていろいろ言うんだけど、なかなかそうはいかなかった。

そのとき、ある日、この衣巻省三氏が福田さんに、「ついにセイさん」というのは伊藤整のことで、「……ついにセイさんが、スリー・シスタアの三階登山に成功したらしいわ、おとつい、晝の三時頃、あわよくば登山を試みようと、あの店訪問のため路地を入ろうとすると、セイさんそつくりの男が扉に吸いこまれたわ。その扉、僕がたたけど、おせど内からカギがかかつて開かなかつた……」と言ったそうです。そういうことも福田さんは詳しく書いています。

福田さんの「伊藤整」には、「伊藤整は割合勉強家で、あまり無駄な時間は使わない。しかし、スリー・シスターに行ってうまく三階に上った」と、そういうことも書いてあるんだけれども、ここの立教女学院短大の展示室、昨日ちょっと拝見いたしましたら、「スキーの時代」というのが、書いてありましたね。確かにそういうものもあるんです。

伊藤整は遊びというものとは縁遠い人でしたけれども、ある時、誰かがスキーの道具を原稿料の代わりにもらってスキーに行った話をすると、スキーならおれだってできるんだと言い、急に身を乗り出してきて、この昭和十年代のある時期、スキーに励んでいました。そのことは蒲池さんが書いていらっしゃる。ですから、ここの図書館のかたがスキーの写真とか資料をあそこに飾ったのは非常に鋭敏な感覚でした。

それで、スキーと伊藤整というのには、実は、今言ったスリー・シスターも関係してきます。伊藤整は妻子があるのですから、スリー・シスターの女と二人だけでスキーに行くわけにはいきません。それで、いろんな人を誘うわけですね。蒲池さんとか、福田さんとかかね。それで、みんなで日光に行ったとか、水上に行ったとか、いろんなそういうことを試みました。蒲池さんとか福田さんがそんなこと知らなくて、スキーを純粋に楽しもうとして行くから、行った先でおかしなことになって腹をたてて帰ってしまうということも起きました。

父のスキー行きのことは私も覚えています。和田本町時代、「お父さんは今度スキーに行くのよ」と母が言います。そうすると、二、三日父がいなくなるわけですね。それはすごく助かることでした。父がいないということは楽なんですね。私は幼稚園ぐらいで。私と兄は年が近く、すぐ喧嘩しました。大騒ぎの喧嘩、泣いたり殴ったりけっ飛ばしたり。そうすると、粗末な借家の二階で原稿を書いている父は仕事にならないので、子どもを一番簡単に静かにさせる方法として殴るのです。カンカンになった父に殴られると、二人とも泣いて静かになります。そのとき、「もうしませんから許してください」なんて言うわけですね。ところが、翌日になるとそんなこと忘れて、またやりますね。また、殴られる。そういうのを繰り返すと、何か生きているのが嫌になってきましてね。そういうときに、「あっ、父がこれから三日間いない」となると、これは助かるんですね。その父がいない間、すごく大騒ぎします。そうすると、母がね、「お父さん帰ってきたら言いつけるよ」って言うんですね。それはもう非常にこたえました。ところが、父のほうは後ろめたいことをやっていますから、日光のお土産だとかいって、チューブに入った羊羹とか、そんなものを買ってきます。帰宅はいつも夜中です。私と兄貴は寝床からはい出して、日光土産のチューブに入った羊羹なんかを食べたりしていました。

だけど、父はあっちこっちで適当なことをするためにスキーに行ったわけじゃなくて、ほんとにスキーが好きでした。よくスキー道具の手入れをしました。彼は北海道の人ですから、スキーの道具について非常に詳しい知識を持っていました。あのころのスキーはもちろん木の板ですけど、板はカナダのヒッコリー材のがいい。それからストックはトンキンがいいんだ。竹でトンキンというのがあるんですね。トンキンの竹がいいんだとか。それから、あのころはリフトとかそういうのはありませんから、山に登るときは自分のスキーを履いて、その足で登っていくわけですけど、そのときにシールというものをスキーの裏に張るんです。シールというのは、アザラシの毛皮のことです。アザラシの毛皮は毛が硬いんですね。ですから、一方に向かっては滑るけど、逆には戻らないから。スキー板の裏側にそれをつけると、具合良く雪山に登っていけるんです。だけど、そのシールをスキーのヒッコリーの板にペタッとくっつけないと、板とシールとの間に雪が入って重くてなり、かえって歩けなくなるから、くっつけるためにワックスを使う。

ワックスは滑るためにも使いますが、選び方がまた難しいんです。父は赤いワックス、銀色のワックス、緑色のワックス、何かワックスをたくさん持っていまして、今回出かける何々スキー場の雪はこうであって、気温がこうであるから、このワックスをつけるって、それをヒッコリーの板に塗るわけです。塗ってからこする。こすっただけじゃなくて、炭で火ばしを焼いて、その赤く焼けた火ばしでスキー板をなぜる。そうするとワックスがすっと溶けていく。

和田本町時代の仲間のことは蒲池さんも書いていらっしゃいます。「当時福田清人も、私の所ほどではないが、ものの五分とかからない所にゐたので、よく三人一緒になつた。私の家の座敷で酒を飲んでゐる三人の写真が今も残つてゐる。別の時に十和田操、森本忠の二人に私が伊藤の家に集まつた……」

森本忠さんというのは、やはり熊本の人です。蒲池さんは福田さんと中学校が同じです。同郷です。國學院をお出になって、出版社にお勤めでした。もう一人の十和田操さんという方も古い伊藤の、福田さんを含めた仲間の一人ですね。朝日新聞社に勤めていらっしゃいましたね。短編小説をお書きになるかたで、『判任官の子』という作品で世に知られました。十和田さん、有名な小説家です。

十和田さんの名前がここへ出ましたから、ついでに申し上げますと、展示室でごらんになることができますが、この古い仲間が一九六〇年ぐらいから一九六九年まで、『春夏秋冬』という同人誌を出していました。若いころの同人仲間でまた雑誌をやろうよ、ということだったのです。それで、『春夏秋冬』という季刊の雑誌を出し始める。その編集のお仕事をしてくださったのが十和田操さんでした。

皆さん二十歳ぐらいで文学をしようと思って、何十年もたち、当時は六十過ぎです。皆さん一仕事大体終わるというか、大体自分の立場がそれぞれになったころに、もう一度顔合わせて雑誌を出そうとしたのです。非常に気持ちのいい雑誌です。薄いものですけれどもね。

その中に福田さんは毎号お書きになっています。そのなかに面白い話があります。福田さんは、昭和十三年に成宗にお移りになってから亡くなるまで、ずっと居場所を変えないでお暮らしになりました。しかし昭和の三十五年ぐらいでしょうか、それが怪しくなったことが一度あったようです。ある人の就職のために、身元保証人になって判こを押したところ、その人が就職して何年かたったら、勤め先で使い込みをしました。それで福田さんがその人の損害をすべて弁償しなければならないということになりました。それが多額だったらしいのです。そうすると、家屋敷を持っていかれちゃうので裁判になりました。その結末がどうなったか、それは次の号で「皆様を心配させてしまった」

とあるだけで具体的なことは分かりません。無事に収まったのでしょうね。だけど、そのときは、仕事をするためにも、どこか田舎に行って仕事をするというようなことだったようです。

福田さんが、ずっと同じ成宗にお住まいになっていたということは、すてきなことですね。私の父は無用の引っ越しをしませんでしたけど、それでも和田本町以後、戦争が激しくなって、東京があちこち燃えてしまって、アメリカ軍がいつ上陸してくるか分からないようになると、伊藤家は北海道へ逃げましたね、自分の故郷に。そうして、戦争が終わって、東京へ戻ってきて急ごしらえの日野の家に八年ぐらい住んで、それから久我山に移ってきました。一度は世田谷にもいたので、四回住所が変わりました。福田さんはそのあたりおっとりなされていたのではないか、と思います。だいぶそこのことは、今になると思いますね。ただ単に、福田さんは成宗にずっといらっしゃったというふうなことじゃなくて、その下には、そういう何か福田さんらしいものがあったんじゃないか、そんなふうに思います。

それで、話はあちこちになりましたが、昭和五年の文学青年時代、十年代の和田本町時代ということを申し上げましたけれども、実は和田本町時代と大体重なりますが、福田さんと伊藤整との間で、もう一つ重なりがあります。日本大学の芸術科勤めのことです。この学校に福田さんも伊藤整も同時に勤めていました。

今その学校は日本大学芸術学部となっていますが、二人が勤めていたのはこの学校の草創期でした。創作科というのがあってその先生をしたのです。学生数も僅か。場所は本郷でした。最初は横光利一とか、川端康成とか、新進の作家たちが講師に呼ばれるんですが、その人々は忙しいので、自分の手近にいた福田さんとか、私の父とか、永松定さんとかが代わりに行くことになったのでした。非常勤講師ですけれども、十年ぐらい二人ともかかわった。そしてその頃の学生たちは福田、伊藤を共通の先生として親しんだのでした。

そのころの芸術科というのは、今の大学のように高校から受験で上がってくるというよりは、ほんとに小説が好きで小説が書きたいという青年が学生でした。今でいえば、カルチャーセンターみたいなものだったかもしれません。一度世の中へ出た人たちがそこに集まって生徒になっていました。そういう人たちが結局三十年、四十年のえにしを福田先生、伊藤先生とつないだのでした。彼らにとっては、福田、伊藤というのは、同じ自分たちの先生。同じように、常にこの二人を絡めて慕っていました。その人たちもほとんど今死に絶えてしまいました。だけど、その人たちは、学校を終えてそれぞれ職業についてからも書き続けました。いいものを書いています。矢切止夫のような商業レベルのライターになったのは少なかったですが。

何かこれで終わりなんですけれども、どうもまとまりが悪いし、何か福田さんのことを申しあげるような顔をして中身は伊藤整だったり、伊藤礼だったりして申し訳ないと思いますが、これでご勘弁いただきたいと思います。

（第十七回、二〇〇六年一一月三日）

福田清人作品の朗読と江戸がたり

江戸がたり　家元　寿々方

皆様、ごきげんよろしゅう。江戸がたりの寿々方と申します。ごあいさつだけさせていただいて、お顔だけ見て、座らせていただきます。失礼いたします。

私は、立教大学のときに、福田先生には実はお習いしておりませんが、立教大学の日本文学科というのは、とても家庭的と申しましょうか、高校の延長のようなところがございまして、三年生のときに京都のほうへ研修旅行というのがありました。そのときに、私の先生は松崎仁先生なんですけれども、福田先生がご一緒に参加してくださいまして、その折、私ども女の子たちに、両先生が、おしるこだの、あんみつだのをおごってくださったことが、非常に思い出の中に残っております。私の松崎教授は、もう根っからの甘党だったんですね。それで、福田先生も実は甘党だと思っておりましたら、今日も参っていると思いますが、私どもの同級生たちの、すごく飲んべえの人たちがおります。その人たちに聞きましたら、福田先生はすごく御酒を召し上がったそうで、とても楽しいお酒だったということを聞きました。それで、ああ、先生というのは、甘党も辛党もあって、両方とても楽しんでいらっしゃったんだなあというふうに思いましたんです。それで、今日のお話をお引き受けいたしまして、まず、福田先生は、私は児童文学者だとばかり思っておりましたので、その児童文学を読ませていただきます。それから、秋吉教授からドンと本が送られてまいりました。見たら、大人向きのシビアな小説がたくさん入っていて、「えーっ」と思ってしまって、福田先生は本当に、甘党も辛党も、作品も両極端の作品をたくさん残されているんだなということを感じたわけなんです。

最後に小説のほうを読ませていただきますけれども、私、実は、白状いたしますと、山本周五郎や何かが多うございまして、自分のこうと思ったもの以外読まないという人間でございまして、ほかの方の作品読ませていただくのは初めてなんです。それで、朗読というかたちでさせていただきます。最後の作品に関しましては本当に、短いんですけれども、ものすごくシビアな後味が残って、すばらしい作品だなと感じました。

それでは、最初の「じゃがたらお春」からさせていただきます。

じゃがたらお春

いまから三百年ばかりむかしのことです。長崎《ながさき》の山の手の、ちくご町《まち》に、お春という少女がいました。

お春はことし十二さい、色がしらゆりのようにさえて、はなが高い、すこし青みをおびた目のぱっちりした、それはそれはうつくしい少女でした。

ところが、お春のうちのひとは、お春をこのごろ、ちっともそとへだしてあそばせてくれません。

「町には、おそろしいやまいがはやっている。そとへでるとうつるから、あぶない。」

おとうさんの理右衛門《りえもん》は、こわいかおをして、お春を、おくのざしきにとじこめておくのでした。

お春は二日、三日ならともかく、十日も半月も、こうして、ざしきにとじこめられていることに、たえられない気がしました。

おきにくるのは　バーバのふねよ
まるに「ヤ」の字の　ほがみえる

どこからか、そんなうたごえがながれてきます。

「あれ、あんなに町では子どもたちのうたうこえが、きこえるではありませんか。」

おそろしいやまいが、はやっているなら、ほかの家の子どもたちだって、家にとじこめられているだろうにと、お春はおもうのでした。

「町には、だれもあそんでなんかいやしない。うたがきこえるなんて、おまえのそら耳さ。」

おとうさんは、そういいくるめてしまうのでした。

「うちはおたつちゃんと、出島《でじま》を海岸《かいがん》から、みにいくやくそくしているのよ。やくそくをやぶるなんてわるいわ。」

「なに、出島《でじま》を！　そんなところへいっちゃだめだ！」

おとうさんは、かおいろをかえ、ことばするどくおしとどめるのでした。

出島《でじま》というのは、そのころ、お春のすむ長崎《ながさき》のみなとを、海岸《かいがん》から小さなおうぎがたの島《しま》にうめたてて、そこにポルトガル人たちを、すまわせるようにしたのです。

ポルトガル人は、キリシタンとよばれた、キリスト教《きょう》のしんじゃたちと、しめしあわせて、日本の国をせめとるくわだてをしていると、とくがわばくふがかんがえて、長崎《ながさき》の町なかにすむことをゆるされず、この出島《でじま》にうつされたのでした。そして出島《でじま》と町のひととは、じゆうなゆききも、ゆるされませんでした。

しかし、ポルトガルのはたのひるがえるその島《しま》は、お春たちには、めずらしいえのように、うつくしくみえました。せめてきしからでも、ながめたかったのであります。

さて、おとうさんといいあらそったあくる日、おとうさんはなにかの用で、きゅうにそとへでかけました。

あそびたいさかりのお春は、もう半月も家にとじこめられているので、がまんができず、それに出島《でじま》けんぶつをやくそくした、ともだちのおたつにもあいたくて、そっとにわにでて、にわげたをつっかけ、うら門からそとへはしりでました。

ひさしぶりにふれるそとのじゆうな空気は、目がくらむほどかがやいていました。はしっていくお春のからだも、ふわふわと小鳥のように、かるくおもわれました。

むこうの道のかたすみに、いつものあそびなかまが、ひとかたまりになっているのを、お春はみつけました。すっかりうれしくなって、ちかづいていきますと、それに気づいた、そのなかのひとりが、みんなになにかささやいたとおもうと、

「わーっ！」

と、こえをあげて、くもの子をちらすように、にげだしました。まるで、なにかこわいものがあらわれたときのようです。

「おとうさんは、町にわるいやまいが、はやっているとおっしゃった。わたしがながいことうちにひきこもっていたので、はんたいにそのはやりやまいにかかっていたとおもっているのではないかしら？」

お春は、みんなにいいわけしようとおもっても、みんなのすがたがみえないので、なにもいえません。さびしいおもいで、とぼとぼと家にひきかえすよりほかありませんでした。

そして、お春が、そっとうら門からにわのほうへまわりますと、そとからかえったおとうさんが、えんがわにつったっていました。

「あれほど、そとへでるなといっておいたのに、どうして、おまえはわしのいうことをきかないのか。」

どなりつけられるとおもったおとうさんのことばは、はんたいに、ひくく、かなしいひびきすらもっていました。それはじーんと、お春のむねにしみこみました。

「お春、こちらにおいで。こうなってはしかたがない。おまえに、いってきかせることがある。」

おとうさんのことばには、おもくるしく、ぶきみなちょうしがありました。

おくのざしきで、お春とむかいあったおとうさんの目にはなみださえにじんでおります。

「お春、おまえの耳には、まだはいっておるまいが、さきごろおぶぎょうさまから、おそろしいおふれがでたのじゃ。それはキリシタンをとりしまるため、ナンバン人を父とし、日本人を母として生まれた子どもは、日本においてはならない。また外国から二どと日本によんでもならない、てがみもだしてならない。もしそのおふれにそむいたものは打《う》ちくびになり、身《み》うちのものもおもいおとがめをうけるということじゃ。」

「それは、それは、かわいそうなことでございます。」

そういう、お春の手を、いきなりしっかりにぎりしめた、おとうさんは、

「なにもしらないおまえに、いまとなってかなしいことをおしえねばならない。じつは、おまえのおとうさんは、わしではない、ほかにあるのじゃ。」

「えっ！　わたしは、おとうさんの子じゃないとおっしゃるのですか？」

「そうじゃ。おまえのおとうさんは、オランダの人で、センテイといった。しかし、おまえのおかあさんは、わしのむすめであった。おまえのおかあさんは、おまえをうむとまもなく、なくなったので、わしがおまえをひきとって、わしのむすめとしてそだてあげたのじゃ。ほんとうのおまえのおとうさんは、とおいオランダの国へかえられたのじゃ。」

あまりにおもいがけないことに、お春はぼうぜんとしてしまって、なみだもでません。

「それで、おまえには、よその国の人のちがまじっていることになる。もしそれが、おやくにんにわかったなら、死《し》のおとがめをうけるか、とおい島《しま》ながしになるかどちらかじゃ。おまえは、日本人ばなれして、いろは白

く、うつくしい。そとをあるいて、おやくにんの目にでもふれたなら、きっとあやしまれるにちがいない。それでおふれのうわさがしずまるまで、じっとうちにひきこもらせておきたいのじゃ。たとえどんなわけがあろうとも、おまえはわしのむすめの子、かわいいまごじゃ。どうしておやくにんにひきわたしたり、とおい島ながしにあわせることができよう。どうかわしの気もちもわかってくれて、くるしくとも、うちのなかにかくれていておくれ。」

しみじみとはなすそのことばに、お春は、からだじゅううちふるわせておりました。おそろしいものに、みいられたような気もちです。

さっき、じぶんがおもてにでたとき、きんじょの子どもたちが、さっとにげてしまったことも、なにか、もうじぶんについての、うわさがたっていて、じぶんがちかづくのをおそれたのではないかとも、おもわれました。

お春は、世《よ》の中が、すっかりおそろしくなって、それからは一歩もそとへでず、じっと家のなかに、かくれてくらしていました。きんじょには、びょうきだということにしておきました。

その年、二百八十七人も、お春とおなじ身《み》のうえのものがとらえられて、とおい国へながされました。そういううわさも、お春の耳にはいり、ますますおびえるのでした。

ひとり、家にひきこもっているお春のところに、あそびにきてくれるのは、おさない日から、きょうだいのようにしたしかったおたつという少女ばかりでした。

おたつは、お春が、あいの子であることはしっておりましたが、すこしもそれを気にせず、かえってなぐさめておりました。

きんじょの人たちも、お春の身《み》のうえについて、うすうす気づいてはおりましたが、だれもやくしょにうったえでるようなことはしませんでした。

それで、おそろしいおふれがでてから、二年ばかりは、お春はぶじにその日をおくることができました。

ところが、かんえい十六年（一六三九）の春の夕ぐれ、とつぜん、お春の家にやくにんがあらわれました。そして、

「すこし、とりしらべたいことがある。」

と、理右衛門《りえもん》とお春をやくしょにひきたてていきました。そのとき、もう十五さいになっていたお春は、おりから町まちにさいていた、やえざくらのようにうつくしいむすめでした。

お春は、やくしょで、とうとう外国人のちがつたわっていることをしらべあげられました。

そして、お春は、ひとまず平戸《ひらど》の島におくられ、こんどとらえられた、おなじみのうえの十一人のものといっしょに、南の海のはてのバタビヤにながされることとなりました。

お春が、船で平戸《ひらど》へおくられる日、長崎《ながさき》のはとばに、なかよしのおたつは、くるわしげに、みもだえしながら、お春とわかれをおしむのでした。

おたつはかたみに、うたをしるしたたんざくと、おしどりのはねをお春にわたしました。

「お春ちゃん、とおい国からおてがみください。わたしもきっとあげます。」

そのことは、きんじられていましたが、そうささやくのでした。

お春はもうたましいのない、うつくしいにんぎょうのようにみえました。そのろうのような白いほおには、ただとめどなくなみだがながれていました。

こうして、お春は、なんのつみもなく、ただおとうさんが、オランダ人であったというばかりで、とおい南のはての島にながされたのでありました。

お春をのせた船のすがたがきえた長崎《ながさき》のみなとには、なにごともなかったように、白いかもめがまっておりま

した。

それから、一年たち、二年たちました。おたつはなかよしのお春のことが、一日もわすれられませんでした。

あるとき、バタビヤのほうへいく、オランダ船《せん》が、長崎《ながさき》のみなとをでるので、おたつはそっと、お春あてのてがみを、その船長さんにことづけました。

てがみをことづけたことがわかるとうけるおとがめも、ひとりみしらぬ島にくらしているお春のことをおもうと、かまわないとおもいました。もうじっとしていられなかったのです。

それからまた一年ほどして、オランダ船が赤白青三色のはたをかかげて、長崎《ながさき》のみなとにはいってきました。

おたつが、海岸《かいがん》にいくと、一年まえ、てがみをことづけた船長さんが、にこにこしながら、

「たしかにおてがみはわたしましたよ。これがお春さんからのへんじです。」

と、ぶあついてがみを、そっとわたしてくれました。

おたつは、ひとにみられないようにいそいで家にかえり、それをひらきました。それは長い、長いてがみでした。

はじめのほうに、

おもいやるやまとの道のはるけきも　ゆめにまぢかくこえぬ夜ぞなき

という、うたがかいてありました。

「日本への道は、たいへんはるかにとおいのですが、すぐそこのように日本のことをゆめにみない夜はありません。」といういみです。

「ひるとなく夜となく、ふるさとのことは、ひとときもわすれられません。こちらは、なにもかも日本とちがっていて、ふるさとで見ていたものとおなじものといえば、月日の光ばかりです。ひるは日のでるかたをながめ、夜は月のでるかたをながめ、あふれるなみだに、そでのかわくまもありません。」

ともかいてありました。

「神《かみ》さま、ほとけさまがあわれんでくださって、たとえ一日、二日でもいいから、いまいちど日本にかえりたい。」

といったいみのこともかいてありました。

「あなたとこの世《よ》であえなかったなら、つぎの世であいましょう。おわかれしたおり、あなたから、かたみにもらった、歌をかいたたんざくと、おしどりのはねを、いつもはなさずもっておりますから、つぎの世で、これをしるしにもって、めぐりあいましょう。」

ともかいてありました。

それから、おたつが、てがみにふうじこめた、日本のやえやまぶきの色のなつかしさも、かきしるしてありました。

そしてなおつづく、長い長いてがみのおわりちかく、

「まつかさ、このてがしわのたね、すぎのたね、ほうきぐさのたねをおくってください。」

ともかいてありました。日本の草木のたねをまいて、それをそだて、ふるさとをしのびたい、お春のこころでありました。それから、

「わたくしは、きょうまで、ずっと日本のきものをきとおしております。とおいよその国にながされても、どうして、土人となれましょう。ああ、日本がこいしい、なつかしい。ひと目でいいから、みたくて、みたくてた

まりません。」

と、そのちは母からうけた日本の女のほこりをしるしつつ、もういちどふるさとをみたい、日本をみたいとくりかえし、そのよびかけをかきつづけていたのであります。

このてがみは、お春がながされた土地が、そのころじゃがたらとよばれたので、「じゃがたら文《ぶみ》」の名で、こんにちまでつたわって、お春のあわれなこころをものがたってくれております。

（福田清人『じゃがたらお春』さ・え・ら書房、一九七〇年）

この「じゃがたらお春」でございますけれど、江戸時代、一七一四年、江戸中期、西川如見という方が、『長崎夜話草』の中で、じゃがたら文というのを紹介しております。これは本当に、原文は長い長い手紙でございまして、この福田先生のご本にあるように、本当に長いんです。そして、歌もございますし、また文学的素養もそこに見られる。それでこれは、実際にお春が書いたのではないんじゃないか、十五歳くらいで日本を出た少女が、それだけ、日本の言葉、文学、そういったものを書けるはずがない。ということで、これは西川如見という人の創作ではないかということもいわれているんです。それで、如見という方は、天文学者、地理学者で、元禄十年以降は、こういった文を書いて過ごされた方でございます。まずそういうところに、このじゃがたら文というものが紹介されたということ。

そして私は、今は江戸がたりの寿々方でございますが、こういうことをする以前は、さっき花柳寿々方というご紹介があったんですけれど、それは、なくしてしまったわけではないんですが、踊り手でございました。そのとき、じゃがたらお春というのは、踊り、創作舞踊とか、あるいは新作とかいわれるものの、とても素材になる人物でございまして、よく私も踊ったんです。南国のやしの木があって、そこのところに教会か何かがございまして、どういうわけか、主役のじゃがたらお春は、江戸前期の遊女のような格好をしている。それはどうしてかというと、やはり出島へ入れる人間が丸山の遊女だけだったものですから、流された人間イコール出島、そして丸山の遊女ということで、そんな格好をしているんだと思いますけれども、月の光の中で、日本を恋しがって踊りを踊っているというような設定のものでございました。

それで、実は、このお春の実像を追った方がおりまして、それは私の友人でございまして、白石広子さんという方がいるんです。この方は、異文化交流と申しまして、外国に渡った日本人、また外国から来た人、そういう方を研究している、奥様から研究者になった人です。『じゃがたらお春の消息』という本を出しておりまして、これは勉誠出版から出ております。

彼女が追跡調査をしたところによりますと、お春のお父さんはイタリア人なんです。イタリア人の、ニコラス・マリンという人。そして母が日本人で、これは洗礼名しか分からないのですが、マリアというんです。日本の中で流されるといいますと、どうも俊寛とか、それから天皇がとんでもないところに流されて、すごくお気の毒なお生活を送ったとか、ああいうマイナスイメージが付きまといまして、さぞかし外国に放り出された人はどうなったのかと思うんでございますけれども、これはちょっと違うんです。

と申しますと、まず第一に、追放されたときは、母親と姉と三人なんです。だから、たった一人じゃなかったということです。ちょっと安心するんですけど。それで当時、鎖国の少し前というのは、朱印船で、日本の商人たちが海外へいっぱい出て行っていたんです。それでこの、じゃがたら――今のジャカルタですね――そういうところとか、あるいはベトナムとか中国とかいうところに、各地に乗り出していっておりまして、そこへみんな日本人町をつくっていたんです。ですから、こういうところに流されても、受け入れ先はあったわけでございます。それでお春は、いわゆるじゃがたらの日本人町の長といわれるような人、武家の血を引く方ですけれども、その方の家に身を寄せまして、お姉さんはその人のお嫁さんになって、彼女は相当いいお嬢様生活を送ったようなんです。それで、東インド会社の上級社員でございます、シモンという人と結婚いたしました。この方もまた日本人の血を受けて、オランダ人の混血ですが、やはり流された、追放されたほうの人なんですけれども、その方と結婚いたしまして、なんと七人の子どもも産んでいるんです。それで、夫が亡くなってから、東インド会社ではない、個人事業みたいなこともしていたから、それを全部引き継ぎまして、社会的な、孤児院の事業とかそういうこともやって、相当ハイクラスだった。その遺言状、ちゃんと生きているうちに遺言状を書くという風習がございまして、それが残っていたんです。そのことからずっと調べていって、お春さんというのは、一六九七年、七十二歳で亡くなったということが分かっております。

これを知りましたとき、これは踊りにはならないなと思いました。かわいそうなお春だから踊りになるんでございまして、非常にリッチにたくましく暮らした女性では、ちょっと踊りにはならない。ただ、そういう女性もこの時代にいたんだなということで、なんかちょっと安心もいたしました。それから、ここに出てくる理右衛門さんとか、おたつさんとかいう人は実在の人物でございまして、ちゃんと系図の中に出ております。

それで、もちろん福田清人先生は、長崎地方の伝わっている物語をご自分の中で再構成してこういうふうにしたと言っておりますけれども、だから伝承されている物語というのは結構真実を伝えているということを、改めて感じたものでございます。

それでは次を読ませていただきます。

ゆうれい井戸《いど》

むかし、長崎《ながさき》のこうじ屋町《やみち》の、まちかどに一けんのあめやがありました。みせにいろとりどりのあめだまや、長いあめをうっておりました。

ある夜ふけのこと、もうとざした入り口の戸をとんとんたたいて、

「ごめんなさい。もし、あめをくださいな。」

と、よわよわしいこえで、たのむ女のこえがいたします。

あめやのあるじが、そっと戸をあけてみると、白いきものをきた二十四、五さいぐらいの女です。青ざめた、かおに、かみがみだれかかってなんだかきみがわるく、ぞっとしました。

「あめは、いくらあげますか。」

「一もんぶん、おくんなはれ。」

よわよわしい女のこえには、京なまりがありました。あめやのあるじは、三つほどのあめだまをかみにつつんでわたしました。ふとふれた手はこおりのようでした。女は一もんせんをそっとそこへおくと、かきけすように、月夜のなかにたちさっていきました。

その足おともしないすがたに、あめやのあるじは、いそいで戸をしめ、ふとんをかぶってねてしまいました。

そのあくるばんも、ちょうど、さくばんとおなじ時こくに、また、とんとんと戸をたたくおとがして、

「ごめんなさい、もし、あめをくださいな。」

と、よわよわしいこえがします。あめやのあるじがふるえながら、戸をあけますと、

「あめを一もんぶんおくんなはれ。」

と、おなじようにいうので、三つ、かみにつつんでわたすと、一もんせんを、ぽとりとおとして、かきけすように立ちさっていくのでした。

そのよくばんも、またそのよくばんも、おなじように、きまって夜ふけにその白い女があらわれました。

「こうじ屋町《やまち》のまちかどのあめやさんには、まいばん、白いきものをきたわかい女が、あめかいにくるそうな。」

という、うわさがすぐたちました。

ちょうど、七日めのこと、あめやのあるじは、

「どうも、へんだ、あの女のしょうたいをみとどけてやろう。」

と、きんじょの二、三のつよそうなわかものをさそって、女のくるのをまちかまえていました。

れいの時こくにあらわれた女は、どうしたことか、いつもとかわって、ひどくはずかしそうです。そして、

「きょうはお金《かね》がありません。おなさけであめを一もんぶんおめぐみください。」

と、たのむのでした。あめやのあるじがあめだま三つをかみにつつんでやると、たいへんうれしそうになんども
あたまをさげて、またかきけすように、立ちさっていきました。

「それ、すがたをみうしなうな。」

あめやのあるじは、わかものたちとすぐそのあとをつけました。女はすいすいととぶように、お寺のおおい寺《てら》
町《まち》の石だたみの上をあるいていきます。

そして、こうげん寺《じ》というお寺のなかに、すっとはいっていきました。

なおもあとをつけていくと、本堂《ほんどう》のよこてにいっぱいならんだ、はかのなかへきえてしまいました。

あめやのあるじたちは、ひどくこわくおもいましたが、こわいものみたさと、三、四人もいるので、ゆうきを
だして、そのはかにちかづきました。

青い、ほうずきのような火のたまが、ゆらりゆらり、そのはかから立ちのぼってきました。すると、そのはか
の下から、

「おぎゃあ、おぎゃあ。」

と、あかんぼうのなきごえがきこえてくるではありませんか。

「わぁっ！」

と、ひめいをあげて、みんなはほうようにして、そのばをにげだしました。

こわかった一夜があけました。

「どうもふしぎだ。こうげん寺《じ》のおしょうさまにおはなししてみよう。」

と、あめやのあるじは、さくやのわかものといっしょに、こうげん寺のおしょうさまをたずねました。

そして、あめをかいにきた白いきものの女のことや、さくやのふしぎなはなしをしました。

「なるほど、そういうことがあったのか。」

おしょうさまは、うなずいていてききいていましたが、やがてさくやのはかのほうに、みなをつれていきました。そこには、あたらしいはかがあり、ソトバが一本たっていました。

おしょうさまは、このはかのぬしのことをつぎのようにはなしてくれました。

――このはかのぬしは、京都《きょうと》の女でありましてな。その女は、長崎《ながさき》に、わかいちょうこく家の清永《きよなが》という人をたずねて、はるばる京都《きょうと》からやってきたのじゃ。

長崎《ながさき》にくるまえ、清永《きよなが》は、うでをみがきたいと、奈良《なら》や京都《きょうと》の神社《じんじゃ》やお寺《てら》の古いちょうこくをみてまわっておった。そして京都にとどまっているうち、そのやどのわかい女としたしくなったというわけじゃ。

ところが、とつぜん、長崎《ながさき》のおやもとから、いそいでかえるようにとの、てがみがきた。それで、ひとり長崎《ながさき》にかえると、みうちの人から、およめさんをむかえるように、しきりにすすめられたのじゃ。気のよわい清永《きよなが》は、とうとうそのよめをむかえてしまった。

いっぽう、京都《きょうと》の女は、そんなことはつゆしらず、清永《きよなが》こいしさに、とおい道をたどって長崎《ながさき》にやってきた。

ところが、おもいがけなく、ほかのおよめをもらっているので、がっかりしてしまった。このかなしさにくわえて、とおいたびをしたつかれでびょうきになり、とうとうなくなってしまった。

清永《きよなが》は、さすがにかわいそうにおもって、わしにたのんで、そこのはかにほうむったのじゃ。——

おしょうさんからこのようなはかのいわれをきいて、

「あかんぼうのなきごえがきこえたり、その女のれいがあめをかいにくるのはおかしい。あるいは——。」

と、あめやのあるじたちは、いそいでそのはかをほってみました。

すると、女のかんのなかに、うまれたばかりの、よくふとったあかんぼうがいきていたのです。

「ああ、その女はみごもったまま、なくなって、このあかんぼうがうまれたのだなあ。」

「かんのなかに入れてあった一もんせんで、子どものために、あめだまをかいにきて、お金《かね》がなくなるまで、まいばんかいにきたのだなあ。そしておしまいになくなったので、ただでもらいにきたのにちがいない。」

あめやのあるじたちは、この女の心をあわれにおもいました。そして、あかんぼうをたすけだしました。

そのことはすぐ清永《きよなが》にもつたえられました。清永《きよなが》はあかんぼうをひきとり、女のためにねんごろにほうじをしました。

それからまたひと月ほどたちました。

あめやのあるじが、あるばんねむっていると、しずかにゆりおこすものがあります。

みると、れいの白いきものをきた女です。

「あなたから、いろいろしんせつにしていただいて、ほんとにありがとうございます。おかげであかんぼうもたすけていただきました。このおれいに、なんでもしてあげたいとおもいます。どうぞおのぞみのことをおっしゃってください。」

というのです。あめやのあるじは、おどろいていましたが、ふとおもいついたことがありました。

そのすんでいる町の人は、水がなくてこまっていました。夏になると、井戸《いど》がからからになって、ひどくこまるのでした。

「なんでもしてくださるというのなら、このへんによく水のでるばしょをおしえてくだされ。そこに井戸《いど》をほってみますから。」

といいますと、

「それなら、おうちのかどをまがった、よこ町のまんなかへんをほってごらんなさい。」

といったかとおもうと、そのすがたはすっときえました。

あくる朝、あめやさんはねんのため、その女のおしえたあたりに、いってみますと、そこにひとつ、赤い女のくしがおちていました。

「これはふしぎなことだ。このあたりをほってみよということであろう。」

と、まちの人とはなしあってそこをほってみました。しばらくほりつづけると、つめたいよくすんだ水が、こんこんとわきだしてきました。そして、それは、どんなひでりの夏でもかれることがありません。

その井戸《いど》は、「ゆうれい井戸《いど》」とよばれて、こんにちも、あいかわらず、きれいな水をいっぱいたたえて、町の人ののどをうるおしております。


（福田清人『じゃがたらお春』さ・え・ら書房、一九七〇年）


……たしか小泉八雲の中にあったようですね。ただ、ちょっと終わりが違ったでしょうか。ですから、全国的にこういったお話があったのかもしれません。

もう一つ、今度は大人向けの小説です。私はなるべく短いのと思いまして、そうしたら本当に短いのがありました。

でも、とても私の心にふっときまして、それを読ませていただきます。

城あとのコンパクト

河岸の森につつまれて、甍に雑草の生えた城がつきたっていた。その高い楼も崩れかかったままのこっていた。城あとはがらんとしていた。ただ老人夫妻は入場料十銭とした札を前にして、城門の小舎に端座していた。老人夫婦は世紀の幅ひろい時間を生きて来た。老人は、今宵は興奮していた。血管を走るかすれた血が、壁さながらの白い額に集って、ほのかに色づいていた。妻も、唇に一抹紅をさした彩りがあった。

ふたりは、今日奇異な光景をみたのだ。まひる、城のたつ丘の下をめぐり流れている河原の、白い石をふんで、なかばは武士の、なかばは洋服の人々が、なにごとかもみあってやがてはげしく相うつ白い剣さえ、日光にきらめいた。老人の眼は霞んで見えなかったが、妻ははっきりみとめることができた。それでそのことをつげたのだ。

「夢だ。年のせいだ。ばかな。このおろかものめ。」

老人は妻をたしなめた。

「参りました。参りました。さっきの人達が。」

妻のあわただしい声に、老人は屹と向うをみた。くずれた城門の入口に、なるほど、二、三十の人の頭がうごめいていた。やがて、ハンチングのつばをうしろにして大きな黒眼鏡をかけた男がとんできた。

「おじいさん。ぼくらあ、活動屋ですが、ひとつ城のなかで、写真をとらしてくれませんか。——ええと、これは三十五人分の三円五十銭に、別にほんの僅かですが、一封をどうぞ、それでは、すぐみなをよびますから。」

男は、老人の険しい顔色を、ちらちらみながら、ぺこぺこ頭をさげて、両手を高くふりかざした。城門の外にまっていた群は、ぞろぞろ歩きだした。

老人は、なにか聖いものを汚される気がした。しかし近頃、とりたてて城の参観者もなく、当代は海軍少将である旧藩主から、月々送られる手当をうくるのも、なんとなく心苦しい折ではあった。それに妻の顔色にはこの世で、もうふたたび、こうした芝居めいたものをみることができるであろうかという色が、うかがいみられた。老人は許さねばならなかった。


「お庭をちょっと拝借したいんで。」

さっきの男が、また老人にぺこぺこ頭をさげた。老人はしずかに妻に目くばせした。妻はせむしのようにまがったからだを杖にささえて、庭に一同を案内した。


老人は、ひとりもとの場所に端座していた。やや黄色がかった晩夏の草のなかに、もう鳴いている虫があった。意味のわからぬ声が、庭先から流れてきた。老人はそのなかにただひとつ「うなだれて！」という声をききわけた。老人は静かに、机上のよみかけの経書をひらいた。

その時、ころげるようにして妻がかけてきた。杖もつかずに。

「ちょっと。ちょっと。」

妻にこうした力がまだのこっていたのか。枯木さながらの腕に。たたいたら、ぽきりと折れそうな腕に。老人はひきずられて、庭先まで歩いた。そしてみた。泉水のほとりを。老人夫妻が、掃き清めて、庭は城にまだ人々がみちていた頃ほどに美しかった。

そこに、若い武士と御殿女中風の女と馴々しくよりそっているではないか。老人はそこよりへだてて、キャメラをうごかしている男も、メガホン片手にどなっている男も、大小をさし髪を結った武士姿のまま、バットをふかしている男も気がつかなかった。

老人はいま八十年の時の流れをみなかった。ただ彼と、妻との幻をみた。二人の若い日さながらの姿をみた。老人の血はわいた。泉水のほとりの二人は、幸福そうに、いつまでもよりそっているのだ。とつぜん声がした。

「オオライ、カメラストップ！」

若い武士と女中はぱっとはなれた。ややてれて笑いながら。しらじらしい現実よ。老人は瞬間の夢から、紙をさくごとくひきさかれた。

一行は夕方城から下っていった。


城は月光のなかに坐っていた。ささやかな夕食を終えて、老人夫婦は、泉水のほとりに歩いてきた。快い興奮にかられ、八十年まえの夜、きびしい掟の中に、ここを歩いた姿が、昼間の事件をゆかりとしていつの世の思い出かの様に湧いた。ふたりは長いことつきたち、ひる間の一行のことを考えた。

老人はふと足もとに円い銀色に光るものをみた。女優の忘れて落していったコンパクトだった。月光のなかに、ふたりは、こもごもめいめいの顔をうつしてみた。つちくれに似た顔、深い皺の線条。こうして自らの顔をみたのは幾十年目であろうか。そしてこれが自らの顔であるのだろうか。ふたりは暗然として、つきたち、やがてめいめいの古びた骨片ががくりとなるほどひしと相抱いた。


（『福田清人著作集　第一巻』冬樹社、一九七四年）

皆様ご静聴いただき、ありがとうございました。

（第十八回、二〇〇七年一一月三日）

福田清人——忘れられた著作より——

小林　修

　こんにちは。ご紹介いただきました小林修と申します。どうぞよろしくお願いいたします。私は、立教大学の大学院のときに福田先生にお教えいただいた、大学院で私どもは「福田部屋」なんて言っておりましたけれども、当時福田門下の中で一番若い年齢でしたが、もう還暦も越えましたので、随分昔のことになります。その後もいろいろ福田先生にはお世話になっておりまして、時期はズレますが、私も以前は立教女学院に勤めておりましたし、もっと昔には福田先生も今私が勤めております実践の教授をなさっておられました。そんなわけで、いろいろな形で先生とのつながりが深いということがございまして、今回何かお話をするようにというご依頼がありましたものですから、福田研究室最後の教え子という立場から、何か先生についてお話しできればということで引き受けさせていただきました。

　この「福田清人文庫の集い」ですけれども、先ほどお話がございましたように、もう既に十八回、今年で十九回目ということで、今までいろいろな講師の方が様々な角度から先生についてお話をされていますので、わたしが出来ることは何だろうかと考えたのですが、今日の講演の題を「福田清人―忘れられた著作より」と致しました。これは今までの講演で触れられなかった先生の著作、「忘れられた」なんて失礼な言い方ですけれども、そういうものを幾つか取り上げ照明を当ててみたいと考えました。何か少し散漫なお話になるかもわかりませんが、お聞きいただけるような内容のものをお話しできればと思っております。どうぞよろしくお願いいたします。それでは失礼して座らせていただきます。

それで、ご案内の方にも少し書いておきましたけれども、福田先生、晩年には俳句に大変凝っておられまして、句集を数えてみますと五冊ほど、それぞれ古稀の記念とか喜寿の記念とかいうときに出版されたものです。これは非売品ということで関係者に配られたものですから、一般の方にはあまり知られていないというところもあるかと思い、最初は先生の俳句の世界を少しのぞいてみたいと思います。これは福田先生のそれぞれその年々のご心境や先生のお人柄といったものがよくわかるだろうと考えまして、最初に先生の俳句、句集を通して福田清人の人間性を浮かび上がらせたいとの目論見でしばらくお話をさせていただきます。

幾つかの資料を用意させていただきましたけれども、まず、今日配布していただきました〔福田清人句抄〕という、これは私が五冊の句集から勝手にピックアップしたものですが、これをご覧下さい。年代順に、まず『麦笛』という句集がございます。それから、『坂鳥』というその次の句集。それから、『水脈』というのがその次になっております。さらに『月影』というのがその後。それから、『紅樹』というのが最後五冊目ということでございます。隣の文庫の中で今日は展示もしていただいているかと思いますけれども、ちょっと持ってまいりました。こういうふうな五冊の句集を出しておられまして、一番早いものがこの『麦笛』という句集です。私ども門下生が「麦笛の会」というのを毎年先生のお誕生日のころに開いておりまして、これは実践の教え子の方々、それから立教の教え子、それから、先生が伊藤整さんなどと一緒に戦前、日大の芸術科で文学を教えておられたという、そのころの教え子の方々、それに児童文芸家協会の方々なども加わったりして、毎年大変にぎやかに会を開いていたのですけれども、その会も最初は「福田先生を囲む会」という名前で発足をしたのですが、『麦笛』という句集が出ましたので、それをいただきまして「麦笛の会」というふうに会の名を変えて、ずっと続けていたわけですけれども、その会の名前の由来になった句集ということでもあります。

この句集は、昭和四十九年に先生が古稀を迎えられたときに、その記念として出された句集ですが、割合古い句も含まれておりまして、戦後のころのものから古希前後の句まで、いろいろな句がおさめられております。句集の名前になったのが私が抄出した資料の最初にあります「麦笛や少年の夢定まらず」というもので、この句から句集の題名をつけられたということです。この句集を出版したころのエピソードとして、先生から二、三回お聞きしたことがあるんですが、そのころ、近代文学の研究者で吉田精一という有名な学者がおられまして、その吉田精一にこの句集を贈ったら、吉田精一から「福田さんの俳句は一体どういうふうな系統の俳句になるんですか」と聞かれたということで、「吉田君のような研究者はすぐに人をいろいろ系列立てて、ホトトギス派だとか何派だとかそういうふうな区分けをして理解しようとするんで、困っちゃうんだよね」と苦笑いをしながら、お話なさっていました。福田先生ご自身は「独りすさびの句」などとおっしゃっておられまして、文人俳句という見方をすればよいと思いますが、とにかく俳句を楽しみながらお作りになっておられ、先生のお人柄がよく出ている句がたくさんあるのではないかということで、まず『麦笛』のほうから少し見てみたいと思います。

その次は、よく色紙などにも先生はお書きになっている句ということで、「山林に自由存して朴の花」という句です。これは、三鷹駅の横のところでしょうか、ちょっとした植え込みがありまして、そこに国木田独歩の碑が建てられております。その独歩碑の地鎮祭のときに詠んだ句ということです。国木田独歩に「山林に自由存す」という有名な詩がありますけれども、その詩に因んだ句です。三鷹駅のところにある独歩碑ですが、これも「山林に自由存す」という文字が武者小路実篤の筆で書かれています。ですから、この句は随分古い、その地鎮祭のときの句ということですから、多分昭和二十九年ぐらいの句だろうと思われます。

関連したお話ですが、矢印をつけて、横のほうに「碑の文字を読まんと春雪払ひけり」という句を載せておきましたが、これは最後の『紅樹』という句集中のエッセーにも書いておられますけれども、福田先生は晩年のころ、長崎県人クラブで「無月句会」という句会を開いておられました。そのときの仲間の女性が平成三年にこの「碑の文字を読まんと春雪払ひけり」という句を出されて、後でこの句のいわれをお話しになったんだそうです。群馬県の利根川の奥のほうのペンションに初めてこの方が泊まった時に、ふと庭を見たら、句碑が建っていることに気づいた。雪が積もっていて文字が見えませんので、何の句だろうと思ってさっと手で払って読んでみたら、何とそれが福田先生の句だったそうです。それがこの「山林に自由存して朴の花」という句碑で、そのペンションの庭に建っていたということで、この偶然のめぐりあわせに大変驚いてこの句を詠んだということです。この後先生も実際にその句碑を見にいらしたようですけれども、元々は高橋さんという戦前の満蒙開拓少年団の方があり、詩を作る方だったそうで、その方が満州で詠まれた詩に福田先生が感銘を受けたのがきっかけで交流が生まれたようなんですね。その方に戦後になってお会いした時に「山林に自由存して朴の花」という句を色紙に書いてさしあげた。そしてその方の息子さんが、この方も詩を書いておられたようですが、故郷のほうに帰ってペンションを開いた時、父親が先生からいただいたその色紙を碑にして自分のペンションの庭に建てた、どうもそういうことだったようです。ですから、先生にとっても思い出深い句ということになります。これは詠んだときに久米正雄さんから大変褒められたと福田先生は書いておられますけれども、そういう意味でも先生にとって忘れられない句と思いまして採り上げさせていただいたわけです。

それから、三と四、これは非常にその当時の戦後の雰囲気がよくわかる句ということで、「冬ざれや復員列車駅に入る」とか「おでんやの女上海帰りとや」というふうな、戦後の風俗あるいは戦後の雰囲気がよくわかるような句を詠まれております。それから、『麦笛』では私の好きな句なのですけれども、「冬の日はあかあかと鶏くびらるる」という句を詠んでおられます。これは右のほうに私の勝手な連想ですけれども、加藤楸邨の「雉の眸のかうかうとして売られけり」とか「鮟鱇の骨まで凍ててぶちきらる」とか、こういう句と何か相通じ合うような、そんな印象を受けまして、わたしの好きな句ということでこの五番は勝手に入れさせていただきました。そのほか、国木田独歩に関しての句では「夏草や独歩辿りけむ空知川」というふうな、北海道旅行の折に詠まれた句ですね。それから、ちょっとロマンチックですけれども、「リラに似しひと知りて北の旅果てぬ」なんていう句も詠んでおられます。それから、八と九は多分一緒のセットの句だろうと思いますけれども、「全線の電車をとめて夕立す」という句があり、そして、九番が「夕立の駅に待つみな人の妻」という句です。恐らく夕立で電車がとめられて、やっと動いて駅に帰り着いたんだけれども、このころ福田先生も当然既に結婚されておられましたので、奥様が傘を持ってお迎えに来てくれるのかなと思っていたら、見回しても奥様の姿が見えなくて、みんな人の妻ではないかというちょっとユーモラスな、先生の表情が浮かんでくるような句ということで一つ挙げさせていただきました。

それから、十番目、これもよく先生は色紙などにお書きになる句ですけれども、「翼強く美しく飛べ春の鳥」という句です。これも、国木田独歩の『春の鳥』という小説がありますけれども、その辺から連想して作られた句ということです。わたしの結婚式のときにも先生は記念にこの句を書いてくださいましたけれども、『麦笛』で調べてみますと、これは実は実践女子大学の卒業式の日に、「J大学」って書いてありますので、そのときに学生たちにはなむけの意味で詠まれた句のようでございます。以上が『麦笛』所収のものということですね。

それから、『坂鳥』というのがその次、昭和五十五年になりまして、先生が喜寿を迎えられ、同時に金婚式をお迎えになったというときの句集でございます。一番が、これもわたしは非常に好きな句ですけれども、大学を退職されたときの句だと思います。教職を退くというふうな前書きがあったかと思いますが、「チョークの粉払ひて春塵の巷行く」というものです。教職を退くときにふさわしい句だと思います。何か学校という囲われた空間を出て、これからは世俗の風に当たりながら筆一本で小説を書いていくんだというふうな思いを抱きながら教職を去っていく、そんな先生の思いが伝わってくる句ではないかなということで、大変好きな句の一つでございます。それから、このころの句だと思うんですが、この『坂鳥』という句集にはとられていないのですが、わたしに表紙の裏に、見返しのところに筆で書いてくださった句が「ちび筆を洗ひ直さん寒の水」という句です。穂先の擦り減った筆を洗い直して、また新たな思いで小説を書いていこうというふうなお気持ちがよくあらわれている句だと思います。句集自体にはとられていない句ですが、そんなものもこのころの句としてあります。それから、二番目が「ふるさとの野に風香り我が碑建つ」というもの。これは、先生の春の目玉の文学碑が波佐見のほうに建てられたときの昭和五十五年の句ということでございます。

それから、三番目が、ふるさとにお帰りになって、帰ったときの句集の題名にちなんだ句ということでしょうか、「遠き巣へ坂鳥一羽の思ひかな」という、「帰京」という前書きがついているものです。坂鳥という、何か古い歳時記にしか載ってないような季語だということです。このころ、先生は、軽い脳溢血だったと思いますけれども、日赤のほうに入院されたことがございまして、そのときの句を右のほうに載せておきました。「秋晴れや脳を透かして診らるとは」ということで、CTスキャンを撮られたという。昭和五十八年だったと思いますが、二十日間くらい日赤に入院されまして、十一月の初めだったと思いますが、ご退院されたと記憶しております。その暮れくらいの心境が「一合の酒許されて去年今年」などという句に詠まれております。

このころのことで思い起こしてみますと、先生が初めて倒れて入院されまして、退院された翌日か翌々日かだったと思いますけれども、私どももちょっとびっくりしたことがございます。今日もこちらに来ておられますけれども、先輩の栗林秀雄さんと二人で先生のお宅に、退院されてお見舞いというのも変ですけれども、病院のほうに行けませんでしたので、二人ですぐ先生のお宅にお見舞いにお訪ねをしたことがあります。そうしましたら、先生は玄関のところに出ていらっしゃいまして、私ども二人が玄関で立っておりましたら、私ども二人の顔を見た途端に先生は「ワーッ」というふうに声をたてて泣き出されまして、わたしたちも先生のそういう姿を見たことがなかったものですから、ちょっとびっくりいたしました。大変尊敬する偉い先生というイメージが強かったものですから、子供のように泣かれる先生を見て当惑するというか本当にびっくりしてしまいまして、そうしたら奥様がちょうど幼児をあやすように先生の背中を軽くたたきながら頭をなぜなぜして「よしよし、怖かったんだよね」というふうなことを言ってなだめておられました。そうしましたら、しばらくしてすぐもとの先生に戻られていつも通りいろいろな話をされたんですけれども、そのとき私どもは本当にびっくりしまして、あとで栗林さんと「これ、ちょっとほかの人には絶対話せない、二人だけが目撃した秘密の話にしておこう」というふうなことを話し合った記憶があります。もう時効でしょうから公表してしまいましたが、そのときでも先生と奥様の姿ってすごくいい光景といいますか、印象深いシーンといいますか、心に刻まれた強い記憶として残っております。この後の句を見ていきますと、奥様のことを思った俳句がたくさん出てまいりますので、そんなところからも思い出す一つの印象深いシーンということで、もうお話ししてもいいだろうというふうに思いまして、今日ご披露させていただきました。

それから、昭和五十九年になって傘寿、八十歳のお誕生日を迎えられたころ、やはり「麦笛の会」を開いた記憶がありますが、この記念にということで今度は『水脈』という句集を出されております。ちょうど金婚式のすぐ後ということだろうと思いますけど、一番が「宵ふたり金婚の秋虫を聞く」というふうな句がございます。それから、これも先生らしい何か非常にロマンチックな句だと思いますが、「指触れてときめきし日よ置炬燵」というふうな。それから、今日の後のお話と関係するのですが、三番目に「幻や春待ちて北満旅せし日」という、先生の大陸とのかかり合いといいますか、そういうものを思わせる句なども作っておられます。

それから、これは『紅樹』のほうに入っている句ですが、矢印をつけておきました。「迎火の如き思ひの書を読みぬ」という句があります。一番最後の『紅樹』の中に入っている句ですけれども、これは前書きがございまして、「昭和文学傷痕」という本をお読みになった読後の句だということです。「昭和文学傷痕」ってだれが書いたどんな本かというのを調べてみたんですけれども、どうもそういう本が見つかりませんでした。ただ一つ、尾崎秀樹さんの『近代文学の傷痕』という本がございます、これのことだろうと思います。『近代文学の傷痕』という本で、サブ・タイトルが「旧植民地文学論」ですので、恐らく間違いない。そこまで正確に書かないで、「昭和文学傷痕」だけで恐らくわかるだろうということで、先生はこんな書き方をしたのだろうと思います。「迎火の如き思ひの書を読みぬ」という句が最後の『紅樹』の中におさめられております。あとの話と関連しますので、ちょっとご記憶ください。

それから、『水脈』では、この立教女学院に関連した句ということですと、「女学院夕べの聖歌藤の花」という句を詠んでおられます。それから、竹久夢二に関するものとしては、「夢二風な面影の人藍浴衣」と、こんな句も詠まれております。これは後で少しお話しするかもわかりませんけれども、先生のほかの著作の中で夢二に関しての文章を書いておられるところがありますので、そんなことにちなんでこれも一つ選んでみました。

それから、その次ですけれども、『月影』というのが昭和六十三年に出ております。このころは奥様が体調を崩されたころの句ということで、たくさんありますが、「麦秋も梅雨も過ぎしに妻癒えず」というふうなものとか、ご退院のときですが、「水打って妻の退院迎へけり」と、こうした句もこのころ詠んでおられるということです。それから、三番目ですが、「岬道おくんち詣での思ひ出も」という、これは先生の大変有名な句ということでしょうか。横のほうに矢印でつけて記載しておきましたけれども、平成二年に長崎の諏訪神社にこの句碑が建てられたということです。それから、四番目は「手もふらずかげろう道に別れけり」という何かロマンチックな句です。間違えではないかと一瞬思ったのですが、「手も触れず」なんじゃないかというふうに思ったんですけれども、句集を見ると「手もふらず」になっていますので、別れのさよならという手を振らないでということなんでしょう。「手も触れないで」のほうがロマンチックだなという感じもするのですが……。というのも、右のほうに書いておきましたけれども、「木犀やくちづけもせで別れけり」という先生の句が確かにあるからです。しかし先生の五冊の句集を隅から隅まで見ても、この「木犀や」のほうはとられておりません。でも、先生が確かにこの句を作ったことは、先生の直筆の色紙に書かれておりますので間違いありません。先生はこういう句を一体いつごろどういうような状況で作られたのかなどというふうに思ってあれこれ考えてみるんですけれども、残念ながら、ちょっとよくわかりません。大変ロマンチックないい句だろうと思うのですが、どういうわけか句集にはとられていない句ということです。それとよく似ているなということで、「手もふらずかげろう道に別れけり」という句を『月影』の中から選んでみました。

それから、最後の米寿の記念ということで『紅樹』という、まさにこういう赤いカバーのつけられた句集、これは最後の五冊目の句集ということになります。平成三年に出されておりますけれども、「杉並の友多く消え道凍る」というふうな句です。中央線沿線の文士とかそういう人たちとの交わり、いろんな思い出がおありになるようですが、そういう方々が大分先に逝かれてしまったという、そんな感慨を詠んだ句だろうと思います。それから、「ほろ酔ひの吾が影法師月寒し」というふうなもの。それから、これも夢二ですけれども、「夢二描く秋草の帯伊香保の妓」というような句も詠まれております。それから、奥様がまた入院なさったときの句ということになりますが、四番目が「妻病めば牡丹一輪痩せて咲く」という、大変いい句だなというふうに思っているものです。それから、奥様がご逝去なさったときの句、「黄泉の清水を妻も掬するや」。六番目もそのときのものです、「梅雨寒し暗し妻の忌重なりて」。この二句が奥様亡くなられたときの句ということです。それから、翌年の句ですけれども、「去年妻と焚きし迎火妻に焚く」。ふるさとにこの前の年、奥様とお帰りになって、お盆で迎え火をたいたという、それが今年は奥様のために迎え火をたくというふうなことになったという思いの句ですね。それから、これは先生から直接お聞きした最近の心境だということで、八番目「寝たきりにならじ床蹴る朝涼し」というふうな句が最後の『紅樹』の中にあります。

まだたくさんとりあげたい句はございますけれども、五冊の句集の中で、戦後すぐ作られたような古いもの、それからずっと晩年に至るまで、先生のそれぞれのそのときのご心境がよくわかる句ということで、特にわたしが好きなものという基準で、今日はこれくらいを選んでご紹介をさせていただきました。先生の俳句について、今まで一度もこの会ではテーマとしたことがなかったと思いますので、今回は俳句について、わたしも俳句の専門家ではありませんので、はなはだ一人勝手な解釈だと思いますが、あえて取り上げご紹介をさせていただきました。

それでは、俳句、句集につきましてはそれくらいにさせていただきまして、そのほかの「忘れられた著作から」ということで幾つか、まず思いつくままにということで、時間も限られておりますので、あまりたくさんはお話しできないかと思いますけれども、幾つか取り上げたいと思います。講演予告みたいなものに書きましたのは、古いところでは『現代の文学者』というもの、それから、戦後になりまして『十五人の作家との対話』とか『火の女』とか、それから、ここには書きませんでしたが、『近代の日本文学史』というようなものもありまして、そんなものについて少しこの後お話させていただきたいと思います。こちらの図書館のほうで配って下さった資料の中に、「福田清人著作年譜」というのがありまして、裏表になっておりますけれども、昭和十七年くらいからのものをほぼ漏れなくプリントしてくださっております。少し濃い文字で印刷されているところが今日取り上げたいと考えているものです。

最初に『現代の文学者』、展示もしていただいておりますけれども、私も今日持ってまいりました。二見書房というところから出ております。こういうふうな本です。一九四二年、昭和十七年ということで、このころまだほかにも、著作年譜にありますように幾つか本を出されておりまして、『大陸開拓と文學』なんていう非常に珍しい文庫本なんですが、私もほとんど見たことがなかったような本も今日は隣に展示をしてくださっておりますので、後でご覧いただければと思います。それで『現代の文学者』という本ですが、作家の目から見た近代文学の流れのようなもの、文学史的な性格のもの、それから作品論、鑑賞論のようなもの、そういうものが前半のほうは書かれておりますけれども、やはりこの本で珍しいなと思うのは、例えば近松秋江氏との対談というふうなものです。直接作家の方をお訪ねして対談をしたような『十五人の作家との対話』というのが後にありますけれども、そのもとになったようなものがもう既にこの十七年の『現代の文学者』の中にも幾つかおさめられていて、この近松秋江氏との対談なんていうのも大変珍しい。明治時代以来、情痴文学みたいなところで見られている近松秋江ですけれども、このころは愛子物というんでしょうか、女性問題のいざこざとかそんなものをねちねち書いていくのはもう飽きたということで、ひたすらお子さんへの愛情を描いていくような、そういう作家に転身していたという、そのころに福田先生と対談をしたものということで、珍しいものですね。

それから、後のほうのものに『十五人の作家との対話』のもとになったような、そちらにおさめられたようなものも、武者小路実篤氏との対談とかがあります。それから、川端康成との対談のようなものもこれにおさめられております。それから、『十五人の作家との対話』にはおさめられなかった、亡くなってしまっているためですが、横光利一との対談なんていうものも入っておりまして、そういうかなり珍しいものがこの『現代の文学者』には入っているということです。特に横光との対談では、横光に会ったときに、横光という人は当時、若い作家たちにはカリスマ的な存在ということで、一言居士ではないのですが、何か一言かなり意味ありげな発言をし、それが非常に崇高な発言のように聞こえるというふうな影響力を持っていたようです。福田先生がお会いしたときは「マツギ文学はいかん」というようなことを言ったということです。これは割合有名な話で、どこから出た話なのかなと思っていたんですけれど、福田先生がお聞きになった話だったようです。「マツギ文学はいかん」というふうに横光さんが言ったので、福田先生はマツギ文学の「マツギ」って一体何だろうなと考えて、そのときは「マツギ」というのは「末」の字に「技」という字を書く「末技」だろうと思ったと先生は書いています。つまり瑣末な小手先の技術に走った文学は駄目だと横光さんは言ったと思ったけれども、実はそうじゃなくて、間を継ぐ、つまり新しい文学が生まれてきて、それからその次にまた新しい文学が生まれてくる、その間のその場つなぎの文学はいかん、間に合わせの文学では駄目だ、ということを横光さんは言ったのだけれども、とっさに何を言われているのかわからなかったと。横光さんという人はこういうような言い方をよくする人で、かえって若い人たちから何かそういうところにありがたさを感じさせるような、そういう雰囲気を発散している作家という印象で横光をとらえております。こういうふうな、人物をスケッチするその辺の福田先生のうまさっていうんですか、そういうのは後の『十五人の作家との対話』で遺憾なく発揮されておりますが、そのもとになるような好エッセイもこの『現代の文学者』には多く含まれていまして、貴重な文献が幾つも入っているのになと思いながらも、今ほとんど顧みられない本だということですね。

それから、戦後になりまして、そこにも出していただきましたが、朝日新聞社からこんな『朝日文化手帖』というので新書版よりちょっと長いような感じのもので、『名作モデル物語』というのを福田先生は出版しておられます。これもまた、古いところは「たけくらべ」とか「不如帰」とか「金色夜叉」とか、田山花袋の「蒲団」とか、こういったようなもののモデルになった人物についていろいろ先生が調べて書いていった、割合一般向けのものなんですけれども、よく調べてお書きになった。関係者に取材したりとか、そんなことをされながら書いているものです。

これは、先ほど俳句のところで紹介しましたけれども、「竹久夢二の作品」というのが最後のところに入っております。この「竹久夢二の作品」というので、これを読んでみますと、昭和二十七年に、先生が渋谷の路地裏の小さな古本屋さんで偶然竹久夢二の恋文を十通ばかり発見したということで、本名で書いてないのが多いものですから、ちょっと見過ごされていたみたいで、それを先生はお買いになった。例えばあて先が東京日本橋の「針生久様方　やま殿」というふうに、「やま」って平仮名で書いてあります。で、「かわより」。差出人は「かわ」なんですね。合い言葉みたいに「やま」と「かわ」で、恋人のほうが「やま」で、差出人のほうが「かわ」というふうになっているんですが、ずっと読んでいくと、まぎれもなく竹久夢二の恋人で、笠井彦乃さんあてのラブレター十通ぐらいということで、それを材料にして竹久夢二について書いておられるのがこの『名作モデル物語』にあります。非常に貴重なものだろうと思いますが、そのラブレターを紹介しながら書いているものです。この本も隣に展示していただきましたが、福田先生のところに、この竹久夢二の彦乃あてのラブレターっていうのはまだ残っているのかなと思ったのですが、文庫の中を探してもちょっと見当たらないというので、残念ながら先生は手放されてしまったのかなと思いました。

ちょっと残念ですけれども……。そんなものがこの『名作モデル物語』の中に含まれておりまして、貴重な文献になっているのではないかと思います。これも昭和二十九年に出た本ですので、現在ではほとんど顧みられていないということで、紹介をさせていただきました。

それから、次は有名な『十五人の作家との対話』です。配布していただいた資料の中にも出ていたかと思いますが、十五人の作家の方々ですけれども、最初に、同じ杉並区に住んでおられました井伏鱒二さん、それから川端康成、瀧井孝作とか宇野浩二、それから廣津和郎、山本有三、佐藤春夫、久保田万太郎、それから里見弴、谷崎潤一郎、志賀直哉、武者小路実篤、正宗白鳥、永井荷風、最後は高濱虚子というふうな、福田先生にとっては先輩に当たる作家の方たちを直接訪問してお話を聞くというものです。これも非常に文学史の参考になるような、前もって福田先生はいろいろ準備をなさって、年譜その他の中で明らかになってないこととか、そういうことをできるだけ直接本人から明らかにしてもらおうと。そういうふうなことを準備しながら対談をしていき、先ほど横光のところで申し上げましたように、それぞれの作家の方の口ぶりというんでしょうか、そういうものを通してその作家の性格がおのずとあらわれるような、そういうスケッチというところでしょうか、そういうものが非常によく出ている。そういう意味で、これも非常に文学史の中でそれぞれの作家を考えていく上でも参考になる文献だと思っています。

この本の、序文を読んでみますと、福田先生は、直接にはフランスのルフェーブルという人の『作家一時間訪問記』というのをおもしろく読んだことがあって、そういうのを自分も書いてみたいと思っていたということがモチーフのようです。そのほか、これも展示していただいていますけれども、明治時代に後藤宙外と伊原青々園が編纂しました『唾玉集』という文献。「だ」というのは「唾」なんですが、それから「ぎょく」は「玉」で、つまりこれはいろいろな人の貴重な談話筆記なんですね。『唾玉集』を見てみますと、例えば尾崎紅葉とか露伴、鷗外、逍遥、二葉亭などの創作苦心談とか、芝居、芸能、探偵、職人などいろいろな当時の有名・無名の人に直接自分の仕事についてしゃべってもらったのを、そのままとめて本にしたというもので、近代文学の研究でもたいへん役に立つ文献として知られています。評論家の谷沢永一さんが関西大学におられたころ、大学院の入学試験問題にはよくこれを出したそうです。『唾玉集』とは一体何だと。これについて知っていることを書けというふうな問題を大学院の入試問題に出すというようなことを書いておられましたけれども、そういう意味ではこれは現在でも忘れられてはいない、いまだに面白い上に重要な参考文献です。宙外・青々園編の『唾玉集』というものですね。それから、中村武羅夫の『現代文士廿八人』という本、まだ売れない取材記者なんかをやっていたころ、明治時代の有名な作家たちのところへ訪問していって二十八人の談話をとって一冊の本にしたというもの。王春嶺というペンネームで出している小さな本ですけれども、これも非常に貴重な文献っていうふうに今言われているものです。

福田先生も、この『唾玉集』とか『現代文士廿八人』が近代文学研究に大変役立っているので、将来価値が出るような、『十五人の作家との対話』でもそういうようなものを心がけて、一つでも貴重な証言や不明な事項を明らかにしたものを作りたいたいという心構えでもって十五人の方々を訪問し、それぞれまとめていったというのがこの『十五人の作家との対話』です。これは新書版ですけれども、やはりなかなかおもしろいものです。特に、永井荷風、これがやっぱり一番おもしろいと周りからも言われたと福田先生は書いております。永井荷風って有名な人嫌いですので、なかなか会ってくれないんですね。特に文学の話なんかし始めたらすぐいなくなっちゃうというんですね。福田先生のお友達の阪本越郎さんという詩人、この方は永井荷風の従弟に当たる人物（したがって高見順の異母兄でもあります）ですが、この阪本さんが永井荷風に会いにいったら本人が出てきて「主人はただ今不在です」というふうに答えたとか、そういうふうなエピソードまで残っているほど、会ってくれないんですね。でも福田先生はとにかく、これを書かなきゃいけないから、どうやって会ってもらうかって非常に苦労した。その苦労の顛末が書かれています。最後には強引に永井荷風に会うんですけれども、これは新聞に有馬頼義さんが書評を書いておられますけれども、やっぱりこれが一番おもしろいという。永井荷風が一番おもしろくて、これも一編の小説のようだと書かれておりますけれども、それくらいおもしろいですね。

この訪問の前に、福田先生が金星堂の編集の仕事をしていた頃その用件で永井荷風のところを訪ねていったことがあるようですけれども、その日のことが永井荷風の日記に出ているというふうに先生は教えられて、おっかなびっくり、あのとき自分は永井荷風にどういう印象を与えたんだろうかということで、荷風の日記を見てみたというんですね。それを見ると、どうも永井荷風の日記には、自分の親しい人とか尊敬する人は「何々氏来る」とか、ある程度敬称がちゃんとついて日記に書かれているのですね。ところが、福田先生が行った日の日記を調べてみると、「福田清人来る」というふうに書いてあっただけだということで、あのときはあまり歓迎されない客だったんだなということも改めて思い出されて、それがトラウマになって、今度また会いに行ったらどういうことになるんだろうかということで、永井荷風の側近の相磯凌霜という実業家の方がいらっしゃいますけれども、その人に頼んで会わせてもらうようにしたんですけれども、なかなか会ってくれないとか、永井荷風と対話するまでのいきさつがまとめられて、やっぱりこれが一番おもしろいというところがあります。そのほかにもこの十五人の作家たちと先生との対話、今読んでも非常におもしろいなということで、どこかから文庫本か何かで出してくれるといいなと思うんですけれども、昭和三十年に中央公論社から出たきり、そのままになっているような本です。

それから、あとは人物関係のものということでは、近代史を彩る美人伝とでもいうべき十二人の女性をずっと書いたもので『火の女』という本がございます。これも詳しくお話すると非常に面白いのですけれども、女優の岡田嘉子さんですね、杉本良吉と樺太の国境からロシアに越境したというあの越境事件で有名な岡田嘉子さん。それから、中央公論社の『婦人公論』の美貌の女性記者と言われていた波多野秋子さん。有島武郎と心中をした有名な婦人記者です。この波多野秋子さんは私が勤めている実践の出身だということなんか、福田先生は書いておられまして、実践から青山学院に移ってというようなことが書かれていて、たいへん興味深い。授業でも時々わたしは使ったりしていますけれども、そういうものとか、舞踊家の藤蔭静枝、芸者八重次ですね。荷風やいろいろな男と浮名を流した……。それから、天下の名妓春本の満龍とか、島村抱月との恋愛で有名な女優の松井須磨子さん、それから柳原白蓮。それから、奇術の松旭斎天勝とか、平塚雷鳥とか、いろいろ書いておられます。この後触れさせていただく伊藤野枝についても書いておられる、大杉栄と一緒に甘粕大尉に虐殺されたと言われている伊藤野枝さん。そんな女性たちをそれぞれ描いていった『火の女』というのがあります。これも朋文社から出されて、その後、文庫本にもなったようですが、すぐ出版社がつぶれて、今ちょっと読めないものになってしまっているというもので、これも再刊される価値がある本だと思います。

あとは、『近代の日本文学史』というのがありまして、これは書名から見ますと何となく大学か何かの文学史のテキスト、教科書みたいな印象を受けるものですから、ほとんど、わたしも長い間、読んでみようというふうには思わなかったものなのですけれども、実際に中を確かめてみますと、これはなかなかすぐれた本だなとあらためて思いました。単なる文学史の教科書なんかじゃ全然なかったということが明らかになりました。例えば、最近になってやっと近代文学・現代文学の媒体というふうな、いわゆるメディアの問題ですけれども、新聞や雑誌の草創時代から、それから近代文学と出版事業、原稿料、活字なんかの問題とか、そういうふうな、最近になってやっと照明が当てられてきているような分野を早くも先生はこの中でお書きになっているということで、ちょっとびっくりいたしました。

それから、これも非常におもしろい、「経済面からみた近代作家研究」。これは明治編、大正編、昭和編という大変な力作ですね。例えば、作家の原稿料をみたらどんなふうに変わってきたのだろうかというふうなことや、ほとんどそれまで誰も取り上げなかったようなことをきちんとまとめ上げておられるという論考があります。これは文体も非常におもしろい。かたい研究者の文体とはまるで違う文体でおもしろいですね。こういう研究書のようなジャンルのもので、こういう文体で先生がお書きになっているというのは初めてという感じです。例えばこの「経済面からみた近代作家研究」ですけれども、「他人の懐を探るのも、士族の血をひく小生には、どうかと思うが、文壇発展史の実証となれば仕方ない」というようなことを書いていて、その後ですけれども、「最近明治大正の文学研究も盛んだが、こうした経済面には少しもふれていない」と書き、先生のご親友の伊藤整さんに触れて、「伊藤整の『日本文壇史』には、さすがチラホラとふれているところもあるが、仮名垣魯文が文士生活をやめて明治六年に月給二十円で神奈川県庁の雇員となったとか、明治二十年、二葉亭四迷の『浮雲』が坪内逍遥の名ででた時、二葉亭が四十五円、坪内が名義料として三十五円とったなども、もちろん記してはあるが、」と述べ、その後がすごくおもしろいのですが、「すべて細心な、しかも商大」――東京商科大学ですね、一橋大学「――に学んだ伊藤氏に似ず、今日にくらべて当時の貨幣価値を記していないので、若い読者にはピッタリ来ないうらみがある。私はとりあえず、米価、あるいは当時の労働者の賃銀などによって、今日と比較したり推定して行こう。」と書いています。伊藤整さんは経済の専門家であるにもかかわらず、貨幣価値がどう変わったか、当時幾らもらったと書いてあっても、それが今幾らぐらいかというのが書いてないので、ほとんど今の人にはわからないではないかということですね。親友の伊藤整さんをちょっと揶揄しながら、福田先生は米価や労働者の賃金と比較換算して今の幾らぐらいになるのかという形でずっと書いておられました。

こういう、原稿料の研究なんていうのは、最近になってやっと目をつけられたりしてきていますけれど、福田先生は早くもこういうのをきちんとまとめて、しかもかなり洒脱な文体で書いておられる。この論考は力作という印象をあらためて受けました。そういう意味でも、『近代の日本文学史』って文学史のテキスト（私の学生時代には先生はテキストとして使っていませんでした）か何かだろうと思って、長い間見てもいなかったのですけれども、なかなかすぐれた著作ということで、改めて見直されていいのではないかなと思いました。そういう論考がいっぱい入っています。最後のほうに「昭和文壇私史」も入っていますので、そういう意味でも貴重な文献ではないかなというふうに思います。

最後に、忘れられた著作の何かほかのものと思って考えていたのですが、「これだ」というふうに思ったのが今日資料をお配りさせていただいたものに関する小説です。「昭和文壇私史」を開いていて、福田先生は甘粕正彦について小説を書いていたことをあらためて思い出したからです。先ほど触れた『火の女』で近代史の中の女性たちをずっと追っており、伊藤野枝についても触れていますけれども、女性以外でも、「昭和文壇私史」では、ちょっと自分でも力作だと思っているにもかかわらず、だれも取り上げてくれないような、そういう口吻の文章を書いておられるのが、甘粕正彦について書いた小説ということです。こんなふうに書いておられます。「こういう伝記では、『富士』に甘粕大尉の波瀾の生涯を書いたものがある。それは私の関心を持って幻の国として消えた『満州国』の運命に似ている。その最後に侍していた長谷川濬君や、大杉事件当時、憲兵隊勤務の人に取材して、百枚を越えるものであった。雑誌の性格から『大賭博師』という題であった。」と、そんなふうに書いておられる小説です。本日のお話の最後として、この忘れられた小説「世紀の大賭博師」を採りあげたいと思います。

先生と当時ちょっと交流があった『群像』の編集長をされていた有木勉という方が『講談倶楽部』に配属がえになったときに、先ほどの『火の女』のもとになった「美人伝」の連載を依頼されたということで、そういう関係からだろうとは思いますけれども、福田先生は講談社と関係があって、この『富士』も講談社系の雑誌だろうと思うのですが、はっきりしません。有名な『キング』という国民娯楽雑誌がありましたが、この『キング』が、戦争中、『キング』って敵性用語だということで、『富士』というふうに一時名前を変えたんですね。戦後になってまた『キング』に戻ったはずなのですが、そのほかにも何か講談社系でその『富士』という名前をそのまま別の雑誌として残したのかなというふうに思っておりました。隣に展示していただいておりますけれども、この甘粕大尉を描いた「世紀の大賭博師」が載った『富士』の奥付を見ますと、音羽三丁目の世界社という出版社名になっているのですが、この世界社というのは、やっぱり住所からみても講談社と何か関係があって、『富士』という名前をそのまま残した別の雑誌が出されたのかなという気がするのですが、ちょっとよくわかりません。この『富士』について少し調べてみたのですが、保存されるより読み捨て消費される性格の雑誌で、今ではなかなか読めないもののように思います。とにかくこの雑誌に「世紀の大賭博師」という題で甘粕正彦についてお書きになっているのです。

有名な富永謙太郎さんの挿絵が入っておりまして、こういうものです。これは、昭和二十五年に載ったのですが、その五年後に『探偵実話』という娯楽雑誌に、もう一度転載されております。ご覧になるとおもしろいと思いますけれども、こちらが五年後の『探偵実話』に載ったもの。こちらが最初の『富士』に載ったものです。こちらは富永謙太郎さんの挿絵です。有名な挿絵画家ですので、お名前をご存じの方も大勢いらっしゃるかと思います。五年後に載ったものは、山内秀一さんという方の挿し絵になっています。だけど、そっくりですよ、これ。悪く言えば盗作ですよね、言ってみれば。こちらは眼鏡をかけているんですね、大杉栄が。こちらは眼鏡をかけていない。これが大杉栄で、これが甘粕正彦ですね。中を見ていっても、両方の挿絵、構図も人物造型もよく似ていますね。隣に両方展示していただいておりますので、後でご覧いただければと思います。

本題に入りますと、今年の春五月に佐野眞一さんの『甘粕正彦　乱心の荒野』という、こういう本が出まして、昭和四十九年ぐらいに角田房子さんの『甘粕大尉』という本が出ていますが、それ以来の労作ということで、非常に克明な取材を重ねて書いていったもので、大変興味深く読ませていただきました。一昨年、佐野眞一さんをわたしどもの学校に講演にお呼びして、その時は違う演題でしたが、その後、食事しながらおしゃべりをしたときに満州の阿片王の話を書いているということに関連して甘粕の名もちょっと出たものですから、興味を持って発売と同時に読ませていただいたのですが、そのときに、そういえば福田先生も甘粕大尉について書いていたなということを思い出しました。忘れられた著作としては、これは一番ふさわしいのではないかということで、今回この福田先生の、「世紀の

「大賭博師」という、編集者がつけたのでしょうか、変な題ですが、甘粕大尉について書いているものをわたしも初めて読んだのです。

しかも、福田先生が直接取材したのが長谷川濬という方です。先生の何かほかのものにもちょっと名前が出てきたかと思いますが、当時満映の、つまり甘粕の部下だった人ですね。ロシア文学者ですけれども、甘粕の最期に侍していたという。敗戦直後ですね、甘粕は青酸カリで自殺をしたのですが、そのときに居合わせた人物ということです。その長谷川濬から直接取材をしたと先生は書いておられますね。それから、当時、憲兵隊に勤めていた人からも取材をしたということで、先生はこれ、かなり力を入れて書いたものなのではないかと思います。読んでみますと、例えば最初のほうのところに、まず意表をつくのですが、僧侶のスパイというのを登場させて、フランスから帰国した大杉栄の内情をいろいろ探っている。しかも僧侶であるという。これが憲兵隊とつながっていまして、スパイで元左翼だったのですが、坊主になって昔の仲間のところに出入りし、いろいろな情報を得て、それを憲兵隊に高い金で売りつけてというような、こういう人物の存在っていうのは一体福田先生はどういうところから発想したのか、また誰から聞いたんだろうかということを考えると非常に興味深い設定で引き付けられます。

それから、まだまだ「えっ」というふうに思わせることがいくつか書かれているのですが、詳しく触れる時間がありません。最後のほうの場面では、谷川という名前で出ているのが、先ほど先生が取材をされた、先生のお友達だった長谷川濬という人のようです。例えば敗戦直後の場面ですけれども、次のように書かれています。「谷川は、一昨日の出來ごとから、ひどい衝撃をうけ、考へこんでゐた。それは、とつぜん甘粕が、彼を呼び、鋭い目でみつめ聞いたのだ」と。「社の」——これは満映ですね——『社の竹下敬吉君は内地で共産主義者であつたといふが本當ですか？』『さうです。しかし竹下君は現在轉向してゐるのです。』『それは表面だけです。いよいよソ聯が進駐してくれば、彼は必ず本の姿にかへつて、内部を攪亂します。僕は彼を殺します。ここへ連れて來なさい！』谷川はおどろいた。甘粕は腰のバンドにピストルをつけてゐる。あひかはらず言葉は丁寧だが、その鋭い命令的な言葉と殺氣にうたれた。本當に殺す氣にちがひない。彼は必死に、『竹下君は絶對にそんなことはありません。友人として私が誓ひます。どうぞ許して下さい。』甘粕はぢつと考へてゐたが、『よろしい、貴方がさう言ふなら、それを信じませう。竹下君を許します。』そしてサツと椅子をはなれてしまつた。谷川は、その日まで、甘粕は大杉事件に直接手を下さなかつたのではないか、あんな冷徹をおほふ人情味のある男が、そんなことをすることはできさうにない、ただ責任をおびたのだ、と思ひこむやうになつてゐた。しかしこの瞬間、やはり非常事態には、どんなことでもやりかねない人だと思ひ、それが彼の善意に解した今までの印象をねこそぎにしたのが悲しかつた。それを今も考へてゐた。」というふうなことが書かれておりまして、長谷川さんは大杉事件で直接甘粕は手を下さなかったんじゃないかと、上からの命令で一切の責任を被ったのではないかと思っていたけれども、このときの甘粕を見て、やっぱりいざというときにはそういうことをする人物なんだというふうに思い直したという。この後、青酸カリで甘粕は自殺をしてしまうんですけれども、人によって書いていることが違うんです。最後、遺書が残されているのですが、何人かの人が証言しているのは、満映の理事長室の黒板に甘粕の辞世の句みたいな感じで「おおばくち　元も子もなく　すってんてん」というのが書かれていたということです。「おおばくち　元も子もなく　すってんてん」と。これは、佐野眞一さんの本を読むと、「おおばくち　身ぐるみはがれて　すってんてん」というふうに書かれてあったというんですけれども、福田先生は俳句をなさっていたから、これはちょっと甘粕にしては品のない句だと。「おおばくち　元も子もなく　夕涼み」くらいにすればいいんじゃないかというふうな感じで書いておられます。そういうことか、佐野さんは克明に参考文献を挙げているんですが、やっぱり福田先生のこの小説の存在は知らなかったみたいで、書いておりません。

それから、長谷川濬という方は、戦後多分福田先生が取材したころでしょうけれども、一九四六（昭和二十一）年の暮、『文芸春秋』の十二月号に「甘粕氏の死」という題で、短い、死の当日だけの甘粕の最期を二ページぐらいですけれども、書いております。しかし、先生はこの方からもっと詳しい取材をしたんだなということがわかります。なぜかというと、先ほどのエピソードですが、この佐野さんの本を読んでみましたら、長谷川濬さんは、ロシア文学者であり、脚本家であり、小説も書いていたんですけれども、残念ながら肺結核で戦後ほとんど書けずに終わってしまったようです。けれども、その大学ノートはかなり残されたらしくて、その大学ノートの端っこに長谷川さんは「小説甘粕正彦」という走り書きを残しているということが書かれています。その走り書きにその長谷川濬さんは何を書いたのかということですが、「わたしがこんな人間の最期を」——こんな人間というのは甘粕正彦のことですが、「わたしがこんな人間の最期を看取るとは、これも満州国に来た運命である。この人間が大杉栄を殺したごとく、三村亮一」——これが先ほど出てきた、元左翼で転向して満映に勤め、甘粕が「呼びなさい。わたし彼を射殺します」というふうに言ったという人物、「三村亮一を殺さんとして果たさず、みずから毒を仰ぎ、三村また北京で客死をした。清野剛も死んだ」と。たったこれだけのことが「小説甘粕正彦」というふうな題があって、走り書きで書いてある。

このことを、だから、長谷川濬さんは自分で「小説甘粕正彦」という小説が書きたかったのだろうというふうに推察されますけれども、とうとう書かなかった。結核で亡くなってしまったわけです。でも、そのことが福田先生の小説の中に出てくるということですよね。ですから、長谷川さんが書けなかったことを福田先生がかわりに書いたのがこれなんではないかという気がします。そういう意味では本当に忘れ去られた小説だと思いますが、題もちょっとね、「すってんてん」からきている、「世紀の大賭博師」というふうな題名ですけれども、福田先生としてはこれは非常に思い入れのある力作小説なのではないか、もっと照明が当てられていいんじゃないかというふうに思いまして、今回はやはり、忘れられた著作としてはこれが一番照明を当てられるにふさわしい作品ではないかなとあらためて思いました。

このほかにも私もいろいろ調べてはいるのですが、こういうふうなことが本当にあったのかというような証言がこの小説の中にとられている。例えば甘粕正彦は、大杉栄の子供でマコ、悪魔の「魔」ですが、魔子という娘がいたんですけれども、その娘さんに後ずっと手紙とお金を送り続けていた。ところが、全然返事が来ない。最後になって「甘粕のおぢさん」というふうに、悪魔の「魔」から真実の「真」に名前を変えた真子ちゃんから返事が来たというふうなことが書かれていたり、意外な、今まであまり言われてないようなことがこの中に書かれて、何か根拠があって先生は書かれたはずですし、そういう意味で非常に貴重な小説なのではないかという気がしました。

それから、先生と満州とのかかわりですけれども、もう今日は時間がありませんので、省略しますが、『李香蘭私の半生』という本があります。この中で、李香蘭もやはり満映にいましたので、甘粕正彦の部下であったわけですけれども、福田先生がかかわった大陸開拓文学懇話会の人たちが満州にやってきて、その人たちと仲よくなって話をしたというふうなことが、つまり福田先生の名前がこの中にも出てまいります。たしか福田先生は、田村泰次郎とわたしの間に李香蘭が座ったんだと。夜遅くまで話をして、十二時過ぎまで盛り上がって、翌朝早く六時の列車で出発しなきゃいけない、李香蘭はそのときに「必ず明日お見送りに行きます」と言ったと。ところが、そんなに早い時間だから絶対に来るわけがないと思ったら、自分たちが駅に行ったら、李香蘭はちゃんと立って見送りに来てくれたと。みんな自分を見送りに来てくれたんだと思って喜んだというんですけれども、これを読んでみますと、やっぱり、李香蘭が好意を持って見ていた大陸文学懇話会の人は福田清人先生ではなくて田村泰次郎ですね。その後、非常に田村泰次郎と李香蘭は、山口淑子さんですけれども、仲よくなりまして、二人の友情っていうのは本当にきれいでよかったというふうに丹羽文雄なんかも言っている。ついでですが、福田先生は田村泰次郎にかなり対抗意識を持っておられたようで、福田先生が戦後、児童文学のほうに行ったのは、やはり田村泰次郎の『肉体の門』とか、「ああいうどぎついのは僕には向かない」というふうなことを言っておられましたけれども、だから児童文学のほうに行ったんだと。あれはやはり李香蘭のこともあれからずっと尾を引いて、田村泰次郎と対抗意識を燃やしていたのかなという気もします。

今日の、私が配りました二枚のメモですけれども、この間こちらに伺いましたら、今日も展示してくださっていると思いますけれども、田村泰次郎から福田先生あての手紙がありまして、李香蘭のことが書いてあります。軍事郵便ですので、日付が、消印がないんですね。はっきりいつのものっていうのはわからないのですが、「北支派遣片山部隊本部　田村泰次郎」ということで、東京にいる福田先生あての、こちらははがきのほうですが、「ごぶさたおゆるし。いろいろ御活躍らしい様子結構です。こちらは目下灼熱百三十度。中原会戦大勝で、我々山西軍は意気沖天。この間、李香蘭の北京の家から慰問袋貰ひました。彼女のお母さんがいろいろ世話になってゐるといふ中に、貴兄の名もはいってゐました。弟妹七人、明朗な大家族らしいです。『青春ひととき』送って下さい。」なんていうふうなはがきが来ております。もう一通封書でありまして、「大政翼賛会はどうですか、文壇も国民文学といふやうなことがいはれてゐるですね。」というのがあったり、「小生ここではどっちかといふとぼんやりした兵隊の一人にしかすぎません。」とあり、「日劇の李香蘭事件は相当のセンセイションを起こしたらしいですね。」なんていうふうなことが書かれておりまして、そういう話題がある手紙がありますので、展示させていただいています。ご覧いただければと思います。

それから、下につけ加えておいたのは、実はこれも偶然といえば非常に偶然なのですが、一九五六（昭和五十一）年の八月二十六日の朝日新聞の切り抜きを、当時切り抜いて保存していたのですが、それを今日一枚お配りさせていただきました。「半世紀ぶり『死因鑑定書』発見」ということで、大杉栄と、それから伊藤野枝さん、それから甥の橘宗一少年ですね。この三人が「大杉事件」と言われていますように、関東大震災の混乱の直後に甘粕正彦ほかに憲兵隊本部で虐殺されたという。これは当時、麻布三連隊で銃殺されたという説もあったりしてはっきりしなかったのですが、五十年ぶりにその死因鑑定書が発見されたという、大変大きな事実が報じられたものです。当時まだ生きておりました荒畑寒村なども談話を載せておりますし、『甘粕大尉』の著者である角田房子さんの談話も下の最後のほうに書かれております。

それで、もう一枚のほうに、先ほどの田村泰次郎のはがきの下のところにつけ加えさせていただいたのですが、このとき発見された大杉栄らの死亡鑑定書の最後のページのところに、附図というのがついておりまして。これは憲兵隊本部の古井戸の中に三人とも裸にされて、畳表にくるまれ縛られて古井戸に投げ込まれてというその遺体発見状況の見取り図です。それを解剖した田中隆一軍医という方が克明な検死を行いまして、軍法会議用にこの鑑定書を書き上げているのですが、極秘に一部副本をつくり、それがずっと五十年間田中家に、だれにも見せられることなく保存されてきた。それが発見されたというのですが、この死体が発見された状況もきちんと絵にかかれている。一、二、三と番号が振られておりますが、一が男性の屍、二が女性の屍、三が小児の屍と。「水面ニハ小木片、藁、煙草吸殻等一面に浮遊セリ」なんていうふうにつけ加えられて、バケツなんかも投げ込まれ、非常に衝撃的な附図なんですが、これは新聞にも載せてありませんでしたので、この機会に紹介しておきます。

どうして私がこれを持っているのかということですけれども、この新聞に載ったのが一九七六（昭和五十一）年ですが、そのとき私は立教女学院に勤めておりまして、高校の教師をしていたんですが、この二年後くらいに同じ国語科に田中君というのが新しく入ってきまして、ある日お酒飲みながら何かしゃべっている時に、この話をして僕がこの切り抜きを見せたのだろうと思います。そしたら、その田中君が「この田中軍医って僕のおじいちゃんだ」って言うんですね。それで「えーっ」ということで、この鑑定書見せてくれないかというふうに言ったら、名古屋の祖母が保存していて、自分のところには今コピーしかないけれども、それでいいかということで、コピーを持ってきてくれまして、その時にさらにコピーをとらせていただいたのがこれです。司法解剖ってこんなふうにするのかっていうぐらいすごく衝撃的なものですね。その最後のページにこういうのが載っていましたので、それをちょっとご参考までに。中身に関しては、新聞記事に既に要旨が少し載っていますので、大体ここを読んでいただければわかるのかなという気がします。この田中隆一軍医さんって、田中君のおじいちゃんですが、やっぱり敬虔なクリスチャンで、その後、戦争にとられて戦死をされてしまったようですけれども、国語科にいた田中君もクリスチャンで、立教女学院をやめて、たしか今、牧師さんをされているんですよね。何かそんな偶然が重なりまして、今日はとっておきの資料をと思いまして、お配りをさせていただき、あわせて福田先生のこの「世紀の大賭博師」って、題はあまり良くないのですが、非常に貴重な力作も照明が当てられてしかるべきだというふうに思い、お話させていただきました。所定の時間になりましたので、大体これくらいでよろしいでしょうか。どうも長い間ご清聴ありがとうございました。

（第十九回、二〇〇八年一一月三日）

女優Xと福田清人
——伊沢蘭奢という女優——

宮本瑞夫

ちょうど今年（二〇〇九年）は、新劇にとって「新劇一〇〇年」という年で、有名な新劇のメッカであります築地小劇場が活動してから一〇〇年ということで、新劇にちなむ催しもいろいろあるやに聞いておりますけれども、ちょうどそれにふさわしいかどうか分からないんですけれども。新劇女優だった伊沢蘭奢さんはふさわしいんですけれど、話し手があまりふさわしくないと思うんですけれども、伊沢蘭奢さんについてお話をさせていただきたいというふうに思いました。

演題を、「女優Xと福田清人」というような題をつけたのですけれども、ご存じの方も多いかと思います。今日お持ちしましたし、また文庫の中にも飾ってありますけれども、夏樹静子さんが、平成五（一九九三）年ですから一六年前にもうなりますけれども、文藝春秋社から『女優X　伊沢蘭奢の生涯』という伝記小説をお書きになっております。その女優Xを一つは拝借をしております。夏樹さんが『女優X　伊沢蘭奢の生涯』ということで、ちょうど平成五年の『別冊文藝春秋』の一月号、正月号に発表されて、それが四月に単行本になって出て、その後、また文庫本にもなっておりますので、読まれた方も多いのではないかというふうに思います。

夏樹さんの『女優X』というのは、伊沢蘭奢は、昭和三（一九二八）年の六月に亡くなっているんですけれども、その亡くなる半年前。昭和三年のお正月、一月のお芝居に、「マダムX」というお芝居をやっておりまして、これが大変評判を呼んで、伊沢蘭奢の代表作にもなっているわけで、そういう伊沢蘭奢の代表作の「マダムX」を引っかけて、夏樹静子さんの『女優X』というタイトルはつけられているかと思います。

それともう一つ、夏樹さんの小説の中心になります伊沢蘭奢が、六歳の男の子を残して嫁ぎ先を出奔して、津和野から東京へ出てくるというようなことがあって、生涯を通じて六歳の男の子を残してきたということに心をかけているわけですけれども、残された男の子も、自分の母親が映画に出たり、舞台で活躍しているらしいんですけれども、一体何という名前で舞台に出ているのか、それがなかなか分からない。残されたその男の子というのは、後に作家の伊藤佐喜雄になるわけですけれども、その佐喜雄さんの心にずっと、「一体誰が自分の母親なんだろう」と。そういうことから、なぞの女優ということで、伊藤佐喜雄さんがお母さんと再会するまでずっと「誰だろう」というふうに探し求めた。そういうところから、夏樹さんの小説のタイトルは『女優X』と付けられていて、両方の意味があるんですね。

それで、私の今日の「女優Xと福田清人」というタイトルは、さらにプラスして、私にとっての女優Xでもあったんですね。それはどういうことかというと、私がまだ大学院の学生時代に、昭和四十何年頃になりますか。お手元にお配りしました資料2「福田清人、伊沢蘭奢もの（女優もの）の作品」の一ページ目を見ていただきますと、福田先生の著作集が冬樹社から昭和四十九（一九七四）年に出版されておりますけれども、なかなか福田先生の昔出された本を読む機会というのは私にはなかったんですね。

自己紹介と自己弁護を兼ねて、ちょっと話を中断させていただきますけれど、立教大学時代に私、福田先生の教えを受けたわけです。一学生として日本近代文学概論とか近代作家論のようなものを、大学時代、大学院時代に先生の授業に出させていただきましたけれども、私は、不幸にして自分の専攻は日本の古典文学、特に江戸時代の近世演劇ということで、歌舞伎とか人形浄瑠璃とか近松とか、全然先生の世界とは関係ないところで、今でもそういうことで、江戸時代の演劇が実は専門分野なんですね。余計なことですけれども、私は今、宮本記念財団という財団をやっておりますけれども、うちの祖父と父が民俗学のほうで、特に民俗学の民具の研究ということで、大変地味な分野なんですけれども、祖父以来の資料がありますので、自分の専門と違うものですから財団を作って、祖父と父の専門のほうは財団で、自分の専門と一線を画すような形で、結局二足のわらじで、自分の専門と祖父と親父以来の民具の研究も両方片手間でやっているような状態で。

そういう感じで、ちょっと専門が違うので、福田先生の古い本を探して読むという努力を実は怠っていたわけですけれども、たまたま、まだ大学院に籍のある時に、昭和四十九（一九七四）年頃ですね。先生の著作集が出て、僕も少しお手伝いをしたり、先生のスナップ写真などを撮らせていただいて、著作集に私の撮影した下手な写真も採用していただいたりして、そういうご縁で、著作集が出版された時に少し拾い読みをしたんですね。その中に、「夜寒」という短編小説があったわけです。初出のときは「夜寒な恋」で、著作集には改題して「夜寒」という題で出ていたんですね。

後でもう少し触れられるかと思いますけれども、先生が女優らしい人とある芸術に熱心なお坊さんのお宅に伺って、長谷寺《ちょうこくじ》というお寺だそうですけれども、そこのお坊さん夫婦が非常に新劇に関心があるということで、伊沢蘭奢も女優で人気商売なもんで、そういうファンのところには、また切符を買ってもらったりする関係もあるんで、サービスにちょっと寄ったり話し込んだりしに行くので、福田先生と思われる大学生もご一緒するわけです。帰りに二人は暗い青山墓地を散歩していて、何か二人の間に微妙な関係が生じるという小説で、私も若かったので、著作集の作品をいろいろ読んだんですけれども、一番「夜寒」という小説が気にかかって、一体お相手の女優さんらしき者は誰なんだろうと、ずっと気にかかっていたんですね。

長い話になりましたけれども、私の「女優X」の三番目の疑問といいますか、そういうことでタイトルをつけました。夏樹さんの『女優X』をただそのままパクったのではなくて、私なりの「女優X」があるということで、なんか弁解がましい話なのですけれど、そういうことがありましたので、「女優Xと福田清人」という題をつけさしていただきました。

非常に話が回りくどくなりましたけれども、資料で、「女優X・伊沢蘭奢のプロフィール」ということで長々と書かしていただいているんですけれども、こういう席で伊沢蘭奢を取り上げてみようということは、先ほどお話したように福田先生と関係のある女優は一体誰なんだろうというようなことで、注意して先生の「昭和文壇私史」などを読んでいきますと、先生がお若い頃、大学卒業前後に同人雑誌を仲間と始めて、『明暗』という雑誌を出されますけれども、その『明暗』の相棒の蒲池《かまち》歓一《かんいち》さんが紹介してくれた女優さんということで伊沢蘭奢さんがいて、そこから交流が始まるということなんですね。

私も、多少ジャンルは違うのですが、歌舞伎の研究ということで、新劇も見ないわけではないんですね。古典を多く、シェイクスピアものとか古典を見ることはあるので、今回「何か話を」ということで、そういう演劇というジャンルで、少しご縁があるかなということで。近代文学の勉強はしていないので、本当に素人のお話になるわけですけれども、福田先生の関係で私が取り上げてもいいのは、演劇ということで伊沢蘭奢と先生のことを取り上げさせていただきました。

伊沢蘭奢については、本名は三浦シゲといって、東京へ出て、今の相模女子大学になる日本女学校（帝国女子専門学校）というところに通って、卒業と同時にすぐ郷里の、先ほどご紹介した老舗の高津屋さんの跡取りの伊藤治輔と結婚して、新婚時代は東京で過ごすわけですけれども、夫が新薬の開発に没頭して、結局失敗して国元に帰ることになるわけですが、やはり昔の津和野の暮らしですので、大変旧弊な暮らしで、嫁は店にも出させてもらえない。せっかく自分が産んだ男の子は、跡取りということで、姑が手離さない。自分の産んだ子なのに手も触れることができないという。家の跡取りということで、お姑さんが大切に育てる。そういうことがあって、夫に対する不満と、そういう旧弊な暮らしに耐えられないということで、東京へ出て、若い頃からの女優になりたいという夢を実現したいという。夫と一緒に見た舞台で、松井須磨子さんのイプセンの「人形の家」のノラのような、そういう生き方も一つの刺激になって、出奔するというようなことになったかと思います。

それで、ちょうど新劇史で言いますと、ちょっと話を先に進めますけれども、「新劇史の中の伊沢蘭奢」ということですね。私も演劇史の中で、あまり伊沢蘭奢という名前を見かけたり、本で読んだこともありませんでした。新劇の女優第一号というので、島村抱月と松井須磨子はワンセットで非常に有名で、新劇に関心のない人でも名前ぐらい知っていると思います。「カチューシャ可愛いや」の歌で知っているという感じですけれども、松井須磨子亡き後、伊沢蘭奢さんは第二世代の女優さんになるわけですね。大正の末から昭和の初めにかけて、女優が払底した時代に活躍した女優なんですね。新劇はあまり脚光を浴びない時代で、一種のどん底期でもありますけれども、そのあと築地小劇場ができて、新劇というと、松井須磨子の次は築地小劇場の時代ということで、築地出身の女優さん、例えば、山本安英さんとか、東山千栄子さんといった、誰でも知っているようなそういう方々が脚光を浴びて、どちらかというと伊沢蘭奢さんの存在というのは忘れられているわけですね。

それで、新劇史の中の伊沢蘭奢ということで、私がざっと簡単に調べたわけですけれども、なんとあの平凡社の『演劇百科大事典』に伊沢蘭奢の項目はないのですね。それから、わりあい私もたくさんの項目を執筆しているのですけれど、小学館から出版された戦後の代表的な百科事典『ジャポニカ』にも、伊沢蘭奢の項目はないというようなことで、いかに新劇史の中で伊沢蘭奢が忘れられているか。松井須磨子の亡きあと、築地小劇場が生まれるまでの大正末年から昭和初年にかけて、大変重要な、活躍した女優さんなんですけれど、残念ながら十年間という活躍時期も短かったということもあると思うのですけれども、忘れられてしまったのかと思います。わずかに、小さい事典ですけれど、『新潮日本人名辞典』には立項されておりまして、安心いたしました。

先を急がなければならないのでどんどん省略をしますので、資料はゆっくりお読みいただくこととして、当時の伊沢蘭奢を見た演出家とか劇評家、村山知義さんとか竹越和夫さんの伊沢蘭奢評を見ますと、大変高い評価なんですね。福田先生の文章の中にも、当時五本の指に入る、そういう女優だということで、当時、伊沢蘭奢を見ている人たちの評価は大変高いものがあるのですけれども、例えば村山知義は、「彼女の道具立大きく美しい顔や、堂々とした恰形、確実なセリフ廻しや、特徴のあるしぐさは、条件がもう少しよければ彼女を恐らく驚くべき立派な女優にしたに違いない」と評しており、日本人離れのした、非常に先を行っていた、そういう女優さんなのかなというふうに思われます。村山さんは後のほうで、伊沢蘭奢を生かしきれない、当時、伊沢蘭奢が所属していた新劇協会の演出が悪いというので、「宝の持ちぐされだ」というような批評もしております。これは、伊沢蘭奢さんの遺稿集の『素裸な自画像』の中に書いてある文章ですので、多少ご祝儀的な意味もあるかと思いますけれど、偽らない気持ちだったと思うんですね。

小山内薫さんは、築地小劇場で活躍した代表的な演出家ですけれども、築地小劇場がチェーホフの戯曲「桜の園」を上演するときに、二度までも伊沢蘭奢さんに、築地小劇場に出演するように、お願いをするんですけれども、伊沢蘭奢は自分の所属している新劇協会の女優ということで、協会に対する義理もあって、義理堅く固辞して、築地小劇場に出演をしなかったわけです。もしも小山内薫の懇請を受けて、築地小劇場で「桜の園」に出演していたら、こういうことを言っちゃいけないんですけれども、東山千栄子さんの「桜の園」より、ずっといい芝居になったのではないかというふうな話もあるようですので、歴史に残ったのではないかなと思います。こういうところが、非常に義理堅くて、生き方が不器用というか、そういうところにまた島根県石州人の生き方が、蘭奢の生き方にも反映しているのではないかなというふうに思ったりします。

全然関係ないんですけれども、森鷗外は子供のころ津和野を出て、ずっと東京暮らしで、死ぬときに遺言して、

「墓は津和野に作ってくれ」という遺言通りに、鷗外は死んで初めて津和野へ帰るわけですけれども、故郷の津和野を捨てて西周《にしあまね》を頼って東京へ出て、近代、あるいは近代ヨーロッパの医学を学んで、恐らく日本を捨てて、近代ヨーロッパを一所懸命学んで、ドイツにも留学して。しかし、やっぱり「これでいいのかな」というふうな、反省があって、晩年、『阿部一族』とかそういう歴史小説を書き出したというような森鷗外の生き方。それでも生きて津和野へ帰るということをしなかったような、依怙地というか、頑固というか、不器用というか。そういうところが、こじつけみたいな話になりますけれど、故郷を同じくする人で、蘭奢とも通じるものがあるのかなというふうに感じたりいたします。

そんなことで、本来新劇史で非常に高く評価されなければいけなかったんですけれども、不幸にして、早く亡くなったということで、新劇史であまり重要視されてこなかった。私の知り合いでもあって、ご一緒にカンボジアのほうに影絵芝居を見に行った大笹吉雄さんという新劇の研究者がいて、近年、『日本現代演劇史』という何冊にもなる大著を白水社から出版されているんですけれども、その最も新しい『現代演劇史』の大笹さんの新劇史を見ても、伊沢蘭奢さんの写真は一枚出ているだけで、伊沢蘭奢について、詳しくその足跡に触れることはなくて、断片的に名前が載っているということで、今でも、夏樹静子さんの『女優X』が出たあとも、新劇史のほうで伊沢蘭奢の地位というのは、まだまだきちんと位置づけされていないというのが、誠に残念だなというふうに思ったりしております。

それで、伊沢蘭奢を取り上げた文学作品ということで、福田先生のお話に入る前に、どういうものがあるかということで、二、三触れておきたいと思います。ちょっと場所がなかったので、まず遺稿集の『素裸な自画像　伊沢蘭奢遺稿』というのが入っております。図書館の展示室のほうに原本が置いてありますけれども、近年、大空社というところから伝記叢書の一冊として、平成十一（一九九九）年に『素裸な自画像　伝記・伊沢蘭奢』という形で複刻されて、比較的、この本は現在でも手に入るかと思います。昭和四（一九二九）年に世界社から出された遺稿集の原本は、現在十万円を超えるようなすごい高値がついていて、インターネットなんかで探すとないことはないんですけれど、私も十万払って買うのは難しいので、原本はまだ買っていないんですが、この遺稿集は、実は福田先生が、蘭奢のパトロンの内藤民治という人に依頼されて、編集し、まとめたものでございます。後で福田先生の著作のところでご紹介していきたいと思いますけれど、長々と話していると時間がなくなってしまいますので先を急ぎます。

この遺稿集から、伊沢蘭奢さんは、舞台だけではなくて非常に文学にも関心があるし、英語の勉強をして英語も多少話せて、非常に勉強家な方だったということがわかります。当時、東山千栄子さんばかり挙げますけれども、結構新劇の女優さんというのは、上流家庭のお嬢様が、口は悪いけれどもちょっと遊び心で舞台に立つみたいな、そういう方も多かったのですけれども、伊沢さんは非常にそういう点では、「女優になろう」という問題意識というか、自分の意志をしっかり持って、女優になったといえます。とにかく、家を捨てて身一つで東京へ出てきて、そしていきなり近代劇協会を訪ねるというような形で、積極的な生き方をした人で、非常に文章もたくさん書いているのです。このたくさん書き残した遺稿の中から福田先生が全部で十五章に分けて、幼時の思い出とか、人妻の危険時代とか、女優志願とか、そういう形で十五章に分けて遺稿集をまとめております。多くの伊沢蘭奢をモデルにした小説は、この遺稿集を素材にして書かれております。

ちょっと時間が押しておりますので、どんどん先にいきますけれども、まず伊沢蘭奢を取り上げた文学作品といいますか、小説は、邦枝完二の「女優蘭奢」というのがございます。これは『中央公論』に載ったものですけれども、蘭奢が昭和三（一九二八）年に亡くなって、昭和十一（一九三六）年に小説化されております。実名で蘭奢が作品に登場する伝記小説というのが、今私が気がついているものとしては、この邦枝完二の「女優蘭奢」が最初かと思います。

東京へ出てきていろんなつてを頼って、蘭奢は、まず新橋にありました上山草人の近代劇協会を訪ねて、そこに入団を許されるわけですけれども、上山草人は勝手な人で、一年後に夫婦で渡米してしまい、近代劇協会はすぐさま閉鎖になるので、蘭奢は近代劇協会と関係のあった内藤民治あたりの紹介で、畑中蓼坡の主催する新劇協会というところに移って、そして亡くなるまで新劇協会の看板女優として活躍するわけですけれども、邦枝完二は、最後「マダムX」が成功して、その後亡くなるまでの蘭奢を描いております。実際に邦枝完二は「マダムX」をご覧になっているかと思われまして、大変感動的に、臨場感あふれる描写で、「マダムX」の舞台の様子が書かれております。「マダムX」が蘭奢か、蘭奢が「マダムX」かと言われるまでに独自の境地を示したというようなことが書かれております。

そのあと、実名ではないんですけれども、蘭奢が登場する作品は、蘭奢のご子息の伊藤佐喜雄の『春の鼓笛』という作品があります。私が読んだものは、うちの図書館にある講談社版で、昭和二十二（一九四七）年のものですけれども、実際には鬼沢書店から昭和十七（一九四二）年に出ているもので、主人公の伊藤佐喜雄は「矢吹龍夫」という名前で出てくるんですけれど、自分の山口の中学生時代の学生生活を卒業まで描いているわけです。最初にお話ししたように、この本の中でのメインテーマの一つが「母に会いたい」という、自分の産みの母親。伊藤治輔は離婚したあとすぐ再婚しているので、義理のお母さんがいて、佐喜雄は義理のお母さんに大変可愛いがられて育つわけですけれども、やはり母に会いたい。

女優になっていて、映画に出る三浦しげ子。三浦シゲというのが本名で、三浦しげ子という名前で映画に出るわけですね。なぜ伊沢蘭奢という名前を使わないで、三浦しげ子という名前、本名に近い名前で映画に出たかというと、息子に自分の名前を知らせたいという、そういうふうに遺稿集には本人自身が書いておりますので、うそはないと思います。そして、山口で会ったのか大阪で会ったのか分からないのですが、多分大阪だったんだと思うんですけれども、伊藤佐喜雄さんの小説ですと山口で、地方回りの劇団のかつて銀幕のスターだった女優さんに母への手紙を託して、実際にお母さんと浜松で再会するわけです。そういう話がメインテーマで『春の鼓笛』という小説は展開しております。

いろいろ長くなりますけれども、一番最近のものが、夏樹静子さんの『女優X』ということで、夏樹さんの小説も遺稿集を素材として、親子再会をメインテーマにして展開しているわけですね。

ちょっと気になるのは、夏樹さんの小説では親子再会をメインテーマにするために、女優に託した手紙がなかなか蘭奢の手元に届かない。そこの作為というか、不自然さが気になるんですけれども、巡業のため、なかなか東京へ帰れないので、数年後に息子の手紙が蘭奢に届く。浜松で再会するというのは同じなんですけれども、ちょっとここに作為があって、伊藤佐喜雄さんのものを読んだり、蘭奢さんの遺稿集を見ると、息子からの手紙を手にして、その後、手紙のやり取りも行われて、そして浜松で会うということになるようなんですけれど。ここのところは、作品の構成上、ちょっとそういうところが気になるんですけれど、尾崎秀樹さんの『女優X』の文庫本の解説によりますと、「女優の生涯を描いた伝記小説で、新劇の歴史の穴を埋める役割を果たしている」というふうな評価をされております。その点では、私も同感ではありますが……。

それで、最後に挙げてあります海野弘の「マダムXの愛と死」というのは、『運命の女たち　旅をする女』という河出書房から出ている本の中にあります。これは、資生堂の『花椿』という雑誌があって、これに連載されたものらしいんですけれども、『花椿』を見ていないのではっきりしたことは言えないんですけれど、海野さんの後書きを見ると海野さんが書いた「マダムXの愛と死」のほうが早くて、そのあとに夏樹さんの『女優X』が書かれたようなニュアンスで書かれております。どちらが先か分かりませんけれども、本になったのは海野さんのほうが平成六（一九九四）年で、一年後になるんですね。海野さんのは舞台劇仕立てになっていて、伊沢蘭奢自身が自分の生涯を舞台の上で語るような構成になっていて、非常に要を得た簡潔な、短い文章ですけれども、伊沢蘭奢の半生がドラマチックに描かれております。

こういう伊沢蘭奢をモデルにした作品が幾つかありますけれども、時間が押してきましたので、今までが前説ということで、いよいよこれから福田先生の本題に入らなければならないんですね。ちょっとここではもうご紹介できないんですけれども、皆さんのお手元に、「伊澤蘭奢　舞台略年譜」というのを作らせていただきました。これは、遺稿集に載っていた「蘭奢フロニカ」というのにプラスして、倉林誠一郎さんの『新劇年代記』の戦前編というものから伊沢蘭奢関係の記事を抜き出して、当時の劇評も、評判のいい劇評を中心に便宜的に抜粋して載せてありますので、後にゆっくりごらんいただければというふうに思います。

伊沢蘭奢は、初舞台が大正七（一九一八）年の五月で、シェイクスピアの「ヴェニスの商人」で、初役はポーシャ姫ですけれども、その次の時にはネリッサをやっていて、これも大変評判がいいわけですね。それから三ページの大正十三（一九二四）年の五月二日に、先ほどお話ししました新劇協会第五回公演で、チェーホフの「桜の園」をやっていて、大変評判がいいということでございます。それから、最後になりますけれども、昭和三年一月から「マダムX」で大変円熟した演技を見せたということで、今日は触れられませんので飛ばしますけれども、そういうことで、女優として、もっと評価されていいのではないかというのが私の気持ちでございます。

もう限られた時間がなくなってしまいましたので、福田先生のほうに入っていきたいと思います。お手元の資料2に、「福田清人の伊沢蘭奢もの（女優もの）の作品」というふうに書いてあるのですけれども、この中で、例えば「赤い弔旗」。真ん中辺の「赤い弔旗」のところに＊があったり、下のほうの「夜寒な恋」、「（「夜寒」）＊」というふうにありますが、この＊がついているのが小説ですね。いずれも短編小説なんですけれども、福田先生の小説で、＊のついてない文章はエッセイとか随筆のたぐいということで、とにかく機械的に、この表は年代順に並べてみました。

もちろん、その性質上、随筆関係は伊沢蘭奢というふうな実名で出てくるわけですけれども、息子さんのことは伊藤佐喜雄とか、他に伊沢蘭奢のパトロンといってもあまりお金は出さなかったようで、精神的な支えをした内藤民治という人がいるんですね。この内藤民治は、蘭奢と知り合った当初は『中外』という雑誌をやっていて、結構金回りも良かったんですけれども、事業に失敗したりして、あまりお金がなくなって、伊沢蘭奢のほうが少しお金を貢いだくらいで、あまり金持ちのパトロンではないんですけれども、伊沢蘭奢に「英語を勉強したほうがいい」とか「文学をやりなさい」とか、いろいろ精神的に支えた。一方、内藤民治もまた伊沢蘭奢に精神的に支えられた。そういう関係で、単なる色恋だけの関係ではないというような関係で、この内藤民治という人は、一歩間違うと大山師になるような、大変スケールの大きな人だったようです。政治的なことで、革命後のロシア、ソ連へ行って根回しをして、日本とソ連との政治的なパイプ役として活躍したりする人で、なかなかスケールの大きな人です。

そういう伊沢蘭奢とか伊藤佐喜雄とか、内藤民治というのも、随筆類ではもちろん実名で出てくるんですけれど、小説ではその都度、いろいろな名前で登場するわけですね。ですから、ここで私は「伊沢蘭奢もの」というふうにくくっていますけれども、伊沢蘭奢ではないかもしれないんですね。描いているのが、青山あたりの二階に下宿しているとか、新劇の女優であるとか、いろいろな要件で「伊沢蘭奢だろう」というふうに私が勝手に判断したものがここに挙がっております。小説の場合は特に実名でないものですから、その都度、名前が変わっていたりしますので、仮に、私が「これは伊沢蘭奢をモデルにしているんじゃないか」というふうに思ったものです。

真ん中辺に「フラスコの水虫」というのがありますし、それから二ページ目に、「青春年鑑」第一編、第二編というのがあります。この「青春年鑑」の第一編の後半は「フラスコの水虫」と同じなんですけれど、これは少し先生が脚色しているようなので、伊沢蘭奢らしいところがあるんだけれども、そうでないところもあるというので、この中に入れてありますけれど、クエスチョンマーク。「フラスコの水虫」とか、「青春年鑑」はクエスチョンマークをつけてないんですけれども、読み直してみるとクエスチョンがつく。もう少し脚色していて、状況を変えているけれども、基盤になっているのは伊沢蘭奢らしきものを素材にして、もう少し先生が膨らましているというふうなものがあります。とりあえず、「蘭奢もの」というよりも「女優もの」といったほうがいいのではないかというので、括弧で「女優もの」とも書いてあるんですが、実名で書いてないんで、決めつけるわけにいかないというところに問題がございます。

年代順に話しても意味がないので、「夜寒な恋」。著作集では「夜寒」ということになっておりますけれども、とにかく私が最初に関心を持ったというのが、この作品ですので、ここから取り上げたいと思います。この中では、福田先生らしい学生が「僕」あるいは「草原《くさはら》」。『春の目玉』なんかですと「草夫」になっているので、先生は草が好きなのかどうか、いろいろ草を使った名前が出てきますけれど、ここでは「草原」という名前で登場します。相手の女優さんは、菖蒲の「菖」、草かんむりの「昌」という字を書いて「菖子」というんですけれど。「マサコ」と読むのかしら。そういう名前で登場します。

その日も「僕」は、一日中この女優さんの家へ遊びに行って、女優さんが夜、近くのお寺。先ほど神谷さんに教えてもらったのですが、長谷寺《ちょうこくじ》という蘭奢さんの下宿の近くのお寺さんだということで、小説でもぶらっと歩いて行けるので、同じ境内に女優さんの下宿があるわけですね。二階に住んでいて、三畳と六畳間で、六畳間の広い部屋がたまり場になっていて、後で紹介しますけれども、福田先生は「貧しきサロン」というふうに書いています。一見女優さんのサロンですから、華やかで豪華な雰囲気を想像しますが、何もない、テーブルが一つぐらいしかないような貧しいサロンなんですけれど、若い学生だとか新聞記者とかのたまり場になっていて、煙草の煙でもうもうとしていたというような話です。

そういうところで一日明かして、女優に誘われて近くのお寺さんの、仲間たちが「芸術坊主」というふうにあだ名を付けている、髪の毛を伸ばして、お経なんか読んだこともないようなお寺の息子で芸術好きの、寺へ立ち寄るわけですね。なかなか色気のある、怪しげな若い坊さんなんですけれども、なんということはないのですが、そこで話し込む。実際の蘭奢さんもファンなので粗末な扱いはできない。また、当時の新劇は貧乏だったので、切符を売って、それが自分の収入になるということになっていました。そういうこともあるので、そういうおつきあいがあるわけですね。そこで一時過ごして、二人がそのお寺さんから出て、そして青山墓地を散歩することになるわけですけれども、そこで二人の間に不穏なというか、怪しげな気分が漂い、一つの小さな事件が起こるわけです。

突然女優が「あたし、疲れたから休むわ」というようなことで休んで、いろいろあって、その若い学生に「臆病！」というふうに怒鳴ったりするんで、何か事があったんではないかと思うんですけれども。詳しく皆さんでお読みいただいて、ここであまり下手な紹介をしないほうがいいと思うんですけれども、実際に日記を見ますと、お手元にお配りしている日記の資料のほうで、昭和二（一九二七）年十二月二十六日のところですね。これは、先生の作品で、後で紹介する「重い鎖」という作品の中にも、もう少し詳しく出てくるんですけれども、寺から出てきて、

青山墓地を下って行った。くらくなると彼女は彼女の心を語った。明く《ママ》なるととぢた。私を《ママ》目をつぶってきいていた。彼女のプライドをきづつけた私は憎くして、度しがたきものでなければならぬ。僕は思わぬ幸福をひろってそれをすてたのだ。

というふうなことをお書きになっております。

どういうことが起こったのかはよく分からないんですけれども、蘭奢は、女優という職業柄、自分が三十七、八になってきて年を取ってきて、自分の年齢的な衰えというのも常に気になっているわけですね。サロンに集まってきている若い人に、自分が魅力を保っているかどうか。そういう女心はよく分かんないですけれども、特に女優という職業柄もあって、悪い意味ではなくて、いい意味で自分の魅力を気にしているという、そういうところがあるんですね。そういう女優に翻弄される若い学生の、草原の気持ちの揺れみたいなものがここに描かれている。学生としては、福田先生としてはですね、そこらにいる男のように気安くしっぽを振って女優に近づくというのは、まだ潔癖な若い学生としてはそういう態度は執れない。自分はほかの安っぽい男と違うんだという、そういう若者らしい潔癖感という

か、先生のプライドといいますかね、そういう気持ちがある。だけれども、別に伊沢蘭奢が嫌いだとかそういうことではない。そういうことで一歩踏み出すのを踏みとどまっているというような、そういうところですね。
非常に難しいというか、微妙な二人の関係で、一歩を踏み出さない若い学生に、蘭奢は自分の魅力が弱いのではないかというんで、「臆病!」なんていうふうに、小説の中では、
鋭い声でかの女は叫んだ。その声を聞くと、忽ち僕は、両手をひろげて、彼女の肩をつかもうと倒れかかって行った。然し、それをうけとめてくれたのは、莒子の柔かい弾力のある肉体ではなかった。僕は固い墓石に、したたかに胸部をうちつけたのだ。呼吸もとまるほどの苦痛のなかに、
というふうな感じで、非常に微妙な男女関係。誘っておいてするりとすり抜けられて、痛い思いをするという、そういうところが描かれたりしております。こんなところで、先生と蘭奢の関係というのを、ちょっと私は関心を持ったわけです。
伊沢蘭奢の遺稿集『素裸な自画像』の中に、「旋風」という戯曲仕立ての章があって、その中に、若葉百合江という三十二、三歳の女優を、学生のK青年（二十四、五歳）が訪ねて来る場面があり、
若葉　あら、いらっしゃい。お上がんなさいな。
学生　お客様でせう。
若葉　ええ、だけど良いぢやありませんか、かまわない人よ。
学生　（だまつていやいやをする。花束を出す。）
若葉　あ、奇麗!ありがたう。さアお上りなさいな。
学生　（玄関に腰をかけ、黙つて足下を見てゐる。間。若葉、さあと青年のかたに手をかける。とその手を取り訴へる様に『僕苦しくてたまらないの。』手にくちびるをあてる、永き沈黙）

と描かれています。

Ｋ青年とは、清人青年のイニシュアルではないかと思うのですが。福田先生の蘭奢への思いと同時に、郷里に残して来た一人息子への思いが重なる蘭奢の青年への好意、前途ある青年への配慮などが、先生の小説「夜寒」や蘭奢の戯曲「旋風」を通して、感じられます。

その次に、そういう若い人たちのたまり場になっていた場所というのが、その上に「貧しきサロン」というのがあります。この「貧しきサロン」のところで、蘭奢のサロンが、どんな状況かということが、そのサロンの様子が描かれておりますので、ちょっと紹介しておきたいと思います。ここでは、伊沢蘭奢は「青沼朱雀」という名前で出てきます。どんな状況かというと、

> 青沼朱雀は、青山墓地から霞町の方へ抜ける道すぢの二階家の、階上の六疊と三疊をかりてゐた。六疊が彼女の居間、應接間凡てを兼ねた室で、三疊が化粧をしたり食事をしたり夜分寝たりする室て《ママ》あつた。朱雀を訪れる人達は、この六疊を「サロン」と名づけてゐた。そこには、華麗な装飾も、香氣のいい煙草入を載せた木卓も、また柔くて彈力のあるソファもなかつた。
>
> しかしながら、彼女と一緒に仕事をしてゐる新劇座の若い男女の俳優や、無名の畫家や、小説家や、ファンやが集つてきて、煙草の煙と談笑で、この部屋を飽和させた。
>
> 舞臺に立つのは平均して、月の半分位しかないので大抵人々は他の日に午後から、集つて來て、色々騒ぎたてるのである。

と、こんなふうに、このサロンの様子は描かれておりますけれども、「貧しきサロン」という短編の中には比較的サロンの様子がリアルに詳しく書いてありますので、ちょっと読みあげさせていただきました。年がら年じゅう人が来ると蘭奢さんも困るので、自分が会いたくないときには面会謝絶の日がありまして、ここへ来る連中はそれもすな

おに受け入れて、そういうときにはすごすごと帰るということなんですね。

この「貧しきサロン」という作品では、蘭奢の遺稿集や夏樹静子の『女優X』でも、大切なテーマになっております一人息子からの手紙のことが描かれております。この中では、伊藤佐喜雄のことが「鐵男」という名前で、鐵男の手紙がですね、夏樹静子さんの小説では「五月信子」という映画女優さんが近代座という大衆劇団を組織して全国を巡業して、山口に行ったときに佐喜雄さんと会って手紙を託されるという話なんですけれども、この「貧しきサロン」の中では「海路葉子」という女優が、青沼朱雀という女優のところに息子の手紙を届けてくれるという話が展開しております。二人とも子持ちなので、その手紙を話題にしながら、最後のところですね。

きらびやかな舞臺生活といふ花粉を、ふりかぶつてゐる二人ではあつたが、そこに根づよい「母」の心理は、二人をしばらく、その花粉をふりはらつて、日常の女性に還えせしめた。

というふうな形で、子を持つ母親の気持ちというか、心理を描いております。

ちょっと時間が押してきてしまって、肝心の先生の話があんまりできていないんですけれども、蘭奢のことを語るときに一番大切な、よく問題にされるのは、蘭奢が何か重大な決断をする時、断髪をするという、髪を切ることがあるんですね。第一回目の断髪は、津和野から出奔するときですね。湯殿で自分の新妻として結っていた丸髷を切って、そして意を決して東京へ出ていく。それが最初の断髪なんですけれども、もう一つは、昭和二（一九二七）年の末頃ですかね。パトロンである内藤民治が外国から帰ってきて、久しぶりに神戸で会うわけですけれども、ロシアから上海を通って、ちょうどロシア革命というか、プロレタリアの革新思想が非常に世間からもてはやされている時で、外国から帰ってきた民治がですね、「そんな長い髪していて、中途半端なことではいけない」と。もっとしっかり精神を改めて芝居をやっていかなくてはいけないというんで、断髪を勧めて、神戸のホテルで、内藤民治の勧めによって自分も心機一転、新しい気持ちで女優をやっていこうという、そういう一つの決意を示す意味で断髪をするということがありまして、「赤い弔旗―或る長編の序章―」という福田先生の作品があるんですけれども、そういう断髪をテーマにした作品があります。

これは、一番上に書いてある「二度髪を断つ」という、伊沢蘭奢の名前で書いているんですけれども、資料4の日記のほうを見ていただきますと、昭和三（一九二八）年一月二十二日のところに、「廿一日、Rを訪問」。Rというのは伊沢蘭奢のことなんですけれど、『断髪について』代りにかく」ということで、実際にプラトン社から出ている『女性』という雑誌に伊沢蘭奢の名前で、一回目は津和野の家を出るとき。二回目は神戸で、新しい女性として生まれ変わって芝居に取り組んでいこうという、内藤民治の勧めによって髪を切った経緯について書いています。伊沢蘭奢の名前で出ているんですが、ここにあるように伊沢蘭奢から頼まれて、福田先生が代筆するということになるわけです。

この断髪については、「重い鎖」というのがありますけれども、この「重い鎖」という作品の中に断髪の代筆のことが書いてあるんですね。

「それ、變なお願ひなのよ――先日ね、婦人雑誌から断髪の動機つて題で短い文章を書くやうにたのまれたの。つい承諾したやうなかたちになつたところ、さつき速達がきて明日までに是非との催促なのよ。ところがあたし、いよいよお稽古で忙しいでせう。それでだいたいお話するからなんとか、五、六枚にまとめてあなた出しておいてくれない？」

とあり、日記に書かれたことが実際にあって、「重い鎖」という作品の中でも代筆を依頼されております。

地域雑誌「谷根千」の編集長だった森まゆみさんに、『断髪のモダンガール　四二人の大正快女伝』（文藝春秋、二〇〇八年四月二五日刊）という本がありますが、「髪は女の命」といわれた日本で、「断髪をする」ということは、当時の最先端を行く、「モガ」と呼ばれた女性たちにとって、自立した女性の象徴として考えられていたようです。

ところで、この「重い鎖」という作品は、昭和十二（一九三七）年に『新潮』にお書きになっているんですけれども、こまごまご紹介する時間はないんですけれども、福田先生と伊沢蘭奢の関係を集大成したような作品になっていて、主人公は、橋の木偏のない字で「喬吉」というのが恐らく福田先生ご自身らしいんですけれども。そして伊沢蘭奢らしいのが、「河村惠里」という名前で出ています。

最初の書き出しが、「喬吉はその日の午後の講義をきくことをやめて、本郷から長いこと市電にゆられ青山の方に廻り、河村惠里の下宿に寄った。」ということですので、恐らく伊沢蘭奢と考えていいのではないかというふうに思いますけれども、ここで断髪のことが頼まれることになります。

そして、喬吉がどういうことで河村惠里と知り合ったか、そういうことから書き起こしているわけですけれど、昭和二年の夏ごろ、小さな雑誌の同人誌の集まりで、友人、蒲池歓一さんになるわけですけれど、友人の紹介で、喫茶店で知り合って、それからそこのサロンに出掛けていくというふうなことが書いてあります。あんまり福田先生は新劇界のことには触れていないんですけれども、この「重い鎖」の中では、「青柳マユミ」という名前で伊沢蘭奢さんのライバルの女優さんも登場させたりしているわけですね。「花柳はるみ」という女優さんが遺稿集にも書いていて、非常にしのぎを削って、いじわるしたようなこともあったようで、後悔しているような文章をちょっと寄せたりしておりますけれども、そういうライバル関係のことなんかも描いております。

それから、「夜寒」のところで二人がお寺へ行くわけですけれども、ここの「重い鎖」の中では、その寺の息子の細君が時々蘭奢のお芝居のエキストラにも出ていて、人手が手薄の時ですね。そういう関係で、その時も正月のラジオ放送か何かのラジオドラマの手伝いに、その寺の息子の細君に出演を手伝ってもらう、そういうお願い事があって、学生を連れて出掛けていった。作品では喬吉になっていますが、喬吉を伴って出掛けたという、「夜寒」の状況背景というのが、「重い鎖」を読むと分かるような、そういう感じになっております。

そして帰りに、青山の一件もまた描かれていて、いろいろあるんでうまく説明できないんですけれど、最後のところは「この時彼の心には愛情といふよりもつと逆な殺伐な復讐といつた荒んだものがたぎりたつた」なんていうような、ちょっと危険な感情も描かれたりしております。ここの「重い鎖」という題なんですけれども、全体の作品を読むと、喬吉と惠里の二人の関係。あるいは喬吉が、いろいろな感情で非常に行動的になれない。そういうふうな二人の関係とか気持ちを抽象して、「重い鎖」というふうな題をつけているのかなという、そんな感じに受け取ることができます。

そういう関係であって、晴れない気持ちのある日、梅雨上がりのある日に、突然、作品の中では「江藤」という名前で内藤民治が出てくるんですけれども、江藤から速達があって、女優が亡くなったという知らせを受けるわけです。そして、告別式で喬吉は、「ぐつと胸をしめつけられ自ら涙がにじんでくるのをとどめることができなかつた。」と、その死を悼むのだった。その後、江藤から依頼を受けて遺稿集の編纂を頼まれる、そういう経過が描かれております。こういうことで、この「重い鎖」という作品は、伊沢蘭奢と先生の関係を集大成したような、そういう作品になっているのではないかというふうに思います。

十分なお話ができないで、まとまりのない話をしておりますけれども、この「女優もの」といいますか、「蘭奢もの」というのは、先生にとって、一つの青春の文学だったのではないかというふうに思うわけですけれども、先生の作品の中で、一つは同人雑誌の『明暗』が、非常に先生の文章の修業時代の重要な支えになったわけです。それと同時に、その『明暗』を通して伊沢蘭奢と出会い、その伊沢蘭奢を通して内藤民治を知る。そういうことで、先生自身が、内藤民治氏は「私には謎のような人だったが、おかげで私の青春に色々人生の影を投げ与えてくれた」というふうにお書きになっているわけですね。

今日は、ちょっと触れられませんでしたけれども、先生の作品群の最後に「N」というマークがついておりますけれど、「河岸」とか「北洋航路」「内藤民治氏のこと」「内藤民治氏の片影」。今、私が気がついているのは、この文章二つと、小説といいますか、文学作品が二点あるわけですけれども、伊沢蘭奢没後、内藤民治に誘われて北洋航路の船に乗って、北の海の漁の様子などをレポートするわけで、それを題材にして「北洋航路」という小説をお書きになるわけです。九州育ちの先生にとっては、北の海というのは非常にロマンがあって、夢があったわけですけれど、実は内藤民治に誘われて日露漁業の船に乗って北の海に乗り出すという、そういう体験をして、それがあの「北洋航路」という作品になっているわけで、伊沢蘭奢と知り合って、さらに内藤民治と出会う。

先生の「伊沢蘭奢もの」という作品群は、先生の文学の中で一つの青春文学の象徴的な作品群ということで、その大切な要素としては、同人雑誌の『明暗』。それと、それを通じて知り合った伊沢蘭奢と内藤民治。一種の三点セットみたいな感じになっていると思うんですけれども、福田先生にとって伊沢蘭奢と知り合い、内藤民治と出会ったことは、先生の青春にいろいろな人生の影や彩りを与えることになったのではないかと。まさに先生にとって「女優もの」というか、「伊沢蘭奢もの」というのは、先生の青春の文学を象徴しているものの一つではないかというふうに思ったりしております。

限られた時間で、先生の作品の中から「蘭奢もの」と呼ばれるものはどういうものがあるのか、まだまだ十分探し切れていないんですけれども、今、分かったものは、お手元に挙げた表になったものでございます。出典が分からなかったり、まだまだ探し切れてないものもあるかと思いますので、またお気づきのことがございましたら、お教えいただければ幸いだと思います。なかなかうまくお話しできなくて、拙ないお話になってしまいましたけれども、この辺でお許しいただきたいと思います。だいぶ時間が超過したのではないかと思って、申し訳なく思っています。どうも失礼いたしました。

（第二一〇回、二〇〇九年一一月三日）

福田清人　略年譜

明治三十七（一九〇四）**年**　**〇歳**

十一月二十九日、長崎県東彼杵郡波佐見町に和一郎・すいの長男として生まれる。父は、医学研修中だったが、脚気で帰郷していた。

明治四十二（一九〇九）**年**　**五歳**

父は、炭坑病院で勤務をしながら、独学で医師免許取得。この間母の実家に暮らしていたが、父の元へ赴く。六月、弟要誕生。

明治四十四（一九一一）**年**　**七歳**

四月、芳谷尋常高等小学校入学。

明治四十五（一九一四）**年**　**八歳**

四月、父が開業。開業先の土井首小学校に転校。十月、弟伝誕生。

大正四（一九一五）**年**　**十一歳**

座敷にあった大額「寿而康」の筆者松香散人が、明治医制の確立者長与専斎翁であること、翁の父中庵が、福田家から長与家に養子に行った人であること、専斎の末子善郎は、小説家であることなどを知る。一人で母方の祖母倉蔵を波佐見に訪ねる。秋、弟大四郎誕生。

大正五（一九一六）**年**　**十二歳**

九月、弟大四郎死去。

大正六（一九一七）**年**　**十三歳**

三月、小学校卒業。祖父の勧めで長崎県立大村中学玖島学館入学。五月、祖父栄左衛門死去。

大正七（一九一八）**年**　**十四歳**

二月、妹治子誕生。三月、村医に招かれ、香焼島に転居。

大正八（一九一九）**年**　**十五歳**

肋膜をわずらい一年休学。

大正九（一九二〇）**年**　**十六歳**

四月、再入学。文芸部員として活躍、同人誌『晩鐘』発行。一級下に伊藤静雄がいたが、交流はなかった。

大正十二（一九二三）**年**　**十九歳**

三月、長崎県立大村中学校卒業。四月、福岡高等学校

（旧制）文科丙類入学。同級生に那須辰造、フランス語講師に石川淳がいた。

大正十三（一九二四）**年**　**二十歳**

中学の先輩原田謙次の主宰する『文芸復興』に中学の後輩蒲池歓一のすすめで誌友となり、詩を発表。

大正十五（一九二六）**年**　**二十二歳**

三月、福岡高校文科丙類を卒業。四月、東京帝国大学国文学科に入学。同級に堀辰雄、臼井吉見、成瀬正勝、高野正巳、入江相政等がいた。蒲池歓一らと同人雑誌『明暗』を創刊。

昭和三（一九二八）**年**　**二十四歳**

『時事新報』の童話、『読売新聞』の短篇募集に一、二回入選、筆名は水城茂人。かつての雑誌『中外』の経営者内藤民治の依嘱で新劇協会の伊沢蘭奢の遺稿集編纂を手伝う。

昭和四（一九二九）**年**　**二十五歳**

三月、東京帝国大学卒業。卒業論文は「硯友社の文学運動」。卒業前に第十次『新思潮』に参加。五月、第一書房に入社。『新思潮』（九月）の「地球の遠望」が、文芸時評で林房雄、中河与一らにほめられる。

昭和五（一九三〇）**年**　**二十六歳**

一月、伊藤整らの『文芸レビュー』に参加。七月、中河与一主宰の『新科学的文芸』の同人となる。十二月一日、執行藤枝と結婚、雑司ヶ谷に新居を構え、のち目白に移る。

昭和六（一九三一）**年**　**二十七歳**

五月、雑誌『セルパン』（第一書房発行）創刊と共に編集長となる。初めて『新潮』より原稿を依頼され、六月号に「影の構成」を発表。十二月、第一書房退社。豊島区長崎南町に転居。

昭和七（一九三二）**年**　**二十八歳**

九月、日本大学芸術科講師となる。

昭和八（一九三三）**年**　**二十九歳**

二月、『硯友社の文学運動』（山海堂出版部）刊行。七月、短篇集『河童の巣』（金星堂）刊行。

昭和九（一九三四）**年**　**三十歳**

一～四月頃、杉並区和田本町九〇一番地に転居。

昭和十（一九三五）**年**　**三十一歳**

三月、「脱出」(『新潮』)発表。(後、連作「指導者」「胸像」を加え長篇「指導者」とし、一九四一年一月に第一書房より刊行)。「脱出」が佐藤春夫に『文芸春秋』で激賞される。六月、「青春年鑑」(『時事新報』六月十九日から七月十日まで二十回連載)。

昭和十一(一九三六)年　三十二歳

三月、父と上海、蘇州に遊ぶ。六月、丹羽文雄らと『文学生活』の同人となる　九月、短篇集『脱出』(協和書院)刊行。

昭和十二(一九三七)年　三十三歳

二月、『新潮』に三五〇枚の「国木田独歩」発表。それに一五〇枚を加えて六月、「新選純文學叢書」(新潮社)の一冊として刊行。三月、伊藤整・永松定と同人雑誌『インテリゲンチヤ』を創行。六月『青春年鑑』(インテリゲンチヤ社)刊行。

昭和十三(一九三八)年　三十四歳

杉並区成宗(後の杉並区成田西)に転居。半年にわたり『長崎日々新聞』に「処女航路」を連載、その後『若草』と改題して十一月に第一書房より刊行。

昭和十四(一九三九)年　三十五歳

一月、『文学者』同人となる。二月、大陸開拓文芸懇話会を結成。三月より約一カ月、伊藤整らと中国を旅する。十二月、『日輪兵舎』(朝日新聞社)刊行。

昭和十五(一九四〇)年　三十六歳

六月、『若草』が松竹で映画化される。七月、『日輪兵舎』が新国劇により東京劇場で上演される。九月、短篇集『生の彩色』(河出書房)刊行。

昭和十六(一九四一)年　三十七歳

一月、『指導者』(第一書房)刊行。三月、『平家物語』(童話春秋社)刊行。春、満州移住協会の依嘱で東宮鉄男大佐の伝記をかくため満州に取材旅行。七月、「東宮大佐」(『開拓』~十二月)発表。

昭和十七(一九四二)年　三十八歳

三月、日本大学芸術科講師を辞任。四月、日本文学報国会企画課長となる。三月、『東宮大佐』(東亜開拓社)刊行。

昭和十八(一九四三)年　三十九歳

三月、湯浅克衛らと文報派遣で朝鮮を講演旅行、ついで単身満鉄からの招きで満州へ赴く。四月、『北満の空晴れて』（国華堂日童社）刊行。七月、日本文学報国会を辞し、八月、大政翼賛会文化部副部長となる。

昭和十九（一九四四）**年**　**四十歳**

十二月二十日、翼賛会を辞し、同二十一日、日本少国民文化協会事務局総務部長兼企画室長（後に事務局次長）となる。

昭和二十（一九四五）**年**　**四十一歳**

八月、終戦により日本少国民文化協会解散、その処理に当る。

昭和二十一（一九四六）**年**　**四十二歳**

一月、労働科学研究所文化政策部主任研究員となる。秋、宮崎県都城分室に滞在、農村調査にあたる。都城生活は後に『花ある処女地』（昭和二十三年十一月、真光社刊）の題材となる。

昭和二十二（一九四七）**年**　**四十三歳**

三月、労働科学研究所を退職する。六月、短篇集『人形奇譚』（世界社）刊行。八月、少年小説の代表作『岬の少年たち』（講談社）刊行。

昭和二十三（一九四八）**年**　**四十四歳**

春、二十七日会東京作家クラブに加わる。のち幹事長となる。

昭和二十四（一九四九）**年**　**四十五歳**

一月、『明日ひらく花』（むさし書房）、三月、『俳人石井露月の生涯』（講談社）、九月、『爽やかな鈴』（田園社）、十月、『美しき誓い』（童話春秋）刊行。

昭和二十五（一九五〇）**年**　**四十六歳**

四月、実践女子短期大学教授、女子学習院短期大学講師となる。

昭和二十七（一九五二）**年**　**四十八歳**

三月、「南国の肌」（原題「花ある処女地」）が東宝で映画化される。女子学習院短期大学講師を辞し、四月、実践女子大学教授となる。『日本読書新聞』に「日本近代文学紀行」を連載（昭和二十九年、新潮社より刊行）。

昭和二十八（一九五三）**年**　**四十九歳**

四月、公立学校共済組合発行『文芸広場』の編集委員となる。

昭和二十九（一九五四）**年**　**五十歳**

五月、『日本近代文学紀行　東部篇』、七月、『日本近代

文学紀行　西部篇』（共に新潮社・一時間文庫）刊行。七月より、「作家遍歴」（『産業経済新聞』七月二十三日〜十一月八日）連載（一九五五年二月、中央公論社刊『十五人の作家との対話』所収）。十月、『名作モデル物語』（朝日新聞社）刊行。初めて舞踊台本「物ぐさ太郎」を松賀緑のため書く。九月五日三越劇場で公演。

昭和三十（一九五五）年　五十一歳

五月、浜田広介らと日本児童文芸家協会を結成し、理事となる。二月、『十五人の作家との対話』（中央公論社）刊行。十一月から『少年少女のための現代日本文学全集』全二十四巻（東西文明社）を久松潜一・伊藤整と編集。十一月、浅草、浅草寺境内に建つ添田唖蟬坊碑に無署名で略伝を書く。

昭和三十一（一九五六）年　五十二歳

六月、『少年少女のための国民文学』全十二巻（福村書房）を編集。

昭和三十二（一九五七）年　五十三歳

一月、映倫青少年映画審議会委員となる。四月、産経児童出版文化賞選定委員となる。十月、長崎県大村国立真珠研究所の真珠貝の碑文を書く。『昭和児童文学全集』（東西文明社）を共編。十一月、『火の女』（朋文社）刊行。

昭和三十三（一九五八）年　五十四歳

一月、『日本史の光』全六巻（あかね書房）共編。三月、実践女子大学教授を辞任。四月、立教大学講師となる。五月、『天平の少年』（二月、講談社刊）により第五回産経児童出版文化賞を受賞。木俣修等と、国文ペンクラブ設立。

昭和三十四（一九五九）年　五十五歳

一月、『現代文章講座』全三巻（東西文明社）を編集。四月、日本文芸家協会理事となる。六月、『縮刷日本文学全集』（日本週報社）全十巻を塩田良平と編集。

昭和三十五（一九六〇）年　五十六歳

四月、立教大学教授となる。伊藤整ら青年時代からの友人と同人雑誌『春夏秋冬』を創刊。

昭和三十七（一九六二）年　五十八歳

三月、『日蓮』（偕成社）、九月『豊臣秀吉』（ポプラ社）刊行。十月、滑川道夫・鳥越信らと日本児童文学学会を創立。

昭和三十八（一九六三）**年**　**五十九歳**

三月、『春の目玉』（講談社）刊行。四月、日本近代文学館常任理事、野間児童文芸賞選考委員となる。五月、山形県鳩峰峠に建った浜田広助文学碑碑蔭の略伝を記す。

昭和三十九（一九六四）**年**　**六十歳**

六月、内閣から中央青少年問題協議会専門委員に任命される。七月十九日から十月三日まで、総理府の青年海外派遣団北欧班団長として八ヵ国を訪問。『国木田独歩全集』（学習研究社）全十巻を塩田良平等と編集。

昭和四十（一九六五）**年**　**六十一歳**

四月、『古典文学全集』（ポプラ社）、『尾崎紅葉集』（筑摩書房）編集。五月、浜田広介のあとを受け、日本児童文芸家協会理事長となる。

昭和四十一（一九六六）**年**　**六十二歳**

三月、『人と作品叢書』全三十六巻（清水書院）を監修。九月、『春の目玉』で国際アンデルセン賞優良賞を受賞。十月、群馬県椎阪峠のおの・ちゅうこう文学碑の碑文を書く。『秋の目玉』（七月、講談社刊）で野間児童文芸賞を受賞。

昭和四十二（一九六七）**年**　**六十三歳**

一月三日、『春の目玉』をＮＨＫテレビが放映。四月、東京都近代文学博物館運営委員となる。七月から七週間、米国モントレー外国語大学に出張講義。十二月、『旺文社ジュニア図書館』を波多野勤子等と編集。

昭和四十三（一九六八）**年**　**六十四歳**

九月、『名著複刻全集』（日本近代文学館）の編集委員。

昭和四十四（一九六九）**年**　**六十五歳**

七月、『複刻赤い鳥の本』（ほるぷ出版）全二十三巻を伊藤整、木俣修と監修。『夢をはこぶ船』（講談社）、十二月、『ものぐさ太郎』（旺文社）刊行。

昭和四十五（一九七〇）**年**　**六十六歳**

二月、『小学生の日本古典全集』（学燈社）を石森延男・井本農一と編集。三月、立教大学を定年退職。四月、立教女学院短期大学教授となり、新設の幼児教育科で児童文学を担当、また短期大学図書館長となる。六月二十五日から八月まで、『めぐり逢い』（原題『若草』）がＮＴＶで放映される。七月、『名著複刻日本児童文学館』（ほるぷ出版）を藤田圭雄等と編集。

昭和四十七（一九七二）**年**　**六十八歳**
二月、「日本昔噺の最初の英訳本叢書ちりめん本について」（『日本古書通信』）発表。四月、『写生文派の研究』（明治書院）刊行。四月、東京都近代文学博物館運営委員会会長となる。六月、第十一回国語審議会委員となる。

昭和四十八（一九七三）**年**　**六十九歳**
三月、立教女学院短期大学を退職。四月、実践女子大学教授となる。十一月、国語教育尽力の功により第四回博報賞を受賞。十一月、三十年来執筆の再話の集大成『ジュニア版日本の古典文学』全十六巻（偕成社）を刊行開始（〜一九七六年十二月）。十一月二十七日、浜田広介日本児童文芸家協会葬に葬儀委員長を務める。

昭和四十九（一九七四）**年**　**七十歳**
二月、『福田清人著作集』全三巻（冬樹社）刊行。三月、『句集麦笛』（私家版）。

昭和五十（一九七五）**年**　**七十一歳**
一月、『文学作品の味い方』（明治書院）、二月『浜田広介全集』編集委員。五月、日本児童文芸家協会会長となる。春の叙勲で勲四等旭日小綬章を受ける。

昭和五十二（一九七七）**年**　**七十三歳**
三月、実践女子大学を退職。七月〜九月、「若草」が「母の肖像」と改題されTBSで放映。

昭和五十三（一九七八）**年**　**七十四歳**
七月、『長崎キリシタン物語』（講談社）刊行。

昭和五十四（一九七九）**年**　**七十五歳**
『長崎キリシタン物語』により第二十六回産経児童出版文化賞を受賞。

昭和五十五（一九八〇）**年**　**七十六歳**
五月八日、郷里の波佐見町に文学碑が建ち、その日、名誉町民賞を受賞。十一月、『句集坂鳥　附・生い立ちの記』（宮本企画）刊行。

昭和五十七（一九八二）**年**　**七十八歳**
九月二十日、大村に天正少年使節四百年記念像が建ち、その撰文を書く。

昭和五十八（一九八三）**年**　**七十九歳**
二月、『天正少年使節』（講談社）刊行。四月、『返り花私の俳句歳時記』（明治書院）刊行。

昭和五十九（一九八四）**年**　**八十歳**

日本文芸家協会名誉会員に推される。十月、『句集水脈』（麥笛書屋）刊行。十一月、『咸臨丸物語』（ぎょうせい）刊行。

昭和六十（一九八五）**年　八十一歳**

九月、『句集月影』（麥笛書屋）刊行。十一月二十六日、日本ペンクラブ創立五十年で名誉会員に推される。

昭和六十一（一九八六）**年　八十二歳**

九月二十日、長崎諏訪神社に向井去来の句碑が建ち、その撰文を書く。

平成二（一九九〇）**年　八十六歳**

四月、諫早市「日本子どもふるさと大賞」委員長を委嘱される。十月十五日、長崎諏訪神社に文学碑（「岬道おくんち詣での思ひ出も　清人」）が建ち、その除幕式が行われる。十一月三日、立教女学院短期大学図書館で、福田清人文庫開設記念の会が行われる。十一月二十九日、『近代作家回想記』（宮本企画）刊行。

平成三（一九九一）**年　八十七歳**

十月二十八日、波佐見町に寄贈した土地（原籍地）に「福田清人記念児童遊園」が完成。「この園にみのれ甘柿巨き人　清人」と刻まれた句碑の除幕式が行われる。十一月、『句集紅樹』（宮本企画）刊行。

平成四（一九九二）**年　八十八歳**

十一月、『現代作家回想記』（宮本企画）刊行。

平成五（一九九三）**年　八十九歳**

三月、『望郷　私の俳句歳時記』（宮本企画）刊行。十月二十五日、白内障のため日赤に入院。以後体調すぐれず、入退院をくり返す。

平成七（一九九五）**年　九十歳**

六月十三日、急性心不全のため久我山病院で死去。葬儀・告別式は日本児童文芸家協会葬として同月十七日、杉並区堀ノ内の妙法寺静堂（神式）で行われた。七月一日、従五位（位記）を追贈される。

平成十（一九九八）**年**

三月十四日、波佐見町総合文化会館前の広場に胸像が建ち、その除幕式が行われる。

平成十六（二〇〇四）**年**

五月五日、「福田清人先生生誕百年を記念する会」（波佐見町有志ら）が、波佐見町の「福田清人記念児童遊園」に本籍地を示す木柱を設置。

平成十七（二〇〇五）**年**

日本児童文芸家協会が「福田清人賞」を設ける。

平成二十一（二〇〇九）**年**

十一月、『火の女』（勉誠出版）刊行（朋文社、昭32の復刊）。

付記：年譜作成にあたり、『福田清人著作集　第3巻』（冬樹社、昭49）、「実践国文学」（昭52・9）を参照した。

福田清人　主要参考文献

単行本

小山耕二路ほか編『岬道』福田清人文学碑建碑委員会、（平2・11）
津川正四『福田清人と「文芸広場」』宮本企画（平2・5）
板垣信ほか『福田清人』宮本企画、（昭61・7）
今井幹雄ほか『福田清人　2』宮本企画（昭62・11）

雑誌特集

「福田清人の小説集」（「文學生活」昭11・12）
「福田清人先生記念特集」（「立教大学日本文学」昭45・12）
「福田清人教授退職記念特集」（「實踐國文學」昭52・10）
「特集　福田清人・人と作品」（「児童文芸」平3・1）
「追悼　福田清人先生」（「文芸広場」平7・11）
「特集　福田清人先生の足跡」（「児童文芸」平8・2）
「〈特集〉追悼・福田清人先生」（「りんどう」平8・7）
「特集1 本協会前会長 福田清人生誕百年によせて」（「児童文芸」平16・5）
「特集福田清人の世界」（「児童文芸」平20・4）

論文・評論

一戸　務「福田清人の印象」（「文藝レビュー」昭5・11）
上林　曉「福田清人論」（「新文學研究」昭7・5）
北園克衛「Neo Pragmatism あるひは福田清人論」（「新科學的　文藝」昭7・8）
一条迷洋「福田清人論」（「翰林」昭9・2）
永松　定「淡々として水の如き福田清人　人とその藝術」（「文藝汎論」昭10・7）
上林　曉「福田清人との附合ひ」（「新潮」昭31・5）
伊狩　章「成瀬正勝と福田清人」（「國文學」昭36・10）
西沢正太郎「「岬の少年たち」をめぐる行動性　福田清人序論」（「現代少年文学」昭42・4）
志村有弘「福田清人試論―著作集全三巻の出版に寄せて―」（「九州人」昭49・7）

志村有弘「福田清人の文学―望郷の作家―」（「文人」昭56・7）
板垣　信・長堀桂子「福田清人氏に聴く」（「立教女学院短期大学紀要」昭58・1）
浜野卓也「福田清人「春の目玉」論―「次郎物語」との比較において―」（「児童文芸」昭59・7）
板垣　信「福田清人の人と文学を語る」（「立教女学院短期大学紀要」平4・12）
板垣　信・髙根沢紀子「川端康成の福田清人宛書簡」（「立教女学院短期大学紀要」平18・2）
板垣　信・髙根沢紀子「川端康成の福田清人宛書簡（2）」（「立教女学院短期大学紀要」平19・2）

書評・解説・その他

吉行エイスケ「續、赤手帳子」（「文藝レビュー」昭5・6）
中河與一「藝術派新人論」（「人物評論」昭8・3）
伊藤　整「福田清人著「硯友社の文学運動」」（「季刊文学」昭8・6）
森本　忠「二人の短篇作家―河童の巣（福田清人）、薔薇盗人（上林暁）―」（「翰林」昭8・9）
佐藤春夫「文藝ザックバラン㈣―文藝時評―　四、創作「脱出」に敬服の事」（文藝春秋」昭和10・4）
十和田　操「福田清人氏の「脱出」」（「行動文學」昭11・11）
伊藤　整「福田清人の「国木田独歩」」（「福岡日日新聞」昭12・2・1）
田邊　茂一「「若草」（福田清人）」（「文學者」昭14・1）
伊藤　整「福田清人著『大陸開拓』を讀む」（「日本大學新聞」昭15・1・5）
上林　曉「福田清人著「日輪兵舎」」（「文學者」昭15・2）
片岡良一「福田清人「生の彩色」「松花江」」（「文學者」昭15・12）
無署名「〈新刊巡禮〉『生の彩色』福田清人著」（「三田文學」昭16・4）
伊藤　整「福田清人「東宮大佐」」（「開拓」昭17・5）
伊藤　整「〈友を語る〉福田清人」（「中京タイムス」昭23・6・21）
十和田　操「福田清人著「俳人石井露月の生涯」」（「文芸時代」昭24・7）

無署名「一肌ぬいだ伊藤整　福田清人に変わらぬ友情」（「東奥日報」昭29・10・7）
中澤圣夫「福田清人氏の『天平の少年』」（「文芸予報」昭33・9）
西沢正太郎「『春の目玉』の光　福田清人先生作」（「文芸広場」昭38・4）
無署名「長編少年少女小説「春の目玉」出版―福田清人氏の力作―」（「長崎縣人」昭38・7）
西沢正太郎「天平の少年・春の目玉　ゆめを歴史にむすぶ作家福田清人」（「中学生文学」昭39・6）
木俣　修「福田清人著『私の徒然草』読後　バラエティに富んだ随筆」（「文芸広場」昭39・11）
無署名「野間児童文学賞を受けた福田清人」（「日本教育新聞」昭41・10・13）
今村忠純ほか「福田清人編「人と作品（Century Books）」（「立教大学日本文学」昭41・11）
殿山芳麿ほか「福田清人編「人と作品（Century Books）」（「立教大学日本文学」昭42・11）
西沢正太郎「福田清人著『暁の目玉』」（「文芸広場」昭43・12）
西沢正太郎「〈中学生の本棚〉『暁の目玉』」（「中学生文学」昭44・1）
おの・ちゅうこう「「暁の目玉」と「海の口笛」」（「児童文芸」昭44・3）
香川　茂「福田清人『暁の目玉』をどう読むか」（「中学生文学」昭44・5）
無署名「福田氏の「若草」がテレビドラマに　―「めぐりあい」と改題され、四チャンネルで」（「長崎県人」昭45・5）
村松定孝「福田清人著「童話の作り方」」（「児童文学研究」昭46）
漆原智良「私の書架　福田清人著『ざしきボッコとなかまたち』」（「文芸広場」昭47・2）
津川正四「私の書架　本誌選者福田清人先生の秀作　創作童話『ざしきボッコとなかまたち』」（「文芸広場」昭47・3）
津川正四「私の書架　累積された大著　福田清人著『写生文脈の研究』」（「文芸広場」昭48・1）

板垣　信「福田清人著作集」(「パピルス」(立教女学院短期大学図書館) 昭48・12)
編集部「福田清人句集「麦笛」について」(「文芸広場」昭49・6)
西本鶏介「児童文学のふるさと　福田清人〈上〉」(「山陰新聞」昭50・8・18)
西本鶏介「児童文学のふるさと：福田清人〈中〉」(「山陰新聞」昭50・8・19)
西本鶏介「児童文学のふるさと：福田清人〈下〉」(「山陰新聞」昭50・8・21)
西沢正太郎「福田清人『春の目玉』『秋の目玉』」(「中学生文学」昭51・10)
深江福吉「福田清人先生の郷里」(「文芸広場」昭51・11)
志村有弘「福田清人　上」(「読売新聞」昭52・5・23)
志村有弘「福田清人　下」(「読売新聞」昭52・5・24)
志村有弘「福田清人・呼子丈太朗・長谷川修」(「九州人」昭53・6)
志村有弘「福田清人「長崎キリシタン物語」」(「九州人」昭53・9)
西沢正太郎「〈中学生の本棚〉『長崎キリシタン物語』」(「中学生文学」昭53・10)
高野夜穂「松尾芭蕉　福田清人」(「あした」昭55・9)
高野夜穂「句集　坂鳥　福田清人」(「あした」昭56・10)
志村有弘「福田清人─熾烈な望郷の念を秘めた作家─」(「財界九州」昭58・7)
志村有弘「児童文学の先駆者・福田清人」(「財界九州」昭59・1)
志村有弘「福田清人と九州─『咸臨丸物語』刊行に寄せて─」(「財界九州」昭59・12)
西沢正太郎「岬の少年たち」(「児童文芸」昭60・3)
志村有弘「福田清人─文学の母胎と国文学研究─」(「財界九州」昭60・11)
津川正四「福田清人と「文芸広場」(1)」(「文芸広場」昭63・7) 平21・3まで21回連載。
秋葉安茂「「福田清人文学碑」の除幕式にのぞんで」(「文芸広場」平2・11)
宮本瑞夫「福田清人先生建碑式随行記」(「かたりべ」平2・12・28)

小林茂三「文広対話　まだ見ぬ福田清人先生のこと」（「文芸広場」平4・9）
西沢正太郎「少年の夢定まらず—福田清人「望郷」に寄せて—」（「教育報道新聞」平5・5・25）
志村有弘「長崎の作家福田清人」（「長崎人」平7・1）
無　署　名「児童文学の発展に貢献—福田清人氏が死去」（「朝日新聞」平7・6・14）
紅野敏郎「〈福田清人顧問追悼〉福田さんを偲ぶ」（「日本近代文学館」平7・7）
原田耕作「福田清人先生御逝去のこと」（「文芸広場」平7・8）
津川正四「福田清人先生を偲ぶ（一）」（「文芸広場」平7・9）
浜野卓也「追悼・福田清人—福田先生とわたし—」（「日本児童文学」平7・10）
津川正四「福田清人先生を偲ぶ（二）」（「文芸広場」平7・10）
津川正四「福田清人先生を偲ぶ（三）」（「文芸広場」平7・11）
津川正四「故　福田清人先生一周忌によせて」（「文芸広場」平8・6）
西沢正太郎「伊豆大室山荘の一夜—福田清人先生を偲ぶ—」（「教育報道新聞」平8・7・15）
西沢正太郎「福田清人と「中学生文学」—少年少女時代に夢を—」（「教育報道新聞」平10・11・25）
西沢正太郎「福田清人に、なかにし礼をむすぶ—「岬道おくんち詣で」と「長崎ぶらぶら節」」（「教育報道新聞」平12・3・15）
西沢正太郎「福田清人の「旅と文学」」（「教育報道新聞」平12・5・15）
神宮輝夫「神宮版戦後日本児童文学史⑤—リアリスティックな作品　一九六〇年代」（「飛ぶ教室」平21・7）
西沢正太郎「福田清人賞の独自性と展望—名著『火の女』復刊によせて—」（「児童文芸」平22・4）

「福田清人文庫の集い」主な展示資料

開設記念の会（一九九〇年）

「福田清人文庫開設記念」展

「福田清人胸像」（社団法人日本児童文芸家協会贈呈）

色紙（「岬道おくんち詣での思ひ出も」他／小川未明「毎年夏が来るたび雲に風に少年の日を思ひ出す…」／坪田譲治「老驥伏櫪志在千里」／浜田廣介「何をうたふか耳よせ聞けば古けし可愛や山のうた」）

長崎市立土井首小学校生徒から福田清人宛のメッセージ

文と絵、色紙

第二回（一九九一年）**「天正少年使節」挿画展**

「天正少年使節」原稿

「天正少年使節　1〜79」（『朝日小学生新聞』複写）

『天正少年使節』（講談社、昭58・2）

山口景昭「天正少年使節」挿画・表紙原画

「福田清人文学碑・岬道」（長崎市諏訪神社境内　平2・10・15建立）写真

「少年の春の目玉は光りたり　清人」波佐見焼壁掛

第三回（一九九二年）**「福田清人―望郷の作家―」展**

「海のヂプシイ」（『セルパン』昭6・8）

「記憶の一頁」（『セルパン』昭6・9）

「童話風な村」（『セルパン』昭7・3）

「光線」（『長篇文庫』昭14・11）

「ふるさとこそ原点」（『読売新聞』昭56・1・12）

「九州帰省句抄」（『九州時代』昭58・8）

「福田清人児童遊園開園記念式典」（平3・10・28）写真

「波佐見町名誉町民」（昭55）勲記

第四回（一九九三年）**「『天平の少年』と少年少女歴史小説」展**

大仏次郎『〈少年倶楽部文庫1〉鞍馬天狗―角兵衛獅子』（講談社、昭50・10）

『天平の少年』（講談社、昭33・2）

『天平の少年批評集』（私家版、昭33・8）＊産経児童出版文化賞記念

古田足日『うずしお丸の少年たち』（講談社、昭37・5）
今西祐行『肥後の石工』（実業之日本社、昭40・12）
浜野卓也『東国の兄弟』（岩崎書店、昭43・11）
浜野卓也『堀のある村』（岩崎書店、昭47・7）
『長崎キリシタン物語』（講談社、昭53・7）
「長崎諏訪の杜文学館オープン」（平5・7・17）写真

第五回（一九九四年）**「福田清人・昭和文壇私史」展**

「昭和文壇私史」（『福田清人著作集　第3巻』冬樹社、昭49・2）
『春の目玉』（講談社、昭38・3）
『秋の目玉』（講談社、昭41・7）
「中央線沿線」（『文芸』昭9・7）
原田謙次「魔術師の店」（『赤い鳥』大13・7）
蒲池歓一『伊藤整』（東京ライフ社、昭30）
『文芸広場』（平5・8、平6・6、7、9）
「夏艸や独歩辿りけむ空知川」色紙

第六回（一九九五年）**「福田清人先生を偲んで」展**

写真「福田清人十九歳のお正月」、「天正少年使節撰文碑の前で」、「福田清人文庫開設記念の会」（平2・11・3ほか、全十五点）
訃報『日本経済新聞』（平7・6・14、朝刊）、『朝日新聞』・『毎日新聞』・『読売新聞』（平7・6・14夕刊）
追悼記事『産経新聞』（平7・6・18）、『教育報道新聞』（平7・6・25）、『教育報道新聞』（平7・7・25）、『読売新聞』（平7・7・21夕刊、複写）

第七回（一九九六年）

「福田清人蔵書展　ＰＡＲＴ１―ご著書を中心に―」

長崎県立大村高等学校図書館「福田清人作詞校歌と『玖城』Ⅰ、Ⅱ」ファイル
「雪の精吸ひて美し北の女」色紙
写真「昭和三十年頃、実践女子大学にて」、「昭和四十八年夏、伊豆高原にて」（中嶋芳正撮影）、「福田清人児童遊園開園記念式典」（平3・10・28、山口景昭撮影）

第八回（一九九七年）

「福田清人の伝記文学・作家研究―国木田独歩を中心に―」

西岡竹次郎宛書簡（昭29・6・9消印）
吉松祐一宛書簡（昭41・7・1消印）
『國木田獨歩』（新潮社、昭12・6）

『尾崎紅葉』（弘文堂書房、昭16・6）
『東宮大佐』（東亜開拓社、昭17・3）
『俳人石井露月の生涯』（講談社、昭24・3）
『九州文学』（劉寒吉追悼号、昭62・4）
『文學生活』（創刊号、昭11・6）
『リーフレット明治文学』（創刊号、昭9・1）
「見つかった作家の書簡：森鷗外・菊池寛らに新資料」記事（『朝日新聞』昭46・8・25夕刊）
「私の武蔵野」（『朝日新聞』、昭51・2・12夕刊）

第九回（一九九八年）

「福田清人蔵書展　ＰＡＲＴ2―硯友社、写生文派関係を中心に―」

「硯友社の文学運動　改訂新版」図版レイアウト見本等原稿
『硯友社の文学運動　改訂新版』（博文館新社、昭60・9）
「尾崎紅葉」原稿
「写生文派の研究」原稿
高濱虚子「福田清人『俳人石井露月の生涯』の序文」原稿
「返り花　私の俳句歳時記」原稿
巖谷小波『小波洋行土産　上巻、下巻』（博文館、明36）
徳田秋聲『雲のゆくへ』（春陽堂、明34）
伊原青々園・後藤宙外編『唾玉集』（春陽堂、明34）
秋涛居士・紅葉山人『寒牡丹』（春陽堂、明39）
高濱清編『寸紅集』（ほととぎす発行所、明33）
坂本四方太・高濱清『帆立貝　寫生文集』（俳書堂、明39）
高濱　清『鶏頭』（春陽堂、明41）
寒川鼠骨『寫生文の作法』（修文館、明40）

第十回（一九九九年）

「福田清人蔵書展　ＰＡＲＴ3―伊藤整を中心に―」

「文芸レビューの頃」原稿
「伊藤整全集　第9巻解説　晩年の女性観」原稿
「伊藤整追想　その若い日」原稿
「伊藤整」（『新潮』昭24・11切抜）
『春夏秋冬』（昭45・9、伊藤整・阪本越郎追悼特集）
『情熱の花』（角川書店、昭32・1、カバー解説：伊藤整）
伊藤整・福田清人ほか「文學生活座談會」（『文學生活』昭11・7）

『文藝レビュー』（昭5・1、5、6）
『新科學的文藝』（昭5・7、8）
『インテリゲンチヤ』（創刊号、昭12・3）
「清人居句會」（昭41・1・4日・於　杉並成宗　福田水青亭）
　寄せ書き
「福田清人と伊藤整」（昭29・9・27）写真
久米三汀（久米正雄）「福田清人詞兄を祝ひて」色紙
伊藤整『生物祭　伊藤整小説集』（金星堂、昭7・10）
伊藤整『イカルス失墜』（椎の木社、昭8・2）
伊藤整編『新文學研究』（昭6・1～昭6・7）

第十一回（二〇〇〇年）
「福田清人蔵書展　PART4―『河童の巣』『脱出』を中心に―」

『河童の巣　小説集』（金星堂、昭8・7）
『脱出　小説』（協和書院、昭11・9）
『新思潮（第十次）』（昭4・9）
『文藝レビュー』（昭5・1）
『新科學的文藝』（昭5・10）
『セルパン』（昭7・3）
『翰林』（昭8・9）
『文藝汎論』（昭11・11）
『文學生活』（昭11・12）
上林曉『薔薇盗人　小説集』（金星堂、昭8・7）
那須辰造『釦つけする家　小説集』（金星堂、昭8・7）
豊田三郎『新しき軌道』（協和書院、昭11・8）
太宰治『〈新選純文學叢書〉虚構の彷徨、ダス・ゲマイネ』（新潮社、昭12・6）
堀辰雄『〈新選純文學叢書〉風立ちぬ』（新潮社、昭12・6）

第十二回（二〇〇一年）
「福田清人蔵書展　PART5―『中学生文学』を中心に―」

「秋の目玉」原稿
西沢正太郎宛はがき（昭59・9・30消印）
西沢正太郎宛書簡（昭38・11・6消印）
「私の中学生時代」（『中学生文学』昭39・7）
「米国モントレー外語大学招待講義日記」（昭42・7）ノート　＊「渡米日記」原本
「カリフォルニアの小さな町」（『サンケイ新聞』昭42・8・8夕刊）

西沢正太郎宛書簡（昭42消印航空便）
「青い目と黒い目　1～4」（『毎日小学生新聞』（昭48・1・7～昭48・1・28連載）
西沢正太郎「目ざめのとき　福田清人『秋の目玉』」（『中学生文学』昭59・10）

第十三回（二〇〇二年）

「福田清人蔵書展　PART6―国木田独歩をめぐって―」

「国木田独歩」原稿
「銚子情話」原稿
「國木田獨歩」（『新潮』昭12・2）
『國木田獨歩』（新潮社、昭12・6）
「創作國木田獨歩に関する批評其他文献」スクラップ帳記事10点
『國木田獨歩全集』（改造社、昭5・3～昭5・12）全8巻、内6冊
『國木田獨歩全集』（鎌倉文庫、昭21・10～昭24・9）全10巻、内3冊
『國木田獨歩全集』（学習研究社、昭39・7～昭42・9）全10巻、別冊
國木田哲夫編輯『新古文林』（明38・5）
國木田哲夫編輯『婦人画報』（明39・3）ほか。

第十四回（二〇〇三年）

「福田清人蔵書展　PART7―昭和前期を中心に―」

那須辰造から福田清人宛書簡（消印部分欠落）
江見水蔭から福田清人宛はがき（昭3・11・28消印）
中河與一から福田清人宛はがき（昭4・5・15消印）
雅川滉［成瀬正勝］から福田清人宛はがき（昭4・9・22消印）
堀辰雄から福田清人宛書簡（昭5・4・16消印　速達）
江見水蔭から福田清人宛書簡（昭7・6・28消印）
［北園克衛］から福田清人宛はがき（昭7・7・14消印）
伊藤整から福田清人宛はがき（昭8・3［8？］・15消印）
春山行夫から福田清人宛書簡（21日付　昭8消印）
横光利一から福田清人宛書簡（昭9・5・14消印）
川端康成から福田清人宛書簡（昭9・5・22消印　速達）
伊東静雄から福田清人宛書簡（昭10・7・6消印？）
丹羽文雄から福田清人宛はがき（昭11・10・16消印　速達）

島崎藤村から福田清人宛書簡（10・6消印不明）
大学ノート（「19世紀佛文学思潮」辰野助教授、「上代文学」久松助教授、ほか）

第十五回（二〇〇四年）

「福田清人蔵書展　PART8―福田清人生誕100年記念―」

日記（大15・昭元ほか）
堀辰雄から福田清人宛書簡（昭6・2・9消印　速達）
舟橋聖一から福田清人宛書簡（昭10・8・7消印）
長与善郎から福田清人宛はがき（昭13・11・13消印）
丹羽文雄から福田清人宛はがき（昭26・＊・21消印）
佐多稲子から福田清人宛はがき（昭45・4・19消印）
水城茂人「従妹の宿　懸賞短篇小説」『讀賣新聞』（昭3・6・18）　＊水城茂人は福田のペンネーム
「恋人のいる街」台本（東宝・東京映画株式会社製作、昭28・2・19封切　企画・原作：新宿ペンクラブ）
「映画劇　若草」台本（AK放送）
「若草」台本（松竹大船映画、昭15・6・12）
「渡欧日記」（1964年夏）ノート
「原稿依頼簿　昭和二十一年度十一月以降」（昭31まで）
「女学院夕べの聖歌藤の花　清人」短冊

第十六回（二〇〇五年）

「福田清人蔵書展　PART9―『日本近代文学紀行』を中心に―」

「日本近代文学紀行　九州北部」（『日本読書新聞』昭58・9・7　複写）
『日本近代文學紀行　東部篇』『日本近代文學紀行　西部篇』（新潮社、昭29・5、昭29・7）
「福田清人出版記念会」芳名録（昭29・9・27）
「日本近代文学紀行批評集」ノート　新聞記事貼付
「近代文学碑概観」原稿
暉峻義等から福田清人宛書簡（昭28・1・1）
東宝・木曜プロ提携作品『南国の肌』（昭27・2公開）ポスター（原作：『花ある処女地』）
「南国の肌」新聞広告（西日本新聞、昭27・3・1夕刊）
「ふるさとや月冴ゆる諏訪去來句碑」色紙
「馬車を駆る湖道の落葉かな」色紙

第十七回（二〇〇六年）

「福田清人蔵書展　ＰＡＲＴ10―〝和田本町のころ〟を中心に―」

「伊藤整追想　その若い日」原稿

「文芸レビューの頃」原稿

日記（メモ）（昭12年）＊『國木田独歩』と『青春年鑑』を同時に書き始めた頃のメモ

伊藤整から福田清人宛書簡（昭43・3・12消印）

『文藝レビュー』（昭5・1）

『新科學的文藝』（昭5・7）

『セルパン』（昭6・5）

『翰林』（昭8・7）

『春夏秋冬』（昭35・4ほか）

「脱出」（『新潮』昭10・3）切抜

「日大芸術科の学生と。伊藤整・中村地平・坪田譲治・福田清人」（昭12）写真

第十八回（二〇〇七年）

「福田清人蔵書展　ＰＡＲＴ11―ふるさと〝長崎〟を中心に―」

「童話風な村」（『セルパン』昭7・3）

「南國の吉利支丹部落」（『セルパン』昭7・5）

「キリシタンの島」（『文藝』昭10・2）切抜

和田傳から福田清人宛はがき（昭51・8・18消印）

「児童文学への情熱」原稿

『〈日本の伝説28〉長崎の伝説』（共著、角川書店、昭53・3・10）

日記（昭51年ほか）

佐多稲子から福田清人宛はがき（昭53・3・23消印）

『長崎キリシタン物語』（講談社、昭53・7）

「長崎キリシタン物語」創作メモ

「長崎キリシタン物語」原稿

第十九回（二〇〇八年）

「福田清人蔵書展　ＰＡＲＴ12―〝人物ものがたり〟を中心に―」

『文学界』（昭29・6〜昭29・8）

「私の文学修業（1）大戦前夜（2）文報時代（3）翼賛会文化部」切抜

『文芸広場』（昭30・3〜5）

『大陸開拓文藝』（昭14・9）
「新京駅にて、田郷虎雄・湯浅克衛・李香蘭（山口淑子）・田村泰次郎・福田清人」（昭14・5）写真
田村泰次郎から福田清人宛絵はがき（軍事郵便　片山部隊検閲済印　日付消印記載無）
近藤春雄・田村泰次郎から福田清人宛はがき（昭34・5・7消印、［中華民国暦］昭20・5・7）
『講談倶楽部』（昭30・12、31・1）
「作家遍歴」（『産業経済新聞』昭29・7・23〜11・8連載　記事切抜）
武者小路実篤から福田清人宛はがき（昭9・6・28消印）
『こけし　俳句と随筆』（昭23・6）ほか

第二十回（二〇〇九年）

「福田清人蔵書展　PART13—〝女優X〟伊沢蘭奢を中心に—」

夏樹静子「女優X　伊沢蘭奢の生涯」（『別冊文藝春秋』平5・1）
夏樹静子『女優X　伊沢蘭奢の生涯』（文藝春秋、平5）
三浦茂から福田清人宛書簡（昭2〜3）3通　＊三浦茂は伊沢蘭奢の本名
伊澤蘭奢主演『マダムX』（帝國ホテル演藝場、昭3・1・14〜23上演）プログラム
伊澤蘭奢主演『マダムX』（帝國ホテル演藝場、昭3・1・20上演）観覧券
『明暗』（昭3・7）＊福田清人編集　伊澤蘭奢追悼号
鷹羽司編『素裸な自画像　伊澤蘭奢遺稿』（世界社、昭4・5）
伊藤佐喜雄から福田清人宛書簡（昭11・3・30）＊伊藤佐喜雄は伊沢蘭奢の息子
『美しき名を呼ぶ　伊藤佐喜雄小説集』（天理時報社、昭17・6・1）
「内藤民治氏の片影」原稿（複写）

執筆者一覧（講演順）

福田清人（ふくだ　きよと）
一九〇四（明37）年　長崎県生　作家・児童文学者

板垣　信（いたがき　まこと）
一九三七（昭12）年　静岡県生　立教女学院短期大学名誉教授

山口景昭（やまぐち　けいしょう）
一九三二（昭7）年　長崎県生　俳人・画家

志村有弘（しむら　くにひろ）
一九四一（昭16）年　北海道生　相模女子大学名誉教授・八洲学園大学客員教授

浜野卓也（はまの　たくや）
一九二六（大15）年　静岡県生　児童文学作家・評論家

保昌正夫（ほしょう　まさお）
一九二五（大14）年　東京都生　元立正大学教授

小山耕二路（こやま　こうじろ）
一九一四（大3）年　群馬県生　作家

鈴木政子（すずき　まさこ）
一九三四（昭9）年　福島県生　フリーライター

瀬尾七重（せお　ななえ）
一九四二（昭17）年　東京都生　童話作家

星　ノブ（ほし　のぶ）
一九三〇（昭5）年　福島県生　元「文芸広場」編集者

岡田純也（おかだ　じゅんや）
一九三九（昭14）年　埼玉県生　京都女子大学名誉教授

栗林秀雄（くりばやし　ひでお）
一九四二（昭17）年　東京都生　大東文化大学教授

岡　保生（おか　やすお）
一九二三（大12）年　三重県生　青山学院大学名誉教授

曾根博義（そね　ひろよし）
一九四〇（昭15）年　静岡県生　元日本大学教授

紅野敏郎（こうの　としろう）
一九二二（大11）年　兵庫県生　早稲田大学名誉教授

西沢正太郎（にしざわ　しょうたろう）
一九二三（大12）年　埼玉県生　日本児童文芸家協会
顧問

本多　浩（ほんだ　ひろし）
一九三二（昭7）年　神奈川県生　徳島大学名誉教授

宮崎芳彦（みやざき　よしひこ）
一九四一（昭16）年　福岡県生　元白百合女子大学教授

福田和夫（ふくだ　かずお）
一九二八（昭3）年　東京都生　医療法人社団恵友会
三恵病院理事長・院長

大河内昭爾（おおこうち　しょうじ）
一九二八（昭3）年　宮城県生　武蔵野大学名誉教授

伊藤　礼（いとう　れい）
一九三三（昭8）年　東京都生　元日本大学教授

寿々方（すずかた）
東京都生　江戸がたり家元

小林　修（こばやし　おさむ）
一九四六（昭21）年　愛知県生　実践女子短期大学教授

宮本瑞夫（みやもと　みずお）
一九三八（昭13）年　東京都生　立教女学院短期大学
名誉教授

「福田清人文庫の集い」関係者一覧

＊文庫の集い

【歴代図書館長】

宮本瑞夫　一九九〇～一九九一
名取多嘉雄　一九九二～一九九六
佐藤泰平　一九九七～一九九八
島川雅史　一九九九～二〇〇〇
板垣　信　二〇〇一～二〇〇三
杉田穏子　二〇〇四
秋吉輝雄　二〇〇五～二〇〇九

【職員・非常勤職員】（五十音順）

阿川暢子・阿部仁美・太田信之・大橋敦子・大畑美佐・神谷早苗・小池美智子・向後尚美・坂田万里・佐久間美奈子・桜井智子・佐藤順子・篠原智子・末村美季・玉川佐登美・手嶋ゆかり・羽賀真実・馬場直子・丸茂理恵子・村本君代・毛利恵・八木千春

＊出版

【索引作成】

原田　桂（非常勤講師）
市川絢子・葛西李子・欅田眸・正田優佳・千吉良尚美・新山志保・野口佳織香・山森広菜（以上、本学学生）

【編集】

髙根沢紀子（専任講師）・篠原智子（図書館課長）

あとがき

ここに収められた二十の講演は、福田清人の様々な顔を描きだしています。同時代を生きていなかったものとしては、児童文学研究者としての側面しか知らない、更に言えば文学に携わっていなければ、福田清人自体を知らないという方も多いはずです。福田清人は、作家であり、児童文学作家であり、研究者であり、編集者であり、俳人であり、そして教育者でもありました。文学がいまよりももっとずっと元気だった時代をぞんぶんに生き抜いた人であることを教えてくれます。文学史・文壇史としても貴重な資料となっています。

また、本書は福田清人の歴史であると同時に、立教女学院短期大学図書館の歴史でもあります。二十年間続いた「福田清人文庫の集い」が、幕を下ろすことになったことは残念ですが、しかし、それは新たな始まりでもあります。二十一年目からは、その文学や教育に関する情熱を引き継ぎ「児童文学」を中心としてより新たな、社会貢献、情報発信をして行きたいと思います。それが、私たち後に残ったものの務めであると考えています。

文庫に関わったすべての方、そして快く出版を引き受けてくださった、鼎書房の加曾利達孝氏に感謝いたします。最後に、本書の出版をまたずに、三月十四日にお亡くなりになった、「福田清人文庫の集い」最後の図書館長、秋吉輝雄名誉教授のご冥福をお祈りします。

髙根沢紀子（立教女学院短期大学専任講師）
篠原智子（立教女学院短期大学図書館課長）

人名索引

【た】

【な】

【は】

【ま】

付記：項目は、以下の事典により、事典以降の必要と思われる人名を補いました。
『日本近代文学大事典』（日本近代文学館編、講談社、昭52）、『日本児童文学大事典』（大阪国際児童文学館編、大日本図書、平５）、『集英社　世界文学事典』（「世界文学大事典」編集委員会編、集英社、平14）

福田清人・人と文学

―「福田清人文庫の集い」講演集―

発　行――二〇一一年三月三〇日
編　集――立教女学院短期大学図書館
発行者――加曽利達孝
発行所――鼎　書　房
〒132-0031　東京都江戸川区松島二-一七-二
TEL・FAX　〇三-三六五四-一〇六四
印刷所――太平印刷社
製本所――エイワ

ISBN978-4-907846-80-0　C0095